天才相师

① 天眼神童

打眼 著

北方文艺出版社

图书在版编目（CIP）数据

天才相师．1，天眼神童 / 打眼著．—哈尔滨 ：北方文艺出版社，
2013.1

ISBN 978-7-5317-3020-0

Ⅰ．①天… Ⅱ．①打… Ⅲ．①长篇小说—中国—当代

Ⅳ．①I247.5

中国版本图书馆CIP数据核字(2013)第010725号

天才相师①：天眼神童

出 版 人 / 宋玉成
出 品 人 / 李国靖
特约监制 / 林苑中　蔡荣建
选题策划 / 林苑中
责任编辑 / 李玉鹏　张　琦
特约编辑 / 麻志新　潘江祥
封面设计 / yage 雅格书装　TEL:13553797339
出版发行 / 北方文艺出版社
地　　址 / 哈尔滨市道里区经纬街26号
网　　址 / http://www.bfwy.com
邮　　编 / 150010
电子邮箱 / bfwy@bfwy.com
经　　销 / 新华书店
印　　刷 / 北京建泰印刷有限公司
开　　本 / 787×1092　1/16
印　　张 / 23.5
字　　数 / 500千字
版　　次 / 2013年3月第1版
印　　次 / 2013年3月第1次印刷
定　　价 / 39.80元
书　　号 / ISBN 978-7-5317-3020-0

天才相师 目录 Contents

天才相师
Contents
目录

天才相师
Contents 目录

茅山是中国江苏省的一座道教名山，是道教上清派的发源地，被道家称为"上清宗坛"，有"第一福地，第八洞天"之美誉！因山势曲折，形似"已"字，故名句曲山，道家称"句曲之金陵，是养真之福境，成神之灵墟"。

西汉时陕西咸阳茅氏三兄弟茅盈、茅固、茅衷来句曲山修道行善，益泽世人，后人为纪念茅氏功德，遂改句曲山为三茅山，简称"茅山"。

唐宋年间，茅山道教达到了鼎盛时期，前山后岭，峰巅峪间，宫、观、殿、宇等各种大小道教建筑多达三百余座、五千余间，道士数千人，有"三宫、五观、七十二茅庵"之说。不过在进入20世纪80年代，经历了那十年浩劫之后，茅山却显得有些衰败，虽然在80年代初期经过了修复，但仍然难现鼎盛时期的香火。

在靠近金坛地界的山麓下，环绕着几个小村庄，大的不过百十户人家，小一点的村子，甚至只有十几户，每到清晨傍晚时分，都能看到阵阵炊烟在山脚各处升起。

这些村子里的孩子，到了上学的年龄后，都要步行五六里路去镇子上的学校读书。那个年代可不流行什么寄宿，放学就要乖乖回家，不过好在茅山附近没有什么大型野兽，倒是不虞出现什么意外。

"叶天哥，明天就放假了，咱们晚上要不要庆祝下？去李二愣子家的玉米地里偷玉米吃好不好？"

在一处山间的小路上，三四个十来岁的半大小子，斜背着打着补丁的书包，一双小眼睛滴溜溜地往路两旁趸摸着，露着脚指头的布鞋还不老实地踢着地上的小石子。

提到了吃，除了走在中间的那个小男孩之外，其余几个小家伙均是眼睛发亮，情不自禁地往肚子里咽起了口水。这几个孩子正处在"半大小子，吃穷老子"的年龄，每天的业余时间，除了玩耍之外，谈论最多的就是吃了。

走在几人中间的叶天听到小胖子的话后，开口说道："吃什么玉米啊，晚上来我家里吃鱼，还有螃蟹和黄鳝呢……"

要说家境，叶天家是外来户，本来是这几家最穷的，但是叶天的父亲总是想方设法地为儿子补充营养，虽然没有肉吃，但鱼可从来没断过。

听到有鱼吃，几个小家伙的口水顿时流了出来——叶家大伯烧鱼的手艺那可是顶呱呱的，就是白水煮的鱼汤，也能让人喝得回味无穷。

"叶子哥，黄鳝是你钓的吧，你真厉害，我就老是钓不上来。"那个小胖子羡慕地看着叶天，八九岁就能长得像个秤砣，那绝对是见了能吃的东西就往嘴里塞的结果。

这钓黄鳝可是个技术活儿，工具倒是简单，找根自行车辐条，一头磨尖，弯成钩子，另一头弯成圆圈。找到鳝鱼洞后，把钩子放入洞里，如有鳝鱼吃钩，向里猛推一下，使钩子全部进入鳝鱼嘴内，顺势拉出洞外，及时用另一只手握住黄鳝的脖子提出鱼洞就大功告成了。这技术说起来容易，但是想掌握好火候，却是极难的，叶天能成为这周围几个村子的孩子王，除了打遍同龄无敌手之外，一手连许多大人都比不上的钓黄鳝技术也是很重要的原因。

"瞧把你馋的，黄鳝有什么好吃的，螃蟹才好吃呢，这月份刚好是吃螃蟹的时节……"

茅山地处江南水乡，山脚下溪流遍布，不过人们似乎对于螃蟹不太感冒，很少有人捉了去吃，倒是钓黄鳝捉鱼的人随处可见。

叶天撇了撇嘴，挥舞了下拳头，用威胁的目光看向身边的几个伙伴，说道："今天于清雅哭了的事，谁都不许告诉我爸啊，不然……"

"叶子哥，你放心吧，我们才不会说呢……"

小胖子讨好地凑到叶天身边，问道："叶子哥，你把镜子放在脚面上，到底看清楚她裙子里面没有啊？"

"当然看清楚了，不过……看了一眼就被她发现了……"

叶天悻悻地说道，这小丫头片子太不禁逗了，哭着跑去告诉了老师，害得自己今年虽考了双百，也没拿到三好学生的奖状。他读了五年小学，次次考试都是满分，却从来没往家里拿过一张奖状，原因五花八门，不是把女同学的辫子系在了椅子上，就是往男厕所里扔鞭炮。

"叶子哥，要不……咱们吃过晚饭，去看二愣子他老婆洗澡吧？我知道二愣子今天要去水库下渔网……"小胖子眼珠子一转，出了个坏主意，倒不是说这帮孩子发育得早，实在是在这偏僻的山村里太无聊了，让这帮小子的精力无处发泄。

"成，不过你们几个小心点，被捉到可别把我招出去了。"

叶天点了点头，这事他们也不是第一次干了，从李二愣子结婚那天起，他就钻过新房的床底，第二天有声有色地去学给村里人听。

几个小家伙说着话，已经看到了不远处的村子，顿时加快了脚步，向村口跑去，原本蹲在村口大槐树下准备迎上来的一只黄狗，见到是这几个家伙后，连忙夹紧了尾巴又

天才相师 ❶ 天眼神童

缩了回去。

叶天所在的村子，叫做李庄，顾名思义，这个村子除了叶天父子之外，其余的人全部姓李，据说是太平天国的时候，两兄弟从苏北逃难到此，才有了这个村子。

李庄不是很大，一共只有23户人家，从村头到村尾，几分钟就能来回跑上一圈，在村子青石房子的外墙上，还遗留着"要斗私批修"、"将无产阶级文化大革命进行到底"等石灰粉刷的字样。

"胖墩，二蛋，你们几个回家说一声就过来吧。"走到村头，叶天就停住了脚，他家就在村口处。

叶天家原本是村里的一座祠堂，不过在那十年中，祠堂变成了下乡知青们的住所。后来随着知青们的返乡，本来住了十多个人的祠堂，现在只有叶天父子二人了，偌大的地方稍显破败。

"爸，我回来了，我今年又考了双百……"

叶天一进院门就大声嚷嚷了起来，和刚才与小伙伴们说的江南土话不同，叶天此刻说的却是地道的普通话，还带着一股子京腔韵味。

"臭小子，那么大声干吗，是不是又干什么坏事了？"

俗话说知子莫若父，听到叶天的声音后，院子里的中年人站直了身体笑骂了一句。每年都要被老师教训好几次，他当然了解儿子惹是生非的本事了。

叶天的相貌和父亲有六分相似，不过相比叶东平刚毅的面庞，叶天的脸形却稍显柔弱一点。叶天小时候，外面村子来做客的人，见了叶天总是夸这女孩真漂亮，搞得叶天五岁的时候就单身一人爬上了茅山，说是要去拜师学艺做个男子汉。

"没有的事，爸，我来帮你杀黄鳝……"叶天将书包甩在了一边，笑嘻嘻地从门边拿过顶端钉着钉子的木板。把木板放在地上，叶天伸手从旁边的盆里抓过一条黄鳝，熟练地将它钉在木板上，右手不知道从哪里变出一把小刀，轻轻一划，就将黄鳝的肚皮剖开了。在水里焯了一下之后，叶天右手飞快地在木板上闪动了几下，随手一抖，一条一斤多重的黄鳝，就一片片地落在了旁边准备好的搪瓷缸子里。

父子俩相依为命过了这么多年，显然不是第一次配合着干活了。在叶天清理好黄鳝后，叶东平锅里的猪油也熬热了，放入一些葱花、辣椒后，将鳝片倒入锅中，随着"哧哧"声响，一股香味充斥在了院子里。

不多时，一大搪瓷缸子爆炒鳝片、一条红烧鱼外加一碗鱼头汤就摆在了桌子上，另外还有自家种的青菜。虽然只有三个菜，但量却很足，单是那条鱼就有六七斤重，加上三斤鳝片，足够五六个人吃的了。

"真香啊，老叶，我从镇上回来的时候买了点黄酒，咱们一起喝几杯……"

随着一阵笑声，一个和叶东平年龄相仿的人走了进来，在他身后，跟着胖墩几个小子，不过一个个都缩头缩脑地冲叶天打着眼色。

"于老师……"见到来人后，叶天立马老实了很多，站起身规规矩矩地喊了声老师。来人不仅是他的班主任，更是于清雅的老爸，谁知道今天是不是来告状的？

于浩然看了一眼装作老实相的叶天，笑骂道："臭小子，学习是不错，就是太顽皮，德智体美劳要全面发展才行啊……"

看着自己的这个学生，于浩然也是哭笑不得，叶天的学习成绩那是没的说，别说在镇子里的小学了，在县里也能数一数二，但就是不学好，那心思整天都放在玩儿上面了。

不过老师总是偏爱学习成绩好的学生，虽然嘴上严厉，但心里还是喜欢的，在叫了几次家长后，于浩然倒是和叶东平成了朋友。

和叶东平一样，于浩然也是外来的知青，不过由于在当地找了对象，就没有返回上海，从1978年到现在，一直都在小学里任教。

看到于浩然的神情，叶东平笑着说道："于老师，这小子是不是又惹祸了？三天不打，上房揭瓦，您就当是自己的孩子，教训的时候别手软……"

"哪有啊，爸，我饿了，吃饭吧……"叶天有些心虚地看了眼老师，不过他也知道，自从班主任和自家老子成了朋友之后，倒是没怎么打过小报告，看来今天又能躲过去了。

"吃饭，吃饭，来，老叶，咱们先走一个……"

果然，于浩然没提学校发生的事情，等几个小家伙围到桌子边后，端起倒满了酒的杯子，和叶东平碰了一下。

"这酒没味道，还是二锅头够劲啊……"叶东平一杯酒下肚，摇了摇头，似乎想到了什么，眼神微微有些暗淡。

于浩然放下酒杯，说道："老叶，我正好有件事想给你说呢……"

大人们喝酒聊天，几个小家伙可是没闲着，筷子飞舞，一个个都像是小狼崽一般。

"爸，于老师，我们吃饱了……"三五分钟过后，桌子上的菜就被席卷一空，叶天拍着小肚子站了起来，眼睛瞅向门边。

"臭小子，一个比一个能吃……"看了看桌子上的空碗，叶东平笑骂了一句，站起身说道，"都出去玩吧，于老师，我再炒点花生米，你那事慢慢说……"

虽然李庄还没有人家装电视，但是夏天农村的夜晚，还是比较热闹的，吃过晚饭出来乘凉聊天的人，还有田间的蛙叫虫鸣，都为这个小村庄平添了几分生气。

"叶子哥，给我看看……"在一处小院人家的窗户底下，三颗小脑袋正挤着往屋里瞅着。借着窗外的月光，依稀可以见到关着灯的屋里那白花花的身体。

"小兔崽子，你们找死啊？"就在叶天几个人小声议论着二愣子媳妇屁股上的那颗黑痣到底是在左边还是右边的时候，院子门口突然传来一声炸响。

"靠，胖墩，你不是说二愣子要半夜才回来吗？早知道我自个儿占一卦了……"叶天知道二愣子那脾气，要是被抓了现行，指定会嚷嚷得全村人都知道，他可不认为自己在二愣子结婚的时候帮他抱过鸡，就会被另眼相待。

见到二愣子堵住了院子门，几个小家伙顿时作鸟兽散，纷纷往两边跑去，这农村的围墙也不过就一米多高，就连小胖墩都能翻得过去。

就在叶天刚跑到围墙边上，身后就传来了胖墩的呼痛声，回头一看，却是被二愣子扭住了耳朵，咧着嘴干号呢。

"这个笨蛋……"叶天嘴里嘟囔了一句，不过动作却是一点都没放慢，右手在和自己差不多高的土墙上撑了一下之后，身体腾跃而起，灵巧地翻了出去。

"唉，今天还是去师父那儿吧……"出了二愣子家的院子后，叶天也没回家，直接往村子后面的山坡跑去，他可不想放假第一天就挨揍，到山上躲几天等老爸的气消了再回家也不迟。

虽然茅山树高林密，但叶天并不害怕。他五岁的时候就敢往山上老林里钻，只不过上错了山峰，因缘巧合在一破旧失修的道观里认识了个自称姓李的老道士，被他忽悠得拜了师父。

叶天也不知道李道士多大岁数，不过老道士常说当年陈毅司令在茅山打游击的时候，就一口一个大叔地称呼他。

叶天小时候不知道陈司令是谁，但是上学以后知晓了陈毅的来头后，就经常笑话老道士吹牛，老道士也不生气，只是笑而不语。

老家伙虽然有点神神道道的，整天逼着他背《麻衣相法》、《水镜集》等拗口的书籍，却真有一身好功夫，叶天只不过跟着他学了一些导气术，就打遍同龄无敌手了。

从李庄到山上的道观，差不多要一小时的时间，走到一半的时候，天上忽然下起了暴雨，等叶天赶到道观里，浑身已经被淋得像个落汤鸡一般了。

"师父，师父，我来了……"叶天从雨幕中一头钻进了道观。

这座道观不是很大，除了进门处的主殿之外，后面只有两间厢房，由于年久失修，大门已经破旧不堪了，去年被老家伙劈了当柴火烧了，倒是省了叶天敲门。

"师父，人呢？"叶天前殿后房转悠了一圈，却发现老道士竟然不在道观里，挠着头走回了主殿，对着殿中间供奉着的一尊塑像拜了一拜。

和茅山主峰道观供奉三清不同，这座道观里的塑像，却是一尊普通的道士塑像。那塑像身穿麻衣，束发盘髻，左手放在身侧胸前，右手却举至头顶，托着一个巴掌大小的泥塑罗盘，整个造型看上去颇为怪异。按照老道士的话说，这是他们麻衣一脉的老祖宗，虽然不受人间香火，却是要诚心膜拜的。

"这么大的雨，老家伙不会出什么事吧？"忽然一声炸雷响起，整座道观似乎都晃了晃，叶天回头看了下外面，不禁为道士担心起来。

"嗯？什么声音？"正当叶天向外面张望的时候，忽然听到身后响起"嘎嘎"的声音，回头望去，却发现那尊泥塑径直往自己的方向倒了下来。

"祖师爷，我可没有对您不恭敬啊……"叶天抬头看时，麻衣道士的塑像，已经如同小山一般向自己压来，叶天连忙往后退去，堪堪躲过了祖师爷的脑袋，还没等叶天庆幸逃过一劫的时候，忽然感觉头顶传来一阵剧痛，却是那塑像举过头顶的右手，正好砸在了他的小脑袋瓜上。

虽然是泥塑的手，但是那力道也不容小觑，这一巴掌拍得叶天的头顶鲜血淋漓，只感觉双眼一黑，整个人就晕了过去。而两米多高的泥塑，从供台上摔下后，也是四分五裂散了一地，不知道这麻衣老祖在千年前，是否会算到自己有此劫难。

头上是人身毛细血管最密集的地方，就是平时擦破点皮，也会血流不止的，叶天小小的身体倒在地上，不一会儿鲜血就将身边的地面染红了。

外面的暴雨下得越发急了，一道道闪电在天空中肆虐着，破旧不堪的道观在这暴风雨中摇摇欲坠，似乎随时都可能坍塌下来。

道观外的电闪雷鸣，映照得观内的光线也是忽明忽暗。在距离叶天头部不远的地方，一个原本黑黝黝巴掌大小的泥塑碎片，在被叶天的鲜血沾染后，忽然散发出了幽幽荧光。

如果此时观中有人的话，就能发现，这个发出荧光的物件并非是泥塑的，而是一个龟壳，上面密密麻麻地刻满了复杂的纹线，有点像是风水师所用的罗盘。

不过和常见的罗盘不同，这个龟壳并没有内盘，而是被一个太极阴阳图案所替代了，外面对应着"乾坤震艮离坎兑巽"八卦图案，显得异常的古朴神秘。

原本龟壳是暗淡无色的，但是当沾染到叶天的鲜血后，整个龟壳像是活过来了一般，鲜血渗透到龟壳背上，一个个神秘的图案显示了出来。

突然，外面一声炸雷响起，整个道观内的光线猛地亮了一下，在龟壳的上方，隐约出现了一个太极图案，化作一股青烟，钻入了叶天的眉心之中，而地上的龟壳，却随着那声响雷消失不见了。

一道闪电从天际亮起，撕开墨黑的天幕，如蛇如龙一般蜿蜒而下，借着闪电的光亮，可以看到地上叶天的小身体在微微颤抖着。

夏天的雷雨来得快去得也快，随着雷雨停歇，寺庙又恢复了往日的平静，只有屋檐上往下滴的水珠发出清脆的响声。

第二天早上，雨后初晴，山林滴翠，草木芬芳，薄雾轻如纱，但见一丝薄云在深谷幽林间缭绕，此时山上的树木闪烁着犹如水晶般晶莹的绿光。

一道身影穿行在山林之间，虽然道路泥泞湿滑，但那身影却无一丝停滞，不多时，已经来到了道观门口。这是一个中等身材的道士，身上的道袍就犹如这道观一般，也是破旧不堪了，头上的顶髻也有些散乱，可是面色却依旧微微红润，没有一丝皱纹。单看面相肤色，这道士不过是四五十岁的样子，不过从他那深邃如海的眼眸里，却是能看出无数沧桑。

"无量天尊，还好祖师爷的基业没毁掉啊……"

看着破败的道观，老道士单手在胸前作了个揖，不过当他透过四面漏风的大门和窗户看到前殿里的情形后，不禁叫了声，快步走了进去。

"祖师爷，小道前几日就算出您当此一劫，过几日一定给您重塑金身……"看着空空如也的供台，老道士装模作样地掐着右手几个指头，一时没有发现满是泥浆的地上，

天才相师 ❶
天眼神童

还躺着一个小小的身体。

"师父，您就没算出我也有一劫难啊？"

叶天悠悠转醒，听到老道士的话后，顿时气不打一处来——这老家伙平时自诩为麻衣一脉的五十代传人，却好像从来没算准过什么。

"师……师父，我的脑袋被祖师爷打破了……"刚刚醒转过来的叶天，感觉脑袋有些昏沉，伸手在头上摸了一把，发现满手都是血迹，他再聪明也只不过是个十岁出头的孩子，当下便惊叫了起来。

"哎哟，我的宝贝徒弟，你……你这是怎么了？"看到地上满脸鲜血的叶天，老道士大吃一惊，连忙将他抱了起来，上上下下地在他身上检查了一下，这才松了口气。

跑到外面打了点井水，帮叶天清洗了伤口后，老道士从那满是油腻的道袍里翻出了个盒子，用小指从里面挑出一点黑色的药膏，擦在了叶天的额头处，说道："没事，只是皮外伤，失血有点多，修养几日也就好了。"

感到额头传来一阵清凉，叶天也清醒了几分，面色不善地看着老道士，说道："老家伙，你让我放假就来找我，是不是想让我帮你应劫啊？"

术法里虽然有逆天改命、趋吉避凶之说，但天数已定，若想要偷天换日，就必须有应劫之人，也就是俗话说的替死鬼。叶天年龄虽小，但是已将《麻衣相法》以及《术藏》等书背得滚瓜烂熟，眼下遭受了莫名之灾，立刻便怀疑是这老不修的师父算计他了。

"哪有啊，你小子龙年二月二生人，老道我根本就推算不出你的命理。"

听到叶天的话后，老道士叫起了撞天屈，他之所以收叶天为徒，一来是深山空寂想找个伴儿；二来就是因为叶天的命格奇特，让老道心中生出几分探究的心思。不过和叶天相处了五六年，他始终无法断出叶天的命理。

叶天没在这事情上纠缠，只是对老道士昨天的去向有几分好奇，开口问道："那你下山干吗去了？"

"徒儿，你看，咱们这道观年久失修，我不是下山想去化点善缘，请人翻修一下嘛……"说到这事，老道士一脸的不忿，"凭什么茅山主峰的修缮就由国家负责，咱们这就是游魂野鬼，没人过问啊？"

去年国家拨款三千万，对茅山主峰的九霄万福宫和元符万宁宫进行了大规模的修复。当时老道士想去占点便宜，让施工队顺便帮他修缮下这麻衣道观，没想到却被那主峰上的道士给赶了回来，这心里一直都憋着气呢。

叶天摸了摸头上已经结成了一块血疤的伤口，没好气地说道："师父，人家那是宗教文化，你这是封建迷信，能一样吗？"

"屁的封建迷信，相术的起源可以追溯到三皇五帝，衍生出来的术数更是包括了天文、历法、数学、命理、堪舆、符咒、择吉、杂占、房中术等杂术，这可是自然科学啊……"

听到叶天的话后，老道士顿时跳起了脚，在经历了那十年浩劫后，日子刚刚好过一点，他正准备重振麻衣一脉呢，没承想被徒弟说成封建迷信了。

"好吧，师父，您这不是封建迷信，不过您能不能帮我打点水来？我口渴……"叶天有气无力地摆了摆手，他现在可没精神和老家伙斗嘴，看着地上的一摊血迹，他就有点后怕——这要是整尊泥塑都砸到身上，估计自个儿这会儿已经是小命不保了吧？

"屁大点伤口，还学娇气了，想当年老道我可是带着好几百小鬼子在山里转悠，身上枪眼都好几个……"不过嘴里虽然嘟囔着，老道还是从院中的井里打了水，拿到后面去烧开了，叶天身上有伤，喝不得凉水。

"小子，你躺床上睡会儿，我去给你搞点吃的……"见到叶天委靡不振的可怜样，老道士把他抱进了里面厢房的床上，昨天那么大的雨，被子什么的是不用指望了，就连竹床上，也满是雨水。

"老道我都一百多岁了，还要伺候你这个小娃娃，这徒弟收得亏啊……"

好在这是夏天，倒也不会着凉，安顿好叶天之后，老道士返身又下了山，当然，嘴里的牢骚话是少不了的。

过了一个多小时，老道手里拎着条鱼和一只母鸡回到了道观，他见到小叶天睡得正香，也没叫醒他，自个儿杀鱼宰鸡，给叶天做起饭来。

"师父，您烧的什么啊，这么香？"原本睡得正酣的叶天，被那股子浓香给引了起来，这小孩子就是火气旺，虽然昨天失了不少血，但睡了几个时辰后，精神已经恢复得差不多了。

"哇，老母鸡，还有鱼汤，师父，您对我真好……"掀开锅后，叶天顿时叫了起来，和老道认识了五六年了，叶天还是第一次享受这种待遇。

"看你小子受伤了，老道我下山给你买了条鱼……"听到叶天的话后，老道的脸上红了一下，鱼的确是买的，不过那老母鸡却是上山的时候顺手从一柴垛上捉来的。倒不是老道士不舍得买，只是一来囊中羞涩，二来在农村，也没人愿意卖下蛋的母鸡。

俗话说人老成精，老道不会的事情还真不多，虽然缺少调料，但是配上几味山中草药，这鸡汤依旧香味四溢。

喝了鸡汤后，叶天煞白的小脸总算是有了一丝血色，眼睛滴溜溜地看向老道士，问道："师父，您下山化到善缘没有？这道观要是再不修，我怕您到时候连棺材都省了……"

"臭小子，会不会说人话啊？"老道士被叶天说得脸色有些发绿，脸一绷说道，"把《麻衣相法》的眼相篇背背，我看你小子偷懒没有……"

"哦，眼如日月要分明，凤目龙睛切要清，最怕黄睛兼赤脉，一生凶害活不成……"叶天看见老道面色不善，当下乖乖地背诵了起来，一边背一边看向老道士的眼睛，脑子里却是想着这老家伙怎么就没长个黄睛赤脉啊？

"嗯？这……这是怎么回事？"就在叶天看向老道的时候，脑袋忽然感觉到一阵眩晕，虽然只持续了几秒钟，不过当恢复正常之后，他却发现，脑子里似乎多了什么东西。

　　"这是什么东西？"脑中一阵眩晕之后，叶天发现脑海里好像出现了一个巴掌大小的乌龟壳，上面密密麻麻地镌刻着各种图案。可是当他仔细去看的时候，龟壳却突然消失不见了，一行篆书出现在了眼前，不过这倒是难不倒叶天，他从五岁的时候，就跟着老道学习篆文了。

　　"李善元，陕西华阴人，1880年生，兄弟三人，姐妹四人，1896年中前清秀才，师从麻衣神相四十八代传人……"看着脑袋里莫名出现的这些字体，叶天有些傻眼了，只不过看了老道士一眼，自己好像就知道了很多事情啊！即使叶天再愚钝，也知道这些信息肯定是和老道士有关的，可是是真是假，叶天就无从分辨了。

　　"幻觉，一定是幻觉，这老家伙哪点像一百多岁的人啊？"叶天虽然顽劣，但学习成绩还是很好的，这么简单的算数自然会算，1880年生人，到现在岂不是106岁了？打死叶天都不相信面前这老不修居然有这么大的岁数。

　　"嗯？怎么不背了？"正闭着眼睛摇头晃脑听叶天背诵经书的老道听到声音停了下来，不满地睁开了眼睛。

　　叶天一时没回过神来，随口找了个理由推搪道："咳，师父，这些都是我五岁就会背了的，不要再背了吧？"

　　"你年龄太小，深一点的东西还不能教你，怕有违天和，这些都是基础，一定要打好……"听到叶天的话后，老道士习惯性地伸出右手，想敲下叶天的脑袋，只是看到他的伤势后，又悻悻地收了回去。

　　叶天年纪虽小，心眼倒是不少，他没有告诉老道脑海中的信息，而是开口说道："师父，我都跟您学好几年了，要不，我今天帮您算一卦？"

　　"就你？"老道扭过头，斜着眼睛看了叶天一眼，说道，"走还没学会呢，就想着跑了？你要怎么看？是看手纹还是面相？"

老道之所以这么问，是因为他就教过叶天一些浅薄的知识，像骨骼、气色、体态这些深奥一点的还没来得及教。

"看面相吧……"叶天坐直了身体，看向老道的脸，说道，"师父，您上庭（由额上发际到眉毛部位）高长丰隆，方而广阔，少年时一定得意非凡吧？"

"嘿，你小子还沾点门道了啊！"老道一听叶天这话，笑了起来，说道，"你师父我十六岁就中了秀才，十里八乡的谁不知道啊，咦，这事我没和你说过啊？真是自己看出来的？"

老道虽然心里有些疑惑，但也没当回事，他所学的麻衣相法，本就是最正宗的一脉相传的，叶天能从自己的"上庭"中看出些端倪，并不是什么稀罕事。

"我靠，是真的啊？"

老道没在意，但叶天心里那种震惊却是无法言喻的，敢情这老家伙真的中过秀才，那……那自己脑海里出现的这些信息，也都是真的了？

叶天深深吸了口气，装出了一副小神棍的模样，说道："当然是我看出来的，师父，您眉毛细长，淡而不断，正是桃园三结义之相，应该是兄弟三人，右眼角有两颗小痣，却是鸾凤成双，那就是姐妹四位，加起来一共七个吧？"

之前他说得比较笼统，现在说得准确一点，想看看老道士是什么反应，如果这次说对了的话，那就能证明自己绝对不是出现了幻觉。

"哦，对了，师父，我看您印堂有些发暗，说不定您今天就有血光之灾啊……"

最后这句话倒不是叶天从脑中信息里得来的，而是真的看到老道的印堂处有些隐晦，于是顺口说了一句。

谁知叶天话声未落，只听到耳边"咣当"一声，原本安坐在椅子上晃悠的老道，听到叶天的话后，身体猛地一怔，却是连人带椅子往后摔去。

两人所坐的地方，本就是前殿门口，老道士这一仰倒不要紧，后脑勺碰到了大殿的门槛，而那是一块青条石门槛。

等老道士从地上爬起来后，木簪也掉了，头发也散了，那满头鲜血的模样，比昨天的叶天好不了多少，正是应了叶天方才血光之灾的那句话。

不过老道显然没有把这点伤放在心上，而是一把拉住了坐在旁边看得目瞪口呆的叶天，说道："臭小子，你……你刚才的话，真是自己推算出来的？"

要说从面相上推算人的吉凶祸福、贵贱夭寿，相对是比较容易些的，但是想要精确地算对方的兄弟姐妹，就连老道自己也是力有未逮。

要知道，老道士虽然出自麻衣一脉，但千年来战祸不断，祖师的相术传承到了现在，不过就剩下三四分了，老道士行走江湖的时候，更多用的是一些江湖手法，那就是"摸、听、套、吓"这四字真诀。

"摸"，就是事先摸准自己要去设摊算命的那一带的情况，摸清不同年龄的人基本特点，附近住的是当官的多还是平头老百姓多，这一点是至关重要的。所谓"听"，

天才相师①

天眼神童

就是想方设法让求算者先开口、多讲话，弄清他的心事之后对症下药。"套"就是用模棱两可的话去套对方的实情，一旦从对方的话中听出端倪，立马打蛇随棍上。至于"吓"，那就是编造一些触犯神灵的鬼话吓唬对方，等到对方六神无主的时候，自然会说出他想知道的情况了。

这四字真诀一出，再配合老道士的几分真实本领，让他着实在不少地方都有着活神仙的名望。作为麻衣一脉的嫡系传人，老道士还有自信，相术这一块，他活了百十岁，的确也没有碰到过比他厉害的人物。

要说断人兄弟姐妹，老道也能从面相中看得八九不离十，但他可是活了一百多岁的人，有着丰富的人生经历和看相的经验。像叶天这么大的时候，老家伙还在私塾里摇头晃脑地背《三字经》呢，所以听到叶天的话后，顿时是大惊失色，这小娃儿莫非是祖师爷附体了？

"师父，您有血光之灾是我看出来的，不过……关于您兄弟姐妹那个，咳咳，是我从您梦话里听出来的……"看见老道士如此失态，叶天有些害怕，隐约觉得，自己这脑子里所显示的信息，是一件不得了的事情，他也不知道是好是坏，下意识地就没说真话。

"梦话？怪不得，我就说嘛，你小子怎么可能算得这么准！"听到叶天的话后，老道士长长出了口气，这要真是叶天算出来的话，那他就不是天才，而是妖孽了。

老道清理了下头上的伤口，说道："你小子已经学会察言观色了，算是在这行里入了门，我就给你说说咱们这麻衣一脉吧……"

老道士之所以收叶天为徒，主要就是因为在深山僻壤太过无聊，想找个人说话解闷，虽然本事传了叶天不少，也带着他走遍茅山观看风水地气，但自己传承的来历，却从没有对叶天说过。眼下看到叶天如此机灵，老道倒是动了心，他也是一百多岁的人了，说不定哪天就去见祖师爷了，这麻衣的衣钵可不能断绝在自己手里。

"咱们麻衣一脉的祖爷，就是麻衣道人，传到我这里，已经是第五十代了，虽然传承多有遗失，但在相术以及风水堪舆这一领域，国内无人能出其右……"

"师父，这些我都知道了，您说些我不知道的吧……"老道还没说完，就被叶天打断了，这些自吹自擂的话，他不知道听过多少次了。

"臭小子，干咱们这一行，要少说多观察，别毛躁！"老道不满地瞪了叶天一眼，接着说道，"不算你在内，我一共收过两个弟子，你大师哥叫苟心家，1949年的时候跟着家人去了台湾，现在也杳无音信了。你二师哥叫左家俊，今年应该也有五十了吧？跟我时间最长，不过他家里成分不好，1968年那会儿，跑到香港去了。除了你小子之外，我这养身的功夫，都没传给他们，不过他两个都不是福缘浅薄的人，以后你可能会遇到的……"

说到这里，老道士欷歔不已，他历经百年风雨，见惯了人间的生死离合，但这两个徒弟都是他亲手带大的，想到两人还是感慨不已。

"师父，您还有海外关系啊？找到两个师哥，您不就能出去享福了？"听到老道士的话后，叶天大惊小怪地喊了起来，这会儿谁家要是有海外关系，那可是很让人羡慕的一件事情。他一个同学的舅姥爷从美国回来探亲，送给了他一块电子表，把那小子美得一个星期都鼻涕冒泡，走路的时候都恨不得绑个绷带将手挂在胸前。

"找到他们？找到了我也不出去了，这里山清水秀，我以后就在这养老了……"老道士闻言，笑着摇了摇头，他这一生几乎见证了中国近代所有的大事件，早已看破世情，荣华富贵对于他而言真的没有什么吸引力。

老道士忽然想起一件事来，站起身说道："行了，这些以后再说，也该带你下山见识一下了，去，把房间箱子里的道袍拿来。"

下山的小路上，一大一小两个身影，正往山下走，不过让人感到滑稽的是，这两人穿着一身干净的道袍，却都没有穿鞋，赤脚踩在泥泞的小路上。二人的头上各自戴着一个道冠，还真有几分仙风道骨。

"师父，咱们这是干吗去啊？"叶天知道老道背上的包囊里有两双崭新的布鞋，也知道师父不让穿鞋的用意，不过他对老道士的行径还是很不解，打扮得这么光鲜，不会是下山去行骗的吧？

"昨日下山，见到有一户人家门前挂了白幡，想必家里死了人，我带你去做场法事。"老道脚下又加快了几分，那里距离茅山主峰还要近一点，要是请了上面的道士，自己这趟可就白跑了。

"做……做法事？"叶天被老道的话雷得里焦外嫩，这好像是和尚的活吧？道士去干这个，是不是有点狗拿耗子多管闲事？似乎看出了叶天的心思，老道嘴里哼了一声，说道："怎么了？我教你背的《灵宝无量度人上品妙经》，简称就是《度人经》，可度人三途，五苦八难，超凌三界……"

老道这话说得在理，和尚道士都是可以做法事的，尤其是在这茅山地区，道教的影响远胜佛教，百姓家里有白事，也多半会请道士。只不过刚刚经历了那敏感的年代，加上改革开放不久，一般人家也没什么闲钱，所以就没有那么多讲究，叶天小小年龄，自然不知道这些。

"师父，那户人住在哪里啊？"叶天追问了一句，小孩子要面子，他可不想穿着这身打扮被同学们看见，那还不被人笑死啊！

老道士却是不知道叶天的那点小心思，说道："在茅麓镇上，走快一点，不然中午赶不到地方了。"

"哎！"知道去处后，叶天高兴地答应了一声，加快了几分脚步。他的学校不在茅麓镇，也不认识什么人，自然不用怕丢面子了。

来到山下之后，老道和叶天找了处溪流洗干净脚，换上了鞋子，往茅麓镇走去，虽然不过二十多里路，两人却是到了中午才赶到镇上。

"嘿，今天是集市啊……"来到镇上后，叶天顿时兴奋地喊了起来。在他们这个地

天才相师①
天眼神童

方，每逢初一、十五，镇上都有集市，十里八乡的人都会来此摆摊卖东西，最是热闹，所以平日比较宽敞的镇子上此刻已经是挤满了人。

茅山境内道士多，叶天和老道的这身打扮也不显得突兀，在周围的人群里，并不乏道士的身影。

"师父，看，那儿有耍猴的……"

"哎，师父，快看，爆米花……"

挤在人群里，叶天已经是目不暇接了，在此时叶天的心中，或许这里就是世界上最热闹的地方了。

"哎，师父，那不是咱们的同行吗？还铁口直断呢，师父，你和那老头比，谁更厉害呀？"叶天眼尖，看到一处算命摊子，顿时拉住了老道。

"去去，这有得比吗？你师父以前进出的都是高门大宅，要是混成这样，怎么对得起祖师爷的脸面？"

老道被叶天的话问得脸色发绿。堂堂麻衣一脉的嫡系传人，怎么可能去路边摆摊呢？这占卜问卦虽然是江湖中最常见的，但也分个三六九等。像这种路边摆摊看相测字，一卦收个八角一元的，是行里最低等的了，这些人多半没什么真才实学，老道才不屑为之呢。

"臭小子，累死老道我了……"

费了九牛二虎之力，才把叶天从人群里拉了出来，老道累得气喘吁吁，没好气地指着前面说道："快点走，不然午饭都没得吃了……"

从镇子东头挤到了西头，赶集的人少了很多，顺着老道手指的地方，叶天看到一户起着两层小楼的人家。在这个正处于计划经济向市场经济过渡、还使用着粮票的年代，能盖起这么一栋小楼的人家最起码也是万元户。

放在平时，这么一户人家，绝对是让人羡慕的，不过从旁边路过的人目光中却多是怜悯，有些不厚道的人脸上甚至还带着点儿幸灾乐祸。

在这两层楼房的独门小院里，有一个灵堂，一个二十多岁的妇女抱着个八九个月大、已经睡着了的小男孩，一脸愁云。

"他大伯，要不把小军送去县医院看看吧，这一醒过来就哭，也不是办法啊！"看着怀里小脸煞白的孩子，女人心疼不已，丈夫已经去了，要是孩子再有个三长两短，她往后的日子可怎么过啊？

这已经是第五天了，前几天来吊唁的人多，倒是没工夫多想，现在丈夫已经出过殡，该来的都来了，院子里也安静了下来，小娃子的哭声，越发显得撕心裂肺。

一个三十多岁的大汉正闷头抽着烟，听到那女人的话后，狠狠地将烟头在地上掐灭了，站起身说道："行，这边让你嫂子照应着，回头吃点东西，咱们就去县医院……"

苗老大有些郁闷，自从前年跑起了运输，这日子是一天比一天好了，不仅成为远近闻名的万元户，更重要的是，二弟媳妇在去年的时候，生了个大胖小子。

对于苗家来说，这可是个了不起的大事情，要知道，苗家兄弟两个，苗老大连生了四胎，都是女儿，这老二的儿子一出世，顿时被全家人宝贝得不得了。

但是谁能料到天有阴晴圆缺，人有旦夕祸福，就在这小日子越过越好的时候，老二一次出车时在遭遇了车祸，连个尸首都没能保个囫囵。更要命的是，自从老二出了车祸，小侄子也开始生起病来，整天哭个不停，也不肯吃东西，去镇上的医院却又看不出端倪。

家里一连串的变故，让苗老大这七尺汉子的头上，也多了几丝白发，三十多岁的人，腰背居然显得有些佝偻了。

"唉，小军又醒了，他大伯，怎么办啊？"或许是两人的话声吵醒了女人怀里的孩子，小家伙一张眼睛，就咧嘴大哭起来，心疼得那女人连连掉着眼泪。

"不行，现在就走，去医院！"苗老大把刚点着的香烟扔到了地上，伸出手将孩子抱了过来，刚刚走到院子门口的时候，却发现门前站了两个人。

"这位真人，请问……你有什么事吗？"作为改革开放第一批富起来的人，苗老大虽然心中着急，却没有失了礼数，当下一边安抚着哇哇大哭的侄子，一边看向老道士，至于老道身边的叶天，则是被苗老大自动忽略掉了。

"无量观，这位居士有礼了……"老道看了苗老大一眼，出右手，屈食指（含一气化三清之义），抬至胸前，开口说道，"我和门下弟子行经这里，发现贵宅阴煞极重，这里地处道教圣地，不知道这位居士为何不找人化解呢？"

叶天偷偷翻了个白眼："找人化解？那你跑得像兔子爹那么快干吗？不就是怕被人抢了先吗？"

不过听到老道提及阴煞，叶天有些好奇地抬起头，向院子里看去，他也跟老道学过地气堪舆方面的知识，只是却从来没有见到过什么地气阴煞之类的。

"嗯？这……这是怎么回事？"就在叶天运用老道所教授的知识观看院子的时候，早上在脑中出现的那个龟壳，突然又出现了，惊得叶天差点喊了出来。只是和早上不同，龟壳在叶天脑中滴溜溜转了一圈之后，背上的纹线光芒大盛，忽然化为气流，溢向了叶天的双眼处。

"这……这就是师父所说的阴煞吗？"

当那股气流充斥在叶天眼中的时候，眼前的景象，似乎和刚才有些不同了，在灵堂的右侧，有一些淡淡的灰色雾气。虽然此刻阳光高照，但这个位置却被灵堂的帆布遮挡住了，那淡淡的雾气依然是凝而不散，和旁边的阳光泾渭分明。

"莫非这就是古人对阴阳的解释？"

看着眼前奇异的景象，叶天心中冒出了这个想法，作为长在红旗下的少先队员，他是决计不相信什么鬼神之说的。这雾气只是稍显阴冷，也不是什么《聊斋志异》里的阴魂鬼怪，倒是和古字"会"的解释有点相像，那就是正在"旋转团聚的雾气"，为寒、

天才相师❶

天眼神童

为暗、为聚。

"小子，怎么了？"正当叶天在脑海中搜寻十万个为什么以解释眼前景象的时候，突然感到胳膊被人拉了一下，回过神来后，才发现自己已经站在了院子里。

"没事，师父，我在观察您说的阴煞呢……"被老道士这一打岔，叶天眼中的景象又恢复成了原样，那淡淡的雾气再也看不到了。

"小真人也看出来了？我这房子真有问题？"听到叶天的话后，苗老大有些怀疑地看向这小道士，要说老道身上的确有股子高人的味道，但这小毛孩子懂什么啊？

"这日当正午，烈日高悬，是每日里阳气最盛的时候，而这个地方却阴森森的，岂不是阴煞作怪？"叶天小小的身体戴着个道冠，虽然努力做出一副大人的模样来说话，但总是给人一股很怪异的感觉。

不过他这番话却是说得头头是道，听得一旁的老道也是连连点头，眼中露出一丝诧异的神色来，好像自个儿没教过他这些吧？

小孩子都有些喜欢卖弄，叶天虽然比同龄人聪颖许多，但是见到苗老大对自己微微有些不屑的态度，也是生出几分好胜之心来。

说完之后，叶天指着刚才自己所看到那片薄雾的位置，说道："喏，就在那里……"

"这里？"苗老大顺着叶天的手指看去，却是主家谢前来吊唁客人所待的地方，这几日来弟媳妇一直都是抱着小孩坐在那里的。

原本叶天不说，他还没怎么在意，现在听到叶天的话后，苗老大往那里走了几步，果然感觉到有些阴气森森，顿时头皮有些发麻。

"嗯，不错，你也看出来了？"老道赞许地点了点头，把脸转向苗老大，说道，"苗居士，从你兄弟亡故之后，这孩子就一直哭闹不止吧？而且晚上的时候还容易惊醒……"

老道三言两语之间，就说中了家里发生的事情，让苗老大脸上露出惊容。他一把拉住了老道士，说道："老神仙，您说得没错，我们苗家可就剩这一根独苗了，您一定要救救这孩子啊！"

老道闻言笑了起来，用手轻捋胡须，说道："小孩子受了点惊，三魂七魄被吓出去一魂一魄，加上这里阴煞过重，这才如此的，不过不碍事的……"

"老神仙，求求你，救救我的孩子吧！"听见老道的话后，男孩的母亲忍不住了，抱着小孩就要往地上跪，却被老道一手给扶住了。

"使不得，使不得，我尽力就是了。"看了那啼哭不已的婴儿一眼，老道伸出手将他抱在怀里，对孩子母亲说道，"你去房前屋后，喊喊这孩子的名字……"

"喊名字？"孩子母亲愣了一下，不知道老神仙是个什么意思。

"哎，哎，弟妹，快，听真人的话，去喊啊……"听到老道的话后，苗老大连忙推了弟媳妇一把。

农村本就有叫魂一说，也有些地方叫做"喊惊"或者是"喊魂"，女人没听说过，苗老大却是知晓的，所以对老道的话是深信不疑。

"好孩子，不哭喽，魂归来兮……"听到女人的声音响起之后，老道左手抱着孩子，伸出右手，装模作样地在空中虚抓了一把，然后轻抚着孩子的胸背处。

"哎，不哭啦，不哭啦……"似乎这孩子的魂魄真的被老道抓回来一般，孩子忽然停住号哭，睁着一双满是泪水的大眼睛，好奇地看着老道。

这立竿见影的效果，让苗老大震惊之余，狂喜了起来——二弟已经去了，这苗家唯一的血脉可不能再出事了。

"真人，哦，不，老神仙，里面坐，快，请里面坐……"要说刚才还对面前这一老一少两个道士心存疑虑，现在苗老大那可是真把老道当成活神仙了。

"屁的老神仙，老骗子还差不多……"跟在老道身边的叶天听到苗老大的话后，差点没笑出声来，什么受到惊吓失去一魂一魄？那全都是扯淡。

这孩子面色暗淡，精神委靡，身蜷肢冷，这都是中医里阴症的表现，主要原因是这孩子在阴气过重的地方待得时间长了，体内阴气郁结滞怠。俗话说孤阴不生，独阳不长，别说小孩子了，就是体弱的大人在阴寒的地方待久了，体内阴阳失调，那也是会生病的，和魂魄之说压根就没有一毛钱的关系。

至于这小孩子为什么突然不哭了，那当然还是老道的功劳。

叶天知道，老家伙除了风水相术之外，在中医上的造诣也是极深的，加上一生修炼麻衣一脉的导气术，专气至柔，帮一个小孩子梳理下气息，还不是手到擒来的事情？

虽然这一切在叶天看来没有什么了不起的，但是放到苗老大眼里，简直就是神仙行径了，将二人让进堂屋后，马上忙着端茶倒水，恐怕就是他老爹在世时，也没如此殷勤过。

给老道和叶天倒了茶水，苗老大开口说道："老神仙，自从我和兄弟跑了运输之后，日子是一天比一天好了，不过也不知道怎么回事，最近一段时间却是祸事连连，还请您给指出个明路来吧……"

这一次二弟出车祸，不仅是人亡，车子也毁坏得很严重，那年头也没有什么保险一说，所有的损失都要苗家来承受。

虽然这两年赚了点钱，但是去掉修车的费用和赔偿货主的钱，苗老大也有些捉襟见肘了，所以刚才老道的话宛然一盏明灯，让他看到了希望。

"苗居士莫急，我来给你看看这房子的风水……"老道听到苗老大的话后，伸手从宽大的道袍衣袖里摸出了个物件，双手平端，站起身在屋里走动了起来。

"罗盘？"看见老道手中的东西，叶天眼睛猛地一亮，今天接连两次在脑海中出现的龟壳，和这东西有八九分相似啊！

"难道……自己脑子里那莫名其妙的东西，就是个罗盘？"叶天心里有了一丝明悟，不过任凭他此刻如何想那龟壳现身，和老道手中的罗盘对比一下，但脑海里却空空如也。

看到师父拿着罗盘走出了房间，叶天也顾不得探究，连忙跟了上去。走到小楼的背面，老道停住了脚步，指着距离小楼七八米的两个池塘，问道："苗居士，这院子后面的水塘，是前不久才挖开的吧？"

虽然这是茅山周边最大的一个镇子，但是说起来还是在农村，镇子周围也都是庄稼地，这两个水塘，倒也不怎么显眼。

"对，对，我有次去南方送货，那里的水产养殖很发达，所以我也挖了这两个鱼塘，就是一个月前的事情……"苗老大连连点头，继而一脸疑惑地说道，"老神仙，莫非……就是这两个鱼塘惹的祸事？"

"对，苗居士，恕老道直言，你这房子明堂开阔，前有秀丽朝山，风水原本是极好的。但是这两口水塘，却主明堂人啼哭，孤儿寡母哭声长，不仅大人小孩会疾病缠身，恐怕还要惹上别的祸事……"

老道这话并非是刻意恐吓苗老大的，风水地气，原本就是和阴阳相关的，这两口水塘在居所后方，就会导致阴气凝聚下滞，久而久之，就会让人神思不属。

苗家老二出车祸或许和这水塘没有关系，但是将水塘填掉铺平，无疑会对后面居住的人有很大好处。

"那……那是不是将水塘填平就行了？"听见老道士的话后，苗老大才知道，敢情症状出在了这里，不由后悔不已，自己一时的想法，竟然断送了自家兄弟的性命。

"是的，苗居士，找人将水塘填平，风水自然恢复过来了，"老道士点了点头，然后打了个揖，说道，"苗居士，你这风水格局已解，我们师徒还有事要回道观，就先告辞了……"

"师父……"听见老道的话后，叶天忍不住拉了拉老道士的衣角，这大老远地赶来，别说修缮道观的事了，就连午饭还没吃呢，怎么就要走啊？难不成师父也是学雷锋标兵？

还没等叶天开口，苗老大先是不答应了，一把拉住了老道，说道："真人，这哪行啊，您可是我侄儿的救命恩人，要就这样让您走了，以后我还不被别人戳脊梁骨啊……"

虽然老道说风水格局已解，但苗老大心里不踏实啊，再说了，小楼的阴煞之气还在，万一老道走了，这孩子再生病怎么办呢？

天才相师①
天眼神童

"高，果然是高……"叶天看到这一幕后，偷偷把拉着老道士衣角的手缩了回来，怪不得师父让自己背《孙子兵法》和《三十六计》呢，敢情欲擒故纵这一招，老家伙是用得炉火纯青啊。

"这，苗居士，我是真有事啊！"老道脸上露出为难的神色。

"真人，您有什么事，交代一声，我去帮您办还不成吗？"苗老大此刻就像是落水的人，抓住了根救命稻草一般，是死活不肯松手。

"这……"老道士沉吟了一下，说道，"不瞒苗居士，山上道观年久失修，昨夜暴雨更是将祖师的灵位损坏掉了，我正要去找施工队去修缮一下，要不然愧对祖师爷啊……"

"真人，原来是这事啊，镇子上的施工队我都熟，要不这样，您在这住一天，明儿一早我带着施工队去帮您修缮道观怎么样啊？"听到老道士的话，苗老大顿时拍起了胸口，相比身家性命、富贵，出点钱给老道修下道观，这才多大点事啊？

"那好吧，正好要将你这宅子的阴煞之气破去，老道就多留一天。"见到苗老大如此盛情款款地挽留，老道士自然是从善如流，带着叶天又回到了宅子里。

"真人，您和小师父还没吃饭吧？这吃东西有什么忌口的吗？"回到屋里坐下后，苗老大向叶天二人问道，这段时间家里连连出事，搞得他也没什么胃口，眼下找到了根源，苗老大却是感到有些饥肠辘辘了。

"山野之人，吃什么都行……"老道士摆出一副云淡风轻的高人形象，不过在他身边的叶天分明听到，老家伙肚子处传出一阵"咕咕"的叫声。

早上这爷俩虽然吃了不少东西，但是走了几小时的路，这会儿也是饿得前胸贴后背了，如果不是需要维护高人弟子的身份，叶天差点就把屋里那张黑白照片前面的馒头拿过来了。

在农村，红白喜事基本上都是在家里操办，昨天刚刚发丧出殡，家里有现成的饭菜，不多时，苗老大媳妇就把饭做好端了上来。

或许是怕真人不尽心帮他消除宅子里的阴煞，苗老大匆匆扒了一碗米饭，就出去联系施工队了。见到苗老大走出房间，原本吃得斯斯文文的师徒俩，顿时连筷子都扔掉了，一人抓了个猪蹄膀啃了起来，风卷残云般将一桌子好菜一扫而空，搞得苗老大媳妇进来收拾的时候，看叶天二人的眼神都有些怪怪的了。

"师父，怪不得您看不上那些路边摆摊的了，敢情骗吃骗喝这么容易啊！"吃饱喝足之后，叶天惬意地拍了拍小肚子，虽然老爸时不时地会捉些鱼虾给他改善生活，但像今天这样的菜肴，平时可是吃不到的。

"臭小子，没有三分三，就敢上梁山吗？这里面的学问深着呢……"老道没好气地瞪了叶天一眼，接着说道，"回头你去那边背诵几遍《度人经》，将那些阴煞之气给消除了吧。"

"《度人经》能消除阴煞之气？那地方不是因为被灵堂遮挡住导致的吗？"叶天听

到师父的话后，不由愣了一下，难不成这些阴煞之气，还真是苗老大二弟的阴灵转化而来的？

老道士摇了摇头，说道："谁告诉你是灵堂导致的？这是人的怨气所化的，要不然一天之内总有阳光能照射到那里，早就被冲散掉了。"

"师父，莫非……真的有鬼？"叶天可是个贼大胆，他七八岁的时候，就敢一个人去村里的老坟场捉蛐蛐，听到这番话后，并没有感觉到害怕，反而兴奋了起来。

老道士闻言撇了撇嘴，一脸不屑地说道："有个屁的鬼，老道我当年从尸山血海里都走过，也没见过一个鬼影子……"

李善元活了一百多岁，见识不可谓不广，曾经还专门去天师道偷艺，学了一手抓鬼的本事，不过一直都没能遇到这样的机会，他巴不得能有只鬼出现在面前呢。

"如果没有鬼的话，那怨气是如何产生的呢？"叶天不解地问道，他以前还真不知道，敢情师父还是个坚定的无神论者啊！

"臭小子，亏得你还是接受现代教育的学生呢，让你长点见识吧。"听到叶天的问话后，老道鄙视了他一眼，开口说道，"用科学的解释，那可以称之为磁场，其产生的因素，和人的脑电波是有关系的，当很多人集中心思去想某个人某件事的时候，是可以改变局部的磁场强弱的。如果用佛道两家的道理来阐述，那就是信仰之力，通过信徒的祈祷，也是可以产生类似的磁场的，小子，懂了没有？"

"懂，懂了，不过……师父，您确定您以前读的是私塾？"说老实话，叶天真的被老道这一番话给震住了，如果不是亲耳听到，他根本不敢相信这话是从整天"之乎者也"，逼着他学习古文的老道口中说出来的。

"怎么着？看不起我这前清秀才？"老道士斜着眼瞥了叶天一下，说道，"你师父我曾经在北大主讲过建筑学，梁思成那小子都来听过我的课。"

老道还真不是吹牛，他和辜鸿铭算是忘年之交，曾经受其之邀，在北大做过一段时间的讲师，说他学贯中西也不为过。

只是老道当时原本是想去北大图书馆找《推背图》的，在搜寻未果之后，他就辞去了北大的职务，又闲云野鹤一般行走江湖了。

"建筑学，应该和风水有点关系吧？不过那梁思成又是谁啊？"

叶天自从相信了老道一百多岁的年龄后，对发生在他身上的故事也充满了好奇，不过老家伙却是不像以前那样动不动就吹嘘自己的往事，只是时不时地冒出几句来。

"算你小子不笨，中外建筑和风水堪舆，都是脱不了关系的，至于梁思成，哎，我和你说这些干吗啊……"老道给叶天解释了几句就不耐烦了，如果他告诉叶天梁思成是梁启超的儿子的话，估计这小子马上又会追问梁启超是谁了，那样的话，恐怕自己连"戊戌六君子"的故事都要讲给他听了。

"不说就不说嘛，对了，老师，那诵《度人经》，真的可以消除煞气吗？"见师父没有再说下去，叶天也没有追问，不过却是将梁思成这个名字记在了心里。

天才相师 ❶
天眼神童

"当然，《度人经》的功效不亚于佛教的《金刚经》，你一会儿照办就行了，师父我休息下。"似乎想起了往事，老道的情绪有点不太高，加上他身体再好，那也是百岁老人了，当下将头靠在椅背上小憩了起来。

叶天见状起身走了出去，轻轻地将房门关了起来，虽然他有时候顽劣起来，经常一口一个老家伙地叫着，但内心对老人还是非常关心和敬重的。

"哎，小师父，真人呢？盖房子的人可都找好了。"叶天刚刚走到院子里，苗老大就兴冲冲地推开院门。

听到苗老大的大嗓门，叶天连忙将食指放在嘴边，嘘了一声说道："师父有些累了，在休息，苗大哥，您把这灵堂拆了吧，然后我在这里诵经超度一番，就能破去这阴煞之气……"

苗老大闻言愣了一下，有些迟疑地问道："小师父，你……行吗？"

话说这年头，不管在哪个行业里，卖相都是十分重要的，就像病人看病都喜欢找老医生，工厂请技术员也指明要八级钳工，叶天这小小年纪，也难免苗老大心存疑虑。

"苗大哥，您这院子里的阴煞之气形成时间不久，很容易清除的，不用我师父出马……"叶天忽然想起去年在镇子上看的一部僵尸电影，一时玩心大起，很努力地挺了挺小胸脯，接着说道，"您准备一张方桌，四牲祭品，然后再拿九根白木杆来……"

"小师父，祭品好办，这……这白木杆是干吗的啊？"虽然叶天说得头头是道，苗老大还是不怎么相信，眼神一直瞟向关着房门的正屋。

叶天年龄虽小，这心眼可不少，他也看出苗老大不怎么相信自个儿，当下说道："扬幡白杆，自然就可以收煞封禁，除氛荡秽。要不，等我师父休息好了，让他来？"

"别，小师父，我听你的就是了，这就去找东西……"苗老大听到叶天的话后，跺了跺脚，反正明儿就要给他们修缮道观，这跑了道士跑不了道观啊，万一不成的话，那真人还是要出手的，自己犯不着得罪这机灵的小家伙。

祭品是现成的，乡下地方白木杆也好找，不多时，苗老大就把叶天需要的东西都摆在了已经拆除掉的灵堂位置上。

不过自家院门却是被苗老大给死死地关住了，在这年头，宣扬封建迷信，弄不好会被抓进派出所的。而且话说回来，如果被三邻四舍的知道他请个十多岁大的孩子做法事，那传出去还不得被笑死啊？

叶天本就是个跳脱的性子，此刻任由他发挥，顿时玩上了瘾，将九根白木杆插在了阴煞之地，然后端坐在桌前，心中无不遗憾，这要是再有个桃木剑，那就更好玩了。

至于《度人经》有没有效果，叶天根本就没放在心上，反正灵堂撤去了，三五天内这地方的阴煞自然就会消去的。

"至学之士，诵之十过，魔精丧眼，鬼妖灭爽，济度垂死，绝而得生……"架子摆足了之后，叶天似模似样地背诵起了《度人经》，宛然一副得道小高人的模样，倒是看得一旁的苗老大有了几分信心。

"世人受诵，则延寿长年，后皆得作尸解之道，魂神暂灭，不经地狱，即得返形，嗯？又出来了……"正当叶天背诵到一半的时候，脑子微微感觉到一丝眩晕，那巴掌大的小龟壳，突然又出现了。叶天先是一惊，继而深吸了口气，嘴里诵经不停，而注意力却都放到了龟壳之上："真的是罗盘，不过和师父的有些不一样啊……"凝神之下，这次叶天算是看清楚了，龟壳上的那些神秘纹路，其实就是一个个的鸟篆，不过在正中应该是磁针的位置，却是一个太极阴阳图。

天才相师①
天眼神童

　　"这……这玩意怎么到我脑子里去的啊？"看着这婴儿巴掌大小的龟壳在脑海中滴溜溜地旋转着，叶天有点不知所措，他根本就无法控制这个罗盘，更不知道其用处了。

　　而龟壳上镌刻的字体，虽然形如篆书，但字体实在是太小，叶天睁圆了眼睛，却也无法分辨出一个字来。虽然心中惊诧，但是叶天嘴中还在默念着《度人经》，就在此时，他忽然感觉到身上一阵阴凉，连忙将注意力从龟壳处移开了。

　　"怎……怎么会这样？"当叶天的目光放到那片阴煞聚集的地方后，赫然发现，在供桌前方的那一团阴煞之气，竟然向他飘了过来，犹如丝丝烟雾般没入他的体内。

　　"靠，死老道，小爷诵这……这《度人经》，可不是要超度自己的啊！"叶天这一惊可是非同小可，怎么都没想到自己诵念《度人经》，竟然把阴煞引到了自己的身上。要知道，阴煞之气的形成，是由特殊的环境造成的，它只是一种无实质的磁场，一般来说，只能通过磁场的强弱改变去影响人，但无法渗入人身体里。但是此刻，阴煞之气却是钻了叶天体内，就让他大为恐慌了，这世上虽无鬼神，不过并不代表阴阳学说也是假的，这么多阴气入体，肯定会让体内阴阳失衡的。虽然此时是烈日当头，不过叶天的感觉却像是在雪地里光着身子，再被寒风吹袭一般，那股子寒冷，直接透入骨髓里去了。

　　"老道害人啊！"叶天欲哭无泪，这会儿想站起来逃跑都不成，因为他那小身子几乎都要僵住了，眼睁睁地看着那一大团阴煞之气全部涌入自己身体里面。

　　就在叶天以为自个儿小命不保的时候，脑海中出现的龟壳忽然滴溜溜转了起来，像是个无底洞一般，将进入他体内的阴煞之气全部吸了进去。

　　"咦？这字，好像清楚了一点啊？"体内的异变，让叶天有些莫名其妙，这一切都不以他的意念为转移，不过当阴煞之气消失之后，叶天发现，那"龟壳"上的篆字，有几个已经清晰可见了。

"术藏！"现在叶天的脑海中，龟壳除了是圆的之外，和罗盘再无一丝相似之处了，因为在龟壳的正中位置，出现了"术藏"这么两个篆体字。而在这两个字的周围，呈环形出现了十二个稍微小一点的篆字，分别是"卜筮"、"堪舆"、"命理"、"相术"、"占梦"、"择吉"。

"怎……怎么出来这些东西？"脑海中的变化让叶天如在梦中，跟随老道学了好几年古文相术方面的知识，他当然知道"术藏"的含义了。

所谓"术"，也可称为术数，是古代道教五术中的重要内容，术数以阴阳五行生克制化的理论，来推测自然、社会、人事的吉凶，属《周易》研究范畴的一大主流支派。至于"藏"字，即经典的总汇，佛家有《佛藏》，道家有《道藏》，儒家有《儒藏》，而《术藏》，则是汇集了易学理论和阴阳五行之大集，在古代占据了极其重要的地位。不过自民国以后，西学东渐，科学的观念占据了主流地位，方术学说作为迷信的一种，开始备受冷落，许多当年非常流行的术数典籍，而今已经难得一见。

叶天就经常听老道感叹，国人将千百年来老祖宗的学问都没学会，却整天崇洋媚外，学习劳什子英语什么的，这简直就像是家里藏着一座宝山，偏偏要出去当收破烂的。

"难道……我可以运用龟壳中的这些知识？"看着龟壳上的这些字，叶天脑子里冒出了一个想法。

由于卜筮、堪舆、命理、相术、占梦、择吉，都是术藏中最常见的预测吉凶的方术，这些字眼结合在一起，难免会让叶天浮想联翩。不过脑中只有这些字眼的出现，却没有应用的方法，这就像是狗咬刺猬——无从下口一般，让叶天心里直痒痒。

"里面有六种方术，我只向一处去，看看行不行……"阴煞早已清除掉了，叶天此刻也顾不上诵咏《度人经》了，当下凝神静气，将注意力往龟壳上"卜筮"两个字眼看去。

"嗯？没动静啊……"

除了两个灰蒙蒙的篆字之外，叶天再没有别的发现了，心中不免有些失望，莫非自己猜测错了？但之前脑海中出现老道的生平，又是怎么一回事呢？

"咦，这几个字的颜色，和其他几个有点不同啊！"

叶天对着"卜筮"二字研究了半天之后，忽然注意到，这十二个字六个词中，有四个的颜色都是灰暗色的，而"堪舆"和"相术"二字，则是微微有些光亮。

"莫非观看有光亮的字才行？"叶天心中动了一下，将注意力放到了"堪舆"二字上，当他刚刚将意识关注到其中的时候，"堪舆"二字突然散开了，化作丝丝灵气，灌入了叶天的眼睛之中。只感觉到眼中一凉，叶天睁眼望向前方的时候，眼前的景象似乎和原先有些不同，在天地之间，好像多了几分色彩。

此时面前的这座二层小楼，在叶天眼里，好像散发出一股淡淡的金色光泽，再看左右两侧的房子，则是灰蒙蒙一片，毫无光彩。但是在房子的后面，却是有股子阴煞之气，而且已经影响到了这个宅子，两种颜色交织在一起，显得颇为怪异。

"坐南向北开离门，水火相济，坎震方宽阔高大，极富贵之兆！水点后门是凶星，

天才相师 ❶

天眼神童

犯煞减丁！"就在叶天观察着眼中与往日不同之处的时候，脑海里突然出现了上面几行字，继而眼中清凉的感觉消退了下去，而那些字样，也在脑中慢慢消失掉了。

"哈哈，果然是这样，这岂不是一双风水眼？"初步发现了龟壳的应用之法后，叶天高兴地笑出了声。别的小孩体内出现这一幕，或许会感觉到害怕，但是从五岁起就接触风水相术知识的叶天，心里却满是兴奋，就像是得到了自己最想要的玩具一般。

"嘿嘿，'相术'那两个字也是亮的，到时候我不是就能帮人看相了？"叶天嘿嘿笑了一声，只是脑海中神出鬼没的龟壳又不知道去哪里了，现在无法验证了，不过叶天相信，只要龟壳还在，自己早晚能将这个秘密揭晓。

既然是秘密，叶天就没打算告诉别人，他年龄虽小，但是也知道，自己要是将脑中有"龟壳"一事说出去，恐怕不被人说成封建迷信，也会被认为是个小神棍的。

"小真人，小神仙，你……你怎么啦？"就在叶天沉浸在自己的世界，正咧嘴傻笑的时候，耳边突然传来了苗老大的声音。

"呃，苗大哥，没事……"叶天回过头去，发现苗老大站在自己身后一米多远的地方，右手伸出，正拍向自己的肩膀，不由笑了起来，"苗大哥，这阴煞之气已经被我消除掉了，而且我刚给你看了下这宅子，风水是极好的，日后千万不要作别的改动。对了，房子后门的水塘要尽快填掉，不然还是会有祸事发生的。"

按照叶天的猜想，刚才在苗老大这宅子上所见的金色光泽，应该就是代表了财运富贵，而后门的水塘，却是破坏了整个宅子的风水，这才有了苗老二车祸事件的发生。

"谢谢小真人，谢谢，谢谢小神仙，我这就找人去填水塘去……"见到叶天回过头来，苗老大收回了想拍他肩膀的手，一脸感激的神色。他这没口子地感谢起来，倒是让叶天有些不好意思了。"苗大哥，我……我说的你都信？"

苗老大很用力地点了点头，说道："信，怎么不信啊？小真人刚才一作法念经，那阴森森的感觉就没有了啊……"

苗老大原本没对叶天抱多大希望，但是就在叶天刚才装神弄鬼的时候，那股子让他感到阴凉的气息，突然消失不见了。俗话说事实胜于雄辩，这不单是老神仙有本事，就连这小孩子也是出手不凡，此刻苗老大对叶天师徒俩，简直就是高山仰止，钦佩得五体投地。

"作个屁的法，阴煞都跑我身体里去了，当然没有了……"听到苗老大的话后，叶天在心里暗骂了一句，虽然结果是好的，也弄清了脑海里那龟壳的作用，但是阴煞入体那会儿可是将叶天吓得不轻。

听到自家祸事还没解除，苗老大也没心思在这儿听小神仙教诲了，恭维了叶天几句之后，开口说道："小真人，你先休息，我去请人填鱼塘……"

不过苗老大还是很会做人的，在临出门的时候，交代自己媳妇去集市上给叶天买不少小孩子吃的和玩的物件，这小神仙不是还……小嘛。

"师父，您醒啦？哎，您干吗这样看着我啊？"叶天刚回到屋里，就发现老道正用一种很奇怪的眼神盯着自己。

"臭小子，《度人经》虽然可以化解煞气，但也没这么快啊，你是怎么做到的？"老道刚才小憩的时候，突然感觉到天地元气似乎有些变化，睁开眼睛后，就发现院中的煞气居然全都消失不见了，这真是非同小可。要知道，经过修行加持的人，身上的磁场会特别强烈，而这样的人，对周围磁场的影响也会特别明显，老道如果亲自做法事消除煞气，绝对比一般的高僧大德都要强出许多。

但叶天只不过是个毛孩子啊，他接触方术才几年工夫？竟然能在这短短的时间内就将煞气消除一空，这可是连老道自己都无法做到的啊。

听到老道士的话后，叶天咬着一颗苗大嫂买的糖葫芦，嘴里含糊不清地说道："我哪知道啊？师父，这《度人经》还挺好用的呀……"

叶天是打定主意了，这事儿谁都不能说，或许说给老道听他会相信，但是说给父亲和同学听，那肯定会被认为是神经病的。

"奇怪，真是奇怪……"见到叶天也说不出个所以然来，老道将了下胡须，脸上露出不解的神情，不过现代社会和以前不同了，科技昌盛，很多事情都是难以推断的，老道也是无可奈何。

叶天是小孩性子，在屋里坐了一会儿就忍不住站了起来，说道："嘿嘿，师父，我去镇上集会玩会儿，晚上吃饭的时候再回来……"

茅麓镇相距叶天所住的地方足足有几十里路，即使是逢年过节，他也难得来一次，如果不是吃了别人的嘴软，叶天早就跑到镇子上去玩了。

老道士摆了摆手，说道："去吧，记住这家门户，别回来的时候找不到地方了。"

得到师父的允许后，叶天欢天喜地地跑了出去，临出门的时候，苗大嫂还往他兜里塞了张工农兵，这可把叶天美得差点鼻涕冒泡了。

要知道，在这年头，农村即使是逢年过节大人给压岁钱的时候，也不过是五角一元的崭新票子，谁家结婚生小孩，那份子钱一般也就是一元两元。而且这时候距离1988年第四套人民币发行的时间还有两年，面值十元的钱，已经是市面上面值最大的了。

所以这张工农兵对于叶天而言，简直就是一笔天文数字，反正他除了在老爸手里见过这么"大"的票子之外，自个儿是从未摸过的。

一般农村的集市，都是上午的时候最热闹，不过这会儿刚过正午，人还是不少的，叶天也不怕生，听到前面有锣鼓声，便使劲地挤了进去。

"嘿，耍猴的……"

仗着身体小灵活，叶天挤到了人群里面，发现是个老头带着三只猴子，在场地中间正表演着节目。

"各位父老乡亲，有钱的捧个钱场，没钱的捧个人场，老汉我谢谢大家了……"其中一个猴子翻了几个跟头后，老头朝着四周一拱手，那猴子顿时用两只爪子捧了个搪瓷缸子，向周围的人群要起钱来。

有钱的往缸子里扔了一分五分的，没钱的则是将身体向后退去，叶天摸了摸兜里的那张"工农兵"，想了半天还是退了出来。

老道士曾经教导过他，行走江湖都有各自的难处，能帮则帮，叶天既然不舍得那十元钱，他也不好意思白看别人的节目了。

好在这集市里也不是一家耍把戏的，从耍猴处出来后，叶天又钻进一胸口碎大石卖少林大力丸的场子看了起来。

在集市里逛了一圈，已经是下午三四点了，叶天此时在一个吹糖人的摊子处站住了。这摊位其实就是一个挑子，挑子一头是一个带架的长方柜，柜子下面有一个半圆形开口木圆笼，里面有一个小炭炉，炉上有一个大勺，中间放满了糖稀。木架分为两层，每层都有很多小插孔，上面插满了已经吹好了的糖人。

那小贩用小铲取一点热糖稀，放在沾满滑石粉的手上揉搓，然后用嘴衔一段，待吹起泡后，迅速放在涂有滑石粉的木模内，用力一吹，所要的糖人就吹好了。四周的孩子均是眼巴巴地看着，有钱的伸手要买，没钱的也是干看着不愿意离去。这东西也不算很贵，一角钱就可以按照自己的要求做一个，不过叶天站了半天，捏了捏兜里的十元钱，还是决定转身离开。

要知道，叶天的父亲作为没有返城的知青，根本就没地可种，虽然叶东平生了双巧手，不仅会做电工，木匠活也干得来，经常帮人打点家具，但一个月最多也不过就赚个一二十元钱，父子两个过得很清贫，叶天这是想把钱拿回家给父亲。

正当叶天刚刚转过身去，耳边突然出来喊声："叶天，嘿，真的是你啊？你怎么在这里？"叶天循声望去，发现在这糖人摊子的另外一边，一个和他年龄差不多大的小胖子正兴奋地冲他摆着手，手腕上的电子表煞是显眼。

"郭小龙？"见到这人，叶天脸上不禁露出了苦笑，越是躲什么，越是碰见什么，以郭小龙的秉性，一定会把自己这身打扮嚷嚷得满校皆知吧？

不过躲也躲不过，郭小龙已经来到了他身边，指着那边的一个大人说道："叶天，那是我舅姥爷，他从美国来的，我带他来赶集……"

叶天在学校的时候和郭小龙虽然关系不错，但也没那么近乎，心里知道这小子是来找自己显摆的，当下打了个哈哈，说道："啊，挺好，小龙，你的电子表真漂亮……"

"那当然，我舅姥爷给买的，全校就我这一块……"郭小龙听到叶天的话后，小胸脯又挺了挺，把手腕抬到眼前，装模作样地看了眼上面的时间。

叶天在学校里可是个风云人物，虽然调皮捣蛋，但是学习成绩从来都是第一，眼下能在叶天面前显摆，郭小龙自然不会放过这个机会。

"小龙，这是谁啊？"刚才被郭小龙指着的老人，见到晚辈和一小道士说话，心中好奇，也转悠到了摊子的这边。

"舅姥爷，这是我同学，叶天。"和这位美国舅姥爷说话，郭小龙的声音不禁低了

第四章 术藏

几分。

"哦，是你同学？那怎么当了道士啊？"老人有些好奇，他离乡的时候，不过十几岁的年纪，比这两个孩子也大不了几岁，三四十年过去了，现在回来后，对家乡的许多事情，都感觉到很亲切。

"这个……我也不知道……"郭小龙挠了挠头，看向叶天，问道，"叶天，你怎么穿了这身打扮啊？真去山上做道士了？"

"我才没做道士呢，我师父是山上一个道观的主持，今天陪师父下山，穿着这个方便……"叶天出言给郭小龙解释了一下，他可不想被同学拿这事情打趣，那多没面子呀。

"唉，当初茅山道观被日本人一把火给烧了，我离开大陆的时候刚刚开始重建，是要找时间去看看了……"听到叶天的话后，老人叹了口气，眉宇间隐隐有些愁绪，不过随之就笑了起来，想自己和小孩子发什么感慨啊。当下指着那摊位说道："小龙，去，拿个糖人给你同学……"

"不，谢谢爷爷，我不要……"虽然家境不怎么样，但是跟着师父那个老江湖，叶天打小就明白贪小便宜吃大亏的道理，不是自己的东西不能要，没有付出劳动白得来的便宜，那是不能占的。

"拿着吧，孩子，你这声爷爷，可不能白喊啊，爷爷买给你的。"老人闻言笑了起来，拿着一个孙悟空的糖人，递给了叶天。

这孙悟空的糖人是一套，不仅糖人好看，还有一个江米碗，孙悟空的肚子里面有很多糖浆。不想玩了的时候，可以在孙猴子的屁股上扎一个小孔，让糖稀流出来，然后用江米碗接着，连碗带糖稀一起吃掉，是小孩子最喜欢的，不过也是最贵的，一个要八角钱呢。

能在同学面前显摆一下，郭小龙也是很得意，见叶天不住推辞，开口说道："叶天，舅姥爷给你，你就拿着吧……"

叶天实在也是喜欢这孙猴子糖人，想了一下之后，说道："好吧，长者赐，不敢辞，谢谢爷爷！"

"呵呵，小龙，你这个同学很有礼貌啊……"听到叶天的话后，老人笑了笑也没在意，架子上只有一个孙猴子糖人了，他付了两个糖人的钱，然后站在旁边津津有味地看那小贩吹起了糖人，这手艺可是只有国内才见得到的。

"要不，我帮他看个面相吧……"叶天还是不习惯白拿别人的东西，想了一下之后，眼睛看向老人，嘴里默念道，"龟壳，龟壳，快出来……"

没办法，脑海中的那个龟壳神出鬼没，叶天也不知道怎么才能把它唤出来，念叨了半天"龟壳"，却是丝毫不见动静。

"术藏！"无可奈何之下，叶天忽然想起那龟壳正中的两个字，试着在心中默念了一声。

"嘿，还真好使！"就在叶天心中默念出"术藏"二字后，眼睛猛地明亮了起来，

天才相师 ①
天眼神童

因为那个神秘的龟壳，又在他脑海中滴溜溜地出现了。

这让叶天有些激动，因为在这之前，他始终不知道该如何运用这个东西，现在能将其轻易地唤出，相信日后一定能解开这龟壳之谜。

"嗯，'堪舆'两个字怎么淡下去了？"叶天压抑住心中的兴奋，将注意力放到了龟壳上，顿时发现了一些不同。

中午帮苗老大看风水的时候，叶天清楚地记得，在"卜筮"、"堪舆"、"命理"、"相术"、"占梦"、"择吉"十二个字六个词当中，"堪舆"和"相术"两个词眼分明都是亮着的。而现在"堪舆"一词却是灰蒙蒙的，只有"相术"二字微微有些光亮，和周围几个字有明显的不同。

"叶天，你怎么啦？我舅姥爷送你的这孙猴子糖人真漂亮……"看到舅姥爷把孙悟空的糖人先给了叶天之后，郭小龙一直在盯着叶天，他想从叶天的脸上看出兴奋和激动，这也能满足一下自己小小的虚荣心。没想到叶天接过糖人之后，整个人却愣在了那里，这让郭小龙心中有些不舒服，非得要出言提醒一下叶天他手中的糖人是如何来的了。

俗话说穷人的孩子早当家，虽然两人年纪差不多大，但是叶天对郭小龙心里的那点想法却是一清二楚，当下笑着说道："哦，是很漂亮，小龙，要不……先给你吧。"

郭小龙连连摆手，偷眼看了下舅姥爷后，小声说道："那不行，舅姥爷给你的，你就拿着吧，要不然我会被骂的……"

"那好，谢谢你啊，小龙，你那个孙猴子也快做好了……"叶天也没客气，随口答了一句之后，看向郭小龙的舅姥爷，将注意力集中在了"相术"二字上。就在叶天看到老人的脸上时，龟壳上的"相术"二字突然分解开来，连带着整个龟壳都散开了，形成了一个个神秘的符号，看得叶天眼花缭乱。有之前给老道看相的经历，叶天也没着急，只感觉到脑中微微传来一阵眩晕，短短的几秒钟过后，几行字眼出现在叶天的脑海里。

"廖昊德，1933年生人，1949年前往台湾，1959年迁居美国……此次返乡，是想将父母合葬，但葬母之地不可寻，三日后即将返美……"

"还真是美国来的啊？"看着脑海中的这几行字，叶天笑了起来，虽然说得并不详细，但足够他了解廖昊德的生平往事了。更重要的是，龟壳这次竟然算出廖昊德返乡探亲的目的，也就是说，这个像龟壳一般的罗盘，不仅能推算人的过往，同样可以占卜出人的未来。

"能不能帮他一下啊？看看能否算出他母亲葬在何地？"脑中那几行字眼已经在慢慢淡去了，叶天突然想到这个问题，即使自己能算出廖昊德回国的目的，但帮不到他，还不等于是白拿了别人的糖人啊？

"村头六百步，下方两……"就在叶天心中向龟壳追问的时候，那几行字已经完全消失了，叶天刚想把注意力转移到这个问题，一行小字却突然在他脑海里显现了出来。

"这是什么意思啊？哪个村头？怎么说得没头没尾的？"看着这几个迅速消失掉的

字，叶天皱起了眉头。按理说寻龙点穴这样的事情，是要当事人的名字和生辰八字的，自己只不过想了一下，龟壳就给出了这么个答案，叶天也不知道是真是假了。

"术藏，给我出来……"叶天有些不死心，在心里又念叨了一句，那龟壳倒是给他召唤出来了，不过上面的字眼，已经全部变成了灰蒙蒙的颜色，再也无法点开了，让叶天也有些无可奈何。

"管他呢，反正童言无忌，信不信由他了……"叶天嘴里嘟囔了一句。自从脑海里出现这龟壳以后，不管是给老道看相还是给苗老大看风水，似乎还没出现过差错。不过叶天是不能直接找那老人说的，如果别人不信，那不是在海外华侨面前丢人吗？想了一下之后，叶天偷偷拉了一下小胖子。

"叶天，干吗啊，我的糖人就要做好了……"郭小龙对叶天的行为很是不满，眼睛直往人群里面瞄，生怕自己的孙猴子糖人被人抢走了。

"嗨，跟着你舅姥爷，多少糖人吃不到啊？"叶天不露声色地恭维了小胖子一把，接着说道，"小龙，你舅姥爷这次回来，是有什么事情吧？"

"没什么事啊，就是回来看看我们，对了，舅姥爷还给我们家好多东西呢，告诉你，我家里的那台电视机，是我们村里唯一的一台，叶天，有空去我家看电视啊，《上海滩》可好看了，许文强最帅了……"

郭小龙没听懂叶天问的话，乱七八糟说了一大通，还用手比画着许文强开枪后的模样，连面前快做好的孙猴子糖人都顾不上了。

叶天见到郭小龙这架势，恨不得现在就拉自己去他家看电视，连忙说道："咳咳，小龙，有空我一定去，对了，我现在要走了，帮我跟你舅姥爷说声再见……"

"现在就走啊？那好吧，我还要和舅姥爷去转转，晚点才回去呢。"没有了显摆的对象，郭小龙有点索然无味，不过他在心里决定，等开学了一定要把关系好的同学都请家里看电视去。

"好了，小龙，再见……"叶天对郭小龙摆了摆手，临走之时忽然凑到他耳边，小声说道，"小龙，你舅姥爷要找的东西，在村头六百步处……"

倒不是叶天不想说清楚，实在是他也不知道廖昊德的母亲究竟葬在何处，反正就这么个线索，也算是自己没白拿别人的糖人了。

"我舅姥爷要找什么啊？什么村头六百步处？"郭小龙看着叶天的小身体挤进了远处的人群，莫名其妙地摇了摇头，转过脸去，却发现舅姥爷拿着糖人站在了自己面前。

"小龙，你同学走了？"单是重温了这吹糖人的手艺，廖昊德就感觉自己这趟集市没白来，要知道，小时候的他，可也和这些孩子一样，眼巴巴地想要买上一个糖人。

"叶天走了，舅姥爷，他让我跟您说再见……"郭小龙接过孙猴子糖人，看向身边的老人，有些奇怪地问道，"舅姥爷，您回家是来找东西的吗？"

"嗯？小龙，你怎么这么问姥爷啊？"廖昊德闻言愣了一下，小龙的爸妈倒是知道自己回来的目的，但是小龙却是不知道的啊！这样的事情没必要和小孩子说。

天才相师❶

天眼神童

"我同学说，姥爷您要找的东西，在村头六百步处……"郭小龙挠了挠头，还是把叶天临走时留的话说了出来。

　　"什么？你同学说什么？"廖昊德本来只是这么随口一问，却没想到听出这么一句话来，顿时浑身大震，一把抓住了郭小龙。

　　"姥爷，他……他说您要找的东西在村头六百步处，别的没说什么啊……"慈祥的舅姥爷满面通红，双目圆瞪的样子吓得郭小龙小嘴一瘪，差点要哭出声来了。

　　"村头六百步，村头六百步！"廖昊德在心里念叨了几句，转过身去，说道，"小龙，走，回家……"

　　此时的廖昊德，心里像是翻起了滔天巨浪，完全没有心思去想叶天为何会说出这样的话，而是将心神全放在"村头六百步"这几个字眼上了。

　　廖昊德的父亲解放前是国民政府教育部的一个官员，长年在南京工作，而廖昊德的母亲却经常回乡下居住，十岁以后，廖昊德就跟着父亲在南京上学了。1949年那会儿，国民党兵败如山倒，形势紧急，廖昊德的父亲没来得及将妻子接上，就带着儿子远走台湾了，这一走，就是两岸相隔，天人永别。

　　到了台湾后，廖昊德的父亲才发现，上百万大军只涌入这么一个弹丸之地，许多将军都被迫住在了眷村里。不过廖昊德的父亲是个人才，精通好几国的语言，在眷村住了十年之后，带着儿子去了美国，并且开办了属于自己的公司，定居下来。前年，廖昊德的父亲病逝在美国，临死前交代儿子，一定要把他的骨灰带回国内，和妻子安葬在一起，这才有了廖昊德的回国之行。可是回乡之后廖昊德才知道，母亲早在20世纪50年代初期就去世了。而在那场席卷了整个中国的运动中，很多有海外关系的家庭甚至是祖坟，也遭遇了浩劫，所以即使是家中的老辈人，也说不出廖昊德母亲具体的安葬地点了。

　　这个结果使得廖昊德有些心灰意冷，原本已经准备返美了，却没想到突然得到这么一个信息。

　　俗话说病急乱投医，原本已经绝望了的事情，却又被叶天的一句话引起了涟漪，左右找了一圈叶天未果后，廖昊德带着侄孙，匆匆赶回村子去找人商议了。

　　而始作俑者叶天，却是优哉游哉地又在外面玩了一会儿，看到天色渐渐晚下来，才往苗老大家走去。

　　听到房子后面传来的发动机轰鸣声，叶天没有进院子，而是拐了个弯来到了后面的水塘处。

　　江南河多，苗老大找人从鱼塘处挖了个沟渠，将水都引到了不远处的河里，这会儿除了二十多个小伙子在往池塘里铲土之外，还有几辆拖拉机发着"突突"声，来回运送着土方。

　　见到苗老大正在那手忙脚乱地指挥着，叶天笑着说道："嘿，苗大哥，您这可够快的啊？"

短短一下午的时间，两个占地面积不小的池塘就已经被填得差不多了，不管是什么年头，只要有钱，总归是好办事的。

"是小真人啊，您看看，这水塘填得成不成？"见到叶天走过来，苗老大连忙问道，只是他老大一个人，向着叶天这拿着糖人的小孩子请教，让旁人看上去未免有些可笑。

"苗老大，这小家伙是谁啊？山上有这么小的道士吗？"旁边一个正在喝水的帮工问道。虽然都是乡里乡亲的，但是自从苗老大发财后，好像没对谁这么恭敬地说过话。

"呃，这……这是，我说，管那么多干吗，你晚上有酒喝就成了。"

苗老大也不知道该如何解释，要是实话实说，估计明儿派出所的人就要来找自己了，这不是摆明着宣传封建迷信吗？

有钱人就是腰杆子粗，那人听到苗老大的话后，也没生气，怏怏地拿着把铁锹去干活了，而苗老大则是又看向叶天，这可事关身家性命啊。

"行，只要填上就好……"叶天点了点头，却是有几分敷衍，不是他不想再帮苗老大看看，而是那龟壳根本就不听他指挥，上面所有字体的颜色都变得灰暗了起来。

听到叶天的话后，苗老大大声吆喝了起来："大家再加把劲，最后这点干完了，都来家里吃饭啊……"

在20世纪80年代中叶的时候，别说农村了，就是城市里也不见得能找到几家正规的工程公司。一般有什么力气活，都是找些亲戚朋友左邻右舍的来做帮手，除了盖房子之外，像填个鱼塘这样的事情，也不会说要什么工钱，干完活儿喝顿酒也就罢了。

"嘿，苗大哥，有酒没有啊？"

"瞧你小子说的，苗老大请客，能没酒没肉吗？"

"二娃，喝多了小心你媳妇不让上床啊，要不……晚上我去你家睡？"

"滚一边去，老子把你那狗腿给打断……"

"行了，大家动作都快点，填完这一点，咱们就喝酒吃肉去……"

苗老大话声刚落，众人就笑着嚷嚷了起来，干活儿的人都是乡里乡亲的，听到苗老大的话后，相互开起了玩笑。

在苗老大家那宽敞的院子里，已经拉上了电灯，几个大圆桌上也摆满了酒菜，二十多个精壮的汉子干完活后，吆五喝六地喝了起来。

连叶天也被苗老大给敬了半杯酒，只不过半杯酒下肚之后，叶天就飘飘不知所以然了。

第二天一早，苗老大门口早早来了几个木匠和盖房子的人，等叶天和老道起床后，坐在拖拉机上向茅山驶去。

途中虽然路过自己家，叶天还是没敢回去，谁知道老爸的气消了没有，这偷看女人洗澡，在农村可是纯粹的耍流氓，即使是小孩子也免不了一顿胖揍的。

"老神仙，您身体真好啊……"半个多小时后，一行人爬到了道观处，苗老大这些

天才相师①
天眼神童

青壮汉子都累得气喘吁吁，反倒是叶天和老道这一老一小，看上去连汗都没出多少。

"呵呵，苗居士要是能舍下家业，来这里住上一段时间，身体也会变好的。"老道闻言笑了起来，却也没多说，如果被这帮人知道自己已经一百多岁了，指不定会吓成什么样子呢。

"呵呵，咱是劳碌命，不比老神仙啊……"苗老大说这话的时候的确有几分羡慕，老道占据的这座山峰虽然声名不显，但风景极佳。

道观前面就是一片竹林，下面是一个小瀑布，尤其是在夏季，瀑布处水雾缭绕，宛若仙境一般，看得众人均是神清气爽。

在道观前稍微休息了一下，那些工匠就开始忙碌了起来，将道观前前后后都仔细地检查了一番。

过了半个多小时，一个像是工匠头的人走了过来，从兜里掏出一包皱巴巴的香烟，小心地抽出一支递给了苗老大，说道："苗老板，这道观破损得太厉害，主殿还遭了雷击，大梁也要换，工程可不小啊……"

一般来说，只有盖新房子的时候，才会上大梁，如果道观要换大梁的话，就等于是推倒重建了，那价钱和修缮可是不一样的。

"老吴，你说个价吧……"在苗老大心里，只有淡泊名利的高人才会住在这么个地方，加上昨天的事情，他早已把老道当活神仙看了，即使花再多钱也心甘情愿。

老吴伸出三根手指，说道："最少要……三千元！"这道观一个主殿、两个厢房，每间房的面积还特别大，盖起来难度不比山下人家的大瓦房小，三千元钱也算厚道。

"成，三千就三千，大伙儿辛苦下，早点给盖起来吧……"20世纪80年代的三千元钱，足可以在城里买上一套上百平米的独门独院了，所以即使是苗老大这样的万元户，也是在心里掂量了半天，最后一咬牙答应了下来。

确定了价钱后，自不用说，工匠们都忙了起来，叶天则是带着苗老大往山下走去，这十多个工人干活，总要找个人做饭吧？俗话说肥水不流外人田，叶天也只能硬着头皮下山了。

"哎，臭小子，过来让我揍一顿咱们没事……"李二愣子刚走出家门，迎面就碰上了叶天，顿时气不打一处来，他之所以被人叫二愣子，倒不是五谷不分，主要就是一根筋，脾气上来了不管是和大人还是小孩都喜欢较真。

"二叔，你揍我干吗呢？我师父在山上要翻修道观，让二婶去帮忙做饭吧，一天有两元钱呢，二婶不赚我找别人去……"叶天心里亮堂着呢，来到村子就直奔李二愣子家。偷看他媳妇洗澡的事，只要二愣子不嚷嚷，老爸未必会揍自己。

李二只是愣，但不傻，这乡下老娘们每天闲着没事，一天赚两元钱的好事当然不会放过了。他见叶天转身要走，连忙一把拉住，说道："哎，别啊，小叶子，谁说你二婶不去了？"

"那成，二叔，你和苗大哥谈吧，我先回家喽……"叶天早在下山的时候就跟苗老大说了，自己并不是受戒或者受箓的道士，家就住在这村子里。所以苗老大也不惊奇，自行和李二愣子商量了起来，光他媳妇一个人是不成的，还要发动些汉子背些米面肉菜上山的。

"爸，您乘凉呢……"推开自家的院门，叶天先是伸出小脑袋往里面看了一眼，没想到正好和坐在院子里的老子打了个对眼，只能怏怏地走进院子。

"臭小子，又去找你师父了？"看到叶天这一身不伦不类的打扮，叶东平也是哭笑不得。他从小也没少揍这孩子，可总是不见成效，越打越是皮实。

"嗯，跟师父下了趟山，找人修道观去了……"见到老爸没生气，叶天胆子顿时大了起来，献宝似的从兜里掏出那张被汗水浸湿的"工农兵"，说道，"爸，师父昨天帮人看了风水，这是别人给我的钱，您收着吧……"

叶天知道老爸虽然同意自己跟师父学古文，学国术，却不同意自己去学那些算命看相之类乱七八糟的东西，所以没敢说这钱是自己赚的。

"你这孩子，别人给你的，你就拿着吧，别乱花就行了。"看到儿子如此懂事，叶东平鼻子不禁有些发酸。

和其他小孩比起来，叶天在物质上算是最差的一个了，但这孩子从没有伸手向自己要过一分钱，也没有叫过一声苦，父子俩就这么相依为命过了十多年。

"等小天上完小学，就回去吧，回北京才能受到更好的教育……"看着儿子，叶东平在心里下了一个决定，自己这一代人已经被耽误了，就是回北京拉板车拼老命，也不能再耽误孩子了。

"爸，您怎么了？"见到老爸脸色不大好看，叶天关心地问道。

"没事……"听到儿子的话后，叶东平收回了思绪。

"对了，我可以帮老爸看看相啊，而且他从来也不对我讲以前的事情……"叶天心里突然冒出了这么个念头，而且这个想法出来之后，再也无法遏制下去了，因为叶天心中始终有个谜团，他没有见过自己的妈妈。

虽然从村子里的人口中得知，妈妈长得很漂亮，但是叶天从来没听父亲说起过，随着年龄的慢慢增长，这也成了叶天的一个心病。

天才相师❶
天眼神童

　　叶天虽然顽劣，但十分孝顺。六七岁的时候他追问过父亲一次妈妈的事情，引得叶东平好几天都闷闷不乐、精神不振之后，就再也没在父亲面前提过这事儿。

　　但是眼下似乎可以用"龟壳"推算出父亲的往事，叶天不由动了心，谁也不希望自个儿是石头缝里蹦出来的吧？

　　"术藏！"想到这里，叶天再也忍不住了，心中默念了一声"术藏"，龟壳顿时滴溜溜地出现在了脑海里。

　　早上在苗老大家一起床的时候，叶天就发现了，昨日变得灰蒙蒙的"堪舆"和"相术"这几个字眼，重新散发出淡淡的光亮。

　　叶天隐约感觉到，对这两项能力的运用，每天似乎都是有限制的，所以他一路上都强忍着，也没敢胡乱使用，眼下却是派上了用场。

　　"相术！"叶天心中默念了一声，熟悉的变化又在脑中重现了，巴掌大小的龟壳在滴溜溜地转了一圈之后，分解成无数道光线，快速组合了起来。

　　"咦，父亲的面相不错啊，不像是应该务农的人呀？"说老实话，虽然跟着老道学了好几年的风水相术知识，但叶天心里却是不怎么相信的，所以以前还真没帮父亲看过面相，这次认真看了一下，顿时有些愕然。

　　叶东平耳高过眉，眉毛光润，浓而不浊，山根隆起，鼻梁坚挺，眼神内藏，黑白分明，这都是大吉富贵之相，没道理现在过得这么穷困啊！

　　没等叶天多看，脑海中的龟壳忽然起了变化，一行行字眼，出现在了叶天的脑中："叶东平，北京西城人，出身工人家庭，独子，两个姐姐，一个妹妹，1973年结业于华清大学机械系，同年响应'广阔天地，大有作为'的号召，下放到江苏金坛地区……"

　　"父亲原来真是北京人啊！可是……怎么，怎么没有母亲的信息呢？"脑中所出现的信息，只有叶东平的生平介绍，却是没有任何关于母亲的字眼，这让叶天失望不已。

至于什么华清大学，叶天则是完全没有放在心上，一来现在华清的名声还没有后世那么响亮，二来也不能指望一个在乡下长大的孩子，会多么了解这座国内的最高学府。

看到脑海中的字在慢慢淡去，又凝结成了龟壳的样子，叶天有些不甘心，再次将全部的心神都灌入"相术"二字上。

"看姻缘……"叶天同时在心中默念，希望这神秘的"龟壳"能给出母亲的信息来。随着叶天心中所想，脑海中的龟壳又化作一个个神秘的符号，正当叶天聚精会神等待着结果的时候，他突然感觉脑子里"嗡"的一声，似乎一个大锤砸在天顶上。

这突如其来的变化，让叶天头疼欲裂，浑身的力气像是被抽空了一般，原本站着的身体，也一头往前栽去。还好叶天摔倒的方向，正是叶东平坐着的地方，要不然一头摔在青石地板上，恐怕免不了头破血流的结果。

"哎，小天，这……这怎么了？"发生在儿子身上的变故，把叶东平吓了一跳，他抱着叶天软绵绵往地上出溜的小身子，饶是叶东平这些年经历了不少风浪，一时间也是手足无措。

"这伤口是怎么回事？唉，都怪我……"叶天道冠掉下来后，露出了头上的伤口，更是让叶东平下意识地认为叶天的晕倒就是这伤口导致的，不禁后悔不迭，悔不该平时对叶天那么严厉，吓得他跑到山上受了伤。

过了好半晌，叶东平才回过神来，将叶天抱进了屋里，自己匆匆往村子后山赶去。相对于小镇上的赤脚医生，叶东平还是更加信任叶天的师父。

昏迷中的叶天，仿佛置身于大海之中，自己就像是一叶孤舟，忽上忽下，而且头上暴雨倾盆，电闪雷鸣，像是天地在威慑人的心神。

就在这上不着天下不着地的时候，叶天忽然感觉到人中一阵刺痛，就像是一盆凉水泼在身上，浑身打了个战栗，眼前幻象消失一空。

"师父，你怎么来了？"叶天睁开了眼睛，第一个看到的人居然是老道，还以为自个儿看花了眼。

"哎，我……我怎么动不了啊？"叶天想抬手揉下眼睛，却发现浑身上下酸痛无比，连抬手的力气都没有了。

"臭小子，别乱动……"老道伸手制止了叶天的动作，眼睛里满是不解的神色，"不至于啊，小小的年纪，怎么就伤了元气啊？"

元气禀于先天，藏于肾中，又赖后天精气以充养，古人曰："气聚则生，气壮则康；气衰则弱，气散则亡。"用中医的角度来理解这句话就是元气充足则健康，元气受损则生病，元气耗尽则死亡。

不过叶天小小年纪，加上又修炼自己一脉的导气术，按理说元气应该比一般的成年人都要充裕，而不像现在这一副元气大伤的样子，老道是百思而不得其解。

"小叶子，你回家后干什么事了？"老道想了一会儿之后，看向叶天，这答案还是要从叶天身上去找。叶天听到师父的话后，小声说道："我……我没干什么，就……就是帮父亲看了下相……"

跟着老道学了五六年的导气和中医术，叶天自然知道元气对于人身体的作用，当下除了脑中龟壳没说之外，其余的全部老实交代了。

"看相，你看出什么了？"老道的面色严肃了起来。

"我……"

叶天侧头看了一眼父亲，还是说道："我爸是北京人，上过大学，而且是独子，我还有三个姑姑……"

"小……小天，谁……谁给你说的这些话啊？"叶天话声未落，就被一脸惊愕的叶东平打断了。他为情所伤，只想一辈子安安稳稳地在这小山村里生活，没有对任何人讲述过自己以前的事情。倒不是叶东平不想对儿子说，只是前些年叶天还小，他是想等叶天到了能独立思考问题的时候，再把自己的家世告诉儿子。

如今这些隐藏在内心深处的事情，突然被儿子说了出来，叶东平这一惊可是非同小可。

"我也不知道看得准不准……"听到老爸的话后，叶天嘴里嘀咕了一句。

老道活了那么大的岁数，搭眼一看叶东平的神色就全明白了，当下没好气地说道："不准？不准你能成这个样子？"

听到老道的话后，叶东平也顾不上追问叶天那些事是从何得知的了，而是紧张地看向老道，开口问道："老李叔，这……这到底是怎么回事啊？小天他要不要紧？"

老道须发皆白，看上去像是七八十岁的人了，但是皮肤红润，又像四五十岁，所以叶东平一直是以老李叔相称，当然，他对老道一百零六岁的说法，向来都是嗤之以鼻的。

"唉，你儿子是个天才啊……"听到叶天的这番话后，老道顿时想起了叶天给他看相的事情，一脸的不可置信之余，还有一丝淡淡的落寞。要知道，李善元少年得意，一生精研相术术法，阅人无数，自诩在风水相术上，国内绝对无人能出其右。但是和叶天相比，他顿时感觉到自己这一把年纪都活到狗身上去了，什么叫少年天才？什么叫天赋异禀？躺在眼前的这位才是。

"咳，我说老李叔，什么天才不天才的啊，我儿子他有没有事？"听见老道前言不搭后语，叶东平急得差点跳脚了。看见叶东平的样子，老道笑着摆了摆手，说道："大侄子，你别急，叶天没事的……"

"什么乱七八糟的称呼，我爸那年龄给您当孙子都嫌小了……"以前不知道师父的年龄倒也罢了，现在知道了，再见老道装嫩，叶天心里不禁是一阵恶寒，不过这话叶天可不敢说出来，他也关心自己身体的情况，当下问道："师父，我就前天流了点血，不至于伤到元气吧？"

"你知道个屁，医不自治的道理你懂不懂啊？"老道没好气地骂道。

所谓医不自治，是中医行里一条不成文的规矩，因为病发生在自己或家人身上，在诊断过程中容易掺杂许多不必要的顾虑和忧患意识，这样就会影响客观的分析和诊断思维，从而容易导致误诊和误治。

这其中还有个典故，西汉名医淳于意父亲生病，他看了后下了几次药都不见好，有一次他因为急诊外出，把药方留给了徒弟，让徒弟帮他抓药。而淳于意的弟子看了药方后，感觉有一味含有剧毒的药下得轻了，自己做主加重了几分，没想到淳于意的父亲吃了之后病情大好，事后淳于意得知缘由，说出了"医不自治"这句话来。

"我知道啊，师父您说过的……"不仅叶天知道，叶东平也明白，但是二人都不知道这和叶天的病有什么关系。看着叶天爷俩一脸懵懂的样子，老道叹了口气，说道："看相占卜也是如此，古往今来，善卜者只敢给自己断吉凶，却不敢深究细查，就是怕忍不住逆天改命，遭受天谴啊……"

"天谴？师父，我……我没干什么逆天改命的事儿啊……"听见老道的话后，叶天不禁一阵心惊肉跳，这脑海里的龟壳来得蹊跷，平日里隐晦至极的堪舆相术更是运用得得心应手，不会真的引来什么祸事吧？叶天曾经听师父说过，自己这麻衣一脉就可以逆天改命，曾经有几位祖师因此而身居高位，入庙堂之中。不过不知道是否因为泄露天机的原因，这几位祖师都惨遭横祸，死于非命，所以后来麻衣一脉也传下了个规矩，后人不得入仕为官，不得轻易帮人逆天改命。

当时叶天听这些话的时候，并不是很在意，但是现在想起来，却有点毛骨悚然，脸色煞白，如果算出父亲会有不测，自己难道能袖手旁观吗？

"老李叔，我说您学贯中西，知识渊博，怎么也信这些话啊？您做师父的不能这么吓唬孩子啊……"和叶天相反，叶东平对老道的话嗤之以鼻，他从来都不信什么鬼神之说，更是视看相算命、风水堪舆为封建迷信。

且说老道所住的道观破败至此，还是拜叶东平当年领着一帮知青上山破四旧所赐，如果不是看着老道国文功底深厚，他根本就不会让叶天拜其为师。

"小叶子，你既然想听科学的，我就用科学的理论来讲给你听……"老道一声小叶子，喊得叶天父子俩脸色同时露出苦笑来，这老不修喊得顺口，不管是叶天还是叶东平，在他嘴里都变成了小叶子。

"小叶子，用你所谓的科学讲解阴阳，那就是阴阳之间既互相排斥，又相互互补，其总和等于它们最邻近的属概念的外延，世间万物都可以用阴阳五行来涵盖，是不是？"

叶天有点听不懂老道的话，不过叶东平却是点了点头，对他的话表示认可，老道所说的观点在哲学和逻辑学中是成立的。

看见叶东平点头，老道接着说道："咱们现在所用的中医，都是以阴阳调和为根本，而一直为你所不屑的卜筮、堪舆、命理这些方术，也是如此。为何你能接受中医，就不能接受相术呢？"

"那不一样，中医是实实在在的，算命不过是镜花水月江湖骗术而已，不能混为一谈。"叶东平摇了摇头，还是坚持己见，想改变一个成年人的世界观，可不是一件容易的事情，尤其是像叶东平这种受过高等教育的。

老道闻言笑了起来，一脸风轻云淡地说道："那小徒刚才所说的，依据何在？"

"这……这……"叶东平被老道问得目瞪口呆，他的确无法解释儿子刚才对自己说的那番话，心中不由动摇了起来。

"小叶子，存在即合理，世间万物都有它的规律所在，掌握了这种规律，就可以行常人所不能之事。你以为汉代东方朔、宋朝陈抟这些人只是因为胡言乱语，就能得到皇帝的赏识？那未免太看不起一国之君了吧？自有甲骨文起，到伏羲创先天八卦，周文王根据《河图》、《洛书》总结概括而来的《易经》，占卜相术就存在了，而且一直主导着国人的生活，已经成为一种文化，难道你说它不科学吗？"老道在20世纪二三十年代的时候，就用这番话反驳过不少当时所谓的新文化进步青年，现在说出来，依然是让叶东平辩无可辩。

"那，那小天这是怎么回事？难道他给我看下面相，就会遭受天谴吗？那这知识学来何用？"叶东平说不过老道，就将话题引到了叶天身上，隐隐在责怪老道教授叶天相术之法。

"小叶子，阴阳五行原本都是有定数的，所谓天谴，就是善相者看破了这种运转并且横加干预，使之紊乱了起来，导致反噬……"老道说到这里，叹了口气，目光有些复杂地看向叶天，接着说道，"这孩子能观面而知心，如果放在古代，成就恐怕不下李淳风和袁天罡，只是现代本就天机紊乱，他有如此天赋，也不知道是祸是福了……"

"老李叔，那……那怎么办？小天不会出什么事吧？"听见老道的话，叶东平也顾不上理论别的了。什么科技昌明、封建迷信，都比不得儿子的安危重要啊！

"是啊，师父，我现在动都动不了，好难受啊……"床上的叶天也是可怜兮兮地看着老道，他从小连感冒发烧都没生过，眼下让他老老实实地躺在床上，真是比杀了他还难受。

"臭小子，现在知道害怕啦？"老道没好气地瞪了叶天一眼，对叶东平说道，"他年龄还小，你把院子里那只下蛋的老母鸡杀了炖汤，给他补补元气就行了。"

"好，好，我现在就去杀鸡。"叶东平连连点头，返身就出屋去抓鸡了。

见到叶东平出去后，老道压低了声音，说道："小叶子，能动了的话，就练练师父教你的导气术，那有固本培元之功效，如果功夫练到了家，未必就不能逆天改命……"

麻衣一脉的导气术，本就是和其传承下来的风水相术相辅相成的，只不过老道虽然将导气术练得炉火纯青，但相术却是失传甚多，他一直也是深以为憾。相术这一古老的行当是每况愈下，老道看在眼里疼在心里，不过他年事已高，也是有心无力了。眼下见到弟子竟然因为相面而引得天机紊乱，道不由蛊惑了叶天几句，说不定日后这个弟子就能为相术界正名呢。

听到老道的话后，叶天小脸皱了起来，苦笑着说道："师父，您看我都这样子了，还能逆天改命吗？"说老实话，叶天刚才真的有个念头，那就是再也不召唤"龟壳"了，虽然能预测吉凶、算人运程，但这后果未免太严重了点吧？

"怕什么啊，这次你给小叶子看相，是因为关系到了自身，才会遭受反噬的，以后给自己或者亲人占卜，就测吉凶好了，别的不要多看……"老道想了一下，接着说道，"以前不想你会踏入这行当，很多事情都没和你说过，现在要交代你一下了，小叶子，你知道为何那些算命的，都要问人生辰八字吗？"

叶天点了点头，答道："知道啊，有了生辰八字，才能推演出他命中所缺，更准确地算出他的祸福运程啊。"

叶天所说的，是最基本的相术知识，这个就连那些蹲在马路边的"大师"也是知晓一二的，给人算命你要是不问生辰八字，那别人都不带理你的。

"小叶子，你只说对了其一，这里面还有一个原因，那就是'八字全阴'或者'八字全阳'时辰出生的人，咱们一般是不看的……"

"师父，为什么啊？"叶天倒是知道什么叫八字全阴或者全阳，年月日时为四柱，每一柱又分干支，合起来就是"八字"了。如果四"柱"都是属阴的，就叫做"八字全阴"，反之就是"八字全阳"。

"这两种时辰出生的人，命理极薄，你在推算的时候，就有可能使其命理发生改变，无意中就触及逆天改命的忌讳，所以记住，就是天大的交情，也不要轻易给这两种人推演命理。"

"师父，我记住了。"叶天还从来没见过老道这么慎重地和他说过话，当下认真地将这些话记在了心里。自从相信老道活了一百多岁之后，叶天对这个师父也是另眼相看起来，当然，他是不会承认自己以前始终认为师父是个老骗子的。

老道又给叶天把了下脉之后，开口说道："好了，回头喝了鸡汤，明儿就没事了，师父我还要看着他们干活呢，就先回山了。"

临出门的时候看见叶东平正在那里杀鸡，老道不禁咂巴了下嘴，犹豫了一会儿还是往山上走去——万一那道观被他们修个四不像，那可是没法向祖师爷交代啊。

"小天，你能起来啦？"第二天一早，叶东平刚刚起床，就看见儿子站在了院子里，脸上比昨日已经是红润了许多，不禁喜出望外。

"爸，我没事了，师父说让我多运动……"叶天嘴里说着话，手上的动作却没停，他练的就是老道所教的导气术，这是由道家导引术脱胎而来的，意为"导气令和，引体

天才相师 ❶ 天眼神童

令柔"。

"病来如山倒，病去如抽丝，还是注意点，动作别太大了。"叶东平怜惜地摸了摸儿子的头，转身回到厨房里，将昨天叶天喝剩下的鸡汤热了热，又下了一把面条在里面，自己却是一口都没舍得吃。

"师父说得没错，这导气术的确对固本培元有作用……"叶天没有听到父亲的话，因为就在他练完一个套路收功而起的时候，不仅浑身上下都感觉神清气爽，而且在行功的时候，可以清晰地感觉到身上的气感流动。原本酸软无力的四肢，也随着元气流走，慢慢变得坚强有力了起来。

　　一个完整的套路打下来，叶天只感觉全身精气充沛，身体的酸痛无力全然消失了，心中不禁啧啧称奇，自己脑海中那神秘的"龟壳"就是得自麻衣道观，难不成真要和这功法配套使用？

　　"术藏……"想到此处，叶天小心翼翼地召唤了一声龟壳，当巴掌大的小东西滴溜溜地出现在脑海中之后，叶天发现，"堪舆"和"相术"这几个字，似乎比往日更加明亮了一些。不过叶天还没确定昨天的遭遇是否是因为给父亲相面反噬导致的，所以盯着龟壳看了半天，还是没敢贸然探究，那全身瘫痪的滋味，未免太过难受了。

　　"小天，过来吃早饭了。"正在叶天心中纠结不已的时候，叶东平的声音传来。

　　"哎，来了。"听到父亲的喊声，叶天连忙静气收功，将注意力转移开来，而那龟壳也慢慢消失不见了。

　　这夏天的早上是一天中最凉爽的时候，叶东平把早饭端到了院子里，先给儿子盛了一碗鸡汤面条，最上面放着一只烂熟的鸡大腿。

　　"爸，你也喝鸡汤啊。"叶天端着碗正要吃的时候，一眼瞥见父亲的碗里却是昨天剩的稀饭，配着自家腌制的萝卜干，正稀里哗啦地往嘴里扒呢。

　　"那条大腿不是被我吃了吗，行了，我吃点清淡的清清肠胃，你吃吧。"叶东平看了儿子一眼，心里暖烘烘的，儿子长大了，知道关心老爸了，这比吃什么山珍海味都要来得舒心。

　　"爸，我吃面条就行了，鸡肉吃多了油腻不消化……"想到父亲才三十多岁，两鬓隐然已经有些白发了，叶天眼圈不禁有些发红，虽然平时父亲没少揍自己，但是家里吃的用的，都是拣好的给自己。而且叶天知道，另外一条鸡腿是父亲撕成了肉丝，昨天就给自己吃下去了，当下也没用筷子，直接拿手抓起面条上的鸡腿，放到了父亲的碗里。

　　"小天，爸真的吃过了啊……"叶东平本来想把鸡腿夹回去的，不过看到叶天的脸上满是坚定的神情，欣慰地笑了笑，说道，"好，儿子孝敬的，我吃……"

一向顽劣的儿子突然变得这么懂事，让叶东平心里充满了宽慰，这十多年遭受的苦难，似乎也不算什么了。

"对了，小天，你昨天说的那些，真的是自己看出来啊？"之前一直在为叶天的身体担忧，这会儿心情放松下来之后，叶东平忽然想起了昨天那事，不由放下饭碗向叶天询问道。

叶天知道老爸早晚会问这件事的，早就在肚子里打好了腹稿，当下开口说道："爸，当然是我看出来的了，您的思想可不能那么僵化啊，师父今年真的有一百多岁，他教给我的相术知识，也是有很深奥的道理的。"

叶东平闻言点了点头，说道："可能是爸以前认识不够吧，这种占卜文化能流传数千年，自有它的道理，不过小天，这些终究是旁门左道，你还是要好好学习，不要在这些上面沉浸太深……"

叶东平出身普通家庭，能在那个动乱的年代就读华清大学，也可谓是天之骄子了。只是因为感情的波折他一直不想返回北京，也从来没有在儿子面前说过自己的往事，所以他真的相信叶天那些话是通过相面得来的。

对于看相算命他并不知道多少，一直以为是封建迷信，但儿子昨天说出的那些事，却让他的看法有了很大的改变。

"知道了，爸，老师每天都教我们要为四化建设作贡献，我会好好学习的。"听到叶东平的话后，叶天放下心来，只要老爸相信相术不是封建迷信，以后再发生什么事情，他就不会大惊小怪了。

这顿饭叶东平吃得很高兴，他感觉儿子长大了，现在居然能和自己平等地交流了，要不要离开这个居住了十多年的小乡村去另一个地方，叶东平也在心里拿定了主意。

"那里就是，我说，你找叶天干什么呀？他都不在家……"正当叶天爷俩父慈子孝的时候，院子围墙外面传来一阵喧闹声，紧跟着敲门声就响了起来。

"咦，叶天，你回家了呀？我以为你还在山上呢……"

叶天刚打开院门，胖墩就钻了进来，一边说话一边冲着叶天挤眉弄眼，配着他脸上青一块紫一块的模样，煞是滑稽。

胖墩这是在告诉叶天，他被抓住了，但是并没有招出叶天来。这样的小把戏他们五六岁的时候就开始玩了。

"我昨天就回来了……"叶天知道胖墩的意思，拍了拍他的肩膀，凑到他耳边小声说道，"晚上我去钓鳝鱼，慰劳下你们。"

"嘿嘿，那敢情好。"一听到有吃的，胖墩那张脸顿时笑开了花。

"二虎，你让让，我有事找叶天呢……"被胖墩挡住了门，跟在后面的人有些不耐烦了，把胖墩往里面推了推，郭小龙的身子露了出来。

"小龙，你怎么来啦？"见到郭小龙，叶天脸上露出一丝诧异的神色来，在学校的时候他和郭小龙交情并不深，也没有去过他家里，不知道他找自己干吗。

不过看到郭小龙身后的人，叶天顿时猜到几分他的来意，上前走了一步，乖乖地叫了声："廖爷爷好，于老师好，叔叔们好，于清雅同学，你好……"

来人正是叶天在镇子集市上见过的那个廖昊德，在他身后，还跟着几个大人，其中居然还有叶天的班主任于浩然和他的女儿于清雅。

于清雅的生日比叶天要小一个月，眉毛纤细，长着一双会说话的大眼睛，皮肤如雪，脑后梳了两条长长的麻花辫，虽然年龄尚小，但也能看出是个美人胚子。

"叶天，是我爸找你……"见到叶天冲自己挤了挤眼睛，于清雅不禁向后退了一步，她也不知道为什么老爸来叶天家，自己也想跟过来。

从一年级的时候，于清雅就和叶天是同桌，那会儿两人关系很好，课间或者放学的时候，她经常像个小跟屁虫似的追着叶天等人玩。

但是到了三年级的时候，不知道是从哪一天开始的，课桌上画起了三八线，好像一夜之间，男女同学就变得生疏了。叶天更是整天调皮捣蛋捉弄女同学，于清雅也不知道被他搞哭了多少次。

"小天，来客人怎么不让进来啊？一点礼貌都没有。"刚才叶天开门的时候，叶东平就把院子石桌上的碗筷都收进了屋里，出来后见到人还在外面，开口训斥了叶天几句。

"爸，是我同学和于老师来了。"叶天侧开身体，回头喊了一声。

"老于，怎么着，今天还想喝点？你的酒量可不小啊……"听到儿子的话后，叶东平迎了上来，发现除了于浩然之外，还有几个陌生人，不禁愣了一下，开口问道，"老于，这几位是？"

"老叶，我给你介绍下，这位是县统战部的王部长，这几位都是统战部的同志，这位廖先生是归国华侨……"见到叶东平一脸疑惑的样子，于浩然开口给他介绍了一番。其实他也不知道这些人找叶天干什么，是郭小龙找到他家里询问叶天家的地址，于浩然心中有些好奇，这才亲自带他们过来的。

"统战部？归国华侨？找我干什么啊？"叶东平有些莫名其妙，不过礼貌使然，还是将几个人让了进来，搬了几张凳子放在院子里，招呼道，"实在不好意思，屋里比较闷，大家就坐院子里吧，叶天，去烧点水……"

听见叶东平让叶天去烧水，廖昊德刚坐下又连忙站了起来，说道："别，叶先生，不用忙了，我就是有点事想找叶天问一问，千万别忙……"

"哦？叶天，你是不是又调皮捣蛋了？我看你是三天不打，上房揭瓦啊！"听到廖昊德的话后，叶东平顿时气不打一处来，这小子的胆子越来越肥了，竟然连统战部的人都给招惹来了。

要知道，在十年以前，统战部的同志要是去谁家，那肯定代表这家人要倒霉，不是被挂上个敌特的帽子，就是被拉出去游街批斗。虽然那场史无前例的"大革命"已经过去了十年，但是作为亲身经历过的人，叶东平心里难免有些疙瘩，嘴上是在骂叶天，心里却是不待见这些人。

见到叶东平训斥叶天，廖昊德脸上露出了尴尬的神色，期期艾艾地说道："叶……叶先生，实在对不起，叶天没有调皮，他是个懂礼貌的好孩子，我……我这次来，是……是有事情想他帮忙……"

听到这话后，不仅是叶东平脸上露出诧异的神色，就连那几个统战部的人，也均是吃惊不已，廖昊德都五六十岁的人了，有什么事……要找个毛孩子帮忙呢？

在江南地区，20世纪80年代中后期的经济发展，只稍稍落后于广东地区，所以对于一些有投资意向的归国华侨，相关部门还是非常重视的。但是和叶天的班主任于浩然一样，这几位统战部的同志，同样不知道廖昊德的来意，只是廖昊德请求他们帮助查找叶天的住址，这才找了于浩然一同前来。他们原本还以为廖昊德是找叶天的父亲，没承想居然是要这小孩子帮忙，一时间都有些摸不着头脑了。

或许在场的只有郭小龙心里清楚自己舅姥爷来找叶天的目的，不过在来之前，他就被舅姥爷警告过了，到了地方不许胡乱说话。

院子里沉寂了一会儿之后，于浩然试探着问道："廖先生，您没搞错吧？叶天还是个孩子，他能帮您什么忙啊？"

"这，咳咳，有点私事想问下叶天小朋友……"廖昊德听到于老师的话后，眼睛四处看了下，但是没说出什么所以然来，很显然，他是不想在众人面前谈论这件事情。

要知道，廖昊德虽然现在是美国人，但之前却是从台湾去的美国，对于大陆的政策，心里还是有些顾虑的。尤其是廖昊德想问的事情，又是大陆深恶痛绝的封建迷信，自己完事了可以拍拍屁股走人，万一牵扯到这孩子，那他良心可就过不去了。

听到廖昊德这话，在场的那几个统战部的人，脸上都不怎么好看了，这不是明摆着要赶他们走吗？

有个年轻的小伙子有点受不了了，开口说道："廖先生，您的请求我们都做到了，还有什么事是不能说的呢？"

"咳咳，不是，不是这个意思……"廖昊德闻言有些尴尬，不过他在商场沉浮了数十年，应变能力还是很强的，脑子里转了一圈之后，已经是想好了托词。

"几位，是这样的，我父亲在去台湾之前，就是道家居士，一直想给茅山道观捐点善款，不过他老人家已经离世了，我是想完成老人家的这个遗愿。"

"可是，这……这和叶天小朋友有什么关系啊？"那个年轻人有些不依不饶地问道，这年头还不是完全的经济挂帅的时代，国家安全还是第一位的。对这些有着背景的归国华人，丝毫不能放松警惕。

"是这样的，我前天遇到叶天小朋友的时候，他就穿着一身道装，所以我想找他带我去山上看看……"说到这里，廖昊德的脸上露出苦笑，"我这个人做事情比较认真，想要先看看环境，再决定是否捐款，所以不想麻烦有关部门，这……这还是被你们问出来了……"

廖昊德此话一出，随行的那几个人的脸上顿时露出了释然的神色来：敢情这位廖老板是怕由政府工作人员带着，看不到真实的一面，这才想让个小毛孩子领路的。

虽然几位统战部的同志对于廖昊德不相信地方政府有些不满，不过这事儿确实能说得过去，看廖昊德这样子，也不像是要做什么不利于国家的事情，话说回来了，就算他想，找叶天这个小孩子有什么用啊？

这几年统战部的人也接待了不少海外回来探亲的游子，他们知道，由于不了解国家政策，这些人心里的顾虑很多，经常做出一些出人意料的事情，比廖昊德更离谱的人他们也见过。

自以为猜对了廖昊德的心思，王部长笑了起来，说道："廖先生还是不太了解我们国家的政策啊，那就这样吧，我们先告辞了，廖先生如果有需要的话，随时联系我们。"

"王部长，这……"

"小张，我们要理解廖先生的心情，打消廖先生的顾虑，让廖先生自己走走看看，不要紧的。"那个年轻人还想说什么，却被王部长打断了。

这两年国家对于茅山的道教文化，一直是大力扶持的，去年还在国家并不富裕的情况下，拨款三千万修建茅山道观。

现在这位海外华人既然想捐款，那当然是好事了，如果因为他们的原因导致廖昊德不肯捐款了，估计最后板子就要打在他们身上了。

"王部长，谢谢您的理解，其实这事我找家里人也行，不过怕他们四处张扬，这才想起了叶天小朋友。"廖昊德的这番话彻底打消了王部长心中的困惑，他接待过不少回国探亲的海外华人，也知道有些侨胞的亲属，确实有点不像话，问归国华侨要这要那的，搞得很多人回来没几天就走了。

廖昊德有这样的想法，恐怕他家里的那些亲戚，也是把他当成了一块大肥肉，恨不得每人都拿刀子割下来几块。想到这里，王部长不禁看了一眼廖昊德身边的一个年轻人："国家的形象，都是被这些目光短视的家伙损害掉的。"

弄明白了事情的原委之后，统战部的人就告辞离去了，别人摆明了不信任自己，再留下来不是自讨没趣吗？

不过于浩然却带着女儿留了下来，而且廖昊德也没理由赶这两个人走，他们可不是政府官员，而且和廖家也没什么关系，如果再赶他们走，那就是心怀鬼胎了。

等到统战部的人走了之后，叶东平看了一眼儿子，说道："叶天，带廖先生上山去看看吧，你师父那道观正好在修缮，廖先生既然有心，就尽一份力吧，相信李真人是不会让廖先生失望的。"

俗话说知子莫若父，从廖昊德说话时叶天的脸色中，叶东平就看出了点端倪，事情

天才相师 ❶ 天眼神童

远不是廖昊德所说的那么简单，估计这事儿，还是和叶天那相术有几分关系。

叶东平是个识大体的人，他可不想在众人面前说穿这件事，要不然以后儿子还不得背个小神棍的名声啊？

不过叶东平这句话还有一层含义，却是只有叶天听得懂了，那就是让廖昊德有事情找老道去解决，他还是关心着叶天的身体。

"爸，我知道了。"叶天答应了一声，冲着老爸挤了挤眼睛，放在腿边的右手，冲着叶东平跷起了大拇指。

"行了，廖先生，我就不留您了，早去早回吧。"见到自己真猜对了，叶东平也是哭笑不得，这孩子才几岁啊，竟然当起了神棍，而且看廖昊德对叶天的态度，那还是恭敬有加啊。

廖昊德也是眉眼通透之人，当然听得出叶东平话中的意思，连忙说道："好，好，廖某人一定尽力，叶先生请放心吧。"

"哎，于老师，你就别去了，来，咱们哥俩杀两盘。"见于浩然也想跟着上山，叶东平一把拉住了他，事关儿子的名声，知道的人是越少越好。

于浩然听到叶东平的话后，犹豫了一下，说道："那成，清雅啊，你没事和叶天他们去玩吧，路上注意点安全。"

"哎！"小姑娘清脆地答应了声，走到叶天身边，有老爸在这里坐镇，她也不怕叶天欺负人了。

跟随廖昊德一起来的那个人是他的表外甥，二十多岁的年纪，为人十分机灵，出了李庄之后，就从兜里掏出不少糖块、点心，将于清雅和胖墩几个小孩子，都笼络到身边，只留下廖昊德和叶天走在后面十几米处。

"这想办点事情，还真是难啊！"想着自己刚才应付人的那番胡言乱语，廖昊德不禁感叹了一声，其实他也知道，那些人未必就全信了他的话。

"廖爷爷，您大人办事都这么难，我小孩子更是做不了事情啊。"叶天知道廖昊德找他的目的，不过昨天刚刚发生元气反噬的事情，叶天心里还有些害怕，不想这么快再动用龟壳。

看见和前面的小孩子们拉开距离，廖昊德也没兜圈子，开门见山地说道："叶天小朋友，能给我说说你之前在集市上说的话吗？"

廖昊德知道，祖国大陆藏龙卧虎，古人早有记载，这行走江湖的，有三种人最是危险，一是出家人，二是妇人，第三就要数到小孩子了。

"廖爷爷，我说什么了？"叶天笑了笑，眼中露出一丝狡黠，却是不肯承认，糖人的人情早已还掉了，自己凭什么还要多管闲事？

看见叶天的神情后，廖昊德越发感觉到面前这个小孩的不寻常，当下开口说道："小家伙，这件事对廖爷爷很重要，只要你能帮到廖爷爷，有什么要求都可以提出来，廖爷爷尽量给你办到……"

"廖爷爷，我都不知道您说的什么事情，怎么帮您啊？"叶天虽然还在推托，不过心里却是起了几分好奇，自己不是告诉他墓葬在村头六百步处吗？按理说，廖昊德如果找到了母亲的墓葬，那就会将父母合葬，这会儿不应该有工夫来感谢自个儿。反之，要是没有在那里找到母亲的坟墓，廖昊德只会认为自己是个小骗子，为何还会巴巴地前来寻找自己呢？这是叶天最想不通的地方。

见到叶天不肯承认，廖昊德沉寂了下来，又走了数十米远之后，突然说道："叶天，你难道不想知道我在村头六百步处，找到了什么吗？"

叶天一直在猜想着这件事，听到廖昊德的话后，脱口问道："找到了什么？"

"哈哈，还不肯承认那话是你说的？"廖昊德闻言大声笑了起来，不过想想自己五六十岁的人了，还和一毛孩子动心眼，他也是老脸微红。

"那又怎么样？小孩子说话，原本就当不得真的……"叶天撇了撇嘴，耍无赖那也是小孩的专利。

"哎，你这小家伙，是一点亏都不肯吃啊……"廖昊德无奈地摇了摇头，说道，"我听小龙传了你的话后，回家找老人询问了一下，村头六百步处，原本是我廖姓祖坟所在的地方。不过当年我母亲死后没有立碑，坟头也早就被平掉了，即使知道母亲葬在那里，我也找不到具体的位置，这不就来求你这小神仙帮忙了吗？"

从集市上回去以后，廖昊德就专门请了村子里的几位长者，和他一起前往村头查看，一位老人当场就记了起来，这块长满了玉米的土地，就是当年廖家祖坟的所在地。

由于廖家嫡系的人都已经不在国内了，旁支的亲戚在那个动乱的年代，也不敢来这里烧纸上坟，所以几十年过去了，这里也慢慢被人遗忘掉了。

找到了自家祖坟，廖昊德激动了一阵，不过随之又苦恼了起来，仅仅知道这些，还是不够的，要知道，这里埋葬了廖家十几代的祖先，甚至包括廖昊德的爷爷。没有母亲确切的下葬地点，廖昊德是不敢贸然挖掘的，这为了父母合葬，万一要将祖宗的尸骨给挖出来，那就连他死去的老爹，也没法跟祖宗交代了。

所以围着那块地转悠了两天之后，廖昊德终于又想到了叶天，那个小家伙既然能知晓自己回国的目的，又指出了祖坟所在，那么找到母亲的棺木，应该也不是难事吧？

左右思量了一番之后，廖昊德找来了郭小龙，只是郭小龙也不知道叶天住在哪里，这才有了前面让统战部的同志找到于浩然来叶天家里的事情。

弄清楚前因后果之后，叶天歪了歪小脑袋想了一下，说道："廖爷爷，我从您面相上，也就只能看出那么多东西，您要是还找不到，我也没有办法了……"

"这……你单从我面相上就能看得出我的来意，现在连家母的名字和八字都不问，就说找不到家母的坟墓，小家伙，你又说谎了。"廖昊德可没那么好忽悠，也没有因为叶天年龄小而不以为然，这世上奇人异事多了去了，而且叶天已经展现出了他神奇的

天才相师 ❶
天眼神童

地方。

"廖爷爷，我昨天伤了元气，真的没办法帮您了……"叶天摇了摇头，见到廖昊德脸上露出失望的神色后，偷偷笑了下，接着说道，"我没法帮您，不过我师父可以啊，他是当代麻衣一脉的嫡系传人，风水、堪舆、占卜、相术，在国内无人能出其右的……"

"真的？"廖昊德精神一振，小的都那么厉害，老的还用问吗？

"那当然，我师父都一百多岁了……"

"走，咱们走快点，让我去拜访下老神仙……"虽然对叶天所说的一百多岁有些不以为然，但廖昊德还是加快了脚步，心中充满了期待。

夏季的茅山鲜花遍地，枝繁叶茂，景色很是迷人，几个小孩子走走停停，原本半小时的山路，一直到中午，才赶到了半山腰的道观处。

须发皆白，肤色犹如年轻人一般的老道，也的确没让廖昊德失望，他们虽然还未深谈，廖昊德单是看老道外表，就相信他是一位有道高人。

"臭小子，病还没全好你乱跑什么？把手伸过来……"老道对叶天突然跑来，也感觉有些意外，虽然见徒弟气色不错，还是给叶天把了一下脉，感觉脉相平稳、跳动有力，这才放下心来。

"师父，是这位廖爷爷要找您，他可是从美国回来的啊，说是要给咱们这道观捐一笔善款。"叶天的话说得廖昊德有些哭笑不得，不过他也没反驳，如果面前的这位老道真能帮助自己完成父亲的心愿，那捐个几万元钱，对于他现在的身家而言，并不算什么。

"久闻老神仙大名，今日特意前来拜访，还望莫怪……"漂亮话廖昊德当然会说，不过是否捐善款，就要看对方有没有本事拿了。

在和老道见了礼之后，廖昊德对自己的表外甥说道："封况，你们几个去那边玩儿，叶天小朋友先留下来。"这会儿的小孩子还是很听大人话的，听到廖昊德的话后，都跟着那个叫封况的年轻人，看那些匠人修复道观去了。

"师父，您这几个大箱子装的是什么呀？我以前怎么从来没见到过？"

叶天发现老道身旁放着几个红漆大木箱，每个都有半米多高，上面的颜色微微有些暗淡，很多地方漆色脱落，应该是有些年头的东西了。

不过叶天好奇也就好奇在这里，这道观又不大，前前后后早被他摸了个遍，可是从来没有见过这几口箱子啊。

"你小子每天都睡在上面，还说没见过？"老道闻言笑了起来，他把这几口箱子靠墙摆在一起，外面砌了一层砖，这才将箱子里的物件都完整地保存了下来，如果不是此次道观要大修，他还不见得会拿出来呢。

"这都是什么东西啊？"叶天伸手将一个箱子掀了起来，看到里面的物件后，不由愣了一下，"师父，您放这一卷卷的纸在里面干吗啊？"

叶天打开的这个箱子，在四角都有一个小布袋，里面缝着干石灰，那是用来防潮的，箱子中间，则是长短不一，卷在一起的宣纸。

叶天拿起最上面的一张宣纸，缓缓摊开，顿时叫出了声："这……这是幅画啊！"

这幅画的尺寸并不大，长在40厘米左右，宽只有30厘米，一尺多点的条幅上，只有一只螃蟹、两只虾，看似粗略几笔，却将这螃蟹和虾画得栩栩如生，异常传神。在画的左下角处，还有一行篆书，写着"赠善元老弟"这么几个字，虽然只有寥寥数字，但笔画纵横，简洁老辣，内实外展，结体自然，雄伟浑厚却又不失灵动，一如画中之螃蟹，颇显笔墨功力。小条幅的落款处则是写着"白石作于民国九年"，下面还有一个鲜红的印章，刻着"白石翁"三个小篆。

"师父，这白石是谁啊？画得真好……"叶天看得有些入迷，他对鱼虾可是熟悉得很，这画儿简直就像是照片一样，将螃蟹和虾的神韵完全展现了出来，就像是看到了实物一般。

听到叶天的话后，老道伸头往画上看了一眼，撇了撇嘴，说道："齐白石？就是一个落魄画画的，这家伙不地道，师父给他算了一卦，这老小子不肯付卦金，就拿了几幅破画抵押了……"

虽然嘴里将齐白石说得一文不值，但老道的神色却是有几分得意，齐白石留下来的画确实不少，但是署名给本人而本人依然在世的，却是寥寥无几了。

只不过很显然，老道这番是表错情了，叶天压根不知道齐白石是谁，听到他的话后，就随手将画卷了起来，往箱子里一扔，顺手从底下抄出一个折叠成四方形的灰布来。

"铁口直断，一卦千金？哈哈，师父，您把当年行走江湖的行头还留着啊？"叶天将这块布一展开，却是一长约1米2，宽约60厘米的布幡，上面也是写着几个字，不过叶天一看到这字，就忍不住哈哈大笑起来。

不管是看相摸骨还是算命测字，行走江湖总是要有个行头的，这种用木棍支撑起来拿在手里的布幡，叫做算命幡，也有人称之为"平金"，是早年走街串户的算命先生们必不可少的行头。

前几天叶天在集市上见到的那个摆摊算命的，在其摊位前也是有这么一个行头，上面写的是"麻衣神算"，和这物件就是起到同样的作用，只是上面的字没有这个写得好罢了。

"臭小子，你懂个屁，这玩意儿你拿出去，马上就能在县城里换套房子，气死老道我了。"听到叶天的话，再看到他那得意的样子，老道被气得差点一口气没喘上来，自己煞费苦心保存下来的东西，在徒弟眼里居然一文不值！

"切，师父，你蒙谁呢，毛笔字我也会写，不见得比这几个字差。"叶天闻言撇了撇嘴，县城一套房子要上千元钱呢，拿这么一个裹脚布去换？傻子才干这种事情呢。

"老……老先生，您……您这幅字，是……是张大千写的？"叶天话声未落，他手里的那幅写在布幔上的字，就被身边的廖昊德一把抢了过去，拿在手里仔细查看了起来。

廖昊德的父亲是文人出身，也算得上是家学有渊源，对齐白石和张大千这两位近代名人的名声，那可是如雷贯耳。刚才见到齐白石的画，他还没反应过来，这时再见到张大千的字，却是连自个儿来找老道的初衷都给忘掉了。

廖昊德的父亲本就出身江南书香门第，解放前又在南京政府教育部任职，和这些民国书画界的名人也是有些来往，连带着廖昊德自小就跟着父亲听闻了许多关于他们的奇人逸事。

尤其是张大千，廖昊德在早年的时候，还曾经跟随父亲拜访过他，对这位被西方人称为"东方毕加索"的老人，是敬佩有加。只是张大千那时已经患有眼疾，无法再作画，在大千老人去世后，廖昊德还曾叹息不已。

不管是在哪个年代，齐白石和张大千的字画，都是千金难求，就连流落在民间的字画，也大多被人珍重地收藏了起来，廖昊德虽然家境殷实，也没能收藏有二人的画作。所以他怎么都没想到，居然能在这深山僻壤里见到两人的字画，而且还是有名有款题给面前这个老道士的，廖昊德这一惊可是非同小可。

要知道，求人字画并不是很难，这二人也都曾经靠卖画维持生计，但是想让二人写上赠言题跋，那就不容易了，除非是至交好友，一般人是求不来的。别的不说，仅凭这两幅字画，廖昊德就可以断定面前这老道绝对不是普通人了，能和那二位称兄道弟的，这世上恐怕也没有几个人。

见到廖昊德识货，老道不禁又得意起来，看了一眼叶天后，开口说道："这字是张大千那小子写的，我不要硬是塞给我，这些穷酸文人啊，动不动就赠人字画，在那年头，还不如给点大洋实惠呢……"

老道说这话的时候，浑然忘了自个儿也是秀才出身，俗话说物以类聚，人以群分，否则他也不可能和这二人成为至交好友了。

"大洋？这老家伙真是暴殄天物啊！"听到老道士的话后，廖昊德捧着大千书法那个布幔的双手，忍不住颤抖了几下，差点没将其掉在地上。

要知道，张大千在1925年的时候，一幅画就能卖到20块大洋了，现在要是放在海外，这么一幅字，最少能价值上万美元，称之为"一字千金"也不为过。

"行了，小叶子，把这些东西都装起来吧……"见到叶天还在箱子里乱七八糟地翻腾着，老道忍不住说道，"等老道驾鹤西去，这些物件都是你的，还折腾什么啊？"

"嘿嘿，师父，敢情您这东西还真能换房子啊？打从明儿起，我就跟您学字画鉴赏了。"叶天是多机灵的一个人，看到廖昊德的神色后，哪里还不知道这些看上去有些年头的字画都是宝贝啊，当下问廖昊德要过那幅字，小心地将箱子给盖了起来。

老道听到叶天的话后，看了旁边一脸不舍的廖昊德一眼，笑骂道："臭小子，明儿你可没空，自己惹来的麻烦，自己去解决……"

"哎，师父，我可没那么大的本事，这事还得您老出马。"叶天小脑袋摇得像拨浪鼓似的，在没搞清楚脑中龟壳的副作用之前，叶天是不打算再动用它为人相面堪舆了。

听到叶天师徒俩的对话，原本还想着那幅张大千书法的廖昊德，也记起了自己的来意，看见这二人彼此推托，不禁开口问道："大师，您知道我来此的目的？"

廖昊德此次回国要将父母合葬的事情，除了家中几个亲戚知道之外，其他任何人都不清楚，虽然知道老道是叶天的师父，这本事自然也要高出一些，但还是忍不住问了一句。

"呵呵，老道倒是看出一二，就是不知道说得对不对了……"老道刚才虽然没怎么和廖昊德说话，但还是暗中看了他的面相，而且从廖昊德的话中，也猜出了几分，当下接着说道，"廖居士，我观你日月二角低陷不平，想必是父母缘分单薄，而且母在父先亡，这次回乡，应该是想父母合葬吧？"

听见老道的话后，廖昊德脸上露出激动的神情，连连点头道："对，对，大师，烦请您出手，只要能找到母亲的棺木，我……我定有重谢……"

看见廖昊德小鸡啄米般地点头，叶天不禁在心里腹诽道："对个屁！"

廖昊德面对老道的时候，露出的破绽和信息颇多，要是老家伙再看不出他的来意，那也白活一百多岁了。

不过老道还是很谨慎的，那句"母在父先亡"的话，就是一句万金油，可以理解为"母在，父先亡"，也可以理解为"母在父先，亡"，反正怎么说都不会错。

"老道年事已高，这风水堪舆是早已不看的了，廖居士，还是请回吧。"就在叶天和廖昊德都认为老道会答应下来的时候，没承想他直接出言拒绝了。

"老家伙又忽悠人了……"听见师父的话后，叶天差点没笑出声来，前几天才给苗老大家看过风水，现在居然就金盆洗手了，这看相算命的话，果然是不可尽信。

廖昊德却是不知道实情，还真以为老道不再给人看风水了，连忙上前一步，脸色惶恐地哀求道："大师，老真人，还请念在廖某一片孝心，帮我完成父亲的遗愿吧！不管您有什么要求，只要廖某能办到的，一定答应……"

占卜、算命、风水、堪舆，在中国台湾和香港地区，那是有着很大一个市场的，小到住宅搬家、结婚生子，大到公司选址、行市开张，都和风水脱不开关系。这两个地区，风水先生的地位还是很高的，有些大师级的风水相师，出手一次的价格都能吓死人。

而面前这位的道行，似乎远远高出廖昊德所见过的那些大师，所以他才说出了任凭对方开条件的话来。

对文化人来讲，谈钱或许是种侮辱，但廖昊德骨子里已经变成了商人，在他看来，许下重利，这也是对老道的一种敬意。

其实廖昊德也能从港台请人过来，只是现在大陆并未完全开放，办个手续都可能花费一年半载的，他总不能将老父的骨灰置于堂前吧？

"老道孤身一人，要钱财何用？"老道摇了摇头，看到廖昊德一脸失望的样子，不由笑了起来，说道，"廖居士，老道年事已高，不想再涉足江湖，你要是信得过我麻衣一脉的话，就让小徒去看看吧……"

"师父，我病还没好呢，要是再伤了元气怎么办哪？"老道话声未落，叶天就抗议了起来，他带廖昊德来，本就是想祸水东移，这……怎么又绕回到自个儿身上去了呢？

"就是，大师，叶天年纪还小，这又生着病，还是劳烦您去看一看吧……"廖昊德也是从旁劝道，俗话说嘴上无毛办事不牢，就像人进医院看病一样，老医生的门诊总是门庭若市，而那些年轻医生的门前却是冷冷清清的。看相、算命、风水、堪舆也是如此，不信让叶天和老道各持个招牌去街头站着，一准会没人搭理叶天。

"无妨，小叶子前天是犯了忌讳，现在已经不碍事了……"老道摆了摆手，转脸笑眯眯地看向叶天，说道，"小叶子，寻龙点穴的本事，师父已经教给你了，要想真正成为一名风水相师，那就需要多多实践，现在不就是个好机会嘛。"

"我……我没说要当风水相师啊……"听到师父的话后，叶天是欲哭无泪，这老不修估计是自个儿没把握寻到廖昊德母亲的葬身所在，竟然全推到自己这小孩子的身上了。

"你是为师的关门弟子，日后注定要走上这条路的！"老道对叶天的话不以为然，这小子天赋好得惊人，就算不刻意使然，以后也会在这行当里大放异彩。

其实叶天并没有猜错，老道不愿意下山，的确心中无甚把握。要知道，古人说三年寻龙，十年点穴，风水堪舆远不是拿着罗盘念叨几句咒语那么简单的事情，更不是像帮苗老大那样看风水家宅那么容易，而是要耗费很大心神的。

至于从众多野坟中找到一个人的栖身之所，更是要推演当事人的生辰八字和死亡时间，其中烦琐复杂无比，以老道之能，也就三四分的把握。不过这也是没办法的事，祖师爷就传下来这么多啊，像这样一来伤身，二来没有把握的事情，老道当然不愿意出手了。而让叶天前往，只不过是老道的一个托词罢了，虽然叶天天赋极高，但老道估计他也推算不出廖昊德母亲的埋葬地点，自然也不会有伤身一说了。

听见老道的话后，廖昊德也不喊什么小朋友了，看向叶天说道："叶天，你就帮帮廖爷爷这个忙吧，你想要什么，廖爷爷都给你买……"

廖昊德在国内的签证时间，只有一个星期了，如果再找不到母亲的埋葬地点，他就只能将父亲的骨灰单独下葬，即使日后再回来寻找，那也是希望渺茫了。

"那好吧，我就试试，不过廖爷爷，要是找不到，你可不能怪我啊。"叶天歪着小脑袋想了一下后，终于答应了下来。

师父无德，叶天也没办法，再加上脑中"龟壳"也不能始终不用，他咬了咬牙还是答应了下来，大不了再在床上躺几天罢了。

听到叶天终于松了口，廖昊德大喜，连忙说道："好，廖爷爷一定不会怪你，到时候廖爷爷回去了，还会给你买很多外国的玩具……"

要知道，他此行本来就是请教叶天的，虽然中间出来了个本事更高的老道士，但别人不愿意出山，能让叶天跑一趟，这次来的目的已经算是达到了。

"小龙，走，咱们要回去了……"虽然茅山风景秀丽，但廖昊德却是一刻都不想多待了，他将侄孙喊过来之后，说道，"小龙，把你的表给叶天同学吧……"

之前廖昊德曾经注意到，叶天时不时地会看上一眼那块电子表，眼下不知道怎么表达自己的心意，于是就想先把表送给叶天。

郭小龙虽然满心不情愿，但也不敢不听舅姥爷的话，磨磨蹭蹭地将手表取了下来，递向叶天，说道："叶天，给你……"

"我不要，廖爷爷，你这样我可不去啦……"叶天摇了摇头，他是挺羡慕郭小龙戴着手表的，不过小孩子也是有自尊的，别人玩剩下的东西，叶天才不要呢。

"好，好，是廖爷爷不对，走，咱们先回去……"廖昊德见马屁拍到了马脚上，也有些尴尬，打了个哈哈后，说道，"封况、小龙，叶天要去咱们家里做客，你们回去不要乱说什么啊……"

"老舅，你就放心吧……"廖昊德的那个表外甥为人很机灵，虽然心里对老舅最终请了个毛孩子回去寻找舅姥姥的墓葬有些不以为然，但脸上并没有表现出来。

封家村在茅山西麓，整个村子有三百多户人家，算得上是周围比较大的村子，只是廖姓人从廖昊德父亲离开后，已经没有了，现在主要是封、张、赵三姓。

下午两点多钟的时候，廖昊德带着叶天和郭小龙，溜达着从村头走了出去，一路上和村里的老人打着招呼，看着就像是带着晚辈去遛弯一般。

不过就在廖昊德走出村子十多分钟后，封况和几个精壮小伙子，赶着辆马车也跟了出去，如果有人细看，就能发现马车上的帆布高高隆起，下面不但有个棺木状的物件，还露着好几把铁锹头。在一片玉米地旁边的田垄上，一大两小三个身影站在那里，正是廖昊德和叶天等人。

"叶天，从村头那棵老槐树算起，这里刚好就是六百步，不过家母的坟连个记号都没有，也分不清是在什么地方了。"由于本家嫡系基本上都离开了大陆，就连母亲也是娘舅家帮忙安葬的，这几十年过去了，很多老人都不在了，所以那边也是说不清楚，根本就是查无可查。

叶天站在田垄处观察了一阵之后，从身上背着的书包里拿出了一个罗盘，说道："廖爷爷，我试着找下吧。"

叶天手中的罗盘看上去有点金属的色泽，不过要是仔细查看的话，就会发现整个罗盘都是由上好紫檀木制成的。在罗盘的包边上，隐隐有金光的亮色，而中间的指针则是做成了一条鱼形，用非常精湛的工艺将其固定在罗盘上。由于经常被人把玩使用，罗盘上面的包浆浓厚，向外散发出一种历史沧桑变迁的气息来。

"叶天，你这罗盘可是个宝贝啊。"廖昊德可是有眼光的人，家里也收藏了不少古玩，这打眼看去，就知道这肯定是个老物件。叶天闻言撇了撇嘴，说道："那当然，师父藏得紧呢，要不是这次让我下山，未必肯拿出来。"

叶天以前看着这东西新鲜，曾经问老道要过这玩意儿，不过被老道训斥了一顿，说是等自己死了才会传给他，后来叶天旁敲侧击，才从老道嘴里得知了罗盘对一个风水相师的重要性。

罗盘，可以说是风水相师的饭碗，每个师父临死时才会把最重要的衣钵及秘诀传于得力弟子门生。同时罗盘也是上师传承法物之一，师父传法与弟子衣钵，就证明把毕生的心血及期望满盘托负给了弟子，通常在江湖业界中称为将饭碗交给了弟子，希望其能继续遗志，发扬光大。

中国人是很讲究传承有序的，风水相术这一行当也是如此。在解放前的时候，如果行走江湖的风水先生没有得到师父衣钵，就不具备师承之关键技术秘术，通常不具备嫡传传承资格。当然，现在江湖上大部分的风水相师，都是没有传承的，他们这些人也被称为"瓢学"，即半路出道的先生，或自学书屋先生。甚至有些人连"瓢学"也不如，只要口才好一些，懂得察言观色，自己买上几本书看了后，就敢上街帮人断风水看相了，这就是十足的江湖骗子。这种没有经过师承的先生，简单地断验一些阳宅风水，或阴坟风水是可以的，但是却无法帮人做风水局，由于阴宅风水杀人损人其祸惨烈，大至灭族，小至伤亡，通常那些半吊子风水先生是不敢涉猎的。所以，别看叶天年纪小，如果他真的涉足到风水相术行当里，辈分之高，恐怕除了山上的老道和不在国内的那两个师兄之外，再无人能出其右了。

　　叶天所拿的这个罗盘极其复杂，多达四十多层，天地二盘被先天八卦后天八卦，正针二十四位七十二穿山等术法经文所覆盖，拿给外人看，一准是头晕眼花。不过看阴宅风水，旁人寻找墓葬，只要用地盘就可以了，叶天从书包里掏出了一个字条，上面写着廖昊德母亲的名字以及生辰死亡时间。

　　"廖郭氏，江苏句容人，生于民国初年，卒于1952年……"拿着字条沉思了一会儿，叶天口中念念有词地盘算了起来，并且拿着罗盘不断判定着方位，虽然他年纪尚小，但是在廖昊德看来，宛然有那么几分大师的风采。

　　只是廖昊德不知道，叶天自个这会儿都不知道嘴里在念叨着什么，因为他此刻的注意力，并没有放在手中的罗盘上，而是全部集中在了脑中的那个"罗盘"上了。

　　其实根据廖昊德所提供的八字，叶天也能推演一番，不过脑中放着现成的大杀器，他才不会费力劳神地去干师父都做不来的事情呢。

　　在念出"术藏"二字后，龟壳果然又如期而至。看着这熟悉而又陌生的物件，叶天心里还是有几分忐忑的，毕竟风水相术是逆天行事，而且叶天也曾经尝到了元气反噬的滋味。

　　"拼了，大不了再回去躺上两天……"叶天咬了咬牙，下定了决心，倒不是他多么想帮廖昊德，而是放着这神秘逆天的物件在脑子里不用，未免太过于暴殄天物了。但想要让自己不受到伤害，运用自如，就需要找到其中的规律，单单靠想是没用的，必须在使用当中，才能发现其奥妙所在。

　　"堪舆……"叶天将注意力都放在了"六术"中"堪舆"二字的字眼上面，顿时，这两个字明亮了起来，与此同时，叶天将廖郭氏的信息，也都在心中默念了一遍。

　　龟壳上面的神秘图案，在飞快地组合着，一个个叶天看不懂的符号出现在了眼前，忽然，整个龟壳化作一道流光，溢入叶天双目之中。

　　"嗯？难道又开了天眼了？"叶天只感觉脑袋微微眩晕了一下，连忙闭上了眼睛，过了几秒钟后，才慢慢将眼睛睁开。看着原本应该空无一物的空间时，叶天嘴里喃喃自语道："阴阳二气！"

　　那满地的齐人高的玉米，似乎忽然消失掉了，而一团团正在旋转团聚的雾气出现在了叶天的眼睑之中。叶天知道，这就是阴气，也称为地气，寻龙点穴，要做的就是寻找阴气会聚之地的中心点，作为墓葬所在。

　　按照古人的说法，死者下葬后，自身真气会与阴气结合形成生气，通过阴阳交流成的途径，在冥冥中影响左右在世亲人的气运，如此就能保佑后人福禄安康，就能福荫子孙后代。

　　阴宅用于安葬先人，阳宅自然就是活人所住的了，可见阴阳二气在风水堪舆中所占据的重要地位了，古人又称风水先生为阴阳先生，意思也是如此。至于风水宝地能福荫子孙这种说法是真是假，以叶天的见识还无法作出判定，不过此刻，他却是相信了阴阳二气的说法。

"好风水，看来这廖昊德是享受了祖宗的福荫。"看着这块玉米地上的阴阳二气，叶天忍不住叹了一声，跟着老道这么长时间，虽然这是第一次出师，但他还是知道什么样的风水才能称之为宝地。

此刻在叶天的眼前，不光是有团聚旋转着的阴气，同样还有散发着丝丝热量的阳气，有些地方阴阳交错，阴中有阳，阳中有阴，冲气以为和，形成了一幅幅奇妙的画面。

"嗯？廖孝鸿，生于乾隆五十年，卒于咸丰六年，这……这是什么意思？"正当叶天看着这阴阳二气交合在一起的奇景时，他的目光无意中从一块地上扫过，一行字突然出现在了他的脑中。

"乾隆五十年生人？那不是1785年吗？这廖孝鸿是廖昊德的祖上啊……"有个前清秀才作为老师，叶天对于历朝历代的帝王年表以及大事记，记得还是非常熟练的，在心中一盘算，就确认了这个人名的身份。

确定了这是廖家祖坟，剩下的事情就好办了，任何一个稍通风水的人都明白，祖坟地的埋葬顺序，那都是有讲究的。

一般而言，这一支脉的最长者，要处在墓地风水最好的地方，也就是正中靠上方，子女则是紧挨着他的坟墓往下排列，孙辈再往后面。

由于土地面积有限，一般的祖坟也就是五代人，等到坟地面积不够后，有些支脉就会分离出去，单独再立祖坟。像廖家的这个祖坟从乾隆年间就传下来了，一百年最少可以衍生六代人，到现在已经远不止埋葬了五代人，却是没有分出支脉，看来是经过高人指点，不肯离开这风水宝地。

看着一个个人名，消化着一条条信息，叶天此时的心中，很是感觉怪异，怪不得古人说风水相师能沟通阴阳、逆天改命，原来并不是无稽之谈。不过此时最让叶天兴奋的是，他的身体并没有产生什么变化，除了开始有些眩晕之外，现在一切都很正常。

"廖郭氏！民国初年生人，卒于1952年，有子廖昊德……"按照传统的墓葬方位查找了一番之后，叶天在这块玉米地的一角，发现了廖郭氏的信息，连忙拿着罗盘走了过去。

"叶天，不……小真人，找到家母的棺木所在了吗？"跟在叶天身后的廖昊德有些紧张，叶天已经是他最后的希望了。

"我再看看……"叶天摆了摆手，示意廖昊德不要说话，然后拨开繁茂的玉米秆，围着那块位置走动了起来。装模作样地拿着手中罗盘比对一番后，叶天停住了脚步，说道："如果没错的话，应该就是这里了。"

"真……真的？"廖昊德的声音有些颤抖，他离开大陆的时候已经十多岁了，对于母亲还是有很深记忆的，眼下马上就要找到母亲葬身所在，为人子女的难免有些触景伤情。

"呵呵，是不是挖开就知道了……"叶天笑了笑没有多说。

"哎，你们几个过来……"叶天听到后面传来嘈杂声，回头一看，却是封况带着几个年轻人拿着铁锹走进了玉米地，便对着走在最前面的封况招了招手，说道，"铲子拿过来……"

封况拿着铁锹，却没递给叶天，而是看向了廖昊德，小声问道："老舅，这……靠不靠谱啊？"

叶天闻言有些不高兴，撇了撇嘴，说道："不信就别找我啊……"

"叶天，别听他瞎说……"廖昊德把脸一绷，伸手抢过外甥手里的铁锹，递到了叶天的手中。

叶天接过铁锹，将他身体周围三四平方范围内的玉米杆都给清理掉后，在地上画了一道线，说道："等会儿从这里挖，向下四尺，呃，就是一米多一点，就能见到棺木了……"

"回头找不到，再收拾你小子……"封况冲叶天看了一眼后，嘴里小声嘟囔了一句，往掌心吐了口吐沫，一把抢过了铁锹，就要往地上铲去。

"慢着，我说开始挖了吗？"没等铁锹接触到地面，叶天口中发出一声大喊，吓得封况连忙收手，铁锹差点铲到自己的脚面。

"我说你干什么啊？找到地方为什么不挖？这是我家的地，挖坏了又不找你……"跟随封况来的一个本家兄弟见到这种情况不答应了，立马向叶天瞪起了眼。见到那年轻人冲自己吹鼻子瞪眼的，叶天摆了摆手，满不在乎地说道："你可以挖啊，现在挖，那就叫做暴尸，你想挖我没意见……"

中国人的墓葬传统习俗中要注意的东西非常多，特别是下葬后因为各种原因要起出棺木的，讲究就更多了。

一般来说，是首先要找风水先生选个良辰吉日，在规定的时间内，将棺木起出来。然后，如果是白天的话，就要在上方搭建凉棚，如果尸骨接触到阳光的话，那就会使阴阳失调，对子孙后代影响极大。

见到叶天似乎有些生气，廖昊德连忙上前打圆场道："叶天，别和他们一般见识，还要做什么，你就吩咐吧……"

听到廖昊德的话后，叶天突然想起一件事来，看向那几个年轻人，说道："你们几个，以后不许把这事情传出去，能答应我就说……"虽然给人看风水这事儿挺好玩的，但是叶天可不想日后靠此谋生，然后再被人冠以一个小神棍的名头，叶天同学那可是立志要上大学的。

"叶天，你放心，他们不会说的……"廖昊德给叶天打了保票之后，看向自己的这几个晚辈，说道，"日后要是有人知道这事情，我不管是谁说的，你们几个都不要认我这个老舅了……"

"是，老舅，我们不会往外说的。"封况等人对叶天的话不以为然，但是对这有钱的舅舅就不一样了，不听他的话，那岂不是自断财路吗？

要知道，这次廖昊德回来，每家亲戚都给了1000元钱和一台18吋的上海牌电视机，这在1986年的农村，已经是很大的手笔了。而且封况之所以对老舅的事情这么上心，还有另外一个原因，之前在家里闲聊的时候，廖昊德曾经说过，中国的古董在外国很值钱。

这说者无心，听者有意，封况那会儿心里就有了个主意，他想在县城里开个店铺，专门买卖古董，不过他一个二十出头的年轻人，哪里会有本钱啊，这事情还是要求到廖昊德的头上。所以，廖昊德的话在他们心里还是很有分量的，尤其是封况。他又警告了他那几个本家兄弟几句，摆出一副唯叶天马首是瞻的模样来。

叶天也不客气，拿着个玉米秆在地上指点了几下，说道："你们几个，把我让你们带的帆布拿过来，在这，还有这，打个地桩，用帆布搭个棚子……"

"我说带那么大块布干吗的，敢情还真用得上啊……"听到叶天的话后，几个人回去将马车上的帆布抬了过来，这是他们从村里专门办红白喜事那户人家借来的，全打开的话，底下能办四五桌酒席，一个人可是搬不动的。

这搭棚子不是什么技术活儿，对于几个健壮的小伙子来说根本就不是什么问题，半小时后，棚子已经按照叶天的吩咐搭建好了。这个棚子除了遮挡住阳光之外，四面都是透风的，按照叶天的话说，这样一来，就不会改变这里的风水地气。搭好棚子后，叶天又让那几个人将马车上的棺木抬了下来，棺材可比那帆布重得多，几个人将其抬进来后，也累得气喘吁吁了。

这个棺材可是上好的杉木打制的，通体没有一点虫蛀的痕迹，原本是县里一个老头留作自用的，廖昊德花费重金买了过来，虽然不如金丝楠木和檀香木所做的棺材，但也属于上等棺木了。

将棺材放到了棚子底下后，叶天指了指自己刚才所画的那条线，说道："挖吧，向下四尺，必然可以见到棺木。"

被叶天指挥了半天，几个小伙子心里也憋了股邪火，当下也没多说什么，一人拎着把铁锹就挖了起来，不多时，一个长宽约两米的土坑就显露了出来。

在几人挖土的时候，叶天一直站在土坑上面观察着泥土的颜色，在踩散了脚下的一块泥土之后，叶天的声音响了起来："等等，不能挖了……"

"怎么了？叶天，找……找到了吗？"廖昊德打了个激灵，他看这坑的深度约莫也有一米了，难道已经找到母亲的棺木了吗？不过……自己怎么没看见？

叶天点了点头，弯腰从地上捡起一块颜色有些发黑的泥土，递给了廖昊德，说道："廖爷爷，你看这个，这其实不是土，而是棺木腐朽之后留下的痕迹。"叶天跟老道学习风水堪舆的时候，可不只是背风水书籍，茅山东麓的野坟场他也去过好几次，对这种腐朽后的棺木并不陌生。

跟廖昊德解释了几句之后，叶天冲着在下面坑里的几个人喊道："哎，你们几个，用手把这土拨开，看看有没有一条线。"

从腐朽的棺木残渣中叶天能看出，廖昊德母亲所用的棺材，并不是什么好木料打制的，这么多年下来，想必已经完全和泥土混合在一起了。

"有，嘿，真是有条线，哎哟，我……我这不是踩在舅姥姥身上了吗？"几个人听到叶天的话后，在地上一拨拉，果然看到一道一寸左右粗的黑色线纹，胆子小的顿时就感觉头皮发麻，将铁锹一扔就爬了上来。

"你，你们……"封况几人的表现，让廖昊德气得差点没背过气去，眼瞅着就能找到母亲的尸骨，谁知道这几个小子竟然撂挑子了。几个人不仅不承认自己胆小，还找了个理由，说道："老舅，这……这要是踩在舅姥姥身上，多不合适啊？"

对于未知的事物，人们永远怀着畏惧的心理，就像是鬼神之说，虽然谁都没见过，但是从心里就怕了三分。一想到脚下就有具死人尸骨，这几个火气正旺的年轻人，也是心底直冒寒气，相互推托着，却是没人敢再下去了。

"你们不干，我自己来！"俗话说狗不嫌家贫，儿不嫌母丑，见到几人脸带惧色，廖昊德卷了卷袖子，从土坑上慢慢爬了下去——下面可是老母亲埋骨的地方，他可不敢直接跳下去，怕惊扰了母亲的安息之所。

"廖爷爷，我来帮你吧……"叶天说着话，小身体从上面溜了下去，他晚上在坟场里都睡过觉，尸骨见得多了，半夜三更的时候都不在乎，现在光天化日，更没什么好怕的。

本家的亲戚、外甥都不帮忙，倒是叶天这个外人下来了，廖昊德不禁有些感动，嘴唇嚅动了几下，说道："好……好，叶天，廖爷爷一定会感谢你的……"

"老舅，我也来帮把手吧……"见到廖昊德和叶天一老一少待在下面，封况脸上有些挂不住了，再说他还指望美国老舅帮他出资搞个古玩店呢，这会儿要是不帮忙，那也没脸提这事情了。

"棺木已经见到了，下面只能用手把泥土拨开，嗯，黑线以外的地方就不用管了……"等到封况下来后，叶天给二人讲起了要注意的地方，只不过话刚说了一半，叶天的小眼睛突然直直地看着封况背后，颤声说道，"你……你背后有东西！"

"什么？"听到叶天的话后，封况顿时感到头皮发麻，浑身的鸡皮疙瘩瞬间鼓了起来，屁股上像是装了火箭推进器一般，"嗖"的一声就蹿到了土坑上面。

"哈哈，哈哈哈……"土坑里的叶天见到封况的样子，顿时笑得是前仰后合。

"你……你，我揍你小子……"封况刚要惊魂未定地回头望，就听到了叶天的大笑声，顿时明白自个儿是被这小子耍了，看了眼老舅，一张脸憋得通红。

"行了，叶天，这眼瞅着天就快黑了，早点办完事情回去吧，廖爷爷让人杀鸡做饭了。"廖昊德对叶天的行为也是哭笑不得，不过对方是个小孩子，他也不能说什么，只能是连哄带骗好话说尽。

"好，廖爷爷，你那位置是棺木的头部，小心一点啊……"叶天这次没捣乱，给廖昊德说明了位置之后，拿了个小铲子，往外拨起了泥土，上面的封况犹豫了一会儿，也悻悻地下到了坑里。

"哎，叶……叶天，你……你来看看，这……这个是？"清理工作进行了十几分钟后，廖昊德带着颤音的声音就响了起来。

叶天循声望去，在廖昊德的手下面，出现了一个颜色有些发黄的头盖骨，连忙说道："是头骨，廖爷爷，您轻点啊……"

江南多雨，加上廖母当时安葬时，所用的棺木并不是很好，棺木腐朽之后，泥土也渗入了进去，其衣服、血肉早已被腐蚀掉了。

"妈，儿子来看您了，儿子带阿爸来看您了……"见到母亲的尸骨，廖昊德悲从心头起，"扑通"一声跪在了泥土里，56岁的人，竟然像孩子一般放声大哭了起来，一张脸上抹得全是泥土。

少年时就离开了母亲，廖昊德多年对母亲的思念，在此刻都化作了悲痛的哭声，引得封况等人也抹起了眼泪，嘴里直喊着"舅姥姥"，搞得周围哭声四起。

"小叶子，廖爷爷让你见笑了。"过了好半晌，廖昊德才停住了哭声。

"廖爷爷，没事。"叶天的眼睛也有些红红的，听到这哭声，他也想起了自己的母亲，只是叶天不知道，为什么母亲会不要自己和父亲了呢？

不知道是不是被哭声唤起了真情，廖昊德的几个晚辈都下到了坑里，帮忙收拾起了尸骨。一个多小时后，整座坟都被清理了出来，尸骨全部被移到了旁边的棺材里。

至于这座坟的主人，是否为廖昊德的母亲，在一支顶端刻着凤凰模样的金簪出土后，也失去了悬念。因为，廖昊德一眼就认了出来，这是母亲从前的饰物，廖昊德小时候还曾经帮母亲戴过呢，见物思人，说不得又是一阵伤悲。

见到廖昊德迟迟不肯离开，封况上前说道："老舅，天黑了路不好走，咱们早点回去吧？"

"好，回去……"由于这时候对于封建迷信的打击力度还是很大的，在收拾好尸骨后，一行人将棺材重新抬到了马车上，悄无声息地返回到了村里。

封家晚上的饭菜特别丰盛，七八斤重的大鲤鱼、正在下蛋的老母鸡等平时过年也都吃不上的东西摆了满满一桌子。

"叶天，吃，多吃点……"廖昊德不断地给叶天夹菜，似乎只有用这样的办法，才能表达出他心中的谢意。而同在桌上的封况等人看向叶天的目光，却是透着一股说不出的味道，今天所发生的事情，实在超出了他们所能理解的知识范畴。

叶天也不客气，一顿狼吞虎咽之后，伸手拍了拍小肚皮，说道："廖爷爷，够了，我吃饱了。"

"小叶子，你说……让廖爷爷怎么谢你啊？"完成了父亲的遗愿，廖昊德也放下了一个沉重的包袱，整个人都轻松了不少。不过同时，他也背上了一个大大的人情，叶天可不是行走江湖的术师，他只不过个孩子，但是正因为如此，廖昊德才感觉到难办。

如果是从业的风水先生，那该给多少酬劳就给多少酬劳好了，但叶天偏偏是个孩子，给钱少了，那是欺负小孩，廖昊德自己都说服不了自己。但是钱给多了的话，廖昊德又感觉不合适，他了解过国内的情况，普通工人一个月才几十元钱，叶天或者叶天家里多出一笔"巨款"对于他们而言并不一定是好事。

不过叶天可没那么多的想法，听到廖昊德的话后，有些奇怪地问道："廖爷爷，你不是答应师父帮他修缮道观的吗？"

"这……这是两码事，小叶子，你想要什么啊？是要钱，还是要东西？"廖昊德闻言愣了一下，他还真没将这两件事扯在一起，一来那道观已经有人在修缮了，自己也花不了多少钱，二来在廖昊德心里，这件事情从头至尾都是叶天出的力，和那老道关系并不大。

见到廖昊德态度很诚恳，叶天歪着小脑袋想了好一会儿，开口说道："嗯，那廖爷爷，你就再给我一百元钱吧。"

"多？多少……一百元钱？"听到叶天的话后，廖昊德差点没从椅子上摔下去，他怎么都没想到叶天提出了一个如此之"大"的数目。在廖昊德心里，父母合葬是比天还要大的事情，叶天帮他完成了心愿，就是掏个十万八万的他也愿意。而且话说回来，如果是在港台地区，请个顶级的风水师，那也是要这个价码的，可是叶天开出的条件，让他一时间感受到了巨大的落差。

看着廖昊德的神情，叶天还以为是自己狮子大张嘴了，当下弱弱地说道："一百元钱……多了吗？要不……五十也行！"

要知道，在叶天心里，一百元钱那就是一笔很大的"巨款"了，可以给自己和父亲还有老道，再加上个于清雅，每人都做一件新衣服了。

"别，别说了，小叶子，这些钱你先拿好了。"没等叶天把话说完，廖昊德就从身边的包里面掏出了一沓十元的工农兵，直接塞到了叶天的手里。

"这……廖爷爷，太多了吧？"叶天被廖昊德的举动吓了一跳，这厚厚的一沓钱，怎么着也有一两百吧？自己只不过帮他寻个坟，半天工夫都没花到，难不成吃着喝着还有这么多钱拿？

"不多，一点都不多……"廖昊德摆了摆手，想了一下之后站起身说道，"小叶子，走，我送你回家，封况，你也来……"

和叶天这小孩子说不清楚，廖昊德想找叶天的父亲表达一下自己的感激之情，如果叶天父亲提出什么条件的话，也能解开他的这个心结。

"回家？好……"叶天闻言愣了一下，随即把那沓钞票塞到了自己的小书包里，和

天才相师

天眼神童

师父的罗盘放在了一起，不过在叶天心里，那钞票要远比罗盘重要得多了。走在回家的路上，叶天的心里却是多了一丝明悟，看来给人堪舆、风水、看相、算命，似乎是一件很有"钱途"的事情啊！

当然，这种想法不过仅仅是在叶天心里产生了那么一丝萌芽。作为生在新中国，长在红旗下，每天学习雷锋好榜样的这一代人，叶天同学的理想，还是做一个科学家，为祖国四化作贡献。

封家村距离李庄的距离可不近，虽然封况是赶着马车送叶天回来的，但是到了李庄的时候，月亮已经升得很高了。

"咦？我们家有客人啊……"刚刚来到村口，叶天就看到家里院子的灯亮着，要知道，农村的夏天多蚊虫，灯光又特别吸引那些飞虫，所以不是来客人，一般到了晚上是不开灯的。

"爸，谁来啦？"叶天从马车上跳了下去，推开院门走了进去，手里还紧紧抓着小书包，那里面可是放着一笔巨款呢。

"哦，是于老师啊。"

其实叶天家里来的也不算是什么客人，老道是经常出入的就不用多说了，于浩然和叶东平两人是棋友加酒友，平时都是惯熟了的。

此时，院子中间的方桌上摆着碟油炸花生米，还有一盘青菜和麻油调的猪耳朵。叶东平、于浩然还有老道三个人正喝着小酒聊天呢。

"臭小子，怎么这么晚才回来？"见到叶天进来，叶东平刚待训斥儿子几句，却看见后面的廖昊德，连忙站起身迎了上去，"廖先生也来了，请坐，快请坐……"

"叶先生，不请自来，打扰了……"看到院子里坐着好几个人，廖昊德也没多说什么，接过叶东平递过来的小板凳坐了下来。

"哪里话，廖先生要是不嫌弃的话，也喝两杯？这是自家酿的米酒。"叶东平虽然不知道廖昊德的来意，但来者就是客，还是摆了一副碗筷放在了廖昊德的面前。

"好，好，很多年没喝过家乡的米酒了……"廖昊德也没客气，坐下之后扭头看了眼身后的封况，那小子也是个机灵人，二话没说就出了院子。

大人们说话，让叶天感觉很不自在，于是对站在于浩然身后的于清雅挤了挤眼睛，开口问道："于清雅，山上好玩不？"

于清雅小脸一红，点了点头，说道："好玩，不过，以后不能再去了。"

"有什么不能去的，过几天我再带你去，山上的野枣可好吃了。"听到于清雅的话后，叶天感觉这小丫头有些奇怪，不过也没在意，将目光又看向吃着花生米喝着小酒的老道，问道，"师父，您怎么也下山啦？"

老道没好气地瞪了叶天一眼，指了指院子一角几口还没来得及搬到屋里的箱子，说道："废话，不下山师父住在哪里啊？对了，我那些宝贝也在你家里放一段时间……"说着话，老道将目光看向了廖昊德，突然愣住了，"小……小叶子，你……你莫非给他寻到了？"

廖昊德此刻脸上隐晦愁苦之气尽去，印堂发亮，整个人看起来神清气爽，正是诸事皆顺的面相，如果不是叶天帮他寻到了母亲的埋骨之所，肯定不会有此面相的。

"嘿嘿，是师父您教导得好，我用地盘推演了一番，没费多大工夫就找到了。"叶天不想脑中龟壳被人知晓，闻言嘿嘿一笑，连吹带捧地给老道戴了一顶大大的帽子。

不过和旁人不同，老道是深悉这其中难处的，听到叶天的话后，把脸一绷，说道："少和我扯淡，我都……我都要费很大力气才能推演出这种风水局，你……你小子到底是怎么做到的？"

"师父，我就是按照生辰八字和死亡时间推演的啊，这不……都是您教的嘛。"作为平时调皮捣蛋的问题学生，叶天知道，这个时候一定要咬死了开始的说法，老道即使怀疑，也拿自个儿没辙。

果然，听到叶天的话后，老道没有再追问下去，只是嘴里含混不清地喃喃自语道："这……这，难道真是祖师爷显灵了吗？"

叶天听到老道的话后，撇了撇嘴，在心里暗自想道："要说祖师爷显灵也没错，那一巴掌拍得小爷可不轻……"

听到叶天和老道士的对话后，一直在旁边默不做声的于浩然忽然开口说道："叶天，虽然说古人文化有可取之处，但也不能舍本逐末，还是要学好书本上的知识才行啊。"

早在上午叶天带着廖昊德上山的时候，于浩然就从叶东平那里知道了事情的来龙去脉，看着眼下的情形，他才猜出几分，叶天很可能帮到了廖昊德的忙。不过在20世纪80年代流行的一句话，那就是"学好数理化，走遍天下都不怕"，于浩然虽然对易经文化小有研究，也不排斥这种古人凝结出来的智慧，但还是不想看着学生沉迷到这里面。

国人做事情，在很多时候都是有些偏激的，从20世纪初引进西方文化后，很多人就将中国数千年来形成的传统文化贬得一文不值，似乎只有西方文化才是科学的。加上风水相术奇异诡秘，多不为人所知，自古就是争议颇多，一向被视为传统文化里的糟粕，尤其在过去的那十几年中，更是被打击得体无完肤。所以于浩然能有这种态度，已经算是比较公允的了，如果换成其他的老师，说不得直接就会给叶天扣上一个封建迷信小糊涂蛋的帽子。

"我知道了，于老师，我一定好好学习，天天向上……"对于师长的话，叶天还是听的，不过在表完态后，本性立刻就显露了出来，"于老师，明年的三好学生要给我了吧，每次我在班上都考第一的呀……"

叶天再聪慧，也不过是个孩子，好胜的心理还是有的，每年看着学习成绩不如他的同学拿奖状，说没想法那绝对是假的。

"你这小子，能一个星期不被叫到办公室，那奖状早就给你了。"听到叶天的话后，于浩然也是哭笑不得。这臭小子前几天把人家女老师包里的避孕套偷走当气球玩，搞得那女老师请了好几天假没来上课，能拿到三好学生才怪呢。

想到叶天干的那些调皮捣蛋的事情，于浩然忍不住笑了起来，继而长叹一声："唉，不过即使你下学期改性子了，老师也不能给你三好学生的奖状了……"

"嗯？于老师，为什么啊？"叶天虽然没想着要做个循规蹈矩的好学生，但如果要是老老实实的还拿不到三好学生，那他可不甘心。

"咦？老师，你要远行？离开茅山？"看了于浩然一眼之后，叶天突然脸色大变。

于浩然奇怪地看了叶天一眼，说道："你怎么知道？我刚和你爸说这事呢，这……也是你看出来的？"

叶天闻言指了指于浩然还沾着花生皮的嘴角，说道："于老师，您这里法令纹凸显，预兆着近日就会远行，我没说错吧？"

"这……这还真神了！"叶天的话让于浩然目瞪口呆，原本还想再规劝叶天几句好好学习的话，此刻却是再也说不出来了，这孩子未免太妖孽了一点吧！他突然站起身来，冲着老道士鞠了一躬，开口说道："李道长，以前多有得罪，您别见怪啊……"

作为育人子弟的人民教师，于浩然以前没少和老道争论过，言语间也不太恭敬，不过事实胜于雄辩，叶天的表现，让于浩然真正改变了对风水相术的认知。

"无妨，无妨，世人皆对我们这行多有误解，于居士不用多礼。"老道手持胡须，摆出一副世外高人的模样，其实心里也是震惊莫名，看来……自己日后还真没什么东西教给叶天了。

"叶天，那……你能看出，于老师要去哪里吗？准备去做什么？"说老实话，于浩然也已经是三十五六岁的年纪了，此次离开茅山，回到从小生活的地方，心中也是有几分忐忑的，忍不住就问了出来。

"老师，你是要去上海，我观您额头饱满，天仓圆润，此行会受长辈福荫，以后……以后应该会做个体户吧？"叶天眼睛在仔细看着于浩然的面相，嘴里所说的话，其实却是脑中显示出来的，不过他对"成功商人"这个名词不大懂，只好换成了个自己能理解的"个体户"。

听到叶天的话后，于浩然眼中除了震惊，是一句话都说不出来了。叶天说得没错，他原本就是上海人，祖上在解放前是上海知名的企业家，虽然建国后受到不少冲击，但是还保留了一些产业。改革开放以来，于浩然的大伯重操旧业，创建了一个纺织厂，加上以前的一些海外关系，短短的几年间，这间民营的纺织厂已经颇具规模。可是谁知道就在于浩然的大伯准备一展拳脚的时候，却是生了一场大病，虽然生命无忧，但毕竟年事已高，病后的精力也是大不如前了，思来想去，就决定将产业交给家里的晚辈去打理。不过于家男丁不旺，除了于浩然一个男丁外，其他的都是女孩，所以就在前不久，于浩然的大伯亲自从上海赶了过来，和他进行了一番长谈。前天于浩然来找叶东平，其实就是在向老友征询意见的，至于今天前来，却是主意已定，来向叶东平辞行的。

"叶天，那你看看于老师这次出去，会有什么样的发展呢？"于浩然一时情急，上面那番话不由脱口而出，不过说出来之后，顿时感觉脸上火辣辣的，烧得慌——先前还不怎么相信风水算命之说，现在竟然要求教了。更何况请教的还是自己的学生，这就让于浩然越发难堪了，一张脸由白转红，恨不得发生个八级地震，震出条缝好让自个儿钻进去。

"老舅，我回来了，"正当于浩然难堪不已的时候，封况拎着个塑料袋从院子外面走了进来，他将手里拿着的熟食放到桌上后，说道，"老舅，几位老师，我买了点卤菜，大家下酒啊。"

一斤煮花生，二斤猪头肉，虽然菜不多，不过这会儿能买来，已经是很不容易了，封况可是跑了两个村子敲了几家的门才买到的。

叶东平看出老友有些不好意思了，连忙给桌上几人的杯子里倒满了酒，说道："老于，喝酒，喝酒，廖先生，到家里来，怎么好意思让您破费啊？"

"呵呵，这没什么，我可是还喝着您酿的米酒啊……"廖昊德笑着摆了摆手，接着看向于浩然，脸色变得严肃了起来，说道，"于老师，我说句不当说的话，叶天这孩子天赋异禀，对风水相术有常人不可及的地方，向他请教，不是一件丢人的事情。"

廖昊德虽然没有活李善元那么大的年纪，但一生波折，走南闯北，见识也是一般人比不上的，从刚才老道的脸色中他就看了出来，老道自己对叶天的本事也是很震惊的。由此廖昊德在心中大胆地推断，恐怕就是这活了一百多岁的老道士，在风水相术上也不见得能赢得了徒弟，所以才说出这番话来。

"呵呵，倒是我有点着相了，别的不说，叶天的毛笔字写得就要比我好，"听到廖昊德对叶天如此推崇，于浩然的脸色也恢复了正常，自嘲地笑了笑，看向叶天说道，"叶天，能不能帮老师断下前程啊？"

"于老师，我刚才瞎说的，您，您别在意啊。"叶天正伸出手去抓那猪头肉呢，听到于浩然的话，随口就想把刚才从卦象中看出来的东西说出来，一抬头见到老爸正瞪着自己，话到嘴边却是改了词。

于浩然顺着叶天的眼神看去，不由笑了起来："嗨，我说老叶，你吓唬孩子干什么呀？"

"老于，别听他装神弄鬼的，喝酒，喝酒。"叶东平是怕叶天胡说八道，让于浩然走了之后心里留下疙瘩。

"老叶，这孩子说得有道理，听听也无妨。"于浩然在小镇上做了将近十年的老师，这猛然回家要接掌一个企业，心中实在是七上八下的，眼见叶天的相术如此了得，自然想听听他的意见了。

"臭小子，让你说就说吧，不过以后不准再给人看相算命了。"听到于浩然的话后，叶东平也有些无奈，怎么自己儿子就成了个小神棍了呀？偏偏看相算命还那么准。

叶天看了一眼老爸，在心中组织了一番语言后，开口说道："于老师，俗话说相法以神为主，您的眼神藏而不露，眼形秀长黑白分明，说明您心地慈善并且有很强的判断力和决策力，能很好地把握时机，日后大富大贵不在话下……"

叶天的这番话，有一半是脑中龟壳推算出来的，另外一半却是他根据于浩然的面相自己添加上去的，说得中规中矩。经过这段时间对脑中龟壳的应用，叶天越来越觉得自己以前所学的风水相术知识，就是配合这龟壳所用的。

"行了，老于，来，干一杯，算是为你饯行了，恭祝你日后大展宏图……"叶天话声一落，叶东平就端起了酒杯，敬了于浩然一杯，放下杯子后，却是看向了廖昊德，开口问道，"廖先生，不知道您今天来，还有什么事情吗？"

要说廖昊德单纯的就是为了送叶天回家，叶东平是绝对不相信的，他问廖昊德这番话，一来是心中好奇，二来是想岔开刚才的话题。

廖昊德能看得出来，叶东平并不想提及叶天看风水算命的事情，所以笑了笑说道："是这样的，我看叶天小朋友天生聪颖，所以想和叶先生你打个商量。"

"商量？商量什么？"叶东平有些奇怪地问道。

廖昊德看了一眼叶天，笑道："我想带叶天去美国上学，他从中学到大学的一切费用，都由我来支付，不知道叶老弟舍不舍得呢？"

"什么？去美国？"叶东平这辈子也经历了不少事情，可廖昊德此刻开口说的话，依然让他感到无比荒谬。

"老舅，怎……怎么没听你说过这事啊？"

"廖先生，您……您不是开玩笑吧？"

"去美国，那多远啊，一个孩子能行吗？"

可不只是叶东平一个人吃惊，院子里的几个人同时喊出声来，均是对廖昊德的提议

天才相师 ❶ 天眼神童

感到不可思议。

要知道，虽然国内口口声声地说资本主义国家怎么样，美国的生活多么腐败，但是场内这几个人都明白，不论从教育还是生活水平上而言，美国都要远远超出现在的中国，叶天如果能在美国生活学习，那也许会改变他整个人生的轨迹。

见到众人都把目光看向自己，廖昊德的面色也严肃了起来，说道："叶先生，你看我这一把年纪，像是和你开玩笑吗？我说的都是真的……"

其实他这个想法也是之前在给叶天钱的时候想到的，在见于浩然等人对风水相术以及中国传统文化的态度后，廖昊德坚信，让叶天去国外一定会有更大的发展。

"这……这，太突然了，廖先生，我要好好地想一下。"叶东平对廖昊德的建议是一点心理准备都没有，他知道让叶天出国好处是极大的，但是父子俩相依为命十多年的感情让他根本就无法割舍得下。

"爸，我不要出国，我才不要去美国呢，我就在这里，我哪都不去……"没等叶东平静下心来仔细思考，叶天先是不答应了，这里有他的好伙伴，有师父，有老爸，日子虽然过得清贫了一些，但是叶天感觉自己是很快乐的。

"没错，出国干什么啊？去当二等公民？小叶子，哪都不去，在这里陪师父……"叶天话声刚落，老道的声音也响了起来，前后两个弟子都跑国外去了，他可不愿意自己这天赋最高的关门弟子，也被忽悠到外国去。

"老神仙，廖某虽然不才，但叶天如果愿意出去的话，廖某人是绝对不会让他受一丁点委屈的。"听见老道士的话后，廖昊德连忙出言解释了一番，自己本是一片好心，要是被他们误会了，那反倒是好事变坏事了。

"不去，不去，我哪里都不去，廖爷爷，你要再说，我……我就……"叶天大声嚷嚷了起来，他本就是天不怕地不怕的主，要是廖昊德再敢说让他出国的事情，这小子都敢连夜跑到封家庄廖家祖坟处摆个绝杀风水局来。

"你这孩子，廖爷爷是为你好……"廖昊德无奈地苦笑了一下，转脸看向了叶东平，在大人们心里，叶天虽然聪颖，但这样的事情，还是要家长来做主的。

不过廖昊德如果知道叶天此时心里的想法，恐怕他也不敢继续说下去了，得罪一个风水师，那可是江湖大忌，即使叶天还只是个孩子。

"廖先生，您的好意我代表小儿心领了，不过他年纪还小，我也不放心让他出去，还是留在国内吧。再说了，虽然现在国内的教育跟不上，但以后慢慢会好起来的……"叶东平认真考虑很长一段时间，最终拿定了主意，国外固然好，但毕竟只有这块土地，才是中国人的根，叶东平也不想儿子日后变成个黄皮白心的香蕉人。

"叶先生，你不再考虑一下了？我能理解你的想法，不过叶天在国外所受到的教育，肯定会比国内好的……"对于叶东平的话，廖昊德有些意外，这年头正是很多国内大学生往外面跑的时候，叶天能有这么好的机会，廖昊德却没有想到叶东平会拒绝。

叶东平摇了摇头，说道："廖先生，不出国一样能学到本领，而且小天也不同意，我们也应该尊重孩子的选择。"

"那……那好吧，叶先生，日后您要是改变了主意，随时可以与我联系，就是小叶天长大了想留学，我的这个承诺依然有效……"听见叶东平的话后，廖昊德也知道叶天肯定是不会出国了，当下对着封况招了招手，从他那里取过一个黑皮包，说道，"叶先生，这是我请叶天堪舆风水的一点酬劳，您务必要收下……"

"廖爷爷，您……您不是给过我钱了吗？"见到廖昊德又要给报酬，叶天不禁有些奇怪，之前的那一沓钞票，已经让叶天有些烧手了。

"叶天，怎么能随便拿别人的钱？"听到叶天的话后，叶东平的脸色沉了下来，不高兴地瞪向了叶天。

"那……那是廖爷爷硬塞给我的……"叶天低下了头，小声说道，他虽然顽劣，但平时真惹父亲发火的时候却是不多，眼下见到叶东平绷起了脸，心里也有点害怕了。

"叶先生，那只是给小叶子的一点零花钱，你别训他了，这里面的钱，你收好……"看到叶天吃瘪，廖昊德连忙出来打起了哈哈，将黑皮包递到了叶东平的手里。叶东平接过皮包的时候还没在意，不过当他顺手拉开了皮包的拉链后，一看之下，顿时脸上变了颜色："这……这，使不得，廖先生，这钱我不能要……"

比叶天书包稍大一点的皮包里，全是一沓沓崭新的"大团结"，就算一沓只有一千元，这个皮包内估计也要装上一两万。叶东平虽然来自大城市，但也从来没见过这么多钱啊，要知道，在这个年代，万元户已经是富豪的代名词了，他可不敢接下这些钱来。

"叶先生，这钱是给叶天的酬劳，不瞒你说，如果是在港台地区请一位风水先生，恐怕这点钱都是不够的，说起来我还是占了便宜呢。"廖昊德在来之前就做好了两种准备，一是带叶天出国，这钱自然就不用给了；第二就是眼前这种情况了，如果叶天不肯出国的话，那这些钱就将作为叶天帮他堪舆风水的酬劳。

听见廖昊德的话后，叶东平急得满脸通红，连连摆手说道："港台是港台，廖先生，这里是国内，我要是接了您这钱，那岂不是宣扬风水算命封建迷信吗？这派出所说不定明天就把叶天抓进去了呢……"

虽然这里地处茅山脚下，道教盛行，国家也很尊重宗教文化，这几年的扶持力度也很大。但是茅山各个道观的修缮重建，都是由国家拨款或者是信徒捐献，还没听说过哪个道士敢下山作法事、看风水收钱的呢。经历过那动乱年代的人都很敏感，这政策是说变就变，万一要将这些行为列入封建迷信的范畴里，那叶天岂不是就要做这出头鸟了？

刚才廖昊德说给了叶天点零花钱，叶东平还以为只是十几二十元钱呢，如果知道叶天小书包里有两百多，恐怕也会让叶天退出来的。

听到叶东平的话后，廖昊德迟疑了一下，说道："叶先生，咱们都不说，这……这算是私人行为，国家也管不到吧？"

"廖先生，好意心领了，这钱……真是不能收，不收钱就当是小孩子胡说八道

天才相师❶

天眼神童

了，收了您的钱，这性质可就不一样了……”叶东平连连摇头，死活不肯再接廖昊德递来的皮包，看得封况在一旁直咽口水，在心里暗骂叶东平是书呆子，钱送到手上竟然都不要。

就在廖昊德和叶东平一个坚决要送，一个坚决不收的时候，一旁的老道开口说话了：“小叶子，这钱……你就收下吧，没事！”

“老爷子，您怎么也跟着犯糊涂啊，这钱……能要吗？”听见李善元让他收钱，叶东平有些急眼了，敢情叶天不是你们的儿子啊？

老道闻言撇了撇嘴，满不在乎地说道：“这才几个钱？想当年老道给人看相算命断八字，一卦最少一千块大洋，要是堪舆风水看阴阳宅的话，没两根小黄鱼老道都不去，现在我徒弟收这点钱怕什么？”

“老爷子，您那是什么年代啊？这……能比吗？”听到老道的话后，叶东平是哭笑不得，这都什么时候了，还在这儿添油加火？您那年代三妻四妾的还不犯法呢。

“没事，现在这社会，已经变了，以前的那些事情不会再发生……”老道摆了摆手，他所研习的术法小到看风水断吉凶，大到察地运定国运，其中奥妙远非外人所能了解。虽然老道没能得到麻衣神相的全部传承，但是也能看出一二。在今后的数十年中，国家不会再发生大的变革了。

“不行，反正这钱我不能要……”任凭老道和廖昊德如何说，叶东平也不肯接下这一皮包的钱。叶东平虽然穷，但绝对不会拿儿子的前程开玩笑，如果叶天真被扣上个传播封建迷信的帽子，那可是一辈子都洗不清的污点。

“你小子还真是倔……”老道看了油盐不进的叶东平一眼，说道，“这样吧，小廖啊，这钱就当你捐赠给我那道观了，老道我拿着，你没什么意见吧？”

按照江湖规矩，给人堪舆风水，这是肯定要收的，而且根据事情的难易程度，这价钱也是高低不等的。要知道，干他们这行，可是逆天行事，随时有可能遭受天地元气反噬的后果，没钱，这行当早就没人干了，当然，那些胡说八道的江湖骗子不在其中。老道当年行走江湖的时候，那些达官显贵找他看相算命，哪个拿的不是真金白银？这一书包钱在他眼里根本就不算什么。

听见老道的话后，廖昊德连忙说道：“老神仙，您是叶天的师父，当然合适了，这样最好不过了。”谁接下这笔钱廖昊德并不关心，只要是钱给出去了，那他的心结也算解开了，要不然欠这么个小孩子的人情，廖昊德下半辈子估计都不会安心。

“老爷子，这……”

“这什么啊？都说了是捐给我那道观的，不关你事……”叶东平还待阻止，被老道一句话堵了回去，细想一下这钱老道拿了，还真没叶天什么事，何况国家也是允许私人给道观捐赠财物的嘛。

事情解决了，廖昊德心情大好，看了一眼身旁的外甥，想了一下之后，看向老道，说道：“老神仙，廖某还有件事想麻烦您一下……”

"既然是麻烦事，那就不用说了……"廖昊德话声未落，就被老道打断了，这刚拿了别人一书包钱，却是一点面子都不给留，老道这脾性看在外人眼里，那也算是挺古怪的了。

"咳……咳咳，老神仙，您倒是听我把话说完啊……"廖昊德被老道堵得满面通红，不过话已出口，还是要说下去的。

李善元的目光在廖昊德身后的封况身上转了一圈，没好气地说道："老道我年纪大了，只想过点太平日子，那些乱七八糟的事情，不要找到我的头上。"

"老神仙，您都知道了？"廖昊德闻言大惊，他原以为这老道士只不过是年龄大点，真实本领或许还不如叶天呢，谁知道自己话未出口，别人已经知道自己的用心了。

"有什么事都去找他，老道我也该享享福了。"老道很不负责任地摆了摆手，将事情推到了叶天身上。

其实李善元并未看出廖昊德求他何事，不过看他身后那小子鼻子处见桑黄之气，光亮主得财，想必是一些赚钱的龌龊事，他才不愿意多管呢。

"呵呵，找小叶子也是一样的……"听见老道的话后，廖昊德笑了笑，接着说道，"我这外甥想开个古玩店，收集一些古董文物，只是他压根就不懂这些，老神仙您得空的时候，多帮他掌点眼就行了……"

廖昊德见过老道的那些收藏，无一不是大家精品，想必他本人对字画文物也是颇多心得，是以才生出让老道帮忙的心思。另外，像老道和叶天这师徒俩，在廖昊德心里那可都是不世出的奇人异士，通过古玩店这个纽带，能和他们保持来往，这也是廖昊德的主要目的之一。

"哎，廖先生，叶天……叶天他还是个小学生呢，这不合适啊……"叶东平一听又急了，这年头个体户都是那些劳改犯或者游手好闲的人干的，别说叶天年龄还小，就是长大了，叶东平也万万不会让儿子去干这行的。

"呵呵，叶先生，不是让叶天去工作，只是封况有什么拿不准的物件，让老神仙和叶天看看而已，不会耽误他学习的。"

廖昊德笑得像个老狐狸一样，他反正是认准了这师徒二人，千方百计也要和他们搭上点关系。

听见谈到自己的事情，饶是封况远比一般年轻人沉稳得多，这会儿也憋不住劲了，小声问道："老舅，那……那店子要投多少钱啊？"廖昊德想了一下，说道："这样吧，初期先给你三万元钱，以后看发展再定，不过这店子你只有百分之三十的股份，还有百分之三十的股份是属于我的，至于剩下的百分之四十，那是叶天和老神仙的，以后收了东西，也要先拿给他们看看……"

廖昊德算是一个极具眼光的商人，他此次是从香港进入大陆的，从深圳的建设发展中廖昊德能看得出来，在未来的十年中，大陆将迎来飞速的发展。俗话说盛世古董乱世黄金，廖昊德相信，当人们解决了温饱问题后，其视野和兴趣爱好都会发生变化，现在

天才相师 ❶
天眼神童

做古玩生意或许不赚钱，但是过上那么几年，绝对会让他赚得盆满钵溢的。

"唉，这都哪跟哪啊？"听到廖昊德的话后，叶东平已经兴不起反驳的念头了，他算是看出来了，这假美国老头是认准他儿子不撒手了，如果自己愿意的话，估计他都能现场认个干孙子。

"哎，老舅，您就放心吧，我一准把店打理好……"

和叶东平的无可奈何相比，封况可是满心欢喜，他早在心里盘算过了，三万的百分之三十，那也足足有九千元了，自己要是能再赚上点，岂不就是万元户了吗？封况虽然是在乡下长大的，年龄不大，学历也不高，但眼光心胸绝对要远比很多城里人都高得多。封况明白，自己对古玩一窍不通，以后需要仰仗叶天师徒的事情肯定很多，是以并没有因为那另外百分之四十的股份，对这父子师徒几人起什么嫉妒之心。

"小廖子啊，开古玩店可以，但要是被我知道你把国宝卖到国外去，小心你们家的祖坟……"一直默不做声喝着小酒的老道，忽然冒出了一句话来。

"老神仙，哪能啊？我廖昊德可不是那种贩卖祖宗遗产的人。"听见老道的话后，廖昊德吓了一跳，连忙拍起了胸脯，其实原本他是有些这样的想法的，不过老道这么一说，他立马把这念头给掐灭了。

大人们在喝着小酒说着话，叶天的心思可早就不在这里了，趁着他们讨论什么股份之类的事情时，悄悄地向于浩然背后的于清雅使了个眼色，两人溜出了院子。

"叶天，你真的做小神棍啦？"原本于清雅和叶天关系是极好的，只是随着年龄的增长而慢慢疏远，不过明天就要离开这里了，于清雅不知道为什么就跟着叶天出来了。

听到于清雅的话后，叶天撇了撇嘴，不满地说道："什么小神棍？师父说了，那是中国的传统文化，是自然科学……"

"骗谁呢？"于清雅皱了皱精致的小鼻子，神情忽然低落了下来，"叶天，我明天就要走了，你会记得我吗？"

女孩子的心思一向都是比较细腻的，于清雅知道，叶天经常捉弄她，其实也是为了吸引自己的注意力，现在要离开叶天了，她心里有种说不出的不舍。

"我当然会记得你了，嘿嘿，清雅妹子，我还知道你今天穿的是什么颜色的小……"叶天嘿嘿一笑，只是话没说完，就被于清雅给打断了，两个孩子在田头嬉闹了起来，仿佛又回到了五六岁大的时光。

嬉闹了一阵之后，两人坐在了田垄上，叶天从包里掏出了好几张十元的钞票，说道："清雅妹子，本来我想给你做件衣服的，可是你明天就走了，这个钱你拿着，回头自己做吧。"

于清雅摇了摇头，说道："不……我不要你的钱……"

"给你你就拿着，要不然以后我就不记得你了……"叶天硬是把钱塞进了于清雅的衣服口袋里，站起身说道，"清雅妹子，我以后要考华清，咱们说不定还能做同学呢……"

虽然叶天对于华清大学并没有什么直观的认识，不过当知道父亲出自这所学校后，他在心中就有了一个信念，日后自己也要上这所大学。

"华清。"于清雅没有说话，而是默默地将这个名字记在了心里。

"叶天，清雅，你们在哪儿啊？"远处传来了于浩然的喊声。

"叶天，说话要算数啊，华清再见！"于清雅紧紧地攥着兜里的钱，笑着跑开了，小小的身体像是精灵一般，在遍地萤火虫的田间起舞，这个场景，深深地印在了叶天的心里。

"我的未来，在这座大山里吗？"看着远处巍峨起伏的山脉，十多岁的叶天，久久地坐在田垄处没有挪动，进行了自己对人生的第一次思考。

回到家里后，于浩然父女还有廖昊德等人都已经离开了，东厢房响着老道的呼噜声，不过叶天这一夜睡得却不怎么踏实，脑海里总是闪现出于清雅的身影。

儿时的玩伴离开了，但是生活……还是要继续的，小孩子忘性大，一个多月过去后，整天下河捉鱼摸虾，上山掏鸟蛋下套子的叶天，几乎已经忘记了这件事情。

山上被雷击损坏得不成样子的道观，此时也被修缮得焕然一新。有苗老大垫付的三千多元钱，又动用了一些廖昊德给叶天的钱，原本只有一间正殿、两个厢房的道观，被扩建成了四间厢房。

按苗老大的话说，他有空就要来住上几天，沾染一些老神仙身上的仙气。而从道观到山脚，苗老大也请人修了一条青石板路。沿着青石板铺就的山道拾级而上，山涧流水自上而下川流不息，阵阵山风透过竹林发出沙沙的响声，风声、流水声混合起来，仿佛是天籁之音。

廖昊德临回美国的时候，邀约叶东平一起来了一趟道观，对这里的美景赞不绝口，直说等年纪再大些，也要来这里养老。

也不知道廖昊德和老道谈了些什么，从他走后，老道就对叶天严加管束了起来，教给了叶天许多关于古玩鉴赏的知识，直到快开学的时候，才把他放下了山。

浑身大汗、衣服脏得像个泥猴似的叶天推开了院门，把下山时抓到的一只山鸡扔到了水井边，大声冲屋里喊道："爸，我打了只山鸡，晚上您炖了吧。"

"饭做好了，这山鸡你明天给老爷子送去吧。"叶东平的声音从屋里传了出来。

"师父可没少吃这东西，嘿，这井水真凉，舒坦啊……"叶天也不脱衣服，打了井水之后，直接对着头冲了下去，嘴中直喊爽快，拿过井边架子上的毛巾胡乱擦了一把，也不管身上往下滴着水，起身往屋里走去。

"咦？爸，你这是干什么啊？"推开堂屋的大门，叶天顿时愣住了，因为平时入眼可见的那些瓶瓶罐罐，居然都没有了，而在屋子的一角，则是多了两个箱子。

"小天，咱们要搬家了。"

叶东平的话让叶天有些傻眼："搬家？搬哪去啊？咱们不就这一个家吗？"

"这里，其实也不是咱们的家……"

"爸，你是说咱家在北京吧？咱们这是要回北京？"听到叶东平的话后，叶天兴奋了起来，他可是从小唱着"我爱北京天安门，天安门上太阳升"这首歌长大的，像他这个年纪的孩子，都对北京充满了向往。

"北京？"叶东平听到儿子嘴里的这个词，整个人都愣住了，过了好一会儿才说道，"咱们不是回北京，或许……你以后可以回去……"

想着因为自己的婚姻，和两个姐姐还有妹妹闹得不相来往，连老父亲去世都没能回家奔丧，叶东平就感觉到心中一阵苦涩，他还有什么脸面回北京呢？更何况，在北京，还有一个他不愿意面对的人，虽然梦里每每相见，但是叶东平永远都不会忘记因为叶天的妈妈，他当年所受的羞辱。

叶天见到父亲脸上露出痛苦的神色，一双拳握得紧紧的，连忙推了叶东平一下，说道："爸，你怎么了？咱们不回北京还不成吗？"

"爸没事，可能有些事情，是爸爸做错了……"叶东平有些沮丧地摇了摇头，此刻回想往事，他感觉自己以前做事情过于冲动了，或许里面有很多的误会没有解开。

"爸，那咱们去哪呀？"叶天懂事地没有再追问下去，不过不去北京，他不知道自己在哪里还有一个家。

叶东平看了儿子一眼，答道："去县城，你六年级不用上了，直接上初一。"

"爸，那你去县城里做什么呀？"叶天忽然想到这个问题，虽然他们在村子里没有地，但每年农忙的时候给人帮下忙，得到的粮食也够爷俩吃的了，可是……这到县城里，以后他们吃什么呀？

第二天一早，村口的祠堂前面就响起了拖拉机的声音，李庄可是还没有拖拉机呢，顿时引得正在吃早饭的村里人纷纷围了上来。

叶天父子俩所住的祠堂前面，摆着几个大箱子，加上昨天叶东平已经一家家去拜访过了，所以众人也都知道这是来搬家的。

"叶家兄弟，城里不好就回来，村里不缺你们爷俩一口饭吃的……"

村头的胖嫂拉着叶天，一脸的舍不得，虽然这小子挺淘的，但也讨人喜欢啊，那小嘴叫得人心里像是吃了蜂蜜一般的甜。

"是啊，小叶子，以前的事情就不要想了，照老叔说，娶个媳妇在这过算了……"德高望重的老村长也如是说，有叶东平在村里，电工活可全是他包的，这一走的话，说不得还要重新培养个电工。

"胖嫂，老李叔，谢谢，谢谢大家，我们父子俩这些年给大家添了不少麻烦，咱们李庄，永远都是我叶东平的家……"听到乡亲们的话后，叶东平的眼睛也湿润了，十几年的朝夕相处、相互扶携，他们之间虽然不是亲人，但胜似亲人。

"叶叔，这不早了，中午拖拉机还要回来干活呢，咱们是不是先把东西搬上去？"拖拉机是封况找来的，原本按辈分，他和叶东平是平辈的，不过廖昊德让叶天叫他哥，封况也只好憋屈地喊叶东平一声叔了。

"好吧，小天，你先上去，把东西摆好……"叶东平低下头，用袖子抹了下眼泪，将叶天抱上了拖拉机。不过叶东平也没能插上手，因为村里的那些人，围上来三下五除二地就把东西帮忙给搬了上去。

"叶天，你要经常回来啊！"胖墩用刚摸过泥巴的手抹了抹眼泪，站在拖拉机下面用力地向叶天挥舞着。

叶天在拖拉机上翻找了一阵，摸出一把昨天从山上摘的野枣，递了下去，说道："胖墩，哭啥啊，明年你不也要去县里上学了吗？到时候咱们不是又在一起啦……"叶天的鼻子也有些发酸，不过他强忍住了。师父说过，好男儿流血流汗不流泪，咱不能学老娘们那样动不动就掉金豆子。

"叶天，你说话算数？"胖墩用力地擦了下眼泪。

"废话，我什么时候说话不算数过？"

"好，那我明年一定考上县中！"胖墩使劲地挥舞了下小拳头，他也不知道，就是因为这个决定，他成了同辈里唯一走出了乡村的人，见识到了外面那广阔的世界。

"行了，胖墩再见，大爷大娘们再见……"在村子里大爷大妈和叶天小伙伴们的目送下，拖拉机"突突突"地冒着黑烟，往县城驶去。

拖拉机走在土路上，可想而知那种颠簸了，所以一路上叶天的情绪都不是很高，直到上了水泥路，进了县城之后，叶天的心情才好转了过来。

"爸，快看，那是电影院，放的是《少林寺》啊！"看着电影院上面的大幅油画海报，叶天激动了起来，虽然《少林寺》这电影他已经看了好几遍，但男孩子对此总是百看不厌的。

拖拉机驶过电影院后，叶天的注意力马上又被转移了："封子哥，那个汽车叫什么名字呀？还有，县城里面为什么没有耍猴戏的？"

"爸，于老师他们去的地方，有咱们这里大吗？"叶天心中有种感觉，要是于清雅不离开的话，那么他们俩就能在这个县城里继续做同学了。

看着县城的风景，叶天像是个问题宝宝一般，不断地问着各种稀奇古怪的问题，其实他也没想着让老爸和封况回答，只是借此来发泄心中的兴奋。

虽然这里只是个小县城，小到全国可能有数百上千个县城都要比它大，但是对于叶天来说，这里却是他所见过的最热闹、最繁华的城市了。

"爸，他们身上的衣服真漂亮……"和乡下的人永远穿着一种单调的灰色衣服相比，县城里的色调多出了许多，刚从南方流行过来的开边喇叭裤，还有姑娘们身上的的确良连衣裙，看得叶天目不暇接。

新奇的体验让叶天忘却了和老道以及小伙伴们离别的伤痛，连带着叶东平的心情也好了起来，只是从四九城里出来的人，对这小县城实在是看不上眼。

"叶天，别喊了，晚上封哥带你去看电影……"叶东平对儿子的喊叫声不以为然，但封况却感觉有些丢人，本来开个拖拉机进县城就挺吸引眼球的，再加上叶天的大呼小叫，不正是告诉那些城里人他们是乡巴佬进城吗？虽然只在城里待了还不到一个月的时间，但封况已经处处在用城里人的标准要求自己了。封况抽的香烟，也从大前门换成了带过滤嘴的良友香烟，头上更是用发胶抹得透亮，光滑得连只苍蝇都站不稳，只不过这一路乌烟瘴气的，他那头上像是撒了一层灰土。

"好啊，封子哥，你说话要算数……"听到封况的话后，叶天终于安静了下来，这也让封况松了口气，虽然叶天大呼小叫地吸引了不少年轻姑娘的目光，但那可是鄙视的眼神啊。

拖拉机穿过了整个县城，在县城西北角的一个地方停了下来，封况从后斗上跳了下来后，揉了揉有些发麻的双腿，说道："叶叔，到了，这就是咱们的公……公司。"说老实话，虽然廖昊德向封况解释了好多次公司的意思，不过封况还是搞不懂什么叫做公司，但这并不妨碍他记住这个名词。

"这……这是收破烂的地方吧？"站在拖拉机上，看着面前的景象，叶天吃惊得张大了嘴。呈现在叶天面前的，是一个孤零零的房子，房子外面圈了一层齐人高的围墙，使得里面形成了一个大院子。

站在拖拉机上刚好能看到，那院子里堆满了各种金属、塑料废品，整个就一垃圾站。而且在这房子正前方就是公路，两边方圆二三百米的地方，全是荒地，连个住家户都看不着，还不如村里的旧祠堂呢。

"是啊，封况，这到底是怎么回事？"不光是叶天看傻了眼，就是见识多广的叶东平也是目瞪口呆，不是说开古董店吗？怎么整了一个废品收购站？

封况闻言苦笑了一声，不过这事儿也不是一句两句话能说得清楚的，给开拖拉机的人递了根烟，封况回头说道："叶叔，下车再说吧，拖拉机还要回去干活儿呢。"

"好，好，下车……"既然来了，也没有再回去的道理了，虽然心中的落差挺大的，叶东平还是往下面搬起了行李。

将包括老道那两箱子字画的行李搬到院子里，等拖拉机走了之后，叶东平看向封况，说道："小封，现在能说了吧？廖先生说的是古玩店，可不是废品收购站啊。"

叶东平从小是在北京城长大的，虽然只是工人家庭出身，但是也没少去大栅栏的"荣宝斋"等老字号闲逛，他可没见过哪一家古玩店，开在这前不着村后不着店的地方。

听到叶东平的话后，封况的脸上露出了委屈的神情，他苦笑着说道："叶叔，这事儿不能怪我，我办理营业执照的时候，他们那些人根本就不知道什么叫古董店啊，就连公司都没法办……"

封况解释了半天，叶东平总算是明白了过来，敢情他们想做的生意，在这县城里没有先例，别人不给办工商执照。

一个月以前的时候，封况来到了县城，先是申请开古玩店，对不起，古玩店的性质不好界定，这事儿办不了。封况无奈，然后又按廖昊德教的办法想注册公司，还是对不起，私人不允许开办公司，必须集体所有制才行。

这下封况彻底抓瞎了，在相关单位待了好几天之后，发现私人想做生意，根本就不现实，因为现在还处于计划经济时代，所有的东西是国家的。不过封况脑筋还是很活络的，琢磨了好几天之后，还真是被他钻了个空子，承包了一家在县郊的废品收购站。

按照封况的想法，即使古玩店开不成，那也要在县城找点事干，否则的话，老舅答应的三万元钱，岂不是就要收回去了吗？

"你……你小子这不是胡闹吗？"听到封况的解释后，叶东平也是哭笑不得，这都哪跟哪啊？

看着这破烂不堪的地方，叶东平心里有点后悔，早知道来县城是这样的环境，还不如带着叶天回北京呢，不管怎么说，那里还有父亲留给他的一个老宅子。而且前段时间叶东平也给同学写信打听了，以前遗留在各地的知青，都可以返京办理户口，只是国家不再帮助分配工作。

对于这一点叶东平倒不是很担心，不管怎么说也在华清机械专业学习了好几年，即使这么多年没有接触过相关专业，但去个小工厂做个技术员总行吧？再退一步说，这些年的苦也不是白出的，叶东平早已不是当年那个文弱学生了，凭着这一把子力气，回北京做个板儿爷，那也养得活叶天。

见到叶东平脸色不大好看，封况凑了过去，左右看了一眼，压低了声音说道："叶叔，您别看这是废品收购站，钱可不少赚，而且……一样也能做古董生意……"

"你小子鬼鬼祟祟地干吗啊？在这破地方，扯着嗓子喊也没人来的……"

叶东平受不得封况一嘴子烟味，往外推了推他，有些不相信地问道："收破烂也能赚钱？还能做古董生意，当你叶叔是小孩吗？"在叶东平的印象里，北京那几家老字号古玩店，可全是些青砖红瓦、雕梁画栋、古色古香的建筑，进去后筝声绕耳，环境幽雅，哪里会像这里一般？

"叶叔，您还别不信，我干了半个月，您知道赚了多少钱吗？"看见叶东平不相信，封况的嗓门也大了起来，激动地从腰间摸出把钥匙，将收购站的大门打开，招呼叶东平父子俩进去后，拿出了一个账本，说道，"叶叔，您自个儿看，我封子可不是说大话的人！"

"这记得什么乱七八糟的东西？"叶东平打开账本，顿时感觉一阵头大。在这个应该是小孩子作业本的纸张上，歪歪扭扭地写着密密麻麻的字体，还有各种数字，"红同一百四十八斤，西三十五斤，书料五百五十五斤，铁三百四十二斤……"

叶东平看到账本最底下的汇总时，更是摸不着头脑了，一把将封况拉到身边，指着上面的字问道："封子，这是红铜吧？不过这个东西是什么玩意儿啊？还有这个……书料，是塑料吧？"

封况挠了挠头，点头说道："对，就是红铜，嗯，那个是塑料，西就是西啊，叶叔您不知道？"

"废话，还东呢，哪有西这种金属？"叶东平简直无语了，"就这水平还想着赚钱？连账都不会做，不把老本赔掉就不错了。"

封况有些委屈地从房间一角翻出了个酒壶来，递给叶东平说道："叶叔，就是这个，他们都说叫西啊……"

接过封况递来的东西，叶东平一看，是个锡壶，不禁有些哭笑不得，说道："这……这，这是叫锡，不过不是东南西北的西……"

"叫西不就完了吗，管它是什么西，叶叔，您看看，我这半个月的时间，就赚了两百八十多元钱呢……"

封况对这"西"字怎么写，并不感兴趣，叶东平说完之后，他用手指指最下面的数字，示意叶东平去看。

"书料三分钱一斤，卖出四分五里，铁……"叶东平原本没怎么在意，但是看着这一个个细账，脸上逐渐地露出了吃惊的神色，过了好大一会儿，才将手中的本子合了起来，看向封况，问道，"封子，这些价格，你没弄错吧？买进卖出的价格真的是这么多？"

由不得叶东平不惊讶，他无论如何都想不到，就这一斤几分钱的东西，居然能有这么大的利润！别的不说，那塑料一斤三分钱收上来，转手卖出的价格，就要高出收购价的50%，这……这简直就是暴利啊。

"叶叔，您……您这是什么意思啊？"封况没弄明白叶东平的意思，他还以为叶东平是说他从中赚钱了呢，连忙开口说道，"我敢骗您吗，您可是那什么大……大股东啊，我要是骗了您，老舅还不打死我呀？"

封况是个能吃苦的人，他虽然文化程度不高，但是明白一点，自己这乡下娃想要在城市里立足，就必须能吃得城里人所不能吃的苦。所以这大半个月的时间，封况拉着个板车起早摸黑，走街串巷，几乎将整个县城都跑了一遍，现在院子和屋里的东西，都是他往国营收购站卖完剩下的。

"这是真的？"听到封况的话后，叶东平陷入了沉思中，脸上震惊的神情一直没有消退。

要知道，去年的时候，县城里那些工人的年人均收入才九百多元，也就是说，大多数的人，一个月只有几十元钱的工资。即使是北京，去年的人均收入也不过是两千多元，一个月还不到两百，而像河北、河南那些省份，年人均连七百元都到不了，顶多五六百。就是叶东平在高校任教的老同学，一个月什么都算上，也不过就是一百五六十元钱，而听他所言，他们系主任的月工资，也就是一百八十元左右的样子。

叶东平怎么都无法想象，这平时为人所看不起的收破烂的，半个月赚的钱竟然比在

天才相师 ①
天眼神童

高校里教书的教授还高，这种强烈的反差，让叶东平一时间有些无法接受。

"叶叔，喏，这是您开始给我的一千元钱，这二百多是咱们赚的，老舅说钱都给您管，我可交给您了啊……"看到叶东平不说话，封况从墙角一处不起眼的破麻袋里，掏出了一个塑料袋，里面鼓鼓囊囊地装着的全是几角一块的钞票，还有许多一分、两分和五分的硬币。

双手捧着这真金白银，叶东平才算是反应了过来，当下也顾不得这一屋子的灰尘，走到桌子边打开那作业本，就在上面记起账来。

"这里是什么？这个数字是多少？"一边询问着封况，叶东平一边重新画格子做账本。虽然不是财会专业毕业的，但是这简单的出入账，对叶东平来说还是没有任何难度的，被封况画得像天书一样的账目，在叶东平手里，很快就变得清晰了起来。

清理完账目后，叶东平开口问道："封子，这个收购站一个月的承包费是多少？"

"每个月要交给他们六十元钱……"似乎怕叶东平嫌多，封况接着说道，"这六十元钱里面包括水电费了，都是他们出……"

"暴利啊，这简直就是暴利！"听到封况的话后，叶东平长长地嘘了一口气，他没想到原本自己压根就没看上眼的废品收购站，居然是一个聚宝盆。

"嘿，叶叔，您同意在这干啦？"叶东平没说话的时候，封况心里一直比较忐忑，他怕叶东平不愿意留下来，现在才算是放下心来，脸上露出喜色。

"太好了，以后您就在这儿看着，我出去收东西，这些账太难做了……"对于封况来说，累一点苦一点都不打紧，但就是做账这事情，让他头痛不已，每天回来都要记账到半夜，那鬼画符般的本子，有时候他自己看着都感觉迷糊。

"封子啊，别看这生意小，以后做大了，可了不得呀……"叶东平感叹了一声，经过这么多年来的磨砺，他再也没有往日少年时的学生意气了，虽然这活不是很体面，但收入可是非常丰厚的啊。而且现在只是封况一个人在跑，如果日后能多招收一些拾破烂的人，将东西卖到收购站里，那赚的钱还要成倍地往上翻。想到这里，叶东平开口问道："封子，这县城里拾破烂的人多不多啊？"

"不多，但是也不少，县里人金贵，不干这些活，拾破烂的都是外地人，叶叔，您问这个干吗？"封况有些奇怪叶东平的问题，他可是收破烂而不是拾破烂的，从骨子里来说，封况还有些看不起那些拾破烂的人呢。

"封子哥，你真笨，我爸问你这个，就是想让你告诉那些拾破烂的，把拾来的东西都卖给咱们，这样你也不用每天往外跑了……"叶东平还没说话，叶天就在一边笑了起来，从刚才父亲脸上神色的变幻中，叶天就知道，老爸对这里是动心了。

"咦？我怎么没想到这点啊？"听到叶天的话后，封况一拍大腿，激动得差点没跳起来。封况在这行当干了一个多月，早已把收购站里面的门道给摸清楚了，他知道，这私人去国营收购站卖废品，和他这个承包收购站的人去卖，价格是不一样的。打个比方说，封况去国营收购站卖塑料是一斤四分五厘钱，但是那些收破烂的去卖，只能卖到三分八厘或者是四分钱，这也就是承包的益处了。所以只要封况能稍微提高一点收购价格，即使比国营收购站高出一厘钱，想必那些拾荒者也会趋之若鹜的，自己一转手，等于是白赚了中间的差价。

"叶天，你说得没错，虽然收他们的东西价格要高一点，但架不住他们人多、废品多啊，嘿，我这就找他们去……"对于做生意，封况的脑袋瓜不是一般的好使，被叶天这么一点拨，马上就明白了过来，当下也顾不得叶天父子俩了，兴冲冲地就要往外面走。

"封子，你小子怎么也是个急脾气啊，先等等，我们爷俩这睡什么地方啊？"没等封况走出门去，他就被叶东平一把给拉住了，"还有，小天上学的事情是怎么安排的？这还差几天可就要开学了呀……"

废品收购站固然很赚钱，但是叶东平来县城的目的，却是想让儿子受到更好一点的教育，在他心里，叶天上学的事情可是排在第一位的。

听到叶东平的话后，封况不好意思地挠了挠头，伸手把地上的被子拎了起来，说道："叶叔，看我这脾气，咳，你们就住在后面，这堂屋后边还有一个房间，本来是我住的，以后我就睡外面……"

这间废品收购站虽然从外面看着挺破旧的，但是由于以前是国营收购站，里面的水电各种设施还是很完善的。进了门后，除了面积不小的大堂屋之外，还有一个二十多平方米的内间，里面摆着两张床和一张方桌，不过此刻却是乱七八糟地堆积着各种杂物。

封况把东西放到了里间之后，开口说道："叶叔，叶天上学的事情都安排好了，这不还有十来天吗？等下个星期咱们带他一起去报到，把学杂费和书本费交了就行了……"

叶东平帮叶天联系学校的时候，刚好封况在县里跑店子的事情，也就顺带着把事情交给他办了。

"那就好，这事可不能耽误……"叶东平点了点头，见到封况动手帮自己收拾起屋子来，连忙说道，"行了，封子，你去办事吧，这里我来收拾就行了……"

"哎，我这就去……"封况答应了一声，右脚刚迈出了门，忽然又缩了回来，有些不好意思地看向叶东平，说道，"叶叔，那啥……能给我点钱吗？我想请那帮拾破烂的喝酒……"

把那些拾破烂的人聚集到一起，将会产生什么样的能量，封况早已在心里盘算清楚了，既然是有求于人，他就想把事情给办瓷实了，这喝酒自然是能最快地增进感情的办法了。

"好，这钱不能省，封子，你多买几瓶酒，告诉那些拾荒的，把东西卖到咱们这里，是不会亏待他们的……"叶东平做人也很大气，当下把封况交给他的那两百多块散钱还给了他，又交代道，"我对具体废品的收购价格不了解，封子你去先别说提高多少收购价，等回来咱们商量后再决定……"

叶东平比封况想得还要深远一点，收购站现在最重要的不是赚钱，而是抢占市场，只要能笼络住这些拾荒者，他们完全能垄断这个小县城的废品回收业务。

封况接过钱后大声说道："叶叔，您就等好消息吧……"

"这臭小子，性子还真急……"看着封况到院子推出个自行车，飞一般地消失在眼前后，叶东平不禁乐了起来。

虽然入眼处满是废品，气味也不是那么好闻，但叶东平的心情却十分的舒畅，他能感觉得到，如果经营好这个收购站，他和叶天的生活，也将会发生很大的变化。

个体户又怎么样？想开了的叶东平根本就不在乎，按照目前社会的发展，说不定再过上那么几年，当教授的还不如卖茶叶蛋的呢！

看到老爸心情不错，叶天在一旁笑着说道："爸，封况哥鼻不漏孔，准头下垂，这类人精于计算，善于理财，最是适于经商得财……"叶天还有一句话没说，那就是封况的鼻梁到鼻头斜线很大，这种面相的人一般都是暴发户居多，而叶天脑中的卦象也是如此显示的。

"叶天，我不是对你说过了吗，以后少给人看相，这……终究不是正道……"听到儿子的话后，叶东平叹了口气，这小子最近像是着了迷似的，动不动就拿人面相说事，李庄的那些老街坊们差不多都被他看遍了。只是县城里可不比农村，人们所受到的教育程度，相对要比农村高得多，叶天再这样神神道道的，说不定就会招惹什么麻烦。而且在现代的主流社会中，看相算命始终是不登大雅之堂的，叶天如果沉迷在这里面，对他今后的发展也很是不利。所以临来县城之前，叶东平就和儿子约法三章，以后不得在人前透露他懂风水相术的事情，也不得用这个来赚钱，所以眼下听到叶天又看了封况的面相，叶东平心里自然不高兴了。

叶天对老爸这类说教的话，向来都是听完就忘的，当下摆出一副很沉重的模样，说道："爸，我知道了，我去学校之后，再也不提给人看相算命的事情了……"

"你这小子，别拿老爸的话当耳旁风，到了学校里也老实些，再让老师喊家长，看我怎么收拾你……"叶东平说着说着自己也笑了起来，儿子是什么秉性，他比谁都清楚，反正就是大祸不闯小祸不断，叶东平自个儿小时候也是个淘气包，对这个倒不是很在意。

看着儿子还要拍胸脯打保证，叶东平摆了摆手，说道："行了，以后……这里就是咱们家了，把这些东西都收拾一下吧，对了，金属的物品可以放到院子里，不过废纸和书籍都要放到屋里面，省得被雨淋了……"

叶东平也不知道封况是怎么归类这些物品的，屋里是什么都有，从搪瓷缸子到塑料脸盆，还有那漏了底的烧水壶，杂七杂八地摆满了一屋子，在门口的地方居然还堆了几个痰盂。

自己动手，丰衣足食。父子俩将行李放到床上之后，就开始忙碌了起来，杂乱无章的物品被一一归类，分别放到了外屋和院子里。

足足忙活了四五小时，才算是将里外两间屋子都打扫干净了，父子俩又开始擦洗起

天才相师❶

天眼神童

里屋的床铺来，这可是日后睡觉的地方。

"咦？爸，你来看看，这是什么东西啊？"叶天端着盆水正在擦洗那张大床的时候，忽然发现，在床底堆了许多破旧不堪的书籍，里面有一个卷轴，引起了他的注意。

这个卷轴的横长大约在60厘米，中间有一个木头轴承，两头的轴杆十分圆润，像是经常被人把玩抚摸，和老道所说的包浆倒是有几分相似。

听到儿子的喊声，叶东平走了过来，从叶天手里接过卷轴打量了一番，有些不确定地说道："这……应该是幅字画吧？"

虽然跟着老道恶补了几天古玩字画的知识，不过很显然，这父子俩火候还差得远。如果放在行家眼里，一眼就能认出，这绝对是幅画，而不是字，原因很简单，一般字的条幅，是没有这么大尺寸的。

叶天抢过父亲手中的卷轴，说道："打开看看不就行了吗？"

"哎，你小心点，说不定就是古董呢……"看到儿子毛手毛脚的样子，叶东平把卷轴又拿了回来，想了一下之后，走到床边，把卷轴放在了床上。

不知道是不是保管不善的原因，在卷轴的边上，有些虫蛀的痕迹，叶东平拉开绑着卷轴的丝线，很小心地将其平铺在了床上。卷轴打开一半，叶东平就愣住了，呈现在他面前的是一幅画，色泽有些沉暗，触手摸在画上，却不是纸质的，而是有一种绢丝的感觉。

"这个……是绢本画，应该是幅古画了……"叶东平把从老道那里得来的知识说了出来，也算是现学现卖了，接着他打开这幅古画的动作，又轻柔了几分。

老道曾经说过，由于纸质字画难以保存，所以古代画家作画的时候，喜欢将其作品绘在绢、绫等丝织物上，这种作品也被称之为绢本。

字画的保存是古董里最困难的，本身要防腐防虫，再加上天灾人祸，古代流传下来的字画，几乎是十不存一，所以只要是绢本字画，那都是弥足珍贵的。

将整个卷轴打开后，画面跃然眼前，这是一幅山水人物画，画的背景是一座怪石嶙峋的高山，在山脚下有一棵青松，溪水从松树边流过，两个头戴方巾的文人，正端坐在树下对弈。整幅画笔墨苍劲淋漓，于粗简中见出层次和韵味，于磅礴大气中又见清雅素淡和温润秀劲，饶是叶东平和叶天这两个半吊子鉴定师，也看得心旷神怡。

"是幅对弈图，叶天，你看看这上面写的都是什么字。"在画的右上角，有好几个印章和几行小字，不过都是篆文书写的，叶东平虽然是早年的大学生，但是对篆字却是一窍不通，只能求助于儿子了。

"爸，这字写的是：嘉靖甲寅春二月既望西窗写之也，上面的印是个叫文征明的，下面这个题跋写的是：位园主人王世贞识，印章上刻的是'元美'二字……"

这些篆体字自然难不倒叶天，经过一番辨认后，他很快就将其用简体字写到了本子上，递给了叶东平。

"文征明的画？这可是好东西啊，封况也不知道从哪搞来的，一点不知道爱惜……"在本子上看了一眼后，叶东平眼睛一亮。

文征明学书于李应祯，学画于沈周，在诗文上，与祝枝山、唐寅、徐祯卿并称"吴中四才子"，在画史上与沈周、唐寅、仇英合称"吴门四家"，在历史文坛上，可是一位鼎鼎大名的人物。

以前叶东平在北京做红小将的时候，就曾经亲手烧过一个大学老教师收藏的文征明的作品，他还清楚地记得老教授看到那幅画化为灰烬后，脸上悲恸欲绝的神情。回想少年时的荒唐事，叶东平不禁有些赧然，把文征明的来历给叶天讲解了一遍，小心地将画重新卷了起来。

"哎，封况，你来得正好，这幅画是怎么得来的啊？"刚刚收拾好卷轴，院子外面就响起了自行车的铃铛声，叶东平连忙迎了出去，这小子还真没说大话，敢情废品收购站还真是能收到古董啊！

"叶……叶叔，你……你说的什么画啊？"封况明显在外面喝了酒，把自行车靠在院墙上之后，从前面的篮子里拿出一个塑料袋，摇摇晃晃地往门边走了过来。

"臭小子，怎么喝那么多啊？"隔着老远，叶东平就闻到了封况身上的酒味，再一看他那红得像猴屁股般的脸，不由摇了摇头，对叶天说道，"打盆水，让你封子哥洗洗脸……"

由于收购站地处县郊，自来水还没有扯到这里来，使用的还是压水井，那冰凉的井水在这八月大热天里，透着一股子凉气。

"唉，叶叔，不喝不行啊，对了，你和叶天还没吃饭吧？我给带了点，你们先吃饭，别管我……"封况站在那里的身体都有些摇摆了，愣是拿着那包熟食向叶东平脸上递去。

"行了，洗把脸，清醒点再说……"叶东平哭笑不得地接过封况递来的塑料袋，把他拉到了水盆前面。

将头全部埋入了水里，憋了好一会儿气之后，封况才抬起头来，湿漉漉的头发贴在额前，嘴里还打着酒嗝："啊，舒坦啊，这帮龟孙太能喝了，下次给他们酒让他们自己去喝……"

这年头，外地来的拾荒者也都是拖家带口的，一家老少都要出去拾破烂，封况到他们住的地方一看，好东西还真不少，每家门口堆积的废品，都赶得上他前次卖的那么多了。

封况找了几个没出门的人，把事情一说，他出的价格比收购站是要多出那么几厘一分的，一顿酒喝到一半的时候，那几家就都答应把东西卖给他了。

虽然那会儿已经喝得迷迷糊糊了，但封况心里清醒得很，这大致一琢磨，敢情只要将这几家的废品收过来，最起码能赚到五百元以上，所以也不顾自己的酒量，当时就多喝了几杯。

这些拾荒者大多都是河南、安徽两地来的，酒量比封况这生长在江南水乡的人强多

天才相师 ❶

天眼神童

了。封况一共买了六瓶本地产的高度白酒，只有五个人喝，他喝了三两不到就不行了，剩下的全被那四个人喝光了，而且这四个人喝完酒还照样背着袋子去拾破烂。

"不能喝也不知道少喝点，来，擦把脸，先去睡一觉吧……"在叶东平眼里，封况其实也就是个大孩子，二十出头的年龄，比叶天还没大出十岁呢。

"别，叶叔，我没事，洗把脸就醒了……"

封况拿着毛巾胡乱在脸上抹了一把，有些兴奋地拉住叶东平，说道："叶叔，城西这五家拾破烂的，我全都谈妥了，明天去城东，争取把那边也拿下来……"

中午这顿酒连上菜钱，总共才花了不到二十元。可是等明儿那些人将废品送过来后，一转手就能赚五百，这让封况心里像猫抓似的，恨不得今天就将整个县城的拾荒者都给搞定。

"行了，这事儿不急，先去睡觉吧……"叶东平说。

这酒喝多了的人，一般是有两种表现的，一种是倒头就睡，地震了都惊不醒；第二种就是化身话唠，那嘴一刻都闲不住。封况就是属于第二种的，他在叶东平的命令下去到内屋的床上躺了五分钟，忍不住又跑了出来，嚷嚷道："叶叔，我睡不着啊！"

"你小子，过来坐吧……"叶东平摇了摇头，放下了刚拿起来正准备吃饭的筷子，拿起旁边的那幅画，说道，"睡不着你就说说这物件是怎么来的吧。"

"这……这是什么玩意儿？"封况伸手要去拿，被叶东平一把给打开了："你自己收的东西，自己还不知道啊？和那些书放在一起的……"

封况想了一会儿之后，一拍大腿，说道："我想起来了，叶叔，是不是画上有个土疙瘩山，两个老头下棋的那幅画？"

对这画的来历，叶天也很好奇，抢着答道："对，封子哥，就是这幅画，你是怎么得来的？"

"收来的呗，对了，叶叔，你看这画是不是古董啊？"提到这幅画，封况的酒倒是醒了几分，本来就准备开的是古董店，虽然阴差阳错变成了废品收购站，但封况一直留意着这些有年头的东西呢。

"是古董，而且还是明朝的，距离现在四五百年了呢，封子，你是怎么收来的？"听到封况翻来覆去地询问，就是不说这幅画的来历，叶东平也有几分不耐烦了。

"嘿，还真让我蒙着了，回头我一定要告诉老舅……"封况兴奋的样子，让叶东平恨不得在他头上敲上一记——怎么就不说正题呢。

封况压低了声音，神神秘秘地说道："叶叔，你猜，我是怎么得来的？"

"小天，再去打上一盆水，让他清醒一下……"叶东平彻底暴走了，这小子还拿上劲了。

见到叶东平发火了，封况连忙说道："别，别，叶叔，我说还不成嘛，这幅画，是一老太太卖给我的……"

这事情就发生在前天，那天封况拉着板车去西城收废品，一群老太太正在一排平房处纳鞋底呢，听到封况扯着嗓子喊"收酒瓶子、旧书、烂塑料"后，都起身去家里翻腾废品去了。

话说这年头收废品拾破烂的，每天像是过筛子一般，将各个住家户都差不多掏干净了，老太太们拿来的，也就是一些废旧书籍和用坏了的塑料脸盆等物件。

封况将这些东西过了秤付了钱，正准备走人的时候，忽然看到一老太太纳鞋底的筐子旁边，放了一个卷在一起的物件。

他当时以为这东西是纸呢，就问那老太太卖不卖，谁知道老太太说那玩意里面是布的，用来剪鞋样的。

看着这卷轴两边的木头，都被磨得有些光亮了，加上这段时间封况脑子里都在念叨着古董的事情，当时就花了一元钱，把这掂量着还有点沉的卷轴给买了下来。

回到收购站以后，封况也曾经装模作样地把画打开仔琢磨了一下。不过古代的画讲究的是个意境，这幅画得山不像山水不像水、人还长着个大脑袋的画，还没家里过年贴的年画好看，让他顿时失去了兴趣，将其和那些旧书扔在了一起。当然，封况也没对其完全失去信心，上午接到叶天父子俩的时候，他所说的收到的古董，就是这幅画了。

听完封况的话后，叶天倒是没感觉什么，因为他对古董还没有一个完整的认知，但叶东平却是傻了眼，有些不敢相信地喃喃自语道："这……这样也行？"

在决定要做古玩生意以后，叶东平给一些还有联系的同学写了信，针对各地的古玩市场做过一番调查。

相比20世纪80年代初期，也就是四五年前，现在国内的艺术品市场，已经开始慢慢复苏了，有些眼光超前的人，正在大肆入手各种类别的古董。

就像北京有个姓马的床铣工，在几年前就开始鼓捣古董，那会儿压根就没人在乎这些东西，像上好的黄花梨红木桌椅，到旧货市场全部都是五元钱一张，而且还附带送货上门的。那位马先生虽然钱不多，但几年时间下来，着实倒腾了不少好东西，叶东平之所以知道这事，就是因为他一个同学和这位马先生住对门。

这不管是什么商品，只要有市场需求，价格自然会上涨，古董自然也是如此，前几年一文不值的东西，现在也身价百倍起来。而且随着人们生活的逐渐稳定，加上"盛世古董乱世黄金"的定律，这几年古玩市场也慢慢复苏了，再想像前几年那么到处捡漏，几乎是不可能的事情了。

"叶叔，那你说这古董值多少钱啊？"

见到叶东平沉吟不语，封况有点吃不住劲了，他只知道老舅说古董值钱，但到底怎么个值钱法，他就是两眼一抹黑了。

"值多少钱我也说不准，不过……最低应该在这个价吧？"听到封况的话后，叶东平伸出三个手指头。

根据北京那位同学打听来的消息，现在明朝的古画，有名有款的，在市场上最少能卖到三千元钱以上，那也就是说，封况这一元钱买来的东西，整整翻了三千倍

天才相师①
天眼神童

之多。

"三十？嘿，那不是赚了三十倍吗？值了……"封况脸上露出喜色，这古董生意果然赚钱啊，一元钱买的，竟然能卖三十。

叶东平闻言撇了撇嘴，说道："你小子也就这点出息了，三十元钱？连零头都不够，我告诉你，这幅画拿到北京去卖的话，三十元钱看都不给他看……"

等叶东平把自己知道的这些事，说给封况听了之后，那小子的酒马上全醒了，不敢置信地看着面前有些破旧的卷轴，结结巴巴地说道："叶……叶叔，你……你没骗我吧？你说……说的都是真的？这……这破画值三千元钱？"

"多新鲜啊？我编瞎话逗你玩？"

看着封况目瞪口呆的样子，叶东平笑了起来，这孩子虽然大字不识几个，不过运气还真不错，这一出手就是一个大漏。

忽然，封况一拍脑门，怪叫了一声就往外跑。

"封子，你干吗去啊？"叶东平一把拉住了他。

"不行，叶叔，快放手，我再找那老太太去，说不定她家里还有什么好东西呢……"

"行了，行了，哪还有这么好的事，占了一次便宜你就知足吧……"

叶东平笑着拉住封况，说道："我再给你们讲个发生在北京的故事吧，那人比这老太太还要倒霉……"

"还有人比白扔了三千元钱还倒霉的啊？"听到叶东平的话后，封况的注意力顿时被吸引了过去。

"当然了，那人白扔了几百万呢……"

这事叶东平也是听同学说的，在北京有一姓白的人家，祖上是四九城的大收藏家，专门收藏瓷器，在行内声名很是响亮。20世纪80年代初期的时候，香港有个叫李翰祥的大导演，在北京拍电影的时候，找到一熟人前去拜访白姓人家，开门见山地提出想要买点瓷器。

当时那家姓白的主人说了，好东西在前些年都已经被人给砸了，现在只剩下了点底子，还有几十件，按照主人的意思，他只想卖上个一两件，其余留着算是个念想。不过那人有一儿子，当时非常仰慕大导演李翰祥，就千方百计地鼓动他老子把东西卖掉，白姓主人最后架不住儿子的劝说，将四十多件古代瓷器全部卖给了李翰祥。拿到钱后，儿子又撺掇老子买了冰箱、彩电、录音机"三大件"，当时他觉得太值了，一些破瓷器竟然换了这么多东西。谁知道就在1983年的时候，李翰祥从香港给白家小子寄来一张明信片和一本杂志，那小子翻了翻杂志，发现里面有篇介绍李翰祥收藏古玩的文章，题目是"大导演李翰祥的'小故宫'"。

白家小子一看配的图片，有二十多件藏品都是他们家的东西，而且下边标的价儿少则几十万，多则数百万港币，当时他一下就蒙了，这才明白敢情自己"败家"到了何种程度。不过那白家小子倒是知耻而后勇，后来专门去学习瓷器鉴定知识，在行内也创下了不小的名声，当然，这些都是后话。

这事儿在北京古玩圈子里，基本上是人人都知道的，而自从这件事后，人们对古董艺术品市场，也多了几分关注，类似的事情也很少发生了。

小县城的消息相对封闭一些，这老太太一元钱卖了张古画，在这年代还是有可能发生的，但这种事情毕竟是可遇而不可求的，专门去找，也未必就能碰得上。

"叶叔，那你的意思是，说不定还能碰到这事儿？"听完叶东平的话后，封况那双小眼睛直冒亮光，恨不得现在就拉板车继续收破烂去。

"封子，这……这钱，唉，你要是再碰到这事儿，多给别人点钱吧……"叶东平是受过高等教育的人，想着这么去占人便宜，心里总是有点疙瘩，不过在商言商，他也不好指责封况什么。

中国向来推崇儒商，但早些年文化人经商，却鲜有赚到大钱的，因为他们都舍不开读书人的脸面，一谈钱就脸上发烧、手足无措，叶东平现在也是如此。

"叶叔，能便宜买下来，干吗要多给钱啊？"封况有点不理解了，这辛辛苦苦走街串巷，不就是为了赚点辛苦钱吗？别人不识货，自己便宜收了，这是你情我愿的事情，谁也说不出个"二"字来。

叶东平闻言愣了一下，似乎这才想起了自个儿现在的身份，有些无奈地摆了摆手："你，唉，随你吧，但是有一点，不准坑蒙拐骗偷啊，要是让我知道了，这收购站也不用再开了……"

说到后面的时候，叶东平的脸色变得十分严肃，没有希望再回到象牙塔内做学问或者从事与机械相关的工作，这也是他能坚守的底线了。

"叶叔，你放心吧，我封况不是眼皮子浅的人，小便宜能占得了一时，但是占不了一世，这个道理我懂的……"听到叶东平的话后，封况很认真地点了点头，他虽然有时候喜欢耍些小聪明，但是深知诚信乃是为人之本，失去了这一点，他一个农村娃也将失去在城市立足的根本。

"行了，封子，你中午喝了酒，估计也没吃什么，来，一起吃吧……"说完正事，叶东平招呼封况坐了下来，这会儿他蒸上的米饭也熟了，一股米香味飘溢在了屋里。

"爸，我去盛饭……"干了大半天的活儿，叶天早就饿了，兴冲冲地给每个人盛了一碗米饭。

封况带回来不少猪头肉，就着香喷喷的米饭，叶东平父子两个在这个新家吃的第一顿饭，格外的香。

吃过饭后，已经是下午5点多钟了，太阳已经西下，将收购站在这旷野处拉出一道长长的影子。屋里有些闷热，三个人都坐到了院子里，封况更是脱光了衣服用压水井里的水洗了个澡，换上了一身和县城里那些小青年们一样的格子衫、喇叭裤。

除了进县城的时候从拖拉机上见到有人这样穿之外，叶天还是第一次看见这种款式的衣服，不由说道："封子哥，这衣服真好看……"听到叶天的话后，封况得意地说道："那当然，这喇叭裤要十二元钱呢……"说到这里，似乎怕叶东平有什么误会，封况看向叶东平，解释道，"哎，叶叔，这钱我可不是用的收购站的，这是我老舅给我的……"

"不用解释了，我信得过你，封子，以后要花钱，给叶叔说一下干什么用的就行了，你也是这收购站的老板，出去玩儿也不能太寒酸了……"

看着封况一脸紧张的样子，叶东平笑了起来，他也是从十几二十岁的年纪过来的，当初可是比封况还要臭美。在叶东平的那个年代，军装是最流行的衣服款式，谁要是能有一套军装再加上一顶军帽，那走在学校里，绝对是万众瞩目的焦点。不过因此引发的斗殴也是层出不穷，一些穷人家的孩子专门去抢那些部队大院子弟的衣服，搞得四九城各区都是顽主四起。当然，叶东平那儿是个好孩子，只有跟在后面摇旗呐喊的份，不过想起那段年少轻狂的往事，他的脸上还是露出了笑意。

"嘿嘿，叶叔，我不会乱花钱的，这衣服也是到了城里怕被人笑话才买的，你放心吧……"听到叶东平的话后，封况嘿嘿笑了起来，转脸看向叶天，说道，"叶天，一会儿带你去看电影，去不去？"

"当然去啊，封子哥你答应我的……"叶天早就惦记着这事呢，刚才还在想是不是拐弯抹角地提醒下封子哥，没承想他自己问出来了。

"不行，刚来这里不要乱跑。"叶东平一句话就让叶天苦起了脸，可怜兮兮地用求救的眼神看向了封况。

"叶叔，我带叶天出去玩玩吧，今天晚上放美国的《超人》，听说可好看了……"叶天不出去，封况也不好意思在他们来到的第一天就出去玩，当下帮叶天求起情来。

"《超人》？不是《少林寺》啊？"叶天闻言有些失望。

"比《少林寺》还好看呢，我听说那人能在天上飞，还能和火车赛跑呢……"看到叶天失望的样子，封况手舞足蹈地比划了起来，不过他也没看过这片子，都是听别人说的而已。

"封子，咱们刚来城里，对外面不熟悉，还是少往这些地方跑吧……"叶东平想了一下之后，还是摇了摇头。

"爸，没事，我给封子哥看了面相了，他最近不会出什么事的，咦？不对啊……"叶天一边说话一边看向封况，不过当他看到封况的眉头时，心里突然"咯噔"了一下。

早上给封况看相的时候，封况还是眉毛紧凑，现在不知道是不是洗过澡的原因，他右边的眉毛突然变得有些分散，这在相术中的表现为易怒、易招惹血光之灾。

"术藏！"看到封况的面相后，叶天也有些拿不准了，唤出脑中罗盘，报上封况的生辰八字，给他卜了一卦。

"嗯？物腐虫生之象，归妹中含蛊卦……"看到脑中显示出的卦象，叶天有些纠结了。这是六十四卦中的第五十四卦和第十八卦，后者是少男怀春妾有情之象，不过两者都隐含小凶，也就是说，封况如果今天真的出门的话，说不定真的就会碰到血光之灾。

"封子哥，今天咱们别去了吧，我看你脸色隐晦，出去说不定就有祸事的……"如果这会儿是在农村，叶天肯定不在乎，反正卦象是小凶，最多打个头破血流，但是第一天进城，他对这城里人所待的地方，还是有着畏惧之心的。

叶东平本就不想让两人出去，听到叶天的话后，当下说道："封子，听小天的没错，你也知道他的本事的……"

没承想叶东平话声未落，封况就瓮声瓮气地把他的话给打断了，急着说道："叶叔，不行，就是不带叶天，我自己也要去的……"

"封子哥，你……是不是还有别的事啊？"叶天明白封况的心思，他肯定是约了女孩子谈对象了，不然卦象不会如此显示。

"没……没什么事……"听到叶天的话后，封况脸上露出一丝扭捏的神态，那古怪的表情连叶东平都看出不对劲了。

"封子，有什么事不能给叶叔说的啊？"叶东平开口询问道，如果不问清楚的话，他真不放心封况出去，毕竟儿子看相卜卦，似乎还没出过差错。

"那个……那个，叶叔，我认识了一个女孩，约好晚上去看电影了……"封况低下了头，声音像是蚊子哼哼一般，不注意都听不到。

"呵呵，封子交女朋友啦？"叶东平闻言笑了起来，二十出头的小伙子，正是对异性最好奇的时候，结交个女朋友也是很正常的。

既然把话说开了，封况也抬起了头，说道："也不是女朋友，就是朋友，先处处看，以后要是合适了，再谈对象……"

这年头男女朋友要不是谈对象，处在一起那就叫做耍流氓，当然，封况倒是想和对方谈对象来着，只是那女孩还没答应。

"这个……"这种事情是不好拦着的，叶东平也有些犹豫了，扭头看向叶天，问道，"小天，你没看错吧？封子今天出去真的有血光之灾？"

听到叶东平的话后，封况也有些紧张地看向叶天，他是深知叶天风水堪舆的本事的，虽然没见识过他卜卦算命，但只要叶天说了，估计就是八九不离十。

"叶天，你说的血光之灾，严不严重啊？"封况还真是对那姑娘动了心了，如果叶天说不严重，估计他还是会坚持去的，不过要是小命不保的卦象，那封况绝对会像乌龟一般窝在收购站里。

"封子哥，是小难，倒不是很严重，最多见点血，不过倒是可以因祸得福……"叶天老实地将卦象解说了出来。

"因祸得福？"封况有些摸不清头脑了，这都说要见血了，还是好事？

"嗯，卦象里还有归妹一说，能增进男女之间的感情……"叶天照本宣科地说了出来，他年纪还小，虽然在农村和一帮小屁孩也玩过娶媳妇的游戏，但对大人感情上的事情，并不是很了解。

"真的？"听到叶天"能增进男女感情"这句话时，封况那双眼睛都瞪圆了，"不行，叶叔，我还是得去，我一老爷们怎么能失约呢？"

在说这番话的时候，封况宛然一副要上刀山下火海的架势，当然，这也是有叶天前面那句"小凶"的话垫底，否则封况绝对没这底气。

"小天，你既然能测吉凶，那么能规避吗？"叶东平看向儿子，虽然他不喜欢叶天琢磨这些，但这两个月下来，他也清楚，叶天所学并非封建迷信，还是有很深奥的道理所在的。

"最好就是不出门……"看到叶东平和封况脸上均是露出失望的神色后，叶天接着说道，"还有一个办法，那就是我跟着，看能不能帮他化解厄难了……"

"不行，别又导致你元气反噬……"叶天话还没说完，就被叶东平给打断了，对儿子上次给他看面相被反噬的事情，叶东平还记忆犹新呢。

"爸，没事的，化解这种小灾小难，对我们来说只不过是随手为之的事情，不会导致元气紊乱的……"叶天这番话说得是半真半假，对于一些有真才实学的江湖术士而言，化解这样的事情真不算什么，他们能根据卦象显示，在事情发生之前就提前得到感应，从而将祸端消弭掉。不过这事放在叶天身上，就有那么一点点的不靠谱了，原因很简单：叶天虽然懂得这些道理，但是他从来没有实践过，对于时机的把握不可能那么准的。

"真的？"叶东平绷起了脸，他知道，只有这样叶天才会说实话。

"爸，当然是真的了，有我跟着封子哥，包他没事……"叶天挺了挺小胸脯打了包票，其实他之所以想跟着封况出去，目的并不全在此。

这是叶天第一次用占卜的方式测出人有凶难，他也想见识一下是否准确。另外更重要的一点就是，叶天对封况所说的会飞的超人电影，兴趣也是极大的。

"那……好吧，你们两个小心一点，看完电影就快点回来啊，封子，来日方长，别把人家姑娘给吓坏了……"想了一下之后，叶东平还是点头同意了下来。

本来叶东平是想自己也跟去的，不过现在收购站里除了那张价值数千元的文征明对弈图之外，还有老道那两箱子字画珍藏，无论如何是要留个人看守的。

"唉，爸，你放心吧……"听到叶东平的话后，叶天高兴地笑了起来，当下冲到屋里，翻出一件他认为还比较时髦的蓝条白底的海军服穿在了身上。

电影院在县城的西城区，距离收购站的距离不算近，在又向叶东平做了一番不惹事的保证之后，封况推出了自行车，带着叶天骑出了收购站。

一边卖力地蹬着自行车，封况一边扭头向身后的叶天问道："叶天，我晚上真的会有血光之灾吗？"

天才相师①

天眼神童

被夜晚的凉风一吹，封况刚才被雄性荷尔蒙充斥了的大脑也逐渐清醒了过来，虽然他在乡下也经常和人争勇斗狠，但是在城里，底气不免就弱了三分。

叶天知道，晚上最多就是点小冲突，只要自己提前感觉到，拉着封况避开就没事了，当下学着大人的模样，拍了拍封况的肩膀，说道："封子哥，有我跟着，你就放心吧……"

"好，叶天，今天要是没事，明儿封子哥给你买大排，做大排面吃……"听到叶天的话后，封况心里踏实了许多，跟着这连埋了几十年的死人都能找出来的小祖宗，他有什么好怕的啊？

想着和人约好的时间，封况脚下踩自行车的动作又加快了几分，破旧的自行车发出难听的"咔咔"声，穿行在这江南小城之中。

"走，快点，晚了就买不到票了……"赶到西城电影院的时候，天色已经完全黑了下来，封况寄存好车子后，拉着叶天就往电影院售票的窗口跑去。

"叶天，等着急了吧？"在排着长队的售票口等了十多分钟后，封况兴高采烈地拿着四张连号的票挤了出来，引得周围一阵羡慕的目光。

"没有，封子哥，这电影院里面有多大啊？这么多人排队买票？"对于从小在山脚下长大的叶天来说，眼前所有的一切都是新奇的，他只在村里看过露天的电影，对于电影院的认识，还只停留在大人们茶余饭后的闲聊中。

"里面可大了，能坐好几百人呢，等会儿你进去就知道了……"封况扬了扬手中的票，带着叶天在电影院门口转悠了起来。

20世纪80年代的电影院，其实也是个多功能场所，除了晚上放电影之外，白天也当做礼堂，可以开劳动模范表彰大会或者公审大会等。

电影院白天一般是不放电影的，所以一到晚上，影院的门口就挤满了人，大一些成双成对或者吆五喝六的年轻人，手上拿着电影票，热火朝天地聊着即将开始的电影。

虽然这会儿电影票的票价只不过是一角五分钱一张，但是在这个年代，一角五分钱已经可以够一家四口人吃半个月的酱油，不是每个家庭都舍得花这个钱。所以在电影院的门口，也有许多像叶天这么大的小孩子，贼头贼脑地盯着站在两排铁栏杆处查票的工作人员，随时准备趁他们不注意的时候溜进去。

"嘿，真威风啊，封子哥，这就是你说的超人？"抬头看着电影院上面的大宣传海报，叶天兴奋地喊了起来。那会儿可没有喷绘技术，那长宽足有七八米的宣传海报，可都是美工们亲手画在影院上方的大木板上的，海报上的那个内裤外穿、披着披风的肌肉男，的确很能吸引人的眼球。

"嗯，叶天，你跟着我，咱买点瓜子去……"封况点了点头，带着叶天往边上卖瓜子的摊子走去。

有人的地方，自然就有做生意的，虽然这年头很多人都看不起个体户，但并不妨碍他们闷声大发财，电影院门口不仅有卖瓜子的，还有卖冰棒和西瓜的，吆喝声不绝于耳。

卖瓜子的摊子边上，有一个个用报纸折成圆锥状的纸筒，有人买瓜子了，那摊主就拿铲子将瓜子铲在纸筒里，一个两分钱，倒是也不贵。

将买好的瓜子递给叶天，封况就有些心不在焉了，眼睛不住地四下里打探着，还特意带着叶天走到台阶上，好像在寻找着什么人。

前一场电影终于放完了，人们从出口处蜂拥而出，每个人脸上都带着兴奋的笑容，指手画脚地评论着刚才所看的电影，在这个电视尚未完全普及的年代，电影是人们业余生活中最大的娱乐方式了。而且这时也是中国电影最辉煌的一段时期，像前几年上映的《少林寺》，一角钱一张的票价竟然累计了上亿的票房，很多人甚至接连看了十几遍，可以想象当时电影的红火程度了，只要拍出来就有大把的人去看。

里面散场了，外面的人早就等得心里痒痒了，一窝蜂地往进口拥去，原本还算平静的影院门口，顿时响起了一阵呵斥声。

"慢点，慢点，都把票拿出来……"

"说你呢，挤什么挤啊，后面点……"

"小兔崽子，又想逃票？一边儿去，小心送你去派出所！"那查票的胖大姐，嗓门实在是恐怖，喊出的声音堪比高音喇叭，胡萝卜粗的手指，将一个个准备逃票的小孩子都给点了出来，那双眼睛堪比火眼金睛。

"封况哥，咱们也进去吧，去晚了万一没座位了呢？"看着众人都往里面挤，叶天有些着急，连炒得喷香的瓜子都不吃了，一双眼睛直往入口那里瞅。

"急什么啊，票上有座位的，不怕……"封况不是第一次看电影了，不过显然心里也是有些着急，嘴里念叨着，"怎么还没来啊？这还有十分钟就要开场了呀……"

"封况哥，你是不是在等她们啊？"叶天虽然个子小，但眼睛却很尖，看到十多米外两个穿着花格子连衣裙的女孩直往这边看，连忙拉了一把封况。

"哎，对，对，叶天，你别乱跑……"看到那两个女孩后，封况脸上露出笑容，也顾不上叶天了，一步就跨下了四五级台阶迎了上去。

"叶天，这是你红姐，那个是盈盈姐，快点，喊姐姐……"迎着两个女孩说了几句话，封况在前面带路，三个人走上了台阶，招呼叶天喊人后，封况看向左边的那个女孩，说道："这是我们叶经理的小孩……"

经理这名头还是封况从老舅那里听到的，感觉要比什么主任或者厂长的称呼都威风，所以不光给叶东平封了这么个头衔，就连自己也有个副经理的职务。

叶天发现，一向大大咧咧的封况哥，在和左边那个女孩说话的时候，竟然红了脸，不由偷笑了起来："红姐，盈盈姐，这是封况哥给你们买的瓜子……"

叶天虽然年纪小，但不是一般的机灵，再加上长得眉清目秀，一句话就让两个女孩喜欢上了，就连封况也悄悄向他竖了个大拇指——这是在给他长面子啊。

"封况同志，谢谢你呀……"那个叫盈盈的女孩接过瓜子后，回过头向封况笑了笑，虽然这声"同志"喊得有些距离，也很矜持，但还是让封况的脸上笑开了花。

"不谢，不谢，王盈，红姐，你们等一下，我去买点汽水，这光吃瓜子太渴了……"那个叫王盈的女孩和封况年纪差不多大，至于红姐则应该有二十五六岁了，封况也是一口一个姐地喊着，不是一般的热情。

走到旁边的汽水摊上，封况掏出四角钱买了四瓶汽水，一瓶汽水其实只要五分钱，不过交上五分钱的押金，就可以把汽水拿进电影院里，出来的时候再退瓶子就可以了。

相比城里的这些年轻人，封况无疑要更加优秀一些，最起码讨女孩子欢心的本事，就是刚才那些年轻人望尘莫及的。

很显然，这几瓶苏打兑白开水做成的汽水，让两个女孩对封况的印象好了许多，脸上也多了一些笑容。

进电影院检票的时候，外面还围着许多没买到票或者是想找机会溜进去的人，在一群人羡慕的目光中，叶天等人走进了电影院。

"封子哥，怎……怎么这么黑啊？"穿过一个大堂之后，走在前面的封况掀开一个厚厚的布帘，叶天顿时感觉眼前黑了一片，不说伸手不见五指吧，反正连身边人的面貌都看不清了。

"没事，你闭上眼睛再睁开就好，那屏幕不是亮着的吗……"封况对叶天的大惊小怪有些不以为然，却是忘了自己第一次进电影院的时候，嗓门比他还要大，搞得里面的工作人员打着手电筒把他送到位置上。

"咦，还真是……"叶天按照封况说的，闭上了眼睛，再睁开后，果然感觉到眼前没有那么黑了，而且站在原地，能通过最前方大屏幕散发出来的光亮，清楚看到一排排坐在座位上的人头。

电影院的座位是呈阶梯形的，进门的地方最高，然后一层层往下，就在叶天旁边十多米的地方，一束很粗的光束照射出来，直接投在了前方的大屏幕上。这个屏幕远比叶天在农村见到的大得多了，反正隔着那么远，他能清晰地看到上面的画面，这也和在乡下看电影时模模糊糊的景象有很大的不同。现在大屏幕上放的是个科教片，一般晚上的电影在正式放映之前，都会放个十几分钟的科教片，这也是为了等观众入场。

"叶天，走了，别挡在门口啊……"这新奇的一幕，让叶天看得目不暇接，连封况招呼他下去找位子都没听到。

"叶天，来，把手给姐姐，我带你去找位子……"还没从震惊中清醒过来的叶天，忽然感觉自己的右手被人拉住了，扭头一看，却是盈盈姐。

"盈盈姐，我自己能走，已经不黑了……"虽然只是个十多岁的孩子，但是叶天已经知道害羞了，再加上从小生活的环境里没有女人，让他对盈盈姐的亲热感到很不习惯。

"没事，这里你不熟，下面有楼梯，别摔倒了……"王盈看不到叶天的脸色，还以为是小孩子逞强呢，当下手上又用了点力，拉着叶天往下面走去。

挣了一下没有挣脱后，叶天也就没再往回缩手了，被盈盈姐那双纤细的小手抓着，不知道为什么，叶天心中有种被呵护的感觉，这是他从来没有体验过的。

从小到大，叶天的身边就没有生活过比他年龄大的女人，和父亲一起生活，他很小的时候就学会了坚强。三岁的时候摔倒了，都是自己爬起来的，现在猛然感受到了被人呵护的温暖，让叶天对身边这个女人的好感剧增。

要说人和人是讲缘分的，有些人整天见面，不过一辈子相处下来，也就是普通朋友，但是有些人偶然相识，却结下了深厚的情谊。叶天也不知道，自己日后就这么稀里糊涂地多了个姐姐。

"谢谢盈盈姐……"被王盈牵着小手，跟在封况等人的身后，弯着腰摸着路向前走着，叶天只感觉心里无比的放松，这一声"盈盈姐"也是喊得发自内心了。

"封况，是十三排吗？"走到一排座位前，王盈停了下来。

听到王盈的声音后，封况借着远处大屏幕上的灯光看了下票，说道："是，就是十三排，十八、二十、二十二和二十四是咱们的座位……"

电影院里的座位，是分单双号的，这几个号中间虽然隔了个单号，其实座位却是连在一起的，而且封况的运气也很不错，他们这几张票的位置正好是在中间。

"咦，这是我们的座位啊……"走到那几个号码的座位处后，封况愣了一下，在他们的座位上，已经坐下了几个人，正悠闲自得地在那交头接耳。

座位被人占了，封况当然不肯罢休了，手里拿着电影票，拍了拍坐在最外面那个人的肩膀，说道："哎，我说，这位同志，你坐错位置了，这个座位是我们的……"

只是封况没想到，这占了别人位置的人还挺横的，他话声未落，那人的声音就响了起来："小子，拍谁呢，什么你的位置？这么多座位，你随便坐个不完了吗？"

其实在电影院里，抢占位置的事情是很正常的，而且大多都是年轻人干的，一般情侣或者单独来看电影的人，都会自认哑巴亏，另外找个没人的座位去坐。

不过封况哪里知道这种事情啊？他一共也就进过两次电影院，而且那两次都是第一时间就冲进来了，别人想抢他位置也没机会。再加上身边还有自己心仪的人，封况更不可能退让了，当下大声嚷嚷道："我有票，这是我的位置，麻烦你让让！"

封况提高了的声音，惹得周围的人都看了过来，坐在座位上的那个年轻人，也没想到封况居然会较起真来了，当下脸上也是憋得通红。

"小子，找事是吧？"坐在另外几个位置上的人，突然站了起来，一个人更是伸手推了封况一把，很显然，这几个人是一起来的。

"封况，让他们吧，咱们去后面坐……"站在封况身边的红姐拉了他一把，作为县城里长大的人，红姐知道在电影院和溜冰场的年轻人，是最不好招惹的。虽然1983年严打了一批，不过这都过去好几年了，有些在家里不是老大、无法接父母班的人，整天在外面游手好闲、拉帮结伙，一般人都不愿意去招惹他们。

天才相师 ❶

天眼种童

"红姐，是他们在找事啊，我票上的座位就是这里。哎，我说，你们占了我的座位还有理啊？"原本封况是个挺机灵的人，遇事也很冷静，不过俗话说恋爱中的人，智商都会下降N个百分点，此时的封况就是如此，脑子里根本就没有害怕一说。

"就是，这小伙子说得没错，抢别人座位还有理啊？"

"这几个一看就不是好人，头发留这么长，耍流氓是吧？"

"快点让位，电影马上开始了，再耍流氓送你们去派出所……"人们的正义感还是很强的，在封况与他们争吵起来之后，坐在旁边的人纷纷指责起了那几个年轻人。

"谁耍流氓啊？我们又没说不让……"在这个年头，被人说耍流氓，那就是很大的罪过了，众人的指责，也让那几个人脸上变了色，口气也软了下来。

"你们几个，票呢，拿出来我看看……"一个打着手电筒的工作人员也走了过来，电影院里每天都要发生好几次这样的事情，他处理起来有经验得很。

虽然香港的枪战片此时已经传入内地，让一群毛头小伙子看得是热血沸腾，不过在当时这种社会体制下，最多也就是促使他们体内的雄性荷尔蒙上升，还不至于产生什么黑社会。这几个年轻人也是如此，虽然喝了血酒拜了把子，但也不敢和电影院的工作人员较劲，当下老老实实地把票拿了出来。

查票的工作人员对这种事见得多了，在票上看了一眼后，用手电筒往边上的一排椅子照去，说道："你们的座位在那边，现在把位置让出来，电影马上开始了，再捣蛋都给我出去……"

"好，好，我们让，我们这就让……"那几个人也不过就是二十郎当岁的年轻人，听到不让看电影了，顿时一个个都老实了起来，站起身往他们自己的座位走去。不过几人在经过封况身边的时候，眼神里都充满了怨恨，年轻人都好个面子，封况今天的举动让他们颜面全无，小哥几个心里那不是一般的不爽。

"这都什么人啊？没素质！"封况却没注意到那几个人的目光，因为他的注意力一直都放在王盈身上，见到几人让开位置后，连忙招呼王盈和红姐坐下了。

"红姐，王盈，来，喝汽水……"等两个女孩坐下后，封况殷勤地将已经开了瓶盖的汽水递了过去，他眼皮子活着呢，知道要想接近王盈，首先就要得到红姐的认可。

红姐接过汽水后，看着那几个离去的人，迟疑了一下，还是开口说道："小封，你一个人在县里，别得罪这些人，没好处的……"

红姐和王盈是同事，她们两个都是县工商局的工作人员，认识封况也是因为上个月办理废品收购站承包手续的缘故。

要说封况虽然是在乡下长大的，眼光可是不错，当时一眼就看上了帮他办理手续的王盈，之后更是每天在空闲的时候，都要想着法子在工商局门口磨蹭，就是为了见这姑娘一面。大家都是年轻人，一两个星期下来，相互之间倒是也熟悉了，不过那会儿谈对象，都要讲个门当户对，城里姑娘找乡下小伙，传出去是要被人笑话的。所以王盈虽然对这做事情挺勤快，人也很机灵的小伙子印象不错，但也不敢贸然和他谈恋爱，所以每次接受封况邀请的时候，都会喊办公室的红姐一起去。

作为已经结了婚的人，红姐的心眼确实要比王盈多了不少，她暗地里打听过了，原来封况有个在美国的老舅，这年头有海外关系，那可是吃香得很，所以她也没阻止二人交往，时不时地还会帮他们创造出点机会。封况也很懂事，平时一口一个红姐喊着那叫一勤快，不值钱的女人发卡之类的物件，更是偷偷地给红姐塞了不少，所以刚才红姐才出言提醒了封况几句。

"红姐，没事的，又不是我惹的他们。哎，你们吃瓜子啊，渴了就喝汽水，不够我再去买……"听到红姐的话后，封况却没当一回事，不过就是和人口角了几句嘛，在场那么多人，他们能把自己怎么样？

看到封况的模样，红姐摇了摇头也没多说什么，有时候人总是要吃了亏，才能明白一些道理。

坐在最边上的叶天，听到两人的对话后，张了张嘴，想了一下还是闭上了，刚才一发生冲突的时候叶天就看出来了，封况的血光之灾，就应在了这几个人身上。不过既然知道是怎么回事，叶天自然有化解的办法，这办法说起来其实也简单，三十六计走为上，只要到时候提前几分钟离场，避开这几个人就可以了。现在电影还没开场，说这话有些早，所以叶天也就没告诉封况，省得他看电影时提心吊胆的。

刚才的冲突不过是影院的一个小插曲，随着科教片的落幕，整个电影院里的光线，突然暗了下来，这回可是真正的伸手不见五指。

"嘘……"

"快点开始啊！"

"怎么都黑了？"

一时间，各种喊声和口哨声，在电影院里响了起来，其实每个人都知道这是在换胶片，但是黑暗带给人们的本能反应，还是让一些人喊出了声。

至于那些吹口哨的，则大多是些年轻人，他们最喜欢这种时刻，可以用吹口哨的方式彰显着自己的存在，各种口哨声在影院里此起彼伏，像是部队拉歌一般热闹。

终于，在众人的期待中，一团强烈的光束从影院最后方投射了出来，一幅画面随之出现在了大屏幕上，顿时，各种嘈杂声都停歇了下来。

中国此时的电影引进制度，是十分严格的，尤其是从美国引进大片，这几乎是不可能的，而这部1980年上映的科幻片，也的确没让众人失望，仅仅一个片头，就让电影院里惊呼四起。

而当超人和火车赛跑的时候，众人的情绪更是激动了起来，最多只看过一些香港早期"哼哼哈咿"武打片的人们，被这种天马行空的想象力完全震住了。

所有人都沉浸在电影带给他们的视觉快感之中，叶天更是看得小脸通红，在为超人制伏大反派叫好，不过他稚嫩的声音，也就只能局限在自己耳中，因为此时的电影院，到处都是喊叫声。

"嗯？谁在看我？"就在叶天激动不已的时候，突然感觉到一股视线停留在自己身上，常年修炼导引术，叶天身体的感应能力远比一般人灵敏得多，当下心中就生出了一股警醒。

"是那几个人？"叶天循着那股视线看去，整个人都清醒了几分，原来是那几个抢座的人，他们也不是在注视叶天，而是在看向封况的时候，目光扫在了叶天的身上而已。

"不行，要走了……"叶天脑中冒出这么个念头后，连忙用力捅了一下坐在他旁边的封况。

"叶天，干吗？"正因为电影情节激动得连给王盈献殷勤都顾不上的封况，对腰眼子被叶天撞得生疼很是不满。

叶天附在封况耳边，说道："封子哥，走了，再不走，你就要有血光之灾了……"

"什么？"

原本早就忘了这事的封况，此时听到叶天的话，顿时感觉像是一盆凉水从头浇了下来。

"是那几个抢座的人？"封况本来为人就挺机灵的，听到叶天的话后，马上就反应了过来，同时偷偷地向那几个人坐的方向看了一眼，迟疑地说道："叶天，不会吧，不就是吵了几句嘴吗？难道他们还会堵我？"

"信不信由你，反正你不走的话，今天的血光之灾是少不了的……"叶天撇了撇嘴，话说到了，走不走就是封况的事情了，反正那几个人是要找封况的麻烦，和他这个小孩子又没什么关系。

叶天也想把这电影看完，巴不得封况不走呢，最多就是挨顿揍而已，从卦象上看似乎并无大碍。

叶天的话让封况有些坐蜡了，这还有十分钟电影就放完了，现在走的话，岂不是看不到大结局了？而且他也不知道如何对红姐和王盈说啊。

"叶天，我……我怎么对你红姐和盈盈姐说呀？"这会儿封况也没个人商量，只能厚着脸皮问叶天这小毛孩子了。

叶天很是不能理解封况的思维逻辑，奇怪地问道："有什么好说的？有人要揍你，你还不跑啊？"

"可是……可是……"封况可是了半天也没说出个究竟来，他总不能说自己喜欢王盈，怕对方看不起他吧？

"叶天，要不……你帮我说吧……"俗话说好汉不吃眼前亏，想着对方有四个人，自己一个人，肯定吃亏，封况最终还是决定提前退场，不过却是要叶天帮他打圆场。

"我怎么帮你？"叶天看向封况，心想封子哥平时对自己不错，能让他免一顿揍，还是愿意帮忙的。

"你……你，你就说肚子疼得厉害，要去医院……"封况那脑袋瓜还真不是一般的机灵，马上就想出了个馊主意。

"这……好吧！"看着封况一脸期盼的样子，叶天答应了下来。

"哎哟，我肚子疼，疼死我了，封子哥，我肚子疼得厉害啊……"要说演戏，叶天是从小就不学自会的，每次在外面淘气回家要挨揍的时候，只要往地上一打滚装难受，叶东平一准下不去手了。

现在也是如此，叶天将体内元气都憋在了一张小脸上，原本白皙清秀的脸庞，这会儿变得充满了血色，小身体蜷缩在椅子上，放在外人眼里，还真不像是装出来的。

"哎，叶天，你怎么了？"封况戏演得就有点假了，虽然是向叶天在询问，但是脸却看向了坐在他右手处的王盈。

"封子哥，我肚子疼，疼死了……"既然已经演了，那就要演下去，叶天捂着小肚子，就差没打滚了。

"是不是晚上吃什么凉的东西了？"王盈看到叶天难受的样子，也顾不上看电影了，用手一摸叶天的额头，发现满是汗水，连忙站了起来，说道，"不行，好像还发烧，走，快点去医院……"

"这……这不好吧，王盈，要不……你和红姐把电影看完，我带叶天去医院就可以了……"封况心里还真是这么想的，那几个人针对的是他，应该不会对王盈怎么样的，而且当时王盈和红姐是站在他后面的，并没有露面，等会儿一散场，那几个人也未必能认得出来。

"孩子都这样了，现在还看什么电影啊？要看你看……"王盈一把推开了封况，就要抱起叶天，不过叶天虽然只是个十岁的孩子，却也有一米四五高了，这一下还真没抱动。

"王盈，我来，我来……"见到王盈执意要送叶天去医院，封况也只能把叶天抱了起来，这会儿刚好大屏幕上的画面比较暗淡，影院里漆黑一片，也没人注意这一排座位上少了几个人。

出了电影院后，在灯光的照射下，叶天那血红的脸色把红姐也吓坏了，直嚷嚷着让封况去推自行车，抓紧带叶天去医院。

"得，假戏真做了……"在二女的催促下，封况无可奈何地把叶天抱到二八自行车的横梁上，在前面两辆女式自行车的带路下，往医院骑去。

"臭小子，怎么还装啊？"一边蹬着自行车，封况一边在叶天耳边问道。

"我……我这不是还没机会变好吗？"叶天也有些郁闷，出来之后那两个女人压根就没给他开口说话的机会，骑车子直奔医院。

"行了，一会儿到了医院，就说病好了啊……"封况在叶天耳边交代了一句。

小县城本来就不大，五六分钟后，就来到了医院门口，只是叶天还没来得及说话，王盈就急匆匆地去挂了急诊。

"咳咳，红姐，盈盈姐，我……我肚子疼得没那么厉害了，咱……咱们不看了行不？"

叶天心里也有些害怕了，他从小到大感冒都没有得过一次，更别说进医院了，今天要是莫名其妙地挨上一针，那冤枉不冤枉啊？

"不行，刚才脸色都那样了，走，跟盈盈姐去门诊……"听到叶天的话后，王盈却是不答应，或许是以为叶天怕打针，笑着说道，"叶天，你都这么大的人了，还怕打针吗？"

"打针我不怕，可是没病我打什么针哪？"叶天此时是有苦说不出，只能恨恨地瞪了封况一眼，这家伙出的什么馊主意啊？早知道这样，还不如让他挨顿揍呢。

看病的是个老医生，在听王盈和红姐说完刚才叶天的病症后，拿出个体温表让叶天夹在了夹肢窝下面，然后给他把起脉来。

"脉相平稳，没有什么大碍，可能是小孩子晚上吃了凉的东西，有点肠炎吧？"把完脉再看了下体温表，老医生给出了结论。

"爷爷，不要打针吧？"叶天苦着小脸的样子，把一屋子的人都给逗乐了。

老医生笑着摸了摸叶天的头，说道："不用，开点药吃就行了，记住了，以后不准贪吃凉的东西了……"

"谢谢爷爷！"听到不用打针，叶天顿时活蹦乱跳了起来，看得旁边的王盈和红姐是目瞪口呆，这孩子和刚才那半死不活的样子，反差也忒大了点吧？

从医院出来后，王盈和红姐怎么也不同意封况要送她们回家的建议，小县城的治安还是很好的，加上天气热，马路边的路灯下有不少人在乘凉，倒是不用担心安全的问题。

"盈盈姐，红姐，以后到我们家里来玩啊……"向新结识的两个姐姐挥手告别后，封况带着叶天往收购站骑去。

"叶天，这三元钱回去怎么说啊？"蹬着自行车，封况苦起了脸，虽然看病不是很贵，但是也花了三元钱的药钱，在这个人均月工资不过三四十元钱的年代，三元钱已经不是个小数目了。

叶天听到封况的话后，想了好一会儿才说道："封子哥，回去后老实给我爸说，他不会怪你的……"

叶天从小都是这样，小错不认，大错向来都是主动交代的，而对于叶天自己说出来的事，叶东平也从来没有惩罚过他。就像去年的时候，叶天和胖墩几人偷了开山用的火药和雷管去水库炸鱼，倒霉的胖墩被水库管理员给当场揪住了，叶天知道躲不过去，回家就坦白交代了。事后虽然被水库罚了20元钱，叶东平也没说什么，只是让叶天写了个检查而已，但就是这种轻描淡写的处理，让叶天心里更加难过，从那之后，他老实了许多。

"这……这行吗？"封况有点迟疑地问道。他也就是比叶天大几岁，做错事也是会害怕的。

"没事，我了解我爸，不会说你什么的……"叶天打了保票后，封况才放下心来，他可是知道，老舅这家店名义上是他张罗的，但实际上的主人，其实还是这父

天才相师 ❶ 天眼神童

子俩。

回到收购站之后，封况就把今天在电影院和人争执的事情告诉了叶东平，果然如叶天所说的那样，叶东平并没有多说什么，给叶天看病的钱，也计入了公账里面。

第二天一早，封况联系的那几个拾荒者纷纷拉着板车来到了收购站，短短的一天时间，各种废品就堆满了收购站的院子，足足支出去了两千多元钱。这让叶东平和封况惊愕之余，也大喜过望，有点不敢相信这一天的收获。要知道，他们虽然开支出去了两千多元钱，但是一转手将这些东西卖给国营收购站后，最少也能赚个四五百。而且今天来的只不过是收购站周边的几个拾荒者，如果将整个县城的拾破烂的都整合在一起，即使保守一点计算，那一年也能赚好几万元钱啊。

别说封况这个乡下娃了，就是来自北京的叶东平，也被这个数字吓了一跳。

在这个日趋从计划经济向市场经济转型的年代，叶东平已经充分地意识到，在今后的社会当中，现在被人看不起，但腰缠万贯的个体户，或许将成为这个社会的新贵。正如人们观念中笑贫不笑娼的道理一样，日后只要有了钱，身份和地位都会随之而来的，至于你是个体户还是铁饭碗，恐怕再没有人会去关心了。

生活中总是有目标才会产生动力，在看到了光明"钱途"之后，不管是封况还是叶东平，都忙得连轴转了起来。

封况负责将废品送往国营收购站，而叶东平则是坐镇在收购站里，将拾荒者送来的废品一一整理归类。

不过好情景只维系了两天，拾荒者们送来的废品就大大减少了，加起来的数量也就是比封况自己去收的多那么一点儿，这让封况和叶东平都有些始料未及。

等了一天，那几个拾荒者送来的废品还不够一板车的呢，封况今天也没去国营收购站，这么点东西不值得跑一趟啊。

"叶叔，这是怎么回事啊？"到了晚上的时候，封况的情绪就变得有些低落了，俗话说"由俭入奢易，由奢入俭难"，前两日的收获，让封况已经看不上现在这点收入了。

"封子，咱们之前想得太乐观了……"叶东平闷头抽了口手里的劣质烟，说道："你想想，现在大家的生活都不宽裕，没用的东西也不会往外扔的，他们前几天送来那么多废品，我估计还是以前积攒下来的，东西都卖完了，自然就变少了……"

道理其实很简单，叶东平琢磨得也是八九不离十，那些拾破烂的一般很少会花钱收废品，很多都是捡来的，而现在人们都习惯于将废品卖掉，所以他们能得到的东西就越来越少了。

"那怎么办啊？叶叔，你是有学问的人，倒是给出个主意啊！"听到叶东平的话，封况顿时急了，做了没两天的发财梦，可不能这么快就破灭了呀！

"封子，倒也不是没办法……"叶东平想了一下，开口说道，"这样吧，现在送来的废品，咱们先不急着往国营那边卖了，你也不要待在收购站里，往东城跑跑，看能不能把那边拾破烂的人都给领到咱们这里来。"

这本来就是他们之前商量好的，只不过前几天送来的废品太多，一直没顾得上这件事情，现在废品收购这个环节上出现了断链，于是叶东平又提了出来。

虽然县城不大，但也有几十万人在生活，每天产生和被扔掉的废品绝对不在少数，如果真的能全部整合在一起，相信数量还会远远超过前几天所收上来的。

"哎，是啊，叶叔你说得没错，我今天就出去找那些人去……"听到叶东平的话后，封况一拍大腿，当下连晚饭都顾不得吃了，推了自行车就往东城跑，这晚上拾破烂的大多都在家里，要是换成白天，估计也找不到几个人。

"爸，封子哥干吗去呢？"迎头和封况打了个照面的叶天，一脸疑惑地走进收购站，他这几天没人管，不到饭点是不回家的，叶东平也不知道儿子整天都干了些什么。

"你这臭小子，整天都不见人影，到底干吗去了？过几天就要开学了，你也要收收心了……"这几天叶东平实在也顾不上叶天，带叶天拜访了一次班主任后就放羊了，说起来他也是有责任的。

"爸，你放心吧，初中的课本我都看得差不多了，没什么难度……"叶天嘿嘿笑着，把叶东平做好的饭菜端了上来。

这几天叶天都蹲在东城一处乌烟瘴气、汇聚了各色人等的街道上，看那些相面算命的人摆摊呢，他可不敢告诉老爸，不然少不得又是一顿教训。

"对了，爸，封子哥到底干吗去了？我看他面色不大好，出去别有什么事啊……"刚才打了个照面，叶天见到封况脸上有些隐晦，忍不住又追问了一句。

"他去城东了，这孩子，做事情能吃苦，这都没说的，就是有点毛躁……"叶东平被儿子一打岔，也忘了追问叶天的去向了，从院子里的塑料桶里拿了一瓶井水冰着的啤酒，打开之后，想了想给叶天也倒了小半碗。

这年头一般人喝的大多都是散啤，不过前两天有个啤酒厂家在县里搞销售，一瓶啤酒只要一角八分钱，再加上酒瓶子也能换点钱，算起来和散啤差不多了。

封况和叶东平商量后，直接拉了一板车放在了收购站里，有来卖废品的拾荒者就送上一瓶。那些拾破烂的平时没少遭受城里人的白眼，所以一瓶啤酒虽然不值多少钱，但还是让他们感受到了被尊重的感觉。再加上收购站给的价钱也很厚道，所以这些拾荒者一个个都是拍着胸脯保证，日后的废品一定全都卖到封况的收购站里。

刚刚在外面跑得一头大汗的叶天，"咕咚咕咚"一口气就将半碗啤酒给喝了下去，捧着小碗可怜兮兮地看着老爸，说道："真好喝，爸，再给我一点吧……"

"臭小子，你才多大点，就想和老子抢酒喝啦？"叶东平笑骂了一句，不过还是给叶天又倒了半碗酒。叶东平虽然上了很多年学，放在古代也算是个秀才、状元之类的文人了，不过在四九城长大的爷们，性情还是十分爽快的，不像一般家长那么迂腐。

叶天这次没敢大口喝，把嘴凑到碗边喝了一小口后，脸上露出一副陶醉的神情，说

天才相师 ❶ 天眼神童

道："爸，这什么啤……啤酒，比白酒好喝多了……"

"你懂什么啊，男人老爷们，就是要喝烈酒，这酒有什么好？喝多了尿多……"叶东平闻言撇了撇嘴，他父亲一生好酒，他从两岁的时候，就被父亲拿着筷子蘸了酒给他舔，这酒量是打小就练出来的。

不过父亲也就是因为好酒，还不到五十就得了肝硬化，那会儿叶东平正因为叶天母亲的事情和家里闹矛盾，不收家里的信件，也不接电报，没能及时得知父亲去世的消息，也造成了他这一生最大的憾事。

想到这里，叶东平的脸色暗淡了下来，端起面前的碗，一口饮尽了里面的酒。

见到老爸突然不说话了，叶天知道他肯定又想到了不高兴的事，连忙说道："爸，我刚才看封子哥脸色不大好，印堂有些隐晦，会不会出什么事啊？"

"嗯？你看准了吗？"果然，叶天的话把叶东平的思绪给岔开了，说老实话，这收购站可以没有他叶东平，但绝对不能没有封况，所以他对封况的安危还是很上心的。

叶天摇了摇头，说道："我没看准，不过感觉很不好，爸，要是知道他去哪了，把他给找回来吧……"

叶天有些后悔，今天占卜相面的几次机会，全都白白浪费在那条街上素不相识的路人身上了，眼下却是无法推演封况的吉凶。现在只是凭着那个照面所看到的面相，叶天也不敢肯定封况就一定会出事，只是心中有股子不太好的感觉而已。

"我……我只知道他去城东了，具体去哪我也不知道啊……"听到叶天的话后，叶东平有些着急了，他从来到这小县城，还没走出收购站两公里路远，就那还是封况带着去叶天班主任家，让他上哪去找封况啊？

见到自己的一句话引得父亲坐立不安，叶天连忙说道："爸，您别着急，封子哥那么机灵，有事也能躲过去的，您就放心吧……"

"但愿如此吧，你这孩子，早看出来怎么不拉着你封子哥？"叶东平没好气地瞪了叶天一眼，他虽然反对叶天给人看相算命，但是对于儿子的本事，他心里比谁都清楚。

"我当时又没注意……"叶天小声嘟囔了一句，也不多说什么，谁让他闲得蛋疼蹲到马路边去给那些不相干的人看相去了？

被叶天这一打岔，父子俩的这顿饭吃得就有些没滋没味了，叶东平喝了两瓶啤酒后，也没吃饭，就搬了把椅子坐在院子门口等了起来。

不过这一等就是四五小时过去了，眼瞅着那个收来的旧钟时针已经指向11点，叶东平却是再也坐不住了。

"不行，小天，走，和我一起去找你封子哥去……"叶东平知道儿子的本事，说不定就能用到呢，是以锁上门后，就要带叶天出去寻找。

"爸，有人来了，是封子哥吗？"刚走到院子门口，叶天就听到远处传来一阵车铃声，在这前不着村后不着店的地方，估计也就是来收购站的。

收购站外面没有路灯，叶东平拿着把这年代家家必备的手电筒，对着声音传来的地方照去，一看之下不禁愣了一下："不是，是个女的，大半夜的来这里干吗啊？"

"盈盈姐，是盈盈姐！"借着手电筒的光亮，叶天也看清了来人，嘴上喊了一声之后就迎了上去，看得叶东平有些莫名其妙，儿子什么时候认了个姐姐啊？

跑到王盈跟前叶天也反应了过来，他扶住王盈的自行车，问道："盈盈姐，你怎么知道我们在这里的啊？"

"叶天，先不说这个，封……封况，他……他被人打了……"王盈来收购站的这一路上，车子骑得可是不慢，再加上心中惊怕，这会儿连话都说不连贯了，一只脚撑在地上，喘息声连叶天都听得到。

"什么？封况被人打了？是……是谁干的啊？"刚刚走到近前的叶东平一听，顿时吃了一惊，连忙问道，"这……这位姑娘，到底是怎么回事？封况他……要不要紧啊？"

"你是叶老师吧？"以前和封况交往的时候，王盈老是听封况吹嘘叶东平文化多么多么高，是上过大学的高才生，在这个年代，一般人都对有文化的人称之为老师的，所以见到叶东平后，心中也镇定了下来。

深深地吸了几口气后，王盈说道："封况的头被打破了，缝了十几针，正在医院呢，是他让我来通知你们的……"

叶东平也是有决断的人，既然事情已经发生了，那就要去面对和解决，他稍微想了一下，说道："姑娘，你……你等我一下，我马上出来，咱们一起去医院……"叶东平返身打开屋门，从屋角一处不起眼的地方拿出一个装钱的袋子，这是存放在收购站内所有的钱了，目前还不知道封况的伤势到底如何，多带点钱总是没错的。

"姑娘，医院距离这里远不远？"锁好屋门从院子里出来后，叶东平才发现，收购站仅有的一辆自行车被封况给骑走了，而这女孩骑来的车子是斜梁凤凰车，没有前梁，也就是说，只能带一个人。

"医院离这里有六七里路呢，叶老师，要不你骑车子带我去吧，叶天就留在家里好了……"虽然这会儿男女之防比较严重，不过现在封况还躺在医院里面，王盈也顾不得那么多了，而且她和封况又没有真的谈对象，总不能一个姑娘家的留在医院照顾他吧？

"你带上叶天吧，我跑着去……"叶东平摇了摇头，儿子是一定要带上的，六七里路对在山脚下生活了十多年的他而言，也算不得什么。

王盈虽然不知道这位叶老师干吗非要带着儿子，不过将叶天一个人留在这空旷旷孤零零的房子里，显然也不太合适，当下点了点头，说道："好吧，叶天，你上来，盈盈姐带着你……"

叶天跳上自行车后，说道："盈盈姐，等我学会了骑自行车，以后就我带你……"叶天这几天倒真是在学骑车，不过收购站的那辆二八的车子太大，几乎和他一样高了，叶天骑上去就够不着脚蹬，而且上去还下不来，着实摔了好几次。

这人和人之间也是讲缘分的，王盈也不知道自己为何对这个小孩有种亲近感，当下笑着说道："好，等盈盈姐有空了，就来教你骑自行车……"

被叶天这么一打岔，王盈的紧张情绪倒是缓解了几分，当下带着叶天，在叶东平手电的指引下，往医院骑去。县郊的路不太好走，等几人赶到医院的时候，已经是夜里12点多了，由于是急诊，封况也没进病房，这会儿还在门诊处挂着盐水呢。

"叶叔……"刚跨进病房，叶东平就听到封况带有哭腔的喊声。虽然封况在乡下的时候也是喜欢斗勇好胜，不过和人打架最多就是个鼻青脸肿，哪里像今天这样被人打得头破血流啊。而且封况本来年纪就不大，在县城里无依无靠的，现在见了叶东平，顿时像看见亲人一般，那一直忍着的眼泪，就"吧嗒吧嗒"地掉了下来。

"封子，这……到底是怎么回事？是谁把你打成这个样子？"说老实话，如果封况不出声，叶东平还真认不出他来，因为坐在椅子上的封况，整张脸都被包住了，原本那件白格子衣服，此刻也变成红衣服了。

"这位同志，请问……你是他的家长吗？"还没等封况回话，一旁有个声音响了起来，叶东平扭头一看，在这房间里还有两个穿着灰色短袖的人，在短袖胸口的地方，还有两个干部口袋。

这两个人一老一少，年龄大的差不多有50岁，年轻一点的那个二十四五岁的样子，手里还拿着个本子。

"你们是公安同志吧？我是封况的叔叔，我想知道，到底发生了什么事情？"从两人穿着的短袖还有那中间带一个红条的公安裤子上，叶东平明白了他们的身份。

两个公安对视了一眼，那个年轻一点的开口说道："我们是城东派出所的，9点半的时候接到报案，有人打架斗殴，去到现场发现了他，就送医院来了，具体情况我给你说说吧……"

事情还要从封况来到东城说起。封况来到城东之后，发现那些拾破烂的大多住的是窝棚，有的干脆就睡在桥底下，接连找到好几个拾荒者，一聊才知道，这些都是西北几个省份的人。而且从他们口中得知，在这些西北拾荒者里面，有个人威信挺高的，想要让他们的废品都卖给自己，必须经那个人同意才行。当下封况就找了一人，让他带自己去见那个人，见到那人后，封况把自己的想法一说，那人脸上露出了为难的神色来。

封况看出了点端倪，仔细一打听，原来东城这一块也有个收购站被几个年轻人承包了，而且还规定他们这些拾破烂的，必须把东西卖给他们，而且价格给得比国营站还要低。他们这些拾荒者都是外地人，根本就惹不起这些当地的小青年，在被警告了几次之后，也只能捏着鼻子认了，现在封况找上门要收他们的废品，这人根本就不敢同意。

封况听到是这么一回事，心里顿时打了退堂鼓，这些拾破烂的惹不起那些人，他也惹不起啊，当下就想回家找叶东平商量一下。

不过谁知道封况刚刚出了这家的门，还没骑上车子，迎面就走过来几个年轻人。封况当时也没在意，推着车子和几人擦肩而过，不过对方一个人盯着他使劲看了几眼，和另外几个人嘀咕了几句，那几个年轻人忽然就冲上来对他拳打脚踢起来。

一点没有心理准备的封况，当时就被打蒙了，也不知道是谁用铁扳手在他头上来了一下子，见了血后，那些人就一哄而散了。也不知道是谁报的案，反正封况清醒过来后，人就在医院了，当时公安问他在县里有什么关系的时候，这家伙第一个想到的竟然是王盈。刚好那个年老的公安认识王盈，这才有了王盈赶到医院后，又去收购站通知叶天父子俩的事情。

天才相师❶

天眼神童

"叶叔，叶叔，我真的没招惹那些人啊，我也不知道他们为什么打我。"听到公安讲完事情的经过后，封况委屈地喊了起来，虽然被打得头破血流，不过都是皮外伤，在输了盐水之后，封况的精神倒是恢复了几分。

"封况，你别急，公安同志会给我们一个说法的……"叶东平轻轻拍了拍封况的肩膀，向那两个公安问道，"公安同志，不知道那些打人的流氓抓住了没有啊？"

"没有，我们接到报案到现场的时候，就剩下他一个人了，具体情况还要明天才能了解得到……"老公安摇了摇头，封况所说的那个拾破烂的他们去找过，不过那一家人都跑了，这深更半夜的也没地方去找，想要破案只能等到天亮了。

"叶……叶老师，封况，这……这里要是没事的话，我就先回去了。"正当叶东平和老公安说话的时候，王盈的声音忽然插了进来。

说老实话，如果不是老公安亲自上门的话，王盈的父母根本就不会让她出来的，即使有熟人在，当时的眼神都是怪怪的，就差没跟到医院里来了，现在叶东平来了，她当然想早点回家了。

"哎，你看我，都忘了谢谢你了，小王，你先回去吧，改天我一定带封况登门去感谢你……"在来的路上，叶东平也知道了王盈和封况的关系，两人连谈对象都不算，封况这半夜把人折腾来，对王盈这大姑娘的影响确实不太好。

"叶老师，不用了，我和封况……也算是朋友啊……"王盈听到叶东平的话后，连忙摆了摆手。

"王盈，谢谢，谢谢你！"听到"朋友"两个字，躺在病床上的封况是热血澎湃啊，恨不得那几个小子出手再狠点，让自己模样再惨点才好。

"要不……我送你回去吧？"叶东平这是想跟王盈的家人解释一下，省得这个善良的姑娘回去之后被父母责难。

"叶同志，你还不能走，回头有些事情还要问你，你留下配合一下……"一旁的老公安听到叶东平的话后，开口说道，"这样吧，小赵，你送小王回家吧，路上注意点……"

"好嘞，保证完成任务……"在这守着几个老爷们，哪有送一个姑娘回家来得舒心？那个年轻的公安答应了一声，就和王盈走了出去。

"让叶叔送怎么了？真是的，孤男寡女地走一路算什么啊？"看着两人离开的背影，病床上的封况不禁胡思乱想起来。

不过封况还没想多久，注意力马上就被老公安的话给吸引了过去："叶同志，我想知道，你们最近得罪什么人没有？"

对于这个问题，叶东平根本就不用思考，很坚定地摇了摇头，说道："没有，公安同志，我们只不过承包了一个小废品收购站，而且开了还没几天，哪里会得罪什么人啊……"

老公安摆了摆手，说道："别说得那么肯定，你再仔细想想，在收废品的时候，有没有和别人起过争执？"

"没有，绝对没有，对了，封子，你认不认识打你的那几个人啊？"叶东平否决了老公安的说法，而是看向了封况，这事儿问自己没用啊，还是要从当事人身上找突破点的。

"叶叔，我不认识啊，我从来到城里后，见人就喊大哥，说话前都是先递烟的，我招谁惹谁了呀……"听到叶东平的话后，封况叫起了撞天屈，他为人本就机灵，行事又是谨小慎微，很能讨人喜欢。要不然他一个没有多少文化的乡下娃，即使有个美国老舅，也不见得就能结识两个在城里吃公家饭的女孩。

"这就奇怪了，听你的话，那些人的行为并不像蓄谋已久的，但是和你无冤无仇，怎么又会打你呢？"老公安也有些糊涂了，他办过那么多案子，但是像今天这样没头没脑的，还真是第一次。这但凡打架斗殴，总是要有个缘由吧？

自从进入病房后就一直没有说话的叶天，在听到老公安嘴里的这句"无冤无仇"之后，突然说道："封子哥，咱们和人结仇的，你忘啦？"

"结过仇，没有啊？我没得罪过谁呀……"听到叶天清脆的话声，封况的眼中露出了迷惘的神情，他原本以为打自己的人，是拾荒者口中在东城承包废品收购站的人。

但是封况仔细一想，自己可是第一次去东城啊，那人又不会掐指算卦，没理由知道自个儿是去抢生意的啊。而且封况当时一直和那个拾荒者在一起，那人也没有机会去通风报信的。上面这些猜测，刚才封况也和老公安说起过，老公安的意思和他一样，别人又不知道他是去干什么的，没道理无缘无故打他的。

"封子哥，你忘啦，咱们在电影院的时候，那几个人不是喊着要教训你吗？"就在封况想得一脑袋糨糊的时候，叶天的声音又响了起来。

"在电影院和人冲突过？小孩子，你是谁？和封况是什么关系啊？"听到叶天的话后，老公安的眼睛猛地亮了一下，他很敏锐地感觉到，这个伤人案的突破口，或许就在叶天的话中。

叶天抬起头，说道："公安爷爷，我叫叶天，他是我爸爸，封况是我哥哥……"

"嗯，小叶天，你说说，在电影院是和什么人发生的冲突哇？"老公安也懒得去想封况姓封为何是叶天的哥哥了，他感兴趣的是封况在电影院和人发生冲突的事情。

"他们抢我们的座位，封子哥和他们吵了几句，那几个人走的时候，说是要教训封子哥，不过那天晚上我肚子疼，就先走了，没有遇到他们……"叶天老老实实地将那天发生的事情说了一遍，虽然有点颠三倒四，不过事情倒是都说清楚了。

听完叶天的话后，老公安皱起了眉头，说道："这……这也没证据说明就是他们干的啊？"

叶天眼珠子一转，向封况眨了眨眼睛，说道："封子哥，别人打你的时候，就没说什么吗？"

"没……没说什么，哎，好像说了，说是让你小子再牛！"封况看到叶天的举动后，先是愣了一下，继而忽然改了口，他知道叶天和寻常的小孩子不一样，既然这样说，肯定是有他的道理的。

当时那些人嘴里的确是骂骂咧咧的，不过封况那会儿已经被打蒙了，耳朵"嗡嗡"直响，根本就没听清对方在说什么，这句话也是他编造出来的。

"小伙子，话不要乱说啊……"看到封况的神情后，老公安笑了笑，他干了一辈子这工作了，对方说的是真是假，他心里当然清楚了。

听到老公安的话后，封况有些心虚，低下头小声说道："我……我当时就听到这么一句，也不知道是不是听错了……"就在封况差点说出自己是乱说的时候，叶天突然插嘴道："封子哥，我记得电影院里那伙人有个叫戴小花的，长一脸络腮胡子，当时打你的人里面有没有他啊？"

"戴小花？这不是女人的名字吗？怎么能长一脸络腮胡子？"

封况不知道叶天想说什么，不过嘴里念叨到络腮胡子的时候，身体猛地一震，大声说道："我想起来了，带头打我的那个人就是长了一脸胡子，在他右眼角下面，还有一处疤瘌，没错，就是那个人……"

想到那人表情狰狞地一拳打在自己脸上，封况的情绪有些激动了起来，当时的情形像是噩梦一般，在脑海中回放着。

"小伙子，你冷静点，先冷静下……"看见封况情绪有点失控，老公安连忙一把按住了他，说道，"你真的看清楚那人脸上有一处疤瘌？"

"没错，那人是三角眼，我看得很清楚！"封况的回答让老公安脸上露出一丝了然的神色，他能看出来，这次封况绝对不是在说谎了。

"小朋友，那你是怎么知道那个人就叫戴小花的呢？"老公安虽然相信了封况的话，却不肯放过叶天，一种职业的敏感，让他感觉到这个小孩好像有点奇怪。

"公安爷爷，在电影院那天，我听人叫那个大胡子戴小花的，这名字好奇怪，我就记住了啊……"叶天摆出一副天真的模样。其实从三四岁起，他就会用这招蒙骗村里人的同情了，谁家要是今天做了什么好吃的，说不得都要把小叶天给抱过去。

"这样啊，好了，封况同志，你在笔录上签个字，要保证你说的都是事实……"老公安想了一下之后，也没有再追问下去，不管怎么说，叶天只不过是个十来岁的孩子，他相信自己刚才可能产生了错觉。

等到封况签完字后，老公安又对叶东平说道："叶同志，这件案子我们已经了有了眉目，最迟明后天，就会有个结果，到时候还要让小封去派出所认下人……"

听到老公安说案子有了眉目，叶东平不禁有点愤愤不平，开口问道："公安同志，能告诉我们那个戴小花是谁吗？就为了几句争执，至于打得那么狠吗？"

"这个……现在还不好说……"老公安迟疑了一下，接着说，"我们还需要再了解一些情况，你们等消息就行了……"

老公安的话让叶东平也无可奈何，他在这小县城又没亲没故的，只能悻悻地把老公安送出了医院。叶东平回到急诊室后，医院里的护士已经给封况安排好了病床，扶着封况来到了病房。

"叶天，到底是怎么回事？"等到护士出去后，叶东平左右看了下，关上了病房的门，一把拉住了儿子，他刚才就看出了端倪，只是碍于老公安在场，一直没有问而已。

"爸，我也就只能推演出那人叫戴小花，今年23岁，别的我也不知道啊……"叶天说的是实话，在刚才过了12点之后，他给封况占了一卦，却发现这卦象居然和前几天隐约呼应，敢情是封况上次的血光之灾，应在了今天。

不知道是不是上次叶天改变了结果的原因，这次封况所受的伤，要比之前第一次推演出来的严重了许多，对于这种卦象莫名的变化，叶天也是无可奈何。

封况这会儿也回过劲来了，咬牙切齿地说道："叶天，就是那天在电影院的人，我饶不了他们……"

封姓在封家村是大姓，光是本家的堂兄弟就有二十多个，在村里基本上没人敢招惹，谁知道这刚来县城没多久，头上就被人给开了瓢，封况怎么都忍下这口气去。

按照封况的想法，明天就准备回乡下，拉上几拖拉机的人打上门去，他还不信了，这城里人细皮嫩肉的，会比他们乡下人还能打？

叶东平看了封况一眼，说道："行了，封子，别想着惹事，这里不是乡下，等公安给出了结论再说……"

俗话说强龙不压地头蛇，乡下人到城里闹事，不管什么结果，总归是要吃亏的，叶东平不想让封况小小年纪就行差踏错，那可是要后悔一辈子的事情。

"叶叔，这要是传出去，我都没脸回去了……"封况脖子一梗，连叶东平的话都不听了，其实心里憋屈是一回事，更重要的是，今天在王盈面前出丑了，这要是找不回场子，封况怕被王盈笑话。

叶东平是过来人，见到封况目光闪烁，心中也是猜出了几分，当下笑着说道："你小子别逞能，不然今天来的那女孩，一准不会再答理你了……"

年轻人的思维，总是以为女孩子喜欢能打敢拼有担当的男人的，其实不然，大多数女孩还是喜欢稳重的男孩子，不过在封况这个年龄能领会到这一点的男人，却是少之又少。

封况听到叶东平的话后，有些迟疑地问道："叶叔，你说的是真的？那……那我这顿打就白挨了？"

"怎么能白挨啊？那些公安是干什么的呀？好了，你小子好好休息吧，今天我和叶天在这里陪你……"叶东平摆了摆手打断了封况的话，他和叶天没有自行车，这么晚也回不去了，加上封况这模样确实也需要人照顾，干脆就在旁边的病床挤上一夜吧。

第二天一早，叶东平出去给儿子和封况买了包子、油条，然后就去办理了出院手续，这也是封况自己要求的，住在这满是消毒水味道的医院里，他浑身都感觉不自在。

封况的自行车在昨天被打的时候，也不知道被谁给偷走了，叶东平只能花一元钱雇了辆板车，将封况拉回到了收购站。

"这……这是怎么回事？"还没进收购站的大门，叶东平就感觉到了不对，因为昨天他出去从外面锁上的铁栏杆院门，此时已经被打开了，而院子里面归类的那些废品，也乱七八糟地散落一地。

叶天跑进院子一看，连忙回头喊道："爸，屋门也被人打开了……"

"这是遭了贼了？"叶东平也顾不得封况了，跑进屋里一看，昨天刚收拾好的房间，现在又恢复了原样，所有的东西都被人给翻了一遍，连个下脚的地方都没有了。

"还好，昨天把钱都带身上了……"

叶东平做事一向稳妥，昨天在出门之前，将所有的钱都带上了，要不然的话，恐怕那两千多元钱也要被贼给偷去。

"爸，不光是遭了贼，咱们这……是被人给砸了……"叶天的话让封况和叶东平都愣了一下，再看向屋里和院子里的情形后，顿时明白了过来。

院子里收的那些锅碗瓢盆，基本上全被人给砸烂了，而屋里唯一的那张桌子还有里面的两张床上，也都有被砸的痕迹，小偷恐怕不会干这么没有技术性的活的。

"坏了，那幅文征明的画，还有你师父交给咱们保管的字画……"叶东平忽然想起那些价值不菲的字画来，脸色顿时大变，几步抢进内屋，看着那几个空空如也的箱子，不由叫了声苦。

　　不光是老道交给叶天的那些近代名人字画，就连封况收到的那幅文征明的《山水对弈图》，也都不翼而飞了，看来……这些人还是雅贼。

　　"小天，你和封子待在这里，哪都不要去，我去报案……"眼下这种情形，叶东平也只能寄望于公安部门了，吩咐了叶天几句之后，急匆匆地就出了门。

　　"爸，爸，您别走啊，我知道是谁……"叶天跟在后面喊了两声，而心急如焚的叶东平却是没有听到，他现在只想着如何才能尽快将那些字画找回来。

　　西城派出所距离收购站倒是不远，七八分钟后，叶东平就气喘吁吁地来到了派出所的门口，不过却被看门的老大爷给拦住了。

　　这看门的大爷有点耳背，叶东平和他说了半天，愣是没讲明白，不由着急了起来，大声喊道："大爷，我是来报案的，我家里被盗了，丢了价值好几万的东西……"

　　"好几万？小伙子，你就吹吧，我活了这么大岁数，还没见过好几万呢……"那老头撇了撇嘴，倒是没再拦着叶东平，还给他指出了所长办公室的位置。

　　"这位同志，你没搞错吧，什么字画能值几万元钱啊？"所长叫许夫杰，四十出头的年龄，为人倒是很和气，不过听见叶东平讲到关于丢失物品的价值时，那表情和看门的老头是如出一辙，简直就像是爷儿俩一般。

　　"许所长，这事我敢乱说吗？那两个箱子里的字画，有二十多幅都是出自清晚期和近代绘画名家之手，还有一幅是明朝文征明的作品，说几万元钱还便宜了呢……"

　　见到许所长不信，叶东平不禁有些着急，虽然老道是叶天的师父，但是自己将别人珍藏了几十年的东西给搞丢了，那也没脸再去见李善元了。

　　"叶同志，你别着急，我对你说的这些东西不太懂，不过就连伟大领袖的画，也只是几元钱一张，你说的那些东西，有那么值钱吗？"许夫杰是从部队转业回来的，到地方工作也没几年，那会儿部队里提干的人，大多都是出自农村，只要思想素质和军事素质过硬就行，对于文化并没有任何的要求。

而许所长当兵前就是个文盲，到了部队才突击学习的文化，现在虽然勉强能看报纸了，但是对于叶东平所说的什么绘画大师，压根就是闻所未闻的。

在他看来，叶东平所谓的名人字画，和近年来的那些什么挂历年画都是一种性质，这人夸大了说，其实就是想让自己重视而已。

这个年代的政府工作人员，虽然工作起来任劳任怨没有什么官架子，也极少有贪污腐败的事情传出，但是说句实话，业务水平还真是不行，许所长正是这种情况的缩影。叶东平坚持自己的观点，而许所长却是不信，一时间，两人竟然僵持了起来，谁也无法说服谁。

许所长到底是做公安工作的，对于寻找突破口还是很有经验的，想了一下之后，开口说道："小叶同志，你既然说这些字画值那么多钱，那我问你，你的这些东西是从哪里来的呢？"

"这……这……"叶东平还真是被问得一愣，这事儿不太好解释，如果实说的话，那就要把山上的老道给牵扯进来，派出所再一求证，耽误时间不说，恐怕那些画儿早就不知道去哪里了。

看到叶东平支支吾吾的样子，许所长越发得意起来，开口说道："你看着也像是个有文化的人，怎么做事情心眼却是这么多？群众家里丢东西了，我们能不管吗？非要谎报丢失物品的数额……"

"哎，许所长，我没有谎报啊，我说的都是真的……"听到自己落了这么个评价，叶东平是哭笑不得，正准备辩解，脑中突然灵光一闪，连忙开口说道，"许所长，我实话说了吧，这些字画文物，都是归收购站投资人廖昊德先生所有的……"

"廖昊德，他是什么人？丢东西了干吗不自己来报案？"许所长有些奇怪地问道。

"廖先生是美籍华人，前段时间回来探亲，现在已经回美国了……"叶东平也是被逼得没办法，如果不借用廖昊德这个大帽子的话，恐怕面前这位许所长也不会重视这件事情。

"美籍华人？"

正端着茶缸准备喝水的许夫杰一听这话，顿时愣住了，放下茶缸问道："这些字画是那位美籍华人的？"

"对，没错，他放在收购站让我保管的，现在却丢了……"既然开了头，叶东平现在也只能硬撑下去了，欺骗政府的后果那可是很严重的，好在廖昊德已经返美，即使想找他证实，就目前的情况而言也是不大现实的。

"这个……你具体说一下丢失物品的名称，哎，别说了，你来写吧，嗯，都写在这里，对，就是这里……"

听到东西是美籍华人的，许夫杰的态度马上转变了，倒不是说他崇洋媚外，而是因为自从改革开放以来，国家对于引进外资这项工作相当的重视。对于那些在各个历史时期因为各种原因出国的华侨，国家也给予了很多政策，就是想吸引他们回国创业，带动国内的经济发展。所以在这段时期，神州大地兴起了一阵华侨热，别的不说，在这小县城里，就开有一家华侨商店，里面有各种进口商品，从玩具到电器应有尽有。但是你拿着"大团结"去买，对不起……不卖，这里面只能使用国家配发的华侨券，可见当时国家对归国华侨的重视程度了。

所以在听到这些字画是属于归国华侨所有后，许所长的态度立马来了个一百八十度大转弯，因为他知道，这事儿处理不好的话，那说不定就会造成政治影响的。

看到叶东平将丢失物品都写在纸上后，许所长站起身来，说道："小叶同志，这样吧，笔录都做好了，我派所里最有经验的老侦查员刘副所长跟你回去勘察现场，有什么要求你和他说……"

自己不亲自去现场，倒不是说许所长不重视这件事，相反，他就是因为过于重视，而要在第一时间去向上级领导汇报。

"叶叔，回来了啊，事情怎么样啊？"等在收购站的叶天，和脑袋被包裹得像个粽子似的封况见到叶东平和一个穿着公安制服的人回来，连忙迎了上去。

"这位是派出所的刘副所长……"叶东平给封况介绍了一下来人，接着说道，"让这位刘同志先看看现场，对了，你们两个没到处走动吧？"

听到叶东平的话后，封况明显地愣了一下，说道："叶叔，怎么，还不能走动吗？我……我们俩把这打扫了一下……"

叶东平走后，封况和叶天见到这院外屋里的连个下脚的地方都没有，实在不像话，就打扫了起来，叶东平来这会儿，两人才刚刚干完。

那位刘副所长看到这种情形后，连连摇头，叹了口气说道："唉，小伙子，你这是破坏现场，知道吗？"

要说许所长还没真糊弄叶东平，这位刘副所长可是江南地区有名的刘一眼，以前是铁路公安系统的人，南来北往的那些小偷听到刘一眼的名字，没有一个不发憷的。

像20世纪80年代初抓捕河南贼王的时候，公安部汇集了全国的反扒刑侦专家，其中就有这位刘副所长，他在公安系统可谓是鼎鼎大名。

只不过刘一眼也是五十开外的人了，再跟火车也有些力不从心，最后申请调回到了老家这个小县城养老来了。抓了一辈子的贼，刘一眼也没什么大的追求，只想过几天安稳的日子。这小县城屁大点地方，平时根本就没什么大案子要办，最多也就是调解下邻里矛盾，任谁也不知道这笑眯眯的刘副所长还是位刑侦专家。

但是巧妇也难为无米之炊，任凭刘副所长本事再高，这现场完全被破坏了，加上收购站平时也是人来人往，刘副所长再也看不出什么端倪了。

最后刘副所长在院门处转悠了一会儿，提取了几个脚印后就离开了，留下叶东平等人在那里面面相觑。

刘副所长走后，封况低着头说道："叶叔，我……我不是故意的，我也不知道还要保护现场啊……"

封况和叶天虽然都挺聪明的，但两人不过就是刚进城的乡下娃而已，哪里会懂得那么多啊，在两人看来，叶东平回家见到他们打扫卫生，说不定还会夸上几句呢。再说了，叶天已经知道这件事情是什么人干的，所以脑子里压根就没有什么保护现场的意识。

看着收拾得干干净净的房间，叶东平轻轻拍了拍封况的肩膀，说道："算了，这事不怪你们，我开始也不懂的，封子，你伤还没好，去屋里躺下吧……"

来到县城这才几天，竟然一连串出了那么多的事情，叶东平也有点纳闷，莫非儿子这次真的看走了眼？否则他说封况将会富贵加身的卦象，究竟是怎么看出来的啊？

等封况进屋后，叶天把老爸给拉到了院子里，小声说道："爸，这事情是戴小花他们干的……"叶天虽然年龄小，心眼可不少，他没给封况说的原因，就是怕封子哥发起疯来，从乡下喊人来闹事。

"真的？你怎么知道的？"叶东平闻言愣了一下，继而苦笑了起来，自己不是白问的吗，这神棍儿子自然是推算出来的了。

"你没给封子说吧？"见到儿子摇头，叶东平想了一下，说道，"这事儿别告诉封子，更不能告诉公安，现在他们已经在调查戴小花，如果能把他们殴打封子的事情给落实了，说不定就能将这个案子给带出来……"

听到叶东平的话后，叶天有些不解地问道："爸，为什么啊？现在告诉公安叔叔，直接去他们家搜查不就行了吗？"

"你有什么证据说是那伙人干的？难道说是你起卦算出来的吗？"叶东平没好气地瞪了叶天一眼，他纯粹是为了保护儿子才作出这样的决定，就算那些字画都找不回来了，叶东平也不能让人知道叶天精于风水卜卦的事情。

叶天情急之下，心里藏着的话脱口而出："爸，那……这事就不了了之了呀……"

"不了了之？怎么会呢，公安不是在查吗？"叶东平摇了摇头，笑着说道，"你这孩子别管那么多，好好准备一下，还有一个星期你就要开学了，到时候住在学校里不准惹事啊……"

县城里的中学是可以寄宿，叶东平怕收购站的环境影响儿子读书，干脆给他办了寄宿，每个星期只是周末才能回家。

"哦，我知道了……"见到老爸不听自己的话，叶天怏怏地答应了一声，不过在转过身体的时候，脸上却露出一丝坚定的神色，"敢抢师父的东西，真当小爷是摆设啊？"

在距离城东电影院不远的地方，同样有一个废品收购站，不过这个收购站的位置比封况那家好多了，四周都是居民区不说，距离国营收购站也要近上许多。

在这间废品收购站的院子里，亮着一盏足有100瓦的灯泡，七八个光着膀子的年轻人，围坐在灯下的桌子边上，正喝着啤酒，划着拳，一个个吆五喝六、满面红光。

一个尖嘴猴腮的年轻人站起身来，端着一碗啤酒敬向坐在中间的那个络腮胡子，大声说道："花哥，您可真牛啊，敢甩脸子给公安，以后咱们这县里，谁敢不听您的话啊？"

要是封况在这里的话，说不定就能认出自个儿头上最后一扳手，就是这身材瘦小的年轻人砸的，至于那络腮胡子，则是第一拳打在他脸上的人。

戴小花的年龄其实并不大，也就是二十三四岁的样子，只是那一脸络腮胡子，让他看上去像是三四十岁的人一般。

一口将碗里的酒喝光之后，戴小花故作豪爽地把碗底朝下倒了倒，开口说道："这算什么？当年把我大哥冤枉了，吃了枪子，现在又要来难为我，真当我大伯是吃干饭的啊？"

就在前不久，城东派出所的公安找到了收购站，本来想将戴小花带回去审查。不过这戴小花也是有恃无恐，张口就问来人要逮捕证，扭头就喊公安乱抓人，加上一帮子小兄弟起哄，所里来的那几个公安也只能悻悻而去了。

"花哥，等会儿喝完酒，咱们去城西把那家收购站再砸一遍，怎么样？"

上次在电影院里被一个乡下小子挤对，让这几个自诩在县城很吃得开的年轻人很是不爽，好几天都满县城转悠着找那个乡下人。

昨天虽说刚好碰到那乡巴佬，将其暴打了一顿，后来又追到他的收购站打砸了一番，但是刚才也被公安找上了门，让这哥几个心中的邪火又冒了出来。

"今天不行，哪儿都别去，县里也有人不卖我大伯面子的……"戴小花摇了摇头，他看着长得粗犷，其实心眼儿一点都不少。

虽然昨天他们打人和砸抢了封况的收购站，但那时没有任何目击证人，公安奈何不了他，但是今天再去惹事，一定会被公安给盯上的。

"算那小子运气好……"听到戴小花的话后，几个小青年嚷嚷了起来，"听花哥的，过几天再去收拾那小子，让他的收购站开不下去才成……"

"对，哥几个，我算是看出来了，这往后想让人尊敬你，没钱是不行的，别看咱们现在被人瞧不起，以后有了钱，谁都得叫咱们大爷……"戴小花倒满了一碗酒，站起身说道，"哥几个只要跟着我，我敢保证，不出两年，人人都开上摩托，各个小妞搂着……"

与身边这些没有工作的年轻人不同，戴小花可是承包了城东的这个废品收购站，经过几个月的经营，他也看出了里面惊人的利润。和老实本分想守法经营的封况相比，戴小花的脑子也足够用，只是他的聪明没用在正道上，而是净琢磨一些歪门邪道了。

在打砸封况收购站的时候，戴小花的脑海里就冒出了这个想法，他也想把整个县城的拾荒者都整合起来，将废品都卖给自己，毕竟只要接触了这行，里面的利润谁都看得到。只是戴小花并不想用高于国营站的价格来收购那些拾荒者手中的废品，而是想把价压得更低，这样他就可以牟取更大的利润。不过想要让那些拾荒者心甘情愿地把东西卖给自己，那绝对是不可能的，所以戴小花才笼络了这么多年轻人，就是想把他们培养成自己的打手，日后为自个儿冲锋陷阵。

可以说，戴小花的行为，也是这个年代很多城市里的一些无业人员或者是劳改释放人员在干的事情，他们自己甚至包括当时的执法机关，都没有意识到，这种行为已经是黑社会敛财的雏形了。运气好的人，在敛聚了大批财富后洗手上岸从事别的行业，成为这个时代最先富起来的一批人；而运气不好的，则是折戟沉沙，泯灭于滚滚前进的历史车轮之下了。

"花哥，没说的，以后兄弟的命就卖给你了……"

"就是，咱们都是姥姥不亲舅舅不爱的，以后都听花哥的……"

"花哥，放心吧，我们就是革命一块砖，哪里需要哪里搬……"

在戴小花的一番讲演之后，桌边七八个年轻人的眼睛都红了起来，纷纷把碗里的酒干掉，拍着胸脯表起了忠心。

要知道，在场的年轻人大多是在家排行老二老三的，接不了父母的班，只能在家里待业，平时兜里比脸还要干净，最缺的就是钱。这些年轻人其实并不是坏人，甚至从某种意义上来说还比较单纯，一部港台枪战片就能让他们热血沸腾，戴小花的一顿酒，也同样能让他们感恩戴德。

"叶叔，怎么样？咱们收购站被砸的事情有消息了吗？"听到院子里的自行车铃声，封况从屋里跑了出去，没等叶东平把车子放好，就着急地询问了起来。

距离封况被打和收购站被砸的事情，已经过去了三天，城东派出所的那位老公安倒是来过，不过带来的却是坏消息。

根据封况、叶天提供的线索，派出所的人第二天就找到了戴小花，不过当事人矢口否认了打人的事情，并且找出了某位县领导证明，他当时就在领导的家里做客。

封况的一面之词和领导的证明孰轻孰重，自然就不用多说了，而且那位老公安还在话里话外指点了叶东平和封况几句：这个戴小花，可不是等闲之辈。

如果说得再准确一点，戴小花的大伯在这小县城里，可以算得上是位大人物。戴小花的大伯叫戴荣成，以前是县里纺织厂的工人，由于根正苗红、祖上几代贫农，加上其人胆大心细，在那个混乱的年代里异军突起，居然坐上了县革委会主任的位置。不过坐上这个位置也是有代价的，戴荣成的亲弟弟，就在一次武斗中丧生，扔下了两个孩子，就是戴小花兄弟俩。

和当时那年代的很多人不同，戴荣成虽然也对一些老干部进行了迫害，不过他的手段要更加高明一些，黑脸都让别人去唱了，自己则是唱红脸，搞得很多不明真相的老干部，还以为他是在保护自己。这就导致当社会秩序恢复正常，那些老干部被重新起用后，戴荣成并没有像大多数人那样沉寂下去，而是摇身一变，成为了县里的主要领导。

不仅如此，在1983年那次对社会治安的大整顿中，戴荣成还曾经大义灭亲，将他犯了抢劫罪的侄子亲手送上了法场。原本戴荣成是可以帮助侄子脱罪的，最起码能免除掉死罪，不过他却是反其道而行之，由此可见其心狠手辣的一面。

戴荣成膝下无子，只有两个女儿，这人都有个老观念，死了之后要有人给"摔盆"啊，所以倒是对戴小花非常的好。戴小花也是个有奶就是娘的狼崽子，全然不顾父兄的死与这亲大伯都有关系，和戴荣成走得非常近，就差没直接过继到他名下去了。戴荣成对这唯一的侄子还算是上心，怕他在社会上整天游手好闲惹出什么大事来，就想办法帮他将县里的一家废品收购站承包了下来。虽然这个时代特权的苗头还不是那么明显，但这种无形的阶级永远都是存在的，就像这次打人事件，在戴荣成作证后，再也没人去找戴小花的麻烦了。

天才相师❶
天眼神童

一方面碍于戴小花的背景，另一方面那个唯一的目击证人，也就是城东那个拾破烂的人失踪了，这样一来，案子只能无限度地拖下去了。

"封子，这事儿，咱们怕是只能认了，我明天再去问下字画被盗的事情……"在得知了戴小花的背景后，叶东平也只能劝着封况自认倒霉了，俗话说民不与官斗，封况家里兄弟再多，那也不够政府抓的啊。

不过挨打这事可以放在一边，但是那些字画被盗的事情，叶东平就不肯罢休了，因为那些字画并不全是他本人的啊。

撇开老道的那几十幅名人手迹之外，就连文征明的《山水对弈图》也是封况收上来的，虽说是收购站的财产，但也不是他一个人的呀。

字画的丢失，叶东平本身就担负了很大的责任，如果再不下力气追查的话，那日后叶东平是真没脸去见老道了。

"叶叔，我挨顿打没事，但这东西被偷了，公安总要给个说法吧？"见到叶东平唉声叹气的样子，封况有些着急了，那幅文征明的《山水对弈图》价值好几千元钱呢，这在当时可是一笔巨款。

"唉，能有什么说法？我听说了，县里领导要求严查此事，不过现场被破坏了，公安没找到什么证据，只能这样拖着了……"叶东平叹了口气，他今天去派出所得到的全是坏消息，虽然明知收购站的事情是戴小花他们做的，但是没有证据，他根本就拿那帮人没办法。而且许所长的态度似乎也没前几天那么坚决了，只是说得到领导指示，一定会侦破这个案子。但是叶东平知道，一般像这样涉及金额比较大的案子，都会移交给刑侦部门侦破的，现在竟然还是派出所在跟进，说明领导的"重视"，恐怕也有限得很。

"现在也没办法，封子，再等几天吧……"叶东平无奈地摇了摇头。

封况到底还年轻，当下站起身来，气愤地说道："那要是就这样不了了之呢？不行，我要去派出所找他们去……"

"封子，你别冲动，哎，老王，你来了啊……"叶东平一把没拉住封况，追出院子的时候，却发现院门处站了个人，仔细一看，是城西这边的一个拾荒者，连忙打了声招呼。

"老王哥，你这是？"封况见到老王来了，也站住了脚，往老王身后看了一眼，不禁有些困惑，平时老王来的时候，可都是带着不少废品的啊，今天怎么两手空空地就来了？

"封子兄弟，叶同志，我……我……"老王站在门口，不安地搓着手，话到嘴边似乎又很难启齿，那为难的神情连叶天这小孩子都看了出来。

"老王，来，进来坐一下，喝口水，有什么事咱们慢慢说……"以前老王来卖废品的时候，叶东平和他聊过几次，知道这人是个厚道人，自己送他几瓶啤酒，他都将酒瓶子给送了回来，眼下这副模样，那肯定是遇到难事了。

"哦，不……不，叶同志，我……我就几句话，说完就走……"听到叶东平让他进去坐，老王连忙摆了摆手，脸上神色变了又变，咬了咬牙开口说道，"封子兄弟，叶同志，恐怕……恐怕往后，我……我不能再卖废品给你们了……"

"什么？老王，兄弟我对你可不薄啊，你……你怎么能这样啊？"封况一听老王的话，立马就炸了，他前前后后在城西这帮拾破烂的身上花了那么多钱，每天称兄道弟的，不就是为了他们拾到的那些废品吗？而且老王在城西这帮拾破烂的人里很有威信，如果他说不卖给自己，估计剩下的那些人也都不会来了，这样的损失对于刚刚开张的收购站而言，可是无法承受的。

"封子兄弟，实在……实在是对不起……"听到封况的话后，老王脸上露出了无奈和羞愧的神色。

"你这不是麻子不叫麻子，叫坑人吗？"封况也是气糊涂了，几天来的憋屈在此刻全都爆发了出来，一步冲到老王身边，伸手就要去抓他衣领。

"封子，你干什么？一边去……"叶东平一把拦住了封子的手臂，说道，"老王，先进来，有什么难处你跟我们说说，大家一起商量着解决不是更好吗？"

"叶……叶同志，我……我也是没办法啊……"听到叶东平暖人心窝的话，老王的眼泪夺眶而出，干脆蹲在了地上，呜呜地哭了起来，"昨天，有一帮人冲到俺家里，把俺婆姨小孩子给打了，说是不准再把废品卖给你们，封子兄弟，叶同志，你……你们说我能怎么办啊？"

老王的年龄和叶东平差不多大，挺壮实的一个汉子，此刻哭得像个孩子似的，很显然，昨天发生的事情真的把他给吓坏了。

"什么？有人威胁你不准卖废品给我们？"听到老王带着哭腔的话后，叶东平和封况都愣住了，他们怎么都没想到，居然是这么一回事。

老王抹了把眼泪，点着头说道："是啊，那些人说了，废品要是还卖给你们的话，

天才相师 ①

天眼神童

就要我们一家老小的性命……"

说老实话，在20世纪80年代的时候，捡破烂是很被人看不起的，连小孩子都能骂上几句，老王他们人虽然不少，但血性早就被磨光了，根本就不敢得罪这些本地的流氓地痞。

看到老王这样子，叶东平也没了主意，想了半天之后开口说道："那……那你们不会报案吗？"

听到叶东平的话后，老王苦涩地摇了摇头，说道："报案？我们连个身份都没有，谁会相信我们的话啊……"

老王知道，他们这些拾荒者的流动性比较大，在每个城市都属于最底层的小人物，如果真被人给弄死的话，只要尸体不被发现，那永远都不会有人知道和关心的，所以他压根就没想过要去报案。

"封子兄弟，叶同志，真……真的是对不起了……"老王站起身，向叶东平和封子深深地鞠了一躬，也不顾两人的喊声，抹着眼泪离开了收购站。

"这……这可怎么办哪？"老王走后，叶东平和封况是彻底傻了眼，没有人上门送废品，这生意根本就没法做下去了啊。

"这……这他妈的是釜底抽薪啊？"饶是叶东平好脾气，此刻也忍不住爆了句粗口，他用屁股都能想得到，老王全家被打的事情，绝对和戴小花那帮孙子脱不了干系。

"叶叔，和他们拼了吧，这是不给咱们活路了啊……"叶东平能想到的事情，封况自然能想到，原本被强自压抑下去的火气，此刻全爆发了。

"封子，头上怎么回事？你先别激动，来，来，先坐下……"听到封况的话后，叶东平向他看去，这一看不禁吓了一跳，封况头部所包的纱布，全都被血水给染红了。

头上本就毛细血管丰富，封况刚才这一激动，直接导致伤口处的血管破裂，血水顺着纱布流到脸上，那模样很是吓人。

"小天，快去，给你封子哥打盆水……"扶着封况坐下后，叶东平开口说道，"封子，你也别急，我明天去找找统战部的同志，把事情再反映一下，我还不信了，这还是不是共产党的天下？"

收购站是以封况的名义承包的，不过这资金却都是廖昊德出的，归国华侨的事务属于统战部的人管，叶东平相信，他们不会视而不理的。

"叶叔，照我说，咱们和他们拼了吧，这……这也太欺人太甚了……"看着一盆清水变成了血水，封况那是新仇旧恨齐齐涌上心头，原本想着退让一步白挨顿打就算了，谁知道对方却是步步进逼，连个活路都不给自己留了。乡下人做事情，是不会这么赶尽杀绝的，戴小花的行为也激起了封况心中的野性，他现在就是想着回乡下召集人手，然后再来县城报仇雪恨。

"封子，不准胡说，拼什么拼啊？"叶东平没好气地呵斥了封况一句，见他还是一脸不平的样子，语气缓和了下来，说道，"封子，你还年轻，难道下半辈子想在大狱里过吗？我看那王姑娘就不错，难道你以为她会喜欢一个蹲监狱的？"

"叶叔，那……那怎么办啊？"叶东平的话点中了封况的软肋，他还真是喜欢王盈，一想到万一自己被抓进监狱后，王盈看向自己那鄙夷的眼神，封况拼命的勇气立马消失得一干二净。

"还是再等等吧，或许统战部那边的同志会重视呢……"叶东平的话也没多少底气，对于现在的城市生活，他感觉到非常陌生，不知道是不是因为自己在乡下太久了，以前的那些行事准则竟完全都不适用了。

中午叶东平随便吃了点东西，就前往县里统战部去了，不过结果仍然让他有些失望，那里的人虽然客气，并且认真做了记录，但是并没给他一个准确的答复，以叶东平的判断，这事儿十有八九还是会不了了之。

"叶叔，怎么样啊？"刚回到收购站，叶东平就看到等在那里的封况，不禁微微摇了摇头，说道："封子，别急，廖先生还有几万元钱在我这里，实在不行，咱们把这收购站转出去，换个城市继续做这行……"

在回来的路上，叶东平就在思考这件事情，如果真的是走投无路的话，他就准备这么干，毕竟现在不管在哪个城市，愿意从事个体户的人都不多，他们还是可以捞到第一桶金的。并且叶东平连准备去的地方都想好了，首选就是上海，在那里可以得到于浩然的帮助，最起码能把叶天读书的问题解决掉。

"唉，都怪我，我招惹那些人干吗啊……"听到叶东平的话后，封况抱着头蹲在了地上，这家收购站是他一手促成的，封况对其感情很深，他有些承受不了这种打击。

"封子，别自责了，这事不怪你，那些人看到了承包收购站的利润，即使没有这件事，他们也会找到门上的……"叶东平拍了拍封况的肩膀，接着说道，"人在做，天在看，封子，那些人强取豪夺不走正道，迟早会出事的，行了，我刚买了点菜，晚上咱们爷俩喝点……"

"唉，叶叔，我听你的……"封况站起身来，偷偷抹了把眼泪，他也不过二十出头的年龄，还只是个大孩子而已，这次收购站的事情，对他打击真的很大。

"封子，叶天呢？又跑出去玩了？"进屋转了一圈，没看见儿子，叶东平心里有些恼火，收购站出了那么大的事情，这小子还有心思出去野？回来一定要教训他一顿。

"叶叔，我没注意，可能去外面玩了吧……"封况摇了摇头，他今天一天过得都是魂不守舍的，压根就没注意叶天什么时候出去的。

"臭小子，马上就要开学了，一点都不收心……"自从来到收购站后，叶天是整天往外跑，听到封况的话后，叶东平也没放在心里，当下拎着刚买的鱼去烧菜了。

只是等饭菜做好，天色将黑的时候，叶天还没有回来，这让叶东平有些着急起来，平时这钟点，叶天早应该回家了啊。

对这个记吃不记打的儿子，叶东平也没什么好办法，苦笑着说道："封子，不等他了，收拾桌子去，咱们先吃，今天饿他一顿……"

"叶叔，再等等吧，哎，这是什么？"封况收拾桌子的时候，突然发现上面有张写着字的纸，顺手拿了起来，"爸爸，封子哥，我回山找师父去了，明天就回来，你们别着急……"

"什么？回山了？"叶东平一把抢过封况手中的作业纸，仔细看了一遍，没错……的确是儿子的笔迹。

"叶叔，或许……老神仙能有办法呢……"看见叶天的留言后，封况的眼睛亮了一下，那位可是活了一百多岁的老神仙，说不定就能想出什么好办法的。

"唉，这臭小子就是会添乱，他师父能有什么办法啊？"叶东平不以为然地摇了摇头，叶天和他师父虽然能测人吉凶、堪舆地脉，但这一老一少都是和世俗没有多大关联的人，面对这样的事情恐怕也是无可奈何的。

"算了，不管他了，咱们吃饭……"知道了叶天的去向，叶东平倒是放下心来，他了解自己的儿子，虽然年纪小，但是心眼可比大人都要多，单独一人回村也不会吃什么亏的。而且由儿子去对老道说这件事情，也让叶东平心里松了口气，那么多珍贵的字画丢在了自己手上，他也有些无颜面对老道。

叶天是中午的时候从收购站偷偷溜出来的，自己一个人跑到汽车站买了张到镇子上的汽车票，然后又走路来到村里，足足折腾了一个下午。

走在村子里的土疙瘩路上，叶天的心情非常好，虽然脚下坎坎坷坷，但总感觉要比城里的柏油路踩上去更踏实一点。

村子一如往昔般宁静，这会儿正是晚饭的时间，家家屋顶冒出了炊烟，偶尔传来几声鸡鸣狗吠声，听在叶天的耳朵里无比的悦耳。

"咦？小天，你怎么回来啦？"

"小天，在城里还好吧？你爸呢？"

"就是啊，怎么你这孩子一个人就跑回来了？"

叶天在村子里刚一露面，就被村里人给围了起来，胖婶更是将叶天抱在怀里，嘴里直嚷嚷这孩子没吃好，比走的时候瘦了好多。

"大爷，大妈，胖婶，你们好……"叶天先是问候了一遍周围的长辈，这才说道，"我回来看师父的，我爸没来……"

"你这孩子，大老远的就敢自己跑回来啊？还没吃饭吧？走，跟胖婶回家吃饭去……"关于叶天去谁家吃饭的问题，这些热心的乡亲们又是争吵了好一会儿，才由胖婶拉着叶天去了她家。

虽然都是些普通的饭菜，但是叶天吃得格外香，吃完饭和闻讯赶来的胖墩等小伙伴玩耍了一会儿之后，叶天独自一人往山上走去。

距离道观还有二三十米远的时候，叶天就看到了偏房处淡淡的灯光，心里不由得酸了一下。

师父年已过百，却还是孤身一人，身边连个照顾的人都没有，按理说自己这做弟子的应该承欢膝下，而不是远走县城去读书。想到这里，叶天不禁有些埋怨父亲的安排。

"嗯？是小叶子？"当叶天走到道观七八米处的时候，里面灯光忽然一闪，老道的声音响了起来，虽然叶天走路的声音很轻，老道还是一下子就听了出来。

"师父，是我来了……"不知道为什么，叶天这声师父喊得带了哭腔，要知道，从懂事的时候起，叶天就很少在人前哭了，眼下却是有种想扑到师父怀里大哭一场的冲动。

"吱呀"一声响，道观的侧门被打开了，老道的身影显露了出来，虽然背对灯光看不清师父的面容，但是叶天知道，师父此时一定也很高兴。

"臭小子，这才出去一个星期，就想师父啦？瞧你这没出息样……"老道看着叶天憋着眼泪的样子，笑着在他头上拍了一记，不过手掌抬得虽高，落下去的时候却没有一点力道了。

"师父，我想你了，我以后都不走了，就在这里陪你……"叶天顾不得老道笑话，一头埋到了师父怀里。

说老实话，在城里住的这段时间，叶天感觉很不舒服，天地好似牢笼一般将他给束缚住了，只有待在师父身边，才有那种天空海阔、鸟飞鱼跃的感觉。

"痴儿，想过师父这种清净生活，你先要红尘历练啊……"老道摸着叶天的小脑袋，心中也是感慨不已，风水术师原本就是在逆天行事，虽不至于命犯天煞，但也经常会泄露天机，未免祸及家人，大多数人都是孤苦一生。

老道也是如此，自得到相师传承后，就离开家乡行走江湖，终生未娶，就连收了两个弟子也是流亡他乡。现在大限将至，老天却是送了一个徒弟给自己，而这个弟子年龄虽小，却是孝心可嘉，老道也是心满意足了。

"师父，在山上过清净日子不也是挺好的吗？"要说以前，叶天最喜欢热闹，但是在县城住了几天，他又总是感觉那种热闹和自己格格不入，两相对比，还是在师父这舒服一些。

"哈哈，住不了一个月你就烦了……"老道闻言哈哈大笑了起来，拉着叶天的小手走进了屋里。

整座道观包括厢房，都是最近才新修建起来的，不过除了建筑是新的，里面那些桌椅家具，都是老道用了十多年的物件，给人一种很破旧的感觉。

在屋子正中的桌子上，放着一叠质地很好的纸张，纸的旁边是一方造型古朴的砚台，一支狼毫笔斜斜地靠在砚台上，墨汁的清香飘散在屋里。

屋里还充斥着一股子煤油味道，那是桌上"气死风灯"所发出的气味，山上不通电，每到夜晚的时候，老道就是靠着这煤油灯来看书并撰写文章的。

"师父，我说真的，要不您就跟我下山，要不我就留在山上吧？"看着简单的几件

天才相师 ❶

天眼神童

家具显露出一股清冷孤寂，叶天的小鼻子又皱了起来，以前经常上山倒是不觉得什么，但是现在却是让叶天心里酸酸的。

"又乱说话，你小子不是还惦记着要娶那个叫于什么的小丫头吗？待在山上成野人了，别人愿意嫁给你吗？"

老道闻言笑了起来，不过在说出这番话的时候，心中突然动了一下。自己这徒弟在风水相术上天赋极高，如果走了这条道路，万一日后和自己一般，那岂不是也要孤苦一生？俗话说风水看相之人，大多都会五弊三缺犯其一，他看不出叶天的命格，所以也算不出叶天日后将会如何。想到这里，老道心里百般纠结了起来，他是看着叶天从一个黄毛小儿长到这么大的，那种感情早已超越了师徒之情，而是真真切切地把叶天当做孙辈来看待了。但凡做长辈的，无不希望晚辈生活幸福，子孙满堂，不过如果叶天走上这条路，那日后的变数就是他自己也无法掌握的了。

看见老道忽然直勾勾地盯着自己，叶天有些莫名其妙，抬起小手在老道面前晃了晃，说道："师父，你怎么了？我可没说要娶那丫头啊……"

"啊，师父没事，小叶子，你怪不怪师父传你风水相术啊？"被叶天一打岔，老道清醒了过来，摆了摆手，面色严肃地说道，"要知道，咱们这一行，向来有五弊三缺犯其一之说，而且很可能会遭横祸不得善终的……"

"师父，你问这个干吗呀？我不后悔，历史上陈抟和袁柳庄不都是活到百岁开外吗？再说了，师父你都一百多岁了……"叶天使劲地摇了摇头，虽然最后一句话没说完，但意思很明显，老道这都一百多岁了，还是眼不花耳不聋，就算现在去世了，那也是得了善终的。

"哈哈，说得好，说得有道理，没想到师父还没你这娃娃看得开啊……"听到叶天的话后，老道哈哈大笑了起来，自己一生精于算计，却忘了"天道无亲，常与善人"这个道理，只要不是一心为恶，又何必害怕厄运加身呢？

至于风水相术不能娶妻生子一说，那也不是绝对的，唐朝曾经和袁天罡合作《推背图》的李淳风，就是妻妾均有，儿孙满堂，也没见他因为泄露天机而遭受天谴。

古人尚且如此，到了科技昌明天机被蒙蔽的现代，这样的说法就更不为人所重视了，至少李善元就知道，在民国时期他的许多同行，那也是有妻有妾，活得有滋有味的。

以叶天在风水相术上的天赋，只要继续修习自己所教的导气术，练得耳聪目明、六感加身，即使日后遇到什么问题，自己也可以化解的。

想到这里，老道心病顿消，饶有兴趣地看向叶天，说道："小叶子，今天上山，可不是来陪师父的吧？说吧，是不是你老子的生意出问题了？"

李善元虽然没得叶天那般际遇，在风水相术上的造诣已经是不如徒弟了，但是他这近百年的经验，可是叶天无法比拟的。

早在叶东平和封况去县城的时候，老道就看出来了，这二人虽然财运亨通，但是印堂隐晦，呈命犯小人相，如果不能得到贵人相助，恐怕在事业上会有一番波澜的。

看见老道猜中了自己的来意，叶天不禁压低了几分声音，开口说道："师父，不仅是收购站出了问题，就……就连您的那些字画，也都丢了……"

"什……什么？我的那些字画丢了？"饶是老道修炼百年，早已能做到泰山崩于眼前而面色不变，但是当得知自个儿珍藏了大半个世纪的字画全部失窃，还是惊呼出声。

以老道如今的年龄心性，对于什么荣华富贵是早已不在乎的了，但那些字画全部承载着老友的情谊，是老道对于自己的生平以及老朋友们的一种追忆，这种感情远不是钱财可以衡量的。

叶天低着头小声说道："师父，对不起，那天收购站里没人，被人钻了空子……"

"等等，什么收购站？你们父子不是开的古玩店吗？"刚才老道的注意力都放在他那些字画上了，眼下听叶天第二次说到收购站，遂出言打断了叶天的话，追问起来。

"师父，好像是国家不允许，封子哥只能开了个废品收购站……"封况和叶东平讨论这个问题的时候，叶天没怎么在意，所以这会儿只能大概地说了一下原委。

"这事闹的，二三十年代的时候满上海都是古玩店，也没说不能开……"老道闻言摇了摇头，满脸的不以为然，"那东西又是怎么丢的呢？你当时没推算一下，是被谁偷走的？"

老道深知叶天推演能力的可怕，连他自己都是自叹不如，他不相信叶天会算不出来，至少也能算出东西丢失后所处的方位。

"师父，东西是谁偷的我知道，不过那人在县城里面……"这事儿必须要从头说，叶天把封况和戴小花在电影院结怨，到后面封况挨打他和父亲去医院探视，导致字画丢失的事情以及戴小花的背景，从头到尾说了一遍。

"师父，我爸报了案，不过我占了一卦，如果没有外力介入，这案子根本不可能破的，只是……只是我爸他不听……"叶天曾经和父亲说过这话，不过当时却是被叶东平给训斥了一顿，后来他就没再提起过，眼下在老道面前，叶天是第二次说起这事来。

老道远比叶东平要了解人情世故，在听到叶天说起戴小花的背景时，就已经猜出了事情的来龙去脉，当下摇着头说道："你那老子学问是有的，能力也不错，就是太书呆子气了一点儿，俗话说恶人需有恶人磨，想通过官家解决这件事，怕是遥遥无期喽……"

"师父，那这事情怎么办？我爸和封子哥都没辙了……"叶天抬头看向老道，要说他长这么大最佩服什么人，眼前的这位当属第一，至于男孩子们最崇拜的老爸，则是要往后面排了。

"臭小子，你打算怎么办？找师父不是哭鼻子来的吧？"老道笑着看向叶天，此刻似乎对于那些字画丢失已经完全释怀了。

"我……我……"叶天捏着小拳头，露出一副想说什么又不敢说的样子。

"我什么我？连说话的勇气都没了吗？"看见叶天的模样，老道的脸色忽然冷了下来，"咱们是修道之人，同样也是练武之人，男儿一怒当杀人，要有武人之血气！

"叶天，你要记住，除恶即是行善，做事情不要瞻前顾后，那样永远成不了大器……"如果叶东平在这里听到老道的这番话，估计肯定顾不得什么尊老爱幼，直接就能和老道拼命了，老道的这些话，完全和他平日里教导叶天与人为善的言论反过来了。

就是叶天，也被老道这番话给吓得不轻，他不知道以前和蔼可亲的师父，为何突然间化作关圣帝君了，张口就是打打杀杀的。

"可……可是师父，我……我也打不过他们啊，如何能替天行道？"叶天结结巴巴地说道，他虽然从小就调皮捣蛋，经常欺负男女同学，但是让他和大人去较量，叶天还是颇有几分自知之明的。

叶天虽然心里早就拿定了主意，但苍天可鉴，他从来没生出要和别人肉搏的心思啊，虽然练了几年功，但他那细胳膊细腿，也不够膀大腰圆的大人们打的呀！

老道闻言站了起来，大袖一摆，似笑非笑地看向叶天："臭小子，真当师父老糊涂啦？咱们相师杀人，又何须动用刀枪？"

老道本就不是什么善男信女，在抗日战争那会儿，死在他手上的小鬼子没有一百也有八十，这一番话说出来，连屋里都带了几分杀气。要知道，老道虽然身上穿的是道士的服饰，不过继承的却是麻衣一脉，和道家"清净无为，有容乃大"的思想压根就没半毛钱的关系。

"师父，您说的是断他气脉，坏他风水？"叶天眼睛一亮，风水一道，可不仅是阴宅风水能杀人，阳宅不慎其祸也是很惨烈的，就像苗家兄弟那般，仅仅修建了个鱼塘，就搞得人亡财失。

听到叶天的话后，老道不置可否地笑了起来，出言说道："小叶子，知道古往今来上至朝廷高官，下至黎民百姓，为什么鲜有人敢得罪风水术士吗？"

"知道，风水相术大可改国运，小则可测祸福，所以别人都不敢得罪……"叶天回答得很干脆，这些话不止一次从师父口中听到了。

从唐朝开始一直至明朝，风水相师以及江湖方士不管是在朝廷还是在江湖民间，向来都是备受尊崇，从古至今，风水局杀人的传说多不胜数，这可不是空口白话就能做到的。

老道点了点头，说道："没错，虽然说逆天改命会对施法人造成反噬，但那只是极少数的情况，通常只要能蒙蔽天机，将影响控制在一定范围内，算计几个人，那都是小菜一碟……"

俗话说除恶即为行善，当年抗日战争的时候，老道在茅山就曾经引动地气设过风水杀局，让数十名日本士兵无端死亡，到现在还是个谜案。

听到老道的话后，叶天好奇地问道："师父，您见过术师通过风水算计人的事情吗？"

"呵呵，风水相师也和普通人是一样的，都会有七情六欲，有与人为善的，同样也有作恶多端的，师父活了这么大岁数了，什么事情没见过啊？"

老道闻言笑了起来，心中却是想起了亲身经历的一件往事，开口说道："那是六十年多前的事情了，当时是在河南……"叶天的思绪随着老道的述说，跨越了整整一甲子，飞跃到了六十年前的时光之中。那时的中国大地正陷入军阀混战之中，整天打来打去，搞得民不聊生。

李善元一次路经河南的时候，借宿在一户姓陈的富户家中，晚上吃饭的时候，却发现那户人家的两个小孩有些古怪。

两个小孩都是男孩，相差了三岁，不过他们头上，均是长了一个肉瘤，而且形状很奇怪，不像一般圆形凸起的瘤子，而是呈尖长形，像是有一枚铁钉包在了皮肉里面一般。

老道当时就极为好奇，问孩子父母，他们家中到底发生了何事，当时那户主面色难堪，后来在老道的追问下，红着脸将事情的经过说了出来。原来就在五年以前，这陈姓人家不过是小门小户，而且当时还遭遇不幸，家中老父母均是在战祸中丧生。就在这家两个兄弟商量着如何安葬父母的时候，家里来了一个自称是南方风水地师的中年人。

当时这中年人坦言避祸来此，无意中发现附近有一富贵佳穴，只是这战乱年代，每日死人数以千百计，均是随便安葬了事，这一佳穴却是无人问津。

由于中年人身无所长，来到这里后生计比较困难，所以打听出陈家在地方上颇有名望，又刚巧家中老人去世，这才毛遂自荐，想把佳穴指点给陈家兄弟用以安葬父母。

中年人断言，如果将其父母安葬在此处，那么三年之内，陈家必定大富大贵。听到中年人的话后，陈家两兄弟颇为心动，只是家中余粮也都被兵痞给抢光了，苦无余财酬劳地师。一番商议后，中年人答应暂时只收若干大洋和少许米面作为车马费，等陈家发达之后，他再来收取黄金两百两，双方并依照议定的条件签字画押作保。

果然如同中年人推断的那般，在短短的三四年间，陈家兄弟的生意越做越大，家运兴隆，只是年复一年，那位当初指点他们的地师却是没有出现。一直到第八个年头的时候，有一个年轻人找上门来，自称是当年地师的侄子，原来地师于一年前因病去世了，临终前嘱咐侄儿凭当年字据前来陈家收取酬金。

按说两百两黄金对于此时的陈家并不算什么，但陈家两兄弟一念之差，因财失义，反口毁约，不肯承认当年的事情。年轻人自然不肯答应，由此双方起了冲突，在争执中，陈家兄弟依仗人多，将字据抢来撕烂，让此事变得无凭无据起来。

那年轻人见到事不可为，当下悻悻离去，不过在离去前留下了一句话：风水可以为善，当同样可以为恶，小心你家有现眼报！此事过去不久，陈家的生意忽然一落千丈，而最离奇的是，陈老二所生的两个儿子，脑袋上都长出了个怪瘤，变得相貌可憎。

陈家兄弟心知这事情是怎么回事，怀疑祖坟被那年轻人给破坏了，当下请了不少风水先生和地师前来勘察，但都说不出个所以然来。这让陈家兄弟后悔不迭，再想寻找那年轻人却是了无踪迹。

听完事情的经过之后，老道喊来两个小孩，仔细看了下他们头上肉瘤的位置，心里顿时一清二楚了。那陈姓主人也颇有眼色，见到老道若有所思的样子，当下跪倒在地，直求老道帮他解去孩子的厄运。

平心而论，这件事陈家兄弟毁约在先，地师的侄儿破坏其风水在后，老道原本不想多管闲事的，不过看到稚子遭罪，最后还是答应了下来。

第二天一早，老道就上陈家祖坟去查看了，结果在坟墓后面三米的地下，挖出了一枚用黄符包裹着的三寸长钉，看到这东西，陈家兄弟算是明白什么叫做现眼报了。

当时老道起出长钉，解除了两个孩子的厄运之后，就告辞离开了，至于年轻人在祖坟处做出的另外一些手脚，他却是没有去管，毕竟悔言反诺，陈家当受此难。

"师父，这是真的啊？"听完老道的讲述后，叶天不由摸了摸脑袋，生怕自己头上也长出个肉瘤，他还真不知道风水可以应用至斯，断人财路不说，竟然还可以累及家人。

听到叶天的话后，老道哑然失笑："师父会骗你吗？小叶子，我知道你那老子不信这些，不过世间万物均由阴阳而生，中医说阴阳失调就会让人生病，同样，阴阳双宅如果出了问题，也会让人不得安宁的……"

"嗯，好像有道理啊……"叶天似懂非懂地点了点头，他忽然想到自己在运用堪舆之法观看地气时，那阴阳二气交织在一起的奇景。

阴阳学说中凡是运动着的、外向的、上升的、温热的、明亮的都属于阳，相对静止的、内守的、下降的、寒冷的、晦暗的都属于阴。但至阳会导致人火气过旺，至阴则会使人身体虚弱，只有阴阳交泰，才能让人身体安康，无病无灾。从这个道理上讲，阴阳二宅对于人们生活的影响，是完全成立的。而古人最早对于房屋的应用，也是暗合阴阳之道的。

在数千年前，古人选择住所，首先是以安全为大前提，故此多选择地势较高、不易受到洪水猛兽威胁的地方，而后又为了避免受风雨的侵袭，选择了背风向阳之处。这种和生活息息相关的选择，在后面就逐渐与阴阳五行八卦这些术数结合在了一起，演变成一门玄妙精神的专门学术。至于现代人一提到风水相术，就视其为封建迷信，不得不说是被妖魔化了。

在脑中思考了一番老道的话后，叶天把话题扯到了发生在县城里的事情，装作一脸迷糊的样子，说道："师父，您说的那故事讲的是阴宅，我又不知道姓戴的祖坟在哪里，如何去破坏啊？"

"臭小子，合着我刚才说的话，你都没听进去啊？"老道拿着平时抓痒用的竹条，对着叶天头上就敲了一记，"非要阴宅风水才能为祸吗？那天白带你去苗家看风水了……"

"师父，道理我是知道的，不过之前您说过这是江湖大忌，我不敢去做啊。再说了，我又没什么经验，万一出了什么乱子祸及他人呢？"

直到此时，叶天才把这次来的目的给说了出来，倒不是说他和老道动心眼，主要是叶天从未给人改动过风水格局，没有老道坐镇，他这心里有点不踏实。

"你小子，想请师父出山还拐弯抹角的，真是欠揍……"老道活了一百多年，哪里看不出叶天这点小心思，当下一竹条就打了过去，顿时疼得叶天龇牙咧嘴地说道："师父，您这是答应了？"

"我答应什么了？"老道摇了摇头，说道，"叶天，你知道我早就看出你父亲此行不顺，为何却没给他说吗？"

"不知道，师父您神机妙算，我哪里猜得到啊？"叶天拍着马屁。

"油嘴滑舌……"老道没答理叶天，自顾自地说道，"你父亲此次进城，虽然诸事

天才相师 ❶
天眼神童

不顺，但他面相隐晦中透着红光，显然是有贵人相助，不用老道我操心的……"

"贵人相助？师父，我们在县城里谁都不认识，哪儿来的贵人啊？"叶天闻言吃惊得张大了嘴，在心里盘算了起来，不过算了半天，父亲似乎也只认识那几个拾荒的，莫非贵人在他们中间？

"远在天边，近在眼前……"听到叶天的话后，老道神神道道地来了一句。

叶天被老道的话给吓了一跳，用一根小手指指着自己的鼻子，问道："师……师父，您……您是说我？"

"没错……"老道点了点头，说道，"我虽然看不出你前程如何，但观你面相，颧骨宽而适度，眉宇方正，眼睛有神，正是相书中所说的贵人之相。所谓贵人，当可一言决正误，一言判生死，一掷千万金，你虽然现在年龄还小，达不到这种程度，但保你父亲无忧，还是没有什么问题的……"

老道这三个"一"字，其实浓缩了三种人生形态，一言决正误，那是在某些领域做到了大师级别的人，在这个领域内，他的话就代表了真理。而一言判生死，那自然是手握大权的达官贵人了，这种人身上常带着一种因为长期的身份地位、生存习性和心理状态积累的威势。至于一掷千万金，说的则是财大气粗的富贵之人。

"师父，这贵人也太牛了吧？"小叶天被老道说得是热血沸腾，原来以后自己这么牛啊？不过马上叶天就苦起了脸，说道，"师父，我说话没人听，捉个山鸡还要看它给不给面子，兜里就剩下三元钱了，您说的这些，和我都不搭边啊……"

老道瞪了叶天一眼，说道："臭小子，我又没说你现在就可以，不过你的确有贵人之相，化解这点小难，是没有任何问题的……"

"那……师父您的意思，是让我怎么来的，再怎么回去？"叶天听出点味道了，原来师父给自己安了个莫名其妙的贵人之相，就是不想出手啊？

"嗯，孺子可教也，今天晚了，在这住上一夜，明儿下山吧……"老道用手捋了捋胡须，摆出一副高人的形象来，看得叶天恨不得用桌子上的灯把他的胡子给烧了。

只是还没等叶天付诸行动，老道就一口吹灭了灯，说道："睡吧，咱爷俩睡一个屋，早睡早起，明天早点走……"

"师父，您真不出手？"躺在竹床上，叶天开口问道。

"师父我都这么大年纪了，折腾不起了啊……"老道的回答很坚决。

"要是我干出什么天怒人怨的事情，您也不管？"叶天耍起了无赖。

"你给自己招灾引祸，关师父何事？"叶天的无赖可都是跟师父学的，老道的回答让叶天牙齿直痒痒。

一问一答中，老道的鼾声响了起来，留下叶天瞪着一双大眼睛，翻来覆去地却是怎么都睡不着了。

叶天知道师父的脾气，他要是说了"不"字，那任凭你怎么劝说，都不可能让他改变主意的，自己这趟除了听到个故事、得到个"贵人"的大饼之外，看来是白跑了。

"你不去我自己也能行……"叶天最后赌气地说了一句。他能看到阴阳二气，本身又精通阳宅风水的各种形态和理论，叶天相信凭着自己的本事，也能把戴家搞得鸡犬不宁。

第二天一早起床后，想明白了的叶天倒是也没露出沮丧的神色，吃过师父煮的稀粥，就辞别老道下山了，回到村里待了一会儿，跟着辆去镇子上的马车，返回到了城里。

只是叶天不知道，就在他走了大约一小时后，老道换了一身干净的道袍，锁上了道观的大门，也随之下山了。

"爸，我回来了……"回到废品收购站的时候，已经是中午了，叶天耷拉着小脑袋，蔫不唧地走进了屋里，和早上雄赳赳气昂昂下山时的样子完全不同了。

叶东平也没发火，淡淡地看了一眼像泥猴似的儿子，说道："坐下，吃饭吧……"

叶天偷眼看了下父亲，感觉到不像是暴风雨来临前的平静，这才放下心来，小心地端起碗，小口小口往嘴里扒着饭，却是连菜也不敢多夹了。

"叶天，来，吃菜，怎么不吃菜啊？"封况可是从叶天一进屋，就眼巴巴望着他了，这会儿更是殷勤地给叶天夹着菜，对于派出所那边他早已失去了希望，眼下就等着叶天能带来什么好消息呢。

不过虽然有封况在旁边打岔，这顿饭还是吃得无比沉闷，吃饱之后叶天就忙着去收拾碗筷，看得封况目瞪口呆，啥时候见这小子这么勤快过啊？

"叶天，进来……"就在叶天在院子里磨蹭着不想进屋的时候，叶东平的一声呼唤，让他乖乖坐到了屋里。

"说吧，你师父是个什么意见？那些字画，我叶东平有生之年，一定会给他寻回来的……"叶东平这话虽然说得斩钉截铁、力道十足，不过他也知道，自己的有生之年，恐怕老道就未必还能见得到，那老人可是已经一百多岁了啊。

"爸，师父没怪您，他说了，恶人自有恶报，让您别在意……"叶天没敢说实话，要是被叶东平知道师父怂恿他去使用风水局解决这件事情，恐怕老爸直接就能找根链子把他给拴起来。

"唉，话虽然这样说，不过爸还是对不起他老人家啊……"听到儿子的话后，叶东平的脸色稍稍好看了一些，紧接着问道，"你师父……就没再说点别的了？"

和封况一样，叶东平对于派出所破案已经不抱多大希望了，他之所以默许了叶天去找师父，其实心里也是存了那么一丝念想，万一老道有办法处理这件事呢？

叶天摇了摇头，说："没有，师父只是说看您面相，可能会有贵人相助，别的就没说什么了……"

"贵人相助？这哪来的什么贵人啊？"叶东平苦笑了一声，他这十几年过得一直都很不顺，婚姻失败，家庭不和，就连做个体户，也被人排挤得快要干不下去了。

"行了，回来就别乱跑了，我再去统战部和派出所问问情况……"叶东平此刻也不

天才相师 ❶
天眼神童

在儿子面前掩饰什么了，如果这事情再没结果的话，恐怕这收购站都要关门大吉了。

"爸……"叶天张了张嘴，最终还是说道，"您小心点……"

叶东平摸了摸儿子的脑袋，和封况打了个招呼走了出去，虽然明知去了不一定有结果，但总是有那么一点希望吧。

老爸走后，叶天又精神了起来，拉着封况说道："封子哥，咱们去找王盈姐玩吧！她说要教我骑车子的……"

听到叶天的话后，封况有气无力地摆了摆手，说道："改天吧，我去睡会儿，这他妈的天气太热了，晚上没睡好……"

倒不是封况不想去找王盈，只是他自觉这收购站马上就要干不下去了，自己一个农村娃在县城里连一个落脚之地都没了，还有什么脸面去追求王盈啊？

"封子哥，是不是还在担心收购站的事情？"叶天一副小大人的口吻。

"你这不是废话吗，我要像你这么大就好了，什么事儿都不用操心……"封况是真羡慕叶天，整天嘻嘻哈哈玩得开心，一点烦恼都没有。

叶天突然问道："封子哥，那个叫什么戴小花的人住什么地方，你知道吗？"

"知道又怎么样？你爸怕出事，又不让我从乡下喊人……"

封况没好气地答道，他趁着天黑去戴小花的废品收购站看过好几次了，只不过那里整天都人来人往的，很多都是不三不四的小流氓，他也没胆子靠近。

叶天拉了拉封况的衣袖，小声说道："封子哥，带我去看看吧，或许……我就有办法了呢……"

"你爸都没办法，你个小孩子能有什么办法啊？"封况顺口说了一句，不过忽然想起一件事，一把拉住叶天，问道，"叶天，是不是老神仙跟你说什么了？还……还是你有什么办法？"

廖昊德临去美国之前，曾经再三嘱咐过封况，千万不要把叶天当做小孩子看，而且不管叶天对他提出什么要求，都要尽量去满足，如果满足不了的话，可以拨打国际长途电话通知他。

想到这件事，叶天寻找舅姥姥坟墓的事儿也浮上了封况的心头，他这才意识到，自己面前的小孩子，未必就不能解决他们这些大人都无法解决的事情。

"封子哥，先去那边看看，对了，那个戴小花大伯住的地方，你也知道吧？"

"叶……叶天，他大伯住的地方我不知道，不过我能打听出来，明天……不，晚上就能打听出来……"叶天没有回答封况的话，不过言语里的意思，却是让封况激动了起来，在农村有很多关于风水相师的传说，其手段神秘莫测，或许还真能解决这次收购站遇到的问题呢。

"封子哥，就是那里？"一个多小时后，叶天和戴着顶草帽的封况来到了戴小花的收购站外面，说老实话，这里的环境要比他们那边强多了，周围都是住家户，人来人往的，很是热闹。

透过敞开的大门，封况看见了坐在院子里的戴小花，不禁咬牙切齿地说道："对，就是这里，那个长着胡子的人就是戴小花……"

叶天没有再说什么，而是让封况躲远了一些，自己在收购站前后转悠了起来，好在城里像他这般大的小孩不少，倒是没有引起什么人的注意。

叶天用脑中堪舆之法和老道所教的阳宅相术各看了一遍之后，忍不住在心里嘀咕了一声："好地方，这里的风水比我们那边强太多了呀……"

戴小花的这家收购站，是全屋带院的三间房，屋门和院门的方向极佳，而且内屋开的两扇窗子，可以看到附近迂回环绕的街道，是财气兼及的风水格局。

围着戴小花的收购站又转悠了一圈之后，叶天找到了躲在一处卖瓜子摊位后面的封况。

"叶天，怎么样？看出点什么没有？"虽然叶天没告诉封况他的想法，但是封况也猜出了一点，叶天恐怕是想坏了戴小花的风水，从而使他霉运当头。

"封子哥，他这家收购站风水极佳，而且周围也没有煞气阴地，不好办……"叶天的小脸上一点笑容都没有，这家收购站旁边不远处就是县城最热闹的主街道，而且街道依河而建，正应了"背水面街"的风水格局，是一处商业旺地。

即使叶天能看出这里阴阳二气的分布，动用一些小手段使其阴阳失调，最多也只能让这家收购站近来财运不济，却是无法从根本上解决问题的。至于用更激烈的手段改变这周围的整个风水布局，叶天压根就没想过，虽然他知道怎么去做，但是那种布局要改变一些周围环境，甚至需要拆除一些房屋建筑，这根本就不是叶天可以做得到的。

"叶子，那……那怎么办啊？难……难道咱们的收购站，就要被那王八蛋给挤垮掉？"听到叶天的话后，封况急得眼泪都快出来了。

虽然这几天封况都出去收废品了，不过相比前几日赚得少不说，有两次还遇到了戴小花那伙人，如果不是他躲得快，少不得又要挨顿打。

叶天也没想到自己海口夸出去了，却遇到这么个情况，当下也只能安慰封况道："封子哥，别急，总是会有办法的……"

叶天再成熟也不过是个孩子，而他所依仗的也是脑中关于风水堪舆那一块的知识，如果从这上面找不到办法的话，那他和普通的小孩也没什么两样了。

"能有什么办法？他是城里人，又有当官的亲戚，咱们能拿他怎么样啊？"封况恨恨地看着废品站的大门，使劲往那个方向吐了口唾沫。

"对了，你说那个人之所以能横行霸道，都是因为他大伯的原因？晚上把他家住什么地方打听出来吧……"叶天忽然想到了一件事，戴小花就住在这收购站里，叶天不好下手，但是那个当官的肯定不会住在这里吧？

听封况话中的意思，那当官的就是姓戴的后台，如果他倒霉了，戴小花肯定也落不到好，而且这改动居人的阳宅风水，远比改动这街面店铺类的风水容易得多。

"可能吧，要不然派出所为什么不抓他啊？叶天，你放心，我一会儿就去打

天才相师 ❶
天眼神童

听……"封况闻言挠了挠头，这些都是叶东平推论出来的，他也不知道戴小花的大伯具体是个什么官，对于一个刚进城个把月的农村娃而言，乡长都是大得不能再大的官了。

在这里待下去也没什么结果，当下封况先送叶天回了收购站，他自己则是出去找王盈了，没办法，想打听戴荣成住的地方，找那些拾破烂的也没用啊。

"爸，您回来啦……"叶天还没进院子，就看到了打开的院门，伸头往里面一看，叶东平正坐在压水井边，皱着眉头不知道在想什么。

"怎么又跑出去了？你这臭小子就不能老实几天，真当老子不打你了是吧？"看到儿子进来，叶东平的眉头皱得愈发紧了，往叶天身后看了一眼，问道，"你封子哥呢？又去收废品了？不是跟他说先停几天吗？"

叶东平也知道封况外出碰到戴小花等人的事情，那帮子人出手没轻没重的，这要是再挨上一顿打，他真没办法对封况的父母交代了。

"封子哥去找盈盈姐了，爸，您也不要太担心了，师父说了，恶人自有恶报，那些人得意不了多久的……"见到父亲的面色憔悴了很多，叶天也有些心疼，他知道老爸是为了自己上学，才来到县城里的，如果仍然生活在小山村，想必父亲会快乐许多吧？

"唉，恶人要是有恶报，那世上也没有那么多人敢为恶了……"叶东平摇了摇头，不过听到叶天的话后，心中还是升起一线希望，或许还真让老道给说准了呢？

过了一个多小时后，封况也从外面回来了，背着叶东平给叶天使了个眼色，很显然，从单纯的王盈身上套几句话，封况还是能做到的。

小城的县委县政府都位于城南，虽然和城东只有一河之隔，却是各种行政单位聚集的地方，人气自然也是整个县城最旺的。

在县委的后面，有一圈被高高的围墙拦住的大院，墙上长满了绿色的爬山虎，在炎热的夏季中透出一股清凉。大院里面的房子并不多，只有十多栋，都是两层的小楼，每栋楼的中间长满了高大的树木，和围墙一道，将车水马龙喧杂的声音都阻拦在了外面。

戴荣成就住在这县委大院里面，和往日每天几乎不到半夜不回家不同，这几日戴荣成一到下班的时间，就早早地钻进了家里。

"老戴，你这几天是怎么了？没事就待书房里面，这些旧画有什么好看的啊？"一个五十多岁的妇人，端着一杯刚泡开的茅山青峰，推开了书房的门，将茶放在桌子上后，也跟着打量起铺在书桌上的那幅画来。

戴荣成今年57岁，前额宽广，梳了个那个年代流行的大背头，除了鬓角有些发白之外，头发乌黑一片，看上去要比实际年龄年轻了十多岁，显得相貌堂堂。

"头发长见识短的老娘们，你懂什么？这是明朝文征明的画，有钱都买不来的……"听到老伴的话后，戴荣成眼中露出一丝厌恶的表情，往日在领导和下属面前的谦逊消失得一干二净，很不耐烦地挥了挥手，说道，"出去，以后不准进我的书房，对了，这些字画的事情，一个字都不准往外面说……"

看着老伴那略显臃肿的身体走出书房后，戴荣成皱起了眉头，脑海中想到了县委档案室内那个曼妙而富有弹性的身材，不禁感到小腹一阵火热。

"小花虽然不懂事，不过这件事做得还不错，知道我喜欢收藏字画古玩，算是没白疼他一场……"看着桌子上和旁边柜子里的字画，戴荣成脸上露出一副满意的笑容，别看他学历不高，后面高中、大学都是在夜校和党校上的，但是对于古玩字画的鉴赏，可是有几十年的功底了。

戴荣成在做工人之前，上过两年初中，在那个年代算得上是有文化的人了，而他也从未满足过自己当时工人的身份。当领袖一张大字报掀起了席卷全国的风潮后，戴荣成凭着出身贫农、心狠手辣这些优势，在很短的时间内，就成为了这个县城的最高管理者。

由于戴荣成一直自诩是有文化的人，于是就利用职权的便利，把一些抄家得来的古玩字画都私藏了起来，久而久之倒是熏陶出了一副好眼力。并且出于天性中的谨慎，戴荣成将背后捅刀子的功夫，发挥得炉火纯青，这种伪善也为他日后的仕途铺平了道路。

尤其是当改革开放的总设计师提出干部年轻化的口号后，当时不过五十出头的戴荣成，顺理成章地成为了这个小县城的实权人物。

当然，戴荣成也付出了足够的代价，那就是亲手将自己的侄子送上了断头台。

这凡事总是有两面性的，有领导赞同戴荣成大义灭亲的举动，也有领导对他心性产生了怀疑，毕竟戴小军还罪不至死。再加上当年发生的那些事，还是给他的政治生涯沾染上了一些污点，经过几年的努力未果之后，戴荣成算是看出来了，自己极有可能就会在现在这个位置上退下去。

没有了政治上上进的动力，在这一届上升无望之后，戴荣成也逐渐撕去了伪善的面具。除了帮助戴小花承包了城东的废品收购站不说，戴荣成甚至还给他作了假证，混淆了公安部门的视线，毕竟他当年大义灭亲的行为，还是蒙蔽住了很多人的眼睛。

对于戴荣成而言，这些还都是小事，他近年通过自己主管相关部门的权力，暗中授意自己的亲信私开小金库，截留国家拨款。虽然戴某人每天穿得都很朴素，吃得也很简单节省，但就身家而言，恐怕就是称之为县城第一富也不为过了。而且戴荣成还通过自己的"人格魅力"（他是这么认为的），俘获了有县委一支花之称的那个女人，让戴某人老树发新芽，重新领略到了人生的真谛。

当然，戴荣成并不认为让她从一个普通办事员成为主管档案室等工作的办公室副主任是一种交换，对领导"服务"周到，这就是其做出的最有力的成绩嘛。

不管是在什么朝代，也不管是什么人，想做到一辈子表里如一，绝对是件非常不容易的事情，但如果想要堕落，那只要一次机会就足够了。更何况戴荣成本性就不纯良，年轻女人的肉体、金钱的诱惑，让他深深地感觉到，前面这谨小慎微的几十年，终于是有了回报。

在20世纪80年代中期的时候，电视也是在极少数家庭才有的，加上那会儿又没有空调，城里人在夏天的晚上，最喜欢的娱乐活动就是聚在马路边的路灯下打牌，省了自家的电不说，还能纳凉消磨时间。

由于靠着县委县政府，门口的马路修得也比较宽阔，路灯都要比别处亮一些，晚上自然也聚集了不少乘凉的人三五成群地打着扑克。

这会儿人兜里大多都不富裕，基本上就是图个娱乐，输了的人往脸上贴个纸条或者是顶个砖头、拖鞋，输的开心，赢的也愉快。

在这些玩牌的人周围，还有拉着成车西瓜出售的小贩，玩得渴了花点钱买个西瓜一分，吃得是满嘴流汁。更有那会过日子的妇女，拿着扫把将西瓜子都扫在一起收起来，拿回家洗一下，晒干后一炒，家里来个客人就不用花钱去买瓜子了。

"叶天，那门口有站岗的，咱们怎么进去啊？"在县委住家大院门对面的马路上，封况和叶天靠在一个电线杆子处，用乡下土话在交流着。

熟悉江南的人都知道，那里的方言众多，过了一个村可能说的话都不一样，所以两人也不怕自己的对话被别人听到。

叶天看了一眼大院门房处的保卫，撇了撇嘴说道："封子哥，不是咱们进去，是我自己进去……"

"那不行，万一……万一你要是被人逮着怎么办啊？"听到叶天的话后，封况的脑袋摇得像是拨浪鼓一般，他今天是用和王盈见面的名义把叶天带出来的，要真是出什么事，可没法向叶叔交代啊。

"封子哥，你糊涂了吧？我一个孩子没偷没抢的，最多就是走迷路了，谁能把我怎么样啊？"叶天闻言笑了起来，小脸露出一副天真的模样，这要是被不认识他的人看到，一准会认为这是个老实乖巧的孩子。

"说的也是，我要跟进去被抓住，那才是真的说不清呢。"封况一想叶天的话，还真是这么个理，当下开口说道，"你快去快回，我在这看人打牌等你……"

"好，封子哥你就放心吧……"叶天点了点头，正准备往大院那边走的时候，忽然看到一老头从大院里径直往卖西瓜这里走了过来，不由眼睛一亮。

这老头七十多岁的年龄，脸上满是沟壑般的皱纹，不过下颌饱满，是个儿孙满堂、晚年得享清福的面相。更重要的是，老头的嘴边还留有一丝法令纹的痕迹，叶天一眼就能看出，他来这大院的时间，绝对没有超过两个星期。

等到老头抱着两个西瓜离开摊子后，叶天从后面追了上去："爷爷，我帮您抱一个吧，我家也住在里面，怎么没见过您啊？"

听到叶天的话后，老头下意识地就以为叶天是这大院里的孩子，笑着说道："抱得动，爷爷是刚来这里住的，要不是看孙子我才不来呢，吃个西瓜都要花钱买，在我们乡下随便去谁家地里摘都行……"

两人说着话就走进了县委的住家大院，一来老头是刚从里面出去的，二来叶天和他有说有笑的，又是个孩子，加上天黑看不清楚脸，门口保卫科的人直接就放行了。

到了自家住的楼前，老头招呼叶天道："孩子，来家吃块西瓜吧？"

"不了，爷爷再见……"

"这城里的孩子就是有礼貌……"

老头笑着夸了叶天一句，转身走进了自家大门，浑然没看出眼前这小孩进城的时间还没他长呢。

天才相师❶
天眼神童

"这里的风水很不错啊，就是平常人住得久了，也能沾染些贵气……"

等到那抱着西瓜的老头进入一栋小楼后，叶天才打量起这个大院来，由于天黑难辨景色，他直接使用了堪舆术法，将元气凝聚在双眼之中。

"嗯？这里的风水格局被人动过？"

虽然夜晚阴气旺盛，但是叶天仍然可以看到，这个地方阴阳二气分布匀称，些许煞气都被压制在围墙角落，而且在许多地方，似乎有人为改动的痕迹。

"九宫飞星图？"

叶天仔细辨认了一番之后，脸上露出了一丝惊容，他没想到师父所说的近乎失传的这一流派，居然能在这里遇到。

所谓九宫，就是围绕单体或者是群体建筑的中心点，找出东、南、西、北，以及东南、西南、东北和西北这八个方位，加上中心的中宫位，合称九宫飞星。

布好九宫方位之后，再引天上星宿之力遁入其中，这就是九宫飞星阵法。

不过在叶天看来，所谓的星宿之力，其实就是阻隔或者疏通阴阳二气，使其井然有序，对人身以及运程有所帮助而已，却不像传说中的那么神乎其神。

早年在江湖有一风水流派，专门以九宫八卦结合天上北斗七星，进行风水以及术数推演，不过这个传承早在解放前就鲜有听闻了，就连老道都不知道这个传承有没有被延续下来。

"不对，这九宫飞星图是残缺的，西南方位的阵脚已经被破坏了，应该是有些年头了……"

叶天爬到了一棵看上去足有百年树龄的大树上，向四周又打量了一番之后，心中顿时了然。

要知道，在风水之中，一草一木均有其作用，叶天身处的这棵大树，就是西北宫位。

但是站在树上观望，叶天却发现，东北方位的阵脚被人破坏掉了，而变成了一个供人纳凉下棋的石亭。

所以叶天推断出，这个大院以前应该是某位大户人家的私宅，请了极高明的风水师给布了九宫飞星图，不过时代变迁，单凭这小小的风水格局也难挡大势，这户人家不是搬走就是破败了。

而现在的大院，正是依托在这个风水格局的基础上修建的，由于后人不懂风水，将那位高人所布的风水格局进行了一些改动。不过这里本就是风水极佳的所在，虽然九宫飞星图不完整了，但此地整体的运程还是非常好的。

"算了，不管这么多了，赶紧看完回去，不然老爸又要着急了……"

叶天从大树上出溜下来之后，直奔大院的第四栋小楼跑去，按照封况打听来的消息，那个叫做戴荣成的应该就住在这里。

"这家伙倒是好运气……"围着那栋带院的小楼转悠了一圈，叶天心中有些不平。

在风水学中，整个世界四面八方的"气"流不息，这些不同的"气"随着年月环境的变化而又有"生旺死绝"之分。

戴荣成所住的这栋小楼处东南方位，大门正对着生旺吉主的方位，可将吉气吸纳入屋，自然是满屋吉祥事事生旺了。

"惹上小爷算你倒霉……"

叶天也不用拿罗盘测定方位，直接用一双眼找出了几个位置，又衡量了一番之后，满意地点了点头，返身走出了大院。

门口的保卫人员自然不会去盘问个孩子，回到路灯下找到封况后，叶天不由笑了起来，这家伙下巴贴了好几个纸条，正和人打着扑克呢。

抬头看见叶天回来了，封况一把丢掉了手里的牌，拿出烟，散了一圈之后，说道："哎，哥几个，晚了，要回家了，改天咱们再玩儿……"

这路灯下打牌的，有认识的，也有骑着车子路过下来玩的，所以封况走了自然还有人顶上来，那些玩牌纳凉的人也没在意，还招呼着让这散了好几圈烟的小伙子经常来玩。

由于挨打的时候收购站的自行车被人抢走了，两人这次是步行过来的，自然也要走路回家了，不过刚刚走出几步远，封况就忍不住问道："叶天，怎么样？"

"回家吧，封子哥，你明儿帮我买八面小镜子，嗯，很小的那种，我有用……"叶天的小脸上露出得意的笑容，看到封况一脸莫名其妙的样子，接着说道，"这事儿最多十天半月就能解决了，你别担心了……"

"真的？"听到叶天的话后，封况心里像是刚刚喝下去一瓶冰镇啤酒，浑身的燥热都给驱除掉了，高兴得一把抱起了叶天，非要背着他回家。

至于叶天为什么让他买镜子，封况很聪明地没去多问，他曾经见识过叶天的手段，连去世了几十年的死人都能找出来，对付一个活人自然不在话下了。

"爸，这大热的天，您怎么喝起白酒来了？"叶天和封况回到收购站的时候，已经是夜里10点多了，刚进屋就闻到一股浓烈的酒味，只见叶东平坐在桌边对着一碟花生米正喝着呢。

"啤酒没劲，还是这酒好，封子，要不要也来一口？"看到儿子和封况回来，叶东平脸上勉强露出了一丝笑容，他这纯粹就是在借酒消愁啊，不过是越喝越愁。

收购站被盗的事情也就算了，丢失的字画日后还有可能找回来，但是拾荒者不上门卖废品，却是掐住了收购站的命脉。这家收购站的地理位置并不好，周围也没什么住家户，根本别想指望有人主动上门来卖废品，所以戴小花的这一手，真是将这家收购站推上了绝路。

"叶叔，我的酒量可不如你，我喝瓶啤酒就行了……"闻着那劣质白酒的味道，封况连忙摇起了头，不过想想今天高兴，就到墙角拿了瓶啤酒，直接用嘴咬开灌了一口。

"嗯？封子，怎么这么高兴啊？那姑娘答应和你谈对象了？"封况眉角间的喜色连叶东平都看出来了，不禁心中有些奇怪，这小子的心思可是要比自己还要重，今天出门的时候还苦着个脸呢。

封况心里憋不住话，听到叶东平询问，马上眉飞色舞地说道："叶叔，没有的事，我和王盈还只是朋友呢，嘿，你不知道，咱们这收购站有救啦，那姓戴的得意不了几天了……"

"咳……咳咳！"看到封况口无遮拦的样子，叶天连忙装着被水给呛到，不停地咳嗽了起来。

"毛躁，喝水也不知道慢点……"叶东平不满地瞪了儿子一眼，不过这会儿注意力都被封况的话给吸引过去了，倒是也没注意他的这些小动作。训斥了叶天几句之后，叶东平把目光转向了封况，说道："封子，你小子准备干什么啊？我说了，不管怎么样，不能用暴力去解决问题……"

叶东平在乡下也生活了十多年了，知道乡下人一言不和就是拳脚相向，更何况封家在乡下也是个大族，说不得就是受不了这委屈，准备喊人来打架的。

"叶叔，我没说找他们去打架啊……"封况也知道刚才自己得意忘形了，偷偷看了叶天一眼，见到叶天没有表现出不高兴的样子，才开口说道，"叶叔，我刚才问叶天了，他说老神仙在咱们走的时候就给占了一卦，卦象说是什么遇难成祥，自有贵人相助……"

这话是回来的路上两人商量好的，叶天知道，父亲不想让自己参与到大人的事情当中，而且他对风水相术有种很强烈的抵触，是以才找了这么个说法。

"贵人相助？封子，咱们在这小县城认识谁啊？"听到又是叶天说过的那番话，叶东平脸上露出了苦笑，兴趣索然地摆了摆手，说道，"天不早了，都去睡吧，封子，明天我和你一起出去收废品，我就不信了，咱们就撑不下去！"

下这么个决定，对于叶东平来说，是很艰难的，他从来也没有想过，自己会有一天拉着平板车走街串巷地去收废品。不过形势使然，单靠封况一个人外出收废品，最多只能维持收购站的开支，根本就不用谈什么发展了。所以叶东平也放下了架子，准备真正融入这个行当里去，现在叶天的入学手续都办理好了，不到万不得已的时候，叶东平也不想去上海寄人篱下。

　　"爸，封子哥一个人就行了，您又没干过这个，还是别去了吧？"听到老爸要出去收废品，叶天心里顿时感到不是滋味，他很难想象父亲拉着板车吆喝收破烂的样子。

　　"是啊，叶叔，你在这里坐镇就行了，这事儿不应该是你干的……"封况也在一边劝着，他是农村娃出身，只要能赚钱，不怕被人笑话，但叶东平那可是有学问的人，面皮又薄，万一被人讽刺几句，还不要气出个好歹来？

　　"这叫什么话？封子你能干，我就不能干了？我这脸皮比你值钱？"听到封况的话后，叶东平的声音提了起来，他本来就喝了不少酒，这会儿酒意上头，有些失态了。

　　看到叶东平像是喝多了，封况无奈地说道："得，叶叔，明儿咱们一起，一起去还不行吗？"

　　"这还差不多，睡觉，明天早起……"叶东平摇摇摆摆地回屋睡觉去了，留下叶天和封况坐在那里面面相觑。

　　叶天知道老爸向来是说一不二的，虽然是酒话，但明天他肯定会去收废品的，当下对封况说道："封子哥，明儿你照顾点我爸，对了，别去东城，这段时间都不要去……"

　　"我知道了，叶叔，唉……"封况摇着脑袋叹了口气，他根本就不看好叶东平这书生气十足的人能去收废品，恐怕被那些人吆喝几声"收破烂的，过来"，就要受不了了。

　　果然如叶天所预料的那样，第二天天还没亮的时候，叶东平就早早地做好了稀饭，吃了一点东西后，和封况各拉着一辆板车出去了。

　　叶天倒是也没担心，父亲印堂明亮，倒是不怕出什么事，只不过叶东平和封况都出去了，他就要老老实实地待在收购站里了。

　　"封子哥，我爸呢？"

　　到了晚上五六点的时候，叶天见到封况拉着一车旧书进了院子，连忙迎了上去，不过往他身后看了一眼，却是没发现父亲的影子。

　　"我们分开走的，叶叔还没回来？"

　　封况闻言愣了一下，早上的时候，叶东平非要分开去收废品，说这样能多覆盖点地方，于是封况就让他在西城这一块，自己则是跑远了一点，去了南城。

　　按理说收购站就在西城，叶东平怎么着也应该回来得比自己早啊？想到这里封况就有些着急，把板车往院子里一放，说道："叶天，我去找找叶叔去……"

"封子哥，不用，我爸应该没事……"

叶天一把拉住了封况，开口问道："我让你买的东西呢？"

要说原本叶天对姓戴的还没多大恨意，但是看到老爸被逼得去收破烂，他心里也有些发狠了，恨不得马上就坏了戴荣成的风水，尽早解决这件事情。

叶天今年不过十岁的年龄，小孩子的世界观是非常简单的，自己的亲人当然是好人，早点布置完风水局，也能让身边的人少受点罪。

"咳，你不说我差点忘了，东西买了，我怕不够，还多买了几个……"听到叶天的话后，封况也顾不得出去找叶东平了，从板车头部翻腾出一个塑料袋，递给了叶天，"你看看，大小合适不？"

"行，封子哥，晚上你找个理由，咱们再出去……"叶天打开塑料袋看了一眼，里面放着十多个婴儿巴掌大小的圆镜子，这东西常见得很，以前上学的时候，叶天就经常拿着这种镜子通过太阳反光去照女同学玩儿。

"好嘞，哎，好像是叶叔回来了，你把东西放好……"两人正说话间，院门处传来了声音，封况连忙抢过叶天手里的袋子，又塞回到了板车上。

"爸，您怎么回来得这么晚啊？"

"叶叔，这……您这是在哪收来的这么多的书啊？"

叶天和封况同时迎了上去，不过两人问话的内容却是不一样的，叶天是关心老爸，封况则是被那满满一板车的旧书给吓到了。

"先别问这些，小天，去给我倒杯水，封子，来……搭把手，可累坏我了……"叶东平摆了摆手，那脸上的汗是顺着面颊往下流。

一般来说，如果车上东西不多的话，板车都是推着走的，但是叶东平却将车把两边的带子套在身上，将板车给拉进来的，可见上面东西的重量了。

"爸，喝口水……"

"叶叔，你松开，我来，乖乖，这一车书还不要几百斤啊……"

叶天和封况手忙脚乱地帮叶东平把带子取了下来，递水的递水，卸车的卸车，收购站里倒是恢复了几分前几天的热闹。

"这秋老虎还真是热啊，小天，去，拿瓶啤酒过来……"

一口喝下叶天倒的凉白开，叶东平还是热得不行，直接把上衣脱了下来，当成毛巾在脸上、身上到处擦着。

"爸，您……您这身上……"拿着啤酒的叶天回到老爸身边后，顿时愣住了，看着父亲从肩头到前胸那一道粗粗的血痕，叶天心里像是被什么东西刺了一下，揪心地难受。

叶东平对于身上这点伤倒是无所谓，笑着接过啤酒，拍了拍儿子的脑袋，说道："臭小子，撇什么嘴啊？看看我收的这一车书，封子，你可没这本事吧？"

"叶叔，我一个星期也收不到这么多书啊，您是从哪儿弄来的呀？"封况之前还有些担心叶东平受不了别人的白眼，今天一天怕是白跑了呢，此刻见到叶东平的收获，有些不敢相信，难不成这文化人干什么都比别人强？

"嘿嘿，这收废品，也要动点脑子的……"叶东平心情极好，居然卖起了关子。

"爸，我给你擦擦吧……"叶天可不管这些旧书是从哪儿收的，拿着一条干净的毛巾，帮老爸擦起身上的汗水来。

"嘶，还真有点疼……"叶东平抢过儿子手里的毛巾，说道，"我自己来吧，这有两年不拉板车了，真不怎么习惯了。对了，小天，这些书从初一到初三的都有，还挺新的，回头我用挂历帮你包上封面，你这几年的书本费就省了……"

20世纪80年代的时候，好多年用的都是一套教材，而学校也不要求每个学生都必须购买，像家里兄弟或者姐妹多的，那就是老大用完老二用，基本上交一个人的书本费就可以了。

"叶叔，你这是到学校去了吧？"叶东平父子俩说话的时候，封况翻了一下板车上的书，发现里面除了一些教材之外，还有很多学生的作业本，上面的名字都不尽相同，除了学校谁家也不可能有这么多书本的。

叶东平点了点头，说道："对，就是小天上学的那家初中，我今天只拉来一小部分，封子，明儿咱俩一起去，估计还能拉四五板车那么多……"

"叶叔，你厉害，真厉害，我去了那学校好几次，他们都不愿意把废品给我，你一出马就拿下，牛！"听到叶东平的话后，封况跷起了大拇指，他这不是恭维叶东平，而是真的挺服气。

学校旧书报废品多，这是谁都知道的事情，封况早就把主意打到那里去了，而且还找了叶天未来的班主任帮忙。主管后勤的副校长是个老派人，在学校老师的说和下，原本已经答应卖给封况了，谁知道这小子机灵过了头，塞了两包良友烟过去，那老头顿时翻脸了，一摆手就让封况滚蛋了。

后来封况又去了两次，都被老头赶出来了，没承想叶东平第一天外出收废品，竟然就搞定了这个大难题，封况那是真的打心眼里佩服。

"厉害？我也是运气好罢了……"封况的话让叶东平脸上露出了苦笑，今天一天的见闻，让他明白了百无一用是书生的道理。

早上叶东平刚出门的时候，是准备走家串户去收废品的，不过憋了两小时，愣是没喊出"收破烂"的口号。

后来叶东平倒是突破了，不过那声音也像是蚊子叫似的，根本就没人能听见，所以一上午下来，也没收到什么东西。

不过要说叶东平的运气还真不错，中午在一所学校门口休息的时候，和一指挥着几个人换校牌的老头聊了起来，这一聊还挺投机的，那老头直接让叶东平把板车拉进学校去了。

虽然收到了这么一车旧书本，叶东平还是感受到了生活的不易，这一天所遭受的

天才相师①
天眼神童

白眼，让他的心态也发生了微妙的改变，只是叶东平现在还没有感觉到而已。

叶天把饭菜端到了桌子上，招呼道："爸，封子哥，吃饭吧，今天可是我做的饭……"

"儿子长大了……"虽然菜很简单，就是炒了个青椒，还有从乡下带来的腌萝卜干，但叶东平还是感觉很欣慰。

生活的磨难有时候未必就是一件坏事，叶东平相信，自己的儿子长大后，一定会比那些温室的花朵更加适应社会。

叶东平突然想起一件事，看向叶天说道："对了，我今天在外面的时候，看到一个人很像是你师父啊？等我追过去，那人却是不见踪影了，也不知道是不是我眼花了……"

虽然只看到一个侧面，不过叶东平和老道相识也有些年头了，感觉那人十有八九就是李善元，只是他不明白那老道为何过门而不入。

"我师父？"叶天闻言愣了一下，"不可能吧？师父他还在山上呢，怎么会来县城？"

"可能是我看错了吧？不过那道士长得真像……"叶东平摇了摇头，这几天发生的事情实在太多，莫非是自己产生幻觉了不成？

叶东平就是随口一说，不过叶天却是放在了心上，这推演人的方位和一些简单的运程，并不会遭受元气反噬，叶天在心中默念了一声师父的名字，用占卜之术推演了起来。

"还真是师父……"

片刻之后，叶天脑中就浮现出了老道现在的位置，正是在这县城之中，这让叶天心中升起一股暖意，看来师父还是惦记着自己啊！

不过这事叶天并没有说出去，师父既然不想和自己一起下山，自然有他的考虑，叶天只需按照自己的思路去做就好了，反正天塌下来有大个的顶着呢。

吃过晚饭后，见到叶天给自己使眼色，封况站起身说道："叶叔，你今天也累了，早些休息吧，我带叶天出去转转，他在家里闷了一天了……"

"行，别太晚了，早点回来啊……"叶东平点头同意了，今天儿子表现不错，是应该嘉奖一下的。

从院子里的板车上拿下那个装着镜子的袋子后，封况和叶天出了收购站，直奔城南而去。

到了那大院外，封况依然等在了外面，叶天一个人踢着小石子混进大院，当然，进门的时候还很有礼貌地对门岗喊了声"叔叔好"。

"让你打封子哥！让你害人！让你偷东西！"夜色下，一个小小的身影在大院第四栋小楼前后转悠着，一会儿爬上大树，一会儿在墙角停留，嘴里还不停地念叨着只有自己才能听得到的话。

过了足足半个多小时，叶天的小身子才停了下来，看着面前阳气尽被阻隔，阴气逐渐转化成煞气的小楼，脸上露出了满意的笑容。

阴阳二气原本均是无害的，不过如果有一方失衡，就会对人身及周围的环境造成很大的影响，阴气会导致体虚多病，阳气过盛则是会暴躁易怒。

叶天做的很简单，就是用镜子折射的原理，生出了尖角冲射的形煞，将生吉之气尽数挡在门外，可以在最短的时间内，让这小楼成为阴煞死绝之地。

这也是为什么千百年来，少有人敢去得罪风水相师的原因了。

莫提鬼神之说盛行的古代，即使放在现代，一些深谙风水之道的老辈人，对于这些江湖术士也是恭敬有加，丝毫不敢开罪。

不过由于近代西方文化的传入和科学技术的引进，在现代，风水相术已经被视为阻碍社会发展进程的封建迷信学说，扫入了历史长河之中。而且古老的术法传承到了当今，早就是十不存一，能像叶天这般仅仅用几面小镜子，就可以摆出这种绝杀九宫八卦风水格局的人，恐怕在这个世上也是屈指可数的。现在隐匿在民间的那些最高明的风水师们，充其量也不过只能稍微改变下局部环境或者人的气运。即使是老道，想要完全隔阻小楼的生吉之气，恐怕也要拿个罗盘推演几天，能不能做到叶天这般程度，那还是两说呢。

"嘿嘿，这杀局就是师父看到，也无法完全解开吧？"

想着身在县城的老道，叶天得意地笑了起来，他这杀局并不遵循九宫八卦之法，而是直接针对各股阴阳生气，将其阻隔在外。而且有几面镜子，都是藏在大树十多米高的地方，一般人想找到那是绝对不可能的，即使被人发现，也不会联想到风水格局上面的。

看了一眼那很快就会转变成阴煞之地的小楼，叶天施施然走出大院，找到了正在路灯下和人打牌的封况。

"叶天，怎么样？"拉着叶天走到僻静处，封况的声音有些颤抖，他心里明白，今天的成败可是关系到收购站日后的前途，他可是将所有的希望都放在了叶天身上。

"成了，在五天之内，应该会发生点什么事情吧。"叶天不敢把话说满，关于阳宅风水影响人健康运程的事情，他多是从师父口中听到的，自己也就是在苗老大家里见过那么一例而已。就算叶天有把握在五天之内让那小楼成为阴煞绝地，但是他也不敢肯定究竟会发生什么样的事情。

"五天？"封况放在身侧的拳头攥得紧紧的，看了一眼那高墙大院，说道，"走吧，再不回去叶叔又要着急了……"

"对了，封子哥，我明天写个字条，你装在信封里给一户人家送过去，小心点，别让人看到了……"走在路上，叶天想起了父亲身上拉板车留下的伤痕，不禁心里生出一股怨气来，这事情，是要尽快解决掉了。

"叶天，什么字条？"封况好奇地问道。

"封子哥，你送去就行了，问那么多干吗？"叶天其实也不知道脑中出现的那些字是什么意思，只有几个时间地点和人名，不过他下意识地认为这些东西能帮到老爸他们。

当叶天和封况刚刚离开，一副高人打扮的老道，就出现在了大院的门口，那人礼敬有加地把他给请了进去。

摆脱了带他进门的老头后，老道散步般地在大院里走动了起来。

"九宫飞星图？"原本就是老道教给叶天的知识，他当然一眼就能辨出这大院的风水格局，就连残缺的几个宫位也都看了出来。

"嗯？这姓戴的所住的地方怎么是阴煞绝地呀？"当看到戴荣成住的那二层小楼的时候，李善元不禁面色一变，道袍袖子里藏的罗盘上的指针，不停地转动了起来，老道是越看面色越发冷峻。

这样的凶煞之地，恐怕住不上几天就要疾病缠身了，李善元不知道屋里的人如何还能活到现在。

"是小叶子的手段，刚刚布下的绝杀风水局……"围绕小楼转了一圈后，老道也看出几分端倪，并且从一处围墙跟后面找出了一面小镜子。

看着这一角钱一个的镜子，老道也是不禁喃喃自语："好家伙，这……这小子是要赶尽杀绝啊？"

叶天的手段让老道有些心生寒意。活了这么大岁数，他还是第一次见到如此凶险的阳宅风水杀局，老道扪心自问，即使是他想将叶天所布下的小镜子全部找出来，也是不可能的。叶天这风水杀局没有任何的阵法形态，而是直接用双眼观察，把小楼所有的生吉之气全给堵死了，老道却是没有叶天那双可以汇集元气的风水双眼，能找出八面镜子中的四五面就不错了。

看着这连自己都布置不出来的完美风水杀局，老道此刻心里那叫一个纠结，他不知道将风水相术的知识传给叶天，究竟是福是祸了。这要是放在解放前或者古代，术法昌盛能人辈出，叶天这风水局虽然布得巧妙，但也不是没有人能破解的，虽然江湖凶险要比现在远甚，但相生相克，总是有人能制约住叶天的。但是在现代法制完善的社会，风水术法已经完全没落下去了，老道敢断言，别说没人能看出这风水杀局，即使看出来，也是无力破解。而这种玄妙的术法，又不为现代人所接受，你就是出去满世界嚷嚷这里是阴煞绝地，恐怕也没人答理你，更不会认为小楼里的人出什么意外，是风水术士所为。

所以从这个角度上来说，这世上再无一人能制衡叶天，如若叶天心性不佳的话，那对社会的危害将是无法估量的。倒不是说老道心慈手软，他只是不想看到叶天成为一个全凭自己喜恶来行事的人，如果那样，叶天迟早也会玩火自焚。

"看来老道又要劳累了……"李善元摇了摇头，单是教给徒弟本领是不行的，还要让他明白一些江湖规矩和做人的道理，这些单凭嘴说肯定不行，必须要让叶天亲身融入社会之中去。

想了一下之后，老道又用罗盘观望了一番，最后将墙角处的一面小镜子收到了道袍之中，叶天这杀阵过于惨烈，怕是有违天和的，老道不得不动手减少一些这里的肃杀之气。

距离收购站被盗已经过去了一个多星期，时间也进入了8月底，虽然秋老虎的天气依然在肆虐着，不过早晚却是凉爽了起来，已经可以感受到了一丝秋意。

明天就是叶天去学校报到的日子，叶东平和封况今天都没出去，准备盘点一下这几天从学校收上来的旧书本，然后统一送到国营收购站去。

"封子，咱们就在城西这一块收废品，也能撑得下去，不过你小心一点，注意那姓戴的找麻烦……"叶东平将一捆捆扎好的书本放到了板车上，回头和封况说

天才相师❶
天眼神童

着话。

对于公安侦办收购站被盗字画的事情，同样过去了一个多星期，说老实话，叶东平心里也不抱什么希望了，谁都知道是戴小花干的，但是无凭无据，就是公安也拿他没有办法。更何况还有戴荣成在，虽然不是明目张胆地包庇，但也相差不多了，和这位在小县城根深蒂固的大人物相比，他们根本就没有任何申诉和反抗的能力。虽然封况的老舅是美国华侨，但那又怎么样呢？他只是美国华侨而不是美国总统，在内地这种官本位的社会形态中，也无法发挥出什么作用。

叶东平虽然不知道为什么这几天戴小花那些人没有来找麻烦，但是前些天发生的事情，总是让他有种不安全感，几乎每天出门前都要交代封况小心点。

相比叶东平愁眉苦脸的样子，封况倒是十分放松，笑着说道："叶叔，你就放宽心吧，戴小花那群人是秋后的蚂蚱，蹦跶不了几天了……"

虽然这几天都没出城西的地界，不过封况一直和城西拾破烂的老王有着来往。

按老王的话说，这几天姓戴的都没来找他，这帮拾荒者正考虑是不是把拾来的废品再卖给封子的收购站呢。

封况年轻，肚子里藏不住话，曾经给叶东平透露过，这三五天的工夫，戴荣成一定会出事，当然，对于叶天潜进那大院的事情，封况是守口如瓶的。

"封子，没那么简单的……"叶东平摇了摇头，他虽然相信儿子有占卜问卦的天赋，也相信那活了一百多岁的老道有着不为常人所知的能力。但叶东平毕竟接受的是现代高等教育，对于那些比较玄妙的事情，还是抱着怀疑的态度，要说几天之内，就能让在这小县城位高权重的戴荣成下台，叶东平无论如何是不会相信的。

反倒是没什么文化的封况，对叶天信心十足，老王传来消息之后，封况甚至偷偷去买了一挂五百响的大地红炮仗，准备等到戴家叔侄倒霉后庆贺一番呢。

"叶天，你今天别乱跑，我和你封子哥一会儿就回来……"

收拾好板车之后，叶东平把儿子叫过来交代了一番，临出院门的时候，又停下了脚步，说道："要是家里出什么事，你就往学校那边跑……"

叶东平这是怕姓戴的来找麻烦，他知道儿子从小练武，不一定能打得过大人，但是腿脚轻灵，跑起来就是成年人也追不上的。

"爸，没事的，今天早上院门那棵大树上可是落了只喜鹊啊……"

叶天嬉皮笑脸的样子，让叶东平板起脸，数落道："落了只喜鹊又怎么样？你马上要开学了，这神神道道的毛病要改掉……"

"喜鹊叫了呀，爸，喜鹊叫喜，乌鸦报丧的道理您不会不知道吧？我敢肯定，那姓戴的家里肯定有乌鸦叫……"

叶天对老爸的话满不在乎，虽然由于他的插手，让戴荣成的命格很难推演，但是叶天也算出一些东西来，戴荣成倒霉必定是在这两天，而且还是祸不单行。

"行了，好好看家吧，在家里说这些我不管你，要是到学校还胡说八道，看我不打烂你的嘴……"

叶东平没好气地瞪了儿子一眼，招呼封况，准备将两辆板车拉出收购站。

"封子，走啊，站在这里干吗？"还没出院门，叶东平就发现封况那辆板车堵在了门口。

听到叶东平的话后，封况回过头来，脸上带着一丝激动的神情，喊道："叶……叶叔，许公安来了，还……还有刘公安！"

"许所长？刘副所长？"叶东平闻言愣了一下，这两位自从那天录过口供来了一趟之后，就再没露过面了，今天来收购站却是为何？

"许所长，刘所长，您二位这是……"虽然对派出所的人颇有怨言，叶东平还是后退了几步，等封况将他的板车也倒进了院子后，叶东平迎上去，不过直到这会儿，他还没有意识到两人的到来，是因为案子有了转机。

"咳咳，两位，这是……要出去啊？"许夫杰没话找话地咳嗽了两声，前几天叶东平去派出所找他的时候，他都借故躲了出去，所以这会儿有点不大好意思。

"是啊，收购站被人偷了，我们东西不敢多留，这不……送到国营站去，那里没人敢去抢的……"叶东平心里有气，这话说得也是夹枪带棒的，听得许所长脸色越发尴尬起来，不过他不来还不行，这件案子是市局督办的，要尽快办理好相关的取证。

刘副所长年龄大些，见的场面也多，当做没听见叶东平的话一般，开口说道："叶东平同志，是这样的，今天我们来，有两件案子需要你们协助调查……"

"什么事？难道是案子破了？"即使叶东平反应再迟钝，这会儿也回过味来了，脸上不禁露出激动的神色。

许夫杰点了点头，说道："对，封况同志被打的案子，还有你们收购站失窃的案子都破了，这次来就是想让封况同志去辨认下凶手，还有就是看下那些字画是否为你们丢失的……"

"这……这，是真的？"突如其来的消息，让叶东平愣住了，眼睛不由向儿子看去，这小子长了一张什么嘴啊？刚说了喜鹊报喜，这喜讯居然就来了。

"没错，这是真的，封况同志，叶东平同志，请和我们回一趟派出所吧……"

说老实话，许所长对于这案子，心里也是纳闷得很，按理说这案子应该是在县局控制范围内的，怎么市局还成立了专案组呢？

"小天，锁好门一起来……"除了一些废品之外，收购站里似乎也没别的值钱的东西了，所以叶东平把叶天也带到了派出所，毕竟自己这儿子和别人家的小孩有很多不同之处。

一路上叶东平都在套问许所长的话，不过很显然，这位所长大人知道的也不多，只是说市局下来了人，让他们带封况和叶东平到派出所。

刚进入派出所，就看到院子里的墙角处蹲了一排人，全都用手铐连在一起，垂头丧气地蹲在地上，听到有人进来，几个不安分的家伙抬起头看了过来。

"都给我安分点……"许所长并没有在院子里停留，带着叶东平等人，直接来到院子东边的一个办公室，敲了几下门走了进去。

"王队，这两位就是叶东平同志和封况同志……"屋子里坐着两个人，许所长将叶东平等人介绍给了一个四十多岁的中年人。在中年人旁边，还坐着一个五十多岁体形消瘦的老头，人很精神，一双眼睛炯炯有神。

"麻烦你了，许所长，你先带封况同志去认人吧，我们和这位叶东平同志先聊一聊……"

那位王队长人很和气，不过看到叶东平身边的叶天，眉头顿时皱了起来："叶东平同志，这个小孩是？"

"王队长，这是我儿子，他一个人在家我不放心，所以带他过来了……"

叶东平仔细观察了一番面前的两个人，他发现，虽然那老头一直没说话，但是王队长说话的时候却不时地用眼神征求那人的意见，看来老头的身份还要比这位队长高的。

听到叶东平的话后，王队长看了一眼身边的老头，见那老头微微点了点头后，王队长才站起身走到办公桌前，指着上面的东西说道："叶东平同志，麻烦你认一下，这些字画，是你们收购站丢失的吗？"

"文征明的《山水对弈图》、张大千的条幅、齐白石的虾，对，对，这是我们丢的，派出所有我报案记录的……"——摊开桌子上的几幅字画后，叶东平激动了起来，他没想到这些原本以为再也找不回来的珍贵字画，竟然如此快地就出现在了眼前。

"不过王队长，这些字画只是我丢失的一小部分啊！"激动过后，叶东平冷静了下来，这才发现，桌子上放的几幅字画，连丢失字画的五分之一都没有，这让他心里又有些不安起来。

听到叶东平的话后，那个一直没有开口说话的老头，突然开口问道："小叶，这些字画的确只是我们收缴的一部分，你现在能确定它们就是你所丢失的吗？"

叶东平肯定地点了点头，说道："能确定，我现在就带着这批字画的目录，如果你们需要的话，我也能拿出来证明，对了，当时我报案的时候也做过记录的……"

虽然老道说了，这些字画等他百年之后全都送给叶天，不过在此之前它们还是属于老道的，所以在搬家之前，叶东平就曾经对这些字画进行过统计。刚才在来派出所的时候，叶东平感觉能用到这些目录，所以就随身带着了。

"还有目录？"老头和王队长对视了一眼，异口同声地说道，"快点拿出来！"

"好，好，这是铁证！"看了一遍那记在叶天作业本上的字画目录，老头脸上露出了笑容。

"王队长，这……这位老同志，请问，什么时候能把字画还给我们呢？"看着桌子上的那几幅字画，叶东平打定了主意，回头收购站要装防盗铁门，还要买个保险箱放里面，不然这些东西再丢了的话，就不一定有这次的好运气了。

"咳咳，小叶，这些东西作为证物，暂时还不能返还给你，不过你放心，我们一定会妥善保管，等到事情调查结束，就能还给你了……"

似乎达到了自己的目的，老头出言给叶东平解释了几句之后，拿起了那个字画目录本，对王队长说道："小王，这里就交给你了，对于那些依仗权势违法乱纪的人，一定要严肃处理！"

那个在许所长面前架子十足的王队长，听到老头的话后，刷的一声站了起来，大声说道："是，请王书记放心，保证完成任务……"

"哎，怎么就走了？"见到老头交代了这么一句话后，转身推开门走人了，叶东平不禁有些莫名其妙，自己现在还是一头雾水，什么都不知道呢。

"小叶，你和孩子先回去吧，等事情调查清楚了，我们再跟你通报相关案情……"

王队长好像也没有什么问题要询问叶东平了，老头一走，就下了逐客令。

"王队长，可……可是我还什么都不知道呢，还有，刚才那位老同志是谁啊？"不是叶东平好奇心强，关键是他被这件事折腾得一两个星期都没睡好觉了，现在案子莫名其妙地破了，自己还被蒙在鼓里，那种滋味实在不好受。

"现在还不方便对你们讲案情，还是那句话，调查结束的时候你们就知道了……"王队长摆了摆手，看到叶东平父子俩还站在那里，不由说道，"刚才那位是市纪委的王书记，放心吧，你们的字画不会少的……"

"市纪委？"叶东平有点回过味来了，像封况被打和字画丢失，都是属于一般的刑事案件，绝对不可能惊动纪委工作人员的，看来这事的根子，很可能就出在了那位戴荣成的身上。

"叶叔，叶叔，我认出来了，就是那几个王八蛋打的我，你看，咱们的自行车也在这里……"正当叶东平还想细问的时候，办公室的门一下子被推开了，封况一脸通红地冲了进来，脸上的兴奋之情溢于言表。

"封子，别激动，怎么回事，好好说……"听见抓到打人的凶手了，叶东平也顾不得向王队长询问案情了。

站在办公室门口，就能看到在院子里蹲了一排的人，封况指着那个蹲在最前面的家伙说道："那个一脸胡子、眼角有疤的就是戴小花，那天他打的我第一拳……"

"我说小叶，你们还是先回去吧，最多五天，就可以结案了……"听到封况的大嗓门直嚷嚷，那位王队长皱起了眉头，直接往外赶起人来。

虽然知道案子破了，也去了趟派出所，不过叶东平心里还是有点稀里糊涂的，在回去的路上和封况研究了半天，也没搞清楚事情的缘由，但是戴荣成的垮台，却是可以预料得到的。

欣喜之下，叶东平花了十元钱买了好几斤猪头肉还有一些卤菜，准备庆贺一番，封况更是直嚷嚷回去就要放鞭炮。

不过在看向叶天的时候，封况的眼神和之前就完全不一样了，兴奋之余隐隐含着一丝敬畏，这也难怪封况，任是谁经历了这种无法解说的事情，都会不自觉地产生敬畏之心的。

"师父？"

"老神仙？"

在来到收购站的门前时，几个人同时发现大门处站了一个身影。

老道头上戴着一顶混元帽，顶髻用一根木簪别住，青蓝色的道袍虽然有些破旧，但浆洗得干干净净，远远看去，给人一种离尘脱俗、飘飘欲仙之感。

看见老道，叶天喜笑颜开地迎了上去，一把揽住老道的胳膊将身体挂了上去，笑着说道："师父，我就知道您会来……"

"老李叔，您怎么下山了？"叶天能推算出师父下山，叶东平却不知道，不过看见老道后，他隐隐感觉到，似乎今天发生的事情并没有那么简单。

老道淡淡笑了笑，瞥了一眼在那装天真的小叶天，说道："我再不下山，这臭小子要翻天了……"

"翻天？"叶东平愣了一下，继而看向叶天，眼睛一瞪，吼道，"你小子又干什么了？收购站的事情那么多，你就不能消停点？"

"我……我没干什么啊，反正这事给您说您也不信的……"叶天怯怯地看了一眼正在火头上的叶东平，嘴里小声嘀咕了一句。

"臭小子，你说什么？"

"行了，有威风也不用冲着孩子耍，小叶子啊，没有叶天，你以为这事儿能这么容易就解决了？"

"没有叶天就解决不了？"叶东平被老道的话给吓住了。

老道拍了拍叶天的小脑袋，对呆立当场的叶东平说道："走吧，进屋说……"

"老李叔，这……这到底是怎么回事啊？"刚进到院子里，叶东平就迫不及待地问了起来，他之前无论如何都没想过，这事儿居然还和儿子有关系。

"小叶子，这事儿你也不用多问，知道了并没有什么好处……"听到叶东平的话后，老道站住了脚步，看了一眼叶天，说道，"以后每年暑假，我都下山带叶天出去走走看看，培养下这孩子的心性……"

"叶天怎么了？我儿子心性又不坏？"护犊子是每个家长的特性，听见老道评价起儿子的心性，叶东平立马就不答应了。

"我从小看他长大的，心性如何我不知道？"老道没好气地瞪了叶东平一眼，"叶天年龄太小，对社会的认知不够，我怕他以后做事过于偏激了。唉，要不是这次的事，你以为我愿意下山？"

老道话虽然说得隐晦，不过接连提了几次叶天和这次的事情有关，叶东平再迟钝也听出来了，当下小心地问道："老李叔，这……这次真的是叶天……"

"你别问，我也不会说，叶天这孩子命格独特，日后想做什么就让他去做，不要诸般限制……"李善元明显不想多提这件事情，袖袍一挥，说道，"行了，把你手上的猪头肉切一切，老道我喝几杯就要回山了……"

"这……这叫什么事啊？"听见老道的话后，叶东平跺了跺脚，转身钻到厨房去做饭了。

不过叶东平那心里却是百般纠结，自己上蹿下跳那么多天都没解决的事情，居然是儿子不声不响地给办好了，这……这他妈的还是我儿子吗？

和老道吃饭是很沉闷的，他是老派人，讲究的是食不言、寝不语，而且吃过饭后就起身要走，只允许叶天送他，弄得叶东平一直没找到机会询问刚才的事情。

"师父，您都知道了吧？"在老道面前，除了脑中那神秘的传承无法言说之外，叶天再没有秘密可言。

"废话，不知道我会来找你？小叶子，你那阵法摆得过于决绝，恐怕有违天和啊……"想着那栋在三天之内就变成了阴煞绝地的小楼，老道不由自主地倒吸了口凉气，就算是他想做到这种程度，恐怕也需要十天半月的时间去布置。

"师父，善恶有报，除恶即行善，这句话是您说的啊，我做错了吗？"

叶天有些不明白老道的话，让他教训戴家叔侄的是老道，怎么反过来自己又做错了呢，叶天再聪明也不过是个孩子，也实在无法理解这种大人的逻辑思维。

"叶天，你那杀阵，就是杀姓戴的十回都够了，不错，戴荣成是罪有应得，但是他的家人呢？也罪当容诛？"

老道的话让叶天愣住了："是啊，死绝之气可不分好人坏人的，戴家叔侄欺负了老爸和封子哥，是活该倒霉，不过正如师父所说，他的家人好像没有什么过错吧？"

"师……师父，我……我不是故意的啊……"叶天并不是个狠毒的人，他只是用孩子的标准去衡量谁好谁坏，但是连累到了无辜的人，叶天的心里顿时充满了愧疚。

"行了，你年纪还小，这事不怪你，戴荣成的妻子前几天正好去了女儿家住，并没有涉及她，你也别放在心上了……"看到叶天小眼睛里充满了雾气，老道心里像是放下一块大石，如果叶天听到刚才的话表现得无动于衷，那老道就要想办法清理门户了。

"回去吧，有空去山上看看师父，等明年暑假，师父带你行走江湖，你要记住一句话，本领越高，责任越大……"摸了摸叶天的小脑袋，老道转身离开了，他相信经过这件事情后，叶天再也不会胡乱动用术法了。

"本领越高，责任越大？"看着老道的身影消失在马路的拐角，叶天还在回味着这句话，在布那风水杀局的时候，叶天只是为了给父亲和封子哥出气，但是听见老道的话后，他心中却是多了几分明悟。

世间万物皆有其灵性，一饮一酌，自有天定，自己坏戴荣成的风水本就是因果报应，不过冤有头债有主，如果累及他人，或许这报应在某一天就要应在自己身上了。

老道突如其来的一番话，让叶东平看自己儿子的时候，多了几分不解和猜度。

不过自从老道离去后，叶天的情绪一直都不怎么高，加上老道临走时的交代，所以叶东平也没多问。

不管怎么说，收购站的大麻烦已经解决掉了，而且那些字画很快就能拿回来，叶东平心里还是有些亢奋的，在屋里热火朝天地和封况商讨着下一步收购站的经营方向。

叶天则是一个人蹲在收购站的门口玩着石子，脑子里还在回味着师父的那番话，不过他年龄到底还小，对于有些事情还是没有直观的认知。

"嗯？是盈盈姐！"忽然被一阵车铃声惊醒，叶天抬头看去，一个女孩骑着自行车出现在了自己的视线里。

"盈盈姐，你来啦，封子哥一直念着你呢……"要说小孩子的注意力是最容易被转移的，王盈的到来顿时让叶天忘记了师父的离去，欢天喜地地迎了上去。

"小家伙，别乱说，你爸爸和封况在家吗？我有事跟他们说……"叶天见面的第一句话就让王盈俏脸绯红，俗话说童言无忌，她也不能生气，而且在心里还有那么一丝丝高兴的感觉。虽然封况是个体户，从事的职业也有那么一点不体面，但是一段时间相处下来，王盈察觉到封况特别细心，也会照顾人，要说一点感觉都没有，那也是骗人的。不过在这个年代，城里人和乡下人之间的差距，那不是一星半点的大，所以王盈也不敢答应封况什么，就是今天来，还是鼓足了勇气的。

"爸，封子哥，盈盈姐来了……"带着王盈走进收购站，叶天大声嚷嚷了起来。

听到叶天的喊声，叶东平和封况从屋里迎了出来。看见王盈，封况的机灵劲都不知道跑哪去了，手忙脚乱地拿着顶帽子往头上戴，生怕被对方看到那还没有完全好的伤口。

"小王，稀客，稀客，快，屋里坐……"叶东平一边把王盈往屋里让，一边客气地说道，"小王，你看……这段时间忙得焦头烂额的，也没机会去谢谢你，真是对不起啊……"

虽然那天王盈的通知直接导致了字画的丢失，不过话说回来了，如果不是王盈带他们去医院，留在收购站说不定直接就会被戴小花他们给暴打一顿呢。

"叶老师，你千万别这么说，我和封况也是朋友，还是小叶天的姐姐呢……"王盈也是个性格爽朗的姑娘，既然来了，就把女孩子扭扭捏捏那一套收了起来，言语对答都让叶东平暗暗点头："封子和这姑娘要是真成了，对封子还真是一件好事情。"

"小天，给你王盈姐倒杯茶去……"叶东平吩咐了儿子一声，笑着对王盈说道，"我们这儿的茶是亲手从山上采的，而且是小天的师父自己炒的，一般人可是喝不到的……"

"王盈，你今天怎么有空来？是来找我的吗？"见到叶东平和自己心仪的姑娘去聊什么茶，封况有些不耐烦了，来县城这么久，王盈就来过一次收购站，还是通知他去办理相关手续的。

"嗯，叶老师，封况，我有个好消息要告诉你们……"王盈点了点头，前几天封况包着个脑袋还去找她打听消息，所以她也知道收购站遇到的那些事，刚刚从在县委工作的父亲那里听到一些消息后，就忍不住跑来了。

"什么好消息？"叶东平和封况异口同声地问道，难道今天还真是喜事临门吗？

"县里这两天发生了一些事，我觉得和你们有点关系……"

"什么事？是不是戴荣成出了事情？"有了上午的派出所之行，叶东平等人已经猜出几分端倪。

"你们都知道啦？"听到叶东平的话，王盈有些吃惊。

"小王，具体的情况我们不知道，你还是说说吧……"上午派出所的那些人不肯多说，这会儿叶东平和封况心里正痒痒着呢。

"是这样的，前天，前天发生一些事情，那个……那个姓戴……姓戴的乱搞男女关系，被市纪委的人给带走了，他侄子也被抓了起来，两个人都不是好东西……"王盈说话的时候脸红了一下，她一个没结婚的姑娘说这些事，的确有点不太合适。

原来，就在前天的时候，戴荣成不知道哪根筋搭错了，竟然在县委档案室里就和那个办公室副主任鸾颠凤倒地快活了起来。

原本这样的事情戴荣成也不是第一次做了，从来都没出过什么岔子，但谁知道今天倒了八辈子霉，竟然被那位副主任的丈夫堵在门里逮了个正着。

那人也是愣脾气，当时就把这对身上什么都没穿的奸夫淫妇给拉到了外面，让县委诸多的工作人员都过了把眼福。

如此一来，戴荣成身败倒是未必，但是名裂却是肯定的了。

在那个年代，男女作风问题是极其严重的，当时县委就召开了紧急会议，让戴荣成回家反省，等待组织处理。

单单这事，只不过是个丑闻，但是谁都没想到，戴荣成前脚回家，后脚市里就由一位纪委副书记带队，组成调查组来调查他了。

具体原因也被人给透露了出来，起因来自一封从监狱寄出来的举报信，那是一个当年的造反派头头写的，信中说明，当时一位主要领导的妻子被迫害致死，全是由戴荣成幕后指挥的。

这一封信可是掀起了轩然大波，要知道，这位主要领导这些年以来还一直以为戴荣成当年对他进行了保护，而对戴荣成照顾有加呢，当时看了这封信，差点没气出脑溢血来。

虽然那位主要领导刚刚从市里重要职位上退下来，但能量依然不小。在那位领导的督促下，市里马上组成了调查组，在短短两天之内，走访了当年的涉案人员，掌握了大量的证据，这才进驻到县里准备对戴荣成采取措施。

俗话说祸不单行，福无双至，戴荣成这边刚刚被纪委的人带走，他那一直老实本分的发妻，在听到戴荣成和女人乱搞的事情后，一气之下找到了纪委的工作人员，把戴荣成这些年干的龌龊事，竹筒倒豆子一般都给捅了出来。

私设小金库、截留国家拨款、收受侄子抢来的珍贵字画，一桩桩事被揭露之后，事情也变得越来越大。

先不提上面两个罪名，单是那几十幅近代著名画家的手迹，就让市里的工作人员大吃一惊。要知道，在这个年代，几千元的盗窃案就可以判处死刑了，这些画的价值加起来恐怕都不低于十万，绝对是重大的刑事案件，于是专案组马上组织人员抓捕了戴小花。

一审之下，顿时将事情的来龙去脉给弄清楚了，这又给戴荣成加了一条罪名，收受赃物和包庇犯罪流氓分子。俗话说世上没有不透风的墙，虽然案子是在保密的情况下办理的，并且三番五次地要求保密。但是涉案人员太多，想要保密并不是那么容易的，一来二去，在县委稍微有点门路的人几乎全部都知道了，曾经在这小县城一手遮天的戴某人，此次怕是难以翻身了。

听完王盈讲述的事情后，这屋里的两大一小三个人，均是目瞪口呆，他们没想到这短短的几天之内，县城里居然发生了这么多的事情。

叶东平这会儿脑子里想的是恶有恶报，戴荣成作恶多端，应该有此下场，当然，他心里也是感觉到有些巧合，为什么这几件事都凑在一起了？

天才相师①

天眼神童

而封况则是在第一时间看向了叶天，这些功劳全部归于叶天，在他看来，没有叶天的手段，那戴荣成不会如此倒霉的。而且对于戴荣成干龌龊事的时候被堵在屋里的事情，别人不知道怎么回事，封况可是心里明白。他在往那位办公室副主任家里塞信封的时候，曾经看过里面的字条，虽然封况识字不多，但县委以及时间日期他还是认得的，正好是戴荣成出事的那天。

想到这里，封况心中对叶天更是多了几分敬畏，想让谁倒霉谁就倒霉，这简直就是神仙手段啊。

且不说叶东平和封况的反应，这会儿叶天心里却是有些迷糊，他倒是不敢断言戴荣成四面楚歌的情况，就是因为住宅风水被改成了阴煞绝地。毕竟王盈所说的事情都是有根有据的，并非是凭空捏造出来的，这些龌龊事集中在了一起被揭发了出来，到底那个风水局发挥了多大的作用，叶天也是心里没底。

一直到王盈走后，这三个人才算是回过神来，叶东平虽然嘴上没多说什么，但是眼中的喜悦却是出卖了他激动的心情。

封况更是高兴地拿出前几天买的五百响大地红，挂在院子门口放了起来，鞭炮声震耳欲聋，也驱散了几人这段时间心中的阴霾。

到了晚上的时候，叶天趁着老爸和封子喝多了的机会，偷偷地溜入了城东那个大院里，将施法所用的几块镜子都取了回来。

阵法已破，不出三天，生吉之气会驱散这里的阴煞，任是谁也看不出任何端倪了，做完这件事，叶天心里仿佛一块大石落下。

好像正应了老道那句"贵人相助"的话，自从戴小花流氓团伙被抓之后，收购站的日子越来越好过了。

在封况的努力和公关下，原本属于戴小花的那家收购站，也被承包了过来。

叶东平负责两家收购站的账务和与一些政府机构打交道，封况从乡下找了几个比较机灵的本家兄弟负责称秤收废品，他自己则是每天在外面联系起了那些拾荒者。

短短的一个月内，小县城那些拾荒者都被整合在了一起，每天大量的废品被送往这里，这最不起眼的生意，却在为叶东平和封况默默积累着涉足商海中的第一桶金。

而在戴小花被抓的第三个月，判决终于下来了，以戴小花为首的流氓团伙，受到了严厉的打击，除了戴小花被判处死刑之外，其他人分别被判处了三到二十年的有期徒刑，这也让封况和叶东平拍手称快。

至于戴荣成，则是很意外地逃过了法律的严惩，只不过人在做，天在看，要是让戴荣成自己去选择的话，他宁愿去蹲大狱苟且偷生，但是老天爷不答应啊。

就在戴荣成被抓的第二个月，一次呕血查出了他已到肝癌晚期，甚至没等戴小花的判决下来，就在医院里一命呜呼了。

此时的叶天，才算是真正认识到了风水杀人的惨烈之处，心中在兴奋之余，也有一丝敬畏，对于师父的话，却是多了一分明悟。

在结案之后，那几十幅字画重新回到了叶东平的手里，叶东平在第一时间内就花费了一笔不菲的钱，买了个企业用的大保险箱，放在了收购站里。随着时间的推移，这件在小县城轰动一时的案子，也慢慢被人们遗忘了。

倒是叶天经历了这件事情后，仿佛一夜之间长大了很多，开学之后改掉了以前喜欢作弄老师同学的坏毛病，宛若一个听话的乖孩子。并且经过了一番父子沟通，叶天也绝口不提关于风水相术方面的事情了，让叶东平欣慰之余，将全部精力都投入了废品收购站的生意上。

唯有一点让叶东平不满的就是，每年的暑假，老道都会下山，带着叶天失踪两个月，这两个月到底经历了什么，叶东平多少也能猜出一些。

在叶天高中毕业的前一年，父子之间发生了一场争执，那就是叶天决定推迟一年报考大学，进行一次较长时间的游历。

虽然叶东平极力反对，不过看着沉稳的如同成年人一般的儿子，最后还是点头答应了下来。而叶天也没有食言，在第二年高考前夕赶回了县城，用超出华清大学录取线三十分的高分，成功考取了父亲以前的母校。

在那座熟悉的道观门口，一高一矮两个身影正沐浴在夕阳之下，不远处的小瀑布水花飞溅，为这炎炎夏日平添了一份清凉。

其中个子高的是个少年，剑眉入鬓，双眼有神，脸形长得十分秀气，似乎还有一点儿腼腆和稚气。

不过当这少年蹙起眉头的时候，整个人却变得沉稳了起来，似乎身上蕴涵了一种说不出来的气质，给人一种非常值得信任的感觉。

"师父，小天下次来看您，可能要半年以后了，您老人家多保重身体啊！"

八年似乎一轮回，时间让这个世界的很多人和事，都发生了天翻地覆的变化。

那会儿的小孩子叶天，现在已经长成了大人，一米八二的身高，使得原本就身材消瘦的老道，显得越发佝偻了。

看着往日道骨仙风白须飘逸的师父，现在却是老态毕显，叶天那颗八年来早已看惯了生死离别、世事沧桑的心脏，仿佛被一双无形的大手揪住了一般，隐隐作痛。

和以往不同，叶天这次历时最长的游历，老道并未跟随，相隔一年回到山上之后，叶天发现师父最终也没能抵御住岁月的侵蚀，老人斑已然悄悄地布满他的面容。

"痴儿，师父活了一百多岁，生亦何欢，死亦何惧？按照为师的推算，我还有两年的阳寿，你到时赶来就行了，师父的衣钵，还需要你来继承的……"听着叶天带着颤音的话语，老道能感受到这稚子身上浓厚的眷恋之情，当下笑了起来，像以往那般，伸出手想摸叶天的脑袋，却发现已经不像当年那么顺手了。

"师父！"叶天终于压抑不住心中澎湃的情感，单膝跪地拜在了老道身前，把头深深埋在了老人胸前。

往日师父手把手教导他导气之术，口口相传麻衣相法，一老一少对灯而论的情形；往日淘气小儿作弄了师父，却得来老人宽容笑声的场景，让叶天眼中的泪水夺眶而出，在这一刻，他甚至产生了放弃学业侍奉老道人生最后两年的念头。

"江湖风波多，做人留一线……"第二天一早回到县城所住的家中时，李善元的这句话还萦绕在叶天的耳边，想着垂垂老矣的师父独自生活在山上，叶天这一路上几度差点重返道观。

不过下午就要坐火车去北京，叶天再不回县城也不行了，总是有些东西要收拾的。

叶天现在的这个新家，是叶天鼓动叶东平五年之前买下来的，处在县城的城北，也是小县城撤县立市之后的政府机关所在地。

当时这里还是市郊，不管是房价还是地价都很便宜，仅是花了两千多元钱，就把这小楼买了下来，还附送了一个很大的院子。

叶天自己做主，在院子里面建了个假山水池，里面养了不少鱼，另外又在走廊处栽种了一些葡萄藤，叶东平直说儿子会享受生活，现在这套房子就是给个别墅都不换。

别的不说，单是这几年地价的增长，就使得这栋两层带院的小楼，价值最少要在原来的价格上加两个零，这也使得封况一直在埋怨叶天，干吗当时不让他也在这买一套。

"爸，您没出去啊？"

穿过长满了葡萄藤的院子，叶天奇怪地发现老爸竟然在家。

要知道，这些年叶东平可是在南京、苏州和上海等地开了好几家古玩店，忙得焦头烂额，一般很少在家的。

看到叶天一脸沉重的样子，叶东平也知道是怎么回事，开口说道："怎么了？心情不好？你放心，爸以后会常去山上看老李叔的……"

儿子就要去北京上学了，叶东平专门抽出点时间来陪儿子，不过让他郁闷的是，老爸陪儿子，儿子却是去陪师父了。

当然，叶东平也知道，叶天和老道之间的深厚感情，就连他这老爸都是比不上的。

别的不说，这几年来叶天寒暑假几乎都是和老道在一起，就连平时周末也是逮着时间就往山上跑，这让叶东平都有些吃醋了。

"嗯，爸，师父年龄大了，您有空经常去看看他，我观师父的面相，再有两年的时间，大限就要到了……"

提起老道的身体，叶天神情不禁又黯淡下来，当年他就曾经推算过老道的命理，得出了十年阳寿的结论。而这次见到老道，叶天这种感觉更加强烈了，再加上老道自己也有所感应，想必两年之后，也就是老道寿终正寝之时了。

"你这小子，有这么说长辈的吗？还有……我告诉你啊，到了北京也不许提这些风水相术方面的东西，别以为这几年装老实，我什么都不知道……"听到儿子的话后，叶东平顿时把脸给绷了起来，虽然这几年来叶天在家中绝口不提风水术法上的事情，似乎真与这行当脱离了关系。但是叶东平知道，叶天每年消失的那几个月，都是跟着老道去跑江湖了，他就曾亲眼在南京街头遇到过穿着小道袍的叶天，只不过碍于老道的面子和儿子的自尊，没有揭穿而已。而且叶东平这些年实在是太忙，同时也感觉到叶天比以前懂事了，所以也就睁只眼闭只眼，没去过问。

不过现在叶天要去北京上学，那里可是藏龙卧虎之地，叶东平免不得要告诫儿子几句了，省得他惹出什么是非。

"爸，我保证不会惹事的……"叶天笑了笑，手里弹起一枚铜钱，却是把话题给岔开了，"我明天就要走了，要不……给您占一卦？"

"一边去，老爸我顺风顺水的，少来忽悠我……"叶东平不耐烦地摆了摆手，也没在这种事上纠缠，"让你小子学个计算机专业，你非要学建筑，整天和石灰水泥打交道很好玩吗？真是不知道你在想什么！"

去年春天的时候，廖昊德曾经回来过一趟，当时闲聊之中说起现在美国计算机产业发展迅猛，在未来十年，计算机和互联网绝对会成为生活的主题。当时叶东平就把这话记在心里了，今年叶天报考志愿的时候，他就劝叶天上华清大学的计算机专业。

没想到叶天压根就没把老爸的话当回事，报考的几个学校的志愿填的都是建筑系，气得叶东平好几天没答理儿子。

"爸，我学的是建筑设计，和您说的是两码事……"听到老爸的话后，叶天只是笑，那一脸真诚的模样让叶东平也说不下去了，要是五年前告诉叶东平儿子会变得如此"老实"，打死他都不相信的。

冷"哼"了一声之后，叶东平扔给叶天一个皮包："你小子翅膀硬了，可以不听老爸的话，不过我告诉你，最近老子要收购一个物件，手头有点紧，只能给你一万元钱啊，这里面包括学费和你一学期的生活费了，省着点花……"

在三年前的时候，叶东平和封况因为经营理念的问题，将收购站的股份给分开了，封况继续经营收购站并且开了一个纺织厂，生意越做越大，在这县级市也是个有名的企业家了。

叶东平混得也算不错，他拿着钱在南京、苏州这些历史悠久的文化古城开起了好几家古玩店，以卖养藏，这几年下来也赚了不少钱。

只不过古玩生意向来是三年不开张，开张吃三年，而且资金都积压在了物品上面，所以叶东平经常"头寸"紧张，就连儿子这次上大学的钱，还是出手了个小玩意凑出来的。

不过一万元钱也不算少了，这年头一个大学生一学期所有的费用加起来，也不过就是三四千而已，叶东平还是考虑到儿子前几年突然变得比较"能吃"，这才多准备了一些。

"爸，您这次的生意，依我看……不做也罢……"叶天看了包里的钱一眼，看似漫不经心地点了叶东平一句。

这八年来，叶天身边的很多人和事都发生了改变，但要说变化最大的，还是当属叶天自己了。原本盘踞在他脑中的龟壳，在三年之前突然消失不见了，不过那神秘莫测的术法，也完全被叶天给继承了，他现在占卜、问卦、相面、解梦，根本就是一念之间的事情。不过经过这些年在各地的游历，叶天也明白了一个道理，那就是世事均有其运行的轨迹，就如同生老病死一般是不可避免的。所以这八年来叶天经历了许多事情，却极少出手去改变原本可能出现的结果，当然，顺口给封况和老爸指点下生意，在叶天看来只不过是小之又小的事情而已。

"臭小子，别以为你跟着师父时间长，对字画比老爸精通点，我告诉你，这次收的是件战国鼎，这可是国之重器，你小子玩不转的……"

叶东平对儿子的话很是不以为然，从开收购站到现在，他在古玩行也算是有七八个年头了，几乎从来没打过眼，对于这次交易自然也是信心十足。

"得，您就当我没说，有人按门铃，我去开门了……"被叶东平奚落了一顿，叶天笑笑没有多言，他早就看出老爸近期有破财之相了，不过还不至于让叶东平伤到筋骨，所以见到老爸如此坚持，他也就懒得去过问了。

"盈盈姐，昨天通电话不是说了不让你来吗？这大热的天别到处跑，封子哥，你也不劝劝，这老公怎么当的啊……"叶天打开门就是一通抱怨，他们父子俩常年都不在家，这会儿来敲门的，肯定是封况他们两口子。

"叶天，我有那本事吗？太后说要来你这儿，小封子我还不得伺候着？"

被叶天训了一句的封况夸张地缩了缩脑袋，一脸谄媚讨好的样子。

要是被看到封老板会这副模样，恐怕传出去这小县城没一人会相信的，此时的封况哪里还有一丝老板的派头啊？整个就是一司机加保姆。

当然，这也是封况心甘情愿的，为了追到王盈，可真是要了他的老命了，丈母娘觉得他文化低，他就自学了初中课程，而且还上了夜校，现在也正儿八经是一高中文化水平了。加上封况连着三年都以准女婿的身份随叫随到任劳任怨地在丈母娘家干活，逢年过节礼物是一车一车地送，最后终于打动了丈母娘，成就了这桩姻缘。而且封况这人本性十分纯良，虽然现在发了财，却没有那些暴发户的龌龊心思，每天应酬得再晚都要回家，和王盈感情不是一般的好。

"小叶天，你长能耐了是吧？敢这么和你盈盈姐说话？"门口站着的那位挺着大肚子的少妇，二话不说就要揪叶天的耳朵，而在和父亲对话时成熟得像个三十多岁中年人一般的叶天，这会儿也只能乖乖地把耳朵凑过去。

要说这些年来，除了和老道最亲近之外，就要数到面前的盈盈姐了。

由于封况和叶东平生意都忙，顾不上照顾叶天，所以自从王盈和封况结婚后，叶天简直就把他们家当成了自己家，吃住都在那里。

叶天也没有个兄弟姐妹，早就把王盈当成亲姐姐来看待了，眼下王盈怀了孕，叶天最紧张的人除了老道之外就是她了。

"你小子一出去就是一年，回来这又要去北京上学，是不是把姐姐给忘了啊？"

拎着叶天的耳朵，王盈就往院子里走，看得封况在后面直摇头，这生活啊……活生生就把一温柔婉约的女子改造成了现在这副模样。

"盈盈姐，哪能啊？我不是说了晚上去看你的吗，哎哟，轻点，耳朵要掉了……"叶天夸张的表情让王盈松开了手，小手对着叶天一摊，说道："礼物呢？"

这几年叶天每次出去游历，回来的时候都会给王盈带点小礼物，虽然东西不值钱，却让王盈很高兴，几乎已经成了惯例。

"在屋里呢，盈盈姐，外面热，去屋里坐下说吧……"王盈已经怀孕八个多月了，虽然叶天能看得出来她身体不错，但还是不敢大意，毕竟这世上很多悲剧都是意外造成的。

"叶叔，最近生意怎么样啊？"进到屋里，封况连忙问候了一声叶东平，把手里拎着的两瓶茅台酒放在了桌子上，他知道叶东平就好这一口。

虽然两人生意分开了，但是好聚好散，钱财分得很清楚，关系还是一如既往的好，只要叶东平在县城，封况总是会隔三差五地来找叶叔喝上几盅。

"还行吧，最近有笔买卖要谈，等下午这小子走了，我也要去南京了……"

来的不是外人，叶东平也没客气，招呼王盈坐下后，端茶倒水的事情自然是儿子去做了。

"盈盈姐，这块玉佩你戴着，嗯，没事不要摘下来……"叶天从里屋出来的时候，手上多了一块玉挂件，上面打着一根红绳。

"嗯，还是小天了解人，你看你封子哥，就知道买金项链、金耳环的，俗气不俗气啊？这块玉我拿着了……"

王盈接过叶天递来的玉饰后，仔细打量了一下，发现是一个白玉雕琢而成的鱼，她不懂玉石，也看不出价格，但只要是叶天送的东西，她都是喜欢的。

可怜封况只能在旁边苦笑，敢情自己买首饰给老婆，还落得个俗气的评价，自个儿是不是哪天要雄起一把？不能老是被媳妇这么欺负啊。

不过看了一眼叶天，封况还是把这主意给打消了，老婆要是告状给这小子，自己一准会挨收拾的。

"这块玉的质地不错，上好的和田籽玉，小天倒是有点眼光，不过这做工就一般了，白白损失了块好玉，对了，不会是你小子自己雕的吧？"叶东平见到儿子送了块玉出去，职业使然要过来把玩一番，在古玩行里混了这几年，叶东平眼力还真锻炼出来了，一眼就将这块玉的优劣之处给点了出来。

"嗯，是我雕着玩的，玉能养人，盈盈姐你收好就行了……"叶天点头承认了下来，这又没什么好丢人的，他又不是专学玉石雕刻的匠人，能有这手艺已经很不错了。

不过要说这玉不值钱，那叶东平可是绝对看走了眼。

要知道，这块玉鱼在雕琢完毕之后，就被叶天在一个聚集生吉之气的地方蕴养了一个月之久，使之内部结构都发生了变化。经常佩戴在身边的话，不仅可以调节身体的生理磁场，更能阻挡阴煞之气侵入，如果用佛、道两家的话来说，已经可以算得上是件法器了。如果被那些经过静修加持，对天地元气变化特别敏感的人看到这块玉，恐怕花再大的价钱都会将其买下来的，因为这东西的确有护身消灾之功效的。

在叶天看来，这世界上是没有鬼神的。所谓法器，也不过就是向一些制作好的物件里面注入了信仰或者天地自然生成的生吉元气，使其内部结构改变，从而可以影响到人身健康、运程的物件而已。不过非有大功德立下大宏愿的得道高僧，一般人是制作不出这东西的，而且即使是那些高僧大德，做出这么一个物件也要耗费不少时日来。

相比佛、道两门制作法器的方法，叶天的方式虽然有些取巧，但也不是那么容易办到的。

首先要找到一处极阴极阳交合在一起的天然风水穴，然后摆下阵法将阴阳穴所产生的生之力注入玉佩之中。在这个过程中，只要稍有不慎，就会将整块玉石损坏掉，叶天也是运气不错才做出几个小玩意儿。

"叶叔，这是小天的心意，说什么钱不钱的呀……"王盈却是不管这块玉价值多少钱，当下美滋滋地将玉鱼儿戴在了脖子上，然后用脚踢了下封况，说道，"封子，把咱们给小天的东西拿出来吧……"

"叶叔，小天考上大学了，我们也不知道买些什么东西给他好，你看……这点钱就给他在外面用吧……"得到老婆指示后，封况将一张银行卡放在了桌子上。

看到这张银行卡，叶东平先是愣了一下，反应过来之后连忙说道："你……你们这是干什么？快，快收起来，给小天上学的钱我都准备好了……"

俗话说亲兄弟明算账，叶东平和封子之前是合伙的关系，虽然感情很好，但在财务上分得还是很清楚的，这些年封况看望叶东平也多是送东西，拿钱这还真是第一次。

"叶叔，你给小天准备的那是你的事情，我和封子给小天钱那是我们两口子的心

天才相师 ❶
天眼神童

意，钱也不多，就一万元而已，孩子出门手头不能太拮据了，对了，叶天，密码是你生日……"王盈一边说话一边从包里又掏出了个纸盒子，说道，"另外这个手机小天你也拿着，这个是插卡的，你到北京办个卡，然后打个电话回来，让你封子哥给交电话费……"

王盈拿出的这个手机是最新款的摩托罗拉，虽然个头还是有点大，但是比前两年流行的大砖头模拟机要强多了。而且这个手机可以使用国内刚刚流行起来的GSM网，信号要比9字号码开头的蜂窝模拟移动技术好得多，那种电话信号极差，经常被人笑话是移动电话必须移动着打才行。

在1995年那会儿，手机在社会上还属于极少一部分人使用的物品，就王盈拿出的这玩意，最少需要两三万元钱，相比这个手机，那一万元钱倒不算什么了。

"叶天，你的待遇可比我高啊，看见没，你封哥还在使用砖头呢……"看着老婆拿出来的手机，封况笑着和叶天开起了玩笑。

不仅是他，就是叶东平用的也是那种老款的机子，这种新机型上市时间不长，很多人对139开头的号码也感觉有些不习惯，所以普及率还不是很高。

见到王盈不光是送钱，连手机都拿出来了，叶东平这次是真的不高兴了，脸一绷说道："哎，我说，你们小两口过分了啊，小天他这是去上学，带个手机像什么话啊？那还是学生吗？"

其实以叶东平现在的身家，虽然是"头寸"有点紧，但是随便出手几个小物件，给叶天凑个三五万元钱还是有办法的，只是叶东平不想让儿子养成大手大脚花钱的习惯而已。

"叶叔，有个电话联系也方便不是，我要是想小天了，随时都能找到他啊……"听到叶东平这么一说，封况是不敢吱声了，但王盈可不管那么多，她这孩子还没生下来呢，这些年的母性可一直都用在了叶天身上了。

"不行，家里都有电话，让他每星期打个电话回家就行了，不能惯他这坏毛病……"俗话说由俭入奢易，由奢入俭难，如果养成乱花钱的坏习惯，想改掉就不容易了，所以这些年做生意，虽然手上小有资财，但叶东平却很少给儿子钱用。按叶东平的话说，流自己的汗，吃自己的饭，老爷们自己赚的钱花得才舒心，靠天靠地靠父母，都不是真好汉。

看着父亲和盈盈姐争执不下，叶天笑了起来，接过手机问道："盈盈姐，这手机信号真的很好吗？在山上也能用？"

"当然能用了，叶天，就咱们茅山上面都建信号塔了，北京是首都，信号就更好了……"听到叶天的话后，封况抢着说道，他最近也考虑换一个GSM网的机子用用，因为这砖头块的信号实在太差，有时候接个电话都能跑出二里地去。

"哦？茅山也能用？"叶天闻言眉毛挑了一下，说道，"那这手机我要了，封子哥，您回头给办张卡，把手机给我师父送去吧，他老人家一个人在山上，万一出点什么事情咱们都不知道……"虽然叶天已经花钱让村子里的一位大妈隔一天就到山上去看看，给师父送些油盐酱醋之类的东西，但是这心里还是有点不放心，眼下有了这手机，就算自己在北京，和师父联系起来也方便多了。

"你不要啊？那成，我明天就回去一趟……"听到是孝敬老神仙的，封况也没多说什么，当下点头答应了下来。

封况能走到今天这种地步，错开老舅的帮忙之外，和叶天师徒也是分不开的，否则八年前的那件事，就足以让他灰溜溜地回乡下干农活儿去了。

见到叶天自己不用这部手机，王盈有些不高兴，叶天笑着揽着她的肩膀，说道："姐，北京离得又不远，再过几个月寒假就能回来了，到时候我这侄子可出生了啊……"

"行，要是钱不够用的话，打个电话给姐啊，唉，要不是这孩子，姐就送你去上学了……"王盈也是个脾性爽快的女人，听到叶天的话后也没多说什么，拿起那张银行卡放到了叶天的手心里。

"你这丫头，还真是惯他……"叶东平摇了摇头，也没阻止叶天拿这卡了，他心里明白，自己给叶天的一万元钱，对一般的学生不算少，但是放在叶天身上，可就一点都不多了。

中午留封况和王盈在家吃完饭后，封况就开着那辆刚买的桑塔纳离开了，叶天是下午四点多的火车，这会儿也要开始收拾东西了。

轻轻推开儿子房间的门，叶东平的脸色有些复杂："小天，到了北京，要是有空的话，就去看看你姑妈她们吧，这么多年了，也不知道她们是不是还住在那里……"

"爸，我知道了，您放心，我一定能找到她们的，对了，您真不跟我一起去？"正在往一个旅行包里塞着内衣的叶天，听到老爸的话后，动作明显停顿了一下。

"我……我，唉，爸对不起她们啊，还是不去了……"叶东平的声音里充满了痛苦，这些年做古玩生意，他的足迹踏遍了大江南北，但唯有北京城，他是从未踏入过一步。

"爸，都是陈芝麻烂谷子的事儿了，相信姑妈她们不会再怪你了……"叶天偷偷看了父亲一眼，突然小声说道，"爸，您……是不是给我说下我妈的事情？"

"你妈妈？"叶东平闻言神色一滞，目光有些散乱地看着叶天，原来这么多年口口声声没有问过他母亲一句话的儿子，只是将这份感情给隐藏了起来啊！

不单是儿子，叶东平扪心自问，他自己又何尝忘记过那个女人？要不然叶东平也不会直到今天，也没有重新去找自己的另一半了。

沉默了好一会儿，叶东平抬眼看向了儿子，说道："叶天，你妈应该不在国内，现在告诉你也没什么意义，等以后再说吧……"

这十多年来，叶东平并非没有打听过叶天母亲的事，通过一些老同学得知，叶天的妈妈在20世纪80年代初就出国了，这些年一直都没有她回来的消息。加上对叶天母亲家族的那份怨恨，叶东平并不想让儿子与他们扯上什么关系，有时候过着平平淡淡的人生，未免不是一种幸福。

看到老爸痛苦的神情，叶天也没有追问下去，放下手里的衣服，叶天上前搂住了父亲的肩膀，说道："爸，等我见到姑姑她们，到时候你也去北京吧，到底都是一家人，总不能一辈子不见面吧？"对于父亲的这桩往事，叶天倒是了解到了一些。

当年父亲和母亲结婚的时候，似乎双方家庭都不同意，叶天的爷爷更是连拍了几封电报训斥儿子，而叶天的姑姑则是发电报来说老爷子病危。

不过当叶东平风尘仆仆地赶回北京后，却发现老爷子啥事没有，就是不同意儿子的这桩婚事，气得叶东平和家里大吵了一场后，又返回到了乡下。

叶东平回去的第二年，叶天就出生了，就在叶东平要干活儿赚工分，还要抚养叶天母子的时候，家里又发来了一封电报，内容和一年前一模一样，只有五个字：父病危，速归！

在这一年多的时间里，叶东平和家里的通信几乎都是在争吵，当时看到这封电报的时候，还以为又是假的。加上生产队那会儿扩建水库要出劳力，为了让叶天母子生活得好一点，叶东平大半年的时间都在水库干活儿了，也没机会去核实这封电报内容的真假。

只是半年之后，当叶东平从水库工地回到家时，却看到了胳膊上戴着孝的大姐，被狠狠地甩了两个巴掌后，叶东平才知道自己犯了多么大的一个错。

深感愧疚的叶东平，并没有得到从小就很疼爱自己的大姐的谅解，以后往家里寄的信件也均是石沉大海，这也是他在政策允许返城后没有回北京的主要原因。

"再说吧，当年是爸不对，也不怨她们怪我……"叶东平笑得有些勉强，如果家里的姐姐们不肯原谅自己的话，那父亲的死将成为他一辈子都无法解开的心结了。

"行了，不说这些了，你小子到了北京后，可别惹事，我知道你会拳脚，但不准和别人动手啊……"叶东平忍不住又交代了儿子一句，他知道儿子现在这副人畜无害的样子只是表象，真要较起真来，比谁都能闯祸。

叶天的行李很简单，一个普通的旅行包里放了几件内衣，换季后的衣服和被褥他准备去了北京再买，多年来养成的习惯让他很不喜欢大包小包地出门。

看了看时间，已经是下午一点半了，小县城不通火车，赶到市里的火车站也要一个多小时，父子俩锁好门，就准备出门了。

拎着儿子的旅行包，叶东平一眼看到叶天牛仔裤后面的钱包，不满地说道："你小子不能把钱包放好啊？"

叶天把老爸给的一万元钱分成了两部分，八千元放在了旅行包里，还有两千元则是被装入钱包塞在了屁股后面，鼓鼓囊囊的很是显眼。

听到老爸的话后，叶天笑了起来，满不在乎地说道："爸，能偷你儿子钱的人还没出生呢……"

不是叶天自夸，从江南到河北这一路的火车上，还真没有哪个不长眼的敢对他出手的。

跟着师父走南闯北，虽然叶天很少出手去管什么闲事，但也有被人主动招惹的时候，叶天也不报警，就按江湖规矩来，这些年废了有好几只手了。俗话说鼠有鼠路，贼有贼道，叶天每年都出去溜达那么一圈，道上早就传出去有个出手很辣，千万不能招惹的小祖宗了，所以这几年外出就很少遇到这些事情了。

听到儿子的话后，叶东平一个响栗就敲了过去，"臭小子，这年头不怕贼偷就怕贼惦记啊，你一个小孩能有多大本事？做人要低调，懂不懂啊？"虽然知道儿子不是没出过门的人，但叶东平还是让叶天把钱包掏出来放在上衣口袋里，这才拉开车门，带着叶天往火车站驶去。

拎着包走进候车大厅时，叶天眼光一扫，就看到几个贼眉鼠眼专往别人兜里瞅的家伙，这月份正值学生开学报到的时候，自然也是三只手们的活跃期了。

不过坏人财路如同杀人父母，深谙江湖规矩的叶天也不会去干这种无聊的事情，警察都不管，他凭什么去做好市民啊？

"从上海发往北京的×××次列车已经进站，请旅客们检票后准备上车……"在火

天才相师①

天眼神童

车站等了一个多小时，车站终于响起了叶天坐的这趟车的进站广播。

"哎，老爸呢？"叶天站起身排在了队伍后面，却发现刚刚坐在身边的老爸不见了，由于火车只在这个站停留十分钟，叶天有些无奈，只能拎着包通过了检票口。

"叶天，叶天，把窗子打开……"刚在车厢里找到位置坐下来，叶天就听到了父亲的喊声，伸头往窗外一看，叶东平右手拿着一张站台票，左手则是拎着一袋水果，脸上满是汗水，正焦急地拍打着车窗。

打开车窗接过父亲手中的水果后，火车也缓缓启动了，看着在视线中逐渐远去的父亲那已不再年轻的脸庞和两鬓的一些白发，叶天眼中不知道什么时候已经满是泪水。

列车不断加速着，拉着长长的汽笛声，呼啸着驶出了站台。

虽然每年都要离家一段时间，但无疑这次却是叶天感触最深的，似乎也懂得了古人常说的"父母在，不远游"这句话的道理。

伸手拭去眼角的泪水，叶天将窗户关上了，重新坐回到自己的座位上后，叶天才发现身边两排座位上已经坐满了人。

1995年的时候火车还没提速，空调车极少，大多都是像叶天坐的这种绿皮车，车厢分为左右两排，一排是两人座的，而另外一排则是三人座，面对面可以坐六个人。

此时坐在叶天身边的是两个年轻的女孩，对面则是一个三十五六岁的中年人，还有一个年龄和叶天相仿的男孩，男孩身边坐着一个四十多岁的妇女，脸形和那男孩有几分相似。

刚刚坐在一起，大家都很陌生，尤其是叶天身边的两个年轻女孩，更是小心翼翼地打量着周围的几个人，好像满世界都是坏人，想从他们的外表看出其本质来一般。

叶天虽然看似低着头，却早已将身边几个人的面貌、年龄看得清清楚楚了，让他有些高兴的是，身边的两个女孩居然长得都挺漂亮。

虽然电视电影屏幕上出现的都是美女，不过在现实生活里，漂亮女孩真的不是很多，充其量只能称得上是不难看养眼儿罢了。

叶天之前出了那么多次门，火车汽车的也坐过不少，可是从来没遇到过年龄和他差不多而又很漂亮的女孩，心情自然变得很愉悦起来。

"怎么了？小伙子，想家啦？这是第一次出远门吧？"坐在叶天对面的那个中年人主动和叶天搭起话来，从这座江南城市到北京，一共需要近二十小时的车程，没人聊天眼瞪眼地坐着，可是会憋死人的。

"是啊，叔叔，我是第一次出远门，去北京……"叶天脸上露出了"羞涩"的笑容，和父亲在一起时的成熟完全消失不见了，此刻的叶天看上去，和他的年龄完全相符，就是一个十七八岁的大男孩。

"小伙子，去北京干吗啊？走亲戚还是上学？看你一个人去，应该是去亲戚家吧？"中年人很健谈，和叶天搭上话后就滔滔不绝地询问了起来，让叶天心中暗笑不已，这人倒是有趣，都活了三十多岁了，还不知道交浅言深的道理。

"叔叔，我是去上学的……"叶天笑着打开父亲刚才买的水果，说道，"大家请吃水果……"

叶天的举动顿时赢得了中年人的好感，笑着说道："嘿，小伙子不错，别叫叔叔，我姓赵，叫声赵哥吧，我还没那么老……"

"这位小伙子，你也是去北京上学的？怎么家里大人都不送一下的？"听到叶天和中年人的对话后，那个四十多岁的妇女也插了进来，"我儿子也是去北京上学的，华清大学，对了，这位同学，你是哪个大学啊？"

"呵呵，我父亲工作有些忙，只能让我一个人去了，阿姨，华清大学可是很好的啊……"叶天嘿嘿笑了一声，重点回答了那女人的第一个问题，却将第二个问题给省略了过去，这出门在外，逢人只说三分话是很有必要的。尤其是这年头手机还没有普及，在火车上，专门有那么一些人，和人聊天套取资料，然后用各种名义从那人离开的家中骗钱。不过在这里居然遇到了个未来的同学，叶天也是感到有些巧合，虽然不知道对方学的是什么专业，但以后总算是校友了。

"那当然了，华清大学呀，阿拉那么多同事朋友，就阿拉儿子一个人考上的……"听到叶天的话后，中年女人脸上都泛起了油光，似乎突然年轻了十多岁。

虽然上海人和北京人有些不对路，但不可否认的是，家里的小孩能考上华清大学这座国内的最高学府，对家长而言，真的是一件非常荣耀的事情。

"真厉害，我听说华清大学是很难考的……"叶天适时插了一句话，让那妇女笑得更加开心了，伸手拍了一下正在听随身听的儿子，说道："给这几个哥哥姐姐打声招呼，别这么没礼貌……"

"大家好，我叫于子阳……"那男孩不满地对老妈翻了个白眼，有些不情愿地摘了一个耳机，说完之后马上又戴了回去，不过目光却是偷偷地在打量着坐在叶天身边的两个女孩。

中年女人对叶天等人歉意地笑了笑，说道："这孩子，一点人情世故都不懂，就知道读书，我要是不陪他来，恐怕连火车都上不去，这火车也是的，连张卧铺票都那么紧张……"

虽然看似在数落儿子，但是众人都听得出来，这当妈的是在夸儿子呢，而且听那口气，似乎只有坐卧铺才配得上儿子那华清大学的身份。

"卧铺？"叶天不动声色地笑了笑，他和老道出门从来不坐卧铺，因为只有在这种龙蛇混杂的车厢里，才能真实地见识到人生百态。

"阿姨，这时候火车卧铺是很紧张的，我们也都没买到……"听到身边坐着的几个人里面有两个学生，坐在叶天身旁的一个女孩也终于开口说话了。

别的座位处也是如此，一些不熟悉的人通过几句交谈之后，慢慢变得熟络了起来，大哥大姐声充斥着整个车厢，不时在某个座位处爆发出一阵笑声。

不管有没有真才实学，这走江湖看相算命的人，察言观色的本领那是必须掌握的，

天才相师❶
天眼神童

叶天自不用说，短短的十几分钟过后，就将身边几人的身份全都搞清楚了。

那个自称姓赵的中年男人，是苏州一家公司的业务经理，去北京出差的，当然，这年头在外面跑业务的，十个里面有九个都是经理，剩下一个也是个副经理，并当不得真。

而那两个女孩虽然看似谨慎，防备心理好像挺强的，但被叶天三言两语间也套出了底细，竟然是北京电影学院的大二学生，一个叫岑静兰，一个叫姚倩倩，两人都是上海人，这次暑假结束结伴返回学校。这让对面那个听耳机装酷的于子阳也来了兴趣，拿下耳机和女孩套起话来，更有前后座一些好奇的人问东问西，一时间叶天这排座位变得热闹非凡。

两个女孩倒是没有一般漂亮女孩的傲气，和身边的人聊得很是开心，说了一些电影学院已经出名了的影星们的逸闻，听得周围不时传出一阵惊叹声。

而叶天挑起了话头，就一直没有再出声，听着两个女孩唧唧喳喳的声音，这时间打发得倒是挺快的。

唯一让叶天有些挠头的是，那个叫岑静兰的女孩似乎对他很感兴趣，时不时地追问几句叶天所上的学校。

岑静兰的年龄不过就比叶天大了两岁，少女的体香和那种青春的气息，差点就让叶天招架不住了。

不过叶天这些年的江湖可不是白跑的，不动声色地就将话题引回到两个人的身上，让人丝毫都没感觉到有什么突兀的地方。

列车驶过南京后，天色就暗了下来，不时传来列车员推着餐车卖饮料、啤酒和盒饭的吆喝声，车厢里充斥着各种食品的味道。

叶天也从架子上把他的旅行包拿了下来，他那包里除了简单的几件衣服，其余的全都是吃的，而且全是袋装的熟牛肉。

和普通的修道之人喜欢素食不同，叶天可是从小练武的，虽然练的是内家拳，但饭量还是远比一般人大得多，身体对于气血食物要求比较高，几乎每顿都必须要吃肉的。虽然没有解放前那些拳师传说的每餐吃一头牛那么夸张，不过一顿饭吃个几斤肉，对叶天来说是习以为常的。

叶天将七八袋熟牛肉都撕开放在了窗户边的小台子上，热情地招呼道："赵哥，陈阿姨，两位姐姐，要不要来点？"

"酱牛肉啊，好东西，我这刚买了只南京板鸭，小叶，要不要喝两口啊？"见到叶天把吃的拿了出来，另外几个人也都将自己带的食物取了出来，赵经理显然是好酒的人，包里还装着两瓶二两的小瓶二锅头。

"呵呵，赵哥，我不喝酒的，您随意……"叶天笑着摆了摆手，他不是不喝酒，而是喝酒要分场合。再说他一学生身份，在这大庭广众之下喝酒也不合适。

"小叶，这有阿姨买的蟹黄包，你尝尝……"这只要在火车上吃过盒饭的人，一般下次坐火车，都会自己带点吃的，于子阳的母亲甚至还带了些上海城隍庙的蟹黄小笼包，说他儿子最喜欢吃这个。

叶天虽然一直话不多，但挺讨人喜欢的，几人拿出食物后，都是第一个招呼叶天来吃。

"小叶子，你怎么都吃肉啊？来，姐姐这里有豆腐干，你也尝尝……"岑静兰自来熟地将叶天面前的一包酱牛肉给划拉开了，放了一袋苏州产的豆腐干。

"好，我尝尝……"叶天也不客气，撕开那袋豆腐干，用手直接在袋子底部往上一压挤，把嘴凑了上去，一口就将一袋豆腐干给吃下了肚。

"你……你怎么这样吃东西啊！"

叶天吃东西的样子让身边的几个人都跌破了眼镜，他们没想到这么斯斯文文的一个小伙子，吃起东西来这么快！

"嘿嘿，静兰姐，习惯了，小时候家里穷，吃东西都要抢的……"叶天嘿嘿一笑，开始胡言乱语了起来，反正是在火车上萍水相逢，下了火车就各奔东西，虽然对方是美女，叶天也没有刻意地想去表现什么君子风度。

岑静兰被叶天说得一愣，不过马上笑了起来："胡说，看你这样子细皮嫩肉的，也不像是吃过苦的……"

"静兰姐您还会看相啊？那帮我看看以后会不会发大财？"一边说话，叶天一边拿起了一袋熟牛肉，婴儿拳头大小足有三四百克的牛肉，被叶天三两口就吞下了肚子，连水都不用喝，顺手又拿起第二袋吃了起来。

中午的时候盈姐来了，叶天吃得不多，这会儿还真是饿了，说话工夫，就把面前摆着的七八袋酱牛肉一扫而空。

连带着吃顺了嘴，叶天将陈阿姨的一斤蟹黄包和赵经理的半只板鸭也都给吃掉了，等到吃完之后，叶天才发现，在自己身旁几排座位的地方，居然变得鸦雀无声起来。

"坏了，怎么没注意啊？"叶天知道自己犯了个错误，连忙露出一副很"腼腆"的笑容，说道，"那个……那个平时吃不到，多吃了点，陈阿姨，赵哥，我包里还有些牛肉，拿给你们吃吧……"

说来也奇怪，不知道是不是叶天那真诚的笑容起了作用，旁边的那些人居然都相信了他的话，倒是对这小孩生出怜悯之心，这家长多抠门，才能让孩子馋成这样啊？

"小叶子，平时吃不到也不能这样吃啊？你肚子没事吧？这……这撑坏了怎么办？"听到叶天的话后，岑静兰吃惊地用一只小手捂住了嘴，眼睛不住地打量着叶天的肚子，这哪里是人啊？一头猪恐怕也吃不了那么多！

"呃，没事，我这乡下小子皮实着呢，比这再多的都吃过……"叶天不好意思地挠了挠头，拿过自己的背包，就准备往外掏食品，那可是自己把其他人的东西都给扫荡光了的。

"不会还是肉吧？我看看，你装了多少吃的？"岑静兰有些好奇，一把抢过叶天的

天才相师 ❶
天眼神童

背包。

"哎，没有几袋了……"叶天没想到这看上去挺文静漂亮的女孩，竟然会抢自己的包，一不小心还真被她给拿了过去。

只是岑静兰抢包的时候用的是一只手，包倒是抢过去了，但旅行包开着的拉链处却是朝着地上的方向，叶天的衣服什么的顿时掉了下来。

就在叶天想拿回包和岑静兰手忙脚乱地给他捡起衣服时，一沓厚厚的人民币掉落了下来，散落在几人的脚底。

"哎呀，怎么有那么多钱？"坐在对面的陈阿姨这一嗓子，顿时将满车厢的目光都吸引了过来，甚至有那么几个人，已经离开了座位，不知道是想过来捡钱还是看热闹的。

岑静兰没想到会发生这样的事情，顿时也急了，一边捡着地上的钱一边大声喊道："这钱是叶天的，谁要是敢抢我就喊乘警了……"

"叶天，对……对不起啊，是我太莽撞了，我不是故意的……"好在地上的钱散落得不是很开，叶天这排座位上的几个人一起动手，很快就把钱都捡了起来，将钱交到叶天手上后，这位未来的电影明星一脸的不好意思。

"没事，这是我的学费，要不然也不会带这么多钱出来的……"叶天笑着将钱接了过去，眼睛有意无意地在车厢内几个人的脸上瞄了过去。

把钱塞进旅行包后，叶天再没有将其放在架子上，而是贴身放了靠窗的地方，心中暗叹了一声："唉，出门没占一卦，就是是非多啊！"

这人活着要是事事知晓，未免太过于无趣了，在明白了这个道理后，叶天近几年极少无端占卜问卦，可是他也没想到北行之初就遇到了这种事情。

"那个小年轻一个人带那么多钱，也不害怕啊？"

"就是，而且钱露出来了，说不定就会被小偷盯上呢……"

"要是我，现在就去找乘警，把钱交给他们保管……"

这年头七八千元钱虽然不算很多，但绝对也不少了，一个看上去只有十七八岁的学生带了那么多钱，顿时成了众人谈论的话题。

"叶天，要不……咱们把钱交给车上的警察保管吧？"听到那些人的议论后，岑静兰有些愧疚，如果不是她抢夺叶天的包，谁也不知道那包里竟然放了那么多的钱。

岑静兰话声刚落，那位赵经理也点头附和道："是啊，小叶，千万不能大意，我去年到西北出差的时候，皮夹克被划了这么大一个口子，要不是有同事跟着，就要睡马路去了……"

"呵呵，没事，我把包坐屁股底下，没人能偷走的……"叶天闻言笑了笑，他刚才给自己起了一卦，不过和以前一样，算人不算己，卦象很模糊，但是好像要发生点什么事。

叶天知道，就算把钱交给列车上的警察保管，估计这事儿也躲不过去的，而且他心里也有些纳闷，刚才看到的几张脸孔都是熟面孔，难道他们真敢对自己下手？

这跑铁路的小偷，基本上都是有固定路线的，在前年的时候，曾经有个小偷割叶天的口袋，被他抓住后竟然想用刀片伤人，被叶天废掉了一只手。

为了免除后患，叶天还和师父北下沧州府，拜访了一位专吃铁路线的贼王，按理说从那件事之后，在这条铁路线混饭吃的人，是没有敢找麻烦的。而且就在叶天刚才看了那几个人一眼之后，原本想在这节车厢"干活儿"的人，都纷纷离开了，他们这也是在表明态度，没有惦记叶天的那些钱。

不过这世上的很多事情都是由意外引发的，叶天也是不敢大意，嘴里和岑静兰说着话，眼睛的余光却是注意到了每一个从座位旁边走过的人。

随着时间的推移，车厢内的喧闹渐渐变得平息了起来，由于傍晚的时候发生了那件事，两个女孩的话都少了，偶尔交头接耳一番，却是不再骚扰叶天了。

虽然知道会发生点什么事，叶天也没在意，学着坐在对面的赵经理，闭上眼睛休息了起来，以他对周边事物敏锐的觉察力，就算有事也能在第一时间反应过来。

过了11点的时候，车厢内的灯被关闭掉了一些，整个车厢的光线顿时暗淡了许多。

正当叶天处于半睡半醒之间的时候，忽然感觉到列车一阵晃动，睁开眼睛的同时，也听到了列车播音的报站声。

"到徐州了啊？"叶天看了下表，已经是凌晨一点了，不过徐州是个比较大的中转站，很多人都在这里下车，原本有些拥挤的车厢，也变得稀松了起来。

看向身边，两个女孩相互依靠着已经睡着了，对面的赵经理靠在椅背上的脑袋，也是往下一垂一垂的，叶天真怕他一头栽过来。

而那个于子阳，则是趴在母亲的大腿上睡得正香，这一排座位除了叶天之外，也就那位陈阿姨还清醒着了，为了儿子能睡得安稳，她那坐姿实在是很难入睡的。

看到叶天醒过来，陈阿姨对他笑了笑，小声说道："小叶你睡吧，我帮你看着点，有事会叫你的……"

"谢谢阿姨……"叶天礼貌地向她点了点头，把压着的背包拿上了一点，准备靠着继续睡觉，虽然他不是很困，但这一夜如果都睁着眼睛的话，会很难挨的。

正当叶天想要闭上眼睛的时候，面前的灯光突然暗了一下，是一个男人走到了这一排斜对面的座位上坐了下来，刚才这座位上的人在徐州站已经下车了。

"嗯？"叶天借着车内的灯光扫了那人一眼，顿时浑身打了个激灵，整个人都完全清醒了过来。

虽然心中震惊，但叶天脸上并没有表露出来，反而眯缝上了眼睛，借着那点余光，认真地打量起那个人来。

坐在叶天斜对面的这个男人的年龄，应该在二十七八岁，1.75米左右的身高，体形十分健壮，这些都不是关键，关键是他的那张脸。

这人双耳和头侧的角度，差不多有45度的样子，是典型的兜风耳，在面相的说法里就是"两耳兜风，败家祖宗"，而且这类人性格极其固执，不善于处理人际关系。

除了耳朵之外，这个男人的天庭处明显地凹陷了下去，而且嘴唇很厚，说明他对物质的欲望十分强烈。

如果单是上面这些，倒也罢了，毕竟这种面相的人为数不少，但是当叶天看到他的眉眼时，心跳忍不住加快了几分。

这人眉骨反刀，眉乱如草，双眼不与人对视，却隐隐露出一股子凶光来。相法有云：眉骨横露主性凶，眼恶露光主犯法。即使不动用脑中相术，叶天也可以断定，对面这人身上一定背有命案，而且还不是一桩。而且这人还给了叶天一种很危险的感觉，身上肯定是携带了凶器，这让叶天也微微有些紧张起来，对付这种亡命之徒，一个不小心就会伤到自己的。

叶天不是那种等着别人找麻烦的人，在心里思量一番之后，马上就拿定了主意，推了推身边的岑静兰，说道："静兰姐，让让，我要去洗手间……"

被叶天推醒后，岑静兰迷迷糊糊地睁开了眼睛，把身体往外面侧了下，又推了推同伴："倩倩，醒醒，让叶天过去下……"

就在叶天开口说话的时候，坐在对面的那个男人，浑身的肌肉似乎突然间都绷紧了。

不过听到叶天是要上厕所，男人的身体又放松了下来，那双眼睛却是有意无意地盯着叶天手里的背包。

这会儿列车已经开出了徐州站，不过车速非常慢，而且晃动得也很厉害，从座位上站起来后，叶天的身体也是摇摇摆摆的。

在经过那人面前的时候，列车又猛地震动了一下，叶天脚下顿时打了个趔趄，抓着的旅行包脱手而飞。

　　从叶天拎着包走出座位的时候，那个男人的目光似乎就没有离开过他手中的旅
行包，眼下见到叶天旅行包脱手，那人忍不住扭头看去，同时身体前倾，似乎要站
起来一般。

　　不过这时叶天已经走到他的身前，就在那人回头的时候，叶天的右手忽然闪电般地
伸了出去，一把揽过那人的脖颈，同时一个撤步，右手发力，按着他的脑袋狠狠地砸在
了车窗旁边的小台子上。

　　"砰！"一声沉闷的响声在车厢里响了起来，随之就被火车运行时"咣当咣当"的
声音掩盖住了，就连刚刚给叶天让开了路的岑静兰都没有注意，睡眼惺忪的她只看到一
个人影从眼前走过。

　　时间仿佛在这一刻停滞了下来，几秒钟过后，一声狼嚎般的声音在车厢里响了起
来，叶天手下的这人也算强悍，在鼻梁骨完全破碎的情况下，双脚猛地蹬地就想站起
来，同时右手往腰间摸去。

　　叶天当然不会给他这个机会了，双手同时按在了他的肩膀上，一紧一松，只听
见"咔嚓"一声，那人的两臂就软绵绵地耷拉了下来，两肩处传来的剧痛使他的叫
声更加大了，不过当叶天的右手轻飘飘地从他的太阳穴上拂过之后，世界重新恢复
了安静。

　　从叶天起身到制伏了这个人，整个过程没有超出十秒钟，等那些听到呼痛声从睡梦
中惊醒的旅客们站起身后，却发现一个满脸血污的人半躺在了坐椅上，身边还站着一个
满脸无辜神色的大男孩。

　　"这……这是怎么回事？"

　　"杀人了啊，杀人啦，快点叫乘警……"

　　"是那个大男孩干的吗？怎么打人这么狠哪？你看那血流的……"

突如其来的变故，让整节车厢的人都惊醒了过来，有胆子大的已经往这边靠了过来，也有人大声喊叫着去找列车员，总之车厢内吵成了一团。

"叶天，怎么了？是……是你打的他吗？"岑静兰不敢置信地看着面前的景象，她虽然没有看清楚事情的过程，但是刚才好像只有叶天距离这人最近，除了凶手是他之外，似乎没有更好的解释了。

"让让，都让让，快点让开……"就在叶天刚准备回话的时候，这节车厢的列车员和一个铁路警察拨开众人走了过来，看见眼前的场景，也不禁吃了一惊。

"怎么回事？是你打的人？"见到躺倒在座位上满脸血污的人旁边，只有叶天一个人站立着，那位乘警很准确地判断出了情况，同时手往腰后摸去，再拿出来的时候手上却是多了一副手铐。

听到乘警的话后，叶天脸上露出了害怕的神色，不知道是有意还是无意的，伸手拉了那人一把，说道："他抢我的包，我……我就推了他一下，他就成这样子了……"

"咣当！"随着叶天的话声，一个黑乎乎的东西从那人腰间滑落了下来，顿时将众人的注意力吸引了过去。

"枪？"

"是手枪！"

几声惊呼响起，站在叶天面前的乘警也是面色大变，连忙抢上一步，将那支手枪拿了起来。

"妈的，怪不得我心跳那么快，是个带枪的家伙啊！"见到掉落在地上的手枪，叶天这才明白刚才心头那种毛骨悚然的来由，敢情这真是一个亡命之徒啊。

"退后，都退后，小吴，快点呼叫列车长……"就在叶天感到有些后怕的时候，抢到了那支枪的乘警一拉枪栓，一颗黄澄澄的子弹顿时跳了出来。

看到这颗子弹后，乘警的脸色也变得越发难看，因为他发现，这把枪不光是子弹上了膛，并且连保险都没关，随时处于击发状态。

他也是位老乘警了，知道即使是地方公安携枪支乘坐火车，也不会将子弹上膛、保险打开的，从这一点可以推断出，这个倒在坐椅上的人，绝对不会是公安系统的。

"大案！"乘警脑中冒出了这么两个字眼，头皮顿时一阵发麻。

要知道，涉枪案件几乎都有人命，那位乘警当下再也不敢迟疑，对着好像被吓傻了一般的叶天喊道："你把他双手背到后面去，快点啊……"

其实叶天身上也是有嫌疑的，按理说不管怎么样，也不该让他帮忙制伏坐椅上的人。不过打从一开始看到叶天那张略带稚气的脸庞和说话时羞怯的模样，这位乘警同志下意识地就选择相信了叶天，而且此时叶天距离那人最近，他顺口就喊了出来。

"啊？我……我不行的……"似乎被乘警的喊声惊醒了过来，叶天那一脸推托的样子谁都看得出来。

"快点，打人的时候你怎么就行啊？"乘警有些不耐烦了。

"哦，那……那叔叔，你……你可要快点把他铐上啊……"叶天被乘警一吓，脸色都变了，声音里带着哭腔，凑近了那满脸是血的人，笨拙地将那人的身体翻了过来，两只手背到了背后。

只是谁都没发现，就在叶天抓住他肩膀的时候，手上微微用力，把那人的关节又给重新接了上去，叶天的动作快而隐蔽，就连近在咫尺的乘警都没发觉到。

"老实点，别动……"刚刚把手铐给那人铐上，就听到"哎哟"一声，那人被接关节时的疼痛给痛醒了过来，似乎感觉到了不对，挣扎着想要站起来，却被乘警一把按在了坐椅上。

就在此时，从车厢门口处传来一阵喧闹声，三四个穿着警服的乘警蜂拥而入，看到这里，整节车厢的人都松了一口气。

"老杨，怎么回事？"在刚进来的几个乘警合力制伏了那人之后，一个手臂上有列车长字样的中年男人走了过来。

"列车长，发现了个携带枪支的，子弹都上了膛了，咱们回去再说……"那个叫老杨的乘警左右看了一下，向叶天说道，"你，拿好东西跟我过来，还有同伴吗？都一起来……"

"就我一个人……"叶天紧紧抓着自己的旅行包。

"我和他一起的，我跟你去……"让叶天没想到的是，那个叫岑静兰的女孩居然站了出来。

"你们两个一起的是吧？嗯，你，还有你们几个，都跟过来……"老杨看了岑静兰一眼，把和叶天同一个座位的几个人都叫了起来。

穿过四五节车厢，跟着几个乘警和列车的工作人员，叶天等人来到了软卧车厢。

在两个乘警的看护下，一个工作人员找了个急救包，帮受伤的那个人包扎了起来，而叶天和岑静兰等人，则是被分开在几个单独的车厢里接受询问。

"说说吧，怎么回事？"老杨拿着个本子，开始询问起事情的经过。

"警察叔叔，我……我是今年的大学生，这是我的录取通知书，刚才那……那个人想抢我的钱……"叶天一脸紧张地把包里的钱和华清大学的录取通知书都取了出来，想了一下之后，又把晚上包里的钱撒在地上的事情说了一遍。

"叶天，江苏人，哎哟，还是华清大学啊……"看完叶天的录取通知书，老杨对叶天的话又相信了几分，在这个年代人的潜意识里，能考上大学的都是品学兼优的好孩子，更不要说是考上华清大学的学生了。

"那人脸上的伤，又是怎么回事？"把叶天的录取通知书放在一边后，老杨追问道，关键是那人被打得忒惨了，老杨真的很难相信这个学生能下这么重的手。

"警察叔叔，我刚才想去上厕所，走到那个人身边的时候，他……他突然要抢我的包，我包里有七八千元钱学费呢。当时我一着急，就推了他一把，然后又拉住他的肩膀

天才相师❶
天眼神童

往台子上撞了一下……"叶天一边说话，一边比画了个动作，他知道那人伤在面部，仅仅是推一把，不可能像现在一般满脸桃花开的。

"就只一推一拉？你用了多大的力气啊？"听完叶天的讲述后，老杨有点不敢相信地看了看叶天的手。要知道，刚才列车上的医务人员说了，那人的鼻梁几乎全碎掉了，就算能治好，以后脸上也会塌进去一块。

"我也不知道，当时很害怕，好像推在了他的头上吧？列车还来回晃了一下……"叶天知道，事情前后讲得越详细越好，但是事情经过就不必说那么多了，反正当时车上的人都睡得迷迷糊糊的，没有谁看到自己的举动。

听到叶天的话后，老杨脸上露出几分释然的神色，如果当时列车在加速的话，的确会晃动比较厉害，加上叶天推搡的动作，倒不是不能解释那人脸上的创伤。

"叔叔，我不是故意的啊！我……我还要上大学呢……"叶天脸上所露出的担忧害怕的表情，让老杨认为自己再吓唬这孩子，简直就是不人道了，当下很努力地挤出一丝笑容，说道："叶天同学，只要你刚才所说的都是事实，那就没事的，嗯，你在这里等一下，先不要出去……"交代了叶天一声后，老杨转身走出了这间软卧，以他的经验来看，叶天并没有说谎话，那么现在的工作重点，就是要查清那个持枪人的身份了。

"嘿，因祸得福了，不用坐硬板凳了……"老杨出去后，叶天嘿嘿笑了笑，把旅行包往旁边的床上一扔，躺倒就睡了起来，单人一个软卧包间，叶天可从来没享受过这待遇啊。

"那人打我，你们干吗把我抓起来啊？还有没有天理了？"

就在叶天呼呼大睡的时候，在车厢另外一头的软卧里，却爆发出了争吵声，被铐在床头的那人一脸凶相地瞪着面前的几个警察。

"叫什么叫？抢劫还有理啦？"一个年轻点的乘警抬手就想抽人，不过看着他那脸上还没擦干净的血迹，悻悻地放了下来，问道，"姓名，年龄，家庭住址！"

"抢劫？我没抢劫啊？"那人听到小乘警的话后，明显地愣了一下，"哥们儿虽然有抢劫的心思，不过……不过那不是还没来得及行动吗？这……这他妈的不是冤枉好人吗？"

老杨刚好从叶天的软卧赶了过来，从腰间拿出那把"五四"警用手枪在那人面前晃了晃，说道："不老实是吧？说说，这枪是怎么回事？"

"这……这枪……"看到老杨手中的枪，那人的脸色顿时变得煞白，情不自禁地低下头往自己腰间看去，他刚才一直昏昏沉沉的，还真没注意别在腰上的枪已经不见了。

"我不知道，那枪不是我的，我也没抢劫，那臭小子冤枉我……"交代是个死，不交代说不定还能拖上一段时间，那人干脆眼睛一闭，对老杨等人的问话置之不理起来。

这人心里那叫一个憋屈啊，走南闯北跑了那么多的地方，干了那么多次活儿，警察都拿他没辙，谁知道这次不过是起了个念头，竟然就栽到一个毛头小伙子身上了。

"不说是吧？有你掉眼泪的时候……"这样的人乘警们见得多了，当下留了两个人在软卧里看管，老杨几个人退了出来，守在列车上的传真机旁，等待局里反馈回来的信息。

全国的警用手枪都是有枪号的，这人拿的"五四"手枪只要不是境外进来的，相信很快就能得到相关的信息。

"裴峰，28岁，西北某市人，1993年杀害驻地民警抢得枪支后在逃，1994年在西安抢劫犯罪中杀害四人，重伤三人，国家A级通缉犯！"铁路公安系统专门有一套对全国犯罪分子的协查网络，等了不到半小时的时间，协查通报就发了过来，在那份传真上，还有一张面目清晰的照片。

"没错，就是这个人，老杨，你这次立了大功啊，五条人命啊！"看到这份协查通报，车厢里响起了一阵欢呼声，几个乘警均是用羡慕的眼光看向了那个叫杨凯钧的同事，毫无疑问，捉到这条大鱼的首功，肯定要落在老杨的头上了。

"这……这是运气，纯粹是运气，要说功劳，还是那个学生的功劳最大……"老杨是个厚道人，闻言苦笑了起来，当然，老杨也知道，这功劳绝对是他的跑不掉的，而叶天最多只能给安上个协助乘警抓获犯罪分子的名誉。不过这事情未免太过匪夷所思了，简单的一桩抢劫案，竟然能引出国家A级通缉犯，真真是一张馅饼从天上砸到了他的头上。

这一夜注定有很多人都无眠了，不说回到了车厢内的岑静兰几个人睡意全无，讨论了一夜刚才发生的事，就连老杨也是五次三番地来到叶天那个软卧包厢，想进去说句感谢的话，不过听到里面香甜的打鼾声，最终还是打消了这个主意。

至于叶天，则是舒舒服服地一觉睡到了天亮，伸个懒腰拔腿就想走人。

他心里可没有任何的负担，虽然昨天那举动都够得上是重伤害了，但是也要看伤的是什么人，那小子就是再惨十倍，都不会让叶天受到任何牵连的。

"杨叔叔，不用了，我坐校车去学校就行了，真的不用了，谢谢您啊……"第二天早上8点多火车到达北京站后，叶天一脸真诚地拒绝了老杨要开车送他去学校的建议。

不过叶天还是记下了老杨的呼机号，警察叔叔可是拍胸脯说了，以后只要叶天坐这条线的火车，软卧免费。

"这就是北京啊？"从工作人员办公区走出来后，叶天回头看着那领袖亲手书写的"北京站"三个大字，心里不禁有些感慨，他知道父亲有多么想重新回到这块土地上。

从这里往东步行三公里，再拐个弯走上两百米，就是叶天从小向往的北京天安门了，昨天临来之前，叶东平和儿子说了不下十遍，叶天能看出来父亲那种深深的眷恋。

"哎，小伙子，去哪儿啊？上车，哥们的面的车在外面候着您呢……"

"咳，小伙子上我的车，刚买的夏利，比他的面的有档次……"

"说什么呢，孙子，有本事买桑塔纳去啊……"

叶天刚一出来，几个出租车司机就围了上来，只是还没等叶天开口说话，几人倒是先干上了，看得叶天目瞪口呆，敢情伟大首都也有拉客的啊？

叶天不知道，在现在的北京城，面的车虽然已经逐渐要被夏利所取代，但是被称之为"黄虫"的面的还是满北京都是，您要是站街头一招手，保准四五辆同时停到面前来。

一来生意难做，二来有些不忿被夏利或者桑塔纳之类的车抢了生意，开这几种出租车的司机要是遇到了一起，少不得要斗下嘴皮子。

看到几人吵得脸红脖子粗的，叶天忍不住咳嗽了一声，开口说道："咳咳，几位大哥，我是学生，刚从外面旅游回北京，有校车接的……"

如果从根上论起来，叶天也算是北京人，虽然从未在北京生活过，但他那一口京片子要是说出来，一准能让老北京都抓瞎，叶天这几句话一出口，那几个人顿时停住了争吵。

"嘿，抢了半天敢情是北京人……"

"得，哥几个散了吧，这人丢的……"

"哪个大学的？校车都在那边呢，过去就能看到……"

几个人自嘲地笑了笑，和刚才出现的速度一样快，转眼就消失在了叶天面前，不过最后走的那人挺厚道，给叶天指明了大学校车所在的位置。

"北京大学，北京电影学院，中国戏曲学院，华清大学！"

按照那人指的方向，叶天没走几步路，就发现了一排大巴停靠在那里，在每辆大巴车前面还有张桌子，桌子后面有个条幅，写明了各自学校的名称。

此时在每张桌子前都站了不少人，因为这几天正好是新生报到的时间。

不过相比别人的大包小包加被褥，叶天的行李未免太简单了点，所以走过来的时候也没什么人向他打招呼。

叶天也不着急，静静地站在华清大学那个点的桌子旁，过了大约十分钟后，他身前的人都已经上了车，叶天才拿出了录取通知书："我是今年的新生，能上车吗？"

"叶天，建筑系，可以，可以上车，欢迎您，新同学，哎，你的行李呢？"站在桌子后面负责登记的是个大三的男生，旁边还有专门帮新同学拿行李的师兄，看了下叶天的录取通知书后，就准备帮叶天拿行李，这一看才发现，原来叶天什么都没带啊！

"这就是啊……"叶天扬了扬手里的旅行包。

"好吧，上车吧，这一车快满了……"

虽然感觉叶天有些另类，但是不带行李的新生也不是没有，那人伸手给叶天指明了校车。

"叶天，等等……"正当叶天准备上车的时候，身后突然传来了喊声。

"嗯？静兰姐？"叶天回头一看，停下了脚步。在火车上人家可是对他挺照顾的，怎么好装作不认识？

"叶天，我们在出站口等了你好一会儿，赵经理差点又进去找你了，你倒是好，不声不响地跑这里来了……"

不知道是生气还是刚才一路小跑累的，岑静兰说话的时候，胸前如波涛般起伏着，那张没有任何粉黛的脸上现出一丝红晕，加上牛仔裤勾勒出来的修长双腿，顿时把旁边的几个男生看呆了。

"咳咳，静兰姐，我在里面又做了一些笔录，出来得晚了，还以为你们都走了呢，实在是对不起……"

相比那几个老生，叶天的表现要正常多了，道歉时那一脸诚恳的表情，让岑静兰也有些不好意思再说下去了。

"他们没把你怎么样吧？我们昨天担心了好久，问了几次说你没事才下车的……"说完这番话后，岑静兰的脸色更加红了，她也不知道为什么，在面对叶天的时候，总是不自觉地会流露出关心的情绪来，可是她对自己亲弟弟似乎也没有这么上心过啊！

"静兰姐，我没事，谢谢你们的关心……"叶天脸上又露出了招牌式的笑容，让人看得十分舒服。

"纯净，对，就是纯净……"岑静兰仿佛意识到了什么，眼前的这个大男孩身上有一种十分纯净的气息，就像是婴儿一般，忍不住让人想多亲近一番。

要是叶天知道岑静兰此时的想法，也会夸这女孩冰雪聪明的。

岑静兰猜得没错，叶天身上之所以有这种气息，第一是因为他常年练习的导气术，追求的就是返璞归真，专气致柔。叶天的功夫虽远不如老道，但十多年下来，身上的气息也十分纯净。

第二就要说到叶天的术法传承了，看相算命，先不管是有真本事还是江湖骗子，首先必须要取信于人，否则后面再夸夸其谈也休想让别人掏一分钱。

叶天游历八年最大的一点收获就是，即使他满嘴胡说八道，那脸上的表情都会让人认为这小伙子言真意切的。

所以这两者结合起来，就连在铁路上干了十多年的老乘警都看不出任何破绽，就更不用说也就比叶天大不了多少的岑静兰等人了。

"静兰姐，您看，这车快开了，我……"叶天看了看围在自己身边的几个老生，还以为他们是想让他快点上车呢，浑不知自个儿说出这话之后，那几个老生恨不得上来捂住他的嘴。

天才相师 ❶
天眼神童

"嗯？你……你上的是华清大学啊？"

听到叶天的话后，岑静兰这才注意到，叶天竟然站在华清大学的报到点处，不由吃了一惊，敢情这个不显山不露水的大男孩，考上的居然是这所在全国都是首屈一指的名校。

"这女孩是电影学院那边的吧？"

"没错，我刚看到她上了那边的车又下来的……"

"这小子是谁啊？这么牛，让电影学院的妞追过来啊……"

"是啊，这可是未来的大明星呀，回头去学校要认识下这个新生，说不定就能结识个电影明星呢。"

叶天在和岑静兰说着话，那几个老生也聚在一起窃窃私语，这华清大学的学生虽然都是天之骄子，但也有君子好述一说，刚才在接待新生的时候，眼睛可没少往电影学院那边瞅。

这也不怪他们，不光是这些学校的老生，就是周围来往的路人也是盯着那边看，没办法，虽然电影学院招收的人少，但个个都是俊男靓女，回头率绝对是百分之百。

"静兰姐，我要上车了……"

"小叶，真的是你啊，哎哟，阿拉刚才可担心坏了，你是来找我们的吧？"

叶天可不想站在这里被人观看，正准备向岑静兰告辞的时候，忽然车上传来的一个声音打断了他的话。

"是陈阿姨啊！"叶天抬头一看，不禁笑了起来，他就知道肯定躲不过去的，当下说道，"陈阿姨，谢谢你们，我没事的，对了，您要送于子阳同学去学校吗？"

"对啊，华清大学就是好，学校里还有招待所，阿拉准备住几天再回去……"听到叶天的话后，陈阿姨不自觉地又卖弄起华清大学学生母亲的优越感来，不过倒是没有什么恶意，纯粹是一个母亲对于儿子的骄傲。

见识过叶天的低调，再看到陈阿姨卖弄的神情，岑静兰第一次为自己这上海女人的身份，感觉有些丢人了，连忙出言说道："陈阿姨，他也是华清的学生，和你儿子说不定就是一个系的同学呢……"

"小……小叶也是华清的学生？"听到岑静兰的话后，陈阿姨的一张嘴顿时张大了，原本白皙的面庞像是开水锅里的大虾一般，瞬间红了起来。

在火车上的时候，陈阿姨就不断吹嘘儿子的厉害，好像没考上华清的学生都不是好学生一样，可是她怎么都没想到，这个话不多但挺讨人喜欢的少年，竟然也是华清的学生。

相比自己儿子的木讷不通世故，叶天的成熟根本就不用多说了。

更为关键的是，人家一个十七八岁的男孩都懂得"低调"二字，自己却在那里吹嘘不已，陈阿姨顿时感到自己这四十多年真的是白活了。

看出了面前陈阿姨有些难堪，叶天连忙说道："陈阿姨，我考的是建筑系，于子阳同学是计算机，他那个要难考多了，所以……我就没好意思说……"

跟着师父这么多年，叶天懂得很多道理，就像现在这件事，如果自己不说出上面这番话，那面前的这个女人说不定就会恼羞成怒，记恨在心。虽然叶天不怕得罪人，但是不管在学校、社会还是江湖，多一个朋友总比多个仇人要强得多，因为朋友可能不会帮你忙，但仇人绝对有机会就会坏你的事。就像是三国关羽当年败走麦城，如果不是当年他无意中说不可立义子为继承人，而被刘封记恨，不肯发兵援救，也不会导致关羽的死亡。其后因为没有发兵援救关羽，刘封也被刘备赐死，所以一句无心之语，就惹出了这么大的风波，以叶天的心性，是绝对不会给人以记恨的机会的。

"唉，你这孩子真懂事，来，阿姨给你拿包，咱们上车吧……"如果换一个人说这话，或许会给人一种显摆的感觉，不过从叶天嘴里说出来，却是显得特别真诚，听到他的话后，陈阿姨的脸色也恢复了正常。

"谢谢阿姨，我自己拿就行，静兰姐，我们先走了啊，以后有机会去找我玩……"叶天笑着摆了摆手，转身就要上大巴车，却不料又被岑静兰给拉住了："叶天，这是我的传呼号，有时间给我打传呼，我带你去逛北京城……"

"好的，静兰姐再见……"叶天接过那张字条，坐到了大巴车上，很"腼腆"地对着周围人笑了笑，然后闭上眼睛养起神来。

不是叶天不喜欢女人，也不是岑静兰不漂亮，而是叶天很少主动去结识人，长这么大，能和叶天称得上是朋友的，绝对不超过一个巴掌。

叶天的这个习惯也是和师父有关系的，老道和叶天在一起的时候，经常念叨从事他们这一行的人，基本上都是会五弊三缺犯其一。

所谓五弊，不外乎"鳏、寡、孤、独、残"，而三缺就是"钱、命、权"，老道无子女承欢膝下，所犯的就是个"独"字。

这些年来叶天对于脑海中的"术藏"之法，几乎已经完全融会贯通，各种术法信手拈来，也极少再有反噬的情形发生。但是叶天却始终无法找到形成这种术法的轨迹所在，所以对老道所说的这些代代相传的话，也不得不信，他少交几个朋友，说不定日后就少祸害几个人呢。

"没天理啊，怎么就没人给咱们传呼号？"

等到大巴车开走后，华清大学报到点传出一阵悲呼声，为什么哥几个向旁边抛了一天的媚眼换来的都是白眼，这新生就主动有人倒贴给传呼呢？

"果然是一国之都，风水地气浓郁厚重，每栋建筑都有其独到之处啊……"坐在大巴车上，叶天打量着窗外的景色，虽然没有动用堪舆方术，叶天也能看出这北京城的不凡之处，当年元朝人主中原和朱棣定都的时候，必然有高人指点。

当车子驶入华清园后，叶天的思绪也随之飘了回来，看着往昔的皇家园林，今日的国内最高学府，叶天知道，他将要在这里度过五年的求学生涯了。

天才相师 ❶
天眼神童

由于华清园占地足有六千多亩，各个院系之间相隔甚远，每个院系都单独设立了本专业的迎新点，所以大巴车围着校园开了一圈，在各个迎新点将新生们放了下去。

　　"父亲当年或许也在这里停留过……"下了车后，叶天默默闭上了眼睛，过了好一会儿才向设立在操场边上的迎新点走了过去。

"这位新同学，请问你是哪个系的？"叶天还没走到操场那一排报名点，就被一个热情的老生给拦住了，华清有着悠久的迎新传统，大三的老生必须在入学那天帮助新生，这一代代已经传下来很多年了。

"我是建筑系的……"叶天抬头往那排报名点看了一下，原来好几个院系都是在这里迎接新生的，当新生在这里报到之后，都会有个老生带着他们去系馆办理入学手续、领取宿舍钥匙，等等。

听到叶天的话后，面前那个似乎是个学生干部的老生马上回头喊道："郑书亮，你们建筑系的……"

"哎，生意来了，王大主席，谢谢您啦……"

随着喊声，从一排桌子后面跑出一个二十出头的大男孩，嘴里还嘀咕道："今天一上午了，才接到五个人，环境工程系都来了四五十个人了，就是新闻系也有十几个了啊……"

叶天耳尖，听到那个叫郑书亮的话后，笑了笑也没说什么，跟着他来到桌前作了一个简单的登记。

其实华清大学本就是理科、工科出名，想学文科或者建筑类别的人，一般都会报考北大或者是同济，由此也有北方华清南方同济的说法。

当年由于种种原因，叶东平并没有从华清毕业，叶天报考华清，更多的是顾及了父亲的想法，想为父亲圆一个梦而已。不过当初选择专业的时候，叶天也挠头了很长时间，他倒是想去学周易，但数遍全国的高校也没这门课程，华清大学当然也不会有了。至于父亲建议的什么计算机、信息工程等热门专业，叶天压根就没考虑，他可不想在日后从事自己丝毫都不感兴趣的工作。

最后考虑再三，叶天就选择了建筑设计的专业，不管怎么说，中国古今建筑多多少少总是脱离不开风水的因素，也算是和叶天学了十多年的知识沾点边吧。

"叶天同学是吧，我叫郑书亮，是建31的学生，这就带你去办理入学手续和宿舍的安排，有什么问题你问我就好了……"那位王主席给叶天安排的这个老生很是开朗，虽然迎接的不是美女，但表现也足够热情，伸手就接过了叶天肩膀上的背包。

"好的，谢谢郑学长……"叶天见到旁边都是老生在帮新生拿东西，当下也没推辞，跟在郑书亮后面，就准备去自己的系馆，不过刚刚走出两步，叶天的脚步就站住了。

"叶天，怎么了？咱们快点办完手续，你好能拿饭卡吃饭啊……"已经走出十几米的郑书亮，一回头看到人丢了，连忙跑回去拉了叶天一把，不过他那一米七出头的个子，显然拉不动一米八多的叶天。

"咦，是在看校花啊！"顺着叶天的目光看去，郑书亮脸上不由露出坏笑，用胳膊捅了下叶天，说道，"这个你就别指望了，她可是咱们华清数得上的美女，而且比你还大一届，你要喊学姐的……"

"新闻系的？"叶天扭过头问道。

"对，咱们华清就新闻系美女最多，哎，你不会是真的吧？"郑书亮刚点过头，就发现叶天竟然向新闻系招生点的桌子走去，不由吃惊得张大了嘴，现在的新生自信心居然这么强了吗？

扪心自问，郑书亮自己入学那会儿，和学姐说句话都会脸红半天，更不要说凑过去套近乎了，那似乎是老生对新入学的女生才能干的事情。

"蓉蓉，这个你记错了吧？今年新闻系怎么这么多男生啊？"

刚刚过去一波报名的热潮，于清雅正在核对着名单，本来迎新应该都是大三的学生做的，不过新闻系相对人数比较少，只能把她们这些大二的女生都拉来了。当然，为了照顾美女，她们只需要坐在这里接待就行了，帮忙拿行李、指点新生办理入学手续这样的事情，自然有男生们帮忙，学校可没有规定不是本系的学生就不能帮外系接待新生的。

不过不管是帮忙的老生还是入学的新生，总是在想方设法和于清雅多说几句话。

接待了一上午，她也感觉有些累了，干脆低头核对起名单来，懂得这信号的人自然就不会来骚扰她了。

"学姐，俺有个问题想向你咨询下，中不？"一个河南口音在于清雅耳边响了起来。

于清雅也没抬头，直接说道："什么问题，说吧……"

倒不是于清雅不想热情一点，关键是刚才态度挺热情的，那些新生一个问题就能咨询上半小时，还有老生在旁边打岔，她实在撑不住劲了啊。

"学姐，厕所在哪儿你知道不？俺这会儿都憋死了，再不去不行了啊……"那个河南话口音的问题，让于清雅手中的笔尖突然一颤，把下面的纸都给划破了，她真没见过这么无聊的人，操场上站满了男生，这人非要找自己一个女生来打听洗手间在哪里？

"右面50米左拐……"咬了咬牙，于清雅右手往旁边指了一下。

"哦，谢谢学姐，那俺上厕所去了……"当于清雅回答完之后，看到那下半身穿着牛仔裤的男生似乎要离开，这才松了口气，怎么这样没情商的人也能考上华清啊？

"学姐，俺……俺还有件事……"谁知道那人往右边走了两步，身体突然又转了回来。

"什么事？"于清雅狠狠地在本子上画了个叉。

"学姐，俺家里穷，两天没吃饭了，俺爹说，漂亮的女孩心眼好，你……你能不能借俺五元钱买个面包吃啊？"

"什么？"听着对方那十分明显的乡音，于清雅再也忍受不住了，身体猛地从椅子上站了起来，这……这里好像是华清大学，不是要饭乞讨的地方吧？再说了，华清是有奖学金的，不至于让已经被录取了的学生几天都吃不上饭吧？而且周围那么多人，为什么偏偏问自己借钱？

不光是于清雅，就是周围的那些学生，也都傻了眼，这新生身上穿的虽然不是名牌，但也干干净净，哪里像是几天吃不上饭的人？

"调戏！"所有人的心头都冒出了这两个字，绝对是赤裸裸的调戏，而且还是学弟调戏学姐，这在华清历史上貌似还是头一遭吧？

"牛人啊！"

"这哥们真牛，第一天报到就敢调戏校花？"

"哪个系的？以后要找他取取经啊，就凭这厚脸皮，即使泡不到校花绝对也能泡上个系花了……"

周围看到这一幕的学生，无不是惊讶得张大了嘴，虽然有窈窕淑女君子好逑之说，但如此有勇气的新生，他们还真是第一次见。

在和众人一起惊愕了半天之后，郑书亮最先反应了过来，一把拉住叶天，说道："叶天，你……你干什么啊？于清雅同学，他……他坐火车还没睡醒，您别在意啊……"

在大学里，不管是校花还是美女，总是会受到众人呵护的，华清大学的美女尤其高傲，也不知道有多少人在于清雅面前吃瘪了，郑书亮这是不想让叶天太受打击。

不过让郑书亮没想到的是，于清雅似乎根本就没听到他的话，而是一直在看着自己身边的叶天，那眼神，似乎……愤怒中还带着一丝惊喜。

"叶天！你又捉弄我，我……我和你拼了！"让等待观看火山爆发的众人没想到的是，在人前虽然称不上是冰山美女，但也很少对男生假以颜色的于清雅，在发了一会儿呆之后，突然从桌子旁边绕了过去，张牙舞爪地冲那个新生扑了过去。

"嘿嘿，玩笑，玩笑，清雅，你越来越漂亮了啊……"叶天站在那里，脸上带着微笑，也不躲闪，任由于清雅的小拳头落在了身上，在叶天的脑海里，好像时光又回到了十年前，一对小儿女在破旧的乡村校园里打闹一般。

虽然时光不再，周围的环境也变了，但是眼前的少女依然，甚至那种被捉弄后的表情都是和十年前一模一样。

于清雅停住了手，气鼓鼓地说道："叶天，你说话不算数……"

"我怎么说话不算数啦？"叶天笑问，他发现于清雅的个子比几年前长高了许多，配上那双高跟鞋，居然显得不比自己矮上多少，不过从精致的五官轮廓上，还是可以看出当年小女孩的影子。

"你说的要考华清，怎么我都考进来了，你却……"于清雅这一年多心里可是一直充满了怨念，为了信守儿时的那个承诺，她考进了华清大学，但是翻遍去年的新生名单，她也没有发现叶天的名字。

"我不是考进来了嘛……"

叶天看着气鼓鼓的于清雅，小声说道："你知道的，我人笨，学习又不好，还留了一年级，给你个机会做学姐还不行吗？"

叶天话声虽小，但旁边还是有不少人听到，顿时一个个都翻起了白眼，这小子真是能忽悠。

华清大学是什么地方？那是全国各省市高考状元才能进来的，如果按照叶天所说，留级复习一年就能考上的话，估计每年就没有参加高考的人了。

"油嘴滑舌，和当年一个德行……"

于清雅被叶天说得笑了起来，那如同一朵打开的芬芳百合般的笑容和红润的脸上所散发出的青春活力，看得众人均是眼前一亮，直感觉要是有个美女对着他们如此一笑，那就是死了也值得了。

于清雅和叶天说着说着话，忽然感觉到有些不对，原本嘈杂的报名点，怎么突然寂静了下来了呢？

往四边一看，于清雅顿时俏脸绯红，敢情这小操场上所有的目光，都集中在了她的身上。

"招摇，太招摇了……"叶天也发现了这一点，不过见到儿时的玩伴，刚才实在是忍不住想逗逗她，但是被众人关注，却不是叶天的初衷。

想到此处，叶天连忙拉了一把身边正在发呆的郑书亮，说道："学长，咱们去办手续吧……"

"啊，走……走，去办手续……"郑书亮被叶天这一拉，回过了神来。

"叶天，你别又想跑，我带你去办手续！"于清雅一把拉住了叶天，"蓉蓉，我带同学去办手续，你帮忙看着点啊……"

三四年前的时候，叶天曾经去过一次上海，不过送给于清雅一个小玩意后，就借口出门转转，这一转就是几年没见，于清雅可不想让叶天再跑掉。

"这……这是美女倒贴啊？"

"是啊，这两人是什么关系？"

"还用问吗？肯定是一对，而且估计还是青梅竹马那一类的……"

"快，去校报爆料啊，校花与新生的故事，95华清第一大新闻呀！"

还没等叶天几人走出操场，后面就像是点燃了的火药桶，轰然炸响了，校花追新生，那新生居然还一副不情不愿的样子，这简直就是绝佳的新闻啊。

学校里的包打听们更是围住了刚才和叶天说过话的学生会干部，殊不知那厮正郁闷呢，自己堂堂一大四学生会主席都没和校花说过几句话，竟然被一新生给抢先了。

"叶天，你怎么还那么坏啊？"

听到身后传来的议论，于清雅脸上的红晕一直都没消退下去。

其实她刚才见到叶天时的反应，并没有多少男女之情，只不过是见了儿时最重要的伙伴，和那一段回忆中的主人公，一种下意识的反应而已。不过现在听到那些议论，于清雅心里却是怎么都平静不下来了，儿时心中叶天的影子，和几年之前所见到的那个少年叶天，再加上现在身边的叶天，慢慢地重合了起来。

于清雅竟然发现，无论是哪个时期的身影，居然都在她心里留下了深深的烙印，也包括现在只见了不到五分钟时间的叶天。

叶天也不明白自己为什么一见于清雅就想捉弄她，不过他也知道事情不能做得过了，当下笑着说道："学姐，我真的饿了，等会儿报到完毕，你要请我吃饭啊……"

"好，叶天小学弟，一会儿学姐请你吃饭……"

叶天这一声学姐喊得于清雅眉开眼笑。自己那会儿可是被叶天欺负得不行，现在居然成了自己的学弟，岂不是给了自己欺负他的好机会？

"这……这什么人啊？竟然要美女请客……"听到二人的对话后，跟在旁边的郑书亮同学心里顿时抱起了不平：只要于清雅点头，要请她吃饭的人能从华清排队排到北大去。

"这里是4000元，老师您数一下……"相比1992年左右的时候，华清大学的学费要贵上一倍多了，一学期吃饭、住宿加学费，省着点花差不多也要五六千元钱的。

"叶天，你身上怎么带这么多现金啊？"见到叶天随手从包里掏出了一沓钱，把办手续的老师和郑书亮都吓了一跳，这年头大多都是家长陪着来的，让孩子一人拿这么多钱的情况真的很少见。

"我爸比较忙，再说也没人偷我这个穷学生……"叶天笑了笑，将钱递了过去。

"装什么啊……"于清雅在旁边撇了撇嘴，她可是知道叶天有钱没钱的，就说三年前见叶天那次吧，那会儿年龄不过才十四五岁的叶天，随身就带着好几千元钱了。

不过于清雅并不知道，老道每次和叶天游历回山之后，都会将沿途帮人看相算命所赚到的钱无记名地给捐献出去，所以叶天这些年虽然没少赚钱，但现在还真不怎么宽裕。

天才相师 ❶

天眼神童

见到叶天虽然拿了饭卡，但就是只交了办卡的钱，却没往里面充值，于清雅不禁奇怪地问道："叶天，你怎么不往饭卡里面充值啊？"

"呃，那就充两百吧……"叶天又拿出两百元钱递了过去，这两百元钱其实也就是装个样子，他总不能说自己饭量太大，怕在食堂吃饭吓到别人吧？

在经过了火车上那事之后，叶天就决定在校外找个小饭馆，和他们谈好一个月多少钱，然后将吃饭的问题包给他们，这样一来身体所需的营养能保证，二来也不会再被人围观了。

叶天还准备自己买个电炉，有时间的时候在宿舍里煲点药膳吃，老道传给他的几种药膳秘方，可都是当年清宫里流传出来的，色香味绝佳。至于学校让不让使用电炉，叶天倒是没考虑，反正他高中三年都是这么过来的，和老师以及宿舍管理员的斗争经验十分丰富。

在郑书亮的帮忙下，叶天的入学手续办理得很顺利。

当然，身边的美女也使得办手续的导师变得很好说话，并且还分给了叶天一间四个人的宿舍，相比别人都是六七个住在一屋，叶天这是享受研究生的待遇了。

郑书亮为人很细心，拿到宿舍钥匙后，发现叶天除了一个旅行包什么都没带，于是说道："叶天，你还没买被褥吧？要不要我带你去学校的商场？"

"好，那麻烦学长了……"叶天点了点头，对跟在身边的于清雅说道，"清雅，要不你先回去，等我收拾好了中午一起吃饭？"

虽然说有个美女跟在身边，的确很是赏心悦目，但是别人看美女时和看自己时两种完全不同的目光，让叶天同学很是吃不消，那一个个眼睛里都泛着绿光啊。

于清雅摇了摇头，说道："不用，又没开学，我和你一起去……"

见到于清雅要同行，最高兴的莫过于郑书亮了，他虽然没对这校花级美女起什么心思，但是新闻系美女多啊，如果能通过于清雅认识那么一个，那这五年大学也算没白读。

华清大学内的商场整个就是一个后世雏形的超市，从方便面、卫生巾、塑料盆到凉席、被褥应有尽有。

"学姐大人啊，能用就行了，还挑什么啊？"

叶天买东西向来简单，一排走过去，想要什么直接就拿在了手里，倒是于清雅不厌其烦地帮他挑拣着，还时不时询问下叶天的意见。

听到叶天的话后，于清雅不满地说道："你们男人怎么都是粗心大意的啊，这扫把杆子都裂了，拿回去要是断了呢？"

"好，好，您说得对，这个好……"

叶天虽然年纪小，而且师父也是个老道，但"小和尚下山遇老虎"的故事可没少听过，深知好男不和女斗的道理。

不过叶天那敷衍的态度，连旁边买东西的学生都看出来了，均是侧目不已，这新生是谁啊？身边跟个美女帮忙选东西不说，竟然还爱答不理的。

"叶天，这天已经很冷了，你怎么还买凉席啊？"见到叶天选了一张竹席，却不买被褥，于清雅不禁奇怪地问道。

叶天摇了摇头，说道："我习惯睡凉席了，天冷点再买吧……"

叶天所修习的导气术，对身体内气血的增长很有帮助，他虽然年龄不大，但气血之旺盛，就连一些练习外门功夫数十年的人都比不上他。虽然此时还达不到寒暑不侵的程度，但是这么多年来，叶天四季都是洗的凉水澡，就没进过一次澡堂子，冬天也就是一床薄被就过来了。

"冻死你活该……"见到叶天不领情，于清雅气呼呼地嘟囔了一句。

刚买好东西走出商场，于清雅的身上突然传出一阵电话铃的声音，顿时又引来一阵关注，这年头用手机的人，可都是非富即贵啊。

对于于清雅有手机，叶天倒是没怎么在意，以前的于浩然老师，现在在上海滩都算是风云人物了，他的女儿有个手机还不是太平常不过的事情？

"喂，蓉蓉啊？马上就好了，我们去外面吃饭，好，我马上去学校门口……"于清雅从随身背着的包里拿出了一款很"小巧"的翻盖手机，说了几句之后就挂了电话，吐了吐舌头，说道，"咱们快点把东西放到宿舍，去吃大餐，郑学长，一起去啊……"

"叶……叶天同学，我……我就不去了吧？"郑书亮听到于清雅的话后，有些迟疑地说道，如果真去吃饭的话，总不能让女士和新生掏钱吧？

倒不是他小气，不肯请客，关键是看到于清雅那派头，万一这一顿要把一学期的生活费吃没了怎么办哪？

"去吧，郑学长，学姐可是打电话叫了美女啊……"叶天倒是想拉着郑书亮一起去，虽然和他也不是很熟，但和两个女人一起吃饭，有个做挡箭牌的肯定要吃得舒心一点。

"好，那帮你收拾完东西咱们就去，我知道校外有一家火锅店不错……"听到叶天的话后，郑书亮的眼睛顿时亮了起来。

那个叫蓉蓉的女孩虽然不如于清雅漂亮，但在华清而言，绝对也算得上是美女，值得自己去啃一学期方便面的了。

天才相师 ①
天眼神童

"叶天,上车,我带你吧……"叶天把东西放到空无一人的宿舍后,郑书亮不知道从哪里弄来了辆破自行车,正在宿舍门口狂摇着车铃铛。

"好,谢谢学长……"叶天也没客气,直接跳到了后座上。

"叶天,我比你大几岁,别喊什么学长了,以后叫郑哥吧,在大学里没自行车是很不方便的,回头我带你去买辆二手的……"为了在剩下的两年里解决个人问题,郑书亮感觉很有必要和叶天搞好关系。没认识叶天的时候,新闻系的美女何时正眼瞧过自己啊?更不要说在一起吃饭了。

"行,那谢谢郑哥了,回头我也买一辆……"叶天点了点头,他也发现了,在华清园要是没辆自行车,根本连课都上不了,打个比方说,第一节课是在华清学堂,第二节就要去主楼,说得夸张一点,如果跑过去的话,人到了估计课也结束了。

"于清雅,让咱们两个美女在这里等,他们太过分了吧?"在华清园的一个侧门处,于清雅和卫蓉蓉各自推着辆自行车等在那里,开始还好,不过被来来往往的学生看多了后,卫蓉蓉就有些不耐烦了。

"对了,清雅,你那小情儿好逗啊,说说你们怎么认识的?"卫蓉蓉忽然话题一转,扯到了叶天的身上,今天上午发生的那件事,可是快让她把肚皮都笑疼了,她还真没见过这么蔫坏的男生。

听到卫蓉蓉的话后,于清雅大急,连忙说道:"什么小情,我和他也是同学,你别乱说话啊,叶天……叶天很厉害的……"

想到叶天穿着道袍一副小神棍的样子,于清雅就忍不住笑了起来,她不知道这么多年过去了,叶天是不是还动不动就要给人看相算命。

"哎哟,清雅,怎么笑得那么风骚啊?敢情你们还是青梅竹马呢,给我说说,你们接过吻吗?"

和性子有些内敛的于清雅不同，卫蓉蓉可是正宗的北京人，加上被家里宠得厉害，整个就一小辣椒脾气，那张嘴是什么都敢说。

"死丫头，乱说什么呀，我掐烂你的嘴……"于清雅终于受不了卫蓉蓉的毒舌了，两个女孩在校门口打闹了起来，殊不知这让许多路过的男同学大饱了眼福。

"叶天，你来了啊，我给你介绍下，这是我的同学卫蓉蓉，也是我的好姐妹；蓉蓉，他是叶天，这位是郑学长……"正打闹的时候，于清雅看到叶天已经站在了旁边，不禁羞红了脸，拉着卫蓉蓉给叶天和郑书亮介绍了一番。

"嗯，看着还蛮顺眼的……"卫蓉蓉上上下下打量了叶天一番之后，突然说道，"叶天，老实交代，怎么把我们清雅骗到手的？我说那么多男孩追她她都不理呢……"

"卫学姐，您说什么啊？我和于清雅是同学啊！什么骗到手？"叶天一脸困惑的样子，那表情看得卫蓉蓉心里都有些打鼓了："难道他们就真的只是同学吗？"

"好了，我都饿了，快点去吃饭吧……"于清雅在旁边打起了圆场，她对叶天的了解，还停留在八年前的那个坏小子身上，知道叶天要是使起坏来，十个卫蓉蓉都不是对手。

华清大学在1995年的时候，一共有5万多名学生，差不多是一个大型国企的数字了，虽然学生的消费能力不高，但还是养活了不少产业，在其周围大大小小的满是饭店。

"咱们去包间吃吧，我和这饭店的老板惯熟的……"郑书亮带几人来的这家饭店是四川火锅店。由于最近新生开学，有不少家长都陪同一起来的，饭店的生意很是红火，大厅里已经坐满了人。

郑书亮倒是没吹牛，找到老板后，很快就要了一间二楼的小包间，这让叶天挺满意的，他这会儿正感觉有些饿了，万一在下面吃多了，又会被人围观。

"两位美女，请点菜吧……"郑书亮很绅士地把菜单递给了卫蓉蓉，刚才一路走来，他发现自从刚才认识了之后，这两个漂亮女孩都不是很难相处，只是以前无法接近罢了。

"今天是给叶天同学接风，还是让他点吧。"卫蓉蓉把菜单递给了叶天。

"好！"叶天也没客气，拿着菜单点了个鸳鸯锅底和一些青菜，然后合上了菜单对服务员说道，"再来十盘羊肉和十盘牛肉吧……"

"天哪？叶天，你……你莫非上午说的都是真的？你真的两天没吃饭了？"原本正和于清雅窃窃私语的卫蓉蓉听到叶天的话后，像是被踩了尾巴的猫一般跳了起来，十盘羊肉、十盘牛肉，这得多少人才能吃完啊？

要知道，在华清园周围的饭店都是做学生的生意，菜的分量还是给得很足的，一盘牛羊肉就是一斤，叶天一人要了20盘，这可是整整20斤肉啊！别说卫蓉蓉了，就是于清雅和郑书亮也都吓了一跳。当然，郑书亮更关心的还是这些菜的价格。

一斤牛羊肉就是七元钱，二十斤可就是一百四十元钱了，再加上别的配菜，恐怕今

天才相师 ❶

天眼神童

天一顿饭最少也要小两百元钱，郑学长正盘算着腰包里的钱够不够呢。

"昨天吃得不多，加上早上没吃东西，有点饿了，嗯，今天麻烦郑哥一上午了，这顿饭我来请……"

叶天是什么眼力？把桌上几人的表情看在眼底之后，顿时将他们的心理也都掌握得差不多了，他能看得出，郑书亮的家境也就是一般，让人家请客未免太不厚道了。

叶天也不怕郑书亮知道他能吃，至于卫蓉蓉，反正她和于清雅关系好，以后少不了在一起吃饭，没必要在她面前装斯文，自己饿肚子。

"这哪行，叶天，今天我埋单，不要抢啊……"俗话说人倒架不倒，加上叶天这话又听得舒服，郑学长当然要表现一下了。

"郑哥，给小弟一个表现的机会吧，下次，您下次再请好了……"叶天的话让桌上几人都笑了起来，郑书亮也没坚持，不过脑子里已经在转悠了，这附近还有没有再便宜点的饭店啊？

相比昨天在火车上吃东西，今天叶天吃得就要斯文多了，不过这也是相对的，反正那二十盘牛羊肉，最少有一大半进了他的肚子。虽然冷冻的牛羊肉涮过之后会有些缩水，但叶天这一顿最少也吃了有七八斤肉，再加上配菜和四个馒头，直看得另外几人目瞪口呆。

"叶天，你……你是不是小时候没吃过肉啊？这……这全吃完了，你……你没事吧？"卫蓉蓉看着被扫荡一空的桌面，还有那摞得高高的盘子，脸上已经不是惊愕，而是惊怕的表情了，生怕叶天的肚皮给撑开。

"学姐，小时候家里穷，吃不到肉，长大了不知道为什么就这么能吃，您别笑话我啊……"叶天"腼腆"地笑了笑，怎么看都像个害羞的大男孩，顿时让卫蓉蓉等人心里泛起一种奇怪的感觉，好像自己对叶天的大饭量表现出惊奇的样子，是一件很不应该的事情。

于清雅不想让别人看不起叶天，连忙出口说道："蓉蓉，叶天小时候家里不是很富裕，再说有些人天生就是饭量大，没什么好奇怪的……"

"那也不能像个饿死鬼投……"卫蓉蓉见到于清雅脸上有些不高兴，嘻嘻一笑，改口道，"叶天同学，请问你除了擅长吃之外，还会点别的什么啊？"

倒不是卫蓉蓉故意针对叶天，不过见到好姐妹的"青梅竹马"，总是要帮忙把关吧？虽然目前来看这个大男孩还比较阳光，脾气也不错，但如果别的什么都不会，就是个吃货的话，那未免就配不上于清雅了。

"除了吃还会什么？嗯，生孩子我肯定是不会的……"叶天闻言皱起了眉头，一副思考中的模样，不过说出来的话却是让桌边几人同时将口里的茶水喷了出来。

而最让人无奈的是，叶天说话时的表情偏偏是无比认真，完全不像是在开玩笑，使得卫蓉蓉等人也不知道该露出什么样的表情来配合了，一脸的哭笑不得。

叶天忽然一拍巴掌，说道："对了，我会算命，卫学姐，您不会想让我给算一卦吧？"

"叶天，你，你又……"听到叶天的话后，于清雅张了张嘴，却是没说出什么来。

于清雅记起了小时候叶天经常偷偷拿走她的东西，然后装着掐指一算，告诉她东西在什么地方，骗得自己崇拜了他好长一段时间。

看到于清雅的表情，卫蓉蓉奇怪地问道："清雅，他又怎么了？不会真的会算命吧？"

于清雅没好气地说道："蓉蓉，你别听他的了，看着一脸老实相，肚子里的坏水多着呢……"

"哎，我说于清雅学姐，咱俩熟归熟，可不能冤枉人啊，咱可是师从麻衣神相一脉四十九代传人，正宗嫡系第五十代传人，江湖号称是铁口直断一卦千金……"叶天笑着打断了于清雅的话，也不知道为什么，或许是大学生都是成年人的缘故，他的身心放开了许多，和这些同学开起玩笑时，也没有了高中时的很多忌讳。

要知道，叶天上了三年高中，除了低他一届的胖墩之外，没有任何人知道叶天精通风水卜卦之术的。

卫蓉蓉也是爱玩闹的性子，听到叶天的话后，把一只白净净的小手递到了叶天的面前，说道："你就吹吧，吹牛都不带打草稿的，好，本姑娘就让你占点便宜，给我看手相吧……"

看见卫蓉蓉很自觉地伸出了右手，叶天摇了摇头，说道："我看手相没有男左女右的说法，看左手吧……"

男左女右不过是人们经常挂在嘴边的一句话，其实左手是代表先天，而右手则代表后天，加上左手操作较少，不会受到后天的影响，真正懂得看手相的人，一般都会从左手看起。

"蓉蓉，你怎么也跟着瞎胡闹啊……"看到叶天抓住好朋友的手在察看着，于清雅心里没来由地感到一阵烦躁。

卫蓉蓉可不知道于清雅在想什么，满不在乎地说道："没事，就让他看，要是说准了的话，这顿饭我请了……"

"高，真高，这泡妞术绝对是无往而不利啊！回头一定要向叶天请教下……"坐在一旁的郑书亮同学看到这一幕之后，眼睛立马亮了起来，他大一的时候谈了个外校的女朋友，半年都没找到什么理由抓对方的小手，眼下叶天的举动，顿时让这哥们茅塞顿开。

"哎，我说，你捏我的手老是看手指干吗？看手相不是看纹路吗？"被叶天抓住没一会儿，卫蓉蓉就叫了起来。

"手掌柔软，代表举止高雅，气质出众……"叶天看了卫蓉蓉一眼，没等她笑出声来，接着说道，"不过这样的人多半个性怠惰，而且神经有些过敏……"

"你……你说什么？你才神经过敏呢！"听完叶天的下面半段话后，卫蓉蓉像是被踩了尾巴的猫一般，一把将手缩了回去，举在面前威胁着，那双大眼睛同时也恶狠狠地瞪着叶天，那动作颇有几分神经质。

"叶天，不许胡说，蓉蓉哪有那样啊……"于清雅也跟着指责起叶天来，虽然卫蓉蓉经常干出一些比较神经质的事情，但说到脸上，让一个女孩怎么能接受呢？

叶天当然不会和个女孩子去较劲了，听到于清雅的话后，就坡下驴地说道："对，对，可能是我看错了，卫学姐别生气啊。"

"这还差不多……"卫蓉蓉的脸色好看了一点，收回了左手，说道，"神棍学弟，你还看出什么了？"

其实自己性格怎么样，卫蓉蓉比谁都清楚，叶天说的没有丝毫夸张的地方，反正从出生到现在，她没洗过一件衣服，没有哪天早上不赖床的，绝对当得起"个性怠惰"这四个字的评价。

"卫学姐，说真话不会挨骂吧？"叶天笑得有些坏，看在于清雅眼中，仿佛和当年那个十岁的小男孩重合了起来。

"说假话才挨骂呢……"卫蓉蓉眼睛又瞪了起来。

"好吧，贫道豁出去了，今日就泄露一回天机……"叶天摆出一副视死如归的样子，说道，"我观你左手小指指甲半月缺损，恐怕你最近财运不济，最少下个月的零花钱肯定没有了……"

"胡说，哪有看手相看指甲的啊？再说了，我一个月的零花钱才几千元而已，根本不可能没有的，嘿嘿，叶天学弟，你这次可猜错了。"听到叶天的话后，卫蓉蓉像是抓住了他的把柄一般，嘿嘿笑了起来。

要知道，卫蓉蓉就是北京本地人，早年家里在大栅栏旁边有几套房子，卫父通过出租和开饭店赚得了第一桶金，然后在前几年苏联解体的时候，做了一把国际倒爷，身家是突突地往上涨。这几年股市大牛，卫蓉蓉的父亲又把资金投了进去，现在宛然一副股市大鳄的派头，每天赚多少自己都不清楚，哪个月都万儿八千的零花钱甩给女儿。所以叶天说她下个月零花钱会没有，卫蓉蓉直接就当个笑话听了，她老爹指头缝里露出来一点，也够她每个月的吃用零花了。

"是对是错现在也不知道，得，不早了，咱们也该回去了……"叶天笑了笑也没有争辩，掏出两百元钱喊过老板结了账，卫蓉蓉还在气鼓鼓地瞪着叶天，既然不承认叶天所说的，当然不肯抢着埋单了。

而于清雅则是比较了解叶天，这家伙虽然看上去好像什么都不在乎，上午的时候还大呼小叫地让自己请客，一副小气吝啬的模样。但是于清雅知道，叶天颇有大男子主义，从十岁那次离别时叶天拿出的五张十元的票子让她去做衣服就能看出，他是不会让女孩子埋单的。不过于清雅却不知道，如果卫蓉蓉抢着要埋单，叶天也是绝对不会拒绝的，他关心的只是他心目中的朋友，而显然卫蓉蓉暂时还没有在这个行列之中。

走出饭店后，于清雅推了车子，对叶天说道："叶天，我们要回去了，我的电话你知道，星期天给我打电话，我带你去逛北京城吧……"

"好，我到时候给你打电话……"叶天点了点头，看到一旁的卫蓉蓉，叹了口气，说道，"学姐，投资有风险，入市要谨慎，当断则断，不然你下个月的零花钱真没有了……"

"说什么呢？"听到叶天的话后，卫蓉蓉啐了他一口，伸手就拉于清雅，说道，"你这青梅竹马真是有点莫名其妙，走吧，星期天我绝对不做电灯泡打扰你们了……"

"你又胡说话？看我不挠死你……"两个女孩骑着车子，打闹着离开了，银铃般悦耳的声音回荡在叶天和郑书亮耳边。

"郑哥，走吧，咱们去买辆自行车，您是不是有什么路子啊？"叶天刚才出学校的时候就注意到了，这华清大学内的交通工具全部都是自行车，粗略地估计也在几万辆以上，这里面当然不会全部都是新车了，在华清周围肯定有交易二手车的地方。

听到叶天的话后，郑书亮得意地笑了起来，说道："没错，跟着郑哥走，五十元钱一辆，随便挑，不过锁就要自己买了……"

白吃了叶天一顿大餐，还要来了卫蓉蓉的电话号码，郑书亮办事还算地道。

带着叶天拐到一处天桥底下修车补胎的摊位上，郑书亮和老板嘀嘀咕咕了半天，最后推来了一辆七成新的变速自行车。

"老弟，有什么事报建31班郑哥的名字，一般人都会给咱几分面子的……"送叶天回到他的宿舍楼下，郑书亮就骑着自行车匆匆离开了。

郑书亮同学这是急着要去找那帮哥们研究下，如何才能和新闻系那帮美女们搞次联谊，他可不认为自己这穷学生能搞得定每个月零花钱就有好几千的卫蓉蓉的。

"哎，同学，你找谁啊？"叶天刚一推开自己的宿舍门，里面几个人就同时看向了他。

"我是住这个宿舍的，大家好，我叫叶天……"看着屋里的情形，叶天微不可察地皱了下眉头。

这个四人的宿舍不算叶天在内，现在一共有六个人在里面，三个和叶天差不多大的男孩坐在椅子上聊着什么，而另外三个明显是家长的人，正在忙着给他们整理床铺。

"上学还能带保姆……"叶天心里顿时冒出这个念头，不过这是别人的自由，他也不会表现在脸上的。

"是叶天同学啊，我是徐振南的父亲，这是我儿子，以后你们就是同学了，还请相互关照一下，对了，晚上咱们一起出去吃个饭，也算一场缘分嘛……"一个四十多岁的中年人很会来事，叶天能看得出来，这位也是场面上的人，几句话没说完就扯上了饭桌，十有八九就是做生意的人。

"谢谢叔叔……"叶天很有礼貌地点了点头，向屋里走去，他中午吃饭走得急，买的那些东西都扔在了床上还没整理呢。

"叶天，我叫陈晓忠，来自湖南……"

天才相师 ①

天眼神童

"我叫傲海明，来自江苏，我听过你的名字，今年江南市的高考状元……"

能考入华清大学的人，可能在生活技能上差了一点，但绝对都是天之骄子，情商和智商不是一般的高，叶天刚走过去，几个人就相互作了自我介绍。

"呵呵，大家好，咱们以后就要在一个饭锅里搅勺子啦……"叶天此时的表现和他的年龄也差不多，面前的这几个人倒不是那种不懂事的书呆子，以后还有五年的时间要相处，叶天可不想第一天就闹出什么矛盾来。

同龄人很容易就找到共同话题的，再加上以叶天的见识，和这几个大男孩套起近乎，绝对连旁边的几个家长都看不出来。

半个多小时过后，叶天不但摸清了几人的底细，更赢得几人一致的好感，都觉得后来的这个新同学很不错。

果然如叶天所料，徐振南是山西人，个子比叶天还高一些，长得五大三粗的，他父亲前几年组了个车队，虽然近年来煤矿价格有涨有落，但车队的生意却是蒸蒸日上，家里很是有些浮财。

陈晓忠是湖南长沙人，说话稍微带一点乡音，个头不高，话也不多，但别人说话的时候听得很仔细，很容易让人对他产生好感。

傲海明则是南京人，和叶天还算是老乡，是个很阳光的大男孩，不过叶天看得出来，在那阳光的外表下，也是不乏心机的。

看到叶天简单地将席子铺在床上，就去整理别的东西，徐振南不禁奇怪地问道："叶天，你怎么就买了张席子啊？不冷吗？我爸带来两床褥子，要不然你先用一床？"

"嗯，是啊，这天气已经冷了，睡席子不行吧，来，娃子，把这个铺上……"徐父听到儿子的话后，从门口拿过来一床被褥。

"谢谢徐叔，我一般到11月才换褥子的，现在睡不习惯……"叶天笑了笑，虽然拒绝了对方的好意，却没让人感觉到反感。

收拾好床铺后，几个做家长的又开始打扫起卫生来，叶天也帮着干了起来，这一来，那三个大少当然也不能袖手旁观了，惹得徐父几个人一直夸叶天懂事。

9月的北京，已经呈现出一幅金秋的景象，天气也变得凉爽了起来，尤其是早晚的时候，温度往往要比正午低上七八度，早起锻炼的人也要穿上长袖衫了。

"叶子，你怎么又起那么早？真要命，回头给哥几个带点早餐啊……"

叶天5点多钟的时候就从床上爬起来了，虽然他起身的动作很轻，但还是把睡眠比较浅的傲海明给惊醒了。

"知道了，你再睡会儿吧……"叶天歉意地笑了笑，轻手轻脚地穿好鞋子，走出了宿舍。

在上个星期的时候，徐振南几人的家长几乎是轮流做东请了众人一遍，叶天也花了一百多元钱在上次的火锅店请了次客。

还别说，这酒桌上就是能增进感情，叶天小哥几个几顿酒喝下来，整天就是勾肩搭背好得像是多年老友一般了。

二区华清新生的军训是在第一学年结束之后才开始的，等到住在学校招待所的家长离去后，这一群华清学子的大学生活就算是正式开始了。不过这种大学生活，对于叶天而言，却还是有一些不方便的地方，首先就是吃饭的问题。

虽然叶天不需要每顿饭都吃那么多，但如果他早晚进行一些练习，还是需要大量的食物来补充体力消耗的。

为了不吓着别人，叶天这几天都没怎么运动，只是清晨出去跑跑步，这让修习了十多年导气术的叶天感觉很不习惯。

另外就是作息时间了，叶天的作息时间非常规律，晚上10点之前一定会上床休息，而那哥几个不是聊天就是打牌，让叶天一度都有搬出去住的念头了。

叶天也打听了，在华清西门、圆明园南门对面的居民楼里有很多平房出租。不过跑去一看，大多都是些成双成对的大四、大五的老生们在那里租住的，环境不是太好，叶天也只能打消了这个念头。

简单地洗漱了一下之后，叶天跑出了宿舍楼，一路上伸展着双臂，尽量活动着身体。

此时的紫荆公寓还未修建，学生们住的是老宿舍楼，和大学教职工的生活区距离也不远，虽然是老旧了一点，但是设施还算完善，周围绿草青青，树木成荫，湖光山色，景色十分优雅。

叶天出来的时候不过是5点出头，但在校园内已经可以看到许多早起锻炼的人了。

很多老头老太太穿着一身白色的练功服，像模像样地打着太极拳，练着太极剑，更有一些艺术系的学生早起咿咿呀呀地吊着嗓子，不管是学生还是老师，脸上都露出一副轻松舒适的神态。

虽然早起锻炼的人不少，但华清园实在太大了，想找一处幽静的地方还是很容易的，叶天跑过一片小树林，在树林尽头的湖边站住了脚步。

这里是他看了好几天的地方，由于位置不大，没法让那些老头们扎堆练拳或者是练剑，而且成荫的树林和湖边的空气也十分清新，没有城市里的污染，对于叶天而言也是一处宝地，不仅无人打扰，这清新的空气也有助于提神醒脑，充盈体内的天地元气。

在湖边站住脚后，叶天摆出了一个桩架子，双眼漠视开阔的湖面，嘴唇微张，用口来呼气然后鼻中吸气，几个呼吸间，整个身体完全松弛了下来。

过了大概20分钟之后，叶天一呼一吸之间变得悠长了起来。

吸气时有如鲸吞四海，一股看得见的凸起自咽喉往下，一直延伸到小腹，四处流走；而呼气时则像是春蚕吐丝，悠久细长，连绵不绝，将胸中一口浊气完全清出体外。

这是叶天修习了十多年的道家"吐息六法"，按照老道的话说，长生之道就在其中。

天才相师 ❶

天眼神童

大约站了一小时后，天边第一缕阳光突然自湖面尽头的树林处升起。

叶天此时刚好一口气全部吐出，紧接着猛地一吸，犹如山间成精的龙蛇吸气一般，竟然发出"嗤嗤"声响，叶天直感觉周身充盈着一股精纯的天地元气。

佛教修的是自身，将人的觉悟、成就及造诣完全归功于人自己的努力与才智，历来的得道高僧，均是需要大毅力和大智慧。而道家多出练气士，追求成仙成神，自古各种炼丹练气方术层出不穷。

像刚才叶天所吸纳的第一缕清晨阳光，在道家练气中就有极重要的地位，被称之为东来紫气，又被叫做"日精"，对道家修炼极有好处。

一口气吸入腹中，叶天微眯的双眼紧闭了起来，口齿上下叩动了72次，将满嘴津液分成三口吞下，这才张开了眼睛。

感受着体内那四处流走的浑厚元气，叶天不禁想起三年前第一次吸收"日精"时的情形，也就是那一次元气入体，他脑中的"龟壳"才消失不见，那些传承完全被自己所吸收的。

现在叶天占卜、问卦、相面、解梦，基本上很少会受到元气反噬，不过对于自身和与自己有直接关联的人和事情，推算起来仍然是十分模糊。

"舒服……"叶天伸展了一下身体，浑身骨骼"啪啪"作响，两腿活动了一下，开始打起拳来，他的拳路有些像是五禽戏，动作舒缓轻柔，和外家刚猛的练法有很大的不同。

一小时的站桩练气，一小时的套路练习，等叶天收了功架子之后，已经是早上7点多钟了。

"又饿了……"听到肚子里传来的"咕咕"叫声，叶天不禁苦笑了一下。

自从15岁第一次成功地引气入体之后，每一次站桩完毕，总是会感觉到饥肠辘辘，这也直接导致了叶天的饭量大增，如果不是叶东平这些年赚了不少钱，恐怕都养不活他这个大肚儿子了。

一路小跑着来到食堂，叶天掏出饭卡买了60个肉包子，虽然已经跟打饭的师傅解释了这是三个宿舍的早点，但还是在众人惊异的眼光中落荒而逃。

当然，回到宿舍的时候，那60个肉包子已经被叶天消灭掉了50个，剩下10个是留给那三个睡懒觉的牲口的。

"叶天，今天是周日，等会儿去市里转转吧，咱们来一星期了，还没出过校门呢……"

徐振南几人这会儿也已经起来了，不管怎么说，他们还是大一新生，这赖床的本领远远比不上大三大四那些老油条。

不管是社会还是学校，总会因为环境的不同，滋生出各种各样的小团体。

叶天这个宿舍也是如此，建51一共也就两个班，四个人都是同一专业同一个班的，除了叶天每天早上自己单独出去锻炼之外，其他时间几乎整天都在一起。

叶天刚才出去晨练的时候，这哥几个一商量，反正今天是周末，干脆去北京城转转，最起码也要到天安门城楼下面瞻仰下伟大领袖吧。

"今天？"叶天本来拿着脸盆是要去冲凉的，听到徐振南的话后站住了脚，"今天不行，我约了人，你们三个先去吧……"

于清雅昨天才让郑书亮给叶天带了话，说是今天8点钟在华清北门等，这可不是哥们重色轻友，实在是佳人有约在先了。

徐振南闻言挠了挠头，说道："这样啊，那叶天你去吧……"

"叶天，约你的是男的还是女的啊？"傲海明却是不肯放过叶天，虽然这一星期几个人都在一起，但说不准叶天晨练的时候也能结识个美女啊。

"女的，我以前的同学……"叶天笑了笑也没隐瞒，大家要相处五年，没必要瞒着这事儿。

"你小子重色轻友啊，不行，要带哥几个一起去……"傲海明闻言怪叫了起来。

这大学生活是不错，不过建筑系女同学实在是太少了，美女压根就没有，作为大一新生，想去别的系勾搭又没这胆子。

现在听到叶天有个老同学也在华清，几个人顿时都眼睛发亮，通过哥们的关系认识他女朋友的朋友，这是大学交女友的最佳渠道啊。

"是啊，叶天，我们几个帮你去敲敲边鼓啊……"就连一向话不多的陈晓忠也抬起了头，看来这也是个闷骚的家伙。

"今天不行……"叶天想了一下，说道，"今天还有点别的事情要办，这样吧，等明后天下了课，咱们晚上一起吃顿饭怎么样？"

叶天这是想着来北京都一个星期了，也没去父亲说的老宅子看看，他想借今天的机会先去探探路，最起码也能了解一下姑姑们现在生活的状况，带着徐振南他们一群人，实在有些不方便。

"好，那明后天我来请客，就这么说定了啊，叶天，你快去洗澡吧，别让人先到了等你……"徐振南看上去长得五大三粗的，不过心思却很细，当下就把事情给敲定了下来。

徐振南老子走的时候留了两万元钱下来，就是想让儿子多结交一些朋友，华清园毕业的人，在哪个行业内不是一方翘楚啊？

冲了个凉水澡后，叶天换了身牛仔T恤，骑上自行车就赶往校门处，还真让徐振南说着了，于清雅已经等在了那里。

于清雅今天也穿了一条牛仔裤，将其曼妙的身材完全勾勒了出来，上身一件白色的纯棉T恤却是显出一分女孩子的青春和妩媚，学校门口来来往往的人无不走出好远还要回头观望一下。

"美女，我来了，不会等了很久吧？"叶天骑着自行车来到于清雅身前，嘿嘿地笑了起来，也只有在她面前，叶天才会显露出当年张狂顽劣的性格来。

"谁等你很久了……"看着叶天身上的穿着，于清雅的脸上没来由地红了一下，这

天才相师 ❶
天眼神童

是不是就是传说中的"情侣装"？而今天，算不算是约会呢？

"叶天，叶叔叔又不是没钱，你也办个传呼或者手机吧。"于清雅将话题给扯开了。

不知道为什么，她这几天总是想找叶天，不过两人的院系和宿舍都比较远，她一个女孩子也不好意思专门去找叶天，所以见了叶天后，心里就有些怨念。

"嘿嘿，清雅，我爸的钱是我爸的，要买也等我赚了钱再说……"叶天笑着将自行车停好，他们今天去市里，是要坐公交车或者地铁去，否则时间都耽误在路上了。

不过听到于清雅的话后，叶天心里动了一下，之前看卦象，老爸的生意应该是这段时间就要出问题了，回头要不要打个电话问一下呢？

不是说叶天喜欢看着老爸亏钱，但俗话说"水满则溢，月满则亏"，叶东平这些年做古玩生意一直是顺风顺水，这并非是一件好事，吃点小亏也会让叶东平更深刻地认识到商场的险恶。而且这件事情也只会让叶东平一时手头有些窘迫，倒不至于伤筋动骨，所以叶天就顺其自然了，当然，当儿子必要的关心问候还是要做到的。

"叶天，咱们去哪里？是去颐和园还是到市区？"于清雅知道叶天是第一次到北京，所以开口征询他的意见。

"去故宫吧，然后就在那周围逛逛四合院……"

一来叶天的确想先去看看故宫这代表了国内最高水平的古代建筑，二来父亲所说的老宅子，就在距离故宫不是很远的地方，估计走路溜达过去也就是十几分钟的时间。

"好，走，咱们坐车去……"对于去哪里于清雅倒是无所谓，她在北京待了一年多了，该去的旅游景点基本上都去过了，今天完全是为了陪叶天。

北京朝阳区北四环路安慧立交桥西北，有一块占地30多万平方米的小区，北京人都知道，这里就是为了迎接1990年亚运会修建的亚运村。

而当亚运会结束后，这一地区逐渐发展成为北京的大型高档居住社区，1995年能在这里买套房子的人非富即贵，像歌星刘欢，就住在这里面。

"爸，您今天怎么没出去啊？"在亚运村内的一栋房子里，卫蓉蓉睡眼惺忪地从自己房间走了出来，她每个周末都会回家里来住，不过能见到父亲的次数却是屈指可数。

"丫头，今天股市又不开盘，我不在家去哪里啊？"卫红军看着一脸迷糊的女儿，不禁笑了起来，他那一代人都被耽误了，没多少文化，但是生了个女儿却让他很是自豪。

或许北京比他卫红军有钱有权的人不少，拼爹他也拼不过别人，不过要是拼女儿，走到哪里他说自家闺女在华清上学，总是会得到别人相应的尊重。

"股市？"卫蓉蓉还没完全从睡梦中清醒过来的大脑，似乎想到了点什么。

卫红军对这个女儿可是宝贝得很，看到卫蓉蓉皱起了眉头，不禁问道："丫头，怎么啦？没有零花钱了吗？爸在你书房放了5千元钱，没钱用了就去拿……"

俗话说男孩穷养，女孩富养，这年头有钱的人多了，在北京的一些圈子里，就有许多包小情人的事情。卫红军自己虽然洁身自好，但见到的可不少，所以生怕女儿因为钱做出什么丢人的事来。

"零花钱？"卫蓉蓉终于想起脑子里刚才想的事情来了，大喊了一声："对，就是零花钱，那个死神棍，竟然敢在本姑娘面前显摆，看我下星期回学校不臭骂他一顿……"

自从那天和叶天吃过饭后，卫蓉蓉这段时间一直都是愤愤不平的，说本姑娘神经质也就罢了，竟然连家里人都诅咒上了，本姑娘没零花钱，那不是说老爸生意要赔钱吗？

"什么零花钱，什么神棍？"卫红军被女儿说得莫名其妙，"我说丫头，你一姑娘家的，别整天神神道道的啊，到底怎么回事？是不是谈恋爱了？我跟你说，大学不准谈恋爱，否则我打断那小子的腿……"

卫红军是过来人，他知道这能让人情绪激动的事，尤其是让小姑娘情绪激动的事，十有八九是和感情有关的，他可不想看着女儿这么小年龄就谈恋爱。

"爸，您说什么呢？谁谈恋爱了？"卫蓉蓉白了老爸一眼，"不过倒真是有人谈恋爱了，是于清雅，我那个同学，你也见过的……"

"哦，就是那个上海小姑娘啊？我知道，她家里生意做得很大，在北京都有些名气的……"卫红军点了点头，但还是稀里糊涂的，紧接着问道，"不过……这和零花钱，还有神棍有什么关系？她还缺钱用吗？"

"老爸，你真笨啊，那个神棍就是于清雅的男朋友！"卫蓉蓉自己说得颠三倒四的，倒是怪起老爸来了，"于清雅虽然说不是，不过我看得出来，她这几天上课都神魂颠倒的，也不知道那个小白脸怎么骗的她！"

其实叶天长得是很不错的，眉清目秀，身材高大，除了能吃一点之外，倒是没别的缺点，当然，得罪了卫大小姐，眉清目秀就变成了小白脸。

"嗯？蓉蓉，不要乱说话，你知道他们是怎么回事吗？别背后议论人的是非……"听到女儿的话后，卫红军把脸绷了起来，这感情的事情最难说，女儿的性格他最了解，心直口快的，万一说出话得罪人，恐怕日后和于清雅连朋友都没得做。

"爸，我怎么背后议论人了？"

被老爸批评了一顿，卫蓉蓉的情绪激动了起来，"那臭小子说我下个月没零花钱了，还说……还说什么入市要谨慎，投资有风险，当断则断，爸，他……他这不是胡说八道吗？"卫蓉蓉记性倒是不错，把叶天那天所说的话原原本本地都给说了出来，一脸愤愤不平的样子。

"嗯？入市要谨慎，投资有风险？"卫红军听到女儿的话后，眉头顿时皱了起来，"蓉蓉，这是股市的话啊，你和他说了老爸是炒股票的了吗？"

卫红军这是担心不知道哪家的小子从女儿口里套了话，然后故意危言耸听吸引蓉蓉的注意力，这些小把戏可瞒不过自己的眼睛。

"没有啊，就是那天吃完饭，他吹嘘自己会看相，我让他看了下手相，那……那臭小子还说我生性怠惰、神经质呢，老爸，你说那人不是神棍是什么啊？"卫蓉蓉越说越是生气，浑然不知道自己现在的模样，看在卫红军眼里就是一种神经质，当然，这种神经质对于长辈而言，也能理解为一种可爱的表现。

"嗯，估计是个神棍，他之前肯定问了你同学我是做什么的，现在的这些小男孩，整天就琢磨怎么骗女孩，丫头啊，遇到这样的人，你给我躲得远远的……"对于女儿所说的话，卫红军也没怎么放在心上，因为在1995年里，除了在年初的期货市场发生了"327国债"事件之外，股市那是一路飙红，甚至都超过了当年在深圳拿着麻袋装身份证去购买股票的胜景了。

不管是沪市还是深市，只要你能摇到号，买的股票绝对在短短时间内就能翻上个十几倍，就算不是新股，买了也是稳赚不赔的。

卫红军的资金分为了两块，一块是投资银行股，这一年多来获利颇丰；另外一块就是用于摇号中标购买新股。从进入股市之后，他的身家要比在中俄当倒爷的时候翻了好几倍了。正因为面对如此红火的市场，卫红军如何能听一个毛头小子的话？权当是少年人危言耸听吸引女孩子的小把戏了。

"蓉蓉，哪天把你同学带家里来吃顿饭，爸和她说说……"下意识地，卫红军也对那男孩有些不满，心里琢磨着是不是哪天让女儿约同学到家里吃顿饭，把这些事情跟那小女孩说一下，省得上了那些坏小子的当。

"好的，爸，你真好，清雅不信我的话，一定会相信你的……"听到老爸的话后，卫蓉蓉高兴地在老爸脸上"啵"了一口，然后蹦蹦跳跳地回自己房间打电话去了。

"这疯丫头……"卫红军无奈地笑了笑，脸上却满是宠溺的表情。

9月的北京城，秋高气爽，正是旅游的好季节，尤其是那几个著名的景点，几乎每天都是人头汹涌，热闹非凡。

在熙熙攘攘游览故宫的人群中，有两个年轻人特别的显眼，男的高大俊朗，女的苗条秀美，从他们身边走过的游客，都忍不住会在心里赞一句"金童玉女"。

故宫占地面积之大，自不用说，如果真的是细细逛来，恐怕一整天的时间都不够，不过于清雅只是在享受和叶天约会的这种感觉，对于周围的景观，却是丝毫都没放在心上。

走过一处建筑群后，于清雅拉住了叶天的衣摆，说道："叶天，我累了，休息下吧……"

虽然和叶天一起游览故宫，心情很愉快，但是叶天走得实在太快，从午门进入之后，几乎没在一个地方停过脚，一路就走到后宫交泰殿里来了，这段路可是不近。

叶天闻言站住了，看着于清雅脸上满是汗水，连忙说道："那就休息下吧，清雅你坐那边，我去买点水过来……"

"我要矿泉水就行了……"看着叶天去买水的身影，于清雅身上的疲劳似乎都一扫

天才相师❶
天眼神童

而空了。

"清雅，那小神棍没对你动手动脚吧？"正在等叶天买水的于清雅，接到了卫蓉蓉的电话，第一句话就听得她满脸通红，什么动手动脚哇？

"蓉蓉，再说这些我不理你了，我都跟你说过了，我们只是同学，小学同学……"

"鬼才信你呢……"电话一端的卫蓉蓉不屑地啐了一声，说道，"好了，你自己小心点，别让他占了便宜，对了，我爸说改天请你到家里来吃饭……"卫蓉蓉只是娇生惯养，脑子可清楚得很，她要是说出老爸请客的用意，于清雅一准不会来的。

"好，帮我谢谢卫叔叔，嗯，不和你多说了，我先挂了啊……"见到叶天走了过来，于清雅连忙挂断了电话。

"清雅，和谁通电话呢？累了吧，喏，你的矿泉水……"叶天将水递了过去，坐在了于清雅的身边。和矿泉水一起递过去的还有一包纸巾，虽然叶天长这么大，还没和哪个女孩一起出去玩过，但并不代表叶天很粗心。

"谢谢，和蓉蓉通电话呢，卫叔叔喊我去他家里吃饭……"于清雅笑了笑，接过矿泉水准备拧开瓶盖的时候，却发现已经被叶天打开了，心里不禁感到甜滋滋的。

"卫蓉蓉她爸是做股票的吧？"叶天随口问道。

"是啊，你怎么知道？叶天，那天你说的话可不好听，难怪蓉蓉生气……"对于好姐妹，于清雅还是很维护的，在华清上学这一年，卫蓉蓉的小辣椒脾气可是帮她挡了不少男学长的骚扰。

"唉，忠言逆耳啊，得，不说这话题了……"叶天叹了口气，这人往往吃了亏以后才能记住那些难听的话，早知今日何必当初呢？

"反正你以后别老是惹蓉蓉生气啦……"于清雅也不想再继续这个话题，喝了一口水后，有些奇怪地问叶天，"叶天，你怎么走那么快啊，好多景点都没看呢？你报的是建筑系，不会只想来看故宫的建筑构造吧……"

"建筑系？"叶天闻言苦笑了起来，说道，"也算是吧，故宫的建筑群宏伟大气，虽然在局部小有瑕疵，但也算得上是国内最顶级的古建筑了……"

恐怕除了叶天自己之外，谁都无法想到他之所以报了个建筑系，就是因为建筑和风水搭点边而已，华清如果开有易经、国学类的专业，他一准会报那个的。

"吹牛，你才上了几天课，就能看出故宫的建筑有瑕疵了？"于清雅是个有独立思想的女孩，并不因为和叶天亲近就会赞同他的说法，闻言白了叶天一眼，接着说道，"故宫可是位列世界五大宫之一啊，我不信你能看出什么瑕疵……"

听到于清雅的话后，叶天摸了摸鼻子，脸上的苦笑却是更加明显了。

叶天有心不想解释，不过被个女孩看轻的滋味可不太好受，他虽然成熟，但也不过就是个十八岁的大男孩，想了一下之后，反问道："清雅，你知不知道朱棣即位后，从永乐十八年到万历二十五年，一共历时一百七十多年，这故宫前三殿遭受了不下四次的火灾，这是什么原因吗？"

"咱们刚才过来的那些宫殿都遭受过火灾吗？"于清雅是学新闻的，对这些历史并不了解，看着那些美轮美奂的建筑，她哪里会想得到这些都是曾经重建过的。

"当然，太和殿、中和殿、保和殿这前三殿，最少被大火焚毁重建了四次……"叶天点了点头，"这修建故宫之人虽然是个了不起的人物，故宫从建筑的角度而言也算是一个无与伦比的杰作，但他对于风水在建筑上的应用，就过于粗糙了，或者是说他太过于追求皇权威严，而忽略了一些东西……"

"风水？叶天，你不会这么多年还在学这个吧？"听到叶天的话后，于清雅有些不相信。也难怪，出生在现代的人，即使没多少文化的人，对于风水相术的态度也多是不屑一顾，更不用说他们这些天之骄子了。

"清雅，在风水学说中，三角属火，这前三殿的位置，正好形成了三煞方位，而且你从侧面看其边檐，也是三角形的模样，如果碰到五黄年份，失火是必然的……"

叶天初入故宫的时候，委实被这建筑的风水给吓了一跳。不过他仔细观察后，这故宫的风水在后世曾经被高人改动过，是以自清以后，前三殿再也没有过大的火灾，不过这些叶天就没向于清雅细说了。

"哼，蓉蓉说得没错，你还真是个小神棍……"于清雅对叶天说的那些完全不懂，挖苦了叶天一句之后，说道，"叶天，故宫你还要看吗？咱们去逛胡同吧？"

在故宫里面待着，总有一种庄严肃穆的感觉，这让于清雅感到很不舒服，两个人走在老北京那幽静的胡同里，或许才是……才是恋人应该去的地方吧？

想到这个词，于清雅的脸上不禁泛起了红晕，好在天热人多，叶天也没注意，殊不知身边的女孩正心如跳鹿一般。

"好，咱们去胡同……"叶天站起身来，迟疑了一下，说道，"清雅，我爸是北京人，你知道的吧？"

"知道啊，要不然你北京话怎么能说那么好？小时候我们都很羡慕呢……"

于清雅也是个聪明的女孩，闻言不禁瞪大了眼睛，说道："叶天，你不会还有亲戚在北京吧？"

"对，是有亲戚在北京，不过……她们认不认我，那就不知道了……"叶天也没想瞒着于清雅，不过笑得却是很苦涩，在那个特殊的年代里，什么样疯狂的事情都有可能发生，但发生在他们家里的事情，却让父亲一直内疚这么多年。

看到叶天有些萧索的表情，于清雅没来由地一阵心痛，一把抓住了叶天的手，说道："叶天，咱们先去看看，你别这样子好吗？"

"你不怕我是在骗取你的同情吗？"叶天忽然坏笑了起来，引得于清雅一阵拳脚，笑着追了上去，少男少女清脆的笑声回荡在故宫上空。

北京四合院，既合院建筑之一种，所谓合院，就是一个院子四面都建有房屋，四合房屋，中心为院，这就是合院。

有钱的人家摆阔气，可以建设三个或四个合院，亦为前后相连。在合院中种植花果树木，以供观赏。大四合院从外边用高大的墙壁包围，不开窗子，表现出一种防御性。在合院里住的人十分安适，晚上关闭大门，非常安静，适合以家族为中心的团聚生活。白天院中花草树木十分美丽；夜里花香，空气清新，晚间家人坐在院中乘凉、休息、聊天、饮茶，全家合乐，家里人在院子里，无论做什么，外人看不见的，这符合中国人的习惯。

清代最有代表性的居住建筑是宫室式宅第，这就是官僚、地主、富商们居住的大中型四合院，也可以说，清代是北京四合院发展的巅峰时期。自清代后期起，中国逐渐沦为半封建半殖民地社会，北京四合院的发展也开始逐步走下坡路。

日军侵华，使中国社会发生了很大变化，市民经济状况每况愈下，很多原来住独门独院的居民已没有能力养更多的房子，只好将多余的房子出租，以租金来补贴生活。居民的住房越来越少，院里的房客越来越多，独门独户的四合院开始变成多户杂居的大杂院，四合院的居住性质发生了变化。

建国以后，北京传统四合院在使用上，更是出现了根本性的变化。

由于所有制的变更，很多清代遗留下来的王府、宅院由私产变为公产，它们不再为昔日的贵族所占有，转而成为国家机关、学校、医院、工厂、幼儿园、俱乐部等公用住房。使用功能的改变，使得建筑本身与使用者的需求之间产生了难以解决的矛盾，最终的结果，不是人服从建筑，而是建筑被人所改造。那些仍作为住宅用的院落，已不再为独家占有，变为多户居住的"大杂院"，这些用途上的变化，使四合院再难保持昔日的深邃、安谧、幽雅和温馨，四合院被分割、改造、瓜分成了普遍现象。

从故宫出来后，叶天和于清雅往东城处走了不过七八分钟，就是一片四合院的建筑群。

在清朝的时候，这里属于中城，一般都是达官显贵们居住的，叶天还真有点诧异，他那没见过面的爷爷，如何会在这里拥有一套院子？

走在四周都是高墙大院的胡同里，感受着这份宁静的生活气息，叶天觉得要比在故宫有意义得多。而且叶天发现，四合院的营建极其讲究风水，从择地、定位到确定每幢建筑的具体尺度，都暗合北方八卦派的风水之道。

在胡同口的地方，还不时能看到一些老北京坐在大树下打牌、下棋，街坊四邻走过的时候，一声"您吃了吗"的问候，听得叶天备感温馨。

叶天和于清雅这一对俊男靓女走在胡同里，显得有些扎眼，不过这些年相关部门已经开始策划胡同文化和四合院旅游，居住在这里的人倒是也没表现出特别的惊奇。

来到一处宅门前，叶天站住了脚，有些诧异地盯着宅门两边挂的牌子上。

"街道办事处？"看着那白底黑字的挂在门边的牌子，叶天有点傻眼，再抬头看看门牌号，没错啊，就是老爸说的那地方。

"叶天，你没搞错吧？"于清雅也在一旁问道。

叶天又确认了一下门牌号，摇了摇头，说道："没错，就是这里，不过……怎么变成街道办事处了？"

"哎，您二位这是有事？"正当叶天想进去询问一下的时候，一个三十出头夹着个老板包的男人从门里走了出来。

"呃，没事，我们是华清的学生，对四合院感兴趣，来这里看看……"叶天知道，这四合院20年前还是爷爷一家住着的，现在变成了街道办事处，这中间肯定有些故事。

"原来是华清的高才生啊，怎么着，想进去看看？"听到是华清的大学生，那男人马上热情起来，原本已经迈出门的脚也收了回去。

"呵呵，想倒是想，就是不知道方便不？大哥您怎么称呼啊？"叶天"腼腆"地笑了笑，从包里翻腾出一包红塔山来，很笨拙地撕开包装，给那男人递了一根。

叶天不抽烟，这烟是徐振南早上塞他包里的。按徐振南的话说，出门在外，话前先敬烟，什么事一准都好办。

"嘿，你小子倒是会来事，和一般的大学生不一样……"见到叶天的这个举动，那人笑了起来，接过香烟说道，"我是这里的主任，叫马平，对了，你是北京人吧？怎么还对这老院子感兴趣？"

作为保养得比较好的一座四合院，平时没少有人想进去看看，不过老北京对这个却是不感兴趣，马平听叶天的口音应该是北京人，所以觉得有些奇怪。

"马主任，我女朋友不是北京人，她想进去看看……"叶天的话让于清雅脸色一红，嗔怒地瞪了叶天一眼，不过看在马主任眼里，却是两个年轻人在打情骂俏了。

"成，今天周末，人不多，我带你们看看……"马平点头同意了下来。

"谁是你女朋友啊？脸皮真厚……"跟在叶天身后，于清雅小声地说道。

叶天侧过身体在于清雅耳边道："啊？原来你不是啊，那好，我回头向马主任解释一下，就说你不是我女朋友……"

"你敢！"被叶天口里哈出的气吹在耳朵里，于清雅只感觉半边身体一阵发麻，但心里却是像吃了蜂蜜一般的甜。

这是一座中四合院，三正二耳，东、西厢房各三间，房前有避风雨的走廊，地面均是铺着青砖，原本分割前后院的院墙被打通了，显得颇为开阔。

天才相师 ❶ 天眼神查

看着父亲从小生活过的地方，叶天心里有些激动，不过脸上还是一副漫不经心的表情："马主任，这宅子要是放在过去，说不定就是个尚书大臣的居所，不过现在却是国家的了吧？"

"不是，这房子产权还是私人的，叶大妈借给街道使用的，她也是这里的老主任……"马主任显然对叶天没什么防备，几句话就让叶天了解到了想知道的信息。

　　"叶大妈？"叶天闻言愣了一下，他原本以为这又是一桩民房产权被国家收为公产的事件，没想到这房子居然还归叶家所有。

　　相比那些因为特殊历史时期变为多住户的大杂院，显然这套房子更加容易收回一些，没听面前的马主任说嘛，那位很可能就是叶天姑姑的叶大妈，曾经是这里的前任主任。而且算起来叶天要是能收回这房子，还占了不少便宜呢，要知道，这种四合院每年养护的费用都不少，如果不是有人在这里办公，恐怕早就破败不堪了。

　　"那位老主任还真是高风亮节啊，这么好的宅子自家不住，就租借给你们办公了……"叶天不经意地说道。

　　"可不是，唉，不过这里面也有些别的事，房子的产权也不是老主任的，听说是他弟弟当年没回城……咦？我和你说这些干吗啊？"

　　北京人向来都是有个"侃爷"的称呼的，从出租车司机到看大门的老大爷，侃起大山来那绝对是滔滔不绝，这位做基层工作的马主任也是如此，说着说着就扯远了。

　　"呵呵，我这人也就是好奇，马主任，不打扰了，我们还要回学校，就先告辞了啊……"叶天知道了自己想知道的东西，也没必要在这儿留下去了，说老实话，对于是否收回这套院子，他本人是无所谓的，这还要听一下父亲的意见。

　　"哎，小伙子，还没问你叫什么呢……"马主任正聊得酣畅淋漓，叶天就打了退堂鼓，马主任不禁追出大门问了一句。

　　"我姓叶……"叶天的声音远远从胡同里传了出来，听得马主任一愣，再想追问的时候，两人的身影已经消失在胡同里了。

　　"叶天，你打算怎么办啊？"

　　从北京的胡同回到了华清园后，叶天和于清雅在附近找了个颇有情调的饭店坐了下来，饭店并不大，但用挡板隔开一个个位置，很受校园情侣们的欢迎。

叶天摇了摇头，说道："不知道，这事儿我爸做主，我拿不了主意……"

"那你给叶叔打个电话吧。"于清雅从包里掏出了手机。

"好吧……"叶天也没推辞，接过了电话，他正想问问老爸那生意的事呢。

"爸，是我，小天……"电话接通后，叶天报出了自己的名字。

"小天啊，在学校还好吧？对了，这用的是谁的手机啊？"叶东平那边的信号不太好，声音听起来有些飘忽不定。

"是清雅的电话……"叶天解释了一句，接着说道，"爸，我今天去老宅子了……"

"什么？你去了？"叶东平的声音猛地提高了。

"那里现在是一个街道办事处，好像是大姑把房子借给他们用的，听说……听说产权好像在你手上……"叶天也拿不准，不过从马主任的话里，貌似这套宅院是属于老爸的。

"你……你见到大姑没有？"叶东平显然对房子的归属并不关心。

"没有，大姑好像退休了，要不……我去找找？"

"还是先不要了，你才去了房子那儿，别让人误会咱父子俩是为了那套房子的……"激动过后，叶东平的声音有些疲惫。

"那好吧，对了，爸，您那战国鼎的事怎么样了？栽跟头了吧？"和自家老子说话，用不着拐弯抹角的，叶天直接问了出来。

"臭小子，被你说中了……"叶东平没好气的声音传了过来，"我也纳闷了，这东西无论是品相还是包浆，都像是大开门的物件，怎么就是一赝品啊？"

做了七八年的古玩生意了，叶东平也遇到过不少次别人下的套，但他确实有几分眼力，基本上是顺风顺水，但没想到，这最重要的一个物件却是砸在了手上。

前几天，叶东平拿着这三足鼎，找了南京一位在国内颇有盛名的青铜鉴定专家给掌了眼，当时就被断定为赝品。

叶东平还不死心，拿了又去做了碳十四，结果前几天才出来，物件绝对不超过三十年，这让叶东平顿时心如死灰，过了好几天才缓过点劲来。

"爸，吃亏也未必是祸，反正家里还有不少好物件，不行就出手几件，周转一下好了……"叶天知道，在国内而言，叶东平的古玩生意算是做得比较早的，手上还真囤积了不少好东西，往年三五百元钱收的玩意儿，现在卖个十来万的都很正常。

"唉，你小子不知道，老爸这次是真的栽了，没两三年都缓不过来了……"叶东平叹了口气，不过马上意识到，和叶天说这些不是让儿子添堵吗？于是马上改口说道，"小天，你上你的学，别管这些事，回头爸再给你打点钱去……"

叶东平虽然嘴上说没事，但自个儿清楚，这次生意实在是损失惨重。

做古玩生意的，有许多交易都是以物易物，有点资金也都收了有增值价值的藏品，是以叶东平手头上的"头寸"一直都不是很多。为了买下这件三足鼎，叶东平不仅将自己所有的流动资金全投了进去，还向封况借了20万，可以说现在他兜里真的比脸还要干净了。

更糟糕的是，叶东平打眼买了件赝品赔得家底精光的事情，不知道是谁在圈子里传了出去，俗话说祸无单行，福无双至，这落井下石的人也就跟着来了。

叶东平刚刚打了几个电话想出手几件早先别人看好的物件，没承想那几个人均是异口同声地将价格给压了下去，就是看明白了叶东平急需资金周转。

如此一来，叶东平就有些坐蜡了，把东西卖了吧，自己损失惨重；不卖吧，说得夸张点儿，这连明天的饭钱都折腾不出来了，更何况每月几个店铺的开支也是一笔不菲的费用。

叶东平也是个要面子的，轻易不会张嘴向别人借钱的，而且才从封况那里拿了20万，就更张不开嘴了，所以刚才对儿子说的话，纯粹是煮熟了的鸭子……只剩下嘴硬了。

"爸，是有人挤对您了吧？甭理那些人，我回头给您卡上转一万过去，明儿应该就能到账，您撑上两个月周转过来就好了……"听到老爸的话后，叶天马上反应了过来，看着老爸做了那么多年的古玩生意，叶东平对里面的弯弯道道也都是门清得很。

"哎，不用，老爸没事，你好好学习就行了，喂，喂？妈的，连邮电局也来欺负老子……"叶东平正说着话，对面已经传来了电话挂断的"滴滴"声，再拨打过去的时候，却怎么也打不通了，敢情电话欠费停机了，这会儿的电话还是双向收费，接电话一点都不比打电话便宜。

"叶天，出什么事了？"接过叶天递来的电话，于清雅开口问道。

"我爸做古玩生意打了眼了，买的物件是假的，恐怕要砸手里……"叶天边说边站了起来，"清雅，走吧，去银行转点钱给我爸，再晚恐怕要下班了……"

"叶天，要不要……要不要给我爸说下，先周转点钱给叶叔叔用啊？"于清雅咬了咬嘴唇，看了下叶天的脸色，小心地接着说道，"叶天，你别多想啊，我爸一直说要谢谢叶叔叔呢。再说这是借钱，又不是不要还……"

在前两年的时候，于浩然的企业购进了一批国外最先进的纺织设备，不过在厂家的技术人员回去之后，一次操作失误使得设备内的电脑控制板出现了损坏，整条流水线都停滞了下来。于浩然之所以购买这批设备，就是为了国外的一个大订单，如果设备在短期内修不好的话，那他的损失就要大了，在上海找了不少人都没修好，急得于浩然团团转。

说来也巧，那几天正好叶东平在上海，当时看到老朋友着急的样子，就去厂里试了下。

经过一番检查以及和与国外厂家的电话沟通，机械专业出身的叶东平居然将设备给修好了，说起来于浩然还真欠了叶东平一个不小的人情。

看着于清雅小心翼翼的样子，叶天不禁笑了起来，说道："干吗这副样子？借钱就借钱呗，是不是怕伤了你男朋友的自尊心啊？"

"你是谁男朋友？怎么脸皮越来越厚了？"于清雅脸皮薄，被叶天说得俏脸绯红，生气地跺着脚。

叶天笑了笑也没争辩，说道："清雅，我爸这些年做古玩生意一直挺顺的，吃点小亏不算什么，撑过这段就行了。如果有需要的话，我爸他会向于老师开口的……"

"那好吧，我陪你去汇款……"于清雅点了点头也没多说什么，和叶天一起往学校门口的银行走去。

汇过钱后叶天又给老爸打了个电话，却怎么都打不通了，当下也只能作罢，他知道老爸明儿一定会去银行查的。

果然，第二天叶东平就看到了儿子的汇款。虽然心里滋味不是那么好受，但是叶东平也知道，儿子说得没错，只要撑过这两个月，让那些人知道自己并不缺资金，自然有人会用正常的价格来购买自个儿手中藏品的。

解决了老爸的问题，叶天的日子可就难过了起来，虽然手头还有5000多元，但他练武开销也大啊。

俗话说穷文富武，不管是古代还是现代，没点家底的人还真不敢这么折腾，光是吃都能把人吃穷，这刚进入10月中旬，5000就变成3000了。

叶天此时也正视起这个问题来了，3000元最多撑两个月，老爸那会儿要还是周转不开的话，自己这练的十多年的功夫，就要停掉了。

不过思来想去，叶天也没什么好办法，学校里倒是有勤工俭学的工作，不过那一个月一两百元钱，对于叶天而言真的是杯水车薪啊，还不够他吃顿肉的。

"要不然去天桥算命去？"叶天脑海中突然冒出这个念头，但也随即就打消了。

倒不是叶天抹不开这大学生的面子，关键是他堂堂麻衣一脉嫡系五十代传人的身份，如果真是去天桥摆摊，被师父知道的话，恐怕气得连两年的阳寿都活不到了。

就算要去给人占卜问卦，那也要上点档次才行，就像师父那样，要拣个肥羊宰啊。否则天桥那五元钱一次的卦金，连叶天来回坐汽车的钱都不够。

"老三，发什么呆啊？走，去球场打会儿球去……"吃过饭回到宿舍，叶天正挖空心思想赚钱大计的时候，徐振南把球扔到了他躺在床上的身上。

经过这一个多月的磨合，叶天他们这个小团体，也和所有的大学生一样，按照年龄排起座次。

徐振南今年20当了老大，陈晓忠比叶天大了六个月，成了老二，至于傲海明则是小了叶天三个月，做了老幺，每日里也就老大老二地称呼了起来。

"老大，我不去了，昨天淘到本书，晚上看看，你喊老二和老四去吧……"叶天坐起身来，把篮球扔回给了徐振南，他这会儿哪有打球的心思啊。

虽然和这哥几个关系处得不错，但叶天和他爸爸一样，都是万事不求人的脾气，是以徐振南等人也不知道叶天家里发生的事情。

"那俩小子去图书馆了，说那里美女多……"徐振南不屑地撇了撇嘴，"俩闷骚货，去了一星期了，也没见认识一个，得，你看书吧，晚上咱们一起去吃消夜，西门新开的那家饭店炒菜不错……"

徐振南是个运动狂，见到叶天不去，自己抱着篮球跑出了宿舍。

不过还没等叶天头沾到枕头，宿舍的门"咣当"一声被撞开了，刚刚跑出去的徐振南一阵风般地冲了进来，一把将叶天拉了起来。

"哎，哎，我说老大，不是说了不去吗？对了，你眼睛怎么那么红啊？"叶天有些不明白，不就是打个篮球吗？至于激动成这模样？看徐振南这样子，倒是和斗牛场上的公牛差不多。

听到叶天的话后，徐振南连连摆手，指着窗户外面说道："不……不是打球，叶天，那两个美女来找你了，就是那个新闻系叫卫蓉蓉的啊……"

在上个星期的时候，叶天约于清雅和卫蓉蓉那个宿舍的女孩，和自己的宿舍搞了个联谊，说是联谊，其实就是宿舍老大徐振南请客，在校外撮了一顿。

谁知道五大三粗的徐振南一见卫蓉蓉，顿时惊为天人。他现在的业余生活，除了打篮球之外，就是想方设法地接近卫蓉蓉了，不过成效显然不怎么样。

是以刚才一下楼见到了从不来男生宿舍的卫蓉蓉和于清雅，虽然不是来找自个儿的，也让徐振南雄性荷尔蒙大发，以百米冲刺的速度冲回宿舍，将叶天拉了起来。

"她们找我干吗？"叶天伸头从窗户往下看了一眼，果然是于清雅和卫蓉蓉，正站在距离宿舍不远的一棵树下说着话。往左右一瞅，叶天赫然发现，这一排有不少的窗户都伸出了个脑袋，可见美女的吸引力有多大。

"嗯？茂林松柏正兴旺，雨雪风霜总莫为？上签啊……"叶天看到于清雅和卫蓉蓉的时候，搭在窗台上的左手五指掐动，临时起了一卦，脸上顿时露出笑容，敢情想睡觉就有人送枕头来了。

"叶天，看什么看？快点下来……"卫蓉蓉是个急性子，从小也被家里大人宠坏了，向来只有别人等他，这还是第一次等人呢，一眼瞧见三楼的叶天伸出了头却不说话，就不管不顾地喊了起来。

这一声喊让原本不知道下面有美女的宿舍，顿时也轰动了起来，一扇扇窗户被推开，一个个打着赤膊的身影露了出来，却是让于清雅感到有些难堪了。

"哥们又不是欠你的，求人还这种态度……"

叶天撇了撇嘴缩回了脑袋，慢条斯理地脱下牛仔裤，换了一身运动装，那举动看得一旁的徐振南都替他着急，恨不得亲自动手帮他把衣服穿上。

"叶天，干什么坏事被美女找上门啦？"

"叶天，晚上哥们请客，求介绍啊……"当叶天出现在宿舍门口后，楼上顿时异口同声起哄起来，还有人吹着口哨，搞得宿舍的门卫还以为校园里进来狼了呢。

"学姐我就在这里，想认识的下来啊？"和于清雅的难堪不同，卫蓉蓉可不在乎这些男孩子们的起哄，很剽悍地双手叉腰，对着上面就喊了起来。

还别说，见到卫蓉蓉这副模样后，那些大一的新生还真是愣住了，一来对方是学姐，二来也要在心里思量下，能不能降得住这小辣椒啊？

"嘿嘿，学姐，咱们已经认识了，要不要再认识一下啊？"

也真有不怕死的，跟在叶天身后的徐振南听到卫蓉蓉的话后，居然真厚着脸皮凑了上去，这哥们长得五大三粗的，那脸皮的厚度也是和其身材成正比的。

卫蓉蓉瞥了徐振南一眼："学弟，华清园有几个门搞清楚了没啊？就学着别人来泡妞？"

卫蓉蓉有工夫和徐振南斗嘴，一旁的于清雅可是感到浑身的不自在，看到徐振南还待说话，连忙插嘴道："蓉蓉，行了，你不是说有正事来找叶天的吗？找个地方去说事吧……"

"好吧，给你面子，饶了这傻大个儿……"卫蓉蓉好像打了个胜仗似的，对叶天说道，"走吧，晚上本姑娘请吃饭……"

"哪儿能让学姐请吃饭啊，肯定是我请嘛……"徐振南真有百折不挠的精神，见缝插针地说道。

"徐振南，找抽是不是？你充什么大头蒜啊？"这小辣椒发起火来是一点面子都不给人留的。

徐振南被说得脸色悻悻，看得叶天直摇头，不过萝卜白菜各有所爱，一个愿打一个愿挨，他也管不了那么多。

"你请吃饭我就要去啊？再说了，这晚饭吃过了才来请，没诚意啊……"叶天翻了个白眼，算是帮老大找回点面子。

一个多月来，叶天对这个和于清雅形影不离的女孩也算是惯熟的了，时不时地也开上几句玩笑。而且叶天也知道，这姑娘心眼不坏，就是如他所说的那样，有点神经质，经常会有些莫名其妙的主意和行为。

"吃完饭吃消夜不行啊？食堂的饭你能吃饱吗？"果然，叶天话声未落，卫蓉蓉就瞪起了眼睛。

"行了，叶天，别惹蓉蓉生气了，走吧，先出去再说，咱们不是去吃饭，是卫叔叔要见你……"于清雅轻轻地拉了下叶天的衣袖。

"卫叔叔？是蓉蓉你爸吧？"徐振南耳朵尖，听到了于清雅的话。

"蓉蓉是你叫的吗？要叫学姐！"卫蓉蓉不满地瞪了徐振南一眼，"是我爸，怎么着……你也想去？"

"当然想……不，不，我不想去……"听到卫蓉蓉的话后，徐振南条件反射般地摇起了头。他心里正琢磨着怎么追人姑娘呢，哪里敢去见女孩的父亲呢，这纯粹是一种做贼心虚的表现，虽然这贼还没能得手。

"哎，见家长啊？我怎么这么笨，就没说要去啊？"等到叶天几人离开之后，徐振南突然反应了过来，这是多好接近卫蓉蓉的机会啊。

心里后悔的同时，徐振南也对卫蓉蓉父亲找叶天的原因充满了好奇，心里思量着晚上是不是要动用满清十大酷刑来逼供了。

卫蓉蓉每次回家都由父亲的司机接送，这次也不例外，一辆进口的奥迪车正等在华清园的门口。

"叶天，你也不问问我爸找你干吗？"看到叶天老神在在地跟着自己出了校门，一直到上了父亲派过来接他们的车后，都不说话，卫蓉蓉自己却是先憋不住了。

"怎么着，零花钱没了？"叶天笑着问道。

"不知道从哪里听来的小道消息，得瑟什么啊？"北京女孩那是输人不输阵的，嘴上向来都是不饶人。

开车的司机听到两人的对话后，忍不住侧目看了眼叶天，他跟着卫红军有些年头了，也经常接送卫蓉蓉，但却是第一次见到她带个男孩回家。

"行了，你们都少说几句，蓉蓉，你再这样子下次不带你来见叶天了……"

看着卫蓉蓉和叶天的熟络劲，于清雅不知道为什么心里总是感到不舒服，尤其是从倒车镜里看到司机的眼神后，那心里就越发的不舒服了。

于清雅这话一说，车内几人顿时都不做声了，几十分钟过后，奥迪车驶入到了亚运村内。

"哎，小于啊，好久没到叔叔家来玩了……"听到房门的响声，坐在客厅沙发上正看电视的卫红军站了起来，笑容满面地迎了上去，单从表面上来看，谁也想不到他这几天的身家整整缩水了一半。

"卫叔叔，不是怕给您添麻烦吗？这是我的小学同学，叶天……"于清雅很乖巧地和卫红军打了个招呼，然后将自己身后的叶天让了出来。

"这位就是叶天同学啊！"卫红军笑着向叶天伸出了手，目光同时在叶天脸上打量了一番。

叶天虽然称不上很俊朗，却是有几分清秀，尤其是入鬓剑眉和那双有如星月般有神的眼睛，让第一次见到他的人总会生出几分好感来。

卫红军虽然不会看相，但做生意的人，眼光也差不到哪里去，叶天的外表让他不由高看了几分："来，小叶，屋里坐……"

"卫叔叔好，我是叶天……"叶天伸出手和卫红军握了一下，卫红军刚才在打量他，他又何尝不是在看卫红军？只不过叶天看得要更加隐晦一些，打眼一扫就收回了目光。

卫红军四十二三岁的年龄，长着一张田字脸，也就是俗称的国字脸，皮肤比较白皙，算得上是吉凶各半，不过这种面相的人，财运一般还是很不错的。

"李姐，帮客人倒点水。小叶，你喝点什么？"招呼几人坐下后，卫红军对着站在沙发旁的一个中年妇女吩咐了一声，最后一句话却是问叶天的。

"我喝点矿泉水就好了，白开水也行……"叶天表现得很随意，像是到了自己家一般，后背微微靠在沙发上，打量起这房间的布置来。

卫红军这套房子在20世纪90年代的北京而言，堪称豪宅了，大门处的玄关竟是由一处微型假山做成，潺潺流水从上而下循环流动，里面几尾金鱼流动，让人一进门就感觉耳目一新。

假山右侧的墙，则是被做成了一排高约两米的檀木架，架子上摆放着各种瓷器和古玩艺术品，将房子主人的档次也提高了不少，至少比封况那暴发户家装修得要强多了。

从风水的角度上来说，宅左有流水，谓之青龙，虽然没有摆成四象阵法，但也能将阴煞之气尽挡门外，算得上是一处贵地。

由此叶天能看出来，卫红军在装修这套房子的时候，肯定是请懂得风水的人来看过的。

不过叶天心里也生出个疑问，从面相上看卫红军不属于破财之相，而家里又风水极佳，按理说他运势应该极强的，却为何会突然坏了财运呢？

"谢谢……"

接过保姆端来的一杯矿泉水，叶天收回了目光，右手拿着一枚铜钱在手上把玩了起来，自己是受卫红军邀请前来解惑的，卫红军不说话，他是不会主动开口的。

叶天的表现让卫红军脸上露出一丝诧异，他听女儿说过，叶天小时候好像家里特别穷，这样的孩子来到自己装修得如此豪华的房子里，居然没表现出任何的惊奇或者是羡慕。

以卫红军的眼光，自然能看出叶天并非是强作镇定，如此一来，他对叶天的兴趣就越发大了。

做生意谈判和打仗差不多，有时候就要讲究个气势，谁先开口说话，就会落得个下风。虽然此刻不是在和叶天谈生意，但卫红军在生意场上待久了，也不愿意在一个年轻人面前落了气势，当下也是笑眯眯地看着叶天一字不吐。

叶天若无其事地喝着水，把玩着铜钱，卫红军饶有兴趣地打量着他，一时间，屋里竟然没有一人开口，气氛显得有些怪异。

"爸，您把叶天叫来干吗的啊？你们俩大眼瞪小眼的怎么都不说话呀？"

旁边的卫蓉蓉也感觉到屋里的气氛有些不对劲，出言打破了房间里的寂静。

听到女儿的话后，卫红军心里倒是松了口气，毕竟自己是主人，邀请别人到家里来却一言不发，未免有些不礼貌了，女儿打了圆场，自己就有个台阶下了。

"呵呵，我这是看叶天玩铜钱入神了……"卫红军当下哈哈一笑，看着在叶天右手骨节上不断跳动的铜钱，说道，"叶天同学，你手上这枚铜钱不错啊，瞧这光泽，应该是明清的吧？"

在北京城最早赚到钱的那一批人里面，数古玩虫和房虫是最有名气的，古玩虫是看准了社会变革后一段时间内古玩的空白期，倒腾古玩赚了大钱的。至于房虫，则算是国内最早的一批做房产生意的人了，不过和后世的二手房中介不同，北京最早的房虫都是靠着直接炒卖房子发家的，发展到现在，很多人都成了最早的一批房地产商了。

这两类人不一定是最有钱的，但对社会的影响却非常大，通过其他渠道发了财的人，多多少少和这两个行当也有些瓜葛。

就像是卫红军，虽然不是倒腾古玩出身的，但是赚到钱之后，为了在圈子里有点谈资，在这上面也投资了不少钱，屋里那古董架上满满当当的物件就很能说明问题了。

卫红军也玩铜钱，并且玩的还都是珍品，所以虽然这么问了一句，但心里并不是很在意，在琉璃厂铜钱可是论斤称的，要多少有多少。

"呵呵，以前家里是收废品的，这东西是从一户人家地窖里收上来的，我看着品相

天才相师

❶

天眼神童

不错，就一直留在身边玩的，卫叔叔您给瞧瞧？"叶天听到卫红军的话后，笑着用拇指和食指捏住铜钱，将其放到了面前的茶几上。

"嗯？"听到叶天的话后，卫红军的脸色变了变，就单凭叶天能面不改色地说出以前家里是收废品的这一点，就值得卫红军刮目相看了。

卫红军知道，越是内心虚弱的人，就越是会想方设法去掩饰自己的一些不太上得了台面的经历；相反，能坦然面对往事的人，内心都极为强大。

卫红军自问，随着身份的变化，他现在就不愿意听到别人说他开小饭店和卖茶叶蛋的事，自己更是不会提了，就这一点而论，他就不如面前的这个少年。

叶天当着两个漂亮女孩的面，如此坦然地说出家里以前的难堪事，这种心性，绝对不是普通的大学生就能做到的。而且叶天刚才放下铜钱的动作，那也是有讲究的，只有古玩行里的人，才会如此。

要知道，能称得上古董的物件，那最少也要从晚清算起了，百十上千年的东西，是禁不起摔碰的，就算不是瓷器，磕掉点漆、擦破点皮，那也会使物件的价格发生变化的。铜钱虽然是属于金属铸造出来的，但时间久了摔在地上，也会断裂开来的。所以在古玩行就有个规矩，交易物件的时候，一方先要将其放在桌子上，另外一方才能拿起来把玩验看，在谁手里出现了差错，那就由谁承担责任。

虽然从叶天进屋到现在，两人之间的对话没有超过三句，但就凭他的这一个动作，卫红军已经是不敢小瞧叶天了，连带着对这枚铜钱也重视了起来。卫红军心里明白，要真是大栅栏的货色，叶天至于这么郑重其事地放在茶几上吗？

"大齐通宝？"拿起铜钱后，卫红军还没来得及观察铜钱的包浆锈色，就被钱面的四个字震住了，原本稳稳当当坐在叶天对面的身体，也猛地站了起来。

在卫红军掌心里的这枚铜钱，直径只有2.3厘米左右，厚度尚不足1毫米，一面为光背无字，而另一面则是用隶书写着"大齐通宝"四个字。

不知道是否因为叶天长期把玩的缘故，这枚铜钱原本体表的黑漆古锈已经完全被磨去了，露出一种青中带紫的光泽来，仔细看去，给人一种古朴沧桑的感觉。而且整枚铜钱字迹清晰，品相完好，包浆圆润，在古玩行里，已经算得上是全品相的物件了，价格要比稍带残缺的高出很多。

"叶天，这……这真的是大齐通宝？"把玩着这枚铜钱，卫红军的眼中露出不可置信的神色来。

为了提高自己的品位，说白了就是附庸风雅，卫红军这几年在古玩上的投资不下百万，但收到的好东西却是寥寥可数，其中更有不少是仿品、赝品。不过经过几年的熏陶，卫红军的眼力倒是锻炼出来几分，看着掌心的这枚铜钱，他就能感觉到一股沧桑大气。直觉告诉他，这枚铜钱绝对是真的。

听到卫红军的问话，叶天笑着说道："卫叔叔好眼力，的确是大齐通宝……"

"拍马屁，上面有字，谁都认识啊……"一旁的卫蓉蓉撇了撇嘴，对叶天翻了个白眼。

"闺女这态度不对啊？不会是对这小子有意思吧？"卫红军看到女儿的模样，眉头微微皱了下，他这十几年是又当爹又当妈的把女儿拉扯大，对卫蓉蓉的性子是再了解不过了。

"字是谁都认识，但是这铜钱的真假能认出来的人就不多了，是不是啊，卫叔叔？"叶天的话让卫红军转移了注意力，一脸自得地说道。

"没错，这枚铜钱不管是从制式还是包浆来看，都应该是'大齐通宝'的真品无疑……"说到这里，卫红军脸上露出一丝疑惑，转脸看向了叶天，"不过，这物件至今只发现了两枚，还都是残缺不全的，小叶，你这枚大齐通宝是怎么得来的啊？"

"呵呵，叶叔叔，我不是说过了吗，家里是收废品的，这东西是我爸收上来的……"叶天其实并没有说实话，这枚铜钱是老道教他占卜问卦时给他的，本来一共有三枚，不过叶天小时候淘气，另外两枚都丢掉了。

丢的那两枚虽然不是大齐通宝，但也是难得一见的古钱，因为这事，老道曾经狠狠地教训过一次叶天，并给叶天说了大齐通宝的来历。

就连叶东平都不知道儿子经常把玩的那铜钱是真的大齐通宝，否则的话，恐怕他早就给抢过去珍而重之地收藏起来了。

叶天之所以敢这么多年拿在手上，是因为对这枚铜钱把玩已久，一丝灵性早已浸入其中，即使丢了，他也能推演出方位将其寻到的。

"这……这是真的？"

卫红军脸上露出不可置信的神情，他原以为叶天是开玩笑的呢，没想到竟然真是如此得来的，一时间神色有些恍惚，这漏捡得可大了。

卫蓉蓉长这么大，还真很少见父亲这副样子，当下有些好奇地问道："爸，不就是一枚铜钱吗？我看您珍藏的那些，都不比它差，还有银子做的呢，干吗那么大惊小怪的？"

"咳咳，你懂什么，这枚铜钱可是五十名珍之一啊，你老子我要是有这么一枚，那在国内钱币收藏界都是名人了……"

卫红军被女儿的话问得有些尴尬，他虽然藏有不少钱币，但论其稀有程度和价值，比叶天这枚简直就是天差地远了。

中国早在夏朝就用兽骨、龟壳，开始作为钱币交换实物，商代则是用贝壳作为实物货币，一直沿用到春秋时期。春秋以后，各国大量使用青铜铸造不同样式的流通货币，如刀币、铲币、圆形币等，由秦始皇统一方孔圆钱，一直延续到清代末期。

虽然每个新皇即位，都会将之前的铜钱熔化铸造新币，但是这么多朝代更迭，仅是陪葬所用的钱币就不计其数。

流传到今天，各种铜钱的数量并不在少数，就像卫蓉蓉之前说的那样，几乎每个古玩市场里，都能见到堆满在地上的铜钱。

所以铜钱的收藏，玩的是精品，是珍品，一般盛世王朝发行量极大的钱币，到了现在是一文不值，只有一些发行稀少的古钱币，才是藏家们所追求的。

所谓五十名珍，就是中国钱币收藏界对五十个品种珍稀古钱币的统称，一般收藏古钱币的人，如果手上不掏弄几个五十名珍的钱币，都不好意思对人说自己是玩钱币的藏家。

而大齐通宝就是在五十名珍之中也是极其罕见的，因为到目前为止，一共就发现了两枚，而且还都是残缺的。

"大齐通宝"是南唐开国皇帝李弁铸造的第一种南唐钱币，它之所以称为"大齐通宝"，是因为吴国皇帝让位给他前，已封他为齐王。

由于"大齐"这一朝代存在的时间很短，同时此钱铸量又少而精，流传至今已屈指可数，故格外珍贵难得。

大齐通宝现世仅两枚，一枚的右上方缺一角，钱币界称之为"缺角大齐"。

"缺角大齐"由清朝的江南名士戴熙所藏，当时就有人愿用高价收买，戴不忍割爱，太平军攻进杭州，戴出于偏见投水自尽，死前将大齐通宝等物深埋地下。后人为了得到这枚稀世真品，争相购买戴宅，掘地数次，终无所获，是以缺角大齐现在仅存于记载之中了。

另一枚大齐通宝的钱上钻有四个小孔，被称为"四眼大齐"。

"四眼大齐"是民国时期钱币收藏家戴保庭和朱克壮在江西鄱阳农村，偶然从孩童踢的毽子上发现的，此枚大齐通宝虽然不缺角，但因为做毽子，被钻出四个小孔。

后来这枚铜钱被著名收藏家张叔驯重金购得，藏之密室，从不示人，且因而自号"齐斋"，其对大齐通宝的珍爱可见一斑。

不过在抗战时期，张叔驯将所有藏品都带往美国。可惜的是，在他去世后，全部藏品都被他的遗孀给变卖掉了，那一枚"四眼大齐"，现在也不知道流落何方了。

所以对于钱币收藏的人来说，这一枚完整无缺的"大齐通宝"，简直就是像"和氏璧"在历代帝王心目中一样占据着重要的地位。

卫红军到底是生意场上的人，尽管对这枚钱币已经高看了许多，但认识还是不够，如果他是古玩行里的人，恐怕谋财害命的心思都会有了。

"叶天，你……这枚铜钱，不知道愿不愿意转让啊？"爱不释手地把玩着这枚大齐通宝，卫红军连邀请叶天来家里的目的都给忘掉了。

要知道，卫红军虽然妻子去世几年了，但是为了顾及女儿的感受，一直没有再续弦，而且也没拈花惹草地包养小蜜，所以在圈子里向来都是比较低调，或者说没有什么可显摆的东西拿得出手。

不过有了这枚铜钱可就不一样了，在聚会的时候将这枚大齐通宝拿出来，最起码能在京城古玩圈子里扬眉吐气一番，绝对是非常有面子的事情。

"呵呵，卫叔叔，这物件我是打算自己留着的……"叶天摇了摇头，直接拒绝了卫红军的试探。老道的罗盘现在还没传给他，而字画携带不方便，叶天之所以随身带着这枚铜钱，也有着睹物思人的心思在里面的。

"小叶，你也不问问价？"卫红军却是不死心，对叶天的称呼也变得亲热了起来。

"不问，与其问了不卖心里难受，还不如不知道好呢……"叶天半开玩笑半是认真地说道。

卫蓉蓉有些看不惯叶天的态度，插嘴道："显摆什么啊，不就是一枚铜钱吗？能值一千元钱吗？叶天，我给你两千，卖给我爸算了……"

"两千？"叶天和卫红军异口同声地喊了出来，脸上都显出一副古怪的神情。

"咳咳，小叶，蓉蓉不懂这个，你……你别见怪啊……"卫红军咳嗽了一声，看向女儿，说道，"别瞎说，要不是小叶讲究，两千元钱你连看一眼都看不到……"卫红军这话倒不是无的放矢，当年张叔驯收藏"四眼大齐"的时候，很多人愿意出重金一睹都未能得偿，如果放到现代，恐怕还不止两千元钱呢。

"这么贵？真的假的啊？"卫蓉蓉和一直没说话的于清雅都被吓了一跳，眼睛盯在了卫红军掌心里的铜钱上。

虽说卫蓉蓉和于清雅都是出身有钱人家，但是对古玩并不了解，真的无法想象还有花钱都看不到的东西，故宫博物院里面的好物件多了，一张门票也不过就是五十元钱而已。

"具体价格我不知道，但是这枚铜钱换咱们家这套房子是足够了……"卫红军接下来的话更是让卫蓉蓉咋舌不已，她可是知道老爸买这套房子加上装修，总共花了八九十万呢。

"老爸，这破铜钱能换我们家房子？真的假的啊？"卫蓉蓉一把抢过那枚铜钱，拿在手里翻来覆去地看了起来，不过俗话说内行看门道，外行看热闹，任凭卫蓉蓉怎么看，感觉都和琉璃厂摆地摊卖的铜钱差不多。

"蓉蓉，小心点，摔了的话你老爸这套房子就没了……"看着女儿粗枝大叶的样子，卫红军那心都是吊着的，像这种堪称孤品的钱币，根本就是有价无市的。

卫红军刚才说出了个房子价，但也要有人肯卖才行啊，如今世上就这一枚，说价值一百万是它，说价值一千万也行，根本就没有个参考价格的。

"有什么了不起的，不卖就不卖，爸，回头我去琉璃厂给您淘弄个去……"卫蓉蓉撇了撇嘴，将那枚大齐通宝扔给了叶天。看得卫红军那心脏是"咚咚"直跳，他家里可是大理石地面，这铜钱脆得很，掉地上说不定就会裂开。

"还是闺女疼你爸，不过……不过琉璃厂就不用去了……"虽然心里对女儿的倨贴感到很舒服，但是卫红军也知道，这东西能在琉璃厂找到的概率，和他在天安门广场捡到个金山的概率差不多。

"呵呵，说不定你运气好，还真能淘弄个……"

叶天接过铜钱后，也是不以为然地笑了笑，别说这枚大齐通宝了，就算他手上的是一枚最为常见的乾隆通宝,叶天也敢说它是这世上独一无二的。

这枚铜钱的价值,可要比卫红军估算的高得多了,因为它不但是件孤品钱币,更算得上是一件法器。

在制作那几个玉雕小物件的时候,叶天是把这枚铜钱一起放进去蕴养的,加上其本身存在千年所蕴涵的磁场,其功效还要远超那几件玉雕饰品。而且经过元气蕴养的这枚大齐通宝,其内部结构也发生了变化,并不会像一般带满老绣的铜钱那样易碎,要不然叶天也不敢整日里拿在手里把玩的。

"哎,小叶,你可要小心点啊,这东西别看是铜铁的,也禁不住摔的……"

虽然铜钱已经还给了叶天,但卫红军的眼神还是在叶天手上打转,生怕他一个不小心给摔到地面上了。

"呵呵,卫叔叔,没事,这钱经常玩,没有那么疏松,不怕……"叶天笑了笑,手掌一翻,将铜钱收入了兜里。

虽然这玩意不怕摔,但叶天怕卫红军那眼神啊,就现在已经看到眼里都拔不出来了,谁知道待会儿实在忍不住的时候,会不会直接动手就抢啊。

"小叶,真的不考虑出手吗?价格随你开,卫叔绝对不还价……"眼睁睁地看着叶天把这枚大齐通宝收了起来,卫红军心里那叫一纠结啊,不死心地又追问了一句。

叶天摇了摇头,说道:"卫叔叔,这东西价格不好定,说它值三五十万也行,说它值三五千万也可以,下次要能踅摸到好东西,我再给卫叔您留着吧……"

"好吧,看得出来你很喜欢这东西,卫叔就不夺人所好了……"听到叶天的话后,卫红军还以为他是在强调这枚铜钱的独一性呢,从稀少程度的角度而言,叶天说得也没错。

在去年的时候,北京一场黑市文物拍卖就曾经发生了一件轰动一时的新闻,有个北京很有名的古玩家,花了四十万买了一只被称之为孤品的乾隆青花瓷瓶。谁知道那哥们货款一清,拿起那个瓷瓶就狠狠地摔在了地上,直接碎成了七八十片,连修复的工夫都省了,根本就没法黏合。

当时所有人都以为这哥们疯了,却不承想,他直接从随身带的箱子里,又拿出一件和那个一模一样的瓷器来,当众宣布,这才是真正的孤品。

从收藏的角度上来说,那人纯粹就是一二杆子,干的事情很不着边。但是从文物价值上来讲,他所剩下的那个瓷瓶,的确成为了孤品,如果愿意拿出去拍卖的话,估计价格马上就能翻上几番的。

"呵呵,那就谢谢卫叔了……"叶天听出了卫红军的言外之意,笑了笑也没解释,和这些普通人讲解法器的珍贵性,实在是没必要。

要知道,这枚铜钱除了文物价值外,法器的价值正如叶天所言,是很难界定的,要是放在一些稍懂风水的人眼里,根本就无法用金钱来衡量。像香港、澳门有许多入世修行的居士,他们从一些佛法精深的高僧那里请得一件法器,往往要捐献数以千万计的香火钱，可见世上法器的稀少与珍贵了。即使如此，那些法器也不过就是经过简单开光的，其功效远不如叶天手里这枚铜钱。

"爸，您今天找叶天来，不会就是谈古董的吧？"听老爸和叶天说了半天的铜钱，卫蓉蓉有些不耐烦了，老爸刚才在叶天面前的表现，实在是有点丢份，别人都说了不卖，还死气白赖地去问，让她觉得也很没面子。

"哎，对了，蓉蓉你不说我差点忘了……"像是被女儿提醒了一般，卫红军拍了下巴掌，接着说道，"小叶，我听蓉蓉说你好像会占卜看相，上个月似乎说过我会破财，不知道有没有这回事呢？"

经过刚才大齐通宝这件事，卫红军也明白了，叶天远不是一般普通大学生可比的，且不说随身带着一件无价之宝，就是他那心性，也沉稳得可怕，连卫红军都自愧不如。所以他也不玩什么气势不气势的了，直接开门见山地询问了起来。

"卫叔，您这房子，是请人看过的吧？"叶天没点头承认，也没否认，笑着说道，"您这房子宅东流水达江海吉，风水是不错的……"

"你……你还会看风水？"叶天话没说完，就被卫红军给打断了，脸上的表情比之前看到了那枚大齐通宝还要诧异，因为叶天刚才的那句话，正是当时给他看风水的那位高人说过的。

听到卫红军的话后，叶天也没谦虚，点了点头道："风水相术虽为两种方术，但原本就是孟焦不离，会看相的人，多少也懂得点风水的……"

"今天还真是碰到高人了……"卫红军此时再也不敢把叶天当成一个十七八岁的孩子了，站起身很认真地说道，"叶天，卫叔这个月在股市栽了个大跟头，和你之前给蓉蓉说的差不多，你能不能帮卫叔分析下，看看原因到底出在哪里？"

"得，这位总算是说出正题了……"叶天闻言笑了起来，这要是一直扯淡下去，他的耐心也快没了："卫叔，您说说具体的情况吧，也不一定是风水或者是您个人运程出的问题……"

"叶天，是这样的……"听到了叶天的话后，卫红军也没矫情，直接把这段时间困扰他的事情给说了出来。

原来，从卫红军1994年涉足股市以来，一直都是顺风顺水，身家也在这两年翻了好几番，但是谁知道就是在月初，他却遭受了从来未有的一次危机。

事情的源头在于国家《关于制订国民经济和社会发展"九五"计划和二〇一〇年远景目标的建议》这么一份文件上，其中明确提出：要对银行、信托、保险和证券业实行分业经营。

与此同时，人民银行发出公告，宣布对因存在违法经营、经营管理混乱、资产质量差等问题的中银信托投资公司实行接管。

人民银行的这个公告，直接导致了中银股份的暴跌。

要知道，我国股市在1995年的时候，尚且没有跌涨停板的制度，一天之内股票翻个几番和直接缩水大半，都是可能发生的事情。

中银股份就是如此，直接让将绝大部分资金都投入里面的卫红军，身家在几天之内大幅度缩水，如果不是还没伤及老本，估计他连跳楼的心思都有了。

做生意有赚有赔，炒股也是如此，原本卫红军并没有怎么在意，这里赔了别的地方赚回来就是了。

但是卫红军偏偏想起了女儿上个月曾经给他说的那句"当断则断"的话，这就让他心里有些打鼓了，敢情早有高人提醒过自己，只是自个儿没在意罢了。

卫红军本就是对风水学说极为相信的人，要不然也不会花大价钱请人给他布置阳宅了，所以这才有了邀请叶天来家里做客的举动。

叶天刚来的时候，卫红军还想试探叶天一番，只是叶天的水深水浅他没试出来，倒是自己吃了个瘪，不过这也让卫红军对叶天生出几分信心来。

听完卫红军的话后，叶天皱起了眉头，想了一下之后，说道："卫叔叔，说句实话，您虽然有中年丧妻之相，但是财运极佳，按理说是不会有此厄难的……"

"叶天，你胡说什么？"叶天话刚说了一半，就被一脸愤怒的卫蓉蓉给打断了，在她看来，叶天说卫红军有丧妻之相，就是将她妈妈病逝的责任推在了父亲的身上。

"蓉蓉，你闭嘴，一点礼貌都没有，让叶天把话说完……"不过让卫蓉蓉没想到的是，就在自己话声未落的时候，一向疼爱自己的老爸，竟然出言训斥了自己。

"爸，你……你骂我？"卫蓉蓉几乎不敢相信自己的耳朵，从小到大没对他说过一句重话的父亲，竟然因为一个外人骂自己？这让她的眼圈迅速红了起来。

"蓉蓉，卫叔叔不是骂你，打断别人说话是很不礼貌的。叶天，你也是的，有些话不能乱说的……"旁边的于清雅见状，连忙搂住卫蓉蓉的肩膀打起了圆场。如果因为叶天引得别人父女不和，作为卫蓉蓉好朋友的她也会感觉很尴尬的。

"蓉蓉，唉，是爸爸不对，爸爸向你道歉……"见到女儿一副要哭的样子，卫红军也慌了手脚。

自从妻子去世后，卫红军最在乎的人，也就是这个女儿了，除了天上的月亮他没本事摘下来外，几乎女儿提出的任何要求，他都会想方设法地去满足。

"这叫什么事啊？"叶天撇了撇嘴，都把孩子惯成这样了，怪不得卫蓉蓉那脾气就像是属狗的，平时说翻脸就翻脸呢。

卫蓉蓉带着哭腔问道："于清雅，是不是你告诉他我妈妈去世的？"

在卫蓉蓉心里，母亲一直都占据着很重要的地位，除了和于清雅这个好朋友说过母亲去世的事情之外，她再也没给任何人说过。在卫蓉蓉看来，如果是于清雅告诉的叶天，那就是对她们友情的一种背叛。

"我没有，从来没说过，我保证……"在于清雅的内心深处，是不喜欢叶天和别的女孩来往的，她和叶天在一起的时候，当然不会讨论别的女孩的事情了，即使是卫蓉蓉也不例外。

"真的？"听到清雅的话后，卫蓉蓉坐直了身体。朝夕相处了一年多，她自然知道于清雅的性格，这个性格委婉的女孩，是从来不说谎话的。

"叶天，你……你真的是从面相上看出来的？"卫蓉蓉一脸怀疑地看向叶天。

"是，说了你又不信……"叶天点了点头，心里已经有些不耐烦了，不过脸上还是没有表现出来。

"蓉蓉，叶天算命很准的，他很小的时候就学这个了……"于清雅也在一旁说道。

女儿胡搅蛮缠，卫红军也是头大，看着女儿这会儿脸色恢复正常了，连忙说道："行了，蓉蓉，你和小于去房间说话吧，我和叶天还有事情要谈……"

"什么看相算命，不就是骗人的神棍吗，我才不稀罕听呢……"听到父亲的话后，卫蓉蓉拉着于清雅去了自己的房间，让客厅里的叶天和卫红军均松了一口气。

卫红军亲自给叶天的茶杯里续上了水，一脸歉意地说道："叶天，小女刁蛮，还请不要见怪啊……"

"呵呵，可怜天下父母心……"叶天摇了摇头，说道，"卫叔叔，客气话就不说了，老实说，我对您近期的运程也感觉很困惑，从您居所的风水和面相而言，都没有破财的迹象，这问题出在什么地方，我也有点拿不准了，您最近遇到什么事，或者得罪什么人没有？"

叶天自从得到麻衣一脉的传承后，占卜问卦几乎无往而不利，像今天这样摸不清头脑的事情，还真是头一遭。

"没有，我每天除了在家里，就是去证券交易所，这段时间应酬都很少，怎么会得罪人呢？"听到叶天的话后，卫红军连连摇头。

他是从摆摊、开小饭店这种小生意做起来的，讲究的就是一个为人，平时有什么事，卫红军宁可自己吃点亏，也不会让朋友难做，在圈子里是有口皆碑的爽快人。

"证券交易所？"叶天闻言眼睛亮了下，开口问道，"卫叔叔，这段时间证券交易所是否有过装修或者格局变动的事情？"

听到叶天的话后，卫红军眼睛顿时瞪大了："小叶，你怎么知道的？前段时间增加了几间大户室，装修了一个多月呢，9月底才刚刚搞好……"

"卫叔叔，这事情十有八九就出在那里了，你换个房间吧，不过这次的损失却是弥补不过来了……"

由于卫红军赚钱的地方是在证券交易所，这家里的风水运程再好，也影响不到那里，叶天听卫红军这么一说，顿时就明白过来了。只是不管是风水看相，还是占卜问卦，改变别人的运程总是要有一个过程的，不是说这边改了，那边就立竿见影的。所以叶天能看出问题所在，但是对于已经发生了的事情，也是无可奈何，卫红军亏在中银股份上的钱，却是在短时间内无法赚回来了。

"怪不得我这几天去大户室的时候，坐在那里老是感觉不得劲，敢情风水被人改动了啊……"卫红军脸上露出一副若有所思的神情来，生意做到他这种程度的人，脑子里想的东西就要多一点，这会儿卫红军心里想的就是，前段时间让他换大户室，是否有人故意的呢？

"卫叔叔，这会儿也不早了，如果没有别的事情，我们就先回学校了，再晚宿舍门就要关了……"虽然帮卫红军看出了症结所在，不过这件事情的结果已经出来了，叶天也无法改变，所以他也就没提钱的事。

"啊？别……别急……"沉思中的卫红军被叶天的话惊醒了过来，"小叶，卫叔叔还有件事想请你帮忙……"

"哦？什么事？"叶天挑了挑眉毛。

"是这样的，卫叔想让你明天陪我去趟大户室，看看那里格局的改动，究竟是人为故意的，还是无意为之的，好不好？"

卫红军虽然敢拍着胸脯说自己没得罪过人，但是他也知道，这年头小人多啊，自己大把大把地赚钱，指不定就有人眼红呢，谁知道更换大户室的事情里面有没有猫腻？

"嘿，生意来了……"心里高兴，不过叶天脸上却是露出迟疑的神情，"这……卫叔叔，明天我还要上课呢……"

给卫红军指点出破财的问题所在，看在于清雅的面子上就不收费了，但是要去现场堪舆风水，叶天就要收钱了，如果次次都学雷锋做好事，那干这行的人估计早都饿死了。

"叶天，明天的课要是不重要，就帮帮卫叔吧……"这人一旦起了疑心，就很难消除下去了，就像卫红军这会儿，总是感觉好像有人要害他，如果不弄明白的话，恐怕他在未来的日子里也睡不好觉了。

叶天沉吟了一会儿，说道："明天是大课，倒是没事……"

叶天话音未落，卫红军就高兴地说道："那就好，那就好，小叶，明天我一早就去接你……"

我靠，亏得这人还是做生意的，非要小爷把话点透才行吗？

叶天被卫红军说得差点要吐血了，您连报酬的事儿都不提，小爷凭什么去给你看风水啊？真当咱这麻衣一脉五十代嫡系传人，是大街上摆摊算卦的了？到时候随便扔个三毛五毛的就打发掉？

"卫叔，有件事我想还是要说明白比较好，按照我们这行的规矩，这个……这个是要收取一定费用的……"叶天这些年的游历可不是白混的，该厚起脸皮的时候，一定要能顶得上。再说了，请人看风水当然要给钱的，风水师的命格与"五术"有缘，注定要吃这行饭，所以只好"受人财禄，为人赐福"了。这年头上个厕所都要花一毛钱，更何况风水师给人堪舆方位，属于逆天机，夺造化之事，是违背自然法则的，要承担相当大的责任的，没钱谁会去干？

叶天游历的时候就曾经听同行说过，在深圳等沿海地区，看阳宅风水都是按平米算的，最低三十元钱起，也就是说，这房子要是一百平米，看一次最少要三千块的。

"你们这行的规矩？受人财禄，为人赐福？"

听到叶天的话后，卫红军明显愣了一下，过了好半晌才反应过来，迟疑着说道："小叶，你……你是说你看风水是要收费的？"

叶天脸上露出了"腼腆"的笑容，有些害羞似的说道："卫叔，我这一门风水派

天才相师 ❶
天眼神童

系，是有传承的，这个……不能坏了规矩的……"

叶天一脸不好意思的样子，倒是让卫老板感觉自己忒不地道了，人家从进门到现在，指点了那么多，自个儿竟然一毛不拔，这要是传出去，可是大大有损卫某人豪侠仗义的英名啊。

痛定思痛、深刻反省之后，卫红军连忙说道："这个好说，小叶，卫叔绝对不会亏待你的……"

其实倒不是卫红军反应迟钝，实在是他根本就没往这上面去想，一来叶天只是个大学新生，还是女儿的同学校友，在身份上卫红军就没认为叶天是个风水师；二来就是叶天一进屋拿出的那枚铜钱，让卫红军认为叶天根本就是不缺钱的人，试想您要是随手把玩个价值三五十万的物件都不怕丢了，眼里还能看上万儿八千元钱吗？

见到卫红军明白了过来，叶天立马站了起来，说道："那成，卫叔叔，我们就先回去了，咱们明儿一早见……"

"叶天，老实交代，你怎么忽悠的我爸？连我这个女儿都不在意了？"在回学校的车上，卫蓉蓉还是有点愤愤不平，长这么大自己还是第一次被父亲如此训斥呢，而罪魁祸首显然就是叶天。

"咳咳，怎么说是忽悠？这是自然科学好不好？卫蓉蓉，我问你，儒家的四书五经都有哪些？"

听到卫蓉蓉的话后，叶天摇起了头，要不把这小辣椒给说服，指不定日后还会给自个儿使什么绊子呢。

卫蓉蓉眉头一挑，说道："我当然知道了，四书指的是《论语》、《孟子》、《大学》和《中庸》，而五经则是《诗经》、《尚书》、《礼记》、《周易》、《春秋》，怎么样，没说错吧？"

自南宋之后，"四书五经"就是儒生学子的必读之书，被用为封建科举中选拔人才的命题书和教科书。

不过时至今日，恐怕十个学生里面有九个都不知"四书五经"为何物了，卫蓉蓉能答得出来，倒是让叶天有些意外。

"好，卫学姐，您既然知道《周易》是五经之一，也应该知道易经被誉为'群经之首，大道之源'，难道从这里面衍生出来的知识，不值得重视和探讨吗？"

卫蓉蓉被叶天问得有些说不出话来了，支支吾吾地说道："那不一样，那……那是封建迷信，是传统文化里面的糟粕……"

叶天闻言叹了口气："卫学姐，现代科技尚有很多无法解释的现象，您总不能都给戴上一个封建迷信的帽子吧？

"风水相术也被称之为玄学，它和科学最大的不同之处，就是玄学重视心灵的呼应，而科学则着重于物质的实证，倘若要是因为风水学找不到实证而否定它，这就是完全否定了心灵感应这个因素。

"人为万物之灵，既要有物质的生活，也要有精神的生活，平心而论，科学既然无法证明风水相术学说中的五行八卦这些理论，那就要正视它的存在。

"当然，信与不信在于个人的取舍，就像我不能强迫您相信一样，卫学姐您也不能否认这种经过数千年演变出来的一种传统文化……"

关于风水相术是不是封建迷信这种争论，叶天和父亲不知道进行了多少次，眼下随便说出一些来，都听得于清雅和卫蓉蓉目瞪口呆。

直到车子停在华清园大门口的时候，卫蓉蓉还在回味着叶天的话，虽然她还是有些不服气，却是找不出可以反驳叶天的话来了。

第二天一早，卫红军亲自驾车来到华清园门口，接上翘课的叶天出去吃了个早点，然后直接将车停到证券交易所的停车场里。

"乖乖，卫叔，这就是证券交易所啊？"从后门走进交易所后，叶天顿时被这场面给震住了。

偌大的交易所大厅里，此时已经挤满了人，有兴高采烈高谈阔论的，有愁眉苦脸盯着墙壁上显示屏的。整个就是一浓缩了人生百态的地儿。

更有一些老头老太太挽着个篮子叫卖包子、油条、茶叶蛋的，而且他们的经营还很多元化，不仅卖吃的，还有一些股市报纸，基本上围着大厅转悠上一圈，东西就全都卖完了。

"怎么样，小叶，这里热闹吧？"看到叶天吃惊的样子，卫红军得意地笑了起来。

这会儿的中国股市，还处于摸索发展的阶段，并且电脑还没有普及，想要炒股，除了电话委托之外，必须要到交易所里来，这也造就了股市繁荣的表象。

"哎哟，卫老板您来了，吃了没啊？这刚买的包子，您要不要尝尝？"

"卫总，今天有什么消息没？给小弟透露点吧，上个月才买的一支股被套住，这连吃饭的钱都快没了……"

"卫老板……"

"卫总……"

卫红军刚一出现在交易大厅里，那些原本正讨论得热火朝天的人，呼啦一声围了上来，七嘴八舌地和他套起了近乎。

"诸位，回头聊，回头咱们再聊，今天有事，大家让让啊……"

要是放在平日里，说不得卫红军要和众人客套一番，不过今天是带叶天来看风水的，实在没心情和这些人搭讪，当下告了声罪，拉了一把叶天，说道："走，上楼……"

"那个就是卫老板，听说在大户室都是数一数二的……"

"可不是，人家炒股票，一买就是几十万，要不怎么能去大户室啊……"

"买的多赔的也多，你们不知道吧，就那位卫老板，被套进去啦……"

看着卫红军和叶天通过门卫的把守上了二楼，下面的那些人也是一哄而散。

天才相师 ❶

天眼神童

"卫叔，大家都是炒股，为什么那些人好像很巴结您啊？"

以叶天的眼力，自然能看出来那些人对卫红军的态度，可是出自内心的尊敬或者说是巴结，他就闹不明白了，难道大户室的人会知道更多的信息？

听到叶天的话后，卫红军笑了笑，看了眼纷乱嘈杂的大厅，说道："还不是被钱给闹腾的？叶天，这股市里面的门道可多了……"

在这个年代，大户室在人们眼里那是相当神秘的地方，大户室和里面发生的故事，总被芸芸股民不断谈论着。仿佛置身于大户室中的人，都是呼风唤雨的人物，他们的一举一动成为众多散户观察的焦点，可以说，大户室的兴衰就是中国证券市场的一个微型盆景。

叶天不是圈里的人，卫红军也不怕告诉他，现在正处于中国证券市场的初级阶段，股票数量很少，流通量更少，所以存在严重的供需不平衡。

这年头稍微大一些的客户，就有实力操纵些流通盘较小的股票。

像卫红军这两年在股市之所以能混得风生水起，就是和这些大户合谋，通过建仓、洗盘、拉升、出货这些手段，牟取了大量的财富。

凭借着巨大的资金量，卫红军这些大户们，的确能够在股市呼风唤雨，刚才所见到的那些小散户，之所以一个个都想和卫红军套近乎、拉关系，不外乎也就是希望搞一些小道消息，跟着赚点钱罢了。

卫红军这次也是和几个大户一起在操作中银的股票，只是他们这次运气不太好，碰上了一系列政策的出台，而中银也因为其管理混乱做了出头鸟，直接被央行给接管了。

"怪不得卫红军一点不在乎这次的损失呢……"听完卫红军的解释后，叶天心里也明白了过来，敢情卫红军这几年早就赚够了。

中银股份的操作失败虽然让他的身家直接缩水一半，但对比他投入股市里的资金，卫红军还是赚得盆满钵溢。

"这里的环境确实不错……"刚上到二楼，叶天就感觉到一阵空调带来的清凉。

相比那些忍受着大热天，聚集在股票交易大厅熙攘的环境中，昂头眺望电子板上数字的股民们，二楼的环境无疑好上太多了。

不过即使是大户室，那也分个三六九等的。

按照卫红军的介绍说，一般有个十万元左右就能上二楼了，不过那些人只能坐在大厅内被隔成的一个个小空间里，当然，每人一台电脑还是能保证的。

至于投入股市资金在百万元以上的人，则是拥有单独的全封闭办公室，这种私密性，也让真正的大户们更加方便股市上的操作。

"卫总，早上好啊……"

"卫总，今天来晚了呀……"

"卫总，中午要不要一起喝几杯？"

走在二楼，同样有不少人向卫红军打着招呼，对于这些准大户们来说，卫红军依然是高不可攀的存在。

　　"嘿，有点事耽误了，这不还没开盘吗？"

　　"王总，您客气了，今天不行，还有点事，明儿我请您……"

　　卫红军对二楼这些人的态度，显然要好了很多，脸上挂着笑容一一回着话，带着叶天来到了专属于他的大户室前。

　　一个从他们上了二楼就一直跟在后面的漂亮女孩，拿出钥匙上前帮卫红军打开了房门。

　　卫红军的这个大户室，在整个二楼的东部，门口的结构呈三角形，洗手间的位置在三角的那个点上，而大户室的门则是在对面的中轴线上，直接对着洗手间。

　　等那女孩打开门，见到叶天站在门口四处打量，卫红军招了招手，说道："小丽，帮我泡壶茶来，茶叶你知道的，用最好的那种……"

　　"叶天，怎么了？"支开了小丽后，卫红军发现叶天的眼睛直盯着房门对面，开口说道，"那里是个洗手间，专门给我们这些人装修的，搞好还没一个月……"

　　说到这里，卫红军似乎回过味来，情不自禁地向洗手间看去，压低了声音说道："叶天，不……不会就是那里的问题吧？"

　　"我看看再说……"叶天点了点头，往洗手间走去，不过走到一半的时候，又返身走了回来，说道，"卫叔，那中间原本有个大型的盆栽吧？"

　　卫红军闻言愣了一下，答道："是有啊，不过那盆栽有些挡过道，我让证券公司的人给搬开了……"

　　"卫叔，这事儿可没人算计您，这是您自个儿招来的……"听到卫红军的话后，叶天苦笑了起来。

"你……你说什……什么？我自个儿招来的？"听到叶天的话后，卫红军脸上的表情可谓是十分精彩，指着原来放置盆栽的地方，不敢相信地问道，"叶天，难道是那盆栽的缘故？"

叶天点了点头，很肯定地说道："如果我没看错的话，应该就是这么回事了。卫叔，别看只是一个盆栽，搬与不搬，对这里风水的影响完全是天差地别……"

按照风水玄学的理论，天地分阴阳，只要是存在的空间内，都有阴煞之气和生吉之气，不管是居家所在还是办公的地方，都是不可能避免的。阴煞之气的强弱，在不同的地方分布也是不均匀的，一般而言，一处场所最为阴秽的地方，当然就要数厕所了。而卫红军的这间办公室的门，正对着厕所的门。加上办公室又处在一个三角地带的轴心点，阴煞之气流动之后，都会汇集到这个点上，也就是说，整个二楼的阴煞之气，都指向了卫红军的办公室。原本在两门之间放了一个盆栽，可以将厕所的阴秽之气给阻隔住，并且改变了整个二楼阴煞之气的循环流向。但谁知道卫红军不知道脑袋哪根筋搭错了，偏偏让人将这个盆栽给搬走了，如此一来，风水格局全变，阴煞之气全部往他那个方向会聚。虽然这里的阴煞之气全都是自然形成的，远不如当年叶天所布的风水杀局，但如果时间再久一点，卫红军别说是破财了，就连他这个人最少也要大病一场。

"靠，原来是这么回事，叶天，你先进办公室坐一下，我去找人把那盆栽给搬回来……"

听到叶天的解释后，卫红军懊恼地一拍大腿，也顾不上招呼叶天了，急匆匆地找交易所的负责人去了，反正他们这些大户都是上帝，不怕折腾那些工作人员的。

看着卫红军风风火火的样子，叶天笑着摇了摇头，推开了大户室的门，抬头一看，脸上刚刚消散下去的苦笑，又重新回到了脸上。

这间专属于卫红军的大户室面积大约在20平米，一张宽大的老板桌正对着房门，在右侧有一排黑色真皮沙发和一张茶几。在那张老板桌后面的墙壁上，挂着一幅宋代王希孟的《千里江山图》中的一卷放大了的现代仿品。展现在叶天面前的画面千山万壑争雄竞秀，江河交错，烟波浩淼，气势十分雄伟、壮丽，挂在这间办公室里倒是显得大气磅礴。不过从风水的角度而言，这幅画就相当于一张催命符了，整幅画线条激烈纵横，会给人一种很不好的心理暗示，而且宋画多色调阴暗，具有吸煞聚阴的功效。在叶天看来，如果不是卫红军本人气运旺盛的话，长时间坐在这幅画的下方，恐怕此刻早已是大病一场了。

"快点，放这里，对、对，就是这里，小心点……"正当叶天打量着大户室的布局摆设时，卫红军吆喝着几个人，将一个高两米多的室内大型盆栽，放到了原先的位置上。

"卫总啊，您前几天不还嫌挡着路呢吗？怎么这又要搬回来？"一个西装革履经理模样的人，有些不解地问道。

卫红军笑着打了个哈哈："这办公楼里没个花花草草的也不好看啊，成了，放这就好了，王经理，晚上全聚德，我做东啊……"

"成，卫总请客，那真的是吃大户了啊，晚上一准儿去，马上开盘了，您先忙着……"

那位证券交易所的王经理，显然没将卫红军的举动和风水格局联想起来，听到卫红军的话后，也就没再多问，等工作人员将盆栽摆好就离开了。

"叶天，看什么呢？"

将盆栽放回到原地，卫红军推开了办公室的门："那盆栽放回去了，以后不会再有事了吧？"

"外面的风水肯定没事了，不过……"叶天摇了摇头，指着那幅《千里江山图》，向卫红军问道，"卫叔，这画挂了多久了？您以前的办公室没有吧？"

听到外面的风水恢复了正常，卫红军脸上露出喜色，随口说道："以前没有，上个月一朋友送给我的，刚好这里装修好，就挂上了，怎么？这……这画也有问题？"

"画是没问题，不过挂的地方就有问题了，卫叔，您把这画取下来吧，挂着不合适……"叶天也懒得给他说缘由了，内行人一点就透的事情，给外行解释起来那不是一般的浪费口舌。

"好，好，我马上取下来……"卫红军连忙搬过把椅子，将那幅画取了下来，这做生意的人对于风水一说，多少还是会抱着宁可信其有，不可信其无的心思的。

"叶天，你看看，卫叔这哪里还有不对的地方？"取下画后，卫红军小心翼翼地向叶天问道。

叶天闻言摇了摇头，说道："没别的问题了，不过卫叔，这风水可以改变人的气运，却不是立竿见影的，您前段时间出的那些问题，还要您自己解决的……"

"那是，那是，这个我知道……"卫红军连连点头，关于中银被套住的人，又不是

天才相师①
天眼神童

他一个，这会儿都在想办法呢，实在不行就割肉退市，卫红军还是有这个魄力的。

"对了……"叶天突然想起一件事，看向卫红军问道，"卫叔叔，您对家里的风水格局那么在意，为何不请帮你家中布风水格局的那人，来给看看办公室的风水呢？"

叶天看卫红军家里玄关的布置，绝对是深谙风水之人所为，如果那人能来这里看上一眼，卫红军前段时间也不至于栽这么大个跟头了。

"我倒是想啊，可那位大师是香港人，机缘巧合才请到家里给看了一下，现在早就回去了……"卫红军闻言苦笑了起来，他是1993年请那位大师给看的家里的风水，当时就整整花了10万元钱的"辛苦费"，在那会儿两三百元钱一个月工资的时候，这算是一笔天文数字了。

要知道，那位大师当时来北京的时候，身边所跟的人，都是足以让卫红军仰望的，如果不是卫红军有个发小能和那位大师说得上话，根本就请不来人家的大驾。

那人到了卫红军房子里，拿着个罗盘看了一圈，随手画出了个玄关的图样，指出几个摆放物件的点，前前后后连半小时都没有，卫红军就恭恭敬敬地送上了十万元钱的"辛苦费"，原本卫红军还感觉有些不值，但是从昨天叶天给他讲评过家里的风水后，卫红军这才意识到，敢情还真是一分钱一分货，人家那十万不是白要的。

其实卫红军不明白，风水和人自身的气运，是相辅相成的，有些自身气运差一点的人，可以通过风水聚气，使之财运兴旺。而那些自身气运极强的人，经常身处风水不好的地方，也会消弱自己的运势，就像是卫红军这般居家风水和自身气运都很强的人，也免不了破财消灾。

"呵呵，香港的风水师，真是外来的和尚好念经啊……"听卫红军说起这事的缘由，叶天笑了起来，对于这种现象，叶天倒是曾经研究过一番，这和国学式微有着很大的关系。

由于解放后政府的一些举措，短短的数十年时间，中国流传了几千年的传统文化，几乎是完全被人给遗忘了。就像是古代上了私塾的三五岁小孩，都能摇头晃脑背诵的《百家姓》、《三字经》，现在也少有人会了，一些基本的文言文，更是到高中、大学里才能学到。可以说，国学在大陆已经失去了它应有的地位和往日的荣光。不过在港台这些地方，却是另外一种情形，在半个世纪前国内形势比较混乱的年代，有很多国文功底深厚的人，都去这两地定居，对当地文化的发展影响极大。

"卫叔，您这边没事了，我下午还有课，要不……我就先回去了？"叶天方才对这大户室内外风水格局的一些指点，虽然对卫红军来说意义比较重大，但是在叶天眼里，真是随手为之的小事。叶天也不想夸大其词，至于卫红军愿给多少钱，那就看他自己的心意了。

"叶天，要不今天就在我这里玩玩，晚上咱们一起吃个饭吧？"卫红军心里还有些不踏实，再怎么说上次的那位"大师"还拿着罗盘观察了差不多半小时呢，叶天这来了还没20分钟就要走，未免太快了点吧？

听到卫红军的话后，叶天笑了起来，说道："卫叔，我可不是走江湖跑单帮的，既然给您这儿看了，以后有什么问题都可以找我的……"

曾经在街头遇到过那些算命的人都知道，这些人常用的手段就是恐吓，别管有事没事，先用灾祸之类的话来吓唬一番，然后收取数额不等的钱财，替人"消灾"。

如果叶天想用江湖套路，刚才就不会如此轻描淡写地将那两个不妥的地方给指出来了，最起码也将两处忽悠成阴宅鬼地，先把卫红军吓个半死再说。

"成，那我先送你回去……"卫红军想想也是这么个理，叶天是华清园的学生，又是女儿的校友，万一出了什么事情，那也是跑得了和尚跑不了庙的。

说着话卫红军从老板桌下面拿出了一个黑色的手包，递向叶天道："小叶，这点辛苦费你先拿着，卫叔不太懂你们这行里的规矩，要是不够再言语声……"

像卫红军这样的人，平时应酬很多，是以办公室里经常放着不少钱，那包里就是两沓一百元面值的人民币。

"呵呵，卫叔，够了……"叶天笑着接过了手包，这可不是客气的时候，替人消灾，收人钱财，是天经地义的事情啊。

至此两人这次的交易算是完成了，卫红军也顾不得看今天的股市，开上车又将叶天送回了华清园。

叶天下了车后，向卫红军摆了摆手，正准备离去的时候，眉头忽然皱了一下："卫叔，您晚上的应酬要是不太重要，最好别出去了……"

"怎么了？小叶，有什么问题吗？晚上我可是要请王经理他们吃饭的……"卫红军不解地问道，他可是答应晚上请客的，这生意场上的人说话不算数，会被人瞧不起的。

叶天仔细在卫红军脸上看了一下，笑笑说道："没什么大事，卫叔，您要是去的话，别喝酒就成了，或者叫司机给您开车……"

这人的运势不是一成不变的，而是每时每刻都在发生着变化，卫红军在那被厕所阴煞之气侵蚀了月余，气运已经开始走下坡路了。虽然叶天今天帮他重新布置了办公室的风水格局，但也不能立竿见影，刚才叶天通过卫红军的面相发现，他今晚就会有个躲不过去的劫难。相书有云：左穿右撞，如果一个人的左眉头有一道竖纹，就会有穿头的灾难事发生；右眉头有一道竖纹，会有撞车之事发生。而叶天恰恰发现，卫红军这右眉皮下处，不知何时出现了一道放在常人眼里根本就看不到的竖纹。

相师给人看相，可不是看的皮相和表象。俗话说识人识相不识骨，知人知面不知心，像什么所谓的印堂发黑、眼目泛青、人中凸起这些面相的表现，即使说与人听，让他自个儿拿着镜子去照，也是看不出来的。尤其是现代人喜欢装扮，画个眉毛、做个双眼皮什么的都是轻的，更有甚者去整容拉皮，如果单看表象，根本就无法准确判断一个人的气运的。所以叶天看相，是通过人面之骨相察其气运，这个却是一般人作不来假的，即使不动用传承秘术，叶天也能看个八九不离十。

听到叶天的话后，卫红军有些将信将疑地说道："成，小叶，我知道了，晚上会注意点的……"

虽说风水相术出自一脉，息息相通，但术有专攻，很少有人能两者兼及的，就像是卫红军之前认识的那位港台大师，就只懂得风水而不通相术。

眼下的叶天不仅精通风水，还擅长看相，加上他那十七八岁的年纪，就不能不让卫老板心中起了疑虑了，这疑心一起，对叶天的话自然也不肯尽信了。

"得，看来还是避不过去……"看着卫红军掉转车头离去，叶天无奈地摇了摇头，这人啊，有时候不吃点亏是不长记性的。不过叶天也没多说什么，卫红军这劫难不大，惊吓更甚于伤害，如果不让他经历一下的话，或许还会感觉今天这钱给得不值呢。

"嘿，还是师父说得对，这要是去路边摆摊算命，要多久才能赚这么多啊？"进入华清园后，叶天拉开手包看了一眼，脸上顿时露出笑容，两万元钱，足够自个儿花销一段时间了。

"不过……还是要努力赚钱啊……"

按照老道的话说，叶天只有将功夫练到体内杂质尽去，可以辟谷少食的时候，才能解决通过摄取食物能量来补充气血的问题，所以这两万元钱，恐怕最多也就只够叶天吃上一学期的。

接下来的几天，叶天一直都老老实实地待在学校里，每天早起练功上课，日子过得还算充实，尤其是整天和一帮年龄相仿的同学在一起，倒是让叶天又恢复了几分儿时的性子。

至于吃饭的问题，叶天也没去校外找饭店，而是自己琢磨出了个办法来，华清园一共有十八个学生食堂，在一个地方吃怕吓到人，多吃几个食堂不就行了嘛。

所以叶天往自己的饭卡里又充了几千元钱，每天中午骑着那辆二手自行车是到处赶场，连着吃上七八个食堂，倒是勉强能跟得上身体因为练功的消耗了。

卫红军也不知那日如何，并没有来找叶天，不过从于清雅那里得知，卫蓉蓉这几天家里出了点事，请了三天假，叶天顿时心中了然。

"叶天，又要出去啊？"看着叶天换了衣服、鞋子准备外出，徐振南一脸羡慕地问道。

反正在宿舍这些人眼里，自己是在和于清雅谈恋爱，所以叶天也不在乎了，每天傍晚都会和于清雅在校园僻静处散散步。

虽说大学是不允许学生谈恋爱的，但几万人的华清园，校园环境又那么好，根本就是防不胜防，学校也干脆睁只眼闭只眼地不去过问了。

当然，那些老生们也不敢冒天下之大不韪，在学校里就干什么勾当的，大多吃过晚饭后找个没人的地方说说情话而已。

看到徐振南欲言又止的样子，叶天笑了起来："老大，您也别急，好像卫蓉蓉昨天就已经回校了，晚上我跟于清雅说一下，帮你约她……"

要说叶天这同宿舍的几个兄弟，都不是省油的灯。傲海明和陈晓忠在图书馆守株待兔等了一个多星期后，居然真结识了两个女孩，虽然还没发展到恋人关系，但总算有了目标，这会儿估计又是去献殷勤了。所以现在只有对卫蓉蓉痴心一片的徐振南，整日里不是打篮球就是孤守宿舍，连叶天都有些看不过眼了，想着是不是还真能撮合一下两人。

听到叶天的话后，徐振南笑得嘴都合不拢了："兄弟，那哥哥就全指望你啦，你放心，要是哥哥能和蓉蓉成了，以后生儿子肯定让你当干爹……"

"去死吧，老大，不是兄弟打击你，你这辈子就只有女儿的命了……"

"不可能，我们老徐家代代都是男孩，到我还能断了根吗？"

叶天闻言翻了个白眼，这叫什么人啊？八字连一撇都没呢，就想着生儿子了？趁着徐振南在那纠结儿子女儿问题的时候，叶天溜出了宿舍。

"卫学姐，您回来了啊，家里没事儿吧？"

来到平时和于清雅约好的地方叶天才发现，这电灯泡又跟来了。

"没事，我爸出了车祸，受到点惊吓，伤得倒是不重。对了，叶天，我爸说要是没事，让您明儿去一趟……"

见到叶天后，卫蓉蓉的神色有些复杂，在看向叶天的眼神里，似乎还有点畏惧，说话竟然都破天荒地用了个"您"字。这也难怪，叶天之前就给了老爸说过不要出门，卫红军当时没听，谁知道晚上就遇到这么档子事，换谁心里也会犯嘀咕的，更不要说卫蓉蓉这个十八九岁的小姑娘了。

"好，那明天我就去一趟……"叶天点了点头，有些人就是记吃不记打，非要吃了亏之后才长记性的。

"那你们聊吧，我先回去了……"看了一眼叶天，卫蓉蓉像受惊的小鸟一般跑开了，看得叶天苦笑不已，哥们长得没那么烦人吧？

"叶天，别怪蓉蓉，她也吓坏了，你知道吗？卫叔叔差一点命就没了……"看到叶天脸上的神色有些怪异，于清雅还以为叶天在责怪卫蓉蓉呢，连忙出言给他解释了一番，这也是她今天才得知的。

虽然对叶天那天所说的话不是很相信，但是做生意的人，向来都是宁可信其有不可信其无的，是以晚上在请客的时候，卫红军带上了司机给自己开车。既然带了司机了，在这种应酬的场面上，自然是要喝酒的，卫红军也是好酒之人，酒宴进行到一半的时候，就喝得醉醺醺了。

谁知道就在这时候，司机家里打来电话，说是小孩突然发了高烧，要送去医院。

司机没办法，当下只能向卫红军请假了，已经是酒意上头的卫红军，早把叶天的嘱咐忘到九霄云外去了，就让司机把车钥匙留了下来。

在1995年时还没有所谓的酒驾拘留这些说法，甚至连积分制度都没开始实行，只要没出交通事故，被交警抓住最多训斥一顿罚点钱而已，所以也没人在乎，满北京城喝酒开车的人多了。

喝完酒后，卫红军醉醺醺地开着车就往家里开，谁知道在经过一个十字路口的时候，他把红灯看成了黄灯，直接就向着一辆大卡车撞了过去。要说卫老板还真是生猛，过红灯的时候都能跑到80公里的时速，如果不是他当时打了下方向盘，恐怕整个奥迪车都要一头冲到了卡车的底盘里去。不过即使如此，在副驾驶座位的那半边位置，全部被压挤成了一块铁饼，整个车子似乎一分为二。

出了车祸卫红军酒倒是醒了，不过人也吓傻了，而且车子已经变形了，车门怎么都打不开，交警来了也没辙，最后还是消防队的人拿着电锯，将车门给锯开的。但是让所有人都感到惊奇的是，在这种一般情况下都是车毁人亡的事故中，卫老板竟然只是脑袋撞到了倒视镜上擦破了点皮，除此之外，浑身上下连汗毛都没多掉一根。惊魂未定的卫红军在清醒过来之后，马上想起了叶天的警告。不过想到自己之前的行为显然没将叶天的话放在心里，所以也没好意思第一时间就来找叶天，足足在家里歇了三天，这才让女儿给带了个话。

"叶天，你真的能看出来卫叔叔会出车祸？"和卫蓉蓉心有畏惧不同，于清雅却是满眼的小星星，她从小就知道叶天跟着山上的老道学习风水相术，而且父亲似乎也很相信，是以于清雅对此并不排斥。

"那当然了，我会的多着呢，清雅，你信不信我能算出你今天穿的是什么颜色的小……"叶天闻言笑了起来，目光坏坏地往于清雅那被紧身牛仔裤包裹住的弹性十足的臀部看去，他小时候可是经常干这样的事情，也不知道把面前的女孩给惹哭了多少次。

叶天也不知道，自己为何那么喜欢逗弄于清雅，尤其是喜欢看到她生气的模样，或许似乎只有在这时，叶天才能感受到同龄人的快乐吧？

"叶天，你想死是不是啊？又来调戏我……"于清雅也不是当年只会哭的小丫头片子了，嗔怒之下，一双软弱无骨的小手伸到了叶天腋下。作为发小，她也是知道叶天弱点所在的。

"别……别，再挠我我就反击了啊……"叶天还真怕这个，双手不自觉地把于清雅向外推去，谁知道却推在了一个软绵绵的地方，顿时神色一滞。

"哎呀，坏蛋，你……你欺负人……"于清雅也没想到叶天的手会碰在她的那个地方，一时间整个人都愣住了，水汪汪的大眼睛傻傻地看着叶天。

"这……这，清雅，我……我不是故意的，真的不是……"叶天虽然心性要远比同龄人成熟，但是在男女问题上，他一样是个初哥，甚至还不如一些在高中就偷吃了禁果的同学呢，摸到了不该摸的地方，他也不知道如何是好了。

"咳咳！"看着于清雅的面色似乎没有什么异常，叶天咳嗽了一声，一脸正色地说道，"清雅，今天月明星稀，我带你去一处湖边看看吧……"

"你……我和你拼了……"于清雅刚才不是没反应，而是整个人都傻了，反应得慢了一点而已，此时听到叶天的话后，气恼地向叶天扑了过去，小拳头不住敲打在叶天身上。

对于叶天来说，这小拳头打在身上和按摩也差不多，过了半晌之后，叶天没事，反倒是于清雅累得气喘吁吁了。他一把抓住于清雅的小手，问道："清雅，解气了吧？"

"没有，你……你就会欺负我……"于清雅的眼睛里似乎带了点雾气。

"那……那要不我去欺负别人？"叶天虽然没有和女孩交往的经验，但他对于人心理揣摩，远非一般人能比的。

"你敢！"果然，叶天话声未落，原本一脸委屈的于清雅就瞪起了眼睛。

"我当然不敢了……"叶天忽然伸出手去，揽住了于清雅的肩头，将其拥入了怀里，轻声说道，"清雅，做我女朋友吧。"

有些人的缘分，从出生就注定了的，叶天虽然无法推算自己的姻缘与前程，但是他相信，面前的这个女孩，一定会成为自己生命中最重要的组成部分。

"什……什么？女……女朋友？"感受着叶天身上那种男人独有的气息，于清雅的小脑袋瓜顿时一片空白，她那高得超过一百二的智商，此时似乎也变成零了。

虽然于清雅知道，自己喜欢叶天，也能隐约感觉到，叶天也是喜欢自己的，不过她怎么都没想到，叶天竟然在这时候向自己表白了。

"怎么？不愿意？"看到怀里的人久久没有说话，叶天有些着急了，他再成熟也不过就是个18岁的大男孩，自己表白之后没有得到答复，可想而知那是种什么心情。

听到叶天的话后，于清雅似乎才清醒了过来，意识到自己还在叶天的怀里，忍不住向外挣扎了一下，却是没能挣脱叶天有力的怀抱。

"清雅，愿不愿意你倒是说话啊……"叶天此时的口吻就像是个情动的大男孩，将其迫切的心情完全表露了出来。

"我……我愿意……"于清雅微不可察地点了点头，她突然想起幼时的叶天，也曾经这么问过她：于清雅，你愿不愿意做我的新娘？

虽然儿时的很多事情，在记忆深处已经变得有些模糊了，但是于清雅一直牢牢记着这句话，也记得自己的答复：我愿意！

"哈哈，清雅，你答应了？"即使于清雅的回答像是蚊子叫一般的轻，还是没能躲过叶天的耳朵，大喜之下，他一把将于清雅抱了起来，高兴的笑声远远传了出去。

"哎呀，轻点，小声点，这里可是学校啊……"于清雅一把捂住了叶天的嘴。

1995年在大学谈恋爱的人，虽然绝对不比现在少，不过一般都是偷偷摸摸的，那会儿大学生可以结婚的条例可是还没出台呢，加上于清雅是女孩，脸皮当然要比叶天薄了。

"现在的学生，真……真的是世风日下啊……"

"老头子，你当年不是在学校追的我？那就不叫道德败坏了？"不远处一个吃过晚饭和老伴遛弯的老教授，听到前方传来的笑声，不禁摇起了头，却没想到话声未落，腰间已经被人掐了一记。

"对，对，夫人说的是，这不是世风日下，而是青春四溢啊……"看着当年满头

天才相师 ❶
天眼神童

青丝的爱人，现在已经是白发苍苍，老教授心中升起一股温情，听着耳边少男少女的笑声，他们仿佛也回到了曾经的年轻时代。

嬉闹了一会儿之后，叶天和于清雅坐在小径边上的石椅上，对于两个都没有恋爱经验的人而言，激动过后反倒是没什么话说了。

"对了，叶天，有件事情要告诉你……"于清雅忽然想起一件事来，"我爸爸下个星期来北京，要我跟他参加一个什么晚会，你到时候和我一起去吧。"

作为于家的小公主，长得又是那么清纯漂亮，于浩然可是没少将女儿带在身边，不过于清雅不太喜欢那样的场合，尤其是长大之后，在那些地方总是会碰到一些让她讨厌的人。

眼下有了男朋友，于清雅自然就想让叶天陪着她一起去了，而且于清雅相信，爸爸一定会接受叶天的，毕竟两家父辈的交情就不浅。

"下个星期？于老师要来？"叶天闻言愣了一下，刚把别人的女儿骗到手，就要见家长，是个男人心里都会犯嘀咕的。

听到叶天对父亲还是秉承着十多年前的称呼，于清雅不禁嗔怒道："还叫于老师，你就不能叫声叔叔啊？"

老师虽然也很亲切，不过和叶天确定了恋爱关系，于清雅更想听叶天喊出叔叔两个字来。

"好，好，于叔叔，叫于叔叔……"叶天小时候叫了五六年的于老师，一时改口还真有些不习惯，"清雅，于叔叔这次来北京做什么啊？"

叶天这话问得有些做贼心虚，虽然明知道于浩然不会是因为他追求其女儿来的北京，但还是忍不住问了一句，什么麻衣传人，什么风水大师，在此刻全都没用了。

"还能来干什么啊，就是谈生意呗，咱们带着嘴巴去就行，吃完就走……"

于清雅以前是最不喜欢参加这类宴会的，不过能和叶天一起去就不一样了，最起码那些讨厌的苍蝇不会来打扰自己了。

听到于清雅的话后，叶天最终点了点头，说道："行，我陪你去，也有好几年没见到于叔叔了……"

叶天不是那种扭扭捏捏的人，刚才的担心不过是心里的正常反应，况且以前于浩然当自个儿班主任的时候，自己都敢欺负他女儿，现在还怕什么啊？

进入10月底，北京的深秋已经是寒意逼人了。

进进出出华清园的学子们，也都穿上了厚一点的外套，不过每个进出的学生或者是老师，眼睛总是若有若无地看向校门口的那个女孩。

虽然外面披着一件直到脚腕的黑色风衣，但是于清雅一米七多的身高，依然将其身材完美地勾勒了出来，尤其是那高高绾起的发髻配上她那靓丽的脸庞，成熟与清纯交织在一起，给人一种极其强烈的视觉冲击感。

"叶天，你怎么穿得这么简单啊？"看到叶天穿着条洗得发白的牛仔裤，上身配着淡灰色的T恤和夹克，晃晃悠悠地走了过来，于清雅不禁瞪大了眼睛。

"怎么了？不就是去吃个饭吗？"叶天闻言愣了一下，他只是跟着打酱油的，顺便趁人不注意的时候把肚子填饱，什么聚会不聚会的，和他又没什么关系。

"对了，清雅，你今天怎么盘了这个发型啊？显得大了好几岁呢……"

看着于清雅的打扮，叶天心里也有些奇怪，从于清雅衣领处露出的衣料他能看得出来，在于清雅的风衣下面，穿的估计是件晚礼服。

"是聚会，不是吃饭，我爸特意让我穿得正规点的……"听到叶天的话，于清雅有些哭笑不得，连忙出言跟叶天解释了一番。

改革开放已经十多年了，这几年国内也富裕了起来，于是某些圈子里的人组织起聚会，往往也都向国外学习，男的是西装革履，女的是华装礼服。倒不是于清雅很在乎叶天穿什么，关键是叶天要是穿着这身打扮过去，绝对会成为今晚的焦点的，当然，是被人耻笑的焦点。

这年头不是说有钱的人素质一定也高，反倒是恰恰相反，越是有钱的人越是会附势趋炎。如果是个大有身份的人穿成叶天这模样，肯定会被人称之为低调，但换成叶天，那一准就是土鳖了。

"清雅，咱不去了行不行？"听到于清雅说的这些后，叶天顿时苦起了脸，他倒是听老爸说过这些事，叶东平好像还在江南参加过类似的聚会，只是叶天对这个没什么兴趣，从来都没去过。而且叶天现在的身份，就是一来北京上学的学生，压根就没准备什么西装，最好的一件衣服就是那件对襟的绸缎练功服，不过穿去聚会也不合适吧？

"我都答应老爸了，还说你也会去，老爸很高兴呢，不去不合适吧？"于清雅从小就是个听话的孩子，虽然不喜欢这些场合，但很少违逆父亲的意愿，加上这次还是带叶天去见父亲，所以才特别打扮了一番的。

"得，走吧，咱们买衣服去……"看着于清雅为难的样子，叶天有些不忍心了，再说了，他也不放心自个儿女朋友打扮得花枝招展地去参加什么宴会啊。

"叶天，你真好……"于清雅脸上露出笑容，高兴得就想要伸出手去挽叶天的胳膊，不过看见那些神色怪异的同学后，不禁悻悻地收回了手，这里还是华清园的大门口呢。

临时抱佛脚，显然是买不到什么好衣服的，接连跑了好几家服装店，叶天才花了三百元钱买到一身算是能穿得上的西装，这让穿惯了休闲服饰的叶天感觉很不习惯。

原本叶天和于清雅是要和于浩然一起去宴会的，这一耽搁时间也不够了，他们俩只能打了个出租车自行过去了。

"这什么地方啊？怎么比华清园还偏？"看着出租车直往郊外开，叶天忍不住嘀咕了一声。

"哥们，您去的地儿自己都不知道啊？那樱兰俱乐部可是咱们这北京城最顶级的俱乐部啊，高尔夫、保龄球场什么都有，听说没50万，连个会员都办不了……"北京城的的哥都是侃爷，这话一点没错，叶天只是自言自语，开车的那哥们就给来个底掉，把叶天这次要去的地方说了个明明白白，脸上还挂着羡慕的表情。

"50万？这么贵啊？"听到的哥的话后，叶天也有些咂舌，他老爸辛苦做了那么多年古玩生意，恐怕手上都没50万的"头寸"。

"嘿，我说哥们，您还别嫌贵，这50万还只是买个会员，想玩什么那还得另外掏钱，就这还有人挤破头想入会呢……"

出租车司机侃了半天，突然回过神来，从倒车镜里看着叶天和于清雅，一脸疑惑地说道："您二位是不是去那儿的啊？如果不是会员，连大门可都进不去的……"

"呵呵，我们还都是学生，被人邀请来的……"

"学生？我说哥们，你陪女朋来的吧？"听到叶天的话后，的哥脸上露出了然的神色。

"是啊？您怎么知道的？"叶天这次是真的吃了一惊，难不成高人都在民间啊？这开出租车的也会看相了？

"嘿嘿，回头要看紧点啊……"出租车司机笑了笑，却是闷头开车不肯多说了。

过了二十多分钟后，出租车停了下来，再往前就是高墙大院，也开不进去了，付了

第三十章　樱兰俱乐部

钱之后，叶天和于清雅下了车。

出于职业习惯，叶天一下车就打量起远近的景观来，这一看不禁赞了一声："这地方不错啊！把俱乐部修建在这里，想不发财都不行……"

俗话说千尺为势，百尺为形，势是远景，形是近观，面前的这个建筑势形兼备，阴阳并济，如果为阴宅则可子孙昌盛，若建成阳宅，那也是财源滚滚的绝佳风水宝地。

"叶天，别神神道道的啊，我爸在那儿等着呢，走，咱们过去……"

听到叶天又是满嘴自己听不懂的话，于清雅没好气地瞪了他一眼，拉着叶天的手就往那牌楼子一般的大门走了过去。

"于叔叔好……"走到于浩然面前，叶天恭恭敬敬地鞠了一躬，不管是儿时老师还是于清雅父亲的身份，都是值得叶天尊重的。

"叶天，个子长这么高啦？要不是和小雅一起来，我真不敢认你了。对了，东平老弟还好吧？"见到穿着西装、仪表堂堂的叶天，于浩然脸上也露出了惊喜的神色，他在人生最低谷的时候，和叶天的父亲成为莫逆之交，心里早就把叶天当做子侄来看待了。

叶天笑着说道："于叔叔，我爸爸好着呢，常说要去上海找您喝几杯呢……"

"哎，我可喝不过你爸，嗯？小天，你……你和小雅？"于浩然说着说着话，突然感觉有点不对劲儿，可是一时又没发现哪里不对，眼光在女儿和叶天身上扫了半天之后，总算是看到女儿和叶天的手是拉在一起的了。

这要是十岁的丫头片子和十岁的毛孩子牵着手，于浩然不会感觉到任何别扭的地方，他以前也经常见到于清雅和叶天牵着手去玩儿。

可……可关键是两人都长大了啊，大到这年龄要是放在古代，都已经是几个孩子的爹妈了，这手牵手的问题可就大了。

"于叔叔，我……我和清雅在……在谈朋友……"饶是叶天脸皮厚，此刻说话也变得结结巴巴起来，而原本鼓足勇气拉着叶天手的于清雅，也像是受惊的猫儿一般，迅速地将小手缩了回去。

"你……你们……"虽然心里猜到了几分，可是从叶天口中听到这个结果，于浩然还是有点难以接受，即使这个很有可能成为自己未来女婿的人，是老朋友的儿子，他心里也感到有点空落落的。

"小天，你是于叔叔看着长大的，于叔叔也很喜欢你，不过……不过你们年龄都还小啊，要以学业为重的……而且你们现在都没有经济基础。我觉得吧，你们最好还是等大学毕业之后，再考虑这些问题……"

俗话说女儿是父亲的贴身小棉袄，眼瞅着自己养了18年的女儿就要便宜了面前这小子，于浩然心里怎么都高兴不起来。更重要的是，于浩然虽然和叶天父子都比较亲近，但是让叶天成为自己的女婿，他心里还是有点不乐意的，因为他认识的那些世家子弟，比叶天"出色"的多了去了。

"呵呵，于叔叔，您多想了……"叶天是何等聪明的人，当下笑着说道，"我和清

天才相师 ❶
天眼神童

雅只是很好的朋友而已，不过于叔叔，您可是和我爸说过要把清雅给我做媳妇儿的，只是……只是现在改口叫岳父太早了吧？"

说话的时候，叶天脸上露出一丝羞涩的表情，仿佛是于浩然拿着菜刀逼他喊岳父一般，那模样甭提有多委屈了。

"叶天，你胡说些什么呀？我爸什么时候答应的这事啊？"听到叶天的话后，一旁的于清雅已经是羞得满脸通红了。

"哎，清雅，我可没胡说，于叔叔亲口答应我爸的，不信你问啊……"叶天从小就是个胆大包天、调皮捣蛋的主儿，只不过这几年历练得多了，将这些表象都隐藏起来了而已。刚才听到于浩然口中有点推诿的意思，叶天立马原形毕露逼起宫来。

"爸，这是真的啊？"于清雅将目光看向老爸。

"这……这，这不是那次喝多了嘛……"看到女儿询问的眼神，于浩然直想抽自个儿嘴巴，没酒量干吗和叶东平那家伙喝酒啊？

要说于浩然认女婿这事，还真有，就在几年前叶东平帮助于浩然搞定了那批进口设备后，于浩然摆了一桌酒宴感谢叶东平。于浩然酒量浅，几杯下肚就开始胡言乱语起来，刚好叶东平那会儿正在夸儿子懂事，于浩然借着酒劲就主动哭着喊着要收叶天做女婿。在于浩然和叶东平那辈人里面，结儿女亲家的事情还是常有的，叶东平也很喜欢于清雅那个女孩，当时就应承了下来。

回家之后，叶东平还专门找了个碴儿收拾了儿子一顿，告诉他不准早恋，老子早已经给你说好了媳妇。这事儿搞得叶天郁闷了很长一段时间，后来偷偷跑去上海见于清雅，也是因为这个原因，不过看到未来媳妇长得比小时候还要漂亮，叶天同学心里还是很满意的。所以刚才叶天拿这事儿来挤兑于浩然，于老师那是哑巴吃黄连，有苦说不出啊，一张老脸是红一阵白一阵的。如果不承认的话，他和叶东平几十年的交情就没了；但如果便宜了面前这小子，于浩然有些不情愿，一时间也不知道说什么好了。

"于叔叔，我和清雅自小就是青梅竹马，而且我推算过清雅的八字，她的红鸾必定要应在我身上的，嘿嘿，您老就别多担心了……"连山上的老道都能看出自己和于清雅的缘分，叶天又如何能不知道？只是他不敢往深了推演而已，不过这会儿却是不妨拿出来糊弄下未来的老丈人。

"你……臭小子，又来那一套不是？"听到叶天的话后，于浩然眉头一挑，本来是想呵斥叶天的，不过突然想起几年前的一件事，又生生把话给吞了回去。

三四年前叶天去上海的时候，曾经帮于浩然占过一卦，告诉了他一些后面几年需要规避的事情。

于氏企业是家族企业，除了于浩然这一脉之外，在国外同样有着偌大的产业，不过在几年之前，于浩然和伯父经过一系列的努力，成功地将这些产业都整合在了一起，组成了跨国的财团。

而就在1992年的时候，于浩然说服了在英国的家族成员，将投资重点转到了内地，成功地避过了那次因为索罗斯狙击英镑所带来的金融危机，减少了一次极其重大的损失。

虽然这一切未必是叶天给带来的，但是于浩然知道，如果不是叶天提醒他国外投资环境不好的话，在1992年于氏家族就会栽个大跟头，根本就无法将企业发展到现在这种规模的。

于浩然这几年一直是按照叶天所说来做的，而且产业发展得是越来越大，在国内相关行业内，俨然已经是领军人物了。

想起这些往事和叶天身上那些不为人知的神秘之处，于浩然无奈地摇了摇头，说道："得，我管不了你们年轻人这些事了，不过叶天，小雅，我警告你们，你们俩现在都是学生，可不准干什么出格的事情啊……"

于浩然这些年经常往东南亚一些国家跑，深知风水术士这些人可不能以常理度之的，或许有个这样的女婿，对于氏家族而言并不是件坏事吧。

"爸，您这是答应啦？"听到父亲的话后，于清雅高兴得叫了起来。

"你这丫头，知不知道害羞？喊那么大声干吗？"于浩然没好气地瞪了女儿一眼，"我刚才说的话，你们俩都听到没有？"

"于叔叔，您就放心吧……"叶天嘿嘿笑了起来，他所修炼的这门功夫，在大成之前必须固守精关，按照老道的说法，没三五年的时间叶天还是练不成的，所以即使于浩然不说，他也不会偷尝禁果的。

"你这坏小子，能让人放心吗？不过你要是敢干坏事，小心我打断你的腿……"于浩然恶狠狠地警告了叶天一句，摆了摆手说道，"都上我的车吧，今天晚上有个这俱乐部的主人会来，你们别太闹腾了啊……"

于浩然这话更多是对叶天说的，他知道叶天从小生长的环境，肯定没参加过这种性质的聚会，如果到时候出了什么笑话，那丢人的可就是自己了。

汽车经过门口的那道门之后，叶天才知道为何那出租车司机听到自己来这里所露出的惊异眼神了。

这樱兰俱乐部进门之后就是一个有着丘陵地形的高尔夫球场，即使是晚间，这里依然灯火通明，可以隔着铁丝网看到，几辆球车正停在草坪上，旁边站着几个拿着球杆穿着运动服的人。而想要进入俱乐部，就要穿过整个高尔夫球场，如果不是于浩然开车在门口等他们的话，恐怕就这一段路，都够叶天两人走上十分钟的了。

车子在绕过球场后，停在一个带着欧式风格的建筑旁，建筑不是很高大，但异域风情十足，应该是出自国外设计师之手的。在这栋建筑的前面，是一个占地面积很大的花园，从那只有一米高的装饰性木栏杆看过去，已经有不少人站在那里，正三五扎堆地聊着天儿。

当于浩然带着女儿和叶天出现在院子里后，马上成为了众人的焦点。且不说于浩然是这次聚会的主角之一，就是脱去了风衣穿着一身黑色晚礼服，露出了优雅身姿的于清雅，就足以吸引场内这些商场精英的眼球了。当然，站在于浩然另外一侧的叶天也不差，一米八多体形匀称的身材，清秀中略带一丝羞涩的面容，也让那些或是单身或是偕伴而来的女人，眼中均是露出了亮光。按照叶东平的话说，叶天长得并不像自己，更像他那未曾见过面的母亲，而且叶天虽然从小就没和女人生活过，但是女人缘却特别好，从初中到高中这几年，没少有女同学给他递字条。

"于董，就等您了，这两位是？"

在于浩然等人进入院子后，一个五十多岁的精瘦老人迎了上来，这商场可不讲究什么敬老爱幼，虽然眼前这位年龄比于浩然要大出好多，不过态度却是恭敬得很。

"这是我女儿，小雅，小雅，叫高伯伯……"于浩然先是介绍了一下于清雅，然后看向叶天，说道，"这是我的一位世侄，叶天，带他们来见见世面，省得老是坐井观天，不知道一点人情世故，高总，以后可要多多关照啊……"

高姓老人听到于浩然的话后，连连摆手道："不敢当，于董您这话老哥可是不敢当，我可是听说令爱在华清上学，这可了不起啊……"

虽然在他们这个圈子里，子弟在国外读名校的多得是，但高总知道于浩然对女儿考上华清的事情很是得意，并不介意在人前帮他吹捧一下。

"高总说得没错，我家那小子就只知道玩，哪里像令爱这么懂事啊……"

"就是，于董不光生意做得好，这家教也让我等望尘莫及啊……"

"关键是小姐长得也漂亮啊，这一身打扮如同出水芙蓉一般清纯可爱……"

高总话音刚落，几个附和的声音就响了起来，把于清雅夸得像朵花似的，听得叶天大为惭愧，原来自己以前夸奖于清雅漂亮的语言，真的是很贫瘠啊。

其实今天的聚会，是为了庆祝国内纺织工业某项制度的订立，作为在这个行业中举足轻重的人物，于浩然也是推动这项制度的发起人之一。从某种意义上而言，在国内的纺织技术和相关工业中，于氏企业已经算是那极少一部分可以修改游戏规则的人了，所以于浩然一到现场，身边就立马围满了人。

一边和身边的这些老板打着招呼，于浩然一边四下张望了一眼，对女儿和叶天摆了摆手，说道："那边都是年轻人，你们过去玩吧，我和你高伯伯他们说说话……"

像这样的聚会，一般有些身份的人，都会把自己的子女带来，对于这些以后或许将继承他们生意的晚辈来说，这里也是结交同龄朋友的最佳所在。

"哎，清雅，去那边……"等到于浩然和高总打着招呼离开后，叶天并没有走向站在花园左角的那群年轻人处，而是朝着右侧那排摆满了丰盛食物的餐桌撇了撇嘴。

"叶天，你……你可别在这里真吃啊……"于清雅被叶天的举动给吓了一跳，虽然那餐桌上的食物异常丰盛，甚至连大龙虾和法国鱼子酱都有，但那些食物在这里的作用，充其量就是个摆设而已。

于清雅可是知道叶天的饭量的，如果他敞开了肚子去吃的话，恐怕今天的主角就非他莫属了，自己丢人倒是不怕，于清雅就怕老爸对叶天心生不满了。

"浪费，唉，真是浪费啊……"叶天也明白于清雅所说的，不过看着这一桌子营养极其丰富的食物而不能吃，让叶天心里那叫一个难受。

看到叶天那难受的表情，于清雅笑了起来，小声在叶天耳边说道："待一会儿咱们就回去，我陪你去吃消夜……"

"那敢情好，咱们到王府井那边吃羊肉串去……"叶天闻言笑了起来，干脆就站在原地和于清雅聊起天来。

天才相师❶
天眼神童

"叶天，咱们要不要过那边去？"

偎依在叶天身边，于清雅也不感觉这样的宴会讨厌了，要是放在以前，她这会儿早就如坐针毡了。

叶天闻言向那几个年轻人扎堆的地方看了一眼，撇了撇嘴，说道："过去干吗？没见那些人的眼睛都像狼一样地盯着你吗？你可是我的女朋友啊……"

于清雅今天的装扮实在是太惹眼了，高绾的发髻和黑色晚礼服，将她衬托得无比高贵，成熟的打扮与清纯的脸庞交织在一起，散发出一种无法言喻的吸引力。

别说是那些二十出头的年轻人了，就是一些四五十岁的中年人，眼睛也经常有意无意地从于清雅身上扫过，如果眼神能实质化的话，估计这会儿于清雅身上的衣服早就被扒光了。

叶天可不认为这些龌龊的家伙是抱着欣赏的目光来打量于清雅的，他自然不肯送羊入虎口，把于清雅带到那些人面前去了。

"你说不去就不去，咱们到花园那边去坐吧……"看着叶天还是一脸眷恋地瞅着那丰盛的餐桌，于清雅哭笑不得地将他拉开了，自己这男朋友什么都好，就是太……太能吃了点。

叶天和于清雅在窃语私聊的时候，他们两人也同样成为花园里这些年轻人议论的话题。

一个梳着三七分、头上抹着锃亮发胶的年轻人，向着不远处的叶天努了努嘴，对着身边的同伴说道："纪然，那小子是谁啊？牛×烘烘的，连哥几个都不答理！"

"就是啊，大家都是年轻人，过来说说话能怎么样？不过那妞真不错……"被问到的纪少尚未说话，旁边就有人附和了起来，虽然像这样的聚会是少不了漂亮女孩的，不过像于清雅这般清纯漂亮而又家底殷实的女孩，却是不多见的。

"嗨，说不定是哪家的太子呢，我说哥几个，都别惹事啊，这樱兰可不是一般的地方……"那个被称做纪然的人，二十七八岁的年龄，他在北京混得久了，知道有一些圈子里的人，根本就不是他们这些商人子弟能得罪得起的。别的不说，就这樱兰俱乐部，在场的每个人都是仰慕已久的，但如果不是自家长辈带着，他们根本就进不来，也不敢将往日的纨绔习气在这儿显摆。不过即使是商人子弟，那也是有各自的圈子，就像以纪少为中心的几个人，家世都是相差不多的，而站在另外一边的几个年轻人，则又是一个圈子的。

纪少在警告过几个同伴后，不满地看向一个小胖子，说道："哎，我说商不启，你请的那些人靠不靠谱啊？别搞些小姐来，让那些老头看见不是找骂吗？"

"哪儿能啊？老纪，我今天请的可都是中戏和北影的大学生啊，论相貌不一定就比那个妞差，我先接个电话……"听到纪少的话后，那个叫商不启的小胖子喊起冤来，正想再解释几句的时候，手包里的电话突然响了起来。

在20世纪90年代中期，北京城的大款们包养小情人简直成为了一种时尚，如果聚会什么的身边没个漂亮女秘书，那都不好意思出来见人。不过这漂亮女人也不是满大街都是的，于是一些财力雄厚的老板就将目光盯住了大学，而艺术类学院，当然就成为他们关注的重点了。

俗话说上梁不正下梁歪，父辈们的行为直接影响到了这些二代。相比长辈们，他们的优势要更加的明显，最起码年轻啊，在同等的金钱诱惑下，那些意志力不坚定的女大学生，当然不会放弃他们而去选择那些整日里喝虎鞭酒的老头了。

"嘿，老纪、任健，她们来了，我去接一下，哥几个就等好吧……"接了电话后，小胖子的脸上露出兴奋的神情，和几个人打了个招呼转身出了花园。过了七八分钟后，商不启带着四五个打扮时髦的女孩回到了花园里。这群年轻的姑娘一来，顿时将场内众人的目光都吸引了过去，这让纪少等人大感脸上有光，一个个人模狗样地围上去和几个女孩套起了近乎。

他们知道，这次来的女孩可不是以前那些给点钱就能上床的人，而是真正的影视院校的大学生，眼光都不是一般的高。

"叶天，你看什么？是不是那几个女孩比我还漂亮？"坐在花园一角的叶天和于清雅，当然也被刚才那几个女孩的入场吸引了注意力，不过让于清雅不满的是，叶天一直在紧盯着其中的一个女孩看。

那个女孩个子不是很高，但是前凸后翘，身材非常好，穿着一身黑色的皮衣皮裤，彰显出一种成熟和野性的美感，就是作为女人的于清雅，看了都忍不住有些心跳加速。

"不是比你漂亮，而是我认识那女孩……"听到于清雅的话后，叶天忍不住苦笑了起来，没想到这打扮如此惊艳的女孩，居然是在火车上认识的岑静兰，看来这世界真的是很小。

不过见到岑静兰出现在这里，叶天也没感到惊讶，毕竟每个人都有选择自己生活方式的权利，女明星配富豪，不正是郎财女貌嘛。

　　"你认识她？你怎么会认识她呀？看那身穿着，一定不是好人……"

　　女人吃醋都是天生的，看到叶天的眼神还是时不时瞄向那边的时候，于清雅恨不得用小手把他的眼睛给遮挡住。

　　"清雅，我怎么感觉这花园里弥漫着一股子醋味啊？"叶天闻言笑了起来，"我和那位是在火车上认识的，是学影视表演的，我们可清白得很啊……"

　　"谁管你……"听到叶天的话后，于清雅白了他一眼，不过男朋友愿意向自己解释，心里却是甜滋滋的。

　　"哎，他们过来了……"于清雅忽然轻轻地拉了下叶天，因为她发现，那个长得最漂亮的女孩，竟然和一个年轻人向自己这边走了过来。

　　"来就来了呗……"叶天轻轻拍了拍清雅的小手，从椅子上站起身来。

　　"静兰姐，您好，没想到在这里见到了……"看着岑静兰和那个年轻人已经走到了身前，叶天笑着上前打了声招呼。

　　"叶……叶天？"看着面前这个身材高大，但脸庞却显露出一丝稚嫩的叶天，岑静兰惊呼了一声，她无论如何都没有想到，竟然会在这里遇到叶天。

　　要知道，樱兰俱乐部可是京城名流名媛聚会的地方，很多有钱没身份的暴发户，想进都是进不来的，岑静兰虽然早就知道了这里，但也是第一次进来。

　　"岑小姐，你们认识？"和岑静兰站在一起的纪然吃惊地看向叶天，越发认定自己来拜访这个年轻人的行为是做对了，对方肯定是比他层次更高的圈子里的人。

　　纪然这是第一次邀请到影视院校的未来明星捧场，但是纪公子知道，在某些圈子里，别说是请这些在校的学生了，就是那些已经出了名的明星，对那些人而言也是招之即来，挥之即去。想到这里，纪公子心中不禁沾沾自喜，如果能在这种场合里结识一些真正的公子哥，就是家里长辈也会夸奖他的。

　　"我们是在火车上认识的，叶天，你怎么会在这里啊？"说实话，虽然叶天看上去简简单单的，但总是给岑静兰一种镜花水月的感觉，好像他整个人都被迷雾笼罩住了一般，怎么都看不清楚。能考上华清大学，却异常的低调，看似稚嫩缺乏社会经验，为人处世却又成熟老练、滴水不漏，尤其是在火车上竟然还抓到了个通缉犯，这些都让岑静兰感到好奇。所以虽然在火车上的邂逅已经过去了近两个月的时间，岑静兰偶尔还是会想起那个笑起来很"羞涩"的大男孩，想到他身上诸多让人不解的地方。

　　"火车上？你们在火车上认识的？"岑静兰的话让纪然有些摸不清头脑了，他们这圈子里的人，有什么事都是飞来飞去的，谁还会坐火车啊？那不是跌份吗？

　　叶天笑着伸出手去，说道："是啊，我和静兰姐是在火车上认识的。对了，我叫叶天……"

　　"哦，我叫纪然，家父是……"看着叶天恬淡的笑容，纪然连忙伸出了双手，下意识地就报出了家里长辈的名头，虽然他还没想明白叶天为何在火车上认识岑静兰，但笑容却变得越发谦和了。在纪公子的感觉里，只有那种真正有底蕴的人，才会像叶天这般在介绍自己的时候只说出个名字，因为这种人根本就不需要用别人的头衔来显摆自己了。

"嗯？"就在纪公子握住叶天的手后，眼神忽然凝住了，因为他发现，叶天这西装袖口的商标竟然都没剪掉，而且更重要的是，那还是个中文商标，他完全都没有听过的。

一时间纪公子的脑子就有点不够用了，刚才还认为对方是某个上层世家的子弟，现在就发现了这个情况，莫非那些圈子现在流行这么穿衣服？不过这也不对啊，按理说不管是什么圈子，这西装不剪掉商标，都是标准的土鳖穿法，纪公子的大脑顿时有些混乱了起来。

就在纪公子还在纠结叶天身份的时候，一个四十多岁的中年男人走到花园中间，手里拿了个麦克风，轻轻咳嗽了两声，将散在花园各处人的注意力吸引了过去。

"各位先生，各位女士，欢迎大家来参加此次晚宴，这次有幸请得樱兰女士在百忙之中也来出席此次宴会，大家鼓掌欢迎……"中年人略带磁音的讲话完毕之后，花园里响起了震天的鼓掌声，所有人都在往花园中心张望着，寻找着中年人口中的樱兰女士。

就连纪公子此刻也顾不上询问叶天了，踮着脚尖往场内张望着，对于这个俱乐部的创始人，他们这些人也都是只闻其名未见其人。

在众人期盼的目光中，一个四十多岁风姿绰约的中年女人，在于浩然等人的簇拥下，走到了场地中间："感谢各位光临樱兰俱乐部，希望大家能在这里度过一个美妙的夜晚……"说完这两句话后，那个女人就将话筒还了回去，和于浩然一行人走入花园前面的房子里，看得留在院子里的那些年轻人是羡慕不已。

"清雅，这女人是谁啊？"叶天今天就是来打酱油的，什么樱兰女士或者樱兰俱乐部，他统统都没听过，所以刚才一直都稳稳地坐着，直到人群散开后，才向于清雅询问道。

"你……你不知道樱兰女士是谁？"于清雅尚未说话，一旁的纪公子就瞪大了眼睛，脸上露出一副不可思议的样子，好像叶天没听过樱兰的名字，是犯了什么十恶不赦的大罪一般。

"呃，我来北京时间不长，现在还在上学，还真没听过樱兰女士……"叶天很诚实地点了点头，古人说"知之为知之，不知为不知，是知也"，他可没有打肿脸充胖子的习惯。

听到叶天的话后，纪公子这才知道，原来自个儿刚才看走眼了，不过他还有些不甘心地问道："你来北京没多久？那……那你北京话怎么说得那么好啊？"

叶天脸上露出不好意思的神色，答道："我……我这人学习语言的能力比较强……"

这下纪然算是彻底傻眼了，敢情这位被自个儿认为是哪个世家子弟的年轻人，居然是个刚来北京的雏儿，自己竟然还主动来巴结，估计回去会被那帮哥们给笑死了。

"小叶啊，我那边还有点事情，你们先聊，岑小姐，咱们过去吧。"纪公子这几年北京城也不是白混的，虽然心里对叶天起了鄙夷的心思，不过脸面上还是要说得过去的，这多个朋友总比多个仇人好的道理，不是只有叶天明白的。

听到纪然的话后，岑静兰迟疑了一下，说道："纪先生，我……我还想和叶天说几句话，您先过去好吗？"

"好，我在那边恭候岑小姐的大驾……"让纪公子没想到的是，他带过来的女伴竟然留下不走了，他的脸色顿时就变得难看了起来，不过这场合显然是不能发火的。

只是转过脸后，纪公子脸上的肌肉都开始抽搐起来了，这次来探别人的底，简直是他妈的赔了夫人又折兵啊，里子面子全都没了。

"老纪，那牛×烘烘的小子到底是干吗的啊？"

纪然刚回到他那圈子，小胖子商不启就凑了过来："对了，岑静兰怎么没回来？她认识那小子？"

商不启的爷爷原先是广电部最早一批的领导，只是可惜老爷子死得比较早，连他父母都没能沾上什么光。不过老爷子留下的人脉，在改革开放后却是发挥了一些作用。现在商不启家里就开了个影视公司，像前几年红遍大江南北的《外来工》，就是他们家里的影视公司拍摄的。有了这层关系，虽然商不启请不来那些大明星，但是打着家里的牌子，从影视院校请些想走红的学生还是办得到的，所以小胖子在京城纨绔圈子里还是蛮吃得开的。

纪公子当然不肯提自个儿丢人的事了，要是被这帮小子知道他去找一土鳖套近乎，明天还不知道能传出什么版本呢，当下岔开了话题，说道："谁知道是干吗的，等会儿你问那位岑小姐吧。哎，哥几个，走，喝一杯去……"

纪然离开后，叶天看向了岑静兰，说道："静兰姐，您不要陪朋友吗？我和清雅等会儿就走了……"

倒不是叶天想赶这女孩走，关键是于清雅的小手一直放在他腰间，时不时地还掐上那么一下，叶天同学实在是消受不起啊。

听到叶天的话后，岑静兰咬了咬嘴唇，说道："没事，那个人又不是我朋友，是有个影视圈的朋友介绍来的。叶天，你……你不会以为我……我是来做那什么的吧？"

岑静兰说完这番话后，自己都愣住了，她也不知道自己为何这么怕面前的大男孩误会自己，主动想把事情说明白。

要知道，影视圈是最讲究人脉的地方，没人脉就没戏接，而且在影视圈里，最不缺的就是俊男靓女，像岑静兰那些八几年毕业的师兄师姐，现在还有大把的人在跑龙套呢。一般来说，毕业前如果不能在观众面前混个脸熟，毕业之后就更加艰难了，所以很多影视院校的学生从大二、大三的时候，就开始接触社会，建立起自己的人脉关系网了。

岑静兰也知道有些同学为了上部戏，会出卖很多东西，但是就她个人而言，却不会为了出名而出卖自己，如果不是知道今天是正式聚会，岑静兰是不会参加的。

"静兰姐，您多想了，我和清雅本来就是被硬拉来的，一会儿还要回学校呢……"听到岑静兰的话后，叶天知道她误会了，连忙出言解释了一番。

虽然没有刻意观察，但是叶天也能看出来，岑静兰在走路的时候含肩收胸，身子很轻，像风摆细柳一般。而岑静兰的眉毛是连在一起的，特别是眉心处，往两边贴在眼皮上。至于上次那个叫做姚倩倩的女孩，眉心处则是呈散状和竖立状，恐怕早就和男人发生过关系了。上面的这两项特征都说明，岑静兰现在是个处女，虽然叶天现在还不懂得什么叫做处女情结，但对混迹在娱乐圈还能洁身自爱的女孩，他还是很有好感的。

听到叶天的话后，岑静兰心中有些黯然，努力挤出一丝笑容，说道："好吧，那我先回去了，你们玩儿……"

"静兰姐，加油，您一定会成为大明星的……"

"叶天，谢谢你……"

叶天向岑静兰挥舞了下拳头，脸上的笑容十分真诚，看得岑静兰的心情莫名其妙地好转了起来。

只是岑静兰并不知道，叶天很少和人用肯定的语气来说话的，之所以说她能成为大明星，那也不是无的放矢。岑静兰神藏气足，耳白过面，是早期成名的面相，而且会名惯人耳、经久不衰，叶天相信，过不了多久恐怕就能在各种媒体上看到她的名字了。

"静兰姐，叫得真亲热啊……"岑静兰离开后，于清雅嘟起了小嘴，虽然她也听出来岑静兰和叶天没什么，但心里还是有点不舒服。

叶天欺负于清雅是欺负惯了的，当下笑眯眯地说道："叫姐你紧张什么啊，要是叫妹子那才容易出问题呢……"

"德行……"于清雅白了叶天一眼。

"对了，清雅，你还没说那樱兰女士是什么人呢。"

叶天不想再在岑静兰的问题上纠缠，连忙换了个话题，举起双手保证道："嗯，你放心，她估计都四五十了，我对她绝对没兴趣……"

"叶天，你怎么来北京没几天，嘴这么贫啊……"于清雅对叶天的话真是哭笑不得，说来说去把自个儿说成一醋坛子了，好在知道叶天的德行，要是换个人，指不定就被气跑了。

不过叶天的话还是要回答的，于清雅想了一下之后，说道："我对这个叫樱兰的女人知道得也不多，好像她姓宋，听说是北京宋家的女儿……"

"北京宋家？那个跑台湾的？"听到于清雅的话后，叶天被吓了一跳。

天才相师 ❶
天眼神童

于清雅摇了摇头，说道："当然不是了，只是姓宋而已，和台湾那边没关系的，你没听过宋浩天的名字吗？"

　　"是他女儿？怪不得这么厉害呢……"听到宋浩天这个名字后，叶天算是明白了过来，原来人家那底蕴真不是一般人能比的。

俗话说家族三代出一个贵族，这话并不是没有道理的，只有连续三代极其富有，才能洗去千古流传下来的头脑里见不得钱的贫穷和节俭，才有可能养成贵族气质。而宋家，从清末开始，一直都是在国内数得上的大家族，不管是在商业领域还是在政坛上，都是能人辈出，一直屹立不倒。尤其是在改革开放之后，宋家在国内外的强大人脉发挥了巨大的作用，短短的十多年时间，就缔造了一个惊人的商业王国。

宋家的掌舵人宋浩天，是个极有魄力的人，就在宋氏企业蒸蒸日上的时候，他居然作出了一个决断，将所有他能支配的家产，都无偿捐献给了国家。

要知道，在20世纪80年代末90年代初期的时候，宋家的产业已遍及各个领域，绝对可以称得上是富可敌国，当时宋浩天的这个决定，让国内外很多势力都跌破了眼镜。而这个决定，也直接将他这么一个商人，推上了政治舞台。

在90年代初期的时候，宋家在国内的地位，就变得超然了起来，以前的商界领袖，在商界的影响力自然是不言而喻的。

作为宋浩天的女儿，宋樱兰虽然没有担任公职，但还监管着以前宋氏家族的很多生意，加上父辈的影响和在国内的超然地位，别说这些商人了，就是北京城真正的大人物，见了她也要笑眯眯地喊声侄女的。

现在叶天算是明白为何刚才那位纪公子会露出那副表情了，因为在那些商人弟子眼中，宋樱兰简直就是让他们仰望的存在。不过对于叶天来说，他和宋樱兰甚至眼前场内的这些人，都像是存在于两个世界之中，所以心里并没有怎么在意，别人钱再多、地位再高，和他也没一毛钱的关系啊。

此时花园里的宴会也进行到了高潮，请来的乐队正在演奏着音乐，很多年轻人都下到花园中央临时搭建的舞池中去跳舞了。另外还有一些年龄稍大一点而又不够资格进入宋樱兰圈子的人，则还是聚在花园里聊着天。

"叶天，咱们也去跳舞吧。"于清雅轻轻拉了下叶天。

"不跳，清雅，你没发现吗，那些跳舞的人都像是猴子似的？"叶天很干脆地摇了摇头，他不是不会跳舞，而是不愿意在这种场合里跳，那感觉十分的不好。

"叶天，你这嘴，真够坏的……"于清雅闻言抿着嘴笑了起来，眼前的叶天让她感觉到很真实。

"得，这里真没劲……"与其在这里盯着餐桌上的大龙虾难受，还不如找个地摊去吃羊肉串和小龙虾呢。叶天当下站起身，对身边的于清雅说道，"清雅，以后找个好一点的环境，就咱们两个人跳，现在和于叔叔打个招呼，就先走吧……"

"好，我让李叔叔先送我们，回头再来接爸爸……"于清雅点了点头，很乖巧地站了起来，拿出手机拨打起于浩然的电话来。

"叶天，爸爸同意了，李叔叔就在外面，咱们走吧……"挂上电话后，于清雅拿起风衣穿在了身上，和叶天往花园外面走去，只不过刚刚站起身来，面前却多了一个人。

"于小姐，能否请您赏个面子，一起跳个舞呢？"一个梳着三七开分头，上面光滑得好像涂了一层蜡的年轻人，站在了叶天和于清雅的面前，微微弯着腰，向于清雅伸出右手，摆出了个绅士礼。

看到这一幕，叶天并没有说话，而是往四周打量了一下，发现在不远处的一群年轻人，正对着这边指指点点的，心中顿时明白了，原来这又是一些无聊人，在进行着某项无聊的游戏。

叶天猜得没错，这个叫任健的年轻人，正是刚才纪公子那圈子里的一个纨绔子弟，在听到回去后的岑静兰说叶天只是个大学生后，顿时奚落起纪公子来。

纪然在这群人里年龄是最大的，平时都是以老大哥自居，被任健奚落一番岂肯干休，当下就说了，如果任健能请于清雅跳一支舞，那他刚从国外买来的一辆顶级跑车，就借给任健开一个月。这群整天无所事事的家伙，都是唯恐天下不乱的性子，在听到纪然的话后，竟然一个个下注打起赌来，这才有了上面发生的那一幕。

"对不起，我要走了……"于清雅摇了摇头，即使叶天不在，她平时参加这样的宴会，也从来不和陌生人跳舞的。

"于小姐，赏个面子呗，就跳一首曲子，好不好啊……"被于清雅给拒绝，任健当然不会甘休了，打赌输了事小，这面子可不能丢。

"对不起，请让让……"于清雅的好脾气只是对叶天的，对旁人未必就见得是淑女，当下就准备从任健身边绕过去。

"咳，于小姐，不就是跳个舞嘛，这点面子都不给？"和年龄稍大、涉世颇多的纪然不同，任健是家里的老小，平时被长辈给宠坏了，性子一上来也不管这里是什么场合，竟然直接伸手向于清雅的手腕抓去。

"这位大哥，您抓着我的手干吗啊？"手倒是抓住了，不过却不是于清雅的，任健发现，面前的叶天正一脸幽怨地看着自己。

"没你的事，我找于小姐说话呢……"任健不耐烦地就要甩开叶天的手，不想却是被叶天反手一扣，紧紧地抓住了手腕。

"小子，别给脸不要啊……"任健甩了两下没甩开，脸上顿时阴沉了下来，压低了声音说道，"回你的学校上学去，这里不是你能来的地方……"

"为什么不能来呢？我不是已经在这里了吗？"叶天脸上露出一副迷惑不解的样子，看得任健心里也有些犯迷糊了，莫非面前这大男孩真是个书呆子？

"小子，我和你说不明白，你快松手，要不然哥们不客气了啊……"看着于清雅已经走到花园门口，任健有些急眼了。

"怎么对我不客气？"叶天脸上虽然还带着笑容，不过可以从他眼中看出一丝冷意。这世上有那么一些人，是不能威胁的，否则后果很严重。

"嘿，小子，你他妈的叫板是不是啊？信不信爷打你啊？"任健的性子本就鲁莽，想着纪然那些人正在看自己的笑话，当下也顾不上装斯文了，挥起左拳就往叶天脸上打去。

"动手？"叶天眼中射出一丝精芒，看着在眼前不断放大的拳头，也没躲闪，只是捏在对方手腕处的右手微微用了点力。

"哎哟，疼，疼死我啦，你……你小子快松手……"一声狼嚎般的呼痛声在花园里响了起来，一道道目光看向叶天和任健两人。

"靠，就这样还要打人？"叶天皱了下眉头，他没想到这小子如此尿包，自己都没用多大力就喊叫了起来，而且还喊得那么销魂，竟然还带着点京腔韵味。

叶天可不想被这么多人关注，连忙用左手一把揽住了任健的肩头，滑到他腋下的一处位置轻轻按了一下，任健顿时就像是正在打鸣却被卡住了喉咙的公鸡，一声都发不出来了。如此一来，两人勾肩搭背地站在那里，外人再也看不出任何端倪了，还以为是年轻人在打闹着玩耍，纷纷收回了目光。

不过纪然那圈子里的人却是看出了不对劲，小胖子商不启瞪起了小眼睛，说道："纪哥，好像不对啊，咱们要不要去帮忙？"

他们这群人说不上关系有多好，但平时没少在一起喝个小酒，欺负一下人，眼下看到任公子好像吃亏了，顿时一个个摩拳擦掌地准备上去帮忙。

"怎么帮忙？把那小子打一顿？"纪然摇了摇头，"任健那小子就是猪脑子，在这里闹事，回家谁都讨不了好，你们站着别动，我去给拉开……"

都是一个圈子里的人，任健当众出了丑，纪公子脸上也会不好看，当下就往叶天那边走去，想要做个和事老。只是他走到一半就站住了脚，因为他看到叶天已经松开了任健，向花园外面走去，而任健则是呆呆地站在那里，整个人似乎都傻了。

见到没有发生冲突，纪公子也松了口气，只是等了一会儿之后，发现任健还傻傻地站在那里，不禁凑了过去，拿胳膊碰了碰他，说道："任二，怎么了？那小子不是个省

天才相师 ❶
天眼神童

油的灯吧？"

"鬼，鬼啊！"原本呆立在场内的任健，被纪然这么一碰，突然大喊了一声，脸上的肌肉由于极度的恐惧，变得扭曲了起来，似乎面前站着的不是纪然，而是一只地狱里的恶鬼一般。

"你他妈的才是鬼呢，抽疯了是不是啊？"当着众人被任健喊了声鬼，纪公子心里也不爽了起来，压低了声音骂了一句之后，伸手就要去拉任健，那一嗓子可是惊动了不少人。

"滚，滚开，鬼啊，别……别咬我……"就在纪然刚刚拉到任健衣袖的时候，呆立着的任健突然双手用力推在了纪然的胸口处，然后整个身体都蹿了出去。

没有任何提防的纪公子，只感觉一股大力从胸口传来，接连退了几步之后，一个大马墩坐在了花园的草坪上。

突如其来的变故，让整个花园里的人都惊呆了，一个个均是目瞪口呆地看着鬼上身一般的任健，在那里上蹿下跳。

坐在地上的纪然算是反应比较快的，在看到任健居然向着花园里面的建筑冲去的时候，不禁大声喊道："商不启，拉住他，快……拉住他！"

这次宴会的重要人物，都进入里面的建筑去了，任公子在花园里再怎么折腾，不过就是在同龄人之间丢些脸面罢了，但是如果惊扰了里面的人，那事情可就大了。

所以在见到任健鬼上身般地要往里面冲时，坐在地上的纪然顿时吓得脸色煞白，他们自家的老子都在想方设法地讨好樱兰女士，任健这么一来，老辈人的脸都要被丢光了。

纪公子这话喊得倒是很及时，不过他却是喊错了人。

商不启那小胖子虽然听了纪然的话去拉任公子，但无奈自个儿腿短粗胖，压根就追不上疯了一般的任健，只能眼睁睁地看着他嘴里喊着毫无意义的音节，一头冲向花园前面的那栋房子。

不过还好，商不启拦不住任健，站在门口的两个彪形大汉却是一把将任健拦了下来，准确点说，是拧着脖子别着胳膊，将任公子给按在了地上。

"任健，你小子他妈的疯了啊？"见任健被拦住了，纪然心里松了口气，爬起身连忙跑了过去，对那两个保镖打扮的人说道，"两位大哥，我这兄弟喝多了，实在是对不住，把他放开吧……"

其中一个人站起身来，摇了摇头，指着一扇大落地窗，说道："放不放，你说了不算的……"

顺着那人的目光向里看去，纪然顿时心中凉了半截，因为从这个角度，刚好可以看到里面的情形；同样，里面那些人的目光，此刻也正聚集在自己和任健的身上。

"得，没我什么事，我……我先走了……"对上自家老爸那愤怒的眼神后，更是让纪公子胆寒，如果将自己择不开的话，恐怕他在北京城的好日子也要到头了。

这会儿可不是讲义气的时候，再说了，纪公子和任健也没那么大的交情啊，他突发神经病，没必要将自个儿也套进去，纪然转身就想往花园里走。

"哎，你站住，这人是谁还没说清楚呢……"纪公子没走出两步，就被身后的人给喊住了。

与此同时，那栋欧式建筑的门也被打开了，一个六十多岁的精瘦老头走了出来，皱了皱眉头，问道："胡杨，发生了什么事情？这可是在咱们俱乐部啊，先放开人再说……"

"四叔，我也在问呢，这小子抽疯似的就要往里冲，怕惊着小姐，我才将人拦了下来……"

胡杨拍了拍还在按住任健的那个汉子，说道："虎子，松开吧，四叔过来了……"

此时的任健也没精力再蹦跶了，虎子松开手后，顿时瘫在了地上，两眼呆滞无神，口角向外渗出一些白色的泡沫，倒是有点儿像羊痫风的症状。

"臭小子，在这丢起人来了？看老子不打死你……"

正当四叔准备蹲下身察看任健的情况时，从屋里突然跑出一个人来，一把抓住任健的衣领，"啪啪"就是两耳刮子。

"哎，任先生，先不要动手打孩子，可能是生病了……"

四叔一把抓住了那人的手腕，别看他身材消瘦，但是被他抓住的那人，原本准备再往下扇耳光的手却是一动都动不了了。

"咳咳，四爷，家门不幸啊，这浑小子打死算了……"虽然那人比四叔也小不了几岁，但称呼却是异常的尊敬，那架势真是把对方当成爷来看待的。

"行了，你先进去吧，没事的……"四叔摆了摆手，然后蹲下身体，翻开了任健的眼皮察看了起来，而那人似乎也松了口气，连自己儿子的死活都不敢问了，转脸就回到了屋里。

"不像是癫痫啊，这倒是有些奇怪了。"四叔说着话，用手在他鼻下人中处使劲地掐了掐。

"哎哟……"随着一声痛呼，原本目光呆滞眼神涣散的任健，眼睛里的光泽渐渐凝聚了起来。

"虎子，扶他坐到那边去，胡杨，拿瓶矿泉水来，再找瓶风油精……"四叔随口吩咐着，自己也跟了过去，等任健坐下后，开口问道，"小伙子，发生了什么事儿啊？"

"鬼，有鬼，我……我刚才见鬼了……"四叔不问还好，这一问，任健神志似乎又有些不清醒了，嘴里翻来覆去念叨着一个"鬼"字，听得旁边几人都有些莫名其妙。

"这……莫非是中邪了？"四叔摇了摇头，看向跟过来的纪公子，问道，"你是他朋友吧？这到底是怎么回事啊？"

"四爷……"

"别跟着他们乱叫，叫四叔就行……"

天才相师❶

天眼神童

纪然刚才亲耳听到任健他老子都一口一个四爷地叫着，只是自己刚叫出口，就被四叔给打断了。

"是，四叔，任健他刚才正和人说着话，突然之间就变得疯疯癫癫的了，我……我也不知道是怎么回事啊！"

纪公子说的基本属实，至于任公子为何要去找叶天，就自动给省略掉了。

四叔眉头一挑，问道："和他说话那人呢？"

纪然脱口而出道："他……他走了，就是那人走了之后，任健开始发疯的……"

"哦，那人多大年龄？"四叔追问道，眉头不知道在何时已经皱成了个"川"字。

"十八九岁吧，听说还是个大学生……"纪公子也听出点味道来了，当下心里打了个鼓，难道这是那小子干的？

"给他喝口水，然后把风油精抹在太阳穴和人中上……"

胡杨办事的效率很高，短短几分钟就拿着瓶水和风油精走了回来，听到四叔的话后，拧开瓶盖就往任健口中灌了几口水。

"老纪，妈的，那……那小子会巫术啊，我……我刚才真的见鬼了……"要说风油精的效果真是不错，涂抹上没过两分钟，坐在椅子上的任健就完全清醒了过来，不过在他眼神深处，还留有一丝惧意。

见到任健此时还犯浑，纪然连忙向他使了个眼色，说道："任健，别胡说，四叔问你话呢，好好回话……"

抬头看看身边站的两个彪形大汉和那精瘦的老头，任健也感觉有些不对了，看向纪然问道："我……我刚才怎么了？老纪，这……这是怎么回事？"

"没事，你说说你怎么见鬼了啊。"四叔打断了任健的话。

"我也不知道，刚才我想教训下那个臭小子，谁知道被他抓住了手腕，那小子劲好大，我手都快断了……"

任健说着话甩动了下右手，身边的几个人都能看到，在他手腕处，有几道血红的手指印记。

"后来怎么了？"四叔不动声色地问道。

"后来……后来爷一吓，哦，不，我一吓唬他，他就松手了，不过他左手好像在我眼前晃了下，然后……然后……"

说到这里的时候，任健眼中恐惧的神色更加重了，"然后"了好半天，都没再继续说下去。

"然后就见鬼了？"四叔很不厚道地提示了一句。

"对，对，好可怕啊，好多双骷髅的手在抓我……"随着任健的描述，身边几人居然也感到了一股阴森森的凉意。

任健说话的时候紧紧攥住了纪然的右手，抓得纪公子是龇牙咧嘴的，却也不敢喊疼，他这会儿也被任健描述的场景给吓住了。

"喂，醒醒，没事的，哪里有鬼啊……"

看到任健的神志似乎又有点不清醒，一旁的胡杨连忙在他人中处又涂抹了点风油精。

"行了，没事的，你那些都是幻觉，回家睡一觉就好了……"

四叔听完之后，摆了摆手，在纪然扶着任健走出几步后，又说道："晚上睡觉不要关灯……"

这句话让纪公子和任公子同时打了个寒战，头也不回地钻到他们那个小圈子后，也顾不得和自家长辈打招呼了，纷纷驾车离去。

等到纪然两人离开后，虎子大大咧咧地问道："四叔，怎么回事啊？这世上哪有鬼呀，那小子是不是身体太虚抽风了？"

"鬼是肯定没有的……"四叔摇了摇头，说道，"不过在以前的时候，江湖上有些术师，可以布阵法使得阴煞入体，那情景，和见鬼也差不多了……"

"四叔，您说得也太玄乎了吧？我怎么不知道有这样的人？"虽然对四叔很尊重，不过胡杨和虎子都同时摇起了脑袋，对四叔的话很是不以为然。

"你们才见过多少事？"

四叔没好气地瞪了两人一眼，接着说道："所谓阴煞入体，就是指人为地改变某人脑部磁场，让他的意识产生混乱，轻则可以让人昏迷惊吓，重则甚至能要了人的命！"

四叔20世纪20年代出生在上海滩，然后1949年的时候去了美国，一直到80年代末才从美国回来，他所经历过的事情，远非胡杨和虎子所能想象得到的。

"不过刚才那两人都说对方是个学生，这……这不应该啊……"想到这里，四叔也有些纠结了，有这般手段的人，放在新中国成立前那也是难得一见的术法高人。而在新中国成立后，那些人早就销声匿迹了，即使有几个还活着，恐怕也是七老八十的人了，无论如何也与一个学生扯不上关系啊。

天才相师

❶

天眼神童

在中国民间，常有中邪一说，尤其是在农村，经常会发生这样的事，症状一般就是发烧、说胡话，农村人迷信，就将其称为鬼上身。

不过四叔知道，这只不过是因为阴煞邪气入体的缘故罢了，在有些阴气凝聚的地方待久了，就会出现这样的症状。但是还有一种，那就是人为的了，只是能空手布阵引得阴煞入体的术法，这种手段四叔也仅是听闻过，从来没有亲眼见人施展过，他甚至都不知道在这个世上有没有这样的高人。而且在那个特殊的年代里，这些人基本上都被作为封建迷信、牛鬼蛇神给镇压掉了，即使有个别漏网的，活到现在最少也是七八十岁的人了，这……和纪然两人描述的极不相符啊。

想了半天之后，四叔摇了摇头，吩咐道："胡杨，查查那个叫叶天的学生是跟谁来的，虎子，走，带我去看下监控……"

那个叫做任健的年轻人中邪事小，但出了这么一个术法高人，那可是一件不得了的事情。四叔深知精通术法之人的可怕之处，虽然那些人也是血肉之躯，挡不住枪炮，但隐匿在暗中杀人于无形，却是防不胜防，如果不搞清楚，四叔是不会安心的。

"四叔，有那么严重吗？不就是个小子犯病嘛……"胡杨对四叔的话有些不以为然，他们的职责只要保护好宋小姐就行了，别的事儿和他们又没什么关系。

"你知道个屁，快点去，虎子，走，去监控室……"

四叔闻言眼睛一瞪，吓得那胡杨竟然不敢说话了，他知道这老头发火了，再说下去少不得挨一顿收拾。虽然俗话说拳怕少壮，棍怕老郎，但是这话完全不适用在四叔身上，也不知道四叔那精瘦的身体里隐藏了多大的力量，反正收拾起面前的这两个人，一只手就足够了。

为了保证客人的绝对安全，在樱兰俱乐部里，除了一些极其隐私的地方没有摄像头外，其余的公共场合，从各个角度都安装有摄像头，并且有专人24小时负责查看。

来到监控室后，很快就将刚才发生在花园里的监控调了出来，而叶天和任健发生的那点小冲突，也呈现在了四叔的面前。

"四叔，这小子好像是个练家子啊，刚才那折腕的动作，一般人可做不来……"

在看完整个过程后，虎子也看出了点门道，而且任健动手打人的时候，拳头都到了叶天的面前，却又自己收回去并抱住了右手，很显然是叶天在抓住任健的手上加了力道。

"没错，是个练家子，而且功夫不低……"

四叔闻言点了点头，向操作监控器的那个保安问道："还有没有别的角度的摄像头，能看到这两人正面的？"

由于叶天在揽住任健的肩膀后，两人就变成了背对摄像头，所以对叶天是否真的使用了术法，四叔也不敢确定。

听到四叔的话后，那个保安摇了摇头，说道："四叔，没了，他们站的虽然不是死角，但就这个位置一个摄像头……"

"好了，在另外的画面找下这个人，将他的头像放大我看看……"

由于叶天和任健站在一起的画面，距离摄像头比较远，两人的面容都比较模糊，所以四叔让保安从别的摄像画面调出了叶天的相貌。

"嘿，这小家伙好年轻啊，长得还眉清目秀的，要不是刚才看监控，还真不知道他有身功夫呢……"

看到叶天清晰的面貌时，虎子不由惊叫了起来，因为画面上的叶天，实在是太年轻了，就连微笑的嘴角，都带有一丝羞涩的表情。

"咦？四叔，您怎么了？认识他？"虎子评论了半天，却没听到四叔的声音。扭头一看，不禁吓了一跳，一向在人前都是镇定自若的四叔，此时居然眼珠子都瞪得鼓了起来。

"啊？不认识，我怎么会认识他？"听到虎子的话后，四叔如梦方醒一般收回了目光，不过即使是虎子这么憨厚的人也看出来了，四叔方才的话有些言不由衷。

"把这盘带子拿出来给我……"四叔跟那保安将监控的录像带要了过去，然后把目光转向了虎子，说道，"虎子，今天的事情不要乱说，走，回去了……"

看到四叔面色严肃，虎子连忙一个立正，说道："四叔，您放心吧，我们有纪律的，绝对不会乱说一个字……"

虽然宋樱兰没有在政府内担任公职，但是宋氏家族的很多机密产业，还是由她掌控的，其重要性不亚于一位政府高官，所以虎子和胡杨，就是国家相关部门指派在宋樱兰身边保护她的。

至于四叔，则是从国外回来之后，就一直待在了宋樱兰的身边，连在宋樱兰身边待了好几年的虎子和胡杨，也不知道他究竟和宋女士是什么关系，只知道包括那位宋家的掌舵人宋浩天在内，对四叔都非常的尊重。所以别看虎子平时嘻嘻哈哈的敢和四叔开点玩笑，但是当四叔严肃起来，他们就只有服从命令的份了。

"怎么那大男孩长得有那么一点点像宋小姐啊？"

在离开监控室的时候，虎子脑海里冒出了这么一个念头，不过随之就被他打压了下去，这两者之间根本就没有任何的关联嘛。

"叶天，刚才你和那个人是怎么回事啊？动手打架可不好啊……"

车子已经驶出了樱兰俱乐部，不过刚才发生的一幕，老是萦绕在于清雅的脑海里，她清楚地看到那个叫任健的人，向叶天挥舞了拳头，也看到了叶天抓住了那人的手腕。而且由于角度的关系，于清雅还看见叶天当时左手很奇怪地在胸前画着一个个的圈子，然后用手指点向那个年轻人的眉心，让于清雅感觉很是怪异。更让她摸不清头脑的是，自己和叶天刚刚走出花园，里面就传来了喧闹声，隔着那齐腰高的木栏杆，于清雅也隐约见到里面发生的一些事情，似乎刚才那人惹出了什么乱子。

"我可没打架，清雅你也看到了，是那人打我的……"

听到于清雅的话后，叶天喊起冤来，不过眉间的笑意，却是说明了这会儿叶天的心情很不错，因为他想象得到，那个倒霉蛋会做出什么样的事情来。

原本叶天是不想和任健一般见识的，只能怪他自己嘴贱，竟然骂了叶天的母亲。

虽然从小就没见过妈妈，甚至心中还有一丝怨恨，但这并不妨碍母亲在叶天心目中的地位，那是容不得别人亵渎的。所以叶天用了个自己从四象聚灵阵中改良的四象聚煞阵法，运用自身元气将花园一角中的阴煞之气聚集到了一起，然后灌入了任健的眉心穴中，使他的意识在短时间内产生了混乱。

阴煞之气本就是至阴之气，别说溢入体内了，就是在这样的地方待的时间久一些，都会有一种阴森森头皮发麻的感觉。

而任公子被这一团阴煞之气侵入体内，所产生的那些尸山血海骷髅遍地的场面，也就不足为奇了。

说起来叶天还是比较厚道的，只是随手收取了一些阴煞之气而已。否则的话，任健都能被脑中的幻觉给活活地吓死，即使不死恐怕也会落得个精神错乱的下场。

杀人于无形，这也正是风水术师的可怕之处了，试想如果任健方才精神错乱或者被恐吓致死，即使有人怀疑到了叶天身上，又能拿他如何？

被吓死的人的一般症状，都是由于心悸引起的突发性心脏病，并非是由外力打击致死，这和叶天一毛钱的关系都没有，别人压根就找不到任何控告他的理由。

不过这种术法，却不是人人能施展得出来的，想要摆出阴煞阵法，必须先按照八卦方位排列推算，并且还需要诸般物件配合，其烦琐之处足以让稍懂风水的人都看得眼花缭乱。

按照老道的话来说，在当今世上，有这等本事的人绝对不超过三个，而且还包括了老道自己在内。但是叶天刚才所布的这种四象聚煞阵，和普通的聚煞阵又有不同，它脱胎于四象聚灵阵，原本是道家修炼时会聚元气滋养身体所用的，却是被叶天稍作改动用在了风水聚气当中。

这种四象聚煞阵，需要施法者能完全掌控身体周围的天地生吉阴煞之气，不过这种人即使是在术法昌盛的古代，那也是传说中的人物。所以如果说聚煞阵还有人能摆出来，而这种叶天自创的阵法，恐怕在这个世上，再也没有第二个人能使得出来了。而且刚才叶天出于谨慎，在施法的时候搂住了任健，用自己和他的身体，挡住了左手绘制聚煞阵的情形，就算当世还有术法高手，也是看不破叶天的手段的。只是叶天虽然已经足够小心，但到底没有接触过这种场合，也不知道这个花园里竟然有摄像头的存在，而由此被江湖经验丰富的四叔看出了一丝端倪。

晚宴上的风波只是个很小的插曲，在纪然等人离开后就结束了，除了当事人的那些父执心里有些惶恐之外，更多人都认为这只不过是年轻人在胡闹罢了。

就连于浩然都不知道，叶天居然也参与到这件事情里，更不知道还有人私下里去调查了他带叶天进入俱乐部时所做的登记。不过就在这个花园举行的晚宴结束后，那些俱乐部的安保人员还是感觉出了一些不同，因为高尔夫球场以及俱乐部的另外几个通宵营业的娱乐项目，竟然全部都停业了。除了在这个庄园式俱乐部深处的一栋欧式小楼之外，原本彻夜灯火通明的俱乐部都隐藏到了黑暗之中。

宋樱兰此刻换下了晚上盛宴所穿的服饰，刚刚沐浴过后还没有吹干的头发飘散在肩膀上，显露出一种慵懒的少妇风情。

宋樱兰算不上十分的漂亮，但那张没有任何粉黛的脸上，皮肤十分的细腻，四十出头的人了，看上去犹如二十二三岁的少女一般。

"四叔，您这么紧张把我找来，到底发生了什么事情啊？"从楼上走下来，看到四叔恭敬地站在客厅沙发旁，宋樱兰不禁皱了下眉头，说道，"四叔，都跟您说了多少遍了，您是长辈，在家里随便一点啊，要不然我都不好意思了……"

看着穿着一身睡袍的宋樱兰，四叔脸上露出一丝长辈独有的宠溺神色，笑着说道："二小姐，你是我看着长大的，四叔的脾气你也知道，礼不可废啊……"

"我下来了，四叔您总能坐下了吧……"宋樱兰无奈地摇了摇头，问道，"到底是什么事啊？还至于要把球场都关掉？刚才洗个澡都接了好几个电话……"

"二小姐，你看看这个孩子……"四叔打开了客厅里的录像机，将一盘带子放了进去，他也没多说什么，直接将画面快进，放到叶天脸部的时候，猛地按下了暂停。

"这……这，他……他是谁？"原本姿态慵懒半靠在沙发上的宋樱兰，在看到叶天的面部时，整个身体忽然都绷紧了，脸上露出不可置信的表情。

"他……他和姐姐怎么那么像啊？"宋樱兰嘴里喃喃自语道。

四叔点了点头，说道："是啊，我当时看到也被吓了一跳，这孩子的脸形包括眉

天才相师 ❶
天眼神童

毛、眼睛和鼻子，简直和大小姐就是一模一样，二小姐，你说……会不会是？"

"他叫什么？"到底是掌控着一个庞大商业王国的强人，宋樱兰很快就恢复了镇定，事情还没搞清楚之前，激动的情绪会左右自己作出正确的判断。

"姓叶，叫叶天，二小姐，当年大小姐出国的时候，不就是和一个姓叶的……"四叔在得知叶天的姓名后，几乎就肯定了他的身份，在这个世上，知道这件事情的人并不多，而他恰好就是其中的一个。

外人都以为宋浩天只有一儿一女，并且在20世纪五六十年代都离开了大陆，但是极少有人知道，宋浩天是有两个女儿的，而且大女儿一直到了70年代末的时候才去的美国。

"这……太好了，我马上就去给姐姐打电话，她……她一定会很高兴的……"听到四叔的话后，一向在人前不苟言笑的宋樱兰再也忍不住了，从沙发上跳了起来，急匆匆地就要往楼上跑。

"二小姐，这事不能急，家主……家主那边……"四叔连忙拦在了宋樱兰的面前，以宋家在国内的权势，如果想得知叶天的下落，何至于要等到今天？还不是家里那位下了严令，不允许他们去寻找叶天父子吗？

"四叔，这可不是我们去找的他，他自己都找上门来了，难道让我这做小姨的视而不见？"宋樱兰和姐姐的感情极好，也知道姐姐这些年在国外无时无刻不思念着自己的孩子，眼下叶天送到了面前，她只想第一时间把这件事情告诉姐姐。

"二小姐，这事儿不能急，一来这孩子不见得就知道自己的身份；二来大小姐如果知道这件事，肯定会不顾一切地要回国，以家主的脾气，不知道又要闹出多大的风波来……"

看到宋樱兰点头同意了自己的说法，四叔接着说道："而且这孩子有些不寻常，我想先摸清楚他这些年的经历后，咱们再慢慢想办法……"

"不寻常？怎么回事？"宋樱兰看向四叔，她知道四叔是致公堂中人，也就是俗称的洪门，一生见多识广，除了对早期的上海杜先生极为推崇之外，还很少有能看得入眼的人。

"晚上有个孩子出了点事情，好像是中邪了……"四叔把晚上发生的事情以及自己的推断，原原本本地给宋樱兰讲了一遍，最后说道，"在此之前，只有叶天接触过那人，我怀疑这孩子懂得奇门术法……"

洪门之中龙蛇混杂，三教九流各色人等应有尽有，四叔曾经接触过不少奇门术士，从那人突发的症状上来看，十有八九就是中了术法了。

"四叔，您言过了吧？"听到四叔的话后，宋樱兰看着面前叶天放大后的相貌，摇头说道，"四叔，您好好看看，这就是一孩子，哪里会懂什么奇门术法啊？"

宋樱兰在很小的时候就被宋浩天送到美国去了，虽然打小就接触洪门中人，但更多受到的是西方教育，说起国内的奇门术法，倒不如讲点《圣经》什么的更能让她相信。

而且叶天的相貌，实在是太具有欺骗性了，虽然身材高大，但秀气的脸庞稚气未脱，说是个高中生倒是有人相信，要说这样的孩子是个江湖中人，宋二小姐无论如何是不肯相信的。

"二小姐你说的也是，不过这件事情家主还不知道，也不知道这孩子是怎么想的，我看咱们不要着急，等搞清楚他这些年来的情况再说吧……"听到宋樱兰的话后，四叔也感觉可能是自己多疑了，能空手布阵引煞入体的人，就四叔所知，这世上似乎还没有一个人能办得到，好像只有古代那些传说中的人物了。

"这样吧，四叔，你让胡杨去查一下，最好能接触下叶天，看看这孩子的秉性怎么样，如果心性不好的话，倒是不认也罢，而且进入宋家，对他也未必是件好事……"在经历过最初的激动后，宋樱兰冷静了下来，在他们这种大家族之中，理性往往要大于亲情，在国外生活的那些年里，宋樱兰也没少见兄弟相残的事情。而且宋樱兰也没和叶天生活过，对于这个便宜外甥倒是没有什么感觉，相反她更在乎姐姐的感受，如果叶天是个心性不好的人，那日后只会惹得姐姐更加伤心。

"好，二小姐，我明天就去安排……"四叔点了点头答应了下来，现在的宋樱兰才是他所熟悉的二小姐。

在华清园的西门正对面一处街道的大树下，停着一辆奔驰和一辆宝马，虽然北京城水深得很，但在1995年的时候，这两辆车也算是豪车了，吸引了不少进出华清园学生的眼球。

在两辆车七八米处，则是站了几个小青年，一看就是社会上的人，其中有两个还戴着个蛤蟆镜，时不时地冲着女学生吹着口哨。

如果叶天在这里的话，肯定能认出来，这几个人都是和他打过照面的，除了纪然和那个叫商不启的小胖子之外，就是那位在一个星期前的晚宴中，闹了个大笑话的任健任公子了。另外还有几个人，却明显地和这三位不像是一路人，一个个身材彪悍，眼睛里冒着股凶光，一副看谁都不顺眼的样子。

"我说任二，你小子就不能消停几天啊？再出什么事，估计哥几个的这个圈子就见不着你了……"纪然正苦口婆心劝说着任公子，这家伙回家做了几天噩梦，刚刚正常了没几天，不知道哪根筋又搭错了，非要来找叶天的麻烦。

"老纪，爷还没丢过那么大的人呢，一定是那小子使的坏，今天不让他知道花儿为什么那样红，爷这口气消不下去啊……"任健这一个星期过得可够憋屈的，在家里接连做了几天噩梦不说，刚好了点，出去找哥们玩，却被他们用晚宴上的事给奚落得体无完肤。这让一向把面子看得比什么都重的任公子，选择性地忘掉了前几日做噩梦的事，通过一些乱七八糟的关系，找了几个混社会的人，要来寻叶天的麻烦。

"任二，你他妈的脑子还没好是吧？和谁称爷呢？"听到任健的话后，纪然也变了脸色，哥们之间一口一个爷字，那绝对是打脸骂人的话啊。

"老子又不是对你称呼，你叫什么啊？"任健是个属狗的，脾气上来除了还知道怕老爹之外，那是六亲不认，当下就要和纪然翻脸。

"嘿，老纪，您也别生气，任二这不是气糊涂了吗？咱们当哥们的，是要帮他出口气……"看到正主还没出来，这哥俩先掰起来了，小胖子连忙打起了圆场，不过想起了那天的事，商不启压低了声音，看了一眼站在不远处的那几个人，向任健问道，"我说任二，你找的这几个人靠谱吗？"

"废话，西城丘八底下的人，听说都是见过血的，能不靠谱吗？"任健说话的声音也小了一点，他能请得动这些人，不代表自己就能得罪得起他们。

"丘八的人？那是不用怕了……"听到是西城丘八的人，小胖子脸上顿时惧色尽去，有些意外地瞄了一眼那几个人，小声说道，"任二，你小子这次下本钱了啊……"

要知道，和街面上那些吆五喝六的小痞子不同，西城丘八这名号，在北京城也是响当当的，喊出来可是比商不启这些二代响亮多了，而且人家还有着深厚的底蕴。

丘八的大名叫邱文东，祖上是北京城有名的镖局老板，也是北京城著名的拳师，和当年的南北大侠杜心武以及大刀王五都有不菲的交情，算得上是喊得出名号的一个人物。不过到了民国时期，这镖局自然就开不下去了，而一场火灾，也让邱家败落了下来，老爷子死了之后，邱文东的父亲邱安德干脆入了行伍当兵去了。要说这邱安德的运气真是不错，两党内战加上八年抗战他都赶上了，身边的战友死了一茬又一茬，他愣是一根毛没掉。在日本人投降后，邱安德又回到了北京城，靠着在行伍里待了二十多年积攒下来的钱财，娶了房媳妇过起了小日子。那会儿邱安德已经是四十多岁的年纪了，没承想新中国成立后，在邱安德五十多岁的时候，居然老来得子，生下了邱文东。这让邱安德大喜过望，对这老儿子是喜爱有加，将一身家传的本领都教给了邱文东。不过安稳日子没过多少年，在那个混乱的年代里，邱安德参加过军阀队伍的事情被人揭发了出来，直接就被扔进了秦城监狱判了个无期徒刑，五年后郁郁而终。

当时的邱文东不过是个十来岁的毛孩子，没了父亲管教后，也在北京城厮混了起来，由于身上有功夫，打起架来心狠手辣，很快就成为北京城有名的顽主。只是枪打出头鸟，在那个疯狂的年代结束后，邱文东也被抓了进去，判了八年有期徒刑，直到80年代中期才被放了出来。

20世纪七八十年代的监狱，那绝对是人才会聚的地方，原本四肢发达头脑简单的邱文东在里面学习了八年之后，那脑袋瓜也开窍了。

没有钱，没有学历，没有正式工作，一无所有的邱文东，出狱后找街坊四邻借了点钱，在火车站拉起了板车。当时的邱文东正是三十出头的年纪，身体壮得像个牛犊子似的，加上以前的威名，很快就在车站附近闯下了不小的名声。由于邱文东经常吹嘘死去的老爷子出身行伍，打过内战，杀过小日本，时间长了，别人就给他起了个外号叫做丘八。

由于受到父亲的熏陶，邱文东也是个四海的性子，爱结交朋友，有了钱之后更是接纳了不少落难的江湖好汉。不过这些"江湖好汉"，实在是不怎么给邱文东长脸，经常因为偷鸡摸狗被派出所抓去，最后直接连累到了邱文东，因为包庇罪，又被拘役了半年。

"二进宫"后的邱文东再次出来后，终于是学乖了，刚好前几年公安系统招收巡警，并将一些社会安保公司对外承包了出去，邱文东就用别人的名义，将西城这边的一家保安公司给承包了下来。说是保安公司，其实更像是家武馆，邱文东开班授徒，几年下来竟然慢慢地将这家公司给做大了，不仅给一些公司物业输送保安，还承接个人保镖业务。不过干这行，总是会遇到一些打打杀杀的事情，所以在邱文东手底下，也有一些身上有功夫的狠角色，帮他处理这些问题，私下里偶尔也接点私活儿干干。

按理说教训一个大学生，任健犯不上去找这些专业打手。只是任公子那天实在是被叶天给吓坏了，心里认准了叶天会巫术，所以不惜花了五万元钱，托人从丘八的保安公司里找了三个人来。当然，任公子他也不敢买凶杀人，目的只是为了让叶天吃些皮肉之苦罢了，也算是挽回一些他前几天丢掉的面子。

"任二，怎么回事？这都等了两个多小时了，那人要是还不出来，咱们接着傻等？"看着天色渐渐黑了下来，小胖子有些不耐烦了，他原本想来看个热闹，没想到都快等了一下午了，正主儿根本就没出现。

"急什么啊？你以为华清园是你们影视公司，随便就能让人进的？我叫人去喊了，可能那小子话还没传到吧。"

任公子虽然仗着家里的那点钱，平时挺跋扈的，但他也知道，华清大学可不是他能撒野的地方，他甚至都没敢在校门口堵着，专门跑到这隔了一条街的地方。

距离参加那次晚宴已经过去了一个星期的时间，于浩然也早已返回了上海，叶天又恢复了平静的校园生活。

至于出手教训任健的事情，也几乎被叶天忘在脑后了，按照他的想法，只要那家伙脑子没坏掉的话，应该不敢再来找他了。

"哎，我说老大，今天怎么不去打篮球了？"回到宿舍后，叶天发现老大居然以穿衣服的速度去冲了个凉，然后换了一身板正的衣服，对着镜子梳理起了他那板寸。

听到叶天的话后，同样在照镜子的傲海明撇了撇嘴，说道："还用问吗？肯定是出去祸害妇女的。我说老大，你不声不响地把哪个良家勾搭到手了？"

要说叶天他们这宿舍的几个人，真是没有一个省油的灯，入学没几天工夫，基本上都锁定了目标，不过除了叶天的青梅竹马之外，其余三人还在为确定关系而努力着。

"去去，边儿去，你们两个臭小子是饱汉子不知饿汉子饥……"徐振南没好气地瞪了傲海明一眼，往叶天的床边挪了挪，小声说道，"叶天，晚上我约了卫蓉蓉去看电影，《阿甘正传》，你和于清雅去不去啊？我可是特意多买了两张票……"

"嘿，老大，您有这么好心？"叶天闻言笑了起来，"不怕我和清雅去做电灯泡？"

"哪儿能啊？咱们是哥们，有好事我当然要想着你了……"徐振南使劲地拍了拍胸脯，摆出一副大义凛然的模样来。

"真的？"叶天似笑非笑地看着徐振南，说道，"晚上，我……我好像还有别的事呢……"

"别啊，兄弟，啥事也不能比看电影重要啊……"听到叶天的话后，徐振南也顾不得装了，声音又压低了几分，"我说了请你和于清雅一起去，蓉蓉才答应了，你们要是不去，那不是给哥们拆台吗？"

"得，早说不完了嘛，不过老大，看完电影宵夜你请啊……"叶天哈哈一笑，顺便又宰了这土财主一刀子。同宿舍这哥几个，就徐振南家底最为厚实。

听到叶天答应了下来，徐振南脸上顿时笑了起来，推搡了叶天一把，说道："没问题啊，吃消夜这才多大点事，老三，你快点拾掇拾掇，咱们7点半就要出发了……"

"你们7点半才走啊，我们先出去了，老大，晚上我们在老地方等你消夜啊……"听到有消夜吃，已经走到门口的傲海明和陈晓忠又把头缩了回来。

"行了，滚蛋吧，老地方见……"徐振南没好气地挥了挥手。

"靠，老大，您没搞错吧？"叶天看了下手腕上的表，不禁叫了起来，"现在才6点，您忙个什么劲啊，又不是大姑娘，要打扮一小时？"

"我这不是代表了了咱们建51班老爷们的面子嘛，快点，你也换身衣服……"跟着傲海明几个人整天斗嘴，徐振南也磨出点嘴皮子来了。

"叶天同学在吗？哪位是叶天同学？"正当徐振南和叶天扯皮的时候，宿舍门突然被敲响了。

"我是叶天，师兄您有什么事？"叶天打开门，看到外面站了一个二十四五的男学生。

"啊，你……你就是叶天啊？"那位老生看了叶天一眼，眼神就游离到一边去了，并不敢和叶天对视，因为这事儿，他做得有些亏心啊，这可是帮着社会上的人来对付自己的小师弟。不过想想留在北京城工作的诱惑，他还是说道："是这样的，叶天，校外西门那里有几个人找你，让我给传个话……"

"哦？有人找我？"叶天看了看面前这位老生的神色，心里不由得明白了几分，右手一翻，将那枚大齐通宝夹在了指间，不动声色地占了一卦。

"呵呵，谢谢师兄，我这就去……"叶天心中冷笑，"这年头不怕死的人还真是不少啊，自己……要不要真弄他个精神错乱？"听到叶天回答得这么痛快，那个老生愣了一下，终究还是迈不过良心上的那道坎，咬了咬牙说道，"叶天，那几个看着不像是好人，你……你最好还是别去了！"

"老三，怎么回事？外面惹到人了？"看着门口那个离去老生的背影，徐振南从叶天身后走了出来，说道，"反正要从西门走，哥哥我陪你一起过去，妈的，真以为考上华清的都是好孩子啊？"

徐振南的老家民风彪悍，连带着学生的脾气也都好不到哪里去，相互瞪个眼睛就能吵起来，学校与学校之间的群殴更是家常便饭。从小就长得人高马大的徐振南，自然也没少打过架，而且还都是冲锋在战斗第一线的，只不过上了大学之后，再也没这种机会了而已。

看着徐振南一脸兴奋的样子，叶天摇了摇头，说道："老大，回头你先带着清雅和卫蓉蓉出去吧，在电影院等我就行……"

不管是身上的功夫还是术法，叶天都不想让宿舍里的人知道，毕竟他们和这个圈子没有任何的交集，知道了不见得是什么好事。

"那怎么行啊，刚才那人不是说了吗，都是社会上的人，你一个人去肯定会吃亏的。走，你只管放心，有哥哥在，三五个人不在话下……"由于卫蓉蓉的原因，徐振南和叶天的关系最好，当然不肯看着他吃亏了，否则被卫蓉蓉知道了，指定会说他没有哥们义气。而且徐振南这会儿也手痒痒了，打篮球哪有打架过瘾啊，拳拳到肉然后听到对方鬼哭狼嚎的感觉，不是一般的爽。

"哎，我说，又不一定是去打架的，得，别拉着我，我先换衣服啊……"看着比自己都着急的徐振南，叶天是哭笑不得，这哥们是不是在华清做好孩子被憋坏了啊？听到有人堵校门居然如此的兴奋？

看了下表，和卫蓉蓉她们约好的时间还有一个多小时，叶天换了衣服就和徐振南骑上自行车往西门赶去，早点把问题解决了，也省得回头让于清雅知道了担心。

把车子放好之后，叶天和徐振南走出了校门，根本就不用到处打量，一眼就看到了站在学校对面的几个人和那两辆豪车。

"靠，老三，你……你这都是惹了什么人啊？"一出门，徐振南的注意力就被那三个打手吸引了过去，这三个人虽然身材不高，但非常的粗壮，脖子和肩背几乎连在了一起，看上去就和个石墩子差不多。

徐振南也曾经跟人练过几天，一眼就看出来了，这几个人绝对是练家子，别管功夫高低，那都不是自己和叶天能对付得了的。

"我说……叶天，咱们还是别出去了，他们不敢进校来打人的……"徐振南虽然讲义气，但人又不傻，否则也考不上华清大学了，俗话说好汉不吃眼前亏，只要他们不出去，相信那些人也没胆子跑到学校来打人的。

"喏，就是那个小白脸，他要请清雅跳舞，被我拒绝了，这不是来找麻烦了嘛……"叶天向对面努了努嘴，笑着说道，"老大，没事的，您在这儿等等我，我过去和他们谈谈……"

叶天也注意到了旁边的那几个人，只是他看得比徐振南还要透彻，对方这体形，百分之百是练外家拳的，在叶天眼里，不过就是有几分蛮力罢了。

"靠，把哥哥当什么啊？走，在学校门口他们也不敢动手的……"听到叶天的话后，徐振南咬了咬牙，当街殴打大学生影响很坏的，他就不相信那些人敢动手。再说了，这可关系到叶天未来幸福的事情啊，关于女人的事情那是绝对不能尿的。

"真去？"叶天看了一眼徐振南。

"废话啊，等会儿他们要是真动手，你就往学校里面跑，咱们俩分开跑……"要说徐老大的校园斗殴经验，还真的是很丰富，这会儿连后路都看好了。

"是那个小子，出来了，出来了……"叶天在观察着任健等人，站在校园对面的任健，也一眼就看到了叶天，也不知道这哥们是害怕还是激动，说话的时候浑身都在颤抖。

听到任公子的话后，正在把玩最新一款手机的纪然，抬起头看到叶天，不由愣了一下："这小子，还真是胆大，明知道有人堵校门还敢出来……"

"任公子，这里不好动手，等会儿能让他去那边巷子吗？"那几个在路边站着的打手，见到正主来了，也纷纷围了过来，领头的那个矮壮汉子，在仔细打量了走过来的徐振南一番之后，说道："那小子身体够壮，三两下收拾不了的，要是被他跑回学校，我们也没办法了……"

这个汉子叫马军，三十五六岁的年纪，和丘八曾经是狱友，出来后没什么正经工作，就跟着丘八混饭吃，因为在家里排行老三，一般人都称之为马老三或者三哥。

只是马老三有过入狱的经历，一般的安保工作不会让他负责，所以就经常私下里接点打手的活儿，丘八也知道这事儿，不过看在哥们面子上，也就睁只眼闭只眼了。

虽然说拿人钱财，与人消灾，但是马老三心里还是有分寸的，他也不敢在学校门口将事情闹大，所以连家伙都没带，就想着将那人脸上打得惨一点，让这几个富家公子出口气就完了。

听到马老三的话后，任健连忙说道："三哥，不是你说的那个，是另外一个，就是那个长得稍微瘦一点的……"

"什么？旁边那个？"马老三这才将注意力转向了叶天，一看之下不由得撇了撇嘴。

"这些富家子弟真是钱多烧的，就这么一个人，居然就肯花五万元钱请我们，这要真是三个一起上，不把那孩子给打坏了啊？"想到这里，马老三歪了歪脑袋，对身边的两个人说道，"等会儿我拉他去那巷子，你们两个都别动手了……"

"三哥，这事儿不用您吧，我去就行了，三分钟搞定，保证让任公子满意……"站在马老三身边的一人也笑了起来，从外表上看，叶天不过就是个十八九岁的学生，一巴掌扇他个满脸桃花开，这活儿就算是干完了。

"纪大哥，您找我有事啊？"几人正说话间，叶天和徐振南已经走到了面前，不过叶天的一声称呼，让他们包括纪然自己在内，均是愣了一下。

"叶……叶天，这……这……"被叶天喊了一声大哥，再看着叶天那张稚嫩的脸庞，纪然这心里不知道是个什么滋味，想了一下之后，把脸扭向了任健，说道，"任二，你说你和一学生较什么真啊，再说谁知道是不是你自己发神经病，赖到他身上干什么呀？"

"不是他是谁？姓纪的，这没你的事，边儿去啊……"看到叶天后，任健这几天所做的噩梦似乎又萦绕在脑海里了，再想起那天的丢人事，顿时眼睛都红了，直接就冲纪然嚷嚷开了。

任健这话一出，马老三几个人都傻眼了，怎么喊他们过来打人，这事儿还没办，倒是自己先起了内讧了。

既然话已经说出口了，纪公子也没再给任健留面子，转脸看向叶天，说道："叶天，你回去吧，没事了，别理他这狗脾气……"

"呵呵，任大哥是吧？"听到纪然的话后，叶天笑了笑，看着任健说道，"咱们可能是有什么误会吧？要不，去那边说一下？"

"这小子是不是被吓傻了？"叶天此话一出，在场的几个人脑子里顿时都冒出了个问号，明摆着就是上门找他麻烦的，他倒好，还想找个偏僻的地方说话？

"我……我，我和你没误会！"让众人更感到惊讶的是，任公子躲躲闪闪的竟然不敢去看叶天的眼睛，憋了半天居然说出没误会这么一句话来，没事你闲得蛋疼来找别人麻烦干吗？

"咱们还是去谈谈吧，任大哥肯定对我有误会……"叶天笑着上前一步，伸手就拉住了任健的衣袖。

"你别拉我，三哥，别让他拉我啊……"在被叶天拉住衣袖后，任健情不自禁地想起在花园里那诡异的一幕，这腿脚立马变得有些发软了，一手拉住身边的马老三，口中居然带上了哭腔。

"真是个草包……"虽然心里对任健的行为很是不屑，马老三还是上前一步插在了叶天和任健中间，说道："小兄弟，要不……咱们借一步说话？"

叶天看了一眼马老三，脸上忽然露出笑容，说道："好吧，不过……任大哥也过来吧，不是您要找我吗？"

徐振南急了，一把拉住了叶天，"叶天，不能去，有话就在这说好了……"

"老大，没事的，任大哥是讲道理的人，这理不辩不明，还是说清楚了比较好……"叶天笑着拍了拍徐振南的肩膀，居然带头往旁边的小巷子走去。

"哎，不行啊，叶天……"徐振南正要跟上去，马老三旁边的两个汉子突然靠了上来，一左一右夹住了他的双臂，徐振南虽然力气不小，一时间却也挣扎不开。

"妈的，老子和你们拼了……"徐振南情急之下，双臂猛地用力，甩开了身边的两个人，不过看着挡在面前的两人，徐振南知道自己冲不过去，转头就往学校跑去。

在距离叶天等人十多米处，一辆挂着京字头牌照的面包车，已经在这里停了一个下午了，谁都没注意在面包车后排坐着的两人，将刚才发生的这一幕都收入了眼底。

如果被纪然看到这两人的话，肯定会吓一跳，因为这两个不是别人，正是那天在花园里他所见过的樱兰女士的保镖。

从四叔吩咐他们来查叶天的底后，两人早就把叶天在大学里的点点滴滴查清楚了，和普通的大学生并没有什么不同。只是四叔对他们调查的结果不大满意，哥俩就只好在这里守着了，想看看叶天外出后会有什么异于常人的表现。

"老胡，下车吧，别让那孩子吃亏了……"见到叶天和两个人走进巷子后，虎子最先忍不住了，将脸上的墨镜一摘就要拉开车门。

"虎子，别急，你没发现，那个叫叶天的太镇定了吗？"胡杨一把拉住了虎子，接着说道，"这场面换成你，你会怎么样？"

听到胡杨的话后，虎子眼睛一瞪，没好气地说道："靠，换成我哪那么多废话啊，直接一拳一个放倒了了事……"

"和你这粗胚就没话说，你用脑子想想，如果你是叶天这样的学生，见到这些人你会有什么反应？"胡杨简直无语了，和虎子搭档了那么多年，就没见过他用脑子解决问题的，通常都是用拳头和别人讲道理。

"我要是能考上大学就不干这行了……"虎子嘴里嘟囔了一句，接着说道，"我要是像他那身板，遇到这情况保证转头就跑。哎，我说胡杨，你……你是说叶天的反应很不正常？"

虎子说到这里，总算是明白了过来，连他这么脑袋一根筋的人都懂得好汉不吃眼前亏的道理，叶天这么一个大学生，莫非还没自己聪明？

"没错！"胡杨打了个响指，说道，"你别忘了，叶天在监控上抓住任健的动作，可不是一个弱不禁风的人能做到的，依我看……这小子绝对是扮猪吃虎，水深着呢……"

"是啊，那……咱们就等等吧，如果那小子真是深藏不露，我就出去探探他的底……"听到胡杨的话后，虎子点了点头，一双眼睛紧紧地盯住了叶天他们进去的巷口。

进入小巷十多米处后，叶天站住了脚，这里刚好有个拐角，从外面完全看不到里面的情形。

马老三怕殴打学生出事，叶天同样也害怕啊，要是被学校知道他在外打架，一个处分绝对是跑不掉的。

"任大哥，我只是没有让女朋友陪您跳舞而已，不用这么大的怨念吧？"这些富家子弟们虽然纨绔了一点，不过杀掉是肯定不行的，但是教训轻了又像个狗皮膏药一样缠着自己，所以叶天还是决定以德服人，和这哥们再说说道理。

"臭小子，少扯淡，我那天见鬼的事情，是你搞出来的吧？"看着叶天淡定的面容，任健不知道心里为什么就充满了邪火，不过在说话的时候身体还是向后退了几步，他可不想重温那尸山血海般的场景了。

"任大哥，您说什么啊？我没听懂……"叶天摇了摇头，手掌一翻，一枚一元的硬币出现在了手背上，若无其事地把玩起来。

"马上你就懂了……"任健狞笑了一声，对马老三说道，"三哥，好好教训下这小子，您只管打，出了事我负责……"

任健也不完全是个草包，他打听过叶天的底细，知道叶天不过是于浩然的子侄辈，在京城并没有什么关系，就算是打断他一条腿，花点钱也能解决了。

"这事儿闹的……"马老三摇了摇头，目光转向叶天，说道，"小兄弟，有些人是不能招惹的，得，算是三哥给你上一课吧……"

进巷子的时候，叶天是走在前面的，和马老三、任健差了七八米的距离，此时马老三话声一落，身体就向叶天逼去，离着叶天还有三四米的时候，右手的拳头就挥了起来。

"嗖"就在马老三刚刚抬起右拳的时候，一声脆响突然在耳边响起，紧接着马老三就感觉到挥舞出去的右手一阵剧痛，带得整个身体都往后仰去。

"砰"的一声过后，马老三的后背重重地撞在了小巷的墙上，整条右臂都在不由自主地抖动着，可就是近在眼前的任健，也不知道发生了什么事情。

"这……这……"强忍着剧烈的痛楚，马老三把右手抬了起来，这一看整个人都愣住了，他的右手手背上赫然插着一枚一元的硬币。

叶天这还是手下留情了，弹出硬币的时候并没有灌输多少元气在内，否则就不是只插进去三分之一了，直接就能将马老三的右手给废掉。

"小兄弟，原来是个高手啊？马某再领教几招……"在短暂的惊愕之后，马老三回过神来，他也是个滚刀肉的性子，当下用左手拇指和食指捏住了硬币，口中闷哼一声，硬生生地将硬币给拔了出来。

马老三正准备欺身再上，左肩处突然传来一股巨大的力道，将他死死按在了墙上，抬眼看去，却是叶天不知道什么时候到了自己身边，一只手正按在他的身上。

马老三虽然比叶天足足矮了一头，但身体却十分的粗壮结实，脖子肩膀几乎连在了一起，腰身有力，从小也是蹲马步、滚石碾子长大的，身上着实有真功夫。这要放在平时，马老三发起横来，就是七八个人也不见得能将他制住，不过此刻叶天仅仅用了一只右手，就按得马老三浑身发麻，马老三心中顿时大骇。

"老海，我知道您是拉杆子的，大家都是合字上的朋友，兄弟没有开山立柜的意思，但也不能让人水漫了，今天您算是出手了，也挂了彩，这二道杵该收的还是要收，咱们这过节，就此掀过可好？"正当马老三还想挣扎的时候，耳边突然传来叶天的这一番话，他整个人顿时呆住了，绷紧了的身体，不由自主地放松了下来。

叶天这番话是用江湖切口说出来的，"老海"是江湖人的称呼，"拉杆子"则是保镖的意思，"合字上的朋友"，是叶天点明了自己的身份，也就是大家都是江湖道上的。至于"开山立柜"的话，则是叶天表明了态度，我不是来您这儿抢地盘的，后面"不能让人水漫了"，那是指不能白白被人给欺负了。最后那几句话的意思就是老兄您出了手，也受了伤，可以找主顾要第二次的钱，咱们之间的事情就算是了了，以后谁也别找谁的麻烦。

"小……小兄弟，敢……敢情您是江湖道上的朋友啊？是老马招子昏了，您松手吧，这事儿是我做错了，回头给兄弟您摆酒赔罪！"听到叶天的这一番江湖切口后，马老三头皮一阵发麻，在这年头能说出这番话来的人，绝对不是一般人，就连他也不过只听懂了七八分。在清末至解放前很长一段时间里，不仅是江湖人，就是生意人之间，都流行着暗语，也就是黑话或者切口。要知道，这不管是跑江湖还是做生意的，都有自己的规矩和圈子，你做之前要先找人拜师，师傅教了你暗语，你才能算是真正进入这个圈子。解放后跑江湖的人倒是少了，但这些暗语和黑话还是流传了下来，并且在某些场合里都能用得上。

马老三知道，即使是现代，江湖也是存在的，只不过以前的那些门派现在都变成了各种公司，就连丘八的这家保安公司，往上追溯都能看到江湖的影子。

江湖上的规矩马老三也是懂的，对方既然没有开山立柜抢地盘的意思，那来到这里自己就应该好酒招待着，临走的时候盘缠准备着。

虽然今天这件事情是他们在不了解情况下做出来的，但没打听清楚对方的来历就贸然出手，这本身就是坏了规矩的，所以马老三很干脆地认了下来。

听到马老三的话后，叶天知道这事儿算是了结了，笑了笑说道："摆酒赔罪就算了，刚才兄弟没递门槛，也是兄弟的不对。再说了，现在兄弟只是个学生，也不希望有那么多的事情……"

"学生？"看着一脸笑容的叶天，马老三才想起来，站在自己面前笑得春光灿烂的这个大男孩，可不就是个学生？如果不是叶天刚才满口的黑话还萦绕在耳边，马老三真的会以为自己产生幻觉了，眼前的这位是个大学生，同时也是个江湖中人。想到这些，马老三右手上的疼痛，立时全被一股子恐惧给替代了。

"这要什么样的家族，才能教出这样的一个人物啊？"马老三甚至都不敢往深里去想了，反正他知道在对方面前，自己连个屁都不是。

"三……三哥，这……这算怎么一回事啊？"站在一旁的任健这会儿总算是回过神来了，怎么不仅想象中叶天被打得满脸桃花开的景象没有出现，两人还在一起聊上了呢？

"三哥，不能轻饶这小子，一顿酒就想没事，想得美啊……"由于天色已经暗了下来，巷子里也没灯光，是以任健并没有看到马老三受伤的事，加上刚才那些黑话他也听不懂，稀里糊涂的还以为是叶天要给他们摆酒赔罪呢。

"你他妈才想得美呢，给三哥下套是吧？"正一腔愤慨无处发泄的马老三，听到任健的话后，反手一个巴掌就甩了过去，"回去准备十万元钱，少一分我要了你小子的命！"

马老三虽然用的是左手，但一巴掌甩过去之后，还是打得任公子口鼻出血，一个趔趄摔倒在了地上，脑袋"嗡嗡"作响，整个人完全被这一巴掌给打傻了，竟然连呼痛都忘记了。

没有答理摔倒在地的任公子，马老三回过头来，向叶天笑道："叶天兄弟，回头这十万元钱，就当是给兄弟赔罪了……"

虽然叶天说了不要摆酒道歉的话，但马老三不能当真啊，反正这十万元钱不是他掏的，他这真正的无产阶级也掏不出来。

"得，钱还是三哥您收着，咱们也是不打不相识嘛……"叶天闻言摇了摇头，他知道这些江湖上的人，都是打蛇随棍上的货色，今天要是答应收了这钱，指不定会有什么麻烦事找到头上呢。

马老三只怕叶天是客气话，连忙说道："那不成，这要传出去，别人还不指着我老三的脊梁骨骂啊？"

"三……三哥，你……你怎么打我啊？您到底是帮谁的呀？"听着两人的对话，挨了一巴掌的任公子终于回过神来了，捂着还往外喷血的鼻子，气愤地看着马老三，从始至终，他都没搞明白到底发生了什么事。

听到任健的话后，马老三冷笑了一声，阴森森地说道："任公子，您最好还是把嘴巴给闭上吧，这世上有那么一些人是惹不起的，不想给家里招祸的话，麻溜地把钱准备好……"

按照马老三的想法，叶天的家里肯定是那种黑白通吃的背景，任健只不过是商人子弟，别人想玩死他太容易了。

"惹……惹不起的人？"任健只是被家里宠坏了，脾气有些蛮横，但人并不傻，听到马老三的话后，捂着嘴吃惊地看向叶天。看着叶天脸上淡淡的笑容，任健顿时明白了，原来自己以为可以随便捏的软柿子，竟然是个铁板，想到叶天的手段，他这心里顿时拔凉拔凉的。不过任公子一向是跋扈惯了的，想让他向叶天这么个学生认错服软，心里转不过这个弯来，站在那里一时不知道如何是好。

"叶天，叶天，你在哪儿呢？"就在任公子无比纠结的时候，巷子入口处传来一阵喧闹声，尤以徐振南的喊声最是响亮，同时一束灯光向昏暗的巷子里照了进来。

"三哥，事儿就这么办吧，您这伤也没事，休养几天就好了……"看到徐振南带人寻了过来，叶天压低声音和马老三说了一句之后，大声喊道："老大，我没事，这就出来了……"

用手挡住外面照来的灯光，叶天走出了巷子，一出巷口可是把他给吓了一跳，原来外面除了徐振南之外，连于清雅和卫蓉蓉都来了，另外还有十几个穿着学校保安服的保安。而纪公子和那个小胖子，则是和另外两个打手站在了一边，神色复杂地看着从巷口走出的叶天，眼神不住往叶天身上打量着。

见到叶天走了出来，徐振南眼睛都红了，扑上来就往叶天身上乱摸，嘴里还嚷嚷着："叶天，你……你没事吧？"

按照徐振南的想法，叶天和那练家子进去，即使没缺胳膊少个腿的，肯定也不能囫囵完好地出来，在他想来，叶天现在肯定是见于清雅在硬撑着呢。

"哎，哎，老大，那里不能摸……"一开始叶天还不好意思推开徐振南，谁知道这哥们上身摸完之后，居然对着下三路就去了，叶天连忙一把将其给推开了，没好气地说道，"都说了没事了，您这是唱的哪一出啊？"

"真没事？"徐振南看着叶天整齐的衣服，心里相信了几分，松了口气说道，"幸亏我来得早，叶天，咱和他们没完……"

在徐老大想来，一定是他救兵搬得及时，这才没让叶天惨遭毒手，眼下自己这边人多，说什么也要把刚才那小子给收拾了。

正在徐老大摩拳擦掌的时候，从他身后走出一个穿着西装有点像是华清老师的人，向叶天问道："叶天同学是吧？刚才这位同学到保卫科报案，说你被校外人士劫持，请问……有没有这件事情？"

对华清园来说，如果真出了这样的事，那绝对会震动整个学校的师生，只要叶天点头，他们就会冲进那个小巷子，将里面的人给揪出来的。

"劫持？没有的事啊，哦，可能是徐振南同学误会了，这位老师，真没这事……"听到那人的话后，叶天连忙摇头否认，开什么玩笑啊，自己既然给马老三摆出了江湖规矩，如果再报官的话，有理都会变成没理的。

"那……那他们两个是怎么回事？"那个老师模样的人正想追问的时候，忽然看到叶天身后又冒出两个人影。

叶天回头看了一眼那两人，开口说道："老师，他们都不是咱们学校的，刚才在里面吵了一架就打起来了，这个……这个好像不关咱们的事吧？"

原本那二位是被叶天的身影给挡住了，不过听到叶天的话后，几个手电筒同时照了过去，这一看之下，所有人都愣住了。

任健就不用说了，嘴角肿得像香肠似的，眼角也裂开了，鼻子里流出的血，将身上的白衬衫染得都变了颜色，打着发胶的头发更是乱得像鸡窝一般，那副模样简直是惨不忍睹。

至于马老三，虽然脸上没事，身上也看不出伤来，但右手却是被一块手巾给包住了，而且衣服皱巴巴地沾满了灰尘，站在那里一脸无奈的样子。看到叶天的一身清爽，再对比两人的模样，场内的人倒是十有八九都相信叶天的话了，或许真是那哥俩打了一架也说不定呢。

在人群稍微靠外一点的地方，卫蓉蓉忽然发现身边于清雅的嘴角翘起了个弧度，不由得奇怪道："清雅，你笑什么啊？叶天被人堵校门，你一点都不担心？"

按理说这要换成自己男朋友，卫蓉蓉早就要死要活地上去安慰了，哪里会像于清雅这般没心没肺地还在一边偷笑呢？

于清雅抿嘴一笑，说道："叶天从小就老实，一般人不会欺负他的……"

"他老实？整个就一小神棍，说不定那两人就是被他打的呢……"卫蓉蓉对于清雅的话是嗤之以鼻。

她老爹不知道被叶天灌了什么迷魂药，上次请叶天去她家里的时候，竟然把那瓶从她爷爷时就珍藏的光绪贡酒给拿出来喝掉了，这让颇有酒量却一直未能得偿的卫大小姐，感觉很是不忿。

"蓉蓉，别乱说话……"见到卫蓉蓉的声音有点大，引得周围的人都向自己看来，于清雅连忙拉了卫蓉蓉一把，退出了人群。

要说场内这些人，可能除了几个当事人之外，也就于清雅清楚是怎么回事，从小学一年级的时候，叶天就敢打四五年级比他高一头还要多的学生，于清雅就没见他打架吃过亏。而且叶天也不知道用的是什么办法，那些被他打得鼻青脸肿的高年级同学，无不一口咬定是自个儿不小心摔的，和眼前的情形十分相似，所以刚才于清雅才情不自禁地笑了起来。

"叶兄弟，老哥我就先走了，改天再向您摆酒赔罪……"被这么多人盯着，马老三很是不习惯，上前在叶天耳边轻声说了一句之后，对人群里的两个同伴招了招手，也没再答理傻站在那里的任健，径直拨开人群拦了辆出租车离开了。

"呸！什么玩意儿啊？哎哟……"看到马老三等人走了之后，任健恶狠狠地对远去的出租车屁股吐了口唾沫，没承想却拉动了嘴上的伤，顿时龇牙咧嘴地用手捂住了。

纪公子仗着刚才帮叶天说了几句好话，想着叶天应该不会难为自己，上前一把拉住

天才相师 ❶ 天眼神童

任健，问道："任二，你们这到底是怎么回事啊？"

"走吧，回去再说……"任公子这次不敢耍横了，有些畏惧地看了一眼叶天，发现他正和学校里的人说着话，连忙招呼了小胖子上了两辆车，一溜烟地开跑了。

"这到底是怎么回事啊？"短短的几分钟时间，当事人除了叶天之外，跑得一个不剩，那位老师也有些抓瞎了，没好气地看了一眼叶天，说道，"行了，都散了吧。叶天同学，你是一个大学生，以后不要和这些校外的人有什么来往，知不知道？"

"我知道了，谢谢老师的关心……"叶天一脸诚挚地向那位老师鞠了一躬，搞得原本想让叶天写个事件经过报告的老师，也没好意思再提这事，带着十多个保安返回了华清园。

"这……这到底是怎么回事啊？"

随着围观的人群一起散去，回到了车里的虎子和胡杨对视了一眼，脑海里同时冒出了和那位老师同样的疑问。

他们两个什么结果都想到了，就是没想到叶天不仅完好无损地出来了，还能让那两位自己在里面干上了。沉默了好一阵之后，虎子迟疑地说道："我说老胡，难道……难道叶天真的会四叔说的什么江湖术法？"

"江湖术法也办不到吧？这他妈简直就是邪法了……"胡杨也是一头雾水，想了一下之后，伸手发动了车子，说道，"走，找那个叫任健的小子去问问……"

一般一对热恋中的情侣去看电影，第一遍总是记不住情节的。眼下就是如此，坐在电影院的后排，于清雅和叶天一直在窃窃私语，电影都快放完了，居然还不知道那个叫阿甘的人为何能赢得那么多的荣誉。

"叶天，以后不准再和人打架了啊，要不然我再也不理你了……"于清雅很享受坐在叶天身边的感觉，不过掐在叶天腰间的小手，也警告对方下次不要再打架了，女孩子总是不太喜欢打打杀杀的事情。

"都说了是他们两个打架，关我什么事啊……"

感觉到腰间一紧，叶天连忙说道："哎哟，我保证，下次有人找麻烦，绝对打不还手骂不还口……"

"德行，哎，叶天，你说蓉蓉和你们宿舍老大能成吗？蓉蓉可是学姐啊……"

女孩子总是比较八卦的，看着坐在他们前面几排的卫蓉蓉和徐振南，于清雅很快就转移了自己的注意力。

"什么学姐，老大还比她大两岁呢……"叶天闻言撇了撇嘴，接着说道，"我告诉你，老大乙卯属水，卫蓉蓉是庚寅属木，俗话说男水女木——木水夫妻好姻缘、财宝贵富旺儿郎，他们说不定比咱们结婚还早呢……"

"你这人脸皮怎么越来越厚啊，谁要和你结婚了？"于清雅听得心中大羞，忍不住又拿叶天腰间的软肉出起气来，好在学校旁边的电影院的观众大多都是学生，几乎每个座位上都在上演着这一幕。

就在叶天和于清雅这对小情侣说着悄悄话的时候，胡杨和虎子也分别寻到了马老三与任健，将方才所发生的事情，弄了个明明白白。

"叶天，江南市茅山脚下长大，父叶东平，自幼拜一李姓老道为师，所学不详，少年时极其顽劣，11岁时搬至县城，表现和普通学生无异，18岁考取华清大学。擅长江湖门道，会使用各种切口黑话，疑似精通内家功夫，可用硬币伤人，性格沉稳，处事老到，心性无法评价！"看着手上的这张纸，宋樱兰的脸上露出一丝诧异，转头看向四叔问道："四叔，他一个18岁的孩子，怎么会这么多乱七八糟的东西啊？"

"二小姐，这还只是叶天展露出来的，谁知道他还藏着多少东西？"四叔闻言苦笑了一声，昨天得到胡杨的这份报告后，连他都吓了一跳，就差没自个儿跑去华清园证实了。

四叔早年练的是外门功夫，到了中年才改练内家拳法，不过由于身体内伤太多，难以将内家拳练到极致，但深知内家功夫的厉害之处。

要知道，现代社会精通内家拳的人不少，擅长暗青子的人也不是没有，但是能用硬币伤人的，四叔还真没见过，这样的人即使放到解放前，那也绝对是喊得出名号的高手。

查到的事情越多，叶天身上笼罩的迷雾就越厚，原本很清澈的一个人，现在却是怎么都看不透了，就连四叔这种老江湖都不知道叶天究竟是个什么样的人了。

"二小姐，这孩子眼神清明干净，不像是奸邪之人，要不……我再去找他谈一谈？"

虽然从各方面收集到了不少叶天的资料，但这些都是书面上的，四叔还是想自己亲自接触一下叶天，加深一些对他的了解。而且四叔一生极其坎坷，历经了很多常人都没有经历过的事情，虽然不会占卜相面，但看人极准，他相信叶天心性不坏。

"四叔，还是先别找他了……"

听到四叔的话后，宋樱兰低下头思考了一会儿，说道："不管怎么说，他都是姐姐的儿子，我觉得这件事情姐姐必须要知道，也只有她才有权利决定下面应该怎么做……"

"可是，家主他……"

"没什么可是的，当年的情况比较复杂，现在也说不清父亲做的是对是错，不过叶天终归是他的外孙子，而且这孩子没有犯任何的过错，我想……父亲应该会接受的……"

看到四叔还想说话，宋樱兰摆了摆手，说道："四叔，您知道姐姐的脾气是外柔内刚的，当年迫于家族的压力才去的美国，现在如果被她知道咱们明明找到了她的儿子，却不告诉她的话，我怕姐姐会做出什么过激的举动来……"

宋樱兰可不是那种优柔寡断的性子，否则也不可能在将那庞大的资财交由国家后，还牢牢掌控着其中一些核心的资产，下了决心之后，宋樱兰拿着那张纸就往楼上走去。

"二小姐……唉，但愿他们父女不会因此关系更加恶化吧……"四叔张了张嘴，最终没有说什么，他也知道宋家这两个小姐的脾气，一旦决定了某件事情，即使有再大的阻力，都会将其完成的。

"姐，我是樱兰……"接通了大洋彼岸的长途电话，宋樱兰舒缓了一下情绪，说来也奇怪，在她们这个家庭里，宋樱兰最尊重的就是姐姐，但最害怕的人，也是姐姐。

"樱兰，你那边应该是晚上了吧？这么晚给姐姐打电话有事吗？"电话一端传出的女音十分悦耳，不过宋樱兰能听出来，这声音里透着一股深深的疲惫。

很多人都知道，在20世纪90年代初期的时候，宋家将那富可敌国的财富都捐献给了国家，但是作为一个经历百年兴衰的大家族，宋家的底蕴，远非常人可以想象的。

80年代初期，当宋浩天在国内创造着庞大的商业帝国时，他的一对儿女，分别在香港和欧美，利用祖辈所积累下来的人脉，同样在缔造着一段商业神话。

不过仅仅十多年的工夫，宋樱兰的大哥就成功跻身于港岛超级富豪的行列，所掌管的财富比之十多年前的宋氏资产，已经有过之而无不及。

作为宋家的核心成员，宋樱兰清楚地知道，姐姐手上所掌控的财富，还要远超大哥所创造的商业帝国，隐身于幕后的姐姐的每个决定，甚至都会引起华尔街股市的动荡。而这笔让人难以相信的巨大财富，除了开始的启动资金是用的家族在瑞士银行的一部分存款之外，其余的都是姐姐宋薇兰一手缔造出来的。

按照当年宋浩天的决断，家族中人在外独立创造出来的财富，除了一部分属于家族的股份，剩下的大部分完全都归属他们个人所有。这也是前段时间宋樱兰没有告知姐姐叶天消息的主要原因，因为以她对姐姐的了解，宋薇兰如果得知儿子的消息，绝对会将属于她的庞大财富，都交由叶天来继承的。

听到电话里久久没有传来声音，宋薇兰感觉有些奇怪，开口问道："樱兰，到底是什么事情啊？姐姐等一会儿还要出去呢……"

正如宋樱兰了解她一样，宋薇兰同样也很了解妹妹的性格，平时打电话过来都是唧唧喳喳地说个不停，怎么今天这么反常呢？

"姐，我……我找到叶天了，喂？喂，姐，您别激动啊……"宋樱兰迟疑了一下，还是说了出来，话刚出口，就听到电话一端传来"啪"的一声，好像是什么东西落在了地上。

"他……他们都好吗？"过了良久之后，电话里才传出宋薇兰的声音，那种渴望、期盼与惶恐的情绪，都在这一句话里问了出来。

"姐，他们父子都很好……"宋樱兰知道姐姐问的不是一个人，也知道她对那个男人用情之深，时隔近20年，姐姐依旧是孑然一身，就是最好的证明。

"樱兰，我知道了，姐姐谢谢你……"

电话里传来的声音恢复了正常，这让自以为很了解姐姐的宋樱兰感觉有些诧异，连忙对着话筒喊道："姐，你没事吧？你千万别冲动啊……"

"没事，樱兰，不要去打扰他们父子，也别告诉包括父亲在内的任何人，这件事情我会处理的……"

"姐，您准备怎么处理啊？喂？喂……"听到姐姐的话后，宋樱兰正要追问的时候，却发现对方已经挂断了电话。

在夏威夷海滩的一处别墅里，一个看上去只有三十许的女人，正呆呆看着窗外的碧海蓝天。

如果从侧面细看，就能发现这个女人眼角细细的皱纹，也说明了她早已青春不再。

在女人旁边的桌子上，摆满了大大小小二十多个镜框。

如果宋樱兰此时在这里的话，一定会大吃一惊，因为这些镜框里的人，竟然就是她口中的叶天；而站在窗前的女人，正是叶天的母亲宋薇兰。

"真的以为我什么都不知道吗？"宋薇兰落寞地笑了笑，将目光转向桌子上的镜框，眼神变得柔和了起来，她所知道的事情，要远比妹妹今天告诉她的多得多了。

以宋薇兰今时今日的身份背景和所掌握的商业帝国，手下能动用的势力远超出常人的想象，在五年之前，她就已经知道了叶天父子的情况。只不过宋薇兰并不想让儿子置身于这亲情淡漠、尔虞我诈的商场之中，对于一个母亲而言，没有什么比儿子的健康快乐更加重要的了。

"丽娜，你来一下……"宋薇兰在窗前站了一会儿之后，按下桌上的电话，几秒钟过后，房门就被推开，一个二十五六岁的白人女子走了进来。

"夫人，什么事？"垂手站在宋薇兰面前，丽娜的态度十分恭谨。

"在计划完成之前，把国内的人都撤回来，不要透露出任何消息，记住，尤其不能被叶家琪知道……"宋薇兰有些疲惫地揉了揉眉心，儿子的事情被妹妹知道，这并不在她的计划之内，有些事情也必须作出适当的调整了。

进入到12月之后，北京终于迎来了今年的第一场大雪，今年格外的寒冷，纷纷扬扬的大雪下了三天之后，积雪不化，倒是给人们带来了很多的乐趣。

小孩子们忙着在街头堆雪人、打雪仗，时不时还能看到骑自行车滑倒的人，引来一阵幸灾乐祸的笑声，整个北京城都呈现出一片素装银裹的景观。在一条并不是很宽敞的街道上，地面的积雪被打扫得干干净净，就连两边店铺屋檐上的冰溜子都被敲了下来。街道的两旁摆满了各种各样的旧货摊子，一个个摊主均是冻得满脸通红，戴着个能包裹住耳朵的帽子，搓着手大声招揽着顾客。

在20世纪90年代初期的时候，全国的古玩市场，基本上都叫做旧货市场，旧字等于个老字，只有老的物件才能被称之为古玩，所以很多人说古玩真假的时候，也喜欢称之为老物件。

这里也是如此，不管是地上的散摊还是摊子后面的店铺，清一色卖的都是些钱币、玉器、瓷器、陶器，还有些造型古朴的青铜器，反正一眼看上去都像是旧东西。至于字画类的摊子，倒是很少，这天气实在不合适摆出来，甭管真画假画，这万一被打湿了都会变成不值钱的画了。

还别说，不知道是不是被连下三天的大雪给憋的，这条街道上的人真是不少，有裹着军大衣戴着眼镜的老头，也有打扮时尚的姑娘小伙，均是带着各自不同的目的在这里游玩着。

今天是周六，学校没课，本来于清雅和叶天约好了在校园里散步的，被卫蓉蓉知道了，死活都要跟着当电灯泡，叶天一琢磨，干脆就带她们来逛潘家园了。早在去年的时候，叶天就经常听父亲念叨，北京城的潘家园这两年发展得很快，几乎已经成为全国最大的古玩旧货市场了，而且经常有行里的人在那儿淘到好东西。

老爹碍于心病不进北京城，叶天可没这讲究，他也跟着老道学习了不少古玩鉴定的知识，说不定就能淘弄几件值钱的物件呢。

卫蓉蓉正一脸兴奋地在人群里钻来钻去，后面跟着个苦瓜脸的徐振南，不过只要卫大小姐一回头，保证看见的是一脸的春光灿烂。

"蓉蓉，你跑慢点，哎，那卖鼻烟壶的地方不错，咱们看看吧……"这逛了还没一小时，徐振南已经被折腾得快散架了，他从来没想过，陪女人逛街居然是这么耗费体力的一件事。

不过徐老大这几个月的努力也算没白费，虽然两人还没确定恋爱关系，但有时候也能偷偷摸摸地拉下小辣椒的小手了。

"叶天，你怎么知道有这么个地方啊？好玩的东西还真不少……"卫蓉蓉刚花了80元钱买了一套八成新的连环画，用戴着棉手套的双手当成宝贝一般捧在胸前。

她虽然并不收集连环画，但是看到这些能引起童年回忆的东西，还是忍不住出手买了下来。

听到卫蓉蓉的话后，叶天将正在手里把玩的一个鼻烟壶放了回去，笑着说道："我爸是做古玩生意的，虽然没来过这里，但是听人说起过……"

"小兄弟，敢情您这是家学渊源啊……"那位摊主耳朵挺尖的，也很会来事，自来熟地给几人介绍了起来，"不瞒您几位说，来这儿淘弄物件算是来对了，别看咱们潘家园1992年才开始形成市场，可到了这会儿，满北京城您打听打听，还有没有比潘家园更大的地儿？"

"1992年才开始建的啊，怪不得我不知道呢……"卫蓉蓉算是地道的老北京，不过听闻最多的都是大栅栏、天桥那一类的地方，像这里要不是叶天带着，她还真不知道。

"嘿，这位小姐，您这就不知道了，看见那桥没？就叫潘家园桥，以前这里是鬼市，慢慢发展成现在的古玩旧货市场的，您几位……要不要买个鼻烟壶回去玩玩？"

给叶天等人介绍完潘家园的历史后，那哥们又拿起一个珐琅彩的鼻烟壶推销了起来："看见没？乾隆御用的，买回去过个几年一倒手，保证翻个几倍……"

"真的？这鼻烟壶好漂亮啊……"卫蓉蓉说着话就想伸手去接，冷不防被叶天给拦住了："大哥，您放地上就成，我们自个儿拿着看……"

"呵呵，小兄弟是位行家，怕咱碰瓷不是？好，我放地上，您给掌掌眼……"听到叶天的话后，那摆摊的年轻人笑得有些尴尬，虽然他没碰瓷的心思，但被客人给指出了不规矩的地方，面子上难免有些难堪。

"这东西好漂亮啊，老板，多少钱？"

女孩子们对这些瓶瓶罐罐的东西天生就喜欢，加上这摊位上的鼻烟壶确实画得不错，集书画、雕刻、镶嵌、琢磨等技艺于一身，拿起来后卫蓉蓉就舍不得放下了。

"2000，这可是乾隆爷用过的东西，大姐您买回去摆桌子上都气派……"听到卫蓉蓉的话后，那哥们笑得眼睛都眯成了一条缝，张口就是2000元，顺带着还送了个不知道哪位专家鉴定出来的乾隆御用的名号。

"2000？"卫蓉蓉沉吟了一下，"是乾隆年间的吗？"

卫大小姐并没感觉两千元钱很贵，但对摊主的说法持有一定的怀疑，她也知道老爸买了一屋子的古董文物，起码有90%都是假的。

"嘿，当然是乾隆爷的，您看这铜胎画珐琅的技艺，正宗的宫廷造办处的手艺，这大冷的天还没开张，2000元钱我只收个本钱而已……"

看到卫蓉蓉还真想买，那摊主来了劲了，指着卫蓉蓉手里的鼻烟壶，说得是哈出去的白色气体和唾沫横飞，就差没说当年乾隆爷用了它才活到八十多岁的了。

卫蓉蓉有点拿不准，出言问道："那……那我回去要是发现是假的，能回来换吗？"

"这……这个……"那摊主没想到卫蓉蓉会问出这么一句行外话来，一时间倒是不知道该如何回答了。

"得，卫师姐，您边儿歇会儿吧……"叶天在旁边实在是听不过去了，这简直就是一傻大姐啊，在古玩市场买的东西，居然还想着拿回来换？别说拿回去找人鉴定了，就是这边付了钱，转脸您说这东西是在这摊子上买的，一准都没人承认了。

"小兄弟，您是懂行的，咱……咱们实在是没那规矩啊……"听到叶天的话后，那摊主笑了起来，虽然外行人好忽悠，但有时候不懂规矩的人闹起事来，倒是也很麻烦的。

所以做古玩生意的，一般的准顾客，都是那些半生不熟刚入行的人，在摊主看来，相貌年轻的叶天，就是这样的半吊子货了。

"对，这淘弄物件就是讲究个眼力，当然没有拿回来换的说法的……"叶天点了点头，对摊主的话很是认可。

叶天的话让那摊主是喜笑颜开，用力在大腿上一拍，说道："看到没，我就说小兄弟是明白人。得嘞，也别2000了，今天交个朋友，1800您拿走，我给您找个盒子包起来，您看这盒子，最少都能值50元钱……"

这摊主一边说着话，一边从屁股下面的竹筐里矻摸出一个红绸布包裹住的盒子来，拿着那鼻烟壶就往里面装，看得叶天是哭笑不得。

"别，别介啊，大哥，您这要真是乾隆年间的鼻烟壶，那我也就买了，不过……"

叶天左右看了一眼，压低了声音说道，"不过啥时候河北唐山吴家窑子的东西，成了清廷造办处的了？"

叶东平就是干这行的，虽然叶天接触的不多，但他脑袋瓜好使，对于一些物件的进货地点，都记在了脑子里，从第一眼看到这鼻烟壶，叶天就知道其出处了。

"这……这，得，遇到明白人了，您几位走好吧……"听到叶天的话后，那哥们立马明白了。原来刚才一番嘴皮子都白练了，别人都把进货的地点给说出来了，这生意算是彻底黄了。

"哎，你……你这不是骗人吗？"卫蓉蓉不答应了，如果不是叶天的话，她买回去还不知道会被老爸怎么数落呢。

"不带您这样说话的啊，一来您没买，二来这你情我愿的买卖，怎么能说骗人啊？"听到卫蓉蓉的话后，年轻的摊主不答应了，刚才那副邻家大哥的模样，顿时变得凶神恶煞一般，大有卫蓉蓉不说清楚不让她走的架势。

古玩行最忌讳的一个字，就是"骗"，东西可以说真假，但不能随便说卖家欺骗人，这话可是有点砸人买卖的味道了。

"怎么就想起来带她来这儿呢……"看到刚才的一幕，叶天是苦笑不已，连忙给于清雅和徐振南使个眼色，想让他们把卫蓉蓉给拉走，外行话说一遍那叫不懂，说多了就叫丢人了。

正当叶天想上前打个圆场的时候，旁边一个摊位的中年人开口说道："冰子，行了，小姑娘不懂行，你较什么真啊，我说几位，你们走吧……"

叶天向着帮他说话的那中年人点了点头，从兜里掏出了50元钱，说道："谢谢大叔了，不过东西我50块买了，不知道这位大哥卖不卖啊？"

俗话说行有行规，不管是在哪个行当里，总是要遵循这个行业的规矩。感觉东西不真，您可以不买，也可以讨价还价，但是绝对不能说出个"骗"字来，淘宝捡漏考究的就是个眼力，张嘴就说别人行骗，那就是在砸招牌了。

叶天之所以要买那个鼻烟壶，也就是想圆个场面，别人顶着刺骨寒风在这做点小买卖不容易，再挤对得人窝着一肚子火，那就忒不厚道了。

"小兄弟，您是行家，哥哥我谢谢您了，50元钱，这鼻烟壶您拿好……"生气归生气，买卖还是要做的，那摊主麻溜地接过钱，把鼻烟壶放到了盒子里。

所谓的古董生意，其实做的就是现代工艺品，像叶东平的几个古玩店每个月走的货，基本上都是这些物件，至于真正的古董，交易出去的却是极少的。这鼻烟壶的进价不过是8元钱一个，除掉别的开支还能净赚三四十，这摊主已经是非常满足，毕竟不是每天都有像卫蓉蓉这样的傻大姐的，三五个月能碰一回就不错了。

这年头，正式工人的工资也不过就是千儿八百的，在这练摊每天能赚个七八十，足够一家老小吃喝了，运气来了还能逮个冤大头，一炮生意说不准就能赚几个月的钱。所以在这摆摊的人，不见得都是玩古董的，也有一些下岗职工，古玩的门槛说深不深，说浅不浅，鼓捣点小东西买卖，几个月的工夫就能入门了。

"叶天，都知道是假的了，你还花50元钱买啊？"

见到叶天将那鼻烟壶买了下来，卫蓉蓉一脸的不解，她也不傻，这东西如果是现代流水线制作出来的，顶多值个一二十。

叶天也懒得和卫蓉蓉解释，把那装着鼻烟壶的盒子往她手里一塞，说道："得，当我送您的。对了，刚才看那边有卖糖葫芦的，您买几串来吧……"

"糖葫芦，哪呢？小徐子，你看到了吗？"果然，从进来就嚷嚷着要买糖葫芦的卫蓉蓉，听到叶天的话后，拉着徐振南挤进了人群，这也让叶天松了口气，他真不知道徐老大怎么就看上这一小辣椒了。

等到卫蓉蓉离开后，叶天正想带着于清雅继续往下逛的时候，一直挽着他胳膊的于清雅小声说道："叶天，你……你还没送过我东西呢……"

看到叶天将那鼻烟壶送给自己的好姐妹，于清雅也说不上是嫉妒，但心里总是有点淡淡的失落，毕竟除了小时候给过自己五张十元的人民币之外，叶天好像还真的没送过礼物给自己。

扭头看了于清雅一眼，叶天笑了起来，说道："清雅，那东西不值钱，回头我淘弄个好东西给你……"

听到叶天的话后，于清雅心中欢喜，嘴上却说道："我不要值钱的，只要是你送的就行……"

叶天刮了刮于清雅那被冷风吹得有些发红的鼻子，凑到她耳边小声说道："那个不成，50元钱的东西我可送不出手……"

叶天倒是没有说谎，他早就惦记着想送于清雅一件礼物，不过一直都没有看上眼的，而他自己雕琢的几个玉器又全都是把件，不太适合女孩子戴。今天来逛潘家园，叶天也是存了这个心思的，如果真找不到的话，他就准备到玉器店里买块好玉，自己重新给于清雅雕琢个挂件。这整个潘家园的摊位多了，叶天怕于清雅站在一个地方感觉冷，当下说道："走，咱们去别的地方看看……"

"小哥，到我这儿看看吧，看看有您想要的吗？"正当叶天和于清雅想离开的时候，刚才出言给卫蓉蓉解围的那个大叔，突然喊住了两人。

"哦，大叔，这个是您的摊子啊？"听到那人的话后，叶天往前走了两步，站到那人的摊位前。

对这个四十多岁的中年大叔，叶天还是很有好感的，一来刚才他出言算是帮了自己等人；二来叶天在他脸上打量了一下，看到这人的面相敦厚，是个实诚人。

"大叔，您卖的这些东西有点杂啊，不过倒是有些老物件……"这个摊子上摆放的东西分类有些杂乱，在摊子的一角堆满了各种铜钱，中间则是一些青铜器，四周还散放着不少牙角器、竹刻等物件。

叶天能看得出来，这些东西应该都是从一些人家收上来的，而不是像旁边摊子那样直接进的仿品货物，相对来说，想在潘家园逛摸到好物件，只有从这样的摊子里才能淘得到。

做生意总是要互相帮衬的，刚才卖给叶天鼻烟壶的小伙子听到叶天的话后，凑过来说道："小兄弟，您是行家，刘叔卖的东西，可都是货真价实的，上个月有个东城的收藏家，花了600元钱从刘叔这里请了尊佛，一转手就卖了8000多呢……"

"哦，那刘大叔是亏了，青铜器这两年的价格一直在涨啊……"

天才相师 ❶
天眼神童

"我叫刘维安，小哥喊声老刘就行了，我这两年才入行，对这些东西没他们年轻人琢磨得清楚，能卖出去就行了。再说那个佛像也是前些年去西山那边帮人修缮寺庙送的，又没花什么钱……"

听到叶天的话后，刘维安憨厚地笑了起来，指着摊子说道："我这点东西有的是家里传下来的，有的是外面收的，小兄弟，那几件是青铜器，都是庙里给的，你要感兴趣可以看看……"

叶天拿起一件青铜器仔细看了看，拿在手里把玩了一会儿，有些遗憾地说道："刘大叔，东西倒是不错，这几件青铜器都是清中期的，不过我不是做这买卖的，还是算了吧……"

如果是叶东平见了这些物件，肯定会出手买下来的，但叶天就是一学生，他也没门路将其倒腾出去，买了并没有什么作用。而且这些东西只是清代民间的仿品，转手卖出去最多也就是赚个一两千元钱，连捡漏都算不上的，更为重要的是，叶天也不好携带这东西。

听到叶天的话后，刘维安也没勉强，指着前面说道："那就算了，小哥，你去前面那儿看看，那边卖玉器的多，估计能找个好物件送这姑娘的……"

"好的……"叶天将手中的青铜器放了回去，不过当他正想站起身的时候，眼睛突然在一堆小物件上扫过，不禁又蹲了回去。

叶天从那堆物件里挑捡了一会儿，拿出三个只有拇指指甲大小的玉件来，开口问道："刘大叔，您这些东西是从哪来的啊？"

这三块玉个头都很小，分别是十二生肖中的猪、羊、狗，上面沾满了泥土，而且还放在了叶天刚才拿的青铜器的后面，如果稍不留意的话，根本就看不到这几个东西。虽然这几块玉不是很大，还沾满了泥土，但是叶天用手使劲地在上面捻了一下之后，发现这几个小物件竟然都是用上好的羊脂白玉雕出来的，雕工极其精湛，而且上面还有一些泥土和暗红的沁色。

"这几个东西啊……"刘维安从叶天手上把那三块玉接了过去，左右看了一眼，压低了声音说道，"这些东西是去年一人卖给我的，卖到现在也没剩几块了，小兄弟你要是想要，就便宜点拿去吧……"

听刘维安这么一说，叶天心里顿时明白了，他猜想得没错，这几个物件果然是出土的，而且还是一套十二生肖陪葬玉器中的三个。如果不出意外的话，恐怕卖给刘维安玉器的那个人，干的就是"倒斗"的勾当，专门发死人财的。

"刘大叔，这几个东西多少钱？"

叶天对这些东西倒是没有什么忌讳，而且这几块玉的确不错，如果这人卖得不贵，叶天拿回去盘摸处理一下，过年回家的时候当礼物送给老爸也行的。

"100元钱一个……"刘维安伸出了一根指头。

看到叶天沉吟不语，那个卖鼻烟壶的人开口说道："小兄弟，刘叔给的价格很公道

第
三
十
七
章
买
玉

的，要不是刘婶一直生病在家里，他这些东西留在手里肯定会增值的……"

"冰子，说这些干吗，咱们是做买卖，又不是讨饭的……"

刘维安呵斥了那年轻人一句，看向叶天说道："小兄弟，不行就80元钱一个，这东西我收来的时候也便宜……"

叶天摆了摆手，说道："刘大叔，就一百一个吧，我要了……"

叶天知道，刘维安的开价已经是很实诚的了，这东西稍微处理一下之后，摆放在老爸的店铺里，没一两千元钱别想买走。而且他也能看得出来，那个卖鼻烟壶的摊主并没有说瞎话，这刘维安眉骨细而窄短，眉宇间隐带愁苦，想必家里有人长期卧床。

"那就谢谢小兄弟了……"刘维安确实需要钱，也没矫情，接过叶天递过来的300元钱后，把东西装在一个布囊里交给了叶天。

"对了，刘叔，您手里还有古玉吗？"货款两清后，叶天随口问道，他来潘家园的目的，就是想找块好点的古玉，眼下虽然买了这几个，却都不合他的心意。

一般的古玉，除了传世把玩下来的之外，大多都是从墓葬里出土的玉石。而古人墓葬，最是讲究风水地气，能陪葬玉石的人，地位往往都不会很低，所选的墓穴自然都是风水宝地，古玉在这种墓葬里被蕴养千年之后，其内部结构会发生很大的变化。

如果有人按照九宫八卦的位置，将玉石陪葬品放置在生吉之气流通的地方，有些古玉甚至出土之后，就能达到法器的级别，稍微蕴养一下就可以戴在身上趋吉避凶了。只是这种情况是极其少见的，不过即使出土的玉石达不到那种程度，叶天拿来用其改造成为法器，也远比新玉成功的概率大得多。所以叶天这次来潘家园，就是想淘弄一块适合女孩子佩戴的古玉，使用阵法或者寻找生吉之地将其制成法器交给于清雅护身用的。

当然，如果是那种风水绝地墓葬内出土的古玉，又要另当别论了，那种玉石内涵阴煞之气，佩戴在身上只会消福减寿适得其反。不过不管是以上的哪种古玉，在市面上见到的都比较少，最起码叶天在潘家园转悠了一上午，就只见到这三块质地品相都算上乘的古玉。

"小哥，您还想买古玉？"听到叶天的话后，刘维安没急着回答，而是想了一会儿之后，说道，"倒是还有一个，不过……不瞒您说，那是个镯子，我老婆很喜欢，就一直给她戴着了……"

听到是别人心爱之物，叶天连忙说道："那就算了，刘叔，既然是刘婶喜欢的，我们不能要。对了，我叫叶天，您以后再趸摸到什么好物件，给我留着就行了，我没事就会来这转转的……"

"哎，我说小哥……"看到叶天要走，刘维安一把拉住了叶天，说道，"小哥，那东西倒不是不能卖，不过价格要贵一点的，以前有几个人都看了，就是因为出价低我没卖的……"

听到刘维安的话后，叶天倒是来了几分兴趣，开口问道："刘叔，您想要多少钱呢？"

刘维安咬了咬牙，说道："最……最少两万……"

"两万？"叶天被他的话给吓了一跳，要知道，这年头就是齐白石、张大千等人的画，也不过就是卖几千元钱一平方尺，一幅整画不过几万元钱，而且还是能称得上精品的。

"是两万，少一分都不卖……"说老实话，刘维安对叶天能买得起那副镯子，并不报太大的希望，毕竟叶天看上去也就个学生，即使家境宽裕些，想掏两三万元钱出来恐怕也不容易。

"两万……刘叔，能先看看东西吗？"听到刘维安一口咬死了价格，叶天倒是真的好奇了，从刚才对方主动给那几块古玉降价就能看出来，刘维安不是那种漫天要价的人，或许这个玉镯还真的能值那么多钱呢。

刘维安没想到叶天提出了这么个要求，想了一下之后，说道："小兄弟，看东西可以，不过……您有那么多钱吗？"

虽说今天已经进账300元钱了，但这还不够生病的妻子做一次血液透析的，如果叶天纯粹是出于好奇想看看东西，刘维安宁愿在这摆摊多赚点。

"刘叔，您放心吧，我没钱但是我爸有钱啊，他就是做这行的，几万元钱还是能周转得过来的……"叶天手上还真没有两万元钱了，从卫红军手里赚了两万到现在已经过去三个月了，算上自己的那五六千元钱，叶天实打实的还有七八千，其他的都被他吃进肚子里去了。不过经过了这几个月的周转，叶东平出手了几个物件之后，也恢复了些元气，叶天要是开口的话，两万元钱估计问题不大。

"这……好吧，我收拾一下带你们去家里看看……"虽然对叶天的话不怎么相信，刘维安还是决定带他们回去看看，万一这孩子说的是真话，那两万元钱就够妻子维持大半年时间了。东西没多少，收拾完就是一箱子，刘维安将箱子背在身上后，对着叶天说道："走吧，我的三轮车在外面呢……"

"刘叔，等等，我通知下朋友……"叶天忽然想起卫蓉蓉他们还在里面闲逛呢，连忙对于清雅说道，"给卫蓉蓉打个电话，就说咱们有事，回头让她和老大自己回学校……"

之所以不让卫蓉蓉跟着，实在是叶天怕了她那脾气了，什么都不懂还总是喜欢乱说话，什么人都能被她给得罪光了。

看到和叶天一起的女孩居然从包里掏出了个手机，刘维安眼睛顿时亮了起来，对叶天的话倒是有了几分信心。

要知道，这年头除了那些做生意的老板们，是没人用得起手机的，这么一个小玩意儿就要好几万，普通人家不吃不喝也要赚上好几年的。

"刘叔，您住哪儿啊？"跟着刘维安出了潘家园，叶天看着他从寄存的地方推出了辆三轮车，不由有些傻眼，这大冷的天，难不成他和于清雅就坐着这三轮车去？

"哎哟，您看我这脑子，倒是把这碴儿给忘了……"听到叶天的话后，刘维安一拍脑袋，说道，"得，我把车子放回去，咱们坐汽车去吧，我家住在景山那边呢……"

"刘叔，咱们先吃点东西吧，这都大中午的了，那边有拉面馆，吃点拉面成吗？"等到刘维安再出来的时候，叶天看了看表已经快一点了，这坐车差不多也要一小时，恐怕到时候早饿得不行了。

"哎，我带着吃的呢……"刘维安举了举手里的保温壶。似乎生怕叶天不信，刘维安将盖子给拧开看了一下，最上面是炒的土豆丝，下面放了几个馒头，不过这天气什么保温壶都没用，早已冻得硬邦邦的了。

"刘叔，这大冷的天别吃这个了，当我请您的，咱们吃口热乎饭去……"看着面前这实诚人，叶天心里有些不忍，也不知道为什么，他见到这个中年人的第一眼，就像是看到从小生活的山村里那些朴实的乡亲们一般，透着股子亲近。

生拉硬拽地将刘维安带到不远处的兰州拉面馆，叶天给于清雅要了一碗二两的拉面，自己和刘维安则是要了份半斤的，又让老板切了一盘牛肉，由于是清真饭店，这酒就免了。

"老板，再下一斤饺子……"一海碗热腾腾的拉面下肚，天气似乎也没有那么冷了，叶天喊过老板，让他又给下了一斤羊肉饺子。

刘维安还以为叶天是给他们叫的，连忙说道："哎，小叶，吃饱了，真的吃饱了……"

一顿饭吃下来，刘维安也知道叶天和于清雅的身份了，原本口中小哥的称呼，也在叶天的坚持下换成了小叶。

叶天摆了摆手，说道："刘叔，这饺子是给刘婶叫的，回家热热就能吃，大冷的天我们也不买别的东西了……"

叶天跟着老道走南闯北的去过不少地方，他知道人和人相处，讲究的是一个平等尊重，去这样的人家里，买些礼品什么的，反而不如带点水饺来得亲近。

"小叶，那……刘叔谢谢你了！"看着叶天真挚没有一丝做作的脸庞，刘维安重重地点了点头，只是扭过脸去，眼睛里已经满是泪水，这四十多岁的汉子自从前几年下岗之后，还是第一次被人如此尊重。

俗话说"仗义每多屠狗辈"，对于刘维安这样的人来说，感激都是放在心里的，当下也没多说什么，收拾好东西带着叶天出了饭店。出了饭店门之后，刘维安也难得地大方了一次，没有带叶天两人去挤公交车，而是叫了辆的士，不过下车的时候，还是叶天抢着把钱付了。

"刘叔，您住的这是四合院啊？"在景山附近下了车后，叶天发现眼前是一片四合院的区域，一群孩子正在巷子里跑闹着，不时还有个雪团飞过来。

不过这片四合院和叶天前几天去的那个属于他们家的老宅子又有所不同，放在清朝的时候，这里属于外城，都是一些穷苦人家居住的。所以虽然同是四合院，但这片区域大多都是小四合院，而且从建筑规划上而言，也是比较散乱的，有些地面甚至都没有铺石板，如果不是天气冷冻了起来，想必踩上去就是一摊污水。

"小叶，小于，路上地滑，你们小心点……"刘维安招呼了两人一声，往一条巷子里走去，经过一些人家的大门时，不停地和人打着招呼，这里都是住了几十年的老街坊，邻里之间都很熟悉。

"到了，进来吧，地方小，有点挤啊……"带着叶天两人进了一个小院子，刘维安将他的家伙什放到了靠东面的一个门旁边，用力在地上跺着路上沾到的积雪。

叶天四下里看了一眼，这院子还真是不大，算上中间那自来水池处，也不过就是一二十平米。今天是大雪后的第一个晴天，院子里的衣服像是万国旗似的挂得到处都是，不少地方还堆满了煤球等杂物，加上三面围绕的房屋，这四合院就像个小鸽子笼一般。

"刘哥，怎么今天回来得这么早啊？哎，这是来了客人了呀？我听到嫂子刚才又咳嗽了，您进去看看吧……"听到院子里的动静，一户门脸打开了，一个三十多岁的人掀开厚厚的帘子，对着刘维安招呼了一声。

"二子，谢谢啦……"刘维安一脸感激地对着那人招呼一声，俗话说远亲不如近邻，这都是住了几十年的老街坊，平时妻子没少让他们帮着照看。

"爸，您回来了啊……"与此同时，刘维安站着的房门也被打开了，一个十二三岁的小姑娘将头探了出来。

小姑娘身材不高，梳着个羊角辫，长得倒是很秀气，尤其是一双眼睛特别的灵动，看到叶天和于清雅后，怯生生地又把头缩了回去。

"这是我家丫头……"看到女儿刘维安脸上满是笑容，给两人介绍了一下，说道，"小叶，小于，快点进来吧，外面太冷了……"

掀开厚厚的布帘子，顿时一股热气扑面而来，这四合院虽然没通暖气，但是家家都烧有炉子，加上密封得好，屋里倒是暖和得很。

进门就是堂屋，不过这种小四合院的堂屋很小，总共就十来平方米，除了中间摆放的一张饭桌和门口的一个洗脸架以及炉子外，其余也没剩下多少地方了。在堂屋的两侧分别还有两个房间，都用布帘挡住了，想必就是刘维安两口子和女儿的卧室了。

不过在这不大的房间里，却是充斥着一股浓浓的药味，门边的炉子上，放着一个砂煲，里面正熬着中药，那个小姑娘守在一边看着。

"蓝蓝，过来，这是你叶哥哥，这是小于姐姐，他们都是华清的高才生，你要向哥哥姐姐学习，以后也考上华清大学，知道吗？"进屋后刘维安就把女儿喊了过来，眼前站着两个大学生，可是对女儿言传身教的好机会，这也是做家长的通病，见到好学生总是喜欢拿来教训自家的小孩。

"叶哥哥好，于姐姐好……"刘蓝蓝懂事地招呼了下两人，然后很认真地对刘维安说道，"爸，您放心吧，我一定好好学习，以后也考华清大学！"

"呵呵，小叶、小于，你们坐，快点坐下……"听到女儿的话后，刘维安的脸上露出欣慰的笑容，把手里装着水饺的保温壶递给了女儿，说道，"羊肉饺子，去热热，回头你和你妈都吃点……"

"老刘，是谁来了啊？蓝蓝，给客人倒茶啊……"刘维安的声音惊醒了里屋的妻子，叶天能听得出来，这女人说话的中气很弱，就这么几句话，已经稍微有点喘了。

"冬梅，是我的两个客人，想……想看看那镯子……"刘维安说话的时候有些吞吞吐吐的，毕竟妻子是很喜欢那只手镯的。

听到丈夫的话后，屋里那个女声说道："嗨，那就拿去呗。我说老刘，也别卖那么贵了，给点钱就算了，我也不戴这东西……"

"那可不行，这镯子不是一般的物件，两万元少一分我都不卖的……"刘维安虽然为人实诚，但对说好的价格却是十分的固执，生怕叶天听到妻子的话再讲价还价，刚才那番话的声音故意说得很大。

"你这人啊，进来拿去吧……"刘维安妻子的声音透着股子虚弱。

"小叶，你们等等，屋里药味更大，我拿了就出来……"刘维安走进了里屋，笑着对妻子说道，"冬梅，今天有三块玉也是小叶买的，哎，你们倒是一个姓啊……"

"冬梅？姓……姓叶！"虽然隔着布帘，但刘维安的声音，却是真真切切地传到了叶天的耳朵里，一时间叶天整个人都愣住了。

"行了，快点拿给客人看吧……"那个虚弱的声音又响了起来，不过这次听到叶天耳中，却是犹如晴天霹雳一般响亮。

"怎……怎么可能啊，不会有这么巧的事情吧？"外表看似和平常无异的叶天，内心已经翻江倒海地折腾了起来，原因无他，因为叶天的最小的一个姑姑，名字就叫做叶冬梅。

叶天经常从父亲口中听到这个姑姑的名字，她比叶东平小三岁，从小和叶东平感情极好。即使是叶东平的大姐不认这个弟弟后，叶冬梅还悄悄给叶东平写过信，只是当时叶东平极为自责，没有给妹妹回信，一来二去也就断了联系。

抬头看到桌子前面的墙壁上，挂了一个老镜框，叶天也顾不得什么礼貌不礼貌了，连忙站起身来，走到相框底下看了起来。

"蓝蓝，这个是你吗？"叶天指着一张黑白照片，对刚刚把一杯水放在桌子上的蓝蓝问道。

"不是，那是妈妈，妈妈年轻时候的照片……"蓝蓝摇了摇头，把泡着茶叶的水放在了桌子上，说道，"哥哥、姐姐，请喝茶……"

"小姑，真的是小姑！"蓝蓝后面的话，完全被叶天忽略了过去。看着照片上那女人年轻的相貌，叶天心里已经可以百分之百地断定，这确是小姑无疑了，以叶天相人的眼力，一眼就能分辨得出来。

再往旁边看去，一张巴掌大小，四边还带着锯齿的黑白照片映入眼帘。

这张照片的中间，是两个四五十岁的中年男女坐在椅子上，而在他们的两侧和后面，由高至矮地站着三个女孩和一个男孩，叶天一眼就认了出来，那个八九岁大的男孩，正是他的父亲。

"这可真是无巧不成书啊，没想到小姑他们过得这么苦。"

看看这几乎空无一物的屋子，想着刚才"小姑夫"那节省的样子，叶天没来由地心头一酸，他和父亲都没想到，原来自己的亲人生活得如此艰难。

一旁正给叶天介绍相片的蓝蓝突然看到叶天的眼睛红了，连忙问道："叶大哥，您怎么了啊？是迷了眼睛了？这两天风可大了，我昨天上学也被迷了眼睛……"

"嗯，是迷了眼睛，没事儿，一会儿就好……"

看着面前这机灵而又懂事的"妹妹"，叶天心里有一种说不出的感觉，从小他就没有兄弟姐妹，看着很多同学去帮妹妹打架，叶天那会儿都是羡慕得很。

"小叶，怎么了？是被这中药味给熏着了吧？蓝蓝，药熬好了给妈妈拿进去……"刘维安从屋里出来后，也看到了叶天微红的双眼，不过并没有往心里去，心说这屋子的味道不是一般的难闻，很多人进来都不习惯的。

只有于清雅奇怪地对叶天看了一眼，这中药味虽然难闻，但是连她都能忍受，又怎么会熏到叶天呢？这聪慧的姑娘已经察觉到了叶天的反常。

"小叶，来，你看，就是这只镯子……"

等到蓝蓝进屋后，刘维安在桌子上铺了一块绒布，将一只通体呈血红状的手镯放了上去。

"血玉手镯！"叶天打眼看去，不由得吃了一惊，这惊讶的程度，丝毫都不亚于刚才得知自己来到了小姑家里，他没想到居然能在这里，见到这种传说中的玉石。

血玉是出产于西藏高原的一种红色玉石，藏人称之为"贡觉玛之歌"，俗称"高原血玉"，因为色彩殷红而得名。这种玉石极为稀少，传世几乎不得见，据说在唐朝的时候，松赞干布迎娶文成公主时，曾经送出去过一块血玉。现在的血玉多是人工的，有的是把玉放到狗嘴里，把狗噎死再埋到地下，几十年以后再挖出来，就能得到血玉。还有一种是把玉放到羊的皮肤下，若干年让血慢慢渗到玉里也能得到血玉，再有就是在墓葬里经过铁铜等矿物质侵蚀沁色，使之结构发生变化而产生血玉。

不过这上面几种和天然血玉比起来，那又要差很多了，叶东平手里就有一块出土的血玉龙纹佩，所以叶天知道这东西的来历。而叶天之所以认定这只手镯是天然血玉打磨而成的，那也是有原因的，因为他从这只镯子里，感受到了一股极其浓郁的元气波动。镯子里不仅有阴煞之气，也有生吉之气，两者之间泾渭分明，并未融合在一起，这种情况绝对不是后天形成的物件所能拥有的。

"小叶，没想到你也认识这镯子……"见到叶天一口喊出手镯的名字，刘维安脸上

天才相师 ❶ 天眼神童

先是露出一阵喜色，不过迟疑了一下，还是说道，"我请人看过，他们说这只镯子可能是被血气沁色的，是死人戴过的，不吉利，所以……所以价格压得很低，我一直不愿意卖的……"

"谁说死人戴过的就不吉利？"叶天脱口而出，"他们懂什么啊，这是天然形成的血玉手镯，在民国的时候曾经出现过一次，被人用十根金条给买走了，姑……刘叔，这东西最少值15万啊！"

"十，十五万？"刘维安的声音有些颤抖，"小叶，你……不是开玩笑吧？"

要知道，在1995年这会儿，玉器的价值并不是很高，一块极品羊脂玉的雕件，也不过就是几千上万元而已，15万元一只的镯子，刘维安根本就没有听闻过。

"刘……刘叔，我没骗您，这镯子真的是个宝贝……"叶天此时脸上的表情，是他有生以来最真挚的一次，完全不用装的，以叶天对古玩市场的了解，在艺术品投资日渐红火的今天，这只手镯的价值会以几何倍数往上递增的。

"可……可是，小叶，你……你不是要买这镯子吗？"

看见叶天脸上的表情后，刘维安心里信了七八分，不过同时也迷糊了起来。

这做生意谈买卖，尤其是古玩买卖，一方都会尽力贬低另一方手里的物件，吹毛求疵的就是想多压下去点价格。刘维安做了快两年的古玩生意了，还是第一次见到叶天这样使劲夸东西好的买主，心里不由得产生了几分古怪的感觉。

"我倒是想压低价格，不过老爸知道了会打断我的腿……"听到"小姑夫"的问话后，叶天在心里苦笑了一下，却是不好解释，如果换成寻常人家，叶天绝对会不露声色地用两万元钱将其买下来。

古玩买卖本来就是考究的眼力，否则就不会有捡漏一说了，换成任何一个正常人都会选择叶天上面的做法的，但叶天来之前也没想到，这户人家居然和他如此渊源啊。

"刘叔，这东西我是想要，不过……作为一个大学生，我可不能干昧良心的事情，所以镯子的事情必须和您说清楚的……"

"小叶，谢谢，谢谢你告诉我这些，你……你真是个好人啊……"叶天这话说得是正气凛然，听得刘维安差点就热泪盈眶了，"古玩生意做了两年，净见到一些坑蒙拐骗的事情了，没想到让自己遇到一个善心人。"

刘维安没有注意到，就在叶天说那番话的时候，坐在一边的于清雅嘴角直抽抽，极力在忍着不让自己脸上露出笑容。

要说叶天心地善良，不是奸诈之辈，于清雅是承认的，但肯定和好人是沾不上什么边的。虽然叶天不至于出去坑蒙拐骗偷，不过前几个月轻飘飘的几句话，就从卫红军那忽悠来两万元钱，这种事情好人是绝对干不出来的。

"刘叔，我又不是古玩贩子，占了你的便宜会良心不安的……"叶天接下来的话让于清雅实在是忍不住了，垂下头没让旁人看见她脸上的古怪表情，虽然不知道叶天用意何在，但是以她对叶天的了解，能让他良心不安的事还真不多。

"小叶，你真是个好人啊……"刘维安忍不住又夸奖了叶天一句，刚认识叶天还没三小时的他，当然不知道面前这一脸真诚的大男孩，从事的是最出名的大忽悠职业。

不过即使知道了，只要叶天愿意出15万买这镯子，刘维安也不会在乎的。要知道，妻子患的是尿毒症，每个星期都要去做两次透析，一次就要花费五六百元，加上平时的中药以及营养费用，哪个月最少都要开销4000元左右。对于刘维安这么一个下岗工人而言，这笔数字真的不小，如果不是自己起早摸黑倒腾些古玩去卖，加上老婆家里两个姐妹的帮衬，恐怕早就支撑不下去了。

至于治疗尿毒症最有效的办法：换肾，刘维安和妻子也都考虑过，并且去医院做了登记，但是那近20万元钱的手术费用，却是这个家庭所负担不起的。在去年的时候曾经遇到一个与叶冬梅肾源匹配也愿意捐献的人，只不过刘维安却是拿不出高昂的手术以及相关费用，只能将这事情拖了下来。眼下叶天说这手镯能值15万，顿时让刘维安看到了希望，有了这15万元钱，自己再去找亲戚朋友借一些，不是就能给妻子换个完好的肾了吗？

"小……小叶，那……那这镯子，你……你还要吗？"事关妻子看病的钱，刘维安说话都有些颤抖了，叶天是唯一认定这是天然血玉的人，如果他不要的话，自己恐怕又是白高兴一场，因为东西再好，卖不出去也白搭啊。

刘维安说话的时候，叶天正用手指轻轻在这只血玉手镯上摩挲着，眼神突然变了一下，答非所问地说道："刘叔，这镯子我要不要，您都不能留家里了，对叶婶的病不好……"

"为……为什么啊？"刘维安愣了一下，这镯子和妻子的病有什么关系？

叶天想了一下，说道："刘叔，这镯子是出土的物件，由于在墓葬里放置的位置不对，沾有一些阴煞之气，对于正常人来说问题不大，但是对于病人而言，就会影响到她的身体健康了……"

这只血玉镯子内的阴煞之气和生吉之气并存，说明出土它的墓葬，是一处风水佳穴，只是手镯摆放的方位不对，在蕴养的同时，也沾染了些许阴煞之气。其实想化解手镯内的阴煞之气也很容易，办法也很多，除了叶天用阵法将阴煞之气驱除出去之外，还有一个简单的办法。那就是找个处女将这镯子戴上三五个月，就能将这些阴煞之气吸收掉，并且还不会影响佩戴之人的健康，但是对结了婚的妇女而言，这镯子就会给其带来灾祸了。

"小叶，你……你说的这些我不懂，你的意思是说，你叶婶戴这东西，会对身体不好吗？"听到叶天的话后，刘维安似懂非懂，不过心里却是存了一丝警惕，叶天刚才还夸这镯子好，现在又说它对病人身体不好，莫非是想先扬后抑地压低价格吗？想到这里，刘维安也是在心里打定了主意，如果叶天真用这个原因压低价格的话，自己是不能

天才相师 ❶
天眼神童

让步的，因为让妻子康复的希望，就全在这只小小的手镯上了。

叶天没留意刘维安脸上神色的变化，点了点头说道："这镯子给蓝蓝戴都没事，但叶婶是肯定不能戴这东西了……"

叶天这也是进入了个误区，他觉得东西既然是小姑喜欢的，那自己买走就不合适了，所以就将手镯的弊端给说了出来。但是他却没有想到，对于这只手镯日后的归属，刘维安并不关心，他只关心这镯子能换多少钱去给妻子治病。所以听到叶天说给蓝蓝戴这镯子，刘维安一时都愣住了，这也就是妻子平时卧床不会磕碰了才戴着的，给小孩戴，万一磕碎了，岂不是拿钱往水里丢吗？

刘维安有些摸不准叶天的心思了，干脆说道："小叶，刘叔和你说实话吧，你叶婶的病很严重，家里实在是快负担不起了，刘叔就想拿这镯子卖点钱给你叶婶看病，你就说买不买吧！"

"刘叔，叶婶看病需要花多少钱啊？"叶天闻言一愣，心里那弯顿时转了过来，自己怎么只考虑镯子的问题，却是没想到钱对这个家庭的重要性呢？

"我想给你叶婶换个肾，手术的钱七七八八的大概需要20万……"刘维安答道。

"老刘，他们只是学生，说这些干吗啊……"突然，里屋的帘子被掀了起来，一位面色苍白的中年女人走了出来，看向叶天和于清雅，笑着说道，"别听我们家老刘的，这镯子值不了那么多钱……"

"冬梅，你怎么出来了？快，躺着去，好好休息，明天还要去做透析呢……"看到妻子出来了，刘维安也顾不得和叶天谈手镯的事情了，连忙搬了把椅子，上面还放了个垫子，扶着妻子小心地坐了下来。

"小姑夫倒是个好人……"看到这一幕，叶天心里暗暗点了点头，俗话说久病无孝子，夫妻间能做到这样的，实在是很让人感动。

看着身材消瘦的小姑姑，叶天心中有些酸涩，当下站起身说道："刘叔，这件事我要和家里人商量下，等会儿给您答复行吗？"

现在叶天兜里一共就几百元，即使加上银行的，也不够15万的一个零头，这钱的事情确实让他有些头疼。

"行，行，小叶，不急这一天两天的，要不……让你家大人来看看东西再谈吧……"听到叶天的话后，刘维安连连点头，本来他就觉得叶天虽然挺沉稳，但总归是个学生，别说15万了，就是和他谈两万元钱的买卖，也是有点不大靠谱的。

知道小姑没钱换肾，叶天比刘维安要着急多了，给于清雅使了个眼色，说道："刘叔，不用那么久的，我们先出去打个电话……"

"要不就在屋里打吧，外面挺冷的……"于清雅心里也很奇怪叶天的表现，当下笑着说道，"不用了，刘叔叔，屋里信号不好……"

"那好吧，我送你们出去……"刘维安也知道这是人家有些话不方便让他听到，当下将叶天和于清雅送出了门。

"叶天，到底是怎么回事啊？你是不是认识他们？"走到小四合院的院门后，于清雅终于忍不住了，以她的聪慧，从刚才叶天的表现中，多少也看出了点端倪。

听到于清雅的话后，叶天深深地看了一眼小姑所住的屋门，小声说道："清雅，你说得没错，这家的女主人叫叶冬梅，是我小姑……"

"是你小姑？"于清雅说话的声音有些大，话刚出口自己也意识到了，连忙用小手捂住了嘴巴，一脸不可思议地看着叶天，小声问道，"真的这么巧？你没认错吧？"

要知道，即使在1995年这会儿，北京市也有上千万的人口，如果不知道姓名、地址想要找个人，都无异于大海捞针一般。而叶天只不过在潘家园转悠了一圈，竟然将小姑一家给寻了出来，这种巧合发生的概率，真的是太低了。

"没错，我刚才看了照片，上面有我父亲，肯定不会错的……"叶天摇了摇头，他当时听到小姑的名字时，反应和于清雅也差不多，不过在看到父亲的照片后，这一切的疑问都不存在了。

"叶天，那……那你准备怎么办？给叶叔叔打电话吗？"

听到叶天的话后，于清雅这才知道他刚才那些奇怪举动的缘由，当下把手机掏了出来。

虽然他们已经读大学了，但是在于清雅的内心深处，仍然当自己是个孩子的，这样的事情还是要找大人来作决定。

"不行，这事儿暂时不能让我爸知道……"对于于清雅的建议，叶天一口就给否决了，这么多年以来，叶东平一直生活在对家人的愧疚之中，如果再知道小妹患了重病，叶天可以想象父亲所要承受的打击。

按照叶天的想法，最好先将小姑姑的病治好，然后再慢慢告诉父亲这些，中间可以留个缓冲的余地。

"叶天，不告诉叶叔叔，那……那看病的钱怎么办？"从刚才和刘维安的对话中，于清雅已经听出来了，叶天是想用买下这只玉镯的方法，让小姑一家心安理得地拿这笔钱去看病。只是不告诉家里大人，貌似就连于清雅自己也拿不出十多万啊，于浩然和卫红军不同，对于子女的管教方式也不一样，于清雅每个月的零花钱并没有多少的。

"这个，总是会有办法的……"叶天也有些烦躁，自己空有一身绝学本领，却是被钱给难住了，怪不得古代有"一文钱难倒英雄汉"的说法呢。

沉吟了一会儿之后，叶天说道："这样吧，还是去找卫蓉蓉的父亲周转一下吧，十多万对他来讲不是什么大数目……"

经过车祸一事，现在的卫红军对叶天，那绝对是敬若天人。叶天指点过大户室的风水之后，虽然有部分资金还是被套着，但卫红军的运气也好转了起来，连连摇号中标，从新股上却是大发了一笔。

北京人是最喜欢侃大山的，尤其是生意人，最喜欢吹捧自己得意的事情，加上卫

天才相师 ❶
天眼神童

红军出身市井，城府并不是很深，几个月下来，圈里的朋友都知道有位高人给他看过风水。

这越是有钱人，越相信风水命理之说，卫红军不少朋友都托他找那位高人也给自个儿瞧瞧风水，不过都被叶天给拒绝了。一来叶天这段时间不是很缺钱，二来他也没想好日后自己是否要吃这碗饭，经过这些年的江湖历练，叶天深知江湖险恶，只要涉足进去，很多时候就会身不由己了。不过此时叶天却是顾不得那么多了，只要有人能出得起钱，即使是和人布阵斗法，叶天也会去的，毕竟小姑姑的病拖一天就会加重一分的。

"叶天，你……为什么找卫叔叔借钱啊？"听到叶天的话后，于清雅脸上露出一丝失望，垂下头低声说道，"我爸爸也有钱的，我能问他要出来……"

在于清雅的心里，叶天是她的男朋友，有事情应该是先想到自己的，不过刚才叶天的第一反应却是要找卫蓉蓉的父亲，不禁让于清雅心里有点小纠结。

"小丫头，想什么呢？"看到于清雅的神情后，叶天不由笑了起来，用手搂了搂于清雅单薄的身子，说道，"清雅，我知道于叔叔有钱，不过十多万毕竟不是小数目，如果你说了实话，于叔叔肯定会告诉我爸的，那和我自己告诉老爸又有什么区别呢？"

听到叶天的话后，于清雅歪着脑袋想了想，说道："那……那就不告诉他实话呗，我……我就说自己想买个镯子……"

"呵呵，撒谎会长大鼻子的啊……"叶天笑着刮了下于清雅的鼻子，开口说道，"我可不想自己的女朋友变成爱撒谎的人，行了，清雅，这事儿我决定了，把手机给我吧……"

"你才长大鼻子呢……"于清雅知道叶天从小主意就很正，基本上决定了的事情，谁都很难改变，当下只能乖乖地把手机掏了出来。

"小于啊，你不是和蓉蓉她们去潘家园了吗？打电话给卫叔什么事？"电话响了两声之后就接通了，卫红军的大嗓门从电话里传了出来。

"咳咳，卫叔，我是叶天……"叶天咳嗽了两声，没等卫红军开口说话，开门见山地说道，"卫叔，我遇到点事，需要点钱周转，您看手头方不方便啊？"

"要多少钱？"卫红军也很干脆，直接问起数目来，甚至连叶天借钱的用途都没多问一句。

"20万差不多够了，卫叔，方便吗？"反正既然开口了，这个人情就算是欠下了，借15万和20万没什么区别，万一小姑那边钱不够，总不能再张第二次嘴吧。

"20万？呵呵，叶天，我手头还真是有，而且还是现金，对了，20万够不够啊？"听到叶天的话后，电话一端的卫红军大声笑了起来，他之前的奥迪车被撞得连送修的机会都没了，加上车祸后遗症，这几个月他都没怎么开车。不过没车确实也不方便，卫红军这几天正琢磨着想再买辆车，他这一代人对银行卡什么的不大会用，还是喜欢现金，于是昨天刚从银行里提出了50万出来。

"卫叔，够了，够了……"听到卫红军的话后，叶天不禁喜出望外，连忙说道，"卫叔，我这走不开，您好人做到底，能把钱帮我给送来吗？"

嘴上说着话，叶天的脸上也感觉有些发烧，自己当晚辈的张嘴向长辈借钱，还要别人主动送来，用北京话说就是，这事儿做得忒不懂事了。

"成，今天股市不开盘，我正闲得慌呢，你说个地，我这就过去……"卫红军一口答应了下来，经过叶天给他指点风水后，这几个月少说也赚了七八百万，叶天别说是借了，就是张嘴要，卫红军都不会说一个"不"字的。

"卫叔，我在景山公园……"告诉了卫红军这里的地址后，叶天挂断了电话，说道，"清雅，走吧，咱们去外面等下卫叔，这巷子可是不大好找……"

"爸爸、妈妈，那哥哥姐姐走了……"叶天在院子门口打电话的时候，刘蓝蓝一直将门帘掀开条缝在看着，她年龄也不算小了，知道刚才那哥哥姐姐如果买下手镯的话，妈妈的病就有救了。

"行了，走就走吧……"看着老伴一脸失望的样子，叶冬梅叹了口气，说道，"我说老刘，刚才那两个都是孩子，哪能有十多万元钱啊，你也别太急了，大姐和二姐那边也在想办法呢……"

"唉，冬梅，都是我没用啊！"刘维安长叹了一声捂着脸蹲在了地上，泪水从这一米八的汉子指缝里流了出来。

"是我拖累你们了，老刘，我饿了，去把那水饺热热吧……"看着丈夫的样子，叶冬梅不禁想起了已经二十多年没见的哥哥，如果那个最疼爱自己的哥哥在的话，肯定也会像丈夫一样不辞劳苦地去帮自己筹钱吧？

"好，好，刚才热了你不吃，我这就去热……"听到妻子的话后，刘维安连忙抹了把眼泪，端着水饺掀开门帘去这小四合院公用的厨房。

"卫叔，就是这里，路滑，您慢点……"正在叶冬梅一家在屋里吃着水饺的时候，院子里突然又传来叶天清脆的声音，"刘叔，叶婶，我回来了……"

"是……是，小叶，是小叶，咳咳，咳咳咳……"夹着个饺子正往下咽的刘维安听到叶天的话后，猛地站了起来，却不防被饺子给卡住了喉咙，不住地咳嗽了起来。

"刘叔，您这是怎么了？"叶天刚掀开门帘，就看到刘维安一脸涨红地那咳嗽不已，看了一眼桌上的水饺后，连忙上前拍了怕他的背部，笑着说道，"这吃饺子也能被卡住啊？"

"小叶，没事儿，没事的……"喝了口水顺了一下之后，刘维安看向跟在叶天身后的卫红军，问道，"小叶，这……这是你家里长辈吧？"

叶天闻言笑了起来，说道："刘叔，这是我卫叔叔，是我的长辈，不过东西是我向您买的，和卫叔没关系……"

天才相师 ①
天眼神童

"蓝蓝，快点给你卫叔叔搬个椅子……"刘维安一时半会儿也没弄明白叶天的话，不过看卫红军耳大肚圆的派头，倒是挺像个老板的，连忙招呼道，"卫大哥，这地方有点儿窄，您先坐着，我这就给您倒水去……"

　　看到刘维安热情的样子，卫红军知道他误会了，笑着说道："刘老弟是吧，您也甭客气，我今天就是给叶天送钱来的。我打小也是在四合院长大的……"虽然卫老板现在发了大财，也不太喜欢别人提起他在四合院开饭店、摆小摊的事情，不过来到这种人情味十足的地方，忍不住就会想起自己青少年时的回忆。

　　"给……给小叶送钱？"刘维安闻言愣了一下，"卫大哥，这……不是您要买那玩意儿吗？"

　　"我都不知道叶天要钱是干吗的。怎么着，您是做古玩买卖的？"

　　听到刘维安的话后，卫红军苦笑了起来，不过看着屋角摆的一些工艺品和杂七杂八的东西，他倒是明白了几分。

　　"算不上做买卖，就是倒腾点东西在潘家园卖……"刘维安这会儿心里越发糊涂了，看向叶天的眼神也变得怪怪的，"这个学生究竟是什么人啊？一个电话竟然能让人上赶着送钱来，而且连原因都不带问的？"

　　要知道，在1995年这会儿，北京的人均月工资还不到1000呢，20万可是一笔很大的款子了，就是再有钱的老板，也不会这么随意就拿出来的。

　　"刘老弟，小叶到底要买什么啊？拿出来给我看看吧……"听到刘维安手里有东西，卫红军倒是来了兴趣，赚了钱玩古董，这是北京城有钱人的通病，谁要是淘弄了个好物件，一准会把处得不错的哥们聚在一起显摆一番。

　　见到刘维安将那用绒布包裹住的镯子拿了出来，叶天插口道："卫叔，东西看归看，不过规矩您可不能坏了啊……"

　　卫红军哭笑不得地指着叶天说道："你……你小子，卫叔还能和你抢东西不成？我就是想看看到底是什么物件能值这么多钱。"

　　两人说着话，刘维安已经将那镯子给取了出来，卫红军的注意力顿时被吸引了过去。等到刘维安把镯子放到桌上后，卫红军一把就拿了起来，对着屋里的灯光打量了半天，恋恋不舍地将其放了回去，说道："好东西，这沁色看上去就像天然的一样，不知道是血沁还是矿物沁进去的？"

以卫老板的眼光，能知道沁色就很不容易了，说完之后还摆出一副行家的模样，想等着叶天夸上他两句呢。

"嘿嘿，卫叔，这样的镯子一般能卖多少钱啊？"叶天把卫红军放回去的手镯拿到手里把玩了起来。

"这个……好像不是很贵吧？"卫红军闻言皱起了眉头，想了一下之后道，"大兴的贺老四去年拿了个差不多的手镯显摆过，我记得好像是三万多买的吧。"

说到这里，卫红军回过神来了，面色古怪地指着叶天手上的镯子，说道："我说叶天，你不会从我这拿20万，就是为了买这一只镯子吧？"

卫红军虽然不是混古玩行的，但是这两年各种拍卖会和古玩黑市也参加了不少。在这些场合里，有不少古代玉器，但最贵的不过两三万元钱，超过五万的都极少，像叶天手中的这个，虽说不常见，但也不至于值20万啊？

"刘老弟，做生意想赚钱这点没错，不过叶天还是个学生，咱们不能往死了忽悠他吧？"想到这里，卫红军看向刘维安的目光就有些不善了，原本刘维安那憨厚的相貌，在他眼里也变成了老奸巨猾。

"这……我，不是我开的价啊，而……而且小叶说的也是15万，不是20万啊……"被卫红军这么一挤对，刘维安憋得是满脸通红，他除了最初开出了一个两万元钱的价之后，后面都是叶天自说自话的呀。

"叶天？怎么回事？"卫红军诧异地看向了叶天。

"卫叔，您是看走眼了……"叶天笑着将手镯置入了灯光下，指着那流光溢彩红得诱人的镯子说道，"卫叔，您看这火彩，没有一丝人为或者沁色的痕迹，这是天然的血玉手镯！历史上仅有的相关记录，就是文成公主拥有过一个，此后在民国曾经出现过一次，被人用十根小黄鱼买走了，您说这样的东西，值不值20万呢？"

"天然的血玉手镯？"听到叶天的话后，卫红军吓了一跳，他还真没听说过这一段典故，也不知道这种镯子的价格，不过叶天口中"十根小黄鱼"的话，他听得懂啊。

在卫红军的朋友里面，也有人收藏民国的"小黄鱼"金条的，他曾经见到过，一根金条是三百克，而在民国的时候，两根"小黄鱼"就能在北京城买下一套四合院来。即使放到今天，一克黄金六七十元钱，一根金条也能值两万元了，十根就是20多万元，如果这样论起来，叶天开出的20万的价格，还真不贵。

"叶天，这东西让给卫叔怎么样？"对于叶天的眼光，卫红军是深信不疑的，想到去年贺老四拿着副血沁镯子显摆的事情，不由打起了这只手镯的主意。

"别啊，卫叔……"没等卫红军把话说完，就被叶天给打断了，"卫叔，咱们可是有言在先啊，这钱算是我借的，一年之内连本带利地还清。至于东西嘛，您就别惦记了，我买了要送给清雅的……"

"送给我的？"一直在旁边默不做声的于清雅，在听到叶天的话后，不由吃惊喊出声来。

"当然，不给你给谁啊？我和老爸戴？"叶天笑着用手摸了下于清雅的头发，他小时候可是最喜欢将于清雅头发搞得乱糟糟的，然后喊她是电视《射雕英雄传》里的梅超风。

"叶天，这……这太贵重了，我不能要啊……"于清雅不是没见过世面的人，比这更贵重的珠宝她也见识过，只是出于于浩然从小对她不占别人便宜的教育，她有些抗拒这一类贵重的礼物，即便是叶天送的。

"呵呵，我给你戴上，就当是长辈送给你的见面礼吧！"叶天笑了笑，不由分说地拉过于清雅的小手，将手镯戴到了她雪白的手腕上，左右打量了一下，说道，"白璧无瑕，血红如火，般配，真是太般配了……"

原本还想拒绝的于清雅，在听到那句"见面礼"的话后，想到了面前的刘维安和叶冬梅正是叶天的小姑和姑父，脸上突然红了一下，也没有再抗拒，任由叶天给她戴上了。

"这小子泡妞还真舍得花本钱啊？"叶天的举动让卫红军都看傻了眼，价值20多万的东西，眼睛都不眨一下就送了出去。和叶天的手笔相比，卫红军所认识的那些包小蜜的大款朋友们，简直就和土鳖差不多了。

"妈的，女儿要是能遇到个这样的男人，大学早恋我也认了啊……"看着面前这一对小恋人，卫红军的思绪不由飘到宝贝闺女身上，虽然说情义无价，但往往金钱还是能衡量出一个女人在男人心目中的地位。只是卫红军如果知道真有个叫徐振南的愣小子肯为他女儿花上20万的话，不知道还会不会再有这种想法？

镯子戴到了清雅的手腕上，叶天就不准备再摘下来了，眼下要做的当然就是付钱了，将卫红军带来的那个黑皮箱放到桌子上打开后，叶天说道："刘叔，这箱子里面是20万，您点一下吧……"

"小……小叶，咱……咱们不是说好的15万吗？"看着面前一箱子的钱，刘维安的喉咙有些发干。他也不知道自己为何鬼使神差地问出了上面那句话。这要是被潘家园的同行知道，一准骂自个儿傻×，15万和20万可是整整相差了5万元钱呢。

"刘叔，我打电话回去问了下我爸，他说这物件升值的空间很大，说不定明年就能卖40万呢，让我别亏着您，这不就多出来5万嘛……"叶天随口找了个理由，好在此时刘维安的注意力都放在箱子里的钱上面，对于叶天的话就有点心不在焉了。

倒是卫红军奇怪地看了叶天一眼，他还是第一次听闻开古玩店的会嫌物件收得便宜。不过这是叶天的私事，他也不好多问，只能将疑问憋在肚子里了。

"小叶，没错，是……是20万！"刘维安虽然人很实诚，但是在潘家园混迹了两年，对于一些坑蒙拐骗的门道还是很清楚的，不管怎么说，钱一定要当面点清，这事儿

天才相师❶

天眼神童

318

可不能嫌麻烦，于是一扎一扎地在那里数了起来。足足点了半个多小时，刘维安才把箱子里的钱都点了一遍，然后将箱子给合了起来，一只手还紧紧地抓着箱子的提手。

"刘叔，咱们这是货款两清了啊……"叶天拍了拍手，说道，"您找两张纸，咱们写个买卖的字据，我也要给卫叔写张借条，今天这事就算是完了……"

"这小子，以后不管混哪行，成就真是不可限量啊！"看到叶天这滴水不漏的做派，卫红军也是心里暗赞。换他在叶天这岁数的时候，整天就知道在溜冰场和人争风打架呢。

"刘叔，咱们这就算是货款两清了啊……"拿着写好的几份字据，叶天和刘维安等人分别在上面签了自己的名字。虽然这玩意没有经过公证，并不一定具备法律效用，但是在民间来说，却是已经足够了，并且再有什么纠纷之后也能当做证据来使用。

"清，清了……"想着妻子的病终于能得到救治了，刘维安心中激动，签字的时候都把自己的名字写得歪歪扭扭的，眼睛始终盯在那装着钱的黑皮箱上，没有一刻让它离开自己的视线。

"得嘞，刘叔，叶婶，也不早了，那我们就告辞了啊……"叶天站起身来，想了一下说道，"刘叔，这么多钱放家里不合适，我觉得您还是和我们一起去趟银行给存起来吧……"

虽然小四合院里住的都是知根知底的街坊四邻，但钱帛动人心，保不准就有那铤而走险的，万一这真被人偷了，叶天也没本事再去搞20万给他们了。

"对，对，要去银行……"听到叶天的话后，刘维安连连点头，一把拎起桌子上的箱子，对妻子说道，"冬梅，我先去银行把钱存起来，你让蓝蓝去街口买点熟菜，晚上我要和小叶还有卫大哥喝一杯……"

从自己和妻子双双下岗，再到妻子得了这种病之后，刘维安已经很久没有像今天这么开心过了，原本像是被迷雾笼罩的生活，现在终于透出一缕灿烂的阳光。

"刘老弟，今天就算了……"卫红军看了叶天一眼，发现他在向自己摇头之后，接着说道，"弟妹的病要紧，你们晚上还是商量一下，不行明儿就让弟妹去住院，等病好了咱们再喝也不迟啊……"

"这……这，好吧，改天一定要请卫大哥喝一顿……"要说卫红军就是场面人，这一番话说出来让人听着心里都暖和，刘维安也说不出什么了，只能一脸感动地连连点头。临出门的时候，叶天看了一眼病恹恹的小姑，开口说道："叶婶，手上有钱了，别怕花钱，把病治好了比什么都强……"

"小叶，婶知道，等婶病好了，亲自给你们烧菜吃，一定都要来啊……"叶冬梅点了点头，她在病床上卧了两年，对于身体康复后的生活，也是很向往的，当下强撑着身体，要送叶天等人出院子。

"叶婶，披上大衣再出来啊……"叶天倒是也没推辞，他知道这是小姑表达谢意的一种方式。

"大姐，你怎么来了？"刚送叶天等人到院门处，一个六十多岁的老太太，手里拎着个装了两条活鱼的塑料袋跨进了院子，叶冬梅一看之下，连忙迎了上去。

"冬梅，这大冷的天，你出来干吗啊？"那老太太见到叶冬梅站在院子里，一把抓住了叶冬梅的手，嗔怒道，"看你这手冰凉冰凉的，快点进屋！"

老太太叫叶冬兰，是叶家的长女，比二妹大了五岁，比叶东平和叶冬梅都要大上十多岁，可以说这最小的弟弟妹妹，都是她一手带大的，眼下看到小妹妹病恹恹的样子，自然是心疼不已。

"大姐，没事，今天高兴，冬梅就出来下……"刘维安也上前打了个招呼，想着不久后妻子就能进行换肾手术，刘维安脸上露出发自内心的笑容。

老太太有些疑惑地看这两口子，眼睛又在叶天等人身上打量了一下，奇怪地问道："维安啊，今天是怎么了？都这么高兴？"

刘维安不想让叶天等人多等，当下说道："大姐，是遇到喜事啦。冬梅，你先陪大姐去屋里，我回头存了钱就回来……"

"这唱的是哪一出啊？冬梅，进屋你和我说说……"老太太摇了摇头，狐疑地看了眼叶天、于清雅和卫红军这队组合后，和妹妹进了内屋。

"刘叔，走吧……"看着慈眉善目的大姑，叶天心里是百味交集，如果不是当年父亲过错太甚，恐怕大姑也不忍心将他拒之门外吧？

"蓝蓝，把鱼放厨房盆里去，晚上大姨给你们煮鱼汤喝……"进屋之后，叶冬兰就把手里拎着的鱼递给了蓝蓝，然后拉着妹妹坐了下来，埋怨道，"冬梅，这大冷的天你也不注意点，什么人值得让你往外送啊……"

老太太做了二三十年的街道主任，整天处理些鸡毛蒜皮的小事，养成了一副大嗓门直性子，虽然已经60了，但腿脚麻利身体健康，还是个急性子人。

"大姐……"叶冬梅张了张嘴，正想解释的时候，却又听到叶冬兰念叨了起来："我说冬梅，你这病不能再拖了，要马上换肾，昨天我去你二姐家了，我们两个商量了一下，准备把爸的老宅子卖掉，卖的钱给你换肾用……"

"老宅子？"叶冬梅闻言一愣，继而摇起了头，斩钉截铁地说道，"不行，那是爸留给小哥的，虽然小哥做得不对，但房子还是小哥的，咱们谁都不能动！"

"不要提他，我没这个弟弟，你也没这个小哥……"听见妹妹提起叶东平，老太太顿时就气不打一处来。

她本身是个急脾气，当时由于气愤打了弟弟几个耳光，后来在气头上也没答理叶东平的回信，想好好教训下这个不听话的弟弟。其实事情过去一段时间之后，只要叶东平再向家里认个错，当大姐的也就原谅他了。但是谁知道叶东平到后来干脆就失去了联系，让老太太更是失望至极，平时最听不得的就是别人提到叶东平，这也算是爱之愈深、恨之愈切了。不过老太太却是不知道，就在她离开没一年，叶东平的婚姻也遭遇了

天才相师 ❶ 天眼神童

很大的问题，叶天的母亲在那一年也离开了他，这让叶东平受到了极大的打击。

当时的叶东平算是众叛亲离，整个人都钻了牛角尖，认为家里再也不会原谅他，就想着自己带着儿子在小山村终老一生算了，所以也就没再去祈求大姐的谅解，十多年下来，误会越来越深。

"不行，反正小哥的房子不能动，那也是爸留下来的唯一念想，谁也不能卖……"

别看叶冬梅病恹恹的显得很是柔弱，却是个外柔内刚的性子，即使面对大姐也是一步不让，情急之下连已经筹到看病的钱的事情都忘记说了。

"妈，你们吵什么啊？"从厨房里回来的蓝蓝听到两人吵架的原因后，弱弱地说道，"大姨、妈，咱……咱们不是有钱了吗？"

"有钱了？怎么回事？"

"嗨，我怎么把这事给忘了？"

姐妹俩的声音同时响了起来，一个是一脸不解，一个是哭笑不得。早把这事说了，至于还扯上那房子和小哥吗？

"冬梅，怎么回事？"老太太看向妹妹。

"大姐，维安他做古玩生意的事情您知道吧？"看到大姐点头后，叶冬梅接着说道，"您进院看到的那几个人，就是来买我那只镯子的，一共卖了20万呢，维安刚才就是去银行存钱了……"

"你……你那镯子，卖……卖了二，二十万？"老太太不是没见过钱的人，但是对于这么一个数字，还是吃惊得张大了嘴。她现在一个月的退休工资不过七八百元钱，要多少年才能存够20万啊？

"冬梅，我说……你们不会是遇到骗子了吧？这世上哪儿有那么好的事情啊？那镯子我也见过，怎么就值20万了呢？"

叶冬兰在做街道主任的时候，没少遇到一些街坊四邻被骗的事情，警惕性不是一般的高，当她听完妹妹的话后，第一反应就是他们被骗了。

"姐，您看，这是那小伙子写的字据，买卖的凭证……"叶冬梅将叶天刚才写的条子拿出来交给了大姐，接着说道，"再说了，那钱是维安一张张数过来的，又不是假钱，他们能骗我们什么啊？"

"你们懂什么啊，现在骗子聪明着呢……"老太太说着说着话，突然一拍大腿，"坏了，维安跟他们出去，不会被抢吧？不行，我得出去看看……"

"大姐，您这是怎么了？急匆匆地要去哪啊？"正当老太太刚掀起门帘要往外走的时候，刘维安进了院门。在这片四合院门口就有个工商银行，如果不是顺路又买了点熟菜，他回来得还要快一些。

"维安，你没事吧？钱呢？钱被他们给抢走了？"老太太还沉迷在自己的幻想当中，围着刘维安找起他刚才拎着的箱子来。

"这什么跟什么啊？大姐，我把钱存起来了，您看，这是存折……"刘维安愣了一下，继而反应了过来，那装钱的箱子是卫红军的，当时一起去存的钱，存完之后就将箱子还别人家了。

"这……还真是存上了……"回到屋里后，老太太看着那上面一连串的数字，脸上怀疑的神色也渐渐退去了。

"没想到啊，这叶天小小年纪，竟然能做家里大人的主？"刘维安此时也疑似在梦中一般，今天发生的这些事情有些过于离奇了。

"叫什么？"正低着头在看存折的老太太，听到刘维安的话后猛地抬起了头，"维安，你再说一遍，刚才出去的那孩子叫什么？"

"是……是叫叶天，大姐，怎么了？"刘维安还沉浸在给妻子筹到救命钱的欣喜当中，并没有怎么注意叶冬兰的脸色。

叶冬梅却发现大姐的表现有点反常，不禁奇怪地问道："大姐，你……你认识那孩子吗？"

"叶天？"叶冬兰苦笑了一声，说道，"冬梅，你……你小哥的儿子，名字也是叫叶天！"

刚才在看那字据上名字的时候，叶冬兰还没怎么留意，不过从刘维安口中听到叶天的名字，她顿时想起了十多年前的往事。

虽然对弟弟的行径很是愤怒，当年叶冬兰找到弟弟后，当着叶天母亲的面，毫不留情地打了他几个耳光，但是对于那个看着老爸挨打却笑得很开心的孩子，叶冬兰却是发自内心地喜爱，由此她也记住了那个还在襁褓之中的孩子姓名，叶天！只是事情已经过去了近20年，如果不是刚才和妹妹谈起叶东平的话，恐怕叶冬兰还不一定能记起来。

其实叶冬梅当年也听大姐提起过叶天的名字，不过这么多年过去了，早就忘得一干二净了。

"大姐，这……这怎么可能啊？"叶冬梅病色的脸上，显出一丝红晕，显然心情有些激荡。

"是啊，大姐，我虽然没见过小哥，不过看到过他的照片，刚才那个叫叶天的孩子，和小哥长得也不像啊……"

听到妻子的话后，刘维安也点了点头，还特意跑到那张带有叶东平照片的相册下分辨了好一会儿。

想到叶天母亲那清秀而又略显倔犟的脸庞，叶冬兰苦笑着摇了摇头，说道："是不像那混账东西，不过，却是很像他妈妈……"

"那……那他真是小哥的儿子？"联想到叶天来到家里种种古怪的举动，叶冬梅再也忍不住了，站起身就要往外走。

"冬梅，你干什么去啊？"刘维安一把拉住了妻子。

"我……我要去找那孩子，他是小哥的儿子啊，是我们的侄子！"和宋樱兰知道叶天身份后的表现完全不同，对于叶冬梅而言，她的心里只有亲情，别的都不重要。

"冬梅，你别激动，先坐下，听大姐的……"见到妹妹的呼吸有些急促，叶冬兰连忙将妹妹拉到里屋的床上，说道，"冬梅，我见那孩子和他母亲的时候到现在差不多都20年了，印象也有些模糊了，不一定能认得准，你也别急，先养着病，大姐明儿就去打听下，好不好？"

"肯定是小哥的儿子，肯定是咱们的侄子，大姐，如果不是的话，他会花那么多钱买那个玉镯吗？"叶冬梅也不傻，这世上没有人会嫌钱多烧手的，明明能花两万元买下来的东西，叶天却足足花了十倍的价钱，而且还正好是她看病所需要的数目。

在叶冬梅看来，那个叫卫红军的老板肯定是小哥的朋友，而这笔钱也一定是小哥间接拿给她看病的，只是叶东平为什么会有那么多钱，叶冬梅却是没有去考虑。

"大姐，小哥虽然做得不对，但这孩子是没有任何过错的，他是咱们叶家的人，您……您不能不认啊！"

叶冬梅说着说着，眼泪忍不住地顺着脸颊流了下来，她很害怕大姐因为生小哥的气，连这侄子都不认了。

"哎，我说冬梅，你……你身子骨本来就不好，别哭啊……"看到妹妹这副样子，叶冬兰也着急了，一把搂住了妹妹，说道，"我没说不认这孩子啊，你小哥就是个犟种，他肯回来给爸上炷香认个错的话，我也不会不认这弟弟呀！"

老太太也是悲从心起，抱着妹妹哭了起来，听得外屋的刘维安半天都没说出话来。敢情今天这一出戏里面，还有这么多的弯弯道道。坐在外屋闷头抽了一根烟之后，刘维安站起了身子，走到内屋说道："大姐，您看着点冬梅，我去找叶天去……"

刘维安是个很厚道的实诚人，在他看来，妻子的侄子那也就是自己的侄子，何况叶天这孩子又那么懂事，如果今天不能找到叶天问清楚的话，恐怕这老实人晚上也睡不着觉了。

看到叶冬梅两口子这样子，老太太也知道如果找不到叶天的话，这明天住院的事情也甭想了，当下说道："好吧，维安，大姐当年性子也急了点，你给那孩子说下，让他顾虑别那么多……"

如果叶天真的是叶东平的儿子，那他不认小姑这一家的原因就很明显了，肯定是怕他们不认自己这侄子，所以老太太才特别交代了刘维安一句。

"大姐，我知道了，您晚上在家里陪陪冬梅，我这就去……"刘维安点了点头，拿起件外套就匆匆出了四合院，深一脚浅一脚地踩在满是积雪的地上。

"哎，老三，你干吗呢？这大冷的天，又没漂亮姑娘……"老四傲海明拿着两壶刚打的开水从宿舍区的小卖部经过的时候，发现叶天正在那里来回转悠着，自己走到眼前了都没发现，不禁用脚轻轻地踢了他一下。

"啊，是老四啊，打水呢？"被傲海明给踢了一脚，叶天才惊醒了过来。

和于清雅在学校分开后，叶天就一直纠结于是不是给老爸说这件事，他虽然是个很有主见的人，不过这事情牵扯老爸那一代人的恩怨亲情，叶天也是无法帮老爸做主的。不过为人子女，叶天又不想让老爸过于担心和自责，所以在小卖部的电话旁转来转去，一直没下定决心。

"算了，还是等小姑做了手术或者病情稳定下来再告诉老爸吧……"想了一下之后，叶天下了决定，顺手从傲海明手里接过一壶水，说道："我没事，走，回宿舍……"

"神神道道的，是不是被于清雅给踹了？"傲海明凑过去问道。

"滚一边去，你那肥妞还没搞定吧？"叶天瞥了傲海明一眼，这哥们立马将嘴巴闭上了。

其实傲海明现在追的那女孩，顶多只能称得上是丰满，只是到了叶天等人的嘴里，就变成肥胖了，几次抗议无果之后，傲海明很理智地就不再纠缠这个问题了。

和傲海明打打闹闹了一番之后，叶天的心情也好了很多，不过眼前却有件事让他发愁了，因为不告诉老爸这事儿，他没钱还给卫红军啊。

虽然叶天知道自己可以帮人趋吉避凶，但这也要有人信才行啊，难不成自个儿跑到别人面前说：您近日将遭遇大难，或者您老婆要给您戴绿帽子了，那一准会被人乱棍打出来的。

直至回到了宿舍里，叶天也没想到什么办法，不过好在借款的期限是一年，到时候如果小姑病情能好转的话，再告诉老爸拿钱也不晚。

"哥几个，都吃了没啊？今天老大我心情好，走，出去吃火锅……"冬天的白天比较短，到了6点多钟的时候，天色已经全黑了，徐振南也回来了，一脸兴奋地非要拉着叶天几人出去吃饭不可。

"老大，我吃过了，不去了……"叶天这会儿正一肚子心思，哪有心情去吃啊。

"那可不行……"徐振南一把拉住叶天，小声说道，"我今天拉蓉蓉的小手了，她……她没生气啊！"

俗话说谈恋爱就是从拉手、亲嘴到进行体液接触这么一个过程，徐振南已经迈出了坚实的第一步，现在正对美好未来充满信心呢。

"生不生气关我什么事啊，老大，您几个去吃吧，我得思考点事情……"叶天不耐烦地摆了摆手，翻身躺到了床上。

"哎，这小子怎么了？"徐振南碰了碰傲海明。

傲海明摇了摇头，说道："谁知道呢，回来就神神道道的，他不去咱们去，二哥，别看书了，吃大户去……"

"叶天，真不去？"徐振南出门的时候又问了一句，不过看到叶天从被子里伸出的手，只能无奈地离开了。

"建51班叶天，有人找！"徐振南等人离开还没有十分钟，楼下宿舍管理员的嗓门就响了起来。

"刘叔？"叶天从床上爬起来往窗外看去，借着地上积雪的反光，清楚地看到了来人的相貌。

"刘叔，您怎么找到这儿来了啊？出什么事了吗？"叶天连忙套上鞋子，一溜烟地跑到楼下。

刘维安用手搓了搓冻得通红的脸，开门见山地说道："小叶，你……你告诉刘叔，你爸爸，是不是叫叶东平？"

"刘……刘叔，这……这个……"叶天没想到小姑夫竟然知道了这事，一时不知道如何是好了。

"还叫刘叔？"看到叶天的表情后，刘维安这老实人不用问也明白了，憨厚的脸上顿时露出了笑意，"叶天，你是个好孩子，长辈的事情和你没关系，走，家去，你大姑也在，她说了，已经不怪你父亲了……"

"姑……姑父……"叶天很艰难地喊出了这个陌生的称呼，这种被亲人呵护的感觉，让叶天的鼻子有些发酸。

1996年元旦，刚停歇了没几天的大雪，又纷纷扬扬地下了起来，为北京这座古老的城市披上了一层银妆。不过再严寒的天气也挡不住出游的人们，在挂着"喜迎元旦"的商场或者是公园门口，到处都充满了欢声笑语，洋溢着节日的气氛。

"哥哥，哥哥，我挂不上去，你来帮忙啊……"在景山公园的一处四合院院落里，也充满了过节的气氛，刘蓝蓝拿着几个红色的灯笼，准备挂到门前，只是个子太矮，怎么都够不到。

刘蓝蓝这一代人大多都是独生子女，大伯和阿姨家的孩子都要比她大出十多岁，平时也没什么同龄的亲戚一起玩，自从叶天和于清雅来到，小丫头总是跟在身后哥哥姐姐地叫个不停。

"蓝蓝，我来，别摔着了……"叶天听到蓝蓝的喊声后，掀开布帘从屋里走了出去，看到刘蓝蓝正搬个板凳准备踩上去，连忙把她抱下来自己将灯笼挂了上去。

从上次跟刘维安回到这个四合院，叶天的身份也被挑明了，和他想象中或许会遇到什么阻碍不同，包括听到消息后连夜从东城赶到叶冬梅家的二姑，都对他是喜爱有加。

要知道，老叶家一向男丁都不旺盛，到了叶东平这一辈更是独苗一个，如果不是大姐叶冬兰积怨难消，那两个姑姑早就把这个弟弟找回来了。眼下平白多了个亲侄子，这几个女人心里都是笑开了花，就连对叶天父亲还有些埋怨的老太太，那也是怎么看这侄

天才相师 ❶
天眼神童

子怎么顺眼。

至于那笔钱的事情，叶天则是都推到了于清雅的身上，说是于清雅父亲的朋友借给他的。叶东平还不知道小姑生病的事情，叶天想等寒假回家，再和父亲谈起这件事，并且让他回京给大姑道歉。这个道理倒是站得住脚，尤其是给了老太太个台阶下，让她也很满意，而且由此一来，几个长辈越发喜欢于清雅了。叶天的大姑叶冬兰更是拿了副金耳环，说是老叶家家传的，非要送给于清雅不可，搞得那丫头今天一直脸红红的。

"蓝蓝，让你哥歇会儿，别老缠着他……"屋里传来叶冬梅的声音，不过虽然是在训斥女儿，声音里却充满了喜悦，他们家……已经很久没有这么热闹和高兴过了。

今天一大早，大姐、二姐两家人都来到了叶冬梅的家里，加上叶天和于清雅，整个内屋外屋都挤满了人，除了叶东平不在之外，老叶家的人算是到齐了。

叶冬兰的老伴在五年前就去世了，她的一个女儿嫁到济南，算是一个人在北京，不过经常义务去街道办帮忙，倒是活得挺充实的。

叶天的二姑叫叶冬竹，夫妻两个都是西城中学的老师，现在还没有退休，有一个儿子已经结婚，生了个男孩刚刚会跑，一家子也都来了。

说老实话，这种场合虽然让叶天感到很温馨，但也有点不习惯，他从小一个人待惯了的，现在一屋子人围着他问东问西，逃跑的心思都快生出来了。

"叶天，别忙活了，进来吃饭吧……"门帘掀起，一个三十出头的壮年汉子冲着叶天招呼了一声，他叫陆琛，是叶天的大表哥，法医专业毕业的，现在市公安局相关部门工作，算是个很体面的工作。

"表哥，来了，蓝蓝，吃饭去……"叶天点了点头，带着蓝蓝进到了屋里，里面桌子上已经摆好了菜，四个凉菜，两荤两素，另外还有八个热菜，满满当当地摆了一桌子。

陆琛拿了瓶白酒，挨个给自己老爸和刘维安倒上之后，看向叶天问道："小天，喝点酒？"

"喝点……"叶天点了点头，他从小没少和老爸喝酒，对于二锅头的味道早就深入骨髓了，一两斤就根本不在话下。

喝了酒桌上的气氛自然就热闹了起来，别看刘维安人老实，酒量可真不错，喝到最后陆琛爷俩都扛不住了，还是叶天给打的圆场。

吃过饭后，让叶天感到惊愕的是，陆琛爷俩还有刘维安，居然老老实实地收拾起桌子来，这在北京普通家庭可是不常见的，老爷们收拾家务，说出去倍丢份儿。回头看看三个姑姑，却都是一副理所当然的样子，叶天不由苦笑不已，怪不得老爸做起家务来那么利索呢！敢情有这么几位姐姐，想不勤快都不成。

"叶天，来，姑姑和你说说话……"男人们去收拾家务了，叶天的二姑让陆琛的妻子云曦带着孩子和蓝蓝去外面玩，于清雅见到这架势，也跟着出去了。

"姑，什么事儿啊？"叶天跟到内屋，看到大姑、小姑都坐在床上，连忙搬了张椅

第四十章 相认

子在床边坐下了，开口说道，"小姑，不会又说钱的事情吧，我都说了，那钱不用你们管的……"

在得知叶天的钱是从于清雅处借来的之后，他这几个姑姑就添了心思，除了叶冬梅是实在没办法之外，大姐和二姐这段时间都在想办法张罗钱呢。

听到叶天的话后，叶冬兰摇了摇头，说道："小天，这可不行，等年前差不多就能凑够20万了，到时候你还给人家，咱们老叶家不能占这便宜……"

"占什么便宜啦？大姑，那镯子可还在她手腕上戴着。再说了，是我送的，您几位就别操这心了，还是想想小姑过完年做手术的事情吧……"叶天摇了摇头，三两句话岔开了话题。

在叶冬梅拿到那20万之后，刘维安第二天就联系了医院，经过一番协商和沟通，和叶冬梅肾源相匹配的那个人，同意了在春节后进行肾移植的手术。而在这段时间内，叶冬梅所要做的就是把身体恢复到最佳状态，争取在移植手术完成后能减少排斥反应，顺利地与其融合。

看到叶天一副大人口吻的样子，叶冬梅几人都笑了起来，叶冬兰开口说道："小天，这事不是你该操心的，钱的问题就不用说了，大姑和你说点别的事吧……"

"别的事？大姑，您说……"叶天坐正了身体。

"小天，我不知道东平有没有和你说过关于你母亲的事情？"这次提到弟弟，叶冬兰难得地没有发火，她已经从叶天口中知道叶东平这些年来都是孑身一人过来的，对弟弟的怨恨基本上也消失得差不多了。

"我母亲的事？爸从来没有提过，大姑，您知道些什么吗？"叶天的口气虽然很平稳，但眼中却是露出了一丝渴望。

听到叶天的话后，姐妹三个对视了一眼，还是由叶天的大姑开口说道："小天，你也不小了，这事不应该瞒着你，东平不说，姑姑来告诉你吧……

"你的祖爷爷，曾经是北洋政府的一位高官，后来在国民政府北伐后，在北京也担任过公职，当时叶家可谓是风光一时……"

叶冬兰这一番话足足说了大半个小时，而所讲述的事情也颇为曲折离奇，直到老太太讲完后，叶天还没回过神来。

原来这姐妹三个口中的老叶家，也并非是无名之辈，在中国近代史上，也曾经留下了不可抹杀的痕迹，尤其是叶天的曾爷爷，在当年的袁大总统手下也是一号人物。而叶天母亲有一位叔爷，也就是宋浩天的亲叔叔，在民国之前则是跟随孙先生的，在袁大总统称帝的时候被北洋政府给抓了起来。

宋家当时在京城那也是根深蒂固的大家族，自家的嫡系子孙被抓，立马托人花钱找关系，这一找，就找到了叶天曾爷爷的头上，送上了大批的财物。当时叶天的曾爷爷一口答应了下来，准备斡旋这件事情，谁知道当时那位大总统一纸急令，把他给调往河南，等再回到北京城的时候，宋浩天的叔叔已经是人头落地了。

天才相师 ❶

天眼神童

收钱不办事，这在那个混乱的年代可是常有的事情，叶家的老爷子当时也没放在心上，只是宋家也非小门小户，虽然没有立刻去找叶家说理，但这仇……却算是结下了。

俗话说风水轮流转，三十年河东，三十年河西，等到建国后，宋家因为曾经在战争时期给予过执政党帮助的原因，躲过了20世纪50年代初期的几次运动。

但是叶家，就没有那么好的运气了，老爷子在北洋政府和民国政府任职的经历，成了叶家的一大污点，加上宋家的推波助澜，老爷子在七八十岁高龄的时候，竟然被关进了监狱，还没等最终的结果出来，几个月后就郁郁而终了。如此一来，宋、叶两家算是结下了深仇大恨，只是宋家当年做的是工业，即使在那困难的时期，仍然可以开枝散叶，发展壮大。而叶家则不然，几十年都靠着老爷子撑着，老爷子一去，整个家族就分崩离析，叶天的爷爷最终也只能进工厂做了个工人，当年显赫一时的家族，算是彻底败落了。

不过叶家虽然破败了，但是两家的恩怨，却谁也没有忘记，这也是当年叶东平和叶天母亲结合后，同时受到两家责难的主要原因。

　　叶东平是解放后才出生的，对于当年发生的事并没有直观的认识，总认为那是上一辈的恩怨，和他们年轻人没什么关系。不过叶东平的父亲、大姐和二姐都是经历过那个年代的，对于当年落井下石的宋家，可谓是仇恨之极，当然要竭力阻止他们的婚事了。与叶家的做法一样，宋家也是不愿让女儿嫁给叶家，这才有了叶天母亲迫于家族压力远赴重洋的事情，上一辈的恩怨情仇，究竟孰是孰非，也难有一个定论。

　　"大姑，这事和我爸还有我妈确实没什么关系啊！"听完大姑的讲述，叶天也不禁愣了好一会儿，他没想到父母亲的事情，居然掺杂了那么多上辈人的恩怨情仇。不过他和父亲的观点倒是一样，冤冤相报何时了，的确不应该将祖上的事情牵扯到年轻人身上，他们又没做错什么。

　　"小天，当时大家都是在气头上，这么多年下来，大姑也想通了，那会儿或许是我们和你爷爷做得不对，让你这孩子从小就没了娘。"听到叶天的话后，老太太想到叶天这十多年来都是和弟弟相依为命过来的，说着说着，眼泪掉了下来。

　　见大姑伤心，叶天连忙递了张纸巾过去，开口说道："大姑，我可没怪您，这事儿也没谁对谁错，过去了就完了，等我回家之后，就让老爸来北京。"

　　"你这孩子，干吗非要回去啊？给你爸爸打个电话不就行了？"对于叶天一直坚持要在江南过春节的事情，叶冬梅姐妹三个都很不理解，在她们的心里，北京应该才是叶天父子的家啊！

　　听了大姑的话后，叶天有点儿头疼，想了一下之后说道："大姑，这事儿是这样的，我爸最近做生意赔了不少钱，他要知道小姑的事情，肯定会把铺子给盘出去的……所以我就先朝清雅借一点儿，等我爸周转过来了，再把钱还给清雅。姑姑，您几位可别把这事儿给揭穿了啊，要不我非挨揍不可。"

　　叶天这话说得是半真半假，叶东平资金周转有点儿困难是真事，但那次的事情其实已经过去好几个月了，张罗一下也能凑出个几十万来。不过叶东平要是知道叶天先拿出了二十万，还是打着于清雅的名头借的，肯定会去问于浩然的，如此一来，他之前的谎话就要穿帮了。叶天也有些后悔，这谎话一说出来，就要再编无数的瞎话去圆谎，一来二去就把自己给套进去了。另外，叶天坚持回江南还有一个主要的原因，那就是陪师父一起过年，俗话说一日为师终生为父，他对老道的感情可不亚于父亲的。

听叶天这么说，叶冬兰笑着点了点头，说道："你这孩子，年纪小小的，就知道为大人操心了，好，姑姑们不告诉你爸。不过这钱过完年我们几个凑一下，还是还给小于吧！"听叶天那话的意思，叶东平现在过得也不大顺当，姐妹几个也就顺着叶天的意思了，他们也不想让叶东平担心小妹的事情。

"大姑，这事真的不用急，那镯子确实值二十万，您就当是清雅买下来不就得了！"叶天闻言摇了摇头，他瞒着老爸去做这事儿，就是想为小姑减轻些负担，这几位总想着还钱，他那谎话不就都白说了嘛！

"那不一样，小雅以后要成了你的媳妇，那镯子可就是姑姑们送的了，怎么能让她花钱买呢？"叶冬兰对侄子的话很是不以为然，她小时候也是叶家大小姐的身份，对这些事情比较看重。

"这件事以后再说，姑姑知道你的心意……"叶冬梅突然想起一件事来，岔开这个话题后看向大姐，问道："对了，大姐，小哥要是回来，咱……咱们那老宅子，是不是？"

当年叶家最小的妹妹嫁出去之后，叶家老宅就没人住了，叶冬兰一来怕老宅荒废了，二来也怕被某些部门归为国有，就将其租给了自己所在的接待办，这一租就是十多年。四合院的租金还是起了大作用的，要不然光凭刘维安摆摊儿每个月赚的那点儿辛苦钱，还真不够叶冬梅看病用的。不过既然想让叶东平父子俩在北京安家，那四合院就很有必要收回来了，总不能放着老宅不住，让这爷俩去外面租房子住吧。

听到妹妹提起这事，老太太爽快地说道："老宅子的事情好办，过几天我就给小马去说，正好城区办公楼也建好了，距离那里也不远，到时候搬过去就成了……"虽然官当的不大，只是街道办的主任，但叶冬兰在那里还是有一定关系的，要是换别人，想轻轻松松地把房子收回来，还真不好办。

谈好家里的事情后，叶冬兰看向叶天，说道："小天，回去的火车票好买吗？大姑找人给你和小于买两张吧？"

叶天的学校是8号放假，正好赶上今年春运，虽说大学生购票有一定的渠道，但想买卧铺票恐怕就没那么容易了。

"大姑，不用，票的事已经办好了……"叶天摇了摇头，他昨天给北京警务段的杨凯均警长打了电话，那位一听是叶天，当时在电话里就拍了胸脯，直接给留了一张软卧票。

"哥哥，哥哥，出来堆雪人吧……"屋里的人正说着话，刘蓝蓝一脸兴奋地跑了进来，自从母亲生病之后，家里的气氛一直都很压抑，今天可是把她高兴坏了。

"好，姑，我陪蓝蓝去玩了……"在江南是很难见到这么大的雪的，看着蓝蓝满身的雪花，叶天不禁笑了起来，一时玩性大发，拿着个铲子就跑了出去。

雪是现成的，叶天在院子里将积雪都铲在了一起，加上一些小孩子帮忙，很快就堆起个高高的雪人。

有人从家里拿了碎炭和胡萝卜给雪人做了眼睛和鼻子，看着妹妹和于清雅满头雪花围着雪人蹦蹦跳跳的，叶天刚才听到家族那些事有些压抑的心情，莫名地好转了起来。

"小雅，你的电话响了……"正玩得开心，叶天的二姑拎着清雅的包在门口喊了起来。

"谢谢姑姑……"于清雅很有礼貌地接过包，将手机拿了出来，这玩意儿在当时可是稀罕物，就是院子里别家住户的大人们，眼神也是不住地往于清雅那里瞄去。

"叶天，找你的……"于清雅接过电话说了几句之后，将手机递给了叶天，"是卫叔叔……"

叶天接过电话，笑呵呵地说道："卫叔，元旦快乐啊！"

"呵呵，小叶，我就知道你和小于在一起，怎么着，没打扰你们小两口吧？"虽然不同意女儿早恋，但卫红军对叶天和清雅这一对却是非常看好，时不时还会和叶天开上一句玩笑，其中不无拉近二人关系的意思在里面。

"没事，卫叔，在……在我姑姑家呢，呃，就是上次您来的那地儿……"叶天知道卫红军是个挺爽快的人，所以也没想瞒着他，在电话里稍稍解释了一番。

"我就说小叶你肯定是北京人，这下好了，哈哈，淘弄物件居然淘弄到亲戚家了……"听完叶天的话，卫红军也笑了起来，这事儿传出去倒是一段佳话。

"卫叔，找我有什么事吗？"客套了几句之后，叶天开门见山地问道，他可不信卫红军这会儿打电话来，就是找自己聊天的。

之前借钱的事情，叶天算是欠了卫红军一个大人情，如果对方不是提出什么很难做的事情，叶天还是会答应下来的。

"小叶，还真有点儿事……"卫红军的声音在电话一端顿了下，接着说道："是这样，小叶，后天有个古玩交流的场合，卫叔想请你和我一起去一趟……"

"古玩交流？"叶天闻言愣了一下，开口说道，"卫叔，除了近代一些大家的字画我还能辨认一二之外，其余的我可是一窍不通啊！"

"咳咳，小叶，你再不懂也比卫叔懂得多啊，这几年卫叔可是被人给坑得不轻，你就过来给我掌掌眼吧！"听到叶天这么说，卫红军苦笑了一声，在见识了叶天的那枚"大齐通宝"后，他找人将自己家里所收藏的古董全给鉴定了一番。这一鉴定不要紧，差点儿没让卫老板气出心脏病来，这两年花费数百万购得的古董，真品加起来的价值居然还不到三十万，此事一传出去，就成了四九城这圈子里的一个笑话。

这次四九城的古玩交流，是由国外一家正准备进入中国的著名拍卖行组织的，受邀的不仅是古玩圈的，还涉及很多其他行业，几乎都是北京有头有脸的人物。卫红军自知水平不够，怕再闹出什么笑话来。本来想着从故宫博物院请位相熟的专家一起去，谁知道却被别人捷足先登了，没办法，他才想到了叶天。在卫老板想来，能随身带着枚"大齐通宝"的叶天，绝对是家学渊源，请得他和自己一起去的话，肯定能降低自己打眼购得赝品的概率。

"叶叔，我对古董真的不是很懂啊，这事儿您找我，不大靠谱呀！"叶天这可不是自谦，他除了对近代几位著名书画家的作品比较了解之外，对于什么瓷器、青铜器，不说是一窍不通，也可说是知之甚少。

卫红军找他如果是帮人看风水算命什么的，叶天自问倒还帮得上忙，但是找他掌眼鉴定古玩，他自认为这无异于是问道于盲。可叶天推辞的话还没说完，就被卫红军给打断了，"叶天，你就别谦虚了，叶叔这不是找不到别人了嘛，事儿就这么说定了，后儿我去接你，唉，你也该配个手机的。"

卫老板这也真是没辙了，经过前段时间对家中藏品的一番鉴定，他对于自己的眼光极度的不自信，相熟的专家又被别人请走了，找叶天也算是病急乱投医了。

"我一学生，我用得着手机吗？"听了卫红军的话后，叶天正想继续推辞，却听到电话另一端传来"嘟嘟"的声音，却是卫红军已经将电话给挂断了。

"小天，怎么了，谁来的电话啊？"从厨房里忙活完刚出来的刘维安，见叶天苦着脸站在那儿，顺口问了一句。

"是卫老板打来的……"叶天随口答道，不过抬头看见小姑父，眼睛不由亮了一下，把手机还给于清雅后，他便拉着刘维安问道，"姑父，您对古玩了解得多吗？一般的赝品能看出来不？"

叶天和刘维安本来就是在古玩市场认识的，而且他也知道，厮混在这些地方的人，眼光都很毒，未必就比那些所谓的专家教授们差多少。

刘维安还没回话，和他一起过来的二姑父就抢着说道："叶天啊，你这可算是问对了人，别看你小姑父玩古董的时间不长，那水平可比我这玩十多年的高多了！"

"哦？小姑父，那您要帮我个忙了……"叶天知道，陆鸿逸出生在书香门第，从小耳濡目染，本身对收藏也很痴迷，加上从事的又是教师职业，他能这样说，可见刘维安是有几分真本领的。

刘维安知道自己那未见过面的大哥是开古玩店的，当下说道："小天，什么事儿你说，是想买几件古董给你爸带去吗？明儿姑父带你去潘家园转转，我知道有几个人手上有点儿好物件儿的……"

这买古玩，并不一定非要花大价钱才能买到好东西，有门路也是能淘到一些好物件的，像刘维安，他就知道一些人手上有些明器无法出手，以极低的价格就能买到。

所谓明器，指的是古代人们下葬时带入地下的随葬器物，也可以称作冥器，这些东西大多来路不正，不过民不举官不究，在这年头，买卖明器的风险并不是很高。

"小姑父，不是这事儿，是卫叔叔想参加个什么关于古玩的交易会，我想请您去给看看。"叶天苦笑了一下，把事情的原委讲了出来。

"行，小姑父跟你去！"一听是这么回事，刘维安的眼睛顿时亮了起来。

刘维安虽然学历不高，但做事情有股子钻劲儿，以前在工厂的时候就是技术骨干，下岗之后倒卖古玩，对这门学问也是下了一番功夫的，不敢说有多高明，但一般的造假器皿他还是能看得出来的。只不过刘维安为人过于厚道，学不来宰人那一套，像是叶天买的那几件祭祀玉器，放到别人手上最少八百块钱一个，而他只卖一百，可见其为人了。但凡玩古董的人，都想多见识一些好物件儿，只是刘维安层次太低，接触不到那些拍卖会之类的场合，现在听到叶天说有这么个机会，当然想去见识一番了。

第三天一早，卫红军在接到叶天之后，又把车子开到了刘维安所住的四合院，这才往交易会的场所赶去。

"刘老弟，今天可就全指望您啦！"一边开着车，卫红军一边和刘维安说着话，这车是他新买的，刚开了不到一个月。

刘维安是老实人，听到卫红军的话后连连摆手，"卫大哥，您千万别这么说，我懂的也不多，到时候看走了眼，您可别怪我啊！"

"呵呵，总比我这不懂装懂的好。"卫红军哈哈大笑了起来，在他们这个圈子里，只要不是玩古董发家的，基本上水平都差不多，属于那种看什么物件儿都像真的，几句话一忽悠就掏钱的主儿！

卫红军将车子开到一家五星级酒店的停车场后，带着叶天二人就进入了酒店。看得出来，这次的组办方着实下了番功夫，在酒店各处都能看到这次活动的相关广告。

直接上到三楼大型展厅后，卫红军拿出了一张请帖，这样的活动不是谁都可以参加的，能接到请帖的人，在四九城都有一定的身份，像刘维安，虽然他也算是圈里人，但还远远达不到这种层次。

"卫大哥，这……这些都是拿出来卖的吗？"刚一进入展厅，刘维安就被吓了一跳，因为在展厅的许多地方都设有玻璃展柜，里面放着数量不等的古玩艺术品，从字画玉器到青铜瓷器，无一不有。

"对，在活动快结束的时候，这些东西都要拿出来拍卖，老弟，到时候就靠你帮着掌眼了，我是信不过那些洋鬼子，说不定就是拿假东西糊弄人呢！"卫红军颇有点儿"一朝被蛇咬十年怕井绳"的意味，和以前看什么都像真的恰恰相反，现在他是瞅着什么物件儿都感觉是假的。

其实这倒是卫红军想多了，自从中国进入市场经济以来，国民消费能力迅速提高，庞大的艺术品收藏市场也逐渐红火了起来，交易额逐年递增。

由此一来，那些国外拍卖机构也盯上了中国这个庞大的市场，这次就是美国一家著名的拍卖行为了进入中国艺术品市场而特意举办了这个专场拍卖交流活动。虽然他们这次拿出来的东西不一定都是精品，但可以保证是真品无疑，毕竟他们也不敢在进入中国

天才相师❶
天眼神童

市场之初就闹出丑闻来。而且和正规拍卖不同，在最后拍卖这些东西之前，来参加此次活动的嘉宾均可以把自己带来的东西交给组办方，由组办方组织专家进行免费鉴定，等鉴定完毕之后，古玩的持有者可以决定是让组办方帮其免费拍卖，还是自行和场内的玩家们交易，所有的方式均是不收取任何佣金的。

在这个大型展厅内，还专门设有一排空的展柜，如果不想让组办方进行拍卖，可以申请一个展柜，将自己的藏品放在里面展览。

说白了，这活动和潘家园摆地摊儿的不同之处就在于，潘家园的东西是摆在地上卖的，这里的物件是摆在玻璃柜里的，而且东西为真品的概率也要更高。

场内和卫红军有同样想法的人不在少数，很多人都带着一些自认为信得过的专家来到活动现场，正在对着玻璃展台内的物件进行评定。展厅右边的一处角落尤其热闹，那里是组办方免费帮大家鉴定古玩的地方，很多带着展品的嘉宾都围在那里。

"卫老板，您可是来晚了啊！怎么着，今天没带物件儿过来？"

"老卫，不会今天只买不卖吧？是不是你家里的那些东西都是假的啊？"

卫红军带着叶天和刘维安刚走到那个角落，几个相熟的人就和他打起招呼来。

只不过这招呼打得让卫老板有些窝火，虽然自己收的东西大多是假的，但这些人家里藏的那些物件也未必就都是真品。

"老赵，你也别笑话我，今天带什么好东西来了？"别人是用开玩笑的口吻说的，卫红军也不好着恼，只是打着哈哈将话题给岔开了。

"嘿嘿，雍正青花瓷瓶一只，老卫，马上就轮到我了，回头让你开开眼。"被卫红军提到的那人一笑，举了举手中一个包装十分精美的实木盒子。

卫红军笑笑说道："得，那我等着开眼了。"

卫红军知道，在这种场合里，带东西来的未必就是想卖的，大多数人其实还是想拿出自己得意的藏品显摆一番，试想能在四九城所有藏家面前露把脸，那是多风光的一件事情啊！

"十四号朋友，请拿东西上来鉴定！"由于嘉宾们带来的物件儿太多，活动现场实行的是排号制，叫到号的人才能到专家面前去鉴定，刚好这就排到了和卫红军打招呼的那位赵总了。

"您这瓶子是天青釉，款式是雍正年制，不过康雍乾三朝所用的釉彩调料是沿袭明朝的，釉色浓厚纯正，和您这瓶子上的色调有点儿不大相符……"坐在里面的专家评定瓷器的声音传了出来，顿时引得围观的人一阵大笑，虽然这些人大多是门外汉，但专家的这番话他们还都是听得懂的。

一般古玩行的人帮人掌眼看东西，话都不会说死，就算物件是假的，也只会说不太看好或者年代有点儿看不准之类的话。

这样的话听在外行人耳中可能觉得还有希望，但只要是稍通古玩门道的人听了一准儿就知道，这东西肯定是假的无疑了，别人没说破，那是给您留着面子呢！

"吴老，您……您没看错吧？"赵总的声音在人群里响了起来，这只青花瓷的瓶子是他花了十二万买到手的，找了几个人看都说是真的，甚至还有位天津的"专家"给他出具了个证书。

如果不是找人看过，赵总也不会拿到这儿来，这可是当着全北京城的玩家丢人呢！不过他也不敢对吴老恶言相向，那可是国内瓷器鉴定行业中的泰斗人物啊！

"怎么着？不相信我老头子的话？"坐在桌子后面的吴老本来给赵总留了面子，没想到他居然不知好歹，当下说道："你这东西是在河南烧出来的，潘家园多的是，三五十块钱随便买，要一车都能给拉来。"吴老的话让围观的人笑声愈发响亮了，臊得赵总那张白皙的脸红得像是猴屁股一般，他匆匆从桌子上拿了自己的瓷器，直接就往展厅外走去，连活动都不参加了。

"这个老赵，水平比我也高不到哪里去，现在不得瑟了？"看到刚才出言嘲讽自己的老赵脸色铁青地离开了，卫红军幸灾乐祸地笑了起来，直觉得今天没白来，即使淘弄不到什么好东西，也算出了胸中的一口闷气。

"这幅张大千的画是真的，而且是他晚年绘制的，不错……"

"真品宣德炉那是经过千万次锻造而成的，您这物件儿直接就是铁水浇灌出来的……"

"这东西不错，康熙年的珐琅彩，品相也好，值得收藏……"

赵总走了之后，鉴定活动还在继续，不过鉴定出来的古玩也是有真有假，时不时引起围观人群的哄笑声或者是赞叹声。

要说北京城的收藏底蕴还是非常深厚的，基本上十个物件儿里面能有六七件都是真的，而且不乏精品出现，有一幅宋代佚名的古画，甚至连那位故宫博物院的老研究员都是赞赏不已。不过虽然鉴定出来诸多好东西，但是交给组办方拍卖的，却是一件都没有，搞得那位穿着拍卖服拿着小锤子的老外拍卖师很是无聊地坐在拍卖桌旁。

要知道，在二十世纪九十年代中期，古玩拍卖这种方式在国内尚未风行，来自四九城的这些老板或者藏家们还是更倾向于在圈子里交流，那些被鉴定为真品的古董大多都摆到了一些空着的玻璃展台内，而各个玻璃展台旁也是围了不少人，有些是纯粹抱着欣赏的态度，还有一些就是真的有意购买了，和古玩的持有人那拉扯着价钱。

叶天围着几个展台转悠了一圈之后，向卫红军问道："卫叔，这玻璃展台是随便什么人都能要的吗？"

卫红军闻言点了点头，说道："对，只要是受到邀请的人，都能去申领一个展台的钥匙。"

"卫叔，您今天没带物件儿来吧？"叶天眼睛亮了一下。

"没啊，怎么了？"卫红军对叶天的话有些不解，他家里收藏的那些东西，原本认为有价值的都是假的，剩下的就都是些拿不出手来的了。

"咳咳……"叶天咳嗽了一声，说道，"卫叔，您既然不交易东西，就帮我要个展台吧！"

"你要卖什么，那枚'大齐通宝'？"卫红军愣了一下，继而大喜，如果叶天今天能把"大齐通宝"拿出来，那绝对会造成全场轰动的，虽然不是他卫红军的，但也能跟着露把脸啊！

"别，卫叔，您声音小点儿啊！"叶天发现卫红军喊出"大齐通宝"几个字后，立马有几双眼睛瞄了过来，就连忙做了个嘘声的手势，接着说道，"卫叔，不是'大齐通宝'，是家里长辈给的一块玉。"

"大齐通宝"是老道留给叶天的，跟了叶天也差不多有十年了，其意义非同寻常，无论遇到什么情况，叶天都不会为了钱把它给卖出去。

"玉啊，这东西不值钱……"听到叶天不是要拿出"大齐通宝"来，卫红军有些失望，不过还是说："你等等，我去给你要个展台去。"

今天的这次活动就是那家国外拍卖行为了结好四九城这帮子大款收藏家们专门举办的，卫红军过去没一会儿就拿到把钥匙走了回来。

"叶天，就是那个展台，对了，你那是什么玉啊？"卫红军对玉石不是很感兴趣，帮叶天要下了展台之后才想起这茬儿来。

叶天呵呵一笑，从口袋里拿出了一块玉，递给了卫红军，说道："卫叔，这是个玉葫芦，料子还不错，我今天学学您在潘家园摆摊儿，不求赚钱，就图个玩儿了。"

叶天拿出的这个玉葫芦只比大拇指稍微大一点点，通体沁黄色，是由正宗的和田籽玉雕琢而成，别的不提，单这玉质就已经属于籽玉中的极品了。

"哎，小天，你这块料子不错呀，纯正的和田籽玉啊！"看到卫红军拿在手里把玩的这个玉葫芦后，刘维安惊奇地看向叶天。

听到刘维安的话，卫红军有些不解地问道："刘老弟，这和田不是羊脂白玉吗？"

"呵呵，卫大哥，羊脂白玉只是和田玉里面的一种，而和田玉本身还有一红二黄三羊脂的说法，并不一定非是白色的。"

刘维安接过卫红军手里的玉葫芦，接着说道："咱们中国人在古代的时候，以黄为尊贵，所以和田黄玉也是很珍贵的，小天的这块料子不错，不过……"仔细把玩了一番这个黄玉葫芦之后，刘维安脸上露出一丝迟疑的神色，期期艾艾地没有继续点评下去。

听到刘维安话只说了一半，卫红军不由催促道："不过什么啊？老弟，你倒是说完啊！"

"咳咳……"刘维安咳嗽了两声，转脸看向叶天，"小天，我不知你这玉是从哪儿来的，姑父要是说错了，你也别往心里去啊！"

"姑父，您说吧，我知道，哈哈……"叶天闻言不由笑了起来。

"你知道我说的是雕工吧？"刘维安也笑了起来，对卫红军解释道，"卫大哥，这玉是好玉，如果是块籽料的话，恐怕能卖个两三千块钱，不过这雕工就要差一些了，算是白瞎了这块好玉。"刘维安是个厚道人，不过看着这块好玉如此差的雕工，脸上也是露出了惋惜的神色。

"就值两三千块钱？得，叶天，你摆里面去吧，就当是零花钱，看看有没有人买。"听到刘维安的报价后，卫红军顿时失去了兴趣，以他的身家，淘弄几千块钱的东西，那叫跌份儿。

不过谁也不知道，就在十年之后，和田玉的价格疯狂上涨，像叶天这块极品黄玉那都是论克定价的，一克的价格甚至是黄金的数倍。

当然，在此时，玉石包括翡翠的价格都不是很高，一副和田玉或者高冰种飘绿的翡翠镯子，也就是千儿八百的样子，除了古玉值钱之外，这些新玉并没有受到多大的重视。

看到刘维安对叶天拿出来的玉葫芦说得头头是道，卫红军也平添了几分信心，指着十多米外的一处展台说道："刘老弟，你对瓷器了解不？咱们去那边看看吧！"

卫红军是比较喜欢收藏瓷器的，这东西能摆出来，看着也大方，叶天想摆摊儿玩儿就让他去玩儿，他卫老板可是想淘换几个真品物件儿带回家去的。

"叶天，那你？"刘维安看了叶天一眼，他是怕叶天年龄小，别被人给糊弄了。

叶天嘿嘿笑了笑，满不在乎地说道："小姑父，您和卫叔去吧，我就当是学着您在潘家园练摊儿了。"

"行，那姑父去了，我给你说，这葫芦虽然雕工差了点儿，但是没一千块钱你也别卖，姑父拿到潘家园也能卖出这价的。"刘维安一边走一边不忘回头交代了叶天一句。

"一千块钱？后面加个零我也不卖。"叶天心里想着，笑笑没有说话，回身用钥匙将身边的展台玻璃打开，将葫芦放到了中间的位置，发现玻璃罩四角还有射灯，他就顺手都给打开了。洁白的射灯照在通体泛黄的玉葫芦上，折射出一种略带油性的天然光泽，看上去颇为精美，倒是遮掩了叶天那拙劣的刀工。

今天来的人确实不少，不单是古玩行的，更多的则是像卫红军那样喜欢附庸风雅的老板，叶天的玉葫芦摆进去没一会儿，也招来了不少人。

一个四十多岁的中年人在让叶天把葫芦拿出来把玩一番后，向叶天问道："小兄弟，你这玉葫芦卖多少钱啊？"

"呵呵，这个……我也说不好，叔叔您看值多少钱？"叶天那张清秀的脸庞在此刻显得尤其稚嫩，露出一副抹不开脸面开价的模样来。

"你这葫芦是和田黄玉雕琢的，玉质不错，不过雕工不怎么样，像是出自新手。"那个中年人也是个行家，把玩了一番之后，就将这块玉的优劣之处都说了出来，"这样吧，我也不占你便宜，这块玉两千块我要了。"

其实这年头，一般人只要稍微花点儿钱，就能收到一块和这个品质差不多的和田玉的，再请手艺高超的琢玉匠人加工一下，一千块钱的成本足够了。也是这人见到叶天面嫩，怕收的价格低了被人说糊弄小孩子，这才给出了两千块，也算是个厚道人了。

天才相师 ❶ 天眼神童

叶天摇了摇头，从那中年人手里将玉葫芦给收了回来，开口说道："叔叔，这玉是家里大人的，来的时候交代了个价格，两千块我……我不能卖啊……"

"哦？那你要卖多少钱？"听到叶天的话后，中年人倒是来了兴趣，他就是玩玉石起家的，自问在这场内恐怕绝对不会有人出价再比自己高了。

叶天迟疑了一下，摇头说道："这……这个……还是算了吧，叔叔，这玉我不卖……"不是叶天不想说，而是他实在说不出口，从玉石市场的价格来看，面前这人给出的价确实不低，也能看出来他是诚心想买。但从另外一个角度而言，两千块恐怕也只够看上一眼的，能让他把玩这一会儿，叶天都是给足了他面子。这个和田玉葫芦把件儿就是叶天蕴养的那几块玉石之一，其中蕴涵了大量的生吉之气。

葫芦的音与"福禄"相近，而它的外形圆滚又有曲线，看来相当福气，加上入口小、肚量大的特色，仿佛能够广吸金银珠宝。挂在家里的财位或者佩带在身，就等于纳进了财富，且财富不会轻易外流，有守财聚富的功能。此外，居家风水若有秽煞之气或气场不利，导致有碍身体健康，也可以用葫芦来化解。葫芦内藏有许多种子，也象征多子多孙、人丁旺盛。风水经典《雪心赋》中云："葫芦山现，术数医流。"自古以来，从事医生、占卜、风水、算命或看相职业的人，都喜欢在家中或办公室中挂个葫芦来催旺自己的事业。民间也有"厝内一粒瓠，家内才会富"的说法，意思就是家家户户至少必须摆放一个葫芦，才能够招财致富，可见葫芦是居家必备的开运吉祥物。所以从某种意义上来说，葫芦本就是天然的风水法器，古籍传说中的道家先贤们最爱身背葫芦也是有一定道理的。

这个被叶天放在风水宝地蕴养过的玉葫芦把件儿，其趋吉避凶的功效更是绝佳，根本就不能按照其本身材质来论其价值。不过这些事情叶天只能和明白人去说，对面前这人却是没法多讲的，说出来别人也不信，反倒惹人嘲笑，所以叶天也不多说，只是一口咬死了不卖。

"小家伙，你这东西摆出来又不卖，这可不对啊！"那个中年人听到叶天的话后，哭笑不得地说道，"你是不是嫌我的出价低了？要不，我给你三千块怎么样？"这中年人姓龙名飞，在京城古玩行也是小有名气，他在叶天这里停了下来，也引得不少人围了上来。

"龙老板，怎么着，看上这块玉了？"

"小伙子，龙老板可是玩玉的行家，价钱给得也公道，我看你就卖了吧！"

"就是，三千块这价儿换个地儿可是没人给，也就龙老板喜欢提携后进……"

围观的人里面有不少是和龙飞相熟的，都纷纷帮起腔来，一个个都鼓动着叶天把这玉葫芦给卖掉。

"不卖。"叶天也不多说，直接将玉葫芦给锁进了玻璃展台里，他今天拿出这玩意儿，原本就是想碰碰运气的。能卖掉固然好，说不定就能把借卫红军的钱给还掉，如果卖不掉，叶天也没有任何的损失，大不了装兜里再带回去呗！

"哎，哎，我说，都挤这里干吗啊？"就在一帮人围在叶天展台的时候，卫红军的声音响了起来，"我说龙老板，怎么着，看上那块玉了？"

"是卫总啊，呵呵，我就这么一看，还没定呢……"四九城的古玩圈子就那么大，龙飞和卫红军也是相熟的，而且还做过对方的生意，卫红军家里为数不多的几块古玉就是从龙飞店里买的。

"小叶可是我的晚辈，龙老板，您要是想买，价钱一定要公道啊！"听到龙飞的话后，卫红军半真半假地说道。

龙飞苦笑着指了指叶天，说道："我倒是开了价了，可……他不卖啊！"

"您那价儿低了吧，龙老板，这块玉没两千块可是别想拿走的。"卫红军并不知道龙飞的开价，还想着帮叶天抬抬价呢！

"两千？龙老板早就出到三千了。"

"是啊，卫总，这玉不是您的吧？这价已经不低了。"

龙飞尚未答话，旁边看热闹的人已经帮他说出来了，顿时听得卫红军目瞪口呆，敢情自己不是在帮叶天抬价，而是帮着龙飞在压价啊！

"三千？"这价格听得刘维安也是一愣，碰了碰叶天，小声说道，"小天，这价儿不低，想卖的话可以出手了，回头小姑父帮你再寻摸两块这样的玉去。"

按照刘维安对玉石市场方面的了解，收两块这样的黄玉，成本绝对不超过八百块，即使请人雕琢，也不过多花费几百块钱的雕工，算下来等于白赚两千块。

"小姑父，我不想卖，就是摆着玩儿的。"之前叶天对刘维安说过自己展出玉葫芦的目的，现在只不过是又重复了了一遍，并不显得突兀。

不过刘维安还是觉得有些可惜，如果换作在潘家园摆摊儿，这种价格是绝对卖不出的，"小天，别人估计给不了这么高的价儿的，你真的不卖？"

"不卖！"叶天很坚定地摇了摇头。

"得，龙老板，他不卖就算了，又不是什么古玉。对了，我刚才看到一块玉佩，那人说是战国的，老龙您帮着掌掌眼吧！"卫红军是眉眼通透之人，看见叶天执意不卖，当下打了个哈哈将话题岔开，顺带一把拉住了龙飞，往前方一处展台走去。

"小天，你在这儿玩儿吧，我陪龙大哥去看看。"虽然感觉有点儿可惜，不过刘维安也没说什么，毕竟玉不是他的，卖不卖，权利在叶天手上。

"姑父，您去吧！"叶天笑了笑，也没在意。

懂古玩的人未必就懂风水，叶天知道自己选择的这场合不对，如果把这物件儿拿到广东的一些"环境咨询顾问有限公司"里去，恐怕赶着都会有人要的。

见没热闹可看了，原本围在叶天这边的人顿时一哄而散。即使再有人对这玉葫芦感兴趣，一听刚才发生的事情也是转身就走了，到了后面干脆连看的人也没了，就剩叶天自个儿孤零零地站在那里。

倒是卫红军这一上午收获颇丰，不仅淘弄到两块古玉，还花两万多买了件清嘉庆年间的瓷器。这件瓷器是刘维安给他掌的眼，买下来之后卫红军就拿着找吴老鉴定了，确定是真品无疑，而且嘉庆朝烧制的传世瓷器比较少，以后增值的空间是非常大的。

将瓷器送到下面的车上后，卫红军回到展厅，看了下时间，对叶天说道："叶天，把钥匙收好，咱们先去吃饭。"

午饭是由组办方安排的，就在这家五星级酒店的自助餐厅里，参加这次拍卖交易活动的人大多都已经过去了。至于各人的藏品，有些贵重的就随身带着，感觉不怎么值钱的，就放在展台里了，反正进入展厅是需要邀请函的，而且还有保安看守，一般情况下是不会出什么问题的。

"成，先吃饭。"叶天点了点头，也没把玉葫芦给收起来，这个风水葫芦本就是他蕴养出来的，即使丢了也能推演出其去向。

"卫叔，还是自助餐好啊，吃多少都是一个价，以后您要请客，就请我去吃自助餐吧！"这顿饭整整吃了一个多小时，叶天才打着饱嗝和等了他半天的卫红军与刘维安回到了展厅，来到北京四五个月了，就数这顿饭他吃得最为畅快。

"要都是你这种吃法，恐怕这五星级饭店也要关门。"听了叶天的话后，卫红军苦笑了起来，虽然早就知道叶天能吃，但刚才叶天的吃法还是把他给吓坏了，那桌子上的盘子都快能摆成一座小山了。而且叶天吃得还很刁，什么炒饭之类的东西他碰都不碰，专拣那些鱼肉海鲜，高蛋白高价钱的东西吃，卫红军在心里估摸着，就算这一顿要个七八百，恐怕叶天也已经吃回本儿了。

"嗯？小天，那几个人围着的好像是你的展台吧？"进入展厅后，刘维安看到叶天的展台边上站了三个年龄不等的人，正指着玻璃柜里的玉葫芦说着什么。

站在叶天展台边上的三个人，为首的是个穿着身唐装，满头白发，精神矍铄的老人。虽然老人的身材不算高，只有一米七出头的样子，但往那里一站，身上却带有一种久居上位、颐指气使的气势。隔老远打量着那个老人，叶天的眼睛微微眯了一下，这就是面相中所说的富贵之气了，看来此人必属豪富巨贾，远不是场内这些富豪们所能比的。跟在老人旁边的两人，一人四十出头，面相儒雅，穿着一身老式的对襟长袍，打扮得颇有点儿标新立异，站在老人身边倒也很是引人注目。至于另外一人，则是个身材魁梧的大汉，他对那展台之中的物件儿像是没有什么兴趣，一双有神的眼睛时不时地在周围经过的人身上打量着，看其身份应该是个保镖。

经过上午那件事之后，场内这些藏家或者老板们都知道叶天那展台里的玉葫芦只展不卖，加上雕工拙劣，所以也没人在这里驻足，三个人此时站在那里颇为显眼。

看到叶天等人径直走到展台边上，原本正在说着话的老人和中年人都停了下来，用问询的目光看向了卫红军，在他们看来，卫红军应该就是这玉葫芦的主人了。

"几位，这东西……是你们的？"老人的声音十分响亮，不过却带了点儿广东口音。

卫红军的眼力也不差，一眼就认出这几个人中那位老人是为主的，当下开口说道：

"老先生，您对这东西感兴趣？"

"有点兴趣。"老人点了点头，指着展台里的玉葫芦说，"不知道能不能先拿出来给我看看呢？"

"这个……"卫红军闻言看向了叶天，东西不是他的，他并没有权力做主。

"当然可以，老人家您请随便看……"叶天笑了笑，掏出钥匙把玻璃柜给打开了，不过他将玉葫芦拿出来后并没有交给老人，而是直接递给了老人身边的中年人。

"咦？"叶天的举动让那老人和中年人眼中同时露出一丝诧异，随之老人轻轻点了点头，那中年人伸手将玉葫芦接了过去。

"唐先生，您怎么在这里啊？让我一阵好找……"就在那中年人准备打量手中的物件儿时，忽然一群人往他们这处走了过来，为首的居然是个鬓角发白的老外，不过口中却讲着一口流利的汉语。

"乔治，谢谢你的邀请，我来晚了，就先自己转转。"见到那个五十多岁的老外，老人不苟言笑的脸上也露出一丝笑容，不过站在那里的身体却纹丝不动，只是伸出一只手和对方握了一下。

乔治对于老人倨傲的态度感觉却像是理所当然的，并且对老人先伸出手的举动有些受宠若惊。他连忙用双手握住了老人的右手，说道："唐先生，您能来，真是使这里蓬荜生辉啊！"乔治心里清楚，自己只不过是这家拍卖机构的亚洲事务负责人，而这位老人却是可以直接和老板对话的超级大鳄，两人的身份根本就不在一个层次上。虽然早就知道面前的老人这几天会在北京，而且帖子也让人送了过去，但乔治并没有指望对方能来，只是特意叮嘱了门口的人，如果见到有人持这张帖子过来，一定要马上通知他。只不过刚才他和一些工作人员也去吃饭了，等接到消息的时候老人已经入了场，所以这才带着几个工作人员四处寻找。

"那老人是谁啊，对这老外爱答不理的？"

"是啊，那老外可是××拍卖行亚洲总裁啊，怎么看上去像是在巴结那老人？"

"没见过这老人，应该不是咱们北京圈子里的，恐怕是条过江龙吧？"

由于老人和身边中年人的穿着都是中国老式的衣服，本来就颇引人注目，乔治等人一过来，更是将展厅内很多人的注意力都吸引了过来，喜欢看热闹的人纷纷围了过来。

"小伙子，咱们换个地方谈吧！"见众人围了上来，被称作唐先生的老人微微皱了下眉头向叶天说道。从刚才卫红军的举动上，老人自然能看出这块玉的主人究竟是谁。

"好的。"叶天点了点头，他的这块玉不算是古玩，和展厅这里的人也没什么关系，要不然也不会一上午都无人问津了。

听到叶天答应下来，老人把脸转向了乔治，说道："乔治，帮我找个房间吧，要安静一些。"

"好的，唐先生，××拍卖行将满足您的一切需求。"听到老人的话后，乔治连忙答应了下来，并且先走一步，在前面带起路来。

"唐先生？这是哪一位啊？"

"国内姓唐的知名藏家我都认识啊，好像没这位呀？"

叶天等人刚刚离开，围观的这些人就轰动了起来，一个个猜测起那老人的身份。

要知道，作为这家国际知名拍卖机构的亚洲总裁，乔治不过就是在活动开始的时候说了两句话，还没见他亲自接待过什么人呢，能让他如此恭敬的人，绝对来头不小。

"非要是国内的吗？我听那人说话带点广东口音，说不定就是香港的呢！"一个声音在场内响了起来，却陡然让纷杂吵闹的展厅安静了下来。

"香港的，姓唐？莫……莫非是唐文远？"

"是他，肯定是他，我见过他在杂志上的照片。"

"乖乖，原来是他啊！怪不得乔治一副巴结的模样，得，今天算是没白来。"

"唐文远"这个名字似乎带着一股魔力，让场内这些在四九城也能叫得响名号的人一个个面红耳赤地议论了起来。

"唐文远究竟是谁啊？我怎么没听过这名字？"

今天在场的人可不单单是生意人，更多的是一些古董商或者是收藏家，所以没听过唐文远名字的人也是大有人在。

"老弟，唐文远都没听过啊？我给你说，他可是位传奇人物。"场内好为人师的不在少数，当下七嘴八舌地给搞不清状况的人讲解了起来，似乎连知道唐文远的事迹都是一件很露脸的事儿。

唐文远上世纪二十年代出生在广东，家境十分贫寒，在四十年代刚满20岁的时候，和新婚的妻子一起去了香港。当时的香港可没现在那么繁荣，刚刚经历过抗战，反而显得有些萧条，失业的人也很多，作为一个年轻人，想在那里打拼难度可想而知。不过唐文远这人特别能吃苦，从家用小商品的推销员做起，他跑街串户，暗中学习到了不少推销方面的经验。来到香港两年之后，唐文远用积攒下来的几万块钱在家里搞了个作坊式的小工厂，专门生产塑胶类的日用百货。由于价格便宜质量也不错，加上唐文远前几年做推销也积累了不少客户，他那小作坊的规模也一步步地扩大起来。到了六七十年代，香港地产萧条，已经成为百货大王的唐文远一举进军房地产界，从而得以跻身港岛超级富豪之列。到如今，唐氏集团的产业已经遍及房地产、服装、海运、百货等各个行业，唐文远也被英女王授为爵士和香港的太平绅士，在华人富豪圈里稳坐前十。不仅如此，唐文远还极为爱国，他是香港回归相关事务筹委会中的一员。这些年他逐渐将生意发展到了内地，属于那种在内地也很有影响力的一类人。可以说以唐文远现在的身份、地位，绝对是能直接和一国领导人对话的，所以他出现在这里引起轰动也就在情理之中了。

"奇怪，难道那玉葫芦真有什么奥妙之处？不应该啊，玉质虽然不错，但却是新工，而且手艺还很拙劣。"在听到那位唐老爷子的身份后，人群里的龙飞皱起了眉头，他能看得出来，唐老爷子似乎对那玉葫芦也是很上心的。

龙飞是玩玉石的行家，刚才见到那葫芦时总有一种说不出的感觉，如果不是叶天不肯卖的话，他就算花个五六千，也会将其买到手的。"算了，回头问问老卫，看看到底是怎么回事。"人都已经走了，待在这里也是白想，龙飞摇了摇头，继续在展厅里转悠了起来。

在乔治的带领下，叶天一行人进入了展厅一角的休息室里，在这个过程中，乔治一直都表现得很恭谨，连带着对叶天等人也多了不少笑脸。

要知道，唐文远不仅是位商人，同时也是一位收藏家，对流失在国外的中国古代艺术品尤其上心，这几年在他们拍卖行至少花出去好几个亿了。所以在让人奉上茶水之后，乔治并没有离开，以唐文远这种客人的级别，他这个主人是必须全程陪同的。

唐文远对乔治留下来的举动也没多说什么，等到端茶倒水的服务员出去后，他便对着一直将玉葫芦攥在手心里的那个中年人说道："津铭，没有外人了，你看看吧！"

"唐先生，这东西有点古怪。"张津铭皱着眉头，将玉葫芦放在灯光下仔细察看着。

"津铭，怎么了？有什么不对？"虽然年龄比这个中年人大，身份也比他高，但是众人看得出来，在他面前，唐文远却没有面对乔治时的那一丝倨傲。

"东西是不错，不过这物件被雕出来也不过两三年的时间，按理说……不应该是那种器物的……"其实在去休息室的路上，张津铭都在把玩着手中的这个玉葫芦，他虽然不是古玩行的人，但是平时经常接触到玉器，也能看得出来这是块新玉。

"奇怪，真是奇怪，这里面的生气是如何凝聚的呢？"张津铭的脸上显出一副满是疑惑的神情，嘴里嘀咕了几句。抬头看了一眼房间内的众人之后，他突然从宽大的袖袍中拿出了一个巴掌大的圆形物件来。

"嘿，果然是同行！"见到那人拿出来的东西后，叶天脸上露出一丝不易察觉的微笑，也只有他们这个行当里的人才看得出面前这风水葫芦的珍贵之处，这远不是古董可与之相比的。

不过除了叶天之外，其余众人却都有些傻眼，因为他们都看得分明，那人拿出的居然是一个罗盘。

进入休息室的人都算得上是见多识广的，就是刘维安也知道罗盘的用处，由此一来，众人看张津铭这人不由得多了几分怪异之气。

要知道，在新中国成立之初国内就提倡火葬，这一决定直接导致在中国盛行了几千年的风水行当变得式微。虽然在农村或者其他某些地方仍然会有人请风水先生帮忙查看墓地风水，但也多是私下里的行为，就算是当事人也极少会公开。

所以像唐文远这样，随身跟着一位风水先生的情况，在内地是极为少见的，因为在这个年代，风水算命仍然被归于封建迷信的范畴，没有人敢如此公开地宣扬所谓的封建迷信。

当然，众人也早都知道香港人笃信风水，不过听闻是一回事，亲眼见到心里总是感

天才相师
❶
天眼神童

觉有些别扭。

"叶天，你那玉葫芦有什么古怪啊？"要说这房间里的人，只有卫红军对叶天的本事知道一点儿，眼下见这位看上去来头不小的老先生对他的物件儿如此重视，心里怎会不明白呢！

"呵呵，就是普通的一块玉而已，师父给的。"叶天闻言笑了笑，小声说，"卫叔，这不是欠您钱吗？说不定卖掉这块玉就能还上了呢！"

"这……这玩意儿那么值钱？"叶天说得风轻云淡，卫红军听得可是目瞪口呆，就这么一块雕工拙劣的玉葫芦，竟然能卖二十万？！

"卫叔，现在还不知道呢，看别人给什么价吧！"叶天摇了摇头就不肯多说了，其实他心里也没底。

以前只听师父说起过风水法器珍贵异常，但是叶天也没有见人买卖过，不过如果开价低于他心目中的价位，他是肯定不会出手的。

叶天和卫红军的耳语并没有引起别人的注意，因为此时众人的目光都集中在那位穿着古怪、举止异常的张大师身上了。而这位张大师接下来的举动更是让人摸不着头脑，他将玉葫芦放在面前的桌子上，然后拿着罗盘在房间内走动了起来，每到一个角落，他都会停下一会儿。

"咦？"当那人走到叶天身边时，罗盘上的磁针忽然滴溜溜地转了起来，原本指向桌子上玉葫芦的磁针在转动了一会儿之后对准了叶天。张津铭眼睛一亮，紧紧地盯住了叶天，"年轻人，你……你身上还有什么玉石或者护身符之类的东西吗？"

张津铭的普通话说得很不好，不过他的意思却是表达了出来，同时也把房间内所有人的目光都吸引到了叶天身上。

"靠，忘了这茬儿了！"听到张津铭的话后，叶天心里苦笑了一声，明明知道面前这人是个风水师，连罗盘都拿出来了，自己却还如此大意。

"没有了，就这一块玉，还是家里长辈给的。"叶天心中暗责自己，脸上却没有表现出任何异常，原本放在口袋里的右手将那枚随身携带的铜钱握到了掌心里，一股看不见说不清的元气从叶天的手掌内溢出，悄无声息地将那枚铜钱给包裹住了。

与此同时，张津铭手中那枚原本指向叶天的罗盘磁针又忽然滴溜溜地转动了起来，大约五六秒钟后，磁针重新指向了桌子上的风水葫芦。

"嗯？怎么回事啊？"见罗盘恢复了正常，张津铭有些纳闷地看了叶天一眼，摇了摇头从叶天身边走了过去。

见那人手持罗盘往桌子处走去，叶天也暗暗松了口气，不过抓着铜钱的右手，却一直没有松开。

根据一些典籍上的记载，古代的风水名师可以空手布阵，用自身沟通阴阳二气，改人命理、寻龙点穴均是信手拈来，根本就不需要使用罗盘。不过到了现代，这样的人物早已不复存在，从业的风水师基本上全是用罗盘勘定磁场方位，断定风水佳穴。像面前的这位张大师，他就是使用罗盘来感应那个玉葫芦内的生吉之气，只是刚才叶天不慎，没留意自己随身还带着另外一件风水法器，因此差点被人看出了端倪。

如果换成罗盘磁针指的是卫红军，或许张津铭还会继续追问一二，不过面前的叶天实在是太年轻了，张津铭无论如何都不会相信他有改变阴阳气场的能力，所以就被叶天掩藏了过去。

看着手中罗盘磁针的指向，张津铭脸上露出一丝笑容，随之将罗盘收了起来，对身边的唐文远说道："唐先生，这东西不错，可以买下来。"

"仅仅是不错？"听到张津铭的话后，叶天微微撇了下嘴，心中很是不以为然，这个玉葫芦在叶天手上虽然不稀罕，但是放在懂行人的眼中绝对是件宝贝。

别看面前的老头和张津铭身上都带有不少檀木手链和随身挂件儿，但那些全都是普通的物件，里面没有蕴含任何阴阳生气，连改变罗盘气场的能力都没有，根本无法与他的玉葫芦相比。

"小伙子，你这件东西是拿出来卖的吗？"唐文远听到张津铭的话后，看向叶天，接着说道，"如果是卖的话，小朋友你就开个价吧！"

虽然是向别人买东西，但唐文远身上的气势却丝毫不减，这倒不是他有意为之，实在是这么多年他在自己的商业帝国中发号施令习惯了，一时很难改变。

"对了，我能先问一句吗？"叶天尚未回话，张津铭突然插进来一句，"年轻人，能说下你这东西的来历吗？家里还有没有这样的物件儿？"

作为吃风水这碗饭的人，张津铭知道，像许多人从庙里请来的护身符之类的物件儿，其实根本就没多大的作用，要论其趋吉避凶的功效，它们远不如面前的这个风水葫芦。只不过这次他是受雇于唐文远而来的北京，所以虽然他自己也看上了这个风水葫芦，却也不好与唐文远相争。张津铭心里很明白，他虽然在港澳和东南亚地区都颇有名气，但是和唐文远比起来，那真的什么都不是了，所以虽然眼热，他也只敢把主意打在叶天的身上。

"没了，这个东西是家里长辈给我的，最近……最近没钱用了，我这才想着卖的……"叶天摇了摇头，说话的时候有些不舍地看着桌子上的玉葫芦。

"家里长辈给的？"张津铭脸上露出一丝惊异，却没再追问下去。他凑到唐文远的耳边低声说道，"唐先生，要买抓紧，否则容易生变。"在张津铭看来，叶天家里的长辈肯定和自己这行当脱不开关系，说不定就是国内哪个风水流派的嫡系传人。要知道，能拿出这么一个世所罕见的风水葫芦赐给晚辈，就是唐文远这样的巨贾豪富也是做不到的，这已经不是能用财富来衡量的物件儿了。所以在听到叶天的那番话后，张津铭绝口没再询问叶天的来历，因为如果等他知道了叶天是某风水流派之后，再要去买这个叶天口中"偷卖"的风水葫芦，那就是坏了江湖规矩了。

唐文远也是人老成精，怎会听不出张津铭话中的意思，当下开口问道："小伙子，你卖东西倒是开个价儿啊！"

天才相师①
天眼神童

"我也不知道要卖多少，我以前没有卖过东西。"叶天摇了摇头，将皮球又给踢了回去。

唐文远想了一下之后，伸出一个手指，说道："这东西我想买给一个晚辈，要不这样吧，我给你个整数，把它让给老朽可好？"

"一万？小天，卖了吧！"刘维安看到老人的手势后，连忙碰了下叶天。

"不卖！"叶天摇了摇头，他虽然没买卖过这类法器，但也知道绝对不是一万块钱就能买到手的。

看了一眼叶天和刘维安之间的小动作，老人没有收回伸出去的手指，开口说道："不是一万，是一百万！"

"一百万？！"

"这……这……没搞错吧？"唐文远话声一落，刘维安和卫红军同时惊呼了起来，他们两人一个是没见过那么多钱，另外一个则是感觉有些不可思议，明明是价值几千块的物件儿，怎么就会卖到一百万呢？

之前刘维安看了叶天那块玉，说是最多只值一千，就算刘维安眼光不准，后来京城玩玉的名家龙飞也看了，出价也只不过到了三千而已，但这老人一开口就是一百万，这中间跳跃的跨度，未免也太大了点儿吧？不过要说面前这位气势不凡的老人犯傻，卫、刘二人是无论如何都不会相信的，如此一来，那就只有一个解释了，叶天的这个玉葫芦值这么多钱！

想到这里，卫红军和刘维安再看向桌上那个通体泛黄的葫芦时，眼神和刚才已经完全不一样了，他们这才知道，叶天为什么不愿意几千块将其卖掉了，敢情这小子心里早就有底了。

"小伙子，怎么样？一百万这个价格，你能接受吗？"到了唐文远这种身份地位，已经很少自己亲自买东西了，想要什么吩咐一声，自然有人帮他办得妥妥当当，不过今天这样一件难得一见的法器还是勾起了他的兴趣。

"一百万？"听到唐文远的报价后，叶天虽然面色未动，心里却也掀起了波澜，向来感觉对金钱不怎么在意的叶天，此刻也是吃了一惊，"师父说法器值钱，也值不了那么多钱吧？"要知道，虽然自叶东平到县城开始做生意之后叶天就没怎么缺过零花钱，但最多也超不过一百块。即使后来和老道行走江湖，从一些有钱人身上忽悠了不少钱，他也都捐了出去。长这么大他见钱最多的一次，还就是前段时间从卫红军那里借的二十万，不过那二十万是小姑的救命钱，都没焐热他就给送出去了，所以也没留下什么印象。眼前却听得有人要用一百万买自己的玉，叶天心里再也无法平静了，因为那玉的成本才花了他两百多块，而他之前的心理价位也不过十万块钱而已。

"嗯？"见叶天没有答话，老人脸上呆滞了一下，"小伙子，这块玉我是买给孙女的，只要你肯卖，老朽算是欠你个人情，怎么样？"唐文远虽然有钱，但却不会用钱去砸人，尤其是对一个小孩子，不过他所说的人情，那可是比钱还要重要的，当然，在场的这些人是无法领会个中意思的。

"啊？"听到老人的这句话，叶天回过神来，随即连连点头道，"卖，一百万，成交！"谁也不知道，叶天刚才纯粹是被这数字给惊住了，即使他心智再成熟，见识再广博，但总还是个十多岁的孩子，不可能面对这样一笔钱还那样风轻云淡。

"好，我这就给你开支票。"听到叶天答应了，一直不苟言笑的老人脸上终于露出了笑容。

唐文远的孙女从出生后身体一直很虚弱，易被阴煞所侵，虽然这些年他花了不少钱，从庙宇里请得不少护身符之类的法器，但成效却不怎么好。刚才在外面，唐文远听张津铭说这是件法器，能趋吉避凶阻挡煞气，就存了心思要买它下来，现在物件儿到手，不由高兴地笑了起来。

拿着这张轻飘飘的纸，叶天数了下那"1"字后面的零，有些不敢相信地问道："这……这就是一百万？"

别说叶天没见过支票，连刘维安对这东西也很是陌生，当下凑过来看了一眼道："能不能直接去银行转账啊？"还好刘维安知道转账一说，如果他说要现金，恐怕一屋子人都要吐血，他们这种身份的人哪会出门带那么多现金啊！

"我说你们两个怎么那么没见识啊？"听到两人的话后，卫红军哭笑不得地拉了刘维安一把说，"这是现金支票，拿着去银行就能把钱转到你们的账户里，不用担心。"

接着卫红军的话，乔治也开口道："没错，我们拍卖行可以做担保，唐先生的这张支票若有任何问题，你都可以来找我们。"

叶天点了点头，用手推了推桌子上的那个玉葫芦说："成，那就谢谢老爷子了，咱们这算是货款两清，东西您收好。"

当唐文远将那玉葫芦收起之后，乔治再也抑制不住心中的好奇，开口问道："唐先生，恕我冒昧，能否问一下这玉葫芦究竟有什么特别的地方，能值一百万人民币啊？"

这个疑问不仅乔治心中有，卫红军和刘维安心里也是早痒了半天，只是一直没好意思出口询问。眼下听乔治问了出来，几人的目光同时看向了唐文远。

"这玉葫芦不是古董，而是一件风水器物，有点儿类似于你们所说的护身符，我想这位年轻人应该是知道的吧！"买到这风水葫芦，唐文远心情不错，笑着解释着看了看叶天，以叶天这年龄，能听到百万巨款而面不改色，这就足以让他高看一眼了。

"嗯，家里长辈说过，这东西佩带在身上可以趋吉避凶，要不是最近缺钱用，我也不会卖。"叶天也没掩饰，末了还不忘将了唐老爷子一军，把刚才那人情算是给落实了。

要知道，两人虽然是你情我愿的买卖，但像这样可遇而不可求的物件儿，叶天愿意出售，唐文远已经是占便宜了。

"得，老爷子，那我们就先告辞了。"俗话说言多必失，尤其是在这些人精面前，交代了一句之后，叶天向卫红军和刘维安使了个眼色，就准备退出休息室。

"小伙子，别急啊，津铭，你去给他张片子。"老爷子喊住正要往外走的叶天，让张津铭给了他一张名片说，"年轻人，老朽姓唐，叫唐文远，以后要是在香港、澳门有什么麻烦事，让津铭来找我，老朽或许能帮点儿忙。"

"好，有事一定不忘老爷子。"听到老人的话，叶天接过名片，拿到手里一看"香港张大师环境咨询顾问有限公司"的名头，不禁笑起来，敢情在内地人人喊打的封建迷信行为，在香港却是大行其道，这水平看来也就一般的张津铭，居然也能混个大师的头衔。

出了休息室，叶天说道："卫叔，咱们直接去银行吧，我把钱还给您。"

"好，啊？这个不急，你卫叔不等钱用。"卫红军似乎还没从刚才发生的那桩交易中回过味儿来，有点儿神思不属。

"嗨，卫叔，没钱自然要欠着了，有钱不还，下次我哪还好意思向您张嘴啊？"叶天闻言笑了起来，拉着卫红军就往下楼的电梯走去。

"唐文远，唐文远？这名字怎么那么熟悉啊？"往停车场的一路，卫红军的神情还有些恍惚，嘴里一直在念叨唐文远的名字，可他就是想不起在什么地方见过。直到走到自己的车前，卫红军才终于想了起来，他用力地在车顶拍了一记，大声说道："我想起来了，这……这老头是香港大富豪啊，乖乖，真没想到是他呀！"

刘维安却没听过这名字，看卫红军一脸激动的样子，奇怪地问道："卫大哥，这唐文远是谁啊？很有钱吗？"

"瞧你这话问的，这么说吧，那位唐老爷子从身上拔根汗毛都比我的腰粗，你说有钱没钱？哎，我刚才怎么忘了和老爷子照张相啊？"但凡做生意的有钱人，崇拜的一定是比他更成功、更有钱的人，卫红军自然也不例外，当下那叫一个后悔啊！

"小天，你那东西是小哥给的吧？卖掉了会不会……"刘维安可不知道卫老板的腰有多粗，听完他的话对唐文远也还是没什么直观的认识，他倒是担心叶天卖掉如此珍贵的东西，回去之后会不会被叶东平责骂。

见刘维安一脸担忧，叶天不禁笑了起来："姑父，这事儿您就放心吧，东西是我自己的，和我爸没什么关系。"

其实这会儿叶天心里也感叹着呢！老道说的果然没错，风水术师想要赚钱，还真得去吃大户。这和做古玩生意有异曲同工之处，讲究的都是三年不开张，开张吃三年，凭叶天兜里揣着的那张一百万的支票，就足够他老爹那几家店铺忙活好几年的了。

叶天和刘维安都没用过支票，不过卫红军带他们去的这家银行是他的老关系，到了银行也没用排队就直接去了一个副行长的办公室。

"老卫，怎么着，又发财啦？"这位副行长显然和卫红军很熟，见面就开起了玩笑，并让人给叶天等人上茶。

"呵呵，可不是我发财，小叶，这是你沙叔叔，以后有银行上的业务都可以过来找他。"

卫红军也没和这位副行长客气，直接从他办公桌上拿了一张名片递给叶天说："老沙，这是我一晚辈，今天来你儿先存点儿钱，以后有事找你，可要多关照啊！"卫红军和这位沙副行长是穿开裆裤一起长大的，正儿八经的发小，关系不是一般的好。

"沙凌霄……"叶天看了一眼名片，从沙发上站起来道，"麻烦沙叔叔了。"

叶天明白，这是卫红军在帮他结识一些有用的人，所以并未抗拒，人活在世，必须要学会处理各种人际关系，没人帮忙是不行的。而且他看这位沙副行长额头丰满有光泽，耳朵垂大而肉厚，眉毛到鼻尖处光滑无痕，中年运势极强，和这样的人处好关系总归是没错的。

"一百万？"看到叶天递过来的支票，沙副行长也愣了一下，再看出票人签章位置上的名字，他整个人更是惊得站了起来，"老卫，这……这不会是香港的那位吧？"唐文远在国内的资金账户走的就是这家银行，虽然这里只是个分行，但是沙副行长对那签章并不陌生。只是唐文远签字的现金支票在叶天这么个十八九岁的孩子手里，这让沙副行长有些不解，不由得用问询的目光看向卫红军。

"老沙，就是那位，我头前还不知道呢！"卫红军苦笑一声指着叶天说，"他和那位做了笔买卖，还赚了个人情，你可别因为叶天年龄小而轻看了他啊！"

"哪儿的话，老卫，我是那种人吗？小叶，我这就给你叫人去办理转账。"听到卫红军的话，原本还有那么一点儿架子的沙副行长马上叫了个工作人员进来，让他带叶天去办理各种手续。

在卫红军的建议下，叶天重新开设了一个户头，办理了一张牡丹金卡，除去还给卫红军的二十万，他将剩余的八十万都打在了卡里。

拿到卡后，叶天想了一下，对沙凌霄说道："沙叔叔，我想再取十万块。"

"小天，你拿那么多钱干吗？拿在手里可不安全啊！"一旁的刘维安有些不解，这年头小偷可不少，他平时兜里揣个几百块钱都感觉心里发慌，叶天一下就要取十万，满北京的小偷还不得都盯着他啊！

叶天闻言笑了笑说："不是取，我说错了，是转账，小姑父，把您的银行账号给我，再给您转十万进去吧！"

听到叶天的话后，刘维安吓了一跳，连忙从那办公室内的真皮沙发上站了起来，摆手说道："不……不，够了，小天，那……那二十万都还没动呢，怎……怎么又转十万？"

对于这个送上门来的侄子，刘维安还真是看不透了，从外表上来看，叶天不过是个十八九岁的大男孩，但他做出来的事让他这四十多岁的人都感到羞愧不已。用二十万买下那个不知真假的血玉手镯，然后没几天工夫一转手卖了块玉赚了上百万，这要是在潘家园说出去，绝对会成为行里的一段传奇佳话。这让刘维安对妻子那未见过面的小哥也是好奇不已，他不知道什么样的男人能教导出叶天这样的孩子来，如果不是妻子身边离不开人，刘维安都想和叶天一起去趟江南了。不过亲戚归亲戚，总不是父母兄弟那样的直系亲属，加上叶天又是个孩子，所以刘维安并不想接叶天这钱，那二十万还有个镯子的由头，这十万可就没什么说法了。

看到刘维安脸上的神色，叶天顿时猜出了他的想法，笑着说道："小姑父，这钱先放您那儿，这样万一要用您也不至于没钱，用不着的话到时候再还我，我现在就一学生，拿这么多钱也没用。"

"好，那……那就当姑父借你的……"听了叶天的话，刘维安也没再说什么，正如叶天所言，如果到时候真的需要钱，他还真免不了得四处想办法。

"呵呵，要让我爸知道我借钱给小姑，我一准儿又要挨揍。"叶天闻言笑了起来，也让刘维安心中的那点儿芥蒂完全消失了。

等钱转好之后，刘维安站起身来，说道："小天，走，去家里吧，你后天就要走了，今天你大姑、二姑她们都来了，大家一起吃顿饭热闹下。"

"叶天，我送送你们吧。"见叶天和刘维安要走，卫红军也站了起来，虽然今天叶天有些喧宾夺主，不过刘维安也着实给他淘弄到了几个不错的物件儿。

"不用，卫叔，我们打个车就行了。"叶天摇了摇头，对也已起身的那位沙副行长说道，"沙叔叔，今天谢谢您了，对了，您是属马的吧？"

"是啊，小叶你怎么知道的？"沙副行长闻言愣了一下，他的确是属马的。

"呵呵，沙叔叔，马属火，木能催火，您这办公室里放点儿绿色的植物吧。对了，别买塑料的啊，摆放的时候千万不要挡住门，估计过完年您就要高升了。"

叶天说话的时候脚步未停，等这番话说完，人也走出了办公室，留下身后一脸惊愕的沙副行长。直到叶天关上房门，沙副行长才清醒过来，指着叶天离去的方向说："这……这到底是怎么回事？老卫，这孩子怎么神叨叨的啊？"

"神叨叨？"听到沙凌霄的话，卫红军撇了撇嘴说，"老沙，你小子就准备请客吧，知不知道我上次从他嘴里掏出几句话花了多少钱？"

"听……听他说话要花钱？你花了多少？"沙副行长脸上露出一副莫名其妙的神情。

"两万，前后不到十分钟，整整两万块！"见老朋友还是一脸不解，卫红军接着说道，"你不是问我这段时间财运为什么转了吗？就是刚才那个年轻人帮我看的风水，你要是信他，就赶紧买点儿盆栽放进来，到时候有你的好处。"

此刻，在卫红军眼里，叶天头上的光环是越来越多了，且不说帮他转运的事，单看今天他拿了块行家看着都很普通的玉忽悠唐文远一百万，这就足以让他跌破眼镜了。所

天才相师 **1**
天眼神童

以对于叶天的话，卫老板是绝对深信不疑。见老朋友能得到叶天的指点，他更是满口催促沙副行长去照办了。

"老卫，你……你是说那……那个年轻人，是个风水师？"沙凌霄这会儿算是回过味儿来了。

银行系统不比其他行业，对风水是极为看重的，没见大小银行门口都喜欢摆对狮子或貔貅等神兽，而且嘴巴还是一张一闭？张是招财，闭是守财，代表着钱财只吃不吐的意思，而且石狮子或貔貅都于风水有助，特别是对那些行门对水（河、江）的，有驮水的作用。当然，您要是问银行的工作人员，他们肯定是一准儿咬死了说摆放狮子只是图个吉祥而已，不过沙凌霄却是明白这个道理的。

看到老朋友还是将信将疑的样子，卫红军笑着说："你也别想那么多，信兄弟就抓紧去办，啥时候升职了请我喝酒就行。"

"不就是喝酒吗？走，咱们现在就去，不过你先等等，我这就让人送几个盆栽过来。"听了卫红军的话后，沙凌霄有些动心了，前段时间他就听闻自己这个分行的老大要调走，只是由于自己资历尚浅，没敢惦记那位置，此时听叶天这么一说，他还真想去争取一下了。

"小天，你和那个沙副行长不是乱说吧？你真的懂风水？"出了银行，刘维安半信半疑地看着叶天，不过和叶东平不同，在潘家园混了好几年的刘维安对风水玄学是深信不疑的。

"呵呵，小姑父，我就知道点儿皮毛。对了，这事别和我爸说啊，他不信这些。"叶天提前给小姑父打了个预防针，以防日后穿帮又挨老爸一顿教训。

不过刚才对沙副行长说的那几句话，叶天却是有意为之的。因为干他们这行的，不可能去打广告做宣传，只能通过熟人传播。但口碑这玩意儿，叶天自己说没用，等沙副行长升了职，想必自己的口碑也就能逐渐建立起来了。

"叶天，小雅呢？怎么没和你一起来？"刚进四合院的大门，叶冬兰就迎了上来，叶家这一脉几十年来都是一代单传，老太太这是早就把于清雅当侄媳妇来看待了。

"大姑，清雅有课，今天没来。"叶天闻言苦笑一声，于清雅在这家里比他还要受待见。

"那要过完年才能见到这孩子啦？"老太太念叨了一句，顺手把拎着的一条鱼递给了刘维安，"维安，把鱼杀了，然后炖汤给你媳妇喝，对她的病有好处。"

"哎，大姐，我这就去……"刘维安答应了一声，拎着鱼就往公共厨房走去，那儿早就待了俩老爷们，叶天的二姑父和大表哥都在那里杀鸡宰鸭呢！

"小天，走，和大姑去屋里说话。"老太太一把拉住了叶天，听得那三个老爷们齐翻白眼，"敢情不是你们老叶家的，就都要干活儿啊！"

"嗯，俊寒怎么了，这嗓子都哭哑了？"刚掀起那厚厚的门帘，叶天就听到屋里传来一阵小孩子的哭声，抬眼看去，是表哥陆琛的妻子云曦怀中的小家伙在拼命啼哭。

"不知这孩子怎么回事，昨天从你表哥那儿回来后就一直哭，早上带着去医院看了，不发烧也不感冒，医生也说不出什么来。"云曦的脸上有哭过的痕迹，儿子哭闹了一天，任是哪个当父母的也受不了，要不是今天是给叶天离京送行，她根本就不会来。

"嫂子，给我看看。"听了云曦的话，叶天的眉头不觉皱了一下，伸手就把那大胖小子抱了过去。

"叶天，你小心点儿！"见叶天抱过了自己的孙子，二姑也从内屋走了出来，虽是冬天穿得多，但摔了孩子也是不得了的事情。

"没事儿，姑，我抱着说不准就不哭了呢！"叶天笑笑低头看了下这孩子的面容，心中顿时一惊。

前几天叶天就见过这大胖小子，当时也给他看过面相，这孩子头大脑圆下巴宽，再大一点儿骨骼长开的话，是个当官的面相，而且小家伙上庭光滑，也不像是有灾祸的，只是短短几天没见，这孩子眉心之间竟然透着一股子黑气，也就是叶天常说的阴煞之气。

"嫂子，您这几天带俊寒去哪里了啊？"叶天说着话，换左手单手抱住小家伙，然后右手一翻，掌心出现一枚铜钱在陆俊寒的眼前晃悠起来。

"天太冷，怕孩子感冒，哪儿都没去啊，一直在家待着的。"云曦见叶天在逗孩子，认为这或许能分散下儿子的注意力，让他不再哭泣，这整整一天儿子哭得她都快崩溃了。

"那就怪了……"叶天闻言眉头皱得越发紧了，这孩子出生一年多了都没事，说明家里风水没有问题，那也就是说，他眉心这股阴煞之气是昨天才沾染上的。

"嫂子，琛哥没什么事吧？"叶天随口问道，手上的动作却没停，那枚铜钱不住地在小家伙面前来回摆动。

虽然奇怪叶天问到老公，云曦却还是应答道："你哥没事啊，不过昨天回来挺累的，他工作就那样，干起来没日没夜的。哎，寒寒不哭啦，妈，寒寒不哭了。"正说着话，云曦突然发现，叶天怀里的儿子竟然止住了哭声，两只白胖的小手握着叶天手里的铜钱很香甜地睡着了。

听到儿媳的话，叶天的二姑也走了过来，心疼地看了眼孙子说："小云，我说这孩子可能受到惊吓了，让人给叫下魂儿就好了，你们两口子偏不听，等会醒了恐怕还会闹。"在老辈人看来，小孩子无端哭闹肯定是受惊了，这道理几乎四五十岁以上的人都认可。

"妈，您别信那些封建东西好不好？晚上寒寒再哭的话，我就带他去医院。"很显然，云曦对叶天二姑的话不以为然，她老公是警察，自己又是教师，都是受过高等教育的，对老人这一套很是反感。

叶天听到云曦和二姑的争执后，连忙说："姑，没事的，小孩子哭闹很正常。"

"都哭了一天了，睡不了半小时醒了又哭，这不是受惊是什么啊？"叶天的二姑虽然也是老师，不过对这些还是很相信。

"呵呵，姑，寒寒是体虚着凉了，睡一觉就好，您抱着吧！"叶天笑笑，手指一勾，将小家伙攥着的铜钱取了出来。

叶天的这枚铜钱可不是一般的风水法器，不敢说诸邪不侵，驱除些许阴煞之气却还是手到擒来的，短短几分钟，小俊寒眉心的黑气就完全消失了。

不过阴煞之气的侵蚀对小孩的身体还是会造成一定的影响，所以刚才叶天又不动声色地空手布阵，凝聚起一股生吉之气注入小家伙体内，等他睡醒之后就又能活蹦乱跳了。

"哎，真是好了，小云，你看寒寒刚才嘴唇还有些发青呢，现在都没了。"接过孙子后，叶冬竹叫了起来，引得云曦连忙抱过儿子，这一下把小家伙折腾醒了，不过他却没再哭闹。

"姑，你们在这儿，我去厨房帮帮忙。"小家伙虽然暂时没事了，但毕竟抵抗力较弱，如果再被外界因素影响，恐怕还会被阴气侵入，要找到病根才行。在叶天看来，这病根恐怕就出在表哥身上了。

到了厨房，见刘维安正将杀掉的鸡剁好，叶天连忙说："姑父，我来给炒个辣子鸡吧！"

"你行不行啊？"刘维安有些怀疑地看向叶天，要知道，老叶家那三位姑奶奶，除了叶冬梅会做饭之外，另两位可真都是大小姐出身的。

"咳，姑父，我从小就自己做饭，您放一百个心，保准好吃。"叶天抢过炒锅，对在另外一边洗着菜的陆琛喊着："琛哥，姜葱洗好了都拿过来一点儿。"便往锅里倒了油，等油半热，加入姜葱和红辣椒，稍微用铲子拨一下，叶天就将鸡块倒了进去，"嗤啦"一声，不大的厨房里立刻充满了烟气。

"嘿，还真有一手啊！"别管叶天做出来的菜是不是好吃，这动作就让人看得赏心悦目，刘维安对叶天的话也是信了几分。

"琛哥，您工作那么忙，今天其实就不用来的。"叶天一边炒着锅里的菜，一边抬眼往陆琛的脸上看去，可这一看不要紧，叶天提着炒锅的手猛地一抖，差点儿没把鸡给抖出来。

和小寒寒脸上的黑气不同，陆琛的眉心印堂处一团赤色，不用内观之术，透过皮肤都能发现，有如头疼时用手捏过血气聚在一起一样。这可是血光之灾的面相，如果说上次卫红军是有惊无险，那陆琛此次就是大凶大险之相，严重点儿说不定就危及生命。

陆琛却不知道叶天一眼看出了那么多东西，随口说道："昨天忙活了半夜，感觉有点儿累，今天调休一天，这不正好赶上送你嘛！"

听了陆琛的话，叶天装出一副好奇的样子问："琛哥，你们法医平时接触的都是大案吧？最近是什么案子，能给我说说吗？"

在道家看来，人身是有阴阳二气存在的，俗话说孤阳不生，独阴不长，人死后失去了阳气，自然是阴气缠绕，这也是一些深山野坟处阴气森森的主要原因。像陆琛这种职业，几乎整天和尸体在打交道，所以叶天在听到云曦说孩子没有外出时，就断定是陆琛将煞气传给了儿子。

不过叶天也有一些不解，人死后所产生的阴气并不足以对活人造成伤害，更何况陆琛是个血气方刚的壮年汉子，这中间肯定还有别的缘故。

作为一个法医，陆琛对工作也算会心思缜密，不过在家里没那么多的防备，他笑着回答："我敢说你小子敢听吗？这可都是死人的事啊！"

"琛哥，小看我不是？我从小在农村长大，野坟场都睡过，还怕死人啊？"叶天摆出一副满不在乎的样子催促道："琛哥快说，回头到了屋里，二姑一准儿不让你提这些事。"

"好，说了害怕别怪我啊！"陆琛笑笑，除了同事，他倒是真的很少和外人谈及工作，难得叶天感兴趣，当下讲起来，"昨天就办了个很古怪的案子，密云的一个老板死掉了。叶天，你知道是怎么死的吗？"

"怎么死的？"叶天一边说着话，一边抄起了锅，将里面已经熟了的辣子鸡盛到盘子里。

"是心肌梗死，不过经过检查，这人从没得过心脏病，身体也很健康，照常理，不应该突发心肌梗死。"和叶天聊着，陆琛将自己心中的疑问也说了出来，但感觉归一码，事实归另一码，要不是案子定性为意外事故，陆琛今天也没空儿休息了。

不过这案子的确透着古怪，因为死者当时是听到门铃声去开门，门没打开，人却心脏病突发，等他家的里门打开门外却空无一人。

"呵呵，琛哥，你们整天和死人打交道，也不怕鬼啊神啊的？"叶天对陆琛的话颇不以为然，要知道，导致心肌梗死的办法，他随便就能施展出好几种来，而且保证不会让任何人看出来。就像上次在宴会上布阵捉弄任公子一般，如果叶天心术狠辣些，当时就能吓得任健心肌梗死。不过一来两人并没什么深仇大恨，再加上叶天也不是那种喜欢把事情做绝的人，所以任健现在还能活蹦乱跳。

"嘿，我说叶天，亏得你小子还是大学生呢，怎么也信这些？"听了叶天的话，陆琛笑了起来，他几乎每天都要接触死人，要是笃信鬼神就不用干了。

叶天摇了摇头，很认真地说："鬼神是没有的，不过琛哥，这人身上是有阴阳磁场的，接触久了对身体不好。"

"哪有的事儿啊，哥我干了这么多年法医不是好好的？"陆琛不以为然地说道。

叶天也没和陆琛争辩，而是从口袋里掏出了一个玉饰，随手递过去说："哥，这玩意儿您随身带着吧，挂腰上就行，可以中和下外界磁场对身体的侵蚀。"

叶天拿出来的是个玉雕貔貅，与常见的双角貔貅不同，这是个单角貔貅，虽然雕工简洁，但也将这神兽的体貌雕琢了出来。这东西叶天本准备送给小姑，单角貔貅代表天禄，辟邪效果没有双角的好，不过化解陆琛当前的血光之灾还是没有问题的。

见叶天煞有其事地拿出块玉石送给自己，陆琛感觉有些好笑，开口道："叶天，我一老爷们儿挂个这东西像什么话啊？"

"挂在腰上衣服就给挡住了，琛哥，你拿着吧！"叶天伸出去的手并没缩回来，如果陆琛是路人，他才不会管对方的死活呢！作为亲戚，叶天不能看着他遭遇厄运。

"陆琛，让你小子拿着就拿着，哪儿那么多废话！"陆琛还想推辞，刘维安的声音忽然响了起来，这让陆琛微微愣了一下，小姑父是个和善忠厚的人，还从没这样对自己说过话呢！

"姨夫，您这是怎么了？不……不就是个玩意儿吗？"陆琛满心不解地将叶天手中的貔貅接了过去。

"你懂什么，这东西值多少钱你知道吗？"

"姑父，什么钱不钱的，别提这个啊！"叶天想要阻止时，刘维安已经说了出来。

"维安，这个小玩意儿很值钱？"这下就连叶天的二姑父都来了兴趣，从儿子手里要过貔貅，放在掌心打量着。

"玉倒是不错，雕工就差了点儿，传说貔貅是龙头、马身、麟脚，你这玩意儿更像是个狮子。"叶天的二姑父是个有学问的人，张嘴就把这玉雕貔貅的优劣之处给点了出来，随手又递还给儿子。

"得，以后我专门去学学琢玉。"这物件儿拿出来一次被人奚落一次，叶天脸皮再厚也感觉有些挡不住了，但凡见过他手中物件儿的人，总会拿雕工说事。

"小天，你给陆琛这东西……是不是过于珍贵了啊？"刘维安没有回答二姐夫的话，而是将目光看向了叶天，脸上震惊的神色丝毫都没掩饰。

"姨夫，这东西到底是个什么价儿，您倒是说啊！"听刘维安连着两次提到价钱，陆琛也吃了一惊，他知道小姨夫是个实在人，平时话不多，从来不会乱说话。

"咳，早上叶天卖了一块玉，大小和这差不多，卖了一百万，一百万人民币！"刘维安特意多说了一次，而且还加重了语气。

"小姑父，那……那不一样。"叶天苦笑了一声，都是自家人，也没必要藏着掖着，所以他并没阻止刘维安将上午发生的事说出来，反正早晚都会知道的。

"多……多少？"听到刘维安的话，陆琛吃惊得差点儿没把手中的玉貔貅给扔出去。

"一百万，卖给一个香港富豪了，那是个玉葫芦，不过大小基本上和这块一样。"刘维安虽然不知道这块玉能值多少钱，但同是叶天拿出来的，猜测也是价值不菲的物件儿。

"真的假的？这……这小玩意儿能值那么多钱？"陆琛父子俩都震惊了，他们也只不过是普通老百姓，工作了这么多年，家里存款也就三四万块钱而已，一百万对于他们而言，是一个可望而不可即的数字。

"姑父，琛哥，这东西就是个护身符，有人愿意花钱图个心安，其实值不了那么多钱。"叶天连忙出言解释了一下，"这卖东西还是要看人来的，换个人的话，恐怕也卖不出一百万的高价。"

"陆琛，你就收下吧，姨夫知道你不信这些，但正如小天说的那样，带着求个心安，不算什么封建迷信。"见叶天送给陆琛这块玉貔貅，刘维安帮叶天劝说了起来，他知道叶天懂得看相风水，思忖着说不定陆琛身上就出了什么毛病呢！

"可……可是，这也太贵重了！"如果没听刘维安的那番话，陆琛可能就收了下来，但是一听这东西价值百万，他心里也有点儿发虚了。

见表哥还想推辞，叶天说道："琛哥，实话说这玩意儿是我自己雕的，真不值什么钱，摔了碰了都没事。"叶天这话也没说错，像这样的风水法器，遇到慧眼识珠的人才能看出玄妙，常人见了只会认为是块玉质不错的玉饰而已。

见陆琛还有些犹豫，叶天继续说道："琛哥，这阴阳学说并非无根无据，你身体强健没事儿，不过寒寒哭闹却和你有关系，平时带着这东西，有什么邪气也不会传给孩子。"中国人向来是宁可信其有不会信其无，叶天想，自己用陆琛的儿子说事儿，想必他就会正视起来。

"不……不会吧？"果然，听叶天这么说，陆琛终于动容了。

昨天孩子哭闹了一夜，他这当爹的也是很心疼，去医院又检查不出什么问题，眼下听叶天这么一说，他心里还真是有些发毛。"得，这东西我先收着。叶天，什么时候缺钱想卖了，你再给我说。"为了儿子的健康，陆琛终于把玉貔貅收了起来，只不过他没像叶天说的那样挂在腰间，而是珍而重之地把它放在了羽绒服的内衣口袋里。

见陆琛眉心间的血丝逐渐散去，叶天这才松了口气。如果表哥执意不收，叶天又得布阵作法帮他驱除煞气了，而相比寒寒，陆琛身上的阴气凝聚得更多，想不动声色也就不太可能了。

他们在厨房里的这番折腾，最终还是被叶天的几个姑姑知道了。不过孩子有本事赚钱，又不偷不抢的，她们做长辈的也不好说什么，只是交代叶天不要乱花钱，平时要以学业为重，这倒是和叶东平的话如出一辙。叶天那原本赚了一百万的兴奋，也被长辈们的一番教育给打压下去了，直到出了小姑家，他才长长地舒了口气。

已经是晚上七点多了，叶天想了一会之后，伸手拦下了一辆出租车："师傅，去密云××山庄。"

虽然陆琛已经说了那人被断定为意外死亡，不过叶天心里清楚，以陆琛身上阴煞之气的强度，死亡的那个人绝对是被阴煞侵入致死的，而这件事十有八九是江湖术士出手。

不管是在解放前还是在现代，叶天这类人都是很神秘的一个群体，他们也有着自己的行事准则，其中有一条就是，不得贸然施法祸害普通人。当然，如果是自己受到侵害，这条准则自然就不作数了，就像任公子得罪叶天在先，叶天惩罚其在后，在行里人看来也是无可非议的。

叶天虽然不知道密云这人死亡的前因后果，也不想多管闲事，但事情涉及自己的亲人，他不想袖手旁观。

"小伙子，这么晚去密云干吗啊？来回可要好几个小时的。"

开车的是个中年人，如果不是见到叶天一副学生模样，他还真不拉这趟活儿，最近出租车被抢事件时有发生，这些司机们脑子里都绷紧了弦儿。

"有个长辈过世了，我去看一下就回来，师傅您到了在那里等我一下。"叶天的回答让司机放了心，不过他还是很小心地用出租车上的电台和同行联系了一下，把自己的去向给说明了。

密云县地处北京市东北部燕山山脉脚下，距离北京市区可不算近，加上天又下着雪，足足开了三个多小时，到夜里十点多，他们才来到叶天要找的那个小区。

陆琛说的倒是没错，死的那人的确是有点儿钱的，最起码一般人住不起这里。整个小区是由一栋栋独立的小别墅环山而建的，环境十分优美，门口还有保安执勤。

给司机留下了三百块钱，叶天就径直走进了小区，可能是天气寒冷的缘故，门口的保安都缩在岗亭里，居然也没人出来盘问。踩着积雪，叶天走到一栋别墅前站住了脚，虽然没从陆琛口中套得地址，他也知道这一户就是自己要找的了。因为这户别墅门外的院子里搭了一个灵棚，灵棚四周还装了很亮的灯，想看不到都难。不过这会儿天已经很晚了，除了灵棚中间那口孤零零的棺材和一张黑白照片之外，就连死者家属也都躲进了别墅。北风呼啸着从灵棚吹过，四周弥漫着阴气，换个胆子小的人，都不一定敢在这里驻足。由于死得离奇，被怀疑是鬼敲门吓死的，所以旁边的邻居家也都大门紧闭、窗户关严，使这里越发显得冷清了。

感受着天地间的阴煞之气，叶天冷笑中还带着点儿兴奋，哼了一声："残留的煞气？这人倒是胆大，完事儿后连屁股都不擦，真以为别人看不出来吗？"

从小区的门口走到这栋别墅前，叶天已经看过此地的风水格局。整个小区依山傍水，虽说不上是绝佳的风水宝地，但营建之初也是有懂风水的人看过的，一些小的布局都能看出八卦方位的布置，绝对不会像眼前这般阴阳失衡、煞气四溢的。如此一来，就只有一个原因了，那就是人为使用阵法将四周煞气凝聚在了一起。

不过叶天不知道那人是如何令煞气侵入死者的。要知道，煞气入体也是有讲究的，如果进入的是四肢等部位，当时最多感觉身体疲惫、虚寒发热，不会有幻想产生。只有像叶天那般直接将煞气引入对方眉心脑海处，才能令其产生幻觉，轻则可使人短时间内神经错乱，重则可以伤其性命。而被施法者的症状，自然就是陆琛所说的心肌梗死了，换个说法，其实就是被脑海中的幻想活活给吓死的。

说老实话，叶天跟着师父走南闯北去了那么多地方，也拜访过不少老师的故旧，懂得占卜问卦命理推算的术师也不少，但是在风水一道上，叶天遇到的却大多是挂羊头卖狗肉之辈，帮人看个阴宅都是差错百出，只能糊弄些外行人。按照老道的说法，风水术法杀伐过强，伤人伤己，虽然国内风水流派众多，但真正得到传承的那些老辈人，现在不是故去就是逃往海外，国内已经鲜有懂得风水术法的同行了。叶天此来的主要目的，一是为了搞清施法之人是否针对陆琛，二来就是想见识一下，这到底是哪个门派的高手。

"原来是玄空飞星法，看这样子，应该是广东一派所为了，不过手段一般。"围着空无一人的别墅门前转了一圈之后，叶天已经大致看出一些端倪。

玄空派的祖师要追溯到清代的蒋大鸿，他主张用九宫飞星配合三元九运理气，流传到现代影响比较大的流派还有六家，叶天所说的广东派就是其中之一。

不过看着手中从几个方位取出的一些玉石碎屑，叶天却知道，施法的人只能利用阵法聚集阴煞之气，就连最后发动阵法也是借的外力，其本身在术法上的修为根本就不值一提。而且对方的手段，叶天也基本上看出来了，这人所摆的是五鬼穿宫阵法。俗话说一鬼逢金杀子孙，此人用阵法将阴煞之气凝聚到一个点上，然后发动阵法，将主杀的阴煞之气尽数灌入对方脑海之中。而所谓的鬼敲门，其实是人敲门，因为阵法所指的那一点，就是大门的猫眼处。施法者敲门，等主人前来开门从猫眼查看，瞬间发动阵法，将阵法中的阴煞之气尽数释放，死者在毫无提防的情况下煞气入脑，这才造成了心肌梗死的假象。这人能摆出五鬼穿宫阵法，又耗费心机地布下这么一个局，目的就是为了杀人，算得上是煞费苦心了。只是从术法的角度而言，这人的手段在叶天看来却不值一提，试想若是两个术法高手对决，谁会傻乎乎地站着不动等你排兵布阵呢？而且这人施法懂放不懂收，在引动阵法后连收尾都不顾，这也是此地至今阴气森森的主要原因，叶天估计陆琛所染煞气正是由此而来。因为布阵的玉石虽已损坏，阵法凝聚的阴煞之气却不会很快消失掉，恐怕这家人不久之后也会大病一场。

查明这人并非针对陆琛，加上看出此人术法微弱，叶天当下摇了摇头，正准备离开，别墅大门却突然打开了。

"你是谁啊？站在这里干吗？不……不会是鬼……鬼吧？！"出来的是个女人，眼见面前站了个浑身雪白的人，不禁吓了一跳，尖声喊叫了起来，顿时别墅里人声鼎沸。

"靠，还真像鬼！"叶天低头看了眼满身的白雪，也不答话，转身就往外走去。

不过他走动之时，脚下踩的是八卦九宫的方位，同时他还双手挥动，将这片地方的天地元气都搅乱了起来。说来也怪，就在叶天双手摆动的同时，那个女人眼睛里的身影竟然逐渐地淡去了。短短数秒过后，等屋里人赶出来时，别墅前只留了几个淡淡的脚印，漫天大雪落下，叶天留下的痕迹很快就完全消失了。

"莫非真……真的是鬼啊？"

"肯定是啊，要不然，怎么连个人影都没了，我刚下来的时候还看到的。"

有跑得快的人看到了叶天的背影，不过后来的人就只能看见地上一行浅浅的、向远处延伸的脚印了。

"弟妹啊，今天家里还有事，我必须回去，就不陪你了。"

"我也是，好妹妹，节哀，过几天姐姐来再看你。"

这家主人本来就死得蹊跷，眼下又出了这种鬼事，那些前来帮忙的朋友顿时都心中打鼓，一个个编了理由就出言告辞了。而这夜发生的事也很快就传了出去，一时间豪宅闹鬼的新闻传得是沸沸扬扬，许多人家都搬了出去。这让别墅区的开发商恨得牙痒，最后不得不请了高僧开坛作法才将事件平息，不过这里的房价还是出现了大幅缩水，直到2000年后才涨回来。

当然，叶天不知道后来这些事，他当日所用的只不过是术法中的一个障眼法而已，需要天时地利的配合，并没有传说中的那么神奇，如果不是漫天大雪，叶天也无法做到。

等叶天回到学校，已是深夜一点多钟了，好在马上就要放假，离校的人比较多，宿舍楼的门还没关，否则叶天连宿舍都进不了了。

"老三，是你吗？"虽然叶天开门的声音够轻，但是睡在门边的徐振南还是被惊醒了，或者说他一直就没睡着，"你小子跑哪去了？于清雅找你都快找疯了，在咱们宿舍等了三个多小时，十点熄灯的时候才走，快给她回个电话吧！上面有蓉蓉的电话，打给她也行，反正她们在一起的。"说着徐振南把手机递了过来，这是他为了联系卫蓉蓉方便，特意求老爸买的，为了泡妞花费几万块买手机，在他们这届新生里面也算是独一份了。

"清雅找我？"叶天闻言愣了一下，心中忽然升起一阵不妙的感觉，当下也顾不得已经半夜了，接过手机就拨通了于清雅的电话。

"喂，清雅吗？我是叶天。"电话响到第二声的时候就被接了起来，很显然，于清雅正在等叶天的电话。没等于清雅回答，叶天紧接着又追问道，"发生什么事了，你这么着急找我？"

于清雅也是知道分寸的人，也没有追问叶天干什么去了，她直接说："叶叔叔打电话来，说家里有急事，让你早点儿回去。"

"家里有急事？"叶天脑袋嗡地响了一声，心头那种不好的感觉越发强烈了，当下开口说道，"清雅，我知道了，有事儿明天再说。"

挂断电话，叶天抬头冲徐振南说："老大，电话我再用一下……"

"没事，叶天，你随便打，别急。"徐振南从床上坐了起来，老二和老四都已经回家了，现在宿舍就他们两人。

"您拨打的电话暂时无法接通……您拨打的电话暂时无法接通……"让叶天郁闷的是，老爸的电话怎么都打不通，家里的电话也没人接，这让他心头的阴影越发大了起来。

按下挂断键，叶天拨通了师父的手机，这个电话他每个星期都要拨打一次，号码早就记在了脑子里，不过此时叶天按键的手却有些颤抖。

"嘟……嘟……嘟……喂，是小天吗？"几声等待音过后，手机里传来了叶东平的声音。

"爸，是我，家里出什么事了，怎……怎么样了？"叶天的声音有些颤抖，老爸的电话没信号，打师父的手机又是他接的，似乎很能说明问题了。

"小天，老李叔昨天摔了一跤，情况很不好，现在不能说话，也不能动了，我……我看，你还是快点儿回来吧。"叶东平深知儿子和老道的感情，接到在村子里给老道做饭的二愣嫂打来的电话，他就把所有事情都抛下直接赶到了道观里。

听到师父病重，叶天深深地吸了口气，强迫自己冷静下来，然后说道："爸，师父睡觉的厢房桌子里有个玉匣，里面有一根老山参，您把它切成片，薄一点儿，然后每过三个小时给师父嘴里含一片，我马上赶回去。"

这根老山参是叶天去年花两千多块从一个东北参客手里买到的，本来就是孝敬师父的，不过老道一直没用，找个玉匣给装了起来。

"好的，小天，你也别着急，路上一定要注意安全！"叶东平虽然嘴上不肯承认风水玄学，但也知道儿子身上有诸多常理无法解释的行为，挂断电话他便找到那根老山参，按叶天所说切成片放入老道口中。

"喂，卫叔，不好意思，这么晚打扰您，您那儿有现金吗？五千，五千就够了，卫叔，还要麻烦您送我去下机场。"结束了和老爸的通话，叶天马上打给了卫红军，他银行里有钱不假，但这半夜也取不出来啊。

"老大，家里有事，我先回去了，明儿你给清雅说一声吧！"看了下时间，已经是深夜两点多钟了，把手机还给徐振南，叶天简单收拾了几件衣服，拿着个背包就离开了宿舍。

"吱……"一声急刹车在寂静的华清园门口响起，叶天拉开车门坐了进去，对一脸睡意的卫红军道，"卫叔，今天真得谢谢您了。"

"小叶，出什么事了？"卫红军并不介意叶天麻烦他，像叶天这种人，平时想要交好都找不到门路。

"师父快不行了，我要赶回山，看看能不能帮师父吊住性命。"叶天这时已经冷静了下来，按照他前两年的推算，师父应该还有两年阳寿的，也就是说，只要自己能逆天改命，或许还有机会让师父活得久一些。

"我给你查了，到南京的航班最早是早上六点五十的，咱们赶到机场休息一会儿就差不多了，叶天，你别急，老人家想必没事的。"卫红军一边说话，一边开车往首都机场驶去。

虽然对叶天的师父满腹好奇，他却一句废话都没多说。叶天感激地向他点了点头，之后就闭上了眼睛，有些感谢不是放在嘴里的，像卫红军这次的人情，叶天算是欠大了。不过话说回来，为了能早一秒见到师父，叶天不介意做任何事情。

早上八点五十分，叶天乘坐的飞机降落在了南京机场，出了机场大厅后，叶天直接包了辆的士往茅山地区赶去。十点多的时候，叶天已经到了自己曾经生活了十年之久的小山村，叶天没有进村，而是直接踩着积雪往半山上的道观赶去。

"嘭"的一声，叶天一把推开厢房的大门，一股热浪迎面扑来，他全身那因为奔跑上山而炸开的毛孔都感受到了一股热气。

"师父！"看着躺在床上的老道，叶天强忍了一路的泪水终于夺眶而出，他一步跪到床前，用手拨开挡住师父脸部的白发。

看着眼前神情憔悴、面容枯槁的师父，想着当年鹤发童颜、老当益壮的师父手把手教自己武艺，在灯下教导自己国文相术时的情景，叶天心如刀绞。纵然知道生老病死乃是人生常态，叶天也还是无法接受师父将要离开的事实，紧紧握住师父枯瘦的双手泣不成声。

得到消息的封况也赶了过来，看到叶天如此模样，上前拍了拍他的肩膀说："小天，老神仙还没事，这气色比夜里好多了，你别太伤心了。"

"封子哥，我没事，"叶天擦了下脸上的泪水，站起身来说，"封子哥，盈盈姐需要照顾，你先回去吧，这里有我和老爸就行了。"

叶天和封况一家也没断了联系，知道王盈上个月生下了一个女孩，现在还没出月子，封况能赶来帮忙，确实难为他了。

"叶天，你盈盈姐没事。"

叶天打断了封况的话："封子哥，听我的，先回去吧，过几天师父病情好转了，我就下山去看姐。"

"好吧，有事你打我电话，要不要……我先准备一下？"封况也是三十多岁的人了，对于人情世故知道的也不少，他所说的准备自然是老道的身后事。

"别胡说，我师父最少还有两年的寿命可活呢！"叶天虽然嘴上强硬，但是他也知道，老道如果没病没灾确实有两年的阳寿，但经过这件事，自己能为他续命一年，那已经是逆天改命了。

等封况离开后，叶天给师父把了下脉，感觉脉相还算平稳这才放下心来，给师父换了一片参片后，他对老爸使了个眼色。

"你怎么来那么快？"两人走出道观后，叶东平也没摆出老子的架子问道。虽然他对老道把儿子教成了个小神棍有些不满，但这并不妨碍他对老道的尊敬，见到当年道骨仙风的老道现在如此模样，叶东平心里也是很悲痛。

"爸，这儿有我就行了，您……去趟北京吧，我……我找到小姑了。"

在听到师父病危的消息后，叶天仿佛一夜间成熟了很多，他感觉自己之前所做的那

天才相师 ❶

天眼神童

些事都很幼稚，至少在向父亲隐瞒小姑病情上就考虑得很不成熟。

如果小姑手术成功，那自然是一好百好，但是如果小姑手术失败危及性命，那等于是他断送了老爸见到自己妹妹的机会，这绝对会成为叶天一辈子的心病。所以此刻叶天把他在北京遇到的事没有一丝隐瞒地向父亲说了出来，甚至包括他帮人看风水买卖法器的事情。

"小天，你……你说的都是真的？"随着叶天的讲述，叶东平的面色也在不停地变，听到小妹重病时，他心急如焚，恨不得马上赶去北京。但是听到叶天现在已经是百万身家时，叶东平惊愕万分，他没想到儿子上了半年大学，竟然全方位超过了自己。要知道，叶东平辛辛苦苦做了这么多年的生意，周转资金也才十多万而已，儿子随手卖了个什么法器就价值百万，莫非自己当年压制叶天的行为错了？

见老爸一言不发愣在了那里，叶天从口袋里翻出了自己的电话本，指着上面的一个电话，说："爸，这是大姑家里的电话，您打过去就知道了。"

接过叶天递来的电话本，叶东平的手有些颤抖，拿起封况留在道观里的手机往远处走去，他不想让儿子看到自己失态的样子。

"后天，应该是个晴天了。"叶天抬头看了看飘着雪花的天空，心中一片清明，他之所以赶走封况，支开老爸，是不想被他们看到自己开坛作法。

所谓逆天改命的说法，并非封建迷信，而是自古有之。

三国时诸葛亮第六次出祁山与司马懿战于五丈原，他自知将不久于人世，遂在帐篷内设下四十九盏明灯的法阵，准备向上天再借二十年的寿命。可是被不知情的魏延闯入，四十九盏灯被风吹灭，孔明弃剑叹曰："死生有命，不可得而禳也。"不久，诸葛亮就病死于五丈原。

虽然这只是《三国演义》中的一个故事，世人也多认为是传说，并没有人会相信真有这样的神奇法术。

但是叶天知道，在他所继承的麻衣一脉的传承中，确有七灯续命的术法。只是和小说中说的不同，叶天传承中的七灯续命之法，须由能沟通阴阳、引动天地之气的人来运转阵法，七天七夜之内不能出现任何差错。在这个过程中稍有差池，不仅施法之人会受到天地元气的反噬，被施法的人也将生机尽绝，没有幸理可言。

眼前师父被老参吊命，最多也只能撑三五天，而且还是眼不能睁、口不能言，所以在见到师父之后，叶天就坚定了布此阵法为老道逆天改命的决心。如果能，李善元最少可以添一年阳寿，即使失败，那也是老道命中注定，叶天心中也再不会有什么挂碍了。

"小天，爸给你大姑打了电话，明天就去北京。"就在叶天在脑海中想着七灯续命术法时，叶东平和大姐也通完电话走了回来，眼睛红红的，相比面前不知生死的老道，妹妹让他更加牵挂。

"小天，爸去了就回，三天，三天就能赶回来。"叶东平也知道把儿子丢在这里很不对，但是通完电话后，他对亲人的思念再也抑制不住，恨不得现在就到北京见自己的姐妹。

听到父亲的话，叶天摆了摆手说："爸，我知道您不信风水相术，不过这次我要为师父祈福，十天之内不能被任何人打扰，您就在北京多待几天吧！"

"小天，你说的是真的？"叶天和父亲与其说是父子，倒不如说是哥们儿，爷儿俩说话向来都是半真半假的，眼下叶天如此严肃还是叶东平记忆中的第一次。

"爸，甭管我说的是真是假，师父教导了我这么多年，当弟子的尽这份孝心总是没错的，您能答应这十天之内别来打扰我吗？"叶天这番话的确是发自肺腑的。老道待他犹若亲孙，即使这次逆天改命失败了，叶天也要破去老道身上的五弊三缺，为其操办好后事。

见儿子一片赤诚之心，叶东平点了点头说："好，小天，爸让你二愣婶每天送一份老母鸡炖汤来。"

"别，爸，吃饭的问题我自己解决，给二愣婶说这十天不要让她上山。"叶天一听父亲的话顿时急眼了，诸葛亮当时就是百密一疏导致续命失败，要是自个儿也因此失败，那可真是愧对孔明先生用生命换来的宝贵经验了。

"行，你自己在山上注意点儿，"叶东平知道儿子在山上生活惯了，便看了一眼老道所在的厢房，压低声音说，"老李叔要是有什么事，你打电话，我回来给老人披麻戴孝！"

"别说不吉利的话，"叶天没好气地看了老爸一眼，"师父有事弟子服其劳，怎么着也轮不到您啊！"

"臭小子，那我下山了。"叶东平来得仓促，也没带什么东西，这说走就能走了。

"爸，到了北京给您儿媳妇说一声，我这段时间没空打电话给她。"叶天从身后传来的话，让叶东平脚底一滑摔了个屁股墩儿，"这小子的脸皮是越来越厚了，屁大点儿年纪就知道惦记媳妇了。"

老爸离开之后，叶天也忙活了起来，他先是给封况打了个电话，让他去十里八乡地收集七八十年代农村所用的气死风灯，那种灯是烧煤油的，正适合布阵。

到了第三天，封况雇了几个村里人，给叶天背上来六十多盏老旧的煤油灯，还有一桶二十公斤的煤油，然后就被叶天赶下了山。

这三天叶天自己也没闲着，每日清晨他都用老道平时饮茶的紫砂壶在林间收集露水，接连熬了好几夜，总算集了一壶充满淡淡清香的无漏之水。为免布阵之时被人打扰，叶天又砍了不少竹子，在两边皆是竹林的小道上布了一个九宫八卦迷阵，并且做了些改动，生门只在下山的路上，想上山必须将阵法破去。至于食物，叶天也准备好了，他从山上采了不少黄精，还有老道留下的一些松子，这些都可以补充元气，更重要的

天才相师❶
天眼神童

是，这些东西都可以生吃，在阵法运行的七天里，叶天是没法生火做饭的。

大雪停歇后的第二天，月朗星稀，接连观看了两天的星象，叶天终于准备施法布阵了。此时老道所住的厢房也被叶天做了改动，除了放在正中的那张床外，其余所有的东西都被叶天搬到了别的房间。那壶露水则被叶天放在了老道的床头。

七灯续命和天上的北斗七星是有着必然联系的，首先要用七盏油灯在阵法中间摆出北斗七星状，然后再在外围按照特殊的方位摆上七七四十九盏油灯。

作为麻衣一脉的嫡系传人，夜观星象是叶天八九岁就熟悉的了，根本没费什么工夫，他就将北斗七星一一找了出来。将七盏油灯一个个点燃后，叶天按照天枢、天璇、天玑、天权、玉衡、开阳、摇光这七星的位置，将油灯放在了老道竹床的四周。然后叶天又将房间里摆好的四十九盏煤油灯一一点燃，最后手持一盏油灯，站在师父床前，眼睛盯着手腕上的表针。

当手表上的表针指向二十三点，也就是子时的时候，叶天瞬间点燃了最后一盏油灯，将其挂在老道的床头，这是七灯续命中的本命灯，为重中之重。

叶天刚挂上本命灯，一股沛然不可挡的气势突然从这座道观之中冲天而起，似乎是在与那满天星光遥相呼应。

感受到蜂拥而入的天地元气变得紊乱起来，叶天两指并拢捏成剑诀，在胸前画出一道道玄妙的轨迹。他大喝一声："疾！"随着叶天的喝声，原本狂躁的元气突然静止，随着叶天所画的轨迹流动了起来，逐渐与阵法契合，源源不断地将生吉之气引入阵法正中的李善元身上。

看到一切都很顺利，叶天脸上露出一丝喜色，脚下踩着九宫方位，一步步地退出了厢房。一出阵法的范围，叶天两腿一软摔倒在地，口中"噗"一声往外吐出一口鲜血，积雪都被染红。要知道，叶天虽然有能力沟通阴阳二气，但由于这阵法吸纳的元气过于庞大，他刚才又是强行引导，所以已经让自己的经脉受到了伤害，如果不是常年修炼引导之术，恐怕阵法未成，叶天的小命就先要不保了。

感受着山林间的阴阳二气源源不断地被引入阵法之中，然后又衍生出生吉之气灌入身处阵眼的师父体内，虽然浑身疲惫之极，叶天也难掩兴奋。阵法已成，只要七天不出意外，叶天相信自己就能完成这前人未能完成的术法奇迹了。仅仅用一口鲜血就换来师父一年的阳寿，叶天感觉这买卖实在是太划算了。

三天过后，两眼充满血丝的叶天看到师父脸上泛起了一丝红晕，那原本快要断绝生机的躯体似乎也在发生着某种莫名的改变。

"这七灯续命之法果然不是一般人玩得转的啊，还有一天……"叶天小心翼翼地给快要燃尽的油灯添加煤油之后，一屁股坐在了门前，全身的精气神似乎都被抽空了一般。

此时的叶天连个叫花子都不如，原本干净的羽绒服现在沾满了雪水融化后的泥泞，头发乱糟糟的像个鸡窝，红润的脸也整整瘦了一圈，眼眶深深凹陷了下去。不仅如此，双鬓处的头发居然都变得有些灰白了。

在冰凉的地上坐了好一会儿，叶天才缓过一口气来。他站起身走入另外一间厢房，拿起一根洗净了的黄精根茎就啃了起来，略带苦味的汁液入口之后，叶天的精神稍微振作了一些。这七灯续命之法的难度远远超出了叶天初时的想象，因为日月轮转，天地元气也是时强时弱，尤其是夜幕降临之时，阵法内的元气总会有一些紊乱。这时叶天就必须要出手将元气纳入阵法运行的轨迹之中，也就是说，他每天都要被狂暴的元气冲击一次，光是吐出来的鲜血估计也有一海碗之多。整整六个昼夜的不眠不休，加上神经还要时刻关注阵法的运行，叶天无论是精神还是身体都几乎到了极限，如果不是从小打熬身体，估计他早就崩溃了。

啃了两块黄精根茎之后，叶天慢慢站起来走到道观门口，拉开架势打起了老道所传的导气之术，一丝丝微弱的天地元气随后源源不断地渗入到叶天体内，滋润着他那近乎干枯的经脉，不过补充始终赶不上消耗，这点元气对叶天而言也只是杯水车薪。

经过一个下午的休息打坐，当天边第一颗星星出现之时，叶天又进入阵法之中，原本平稳运行着的天地元气似乎受到地球磁场的影响，骤然变得狂暴了起来。

"不对啊！"今天的元气暴动似乎要比前几天猛烈得多，叶天逼出全身的潜力都没能将这元气引入到阵法轨迹之中，眼看就要失去控制。叶天心中大急，一口咬在了舌尖上，一阵剧痛让大脑清明起来，他双手飞快地在胸前画出一道道无形的弧线，口中大喝："疾！"狂暴的元气随着叶天的喝声骤然停顿了一下，这一顿又让叶天一口鲜血喷出。

见暴动的元气按照阵法的运行一丝丝流动起来，叶天踉跄着走出厢房，一头栽倒在地上，整个人都失去了知觉。

天才相师 ❶
天眼神童

超级畅销书作家打眼
最新力作《天才相师》第二部
即将推出，敬请期待！

内容简介：

　　叶天赶回茅山逆天为师父续命成功，但无奈天数已尽，老道两年之后归天。成为麻衣神相唯一传人的叶天返回京城并从华清大学退学，通过堪舆风水，改变了许多人的命运，一时名满京城，求卦问卜者络绎不绝。

　　正当意气风发时，女友却遭色鬼上司骚扰，新买的一处风水极佳的四合院也突然闹鬼。正在此时，唐文远又从香港而来求其为孙女续命，危害表哥的同道败类这次找上了父亲……叶天能否化解这些难题，又能否安然无恙呢？